時を壊した彼女

7月7日は7度ある

古野まほろ

Furuno Mahoro

講談社

時を壊した彼女

7月7日は7度ある

contents

装画　浅見なつ

装幀　坂野公一（welle design）

時を壊した彼女

7月7日は7度ある

序章——未来

トウキョウ・シティ、因果庁《いんがちょう》、非公然エリア。

正確には、その枢奥《すうおう》、職員専用エレベータ内。

時刻は、午後八時を過ぎたあたり。

地上五階の長官室フロアから下っていたそれは、当然のように、地上一階で止まった。

そのまま、私達ふたりを下ろそうとドアを開く。これは、規則どおり。

すると、安心したような嘆息《ためいき》を零《こぼ》しながら、隣に立っていたユリがいった。

「誰もいないね、よかった」

「完全に時間外だし、夏休み期間中だもの。ここまでは想定内よ」私はエレベータのドアを閉じた。「あとは、それこそ時間との勝負——じゃあユリ、監視カメラつぶして」

「解った、ハルカ」

……全部、リハーサル済みのことだ。

ユリは緊張からか、青い顔をしてはいるが、恐れてはいない。

それは彼女がたちまち小さな端末を開き、それを乱打し始めたリズムから分かる。

もちろん、彼女の仕事の速さからも。

「——警備系を無力化したよ。

監視カメラにはループ動画を走らせた。警報装置は遮断して、その痕跡を消した。

けれど、リハーサルどおり最大五分。五分が限界だからね、ハルカ」

「必要にして十分よ。認証データの方は？」

「もう改竄《かいざん》してある。これも、五分が限界」

「さすがね、ユリ」

私はユリが下準備を終えてくれたことに感謝しつつ、いよいよ認証を始めた——

私達が目指す、地下五階への認証を。

「中央電算機‼」私は呼びかける。「地下五階、最重要防護区画へ」

［官姓名と認証コードを願います］

「……因果庁長官、ミカ・トキカワ、認証コードπ《パイ》110」

機械は私の身体データ、声紋、網膜、フェロモン等をスキャンする。これも規則どおり。

ただ、警備系はユリによって無力化されている。ユリのエンジニアとしての技能に不安はない。そこは私同様、既に因果庁の特待コースで学ぶ女子高生だ。

（だから、中央電算機は、私のことを因果庁長官だと認識するはず――

もっとも、私の方がユリよりも中央電算機を騙《だま》しやすい事情はあるけど）

［認証終了。失礼しました長官。

地下五階に向かいます］

――事実、たちまちのうちに。

職員専用エレベータは、非公然エリアをぐんぐん下降し始めた。

「……いよいよだね、ハルカ」

「そうね」

特段の音も案内もなく、エレベータが静止し、その扉を開ける。

私達はいよいよ、無機質な間接照明がうら寂しい廊下を進んだ。

物理的なゲートも、電子的な障壁も、この五分の内は無意味だ。

――やがて、私達は着く。地下五階、禁断の区画の最後の扉に。

時間遡行型記憶転写装置管制室
因果庁長官の許可を得ずに立ち入った者は死刑に処する

「ユリ、最終ゲートを」

「解った」

それまでの扉とは異質な、大規模工場や大規模研究施設を思わせる威圧的なドア。

ただ、そのあらゆる安全装置も、ユリの情報技術テロの前には無力だった。

――がくん。

重々しい外観にふさわしい、重々しい金属音を響かせながら、最終ゲートが開く。

私達はすぐさま、時間遡行《そこう》型記憶転写装置――ＣＭＲの管制室に躍《おど》り込む。

私達は、因果庁の特待生だ。それを前提に、もう各種の実習は始まっている。だから私もユリも、ＣＭＲ管制室に入ったことなど無数にある……

（もちろん適法なかたちで、そしてもちろん厳重な監視つきで、だけど）

しかし、今はここには誰もいない。

真正面に、幾つかの大きなコンソール。

それらは、わずかな機械の灯を瞬《またた》かせながら、眠っているといってもいい。

私はいちばん手近な奴に駆けよった。

ユリはといえば、手筈《てはず》どおり、手すりだけの昇降機をもう下ろし、階下に消える。

――ユリが下りた先は、いってみれば格納庫だ。巨大な装置を格納しておく、金属の大広間のような舞台。フロアが剝《む》き出しになっている部分もかなり多いが、無数の配線なり配管なりハンドルなり歯車なりで、不気味な機械の海になっている部分の方が目立つ。

（そして、その機械の海……機械の森の中心に、CMRはある）

そこは、管制用のディスプレイでモニターすることもできるが、そもそも私のいる位置から、直《じか》に見下ろすこともできる。

――要は、このCMR管制室は、CMRを統御する上層部分と、CMRそのものを擁《よう》する巨大な下層部分から成っているのだ。だから私は、もう下層部分の機械の海へと、そしてCMRそのものへと駆け始めたユリの姿を確認しつつ、上層部分で最終の認証を始めた。

「中央電算機、CMR起動シークエンス開始」

［因果庁の許可番号を願います、長官］

「因果庁甲《コウ》総発《ハツ》第2号、甲時保発第27号、甲時改発第2号、甲時施発第94号」

［認証しました、長官。CMR起動シークエンス開始］

「中央電算機、次の命令を除き、以降の命令は全てCMR本体から自律入力されるものとし、管制室からの命令をすべて無効化」

［了解しました、長官。長官の次の命令を除き、管制室からの命令をすべて無効化します］

「中央電算機、CMR起動シークエンスの中止は私の命令のみによる」

［了解しました、長官。CMR起動シークエンスの中止は、長官の命令のみによって可能となります。また、現在の命令をもって、管制室からの命令はすべて無効化されました］

（これでよし）

私は、今いる管制室からの干渉をすべて排除する命令を終えると、手近な垂直ラッタルを用いて、ユリのいる下層部分に下りた。ユリはもう、機械の海なり機械の森なりをかきわけて、CMR本体に乗っている。起動シークエンスが始まったから、機械の海はもう胎動《たいどう》している。

（ううん、胎動どころじゃないわね）

――機械の海は、轟音《ごうおん》を発し始めた。それもそうだ。

いくらヒトの記憶だけとはいえ、神様のことわりに叛《はん》逆《ぎゃく》してそれを過去に送る。それには膨大《ぼうだい》なエネルギーがいる。

私は、CMRに飛び乗りながら腕時計を見た。

けれどその結果は、ユリが口で教えてくれた。

「もう五分は過ぎたよハルカ。これ以上、警備系を騙せない。そうでなくても」

「そうでなくても、停電に轟音——そろそろ庁内が騒ぎ始めるわね。

けれどユリ、もうほとんど成功よ。この五分間、よく保《も》たせてくれた」

——そしてもうCMRは自律制御に入っている。

私は、製作者の趣味を疑わせる、古典的なボタンを操作し始めた。

立ったままで、ドアを閉じるボタンを押す。引き続き立ったままで、目標値を入力し始める。ボタンをぱしゃり、ボタンをぱしゃり。ユリは私の数歩先で中腰になりながら、ヒトが立っても一〇人は入れない狭いCMR内で、カシャカシャと、あるいはパチパチとボタンを押している。私が操作しているのも、ユリが操作しているのも、かなり古い意匠《いしょう》の機械だ。私がある種の特権を利用して——そもそも因果庁の特待生にはかなりの特権があるけど、それ以上の特権をも利用して——実際に触れたことがなければ、こんな古典的なインタフェイス、さぞ操作に途惑ったろう。

「ユリ、個人座標の特定は？」

「もう少し……あと二〇秒かな」

「了解。私の方は時間座標の入力を終えた。ユリの合図で、このヘッドセットを——

でもこれ、ヘッドセットっていっていいのかしらね？どういうデザインなのかしら」

「それはいいけどハルカ、駆動炉は？　動力の方は大丈夫？」

「大丈夫。駆動閾《いき》まであと3、2、1……」

その瞬間。

CMR内が暗転し、真紅の非常照明が明滅し始めた。

そして、ユリの使っていた、コンソールというにはあまりに古典的な機械の上の空中に、いきなり動画が投映される。そこには因果庁の役人が映っていた。その役人が絶叫する。

「監察課だ!!　君達の行為は、因果法第2条の規定に違反する犯罪となる。

その刑は、知ってのとおり死刑しかない……直ちにCMRを停止させそこから下りろ!!

しかもCMRは先週、改修を施したばかり……違法であるばかりか、物理的に危険だ‼」

「中央電算機」私は命じた。「外部からの通信を遮断」

「まっ待て‼　転写サブルーチンの強化が過剰になっ」

「了解しました、長官。外部からの通信を遮断します」

――監察課の役人は、空中のスクリーンごと消えた。

（次は人力で、実力行使で来るわね――けれど間に合わない。まさに時間の問題）

私はユリに確認した。

「個人座標、特定できた？」

「よ、しっ、と……今完了‼」

私はCMRの壁に掛けてあった古典的な機械から、ヘッドセットっぽい物を手に取った。それを右手に持ったまま、もうひとつを左手で取り、全ての仕事を終えたユリに渡す。

「ええと、ハルカ、これって……こう頭に載せるんだっけ？」

「ううん、そうじゃなくって、こう――インタフェイスが、耳と口に当たる感じで」

「手が頬《ほお》に来る感じで？」

「まさしく――そう、それでいい」

ユリはごくりと喉を鳴らした。そしていった。

「こ、ここまで、そう最後の最後までホントにやるのって、初めてだから。

ハルカがいなかったら、とてもこんなことできなかったよ」

「それは私の台詞《セリフ》よ。ユリの技術力がなければ、この計画は成功しなかった。

それじゃあ、あとは中央電算機に転写実行を命じるだけ――」

その瞬間。

私が確実に遮断したはずの、外部からの通信が入った。

さっき監察課の役人が投映された位置に、また動画のスクリーンが浮かび上がる。

しかし、今度投映されたのは――

「長官」私は彼女の機先を制した。「今晩は」

「御挨拶《ごあいさつ》ね」因果庁長官はいった。「夕食が冷めるわ。帰っていらっしゃい」

「たぶんこれが、今生《こんじょう》の別れだと思います」

「あらそう。なら何をするつもりなの？」

……時間稼ぎをされてはいけない。

まして、長官は読み切っている可能性がある。私達が、長官の認証コードを使ってCMRを操作していることとを。そう、私自身が命令したとおり、今CMRを停止できるのは長官のふりをしている私と、ふりをされている長官そのひとだけ。それに気付かれれば、今この瞬間にもCMRの制御は奪われてしまいかねない。だから私は短くいった。

「私達、どうしても見たいものがあるんです、長官」

「過去を見るだけなら」長官はいった。「記憶転写装置を使う必要はない」

「〈因果尺《いんがじゃく》〉の見せる死んだ過去じゃなく、この瞳《め》で直に見たい。触れたい」

「だからCMRだと――成程《なるほど》ね。

でもそれは確実に、今のこの〈世界線〉を改変してしまうわ。

すなわち今、ここにいる貴女達《あなたたち》は消える。もちろん私も。この世界の生き残りすべても。

たとえ記憶だけの遡行《そこう》転写だとしても、それが神様のことわりに叛逆《はんぎゃく》する代償――

さあハルカ、ユリさん。

あなたたちの叛逆は、今のこの世界線を生きるすべてを犠牲にしてまで為《な》すべきこと？」

「〈因果尺〉での未来予測は終えています、長官。私達が過去においてどのような生き方をしても、世界線に与える影響は極めて微弱――

具体的には、改変後の世界を、九九・九八七五％、この世界線と同一の世界にできる」

「それはそのとおり」

「……え？」

「〈因果尺〉による計算ではまさにそのとおり。

事実、だからこそ因果庁は貴女達の暴挙を過小評価した。このような事態も許した。〈因果尺〉による計算では、貴女達ふたりが何をどうしようと、この世界線は最大〇・〇一二五％しか変動しないはずだから……それは、〈因果危機〉を招くものでも〈因果警報〉を発令すべきものでもないはずだから――

しかし」

「しかし？」

「私は知っているの。

貴女達が今、CMRを用いたなら、〈因果尺〉の計算を超越する結果が生じると」

「そんなことは、理論上も実際上も……」

「ないわね。けどある。何故なら私は知っているから」

「……そんな可能性は、多様性は、自由は、あなた自身がすべて消してきたものでしょう。

因果を繰《あやつ》る、神様の全権代理人を気取りながら。機械のごとく冷厳に」

「そう。だから迷っている。

——私は介入すべきなのか、そうでないのか。

因果を繰るべきなのか、そうでないのか。

貴女達を行かせることが、私が私に課した職務に……

この呪いに反するのかどうか。

神は私にサイコロを振らせるのか。あるいは、その出《で》目《め》すら既に決まっているのか。

そう。私は迷っているわ、ハルカ。

私だけが知るジレンマに、身動きがとれないほど。

……それも、あと数秒のことでしょうけど」

「ハルカ‼」ユリが叫んだ。「動力供給が遮断された‼

あと外周に監察課、大勢‼」

「ユリ」私はスクリーンから躯《からだ》を背けた。「トリクロノトンを注射して。出発よ」

「りょ、了解……

時間座標・個人座標固定。駆動系、変換系、指向系、補正系オールグリーン」

「——中央電算機、五秒後に記憶転写を実行して。カウントダウンは不要」

「了解しました、長官」

私は圧力注射器で、自分の首筋にトリクロノトンを注射した。そしていった。

「さようなら、お母さん。今まで有難う」

「夕食はとっておきます。今日はよい紅茶が入ったの。一緒に楽しめるといいわね」

「いつか、どこかで」

「とにかく元気で……頑晴りなさい。

サイコロを振れというのなら、イカサマは付き物よ」

その瞬間、私の意識は飛んだ。

またその瞬間、母のいる世界線は消滅しただろう——

今の母のいる、世界線は。

序章　――現在

東京都、吉祥寺《きちじょうじ》郊外エリア、久我西《くがにし》高等学校。

正確には、その教室棟校舎の屋上。

時刻は、午後九時半を過ぎたあたり。

――あたしたち、吹奏楽部仲間五人は、七夕《たなばた》にふさわしい星空の下にいた。

梅雨《つゆ》の真っ盛りにしては、奇跡みたいな星空だ。

屋上は、校舎五階の真上だから、そのぶん天に近い。

（晴れてくれてよかった。どうにか、ギリギリで飾ることができた……）

あたしは、校舎屋上のフェンスに結わえつけた、あたしの背丈ほどの竹を見遣った。

色とりどりの短冊《たんざく》がたくさん。色とりどりの折り紙細工もたくさん。星飾り、折り鶴、提灯《ちょうちん》に吹き流し……

（昨晩までずっと長い雨だったから、今夜晴れてくれなかったら、部員みんなの願い事が無駄になるところだった――ようやく七夕を始められる、って感じね）

今夜が、まさにちょうど、七月七日の夜。まさにギリギリで、ようやくだ。

飾れなかったら『みんなの願い事が無駄になる』っていうのは言い過ぎかも知れないけど、やっぱりこれだけ見事な七夕飾りは、夜空に捧げた方がいい。

あたしは、そう思って夜空を見上げた。しばらく星空を楽しんでから、ゆっくり顔を下ろす。下ろしたついでに、同行のおとこ三人に声を掛けた。同行のおとこ三人というのは、別にデート相手でも何でもない。音楽準備室の隣の踊り場から大きな竹を搬《はこ》んでは、巨大な釣り竿《ざお》のように持ち上げて飾ってくれた、久我西高校が誇るトランペット三人衆だ――

「ありがと、真太《しんた》、一郎《いちろう》、英二《えいじ》。重かったでしょ？」

「まさかだ。技術部から借り受けた工具はかなりの年代物で、四苦八苦したけどな」

三人のうち、楠木《くすのき》真太が無愛想にいった。竹を固定するとき使った工具箱を、無口に片付けている。

ツンツンとした髪に、鋭くキレのある眉《まゆ》と瞳。背丈はちょっと小さいけど……あたしと一緒くらいしかない……なんていうか、尖ったオーラが時に頼もしく時に恐ろしい。実は、かなり直情的でキレやすいタイプだ。ただ普段は、剣道二段らしく、極力無口というか、愛想がない。夏開襟《かいきん》シャツの制服を着ていなければ、自衛官さんでも通用するに違いない。

（『体育会系文化部』なる異称を誇る、吹奏楽部の部長にふさわしいわ……

副部長のあたしとしては、若干、扱いづらいところもあるけど）

といって、今この屋上にいる五人についていえば、誰もが同学年で、三年生だ。すなわち、この高校に入ってからもう二年以上、毎日毎日、何時間も何時間も一緒の時を過ごしている仲。だから、お互いの性格は解りきっている――真太のキレやすさは一瞬一瞬を無駄にしない真剣さの現れで、真太の愛想のなさはある種の照れ隠し。真太の尖った性格は、自他ともに要求水準が厳しいことによる。それくらい、誰もが解らざるを得ない。それが吹奏楽者だ。なにせ、音を聴けばテストの結果どころかお腹の調子まで分かるから。

――するとその真太が、フェンスに固定された七夕飾りを見上げつつ、無愛想にいった。

「ま、重いといえば、此奴等《こいつら》の願い事がちと重すぎるがな……まったく胃が痛むぜ」

「確かに、そうですね」

相槌《あいづち》を打ったのは、いつしか真太の隣に立っていた、蔵土《くらつち》英二だ。英二は続ける。

「私達の代で、どうにか悲願の、全国大会への壁を突破したいものですが……」

丁寧な口調を崩さない長身痩躯《ちょうしんそうく》の英二。しかしその理系らしい冷静な口調にかかわらず――お父さんも発電所や護衛艦を作っている重工業会社のエンジニアから役員になったとか――また、とても大人びた雰囲気にかかわらず、もういったとおり同学年だ。そして、丁寧な口調の割に、へりくだったところは微塵《みじん》もない。

（ちょっとだけ、その、おネエ入っているところはあるけど……きっと故意《わざ》とだしなあ）

ちょっとくしゃついた髪を、ちょっと自由に掻き上げ、鬣《たてがみ》のようになびかせているのは、どこか『幕末の志士《しし》』とか『浪人』とかを思わせる。要は、懐《ふところ》の深さと器《うつわ》の大きさを感じさせる。顔は、目も口も一筆書きみたいに固定された笑顔。それは、楠木真太のツンツンと好対照を成している。

といって、重ねて、あたしたちはお互いの性格を知り尽くしている。この丁寧語の武士さんをいったん怒らせたなら……そんなことは年に二、三度しかないけど……キレやすい真太でさえ手が付けられない。なんといっても、英二はいかにもな感じで、しれっと合気道を嗜《たしな》んでいるからだ。武芸者の凄味《すごみ》がある。丁寧な口調も、よくよく考えるとかなりの圧《アツ》を持っている――

トランペットの蔵士英二とは、つまり、そういう不思議なおとこだ。

その英二と、同じ楽器を吹く部長の真太は、部活の話を続ける――英二は、悠然《ゆうぜん》と視線をぼかしながら。真太は、キリリと部員の短冊に目を通しながら。

「ウチは吹奏楽の名門校じゃないですし、今の富田《とみた》先生が赴任する前は、なんとまあ、『初戦銅賞敗退』の常連校でしたからね。逆にすごい。狙ってできるものじゃない」

「ところが、だ蔵士。富田が来てくれてからは、必ず都大会までは出ている。すなわち、俺達が一年のときから二年連続でだ。すると」

「まず、今年は最低でも東京大会に出なければいけません」

「そうなる」ぶっきらぼうな真太は、意外なほど丁寧に、短冊を読み続ける。「それは当然だ。しかし、俺達にとって今年は最後の大会で、しかも、この三年間の集大成の大会だ」

――すると、あたしの隣に立っていた、ホルンの水城《みずき》詩花《しいか》がいった。

「そうだね、楠木くん、これが高校最後の大会だね……これが終わったら、三年は引退だし。

だから、東京大会に出るだけじゃなくって、どうにかそれを突破したい。全国に行きたい。全国って、今年も名古屋だったっけ？　絶対に今のメンバーで出たいよね」

「そうだな、水城」

「部員全員の期待も大きいよ。ほら、短冊も全国大会のことばっかり書いてあるでしょう？

今年は顧問も部長も最高だから、絶対に全国に行けるって、皆がんばっている」

「部長のことは知らん」

部長の真太はそっぽを向いた。詩花のサイドポニーと前髪が、微妙に揺れる。

ちなみに、その詩花とあたしは、同じ楽器をやっている。入学したときから、部活では隣同士の配席だった。一年のときも、二年のときも、三年の今もだ。だからこそ、彼女の髪が揺れただけで、彼女の気持ちが痛いほど解る。それを知らずに、真太が続ける。

「ただ顧問は最高だ。全国に名の知られた名指導者だからな。だから、俺達みたいな無名校を、いきなり東京大会レベルまで引き上げてくれた。その恩義には報いないと……

って一郎、お前いったい何をやっているんだ？」

あたしは、真太の言葉と視線に釣られて、自分の真後ろを見遣った。

そこでは、月灯りと星灯りを染《あ》びながら、火脚《ひあし》一郎が踊っていた。

……踊っていた、というのは、正確じゃないかも知れない。

けれど、どう表現すればいいのか。フィギュアスケート？　能や歌舞伎？　盆踊り？

いずれにしても、キラキラと瞳を輝かせながら、様々なポーズをとっている。

（一郎は、マイペースだからなあ……同じトランペット三人衆でも、鋭《えい》の真太、柔《じゅう》の英二のどっちとも違う。敢えて言えば、天然の王子様だろうか？）

――その火脚一郎は、屋上にいる他の四人の視線にようやく気付き、何かの決めポーズを解いた。そして、大きな瞳の中にそれこそ星を瞬かせながら、キラキラといった。

「ほら皆《みんな》、東の夜空を見てみろよ!!

素晴らしい。時まさに午後九時過ぎ。すなわち七夕のハイライトだ!!」

キッ。ピッ。パシッ。無駄としか思えない手足の動きが、もうコミカルを通り越して、何かの現代舞踊のよう。

「特に、三つの星が燦然《さんぜん》とかつ健気《けなげ》に輝いているのが見えるだろう？

いちばん上のが琴座《ことざ》のヴェガ、すなわち織姫星《おりひめぼし》。その右下にあるのが鷲座《わしざ》のアルタイル、すなわち彦星《ひこぼし》――いやあ、これぞまさに七夕。我らが顧問も、七夕飾りを黙認してくれたほか、屋上への鍵まで貸してくれるだなんて、うん、実に粋《いき》なことをする!!」

……真太も英二も、そして詩花も、一郎の圧倒的なコクとキレに絶句している。

（一郎は、黙って立っていれば、学内のおんなが放ってはおかないようないい男なのに）

誰よりもパチリと大きな瞳に、美しい睫《まつげ》、小さすぎない顔。口はいつも明るく元気に笑っている。絵に描いたような『おとこのこ』だ。サラサラとした髪も、真太のツンツンとも英二のたてがみとも違った、正統派の王子様感を醸《かも》し出している。マンガなら、躯の周りに、キラキラと輝きを描き入れたいところだ。

（ただ、一郎はナルシスト……とは違うな……一郎は基本、他人のことがどうでもいいっていうか、他人のことが全然気にならないおとこなんだよね。そりゃ優しいし、賢いし、頼りにはなるけど、どこか宇宙人っていうか、違う宇宙からやってきたっていうか、それを隠そうともしないっていうか……）

要するに、やっぱりマイペースだ。それが火脚一郎。

……他のギャラリーが完全に絶句しているのを感じたあたしは、しぶしぶ言葉を発した。

「要するに、粋《いき》なおほしさまと顧問に捧げる踊りを踊っていたと？」

「えっ今銀《いまがね》さん、俺、踊りなんて踊ってた？」

「……ううん、なんでもない」

あたしが諦《あきら》めたようにいうと、一郎は美しく立ちながら、キラキラした汗の雫《しずく》をパッと散らせながら、あたしを含むギャラリーにいった。朗々《ろうろう》といった。

「あとはね、ほら!!　織姫星の左下、彦星のちょっと左上に輝くキレイな星。あれは白鳥座のデネブだよ。この三つの星がひときわ目を引くだろう？

この三つの星を結んでできるのが、いわゆる夏の大三角形さ。なあ真太、見えてる？」

「……天文部にでも入り直すのか？」

「いやあ、なんだか、俺達の夏を——高校最後の夏を、だから最後の『一音入魂《いちおんにゅうこん》』の夏を祝福してくれているようでさ。だって、昨晩までずっとずっと雨だったんだから。

これは瑞兆《ずいちょう》だよ。ううん、この街の名にちなんでいえば吉祥《きちじょう》かな」

「一郎は、ロマンチシストですからね」英二がいった。「私もなんだか、今夜は特別な夜みたいな気がしてきました。今銀さん、屋上には何時までいられるんですか？」

「ああ、富田先生が、守衛さんに話を通しておいてくれたから——」あたしは英二に答えた。「——午後一一時までに正門をくぐれば大丈夫だよ」

英二が、あたしにそんな庶務的なことを訊いたのは、あたしが副部長だからだ。

ゆえに、庶務的なこととして、ここで屋上の五人についてまとめると——

今夜、七夕の夜、ここ久我西高校の屋上にいるのは、①トランペットの楠木真太（部長）、②同じく火脚一郎、③同じく蔵土英二に、④ホルンの水城詩花と、⑤同じくあたし——今銀光夏《みか》（副部長）となる。ちなみに、なんと五人ともキレイにクラスが違う。

「もちろん、午後一一時までに正門をくぐるためには」あたしはいった。「ここを、そうだね……午後一〇時四五分には撤収しないといけないけど。それでもダッシュになるかな」

「そうですね、ウチのキャンパス、大学みたいに無駄に広いですからね」

すると、部長の真太が、几帳面《きちょうめん》に確認をしながら訊いた。

「正門通過午後一一時なら、バスも電車も大丈夫だな。自転車組は、そもそも問題がない。

もっとも、大会を控えたこの時期、事故を起こすのも事故に遭《あ》うのも厳禁だが……

それで今銀、ここの鍵はどうするんだ？　ここの、屋上の扉の鍵だが」

「あっ、ええと、それは――」

「大丈夫だよ光夏。あたしが持っている」

詩花が微笑みながら、クラシックで頑丈そうな、金属の棒鍵をかざした。

その棒鍵の柄《え》には、ちょっとしたプレートが付いている。ペン書きは『屋上1』。

「あっ、考えてみれば、ここを開けてくれたのも詩花？」

「うん、でもそれ、そんな大したことじゃないから……ただあそこの金属ドア、あの分厚い監獄の扉みたいな金属ドア、錆《さ》びているのか古すぎるのか、なかなかこの鍵が回らなくって。といって他に出入口もないし。もう一度守衛さんのところに行こうかと思ったわ」

――詩花とあたしが同じ楽器をやっている、ということはもういったけど、実はあたしがパートリーダーで、詩花はセカンド、いわば女房役だ。そしていかにも女房役らしく、詩花の方がより女性的で、いろいろなことによく気が付く。図書委員もやっているから――というのはたぶん関係ないだろうけど。ただ女性的といえば、容姿もそうだ。いつもきちんと整えた前髪とサイドポニーは、この学校の夏セーラー服にとてもよく似合う。あたしはといえば、大して手入れもしない、適当なロングストレートで通している。そう、あたしはパートリーダーで副部長だけど、もともとガサツで適当な方だ。だから、容姿も態度も性格も、詩花にあこがれることが、すごくある。

そんな詩花が、あたしの気恥ずかしさをさらっと流して、言葉を続けた。

「でも、そんなこんなで、四苦八苦したんで、鍵を開け閉めするコツが分かったんだ。

最後に屋上を出るとき、またあたしが確実に鍵を掛けて、守衛さんに返しておくね」

「ゴメンね詩花、あたしパーリーなのに、いつも気を遣わせてばっかで」

「気にしないで。サクサクしていない光夏なんて、光夏らしくないもの」

「さっき、一郎もちょっと触れてはいたが――」ここで真太がいった。「――今夜、屋上を特別に使わせてくれたのは、富田の恩情だからな。普段はここ、絶対立入禁止のはずだ。水城、そのどっちの意味でも施錠と返納は重要だから、確実に頼む――

今銀はこのとおり、いい加減だからな」

「ちょっと真太、また結構な物言いね。事実だけど。

そもそも、部長特権であたしを副部長なんかに指名したの、真太自身でしょうが」

「ほらほら光夏、いつもの夫婦喧嘩《げんか》しないの……

うん解ったよ楠木くん、あたし、しっかりやっておくから。鍵も工具箱も片付けておく」

ちょっと頰《ほお》を紅潮させながら、詩花が大きく頷《うなず》いた。

すると今度は、一郎がまた、自然ながらも無駄いっぱいなポーズを決めながらいった。これで全然嫌味にならないのが、天然の強さか……

「するとだ諸君!! 午後一一時まではこの星空の下、トランペット三年とホルン三年で、こころゆくまま語り合えるわけだな!! いやあ、実は俺、常日頃からいや一年の春から思っていたんだが、とりわけ今夜ここにいる五名についていえば、いまひとつ青春の素直さがたりないような……傍《はた》から見ていて胸が切なくなるというか!!

人と人との想いが、重なり合う。想いを伝え、想いが伝わり、響き合う。

その姿がもう神なんだ!! いま、こ、ここで、一歩踏み出し合う人の強さが神なんだ!!

――ちょうど、他の部員もいない。

ゆえに今夜、星に酔い月に酔い、たがいに本音と本音をぶつけあって――」

「御託《ごたく》はいい」真太が斬って捨てた。「吹奏楽者は音で解り合う。それだけだ」

「なあ真太。この世界には、絶対に言葉にしなきゃいけないことって、あるんだぜ?」

「……ちょっとだけ合わせてみるか、自由曲の方」

一郎をガン無視した真太の言葉に、少なくとも詩花とあたしは歓声を上げそうになった。

――星灯り。月灯り。野外劇場みたいに広い屋上。

背の高い、緑のフェンスとネットは無粋だけど、東には新宿から池袋にかけての、西には吉祥寺から立川にかけての夜景が浮かぶ。ちょっとした山小屋みたいに大きい階段室も無粋だけど、プールが作れそうな面積に比べれば気にならないし、ここ武蔵野は高層ビルがないので、街の灯とシルエットがのびやかに映える。

（普段は絶対に立ち入れないから、こんなところでこんな夜、合奏してみたい!!）

「じゃあ楽器を――」詩花も嬉しそうな声でいう。

「――持ってこないとだね!!」

「いえ、そんなこともあろうかと――」いつも微笑んでいる英二がいった。「――もう搬《はこ》び込んでありますよ。五人分」

「えっ英二」あたしはビックリした。「いつの暇《ま》に!?」

「そりゃあ、皆《みんな》の考えることくらい解りますよ。入学以来の、腐れ縁ですからね」

あたしは英二の視線の先を見た。

成程《なるほど》、分厚いドアを擁《よう》するコンクリの階段室、その傍《かたわ》らの暗がりに、トランペットのケースが3、ホルンのケースが2ある。確かにテューバとかティンパニとか弦バスじゃないから、独りで音楽準備室から搬べないこともないけど、それでも『特殊なアタッシェを五つ』だ。合気道。懐の深さ。器の大きさ――英二のこういう所に、あたしはあこがれる。

「ありがとう、英二。さすがに鞄は持ってきたけど、楽器のことまで気が回らなかった」

――あたしは自分の楽器に駆けよった。他の皆の歩調も、心なしか速い。

あたしたちはすぐに楽器をスタンバらせると、息を通しながら暖機運転を始めた。といって、定時ギリギリの午後八時まで合奏をしていたばかりだから、唇の状態も音の起ち上がりも悪くない。ものの五分強で、最低限のウォーミングアップは終わった。

あたしは腕時計を見る。午後九時五〇分。

いつしか自然な扇形《おうぎがた》になったあたしたちから、真太がひとり、扇の要《かなめ》の位置に出る。そして扇形に正対する。

とても大きな、余裕のある屋上の真ん中あたりに、四人。屋上の縁近くに、一人。

律儀《りちぎ》に、けれど素早く全員のチューニングを終えた真太が、あたしたちに指示をする。

「4の二小節前から。メゾフォルテの、あのファンファーレっぽい所だ」

……今年、ウチの高校が選んだ自由曲は、あたしが、だからあたしたちが生まれる二十五年も前に作曲された曲だけど、全然古さを感じさせない。といって、奇抜《きばつ》なわけでも尖っているわけでもない。あたしが感じるに、いつも『今、ここ』にある曲――時を越えていつも

『今、ここ』の高校生のためにある曲だ。きっと何歳の人にだって、ううん宇宙人にだって、それを解ってもらえるだろう。

　そういった奇跡が実現できる音楽というものは、ほんとうにステキなものだ。

　そういった奇跡を一緒に実現できる仲間は、ほんとうにステキなものだ――

（確かに、一郎がいったとおりだ。

　人と人との想いが重なり合うこと。いま、ここで解り合い、響き合うこと。

　そのために、仲間へ、聴いてくれる人へ――だから世界へ、一歩踏み出す。

　たとえどんな結果になるとしても。一度っきりで、やり直しが利かなくても。

　ううん。

　結果が分からなくて、やり直しが利かないからこそ、一歩踏み出して想いを届けようとする姿が、いま、ここでステキなんだ。時も宇宙も越えて、誰にとっても奇跡なんだ）

　――指揮者役の、真太のトランペットが上下し、合奏の開始を告げる。

　トランペットとホルンしかいない。しかもどっちも、フルメンバーじゃない。

　けれど、七夕の夜の吉祥寺に鳴り響いたメゾフォルテは――

　――そう、まるで織姫の織る美しい布のようだった。

　夜空が、音楽を清澄《せいちょう》にしてゆく。

　旋律でも、対《たい》旋律でも気持ちいい。ノバシでも、キザミでも、アトウチでも気持ちいい。

　トランペットを追い掛けては離れ、トランペットと絡《から》まっては譲り合う。

（そして15の、あたしの旋律!!）

　練習番号4からのファンファーレ、そして練習番号18からのクライマックスと並んで、あたしがいちばん好きなところだ。昂《たか》ぶりすぎると、いつも富田先生には怒られるけど。

（シ、でメゾフォルテまで貯めて……突然メゾピアノに落として……ラ、シ、ド……）

　フォルテシモで、シ!!

　あたしの最後のシと同時に、全員がフォルテシモになる――

　その、あたしの最後のシ。
　ラ、シ、ド……シ。
　――けれど。

あたしはその最後のシを吹き切ることができなかった。

正確には、その最後のシを自分自身で聴くことができなかった。

だから、それを吹いていたのかも知れないし、吹いてはいなかったのかも知れない。

自分ではそれが分からない。何故と言って。

あたしの最後のシが鳴り響く刹那《せつな》、大きな爆発音がしたからだ。

あたしたちの音楽なんかあっけなく吹き飛ばす、劫火《ごうか》と黒煙をともなった爆発――

――それは、一瞬のことだったけど。

しかも、屋上の広さに比べれば、とても限られたものだったけど。

衝撃波か何かで、あたしを気絶させるには充分すぎた。

二〇二〇年七月七日。

あたしの長すぎる七夕は、こうして始まった。

第1章　時を越えた織姫――ハルカ

不時着

突然の、爆発。

私の最後の記憶はそれだ。

今、私は気絶から目覚めたところ。

躯《からだ》は、壁に背を打ちつけた感じ。既に尻餅《しりもち》をつき、両脚は前に投げ出されている。

視界は、ゼロ。どこまでも暗闇。灯火はいっさい無い。

私は、まだ朦朧としている頭を二、三度振りながら、いよいよ渾身《こんしん》に力をこめ、一気に立ち上がった。脳を刺すような頭痛に襲われつつ、わずかに顎《あご》を上げ、呼びかける。

「中央電算機。照明を点けて」

無言。

「中央電算機。CMRの作動状態を報告」

無言。

「……中央電算機。ＣＭＲ再起動シークエンス開始」

　無言。

（と、なれば。もう手動制御するしかない。

　そして、こんな状態なのに、因果庁の管制室側からまったく干渉がないということは）

　派手な異常事態が発生している。いや、ド派手な非常事態が発生している。

　さもなくば、因果庁が、私とユリに強奪されてしまった、世界にたったひとつしか無いＣＭＲを、この状態のまま放置しておくはずがない。そもそも、私とユリは死刑に当たる罪を犯した派手なテロリストである。そう、たとえ私の母が因果庁長官であろうと、そして私に不可解な同情を示していようと、無許可の時間遡行型記憶転写など、世界がもう一度滅びかけでもしない限り、絶対に許されるものではない……

（といって、ＣＭＲによる記憶転写が成功したとも思えない。それは自明だ）

　何故と言って、それが成功していたのなら、私はそもそもＣＭＲ内で目覚めることはないからだ。

　ユリと私は、何度も何度も繰り返して〈因果尺〉で計算をした。時間座標や個人座標の特定にも、そして起動シークエンスにも問題はなかった。だとすれば、ユリと私は今、ターゲット年月日、ターゲット時刻、ターゲット場所の地球にいるはずだ。あたかも、そこでいきなり意識を取り戻したかのように——

　けれど私が今いるのは、どう考えても、練りに練って計算をした場所ではない。

（さて。

　すべきことは山積しているけれど、取り敢えずの優先事項は、ふたつ）

　——私はようやく覚醒し始めた意識を酷使《こくし》しつつ、ブーツで床の感触を、手で壁の感触を確かめた。

（やはり間違いない。ここは依然としてＣＭＲの中）

　ＣＭＲは、少なくともその装置内は、ヒトが立ったとしても一〇人は入れない程度の直方体である。事実、今のところ同時使用は五人が限度。私は、その直方体を慎重に一周し始めた。慎重に。慎重に。というのも、ＣＭＲ内部が、まるで地震の被害に遭《あ》ったかのように破損し、ゆがみ、傾きすらしているのが分かったからだ。微妙に平衡感覚がおかしくなる上、何より大理石だのガラスだの金属の断裂などで、腕や脚を傷つけるおそれもある。

　私は再び、ＣＭＲの意匠《いしょう》というか、その内装を考案した見知らぬ誰かを呪った。鏡だの大理石だのシャンデリアのドームだの、果てはセピアの腰板《こしいた》だの、この手の装置にとって何の意味があるというのか。もちろんドームランプは灯っていない。他の間接照明のランプもだ。既にいったとおり、一切はただ闇の中――

（……でもないか）

瞳が闇に慣れてくると、あからさまな真っ暗闇だと思い込んでいたものが、実は微《かす》かに濃紺めいているのに気付く。黒い闇は、微かに微かに、何らかの光の影響を受けている。私はCMRの天井を見遣った。懐古調の、シャンデリアのドームが大きく傾いている。そしてよくよく瞳《め》を凝らすと、天井に大きな断裂があると分かる。この黒い闇をどうにか濃紺に変えている微かな光は、その断裂からひっそりと零《こぼ》れている。

（あと、気のせいかしら、なんだか生臭い匂いもするわね。あそこから漂っているの？）

――私は思わずその断裂を凝視していたようだ。

壁を伝ってCMRを一周しようとしていた脚が、いきなり、何か大きな軟らかい物体に当たる。私は当然、当たった勢いで蹴躓《けつまず》く。思いっきり前のめりになった私は、壁に片手を当てながら躯を支えようとする……

（あっ）

右手の人差し指と中指に、鋭い痛み。鋭利なガラスか金属で、ざくっと切ってしまった感覚。そこそこ深く――私は今度は、反射的に支えの手を跳ね上げてしまった。ところが、いよいよその勢いで、私は自分が蹴躓いた軟らかい物体の上に倒れ込む。

どすん。

あうっ。

たちまちCMR内に響いた音は、私が転倒する音と、そして――

「ユリ‼」

壊れた方舟《くふね》

――CMR内に響いた音は、ユリの悲鳴、というか苦悶《もん》の声だ。私が蹴躓いた大きな軟らかい物体というのは、CMR強奪の共犯、ユリの躯だったのだ。そして、声が出るということは、ユリはまだ生きている。少なくとも今現在は。

（けれど、今現在って何時《いつ》なのだろう……？）

私は一瞬浮かんだその疑問を押し殺しながら、手探りでユリの躯を検《あらた》めた。さっき切った右手の指が痛むが、そんなことは些事《さじ》だ。濃紺の闇の中、とにかく彼女に外傷がないかを、手で触れて確認する。触れるかぎり、出血とか、異様な折れ曲がりとかは無い。

私はユリに呼びかけた。

「ユリ大丈夫？　ユリ？」

「……は、ハルカ？」

ううーん、と苦しそうな声を上げながら、しかしユリは返事をしてくれた。

そして、ついさっきの私自身がしたように、躯に力を入れ、起き上がろうとする――

「あっ駄目ユリ。まだ動かないで。どんな怪我をしているか分からない」

「こ、この暗闇……ここって……ハルカ、これはいったい」

ユリは私の腕が導くまま、近くで座り直し正座をした私の両膝《ひざ》に、頭を預けた。

どちらかといえば、横臥《おうが》した感じでくの字になって倒れていたユリが、今度は自然に仰向けになる。観察するかぎり、動きに不自然なところはない。大きな怪我はない、と思いたい。私は無意識の内にユリのポニーテイルを撫《な》でながら、彼女にゆっくり語り掛けた。

「ここはCMRの中よ」

「だと思った……ていうか、そんな感じがした。けど真っ暗だね。何も稼動《かどう》していないし。やっぱり故障しているる？　中央電算機とかは？」

「全く機能しない。管制機能は、このCMR本体の方へ確実に移行させたはずなのに。でも、何の呼び掛けにも反応しない。そして――CMRはただ故障しているだけではない」

「っていうと？」

「まるで地震に遭ったか、何かに激突されたみたいに、あちこちボロボロになっている。照明がないから手探りの印象論だけど、何らかの強い衝撃を受けたことは確実ね」

「強い、衝撃……」

ユリは私の膝の上で、ゆっくりと頭《かぶり》を振った。そしていった。

「……それはありえないよ、ハルカ。理論的にも物理的にも。

だってCMRは、記憶情報しか動かさないんだもの。CMR自身が動くことはあり得ないし、だから何かに激突したり、どこかに飛び出したりすることはあり得ない。CMRは乗物じゃない。据え置き式の、出力装置だよ。ハルカだって充分解っているとおり……」

「だとすれば、地震があったのかも知れないわ」

「うーん……それもちょっと、どうかなあ」

ユリは、やはりついさっきの私のように、だんだん意識を覚醒させてきたようだ。私同様、その瞳も濃紺の闇に順応してきている。それは、彼女の視線の動きからよく分かる。

　──すると、ユリはいった。

「ありがとうハルカ、膝枕してもらって。でも、ちょっと起き上がってみるよ」

「躯は大丈夫そう？　ＣＭＲ絡《がら》みだから、脳の調子も心配だけど」

「ううん、大丈夫。取り敢えず変な痛みもないし、自由に動かないところもない。そして頭の方も、だんだんハッキリしてきた」

　ユリが上半身を起こす。私は彼女の手を取って、ゆっくりとその全身を起こした。

「ハルカの方こそ、右手、怪我したの？」

「これはＣＭＲ絡みじゃないわ。正確には、その残骸《ざんがい》絡みかも知れないけれど」

「あたしもだけど、ハルカも右利きだから、微妙に痛い怪我だね……」

「ユリも注意して。これ、巫山戯《ふざけ》た内装をしていたから、壁も床もトラップだらけよ」

「うん解った……」

　うわあ、しっかし、これはまた……派手にポンコツになっちゃったねえ!!」

　──私はユリの視線に釣られ、改めてＣＭＲの内部を見渡した。

　いよいよ瞳は順応の度合いを強くしている。だからさっき、壁伝いにＣＭＲを一周しようとしたとき以上に、この懐古調の、しかし人類最先端の『出力装置』の様子が分かる。

　そして見渡して実感する、人類最先端のテクノロジーの成れの果て……

　すると、ユリがいった。

「確かに、いきなり地震に襲われた感じだけど、それは絶対にあり得ないよハルカ」

「……同意する。私達のトウキョウ・シティに地震なんてない。億兆を譲《ゆず》って、そうね、人為的に発生させたとして──最強官庁・因果庁の地下五階、最重要防護区画にこれほどの被害が出るとは思えない。これは世界にたったひとつの、大事な大事なリセットボタンなんだもの。トウキョウ・シティが壊滅しても、これだけは無事なはずよ」

「だとすると、地震でもない。物理的な衝突とかでもない。

　それがどうして、こんなボロボロになってしまったんだろう……」

「ユリ、ちょっと整理しながら考えてみましょう。

――私達ふたりが、ターゲット年月日の地球にいないことは明らかよ。何故と言って、もし記憶転写に成功したとすれば、私達がCMR内なんかで意識を取り戻すはずがないし、私達の容姿だって服装だって、ターゲット年月日の自分のそれに変わっているはず」

「そうだね、ハルカ」

「だとすると、記憶転写は失敗した」

「それも、そうなる」

「……その失敗によって、CMRが壊れてしまった。この仮説はどうかしら？」

「うーん、その確率は、天文学的に低いと思うけどなあ。

あたしたち、起動シークエンスでは何も失敗しなかったはずだし。実際、あたしはあの変なインタフェイスを頬《ほお》に当ててから、意識っていうか頭がこう、躯《からだ》ごと、なんかふわっと飛ぶのを感じたし。そのタイミングも、ハルカが中央電算機に命じたとおりだったし。

だから、CMRはちゃんと稼動したと思うよ」

「そうね……その『飛ぶ』感覚は私も感じた。タイミングについてもそのとおり。

けれどユリ、私は『頭と躯が飛ぶ』感覚も感じたけど、実は『突然の爆発』なる感覚も感じたのよ。正確に言うと、ここで目覚める前の、私の最後の記憶――それがその『突然の爆発』だった」

「あっ!!」ユリは大声を上げた。「それあたしも感じたよハルカ!! そうだ、何かが爆発する感覚。自分もそれに巻き込まれたような、巻き込まれないような……とにかく、何かすごい爆弾の閃光とか衝撃とかに襲われた感じ。もちろん、物理的なショックもあった。

確かにそれが最後の記憶。CMRで『頭と躯が飛んだ』のは、なるほどその前。だから」

「だから時系列でいうと、①CMRで飛ぶ感覚を感じてから、②何らかの爆発が起きた。こうなる」

「そして、その爆発の正体は分からないけど――」

「――この悲惨な状態を作り出したと疑うには充分ね」

仕組まれた迷い子

「あっ、そういえば」ユリが思わず手を拍《う》った。「ほら、あたしが駆動炉を動かしていたとき――そう、因果庁の監察課に強奪がバレたとき、監察課の役人がいっていたよ。『CMRは先週、改修を施したばかり』で……ああ、『物理的に危険』だって!!

いったいそれって、どんな改修だったんだろう？　ハルカがいろいろお母さんとかスパイしたとき、何か情報を拾えなかった？」

「……ううん、それについては何も」

私はあからさまな嘘を吐いた。今ここで、ユリを更に混乱させても無意味だ。

ただ、私はこのとき、あの、母との最後の会話を思い出していた。

（最後の会話で、母は明言していた。

私達があのときCMRを用いれば、〈因果尺〉の計算を超越する結果が生じると……）

しかも、母は断言していた——自分はそれを知っているのだと。

それはすなわち、この爆発と損壊のことを知っていた——ということなのだろうか？

なら今、私達は、CMRの通常機能も〈因果尺〉の計算も超越した、そのようなもの何の意味も持たない、そんなカオスな状況にいるのだろうか？

（とにかく現状を把握しなくては。すべてはそれからだ）

——だから私は、ユリとの会話を軟着陸させようとした。ユリの冷静な力が、必要だ。

「ユリ、先週のCMR改修がどのようなものであろうと、そしてその影響であろうとそうでなかろうと、『何らかの爆発が起き』、『CMR本体はド派手に壊れた』。この事態は、少なくとも因果庁にとっては——」

強奪と無許可使用を黙認した、母にとってはどうか知らないが。

「——因果庁にとっては、ド派手に不測の事態だったと考えられるわ。

言い換えれば、ただ単に機械が暴発したとか、そんなシンプルな事態ではない」

「それもそうだねハルカ。CMRが暴発しただけなら、あたしたち、今頃制圧されて逮捕されているはずだもの。そしてそれをするには、CMRのドアをこじ開ければいいだけ」

「まさしくよ。ところが。

どれくらい時間が経っているのか分からないけど、私達は放置されている。ずっと——といえるほどに。とすると」

「あたしたちは、幸か不幸か、孤立しているってことになるね」

「とすると、ユリ、やはりこう考えざるを得ない——

私達は、因果庁の手の到《とど》かないどこかにいる。

言い換えれば、私達は、因果庁地下五階から物理的に移動してしまった」

「ロジックとしては、そうなっちゃうね……だって、あたしたちが逮捕されていないってことが、あたしたちが因果庁の中にいることを完全に否定しちゃうから」

「そうなのよ、そこで」私は落とし所に到着した。「ユリって、確か情報工学も時間工学も優《ユウ》だったわね？」

「ええと、時間工学は難しいから良上《リョウジョウ》だったけど、まあそうだよ」

「どうにか、CMRの電算機を起動できないかしら？　因果庁の中央電算機とは物理的に切り離されている前提だから――私達は今孤立しているわよね――だから、このCMR本体のシステムを復旧させたいのだけれど。ところが私、恥ずかしながら、情報工学も時間工学も可《カ》だったから」

「あっは。そうだね。ハルカは移住以前だったら、間違いなく『文系』っていうのを選択していたはずだもんね。確か、作家になりたいともいっていたし、超古典的にペンと紙ですっごい速さのメモとるし……あたしたちの国じゃ、作家になるのはまず無理だけど……

ハルカって、地頭《じあたま》はすごくいいのに、『理系』となるともう食わず嫌いだから。その驚異的な記憶力がもったいないよ」

「電算機がウンともスンとも言わないこんな状況になってみると、極めて文系的な、電算機の対話操作がどれだけ人類を堕落させるか解るわね」

「ま、そこは人類っていうより、ハルカ個人の問題がかなりある気がするけど……

ううん、ゴチャゴチャいっているより動くよ。ええと、そうしたら、まず。

あたし愛用の、トラブルシューティングキット。応急用のがこのCMR内に転がっているはずだから、それを一緒に捜そう。もしあたしたちが物理的に移動したっていうんなら、あたしたちが今着ている制服とかと一緒で、それも物理的に同行して来ていないとおかしいもの」

「トラブルシューティングキット……そんなものを持ち込んでいたの？

もし順調に行っていたら記憶以外、何も持ってはゆけなかったというのに？」

「そこは、エンジニアの性《さが》、みたいなもんだね。

トウキョウ・シティも慢性的に逼迫《ひっぱく》しているし、だから技術はどんどん退化しているし、それこそハルカじゃないけど機械が苦手な子、多いんだよ。端末やモニタどころか、空調、洗濯機、ラジオ、自転車……あらゆる物に不具合が多いし、直せないし。だから修理屋は引く手数多《あまた》だし、そんなバイトで、闇市《やみいち》で使える現金も手に入る――」

「あっユリ、応急用のキットって、この小さなアタッシェみたいな奴？」

「あっ、そうそう、それそれ。そしてまずは、視界を確保しないと――」

私は、濃紺の闇の中から回収した小さな診療鞄《しんりょうかばん》みたいなものを、ユリに手渡した。

ユリは手慣れた感じで、ぽん、と鞄を開けると、明かりもないのに躊躇《ちゅうちょ》なく道具を取り出してゆく。彼女はまず円筒形の何かを左腕に載せた。それは彼女の腕を認識したか、するりと帯状の何かを出し、彼女の腕に自らを固定する。そしてユリが軽く左腕を振ると、円筒形の何かは、白い光をぱっ、と目映《まばゆ》く投射し始めた。部分的ながら、かなり強力な光。私の瞳が再び途惑う。

「あっ、ちょうどいいや、しっかりしたテープが入っているから、ハルカの指、手当てしておくね。絆創膏《ばんそうこう》があればいちばんなんだけど、さすがに……」

「ううん、これで充分よ。幅もちょうどよいし。有難うユリ」

「そのテープ時々取り換えるから、傷んできたら声を掛けて。

ええと、それで次は。

まず手動のコンソールは、っと……

たぶん、ハルカが操作していた、ドアの右側の、二列のボタンの下」

「二列の丸ボタンの下の、小さな棚《たな》みたいなレバー？

これって押すのかしら、握るのかしら。引けはしないみたいだけど」

「ううん、多分それじゃなくって、その下の鋼板《こうはん》部分。キレイなシャンパンゴールドの艶《つや》で誤魔化《ごまか》してあるけど、そこ、隠し棚みたいにパカッと開くはず――ちょっと待って」

ユリはたちまちドア右側の計器部分に近づくと、古典的なドライバーを器用に使って、長方形の金属板を、なるほどパカリと取り外してしまった。そして今度は、左腕のライトを左耳の上に固定し直し、両手をちゃかちゃかと動かしては、無数の配線や摩訶不思議《まかふしぎ》な機械部品・接続装置の海に対して、私には理解できない作業を始めてゆく――

「うーん……」ユリはポニーテイルを揺らして悩んだ。

「……どうやら、動力供給がかなり不安定になっている。そういえば、監察課に外部動力を遮断されたよね？　その状態からそのまま記憶転写を実行した……みたい。というのも、残量からして、記憶転写に必要なだけの動力が既に費やされたってことが分かるから」

「要はガス欠、電池切れだと。するとやっぱり、CMRは稼動したのね？」

「うん、どう稼動したのかは分からないけどね」

「ちなみにユリ、今現在用いることができる動力は、満タンの何割くらい？」

「ここのコンソールの計器が壊れていないなら、残り一〇％弱だよ。

　だけど、どうやら稼動したときにオーバーロードも起こしちゃったみたいだから……だからたぶん、コンジットかマニホールドか……リレイ・システムがおかしくなっている。あっシンプルにいえば、電線切れて電球光らない」

「どのみち残量一〇％弱では、本来の機能なんて発揮できないわ。今すべきでもないし。

　なら現状把握を最優先に、電算機の再起動だけを試みたい」

「うんハルカ、それは、手動で……かなり、頑晴っているんだけど……

　現状を正直にいうと、あたしたちの運の良さに期待するしかないよ、この惨状じゃあ」

「あっ、でもCMRには、時刻座標を正確に特定するためのクロノトン時計があるはず」

　——情報工学に疎《うと》い私でも、CMRを強奪したテロリストとして、絶対時間を測定できる時計のことは知っている。実際にそれを確認していたのは、ユリだったけど。

「クロノトン時計は生きている？　確か、ユリの側の、あの古典的なキィだらけの、パソコンの曾祖父《そうそふ》みたいなコンソールの近くに……」

「……あったけど、駄目。クロノトン時計は黒焦げの消し炭《ずみ》。ちなみに位置情報も無理」

「となると、測位信号の受信機もまた黒焦げ？」

「ううん、そっちはハードに問題ないはずだけど……何故かウンともスンともいわなくて」

「ならいよいよ電算機に目覚めてもらって、自己診断サブルーチンを使うしかないわね」

「けれど、そもそも音声認識なんてしてくれないし、インタフェイスはパネルもキーも御機嫌斜めっていうか、すごく不安定で……

　あっ、ちょっと待ってよ。

それなら、上の丸ボタン、あの懐古調の押しボタンの列が使えないかなあ。強奪のとき、ハルカが使っていた奴。その配線をどうにかいじって、と」

――ユリは立ったり座ったりしていたが、やがて立ちっ放しになった。そして、かつて私がしていたように、ドアの右側で、二列に並んでいるクラシックで大きな丸ボタンだけを操作し始める。どうやら見た目のとおり、そちらの方が耐久力に秀《ひい》でていたようだ。

「あっハルカ、いけそう。大丈夫そう」

「再起動できる?」

「正常な再起動は無理。ハード部分に物理的な障害があるから。っていうかどうやら、吹っ飛んで行った部分があるみたい。影も形もない。そこはどうしようもない。

ただ、セーフモードでの再起動ならいける……と思う。これはあたしの診立《みた》てで、バクチの部分が捨て切れないけど、コイツのクセみたいなものが分かってきた。勝ち目はある」

「バクチだから問題というなら、私はどちらかといえばバクチ好きよ、ユリ?」

「うんそれは知っている。そもそも、人類史上最悪のテロリストだもんね。

でも、さらに問題がもうひとつある――

すなわち、たとえセーフモードでも、再起動とその後の稼動に限界がある。というのも、このCMRの動力残量は一〇%弱だから。外部供給がない以上、それは再起動でドカンと減って、その後もジリジリ減り続ける。要は電球、すぐ消えちゃう」

「そっちは大した問題だけど――

再起動しなければ何も分からないばかりか、このドアすら開けられない。ここで餓死するかも……というと大《おお》袈裟《げさ》だけど、餓死以上に喫緊《きっきん》の問題はあるわ」

「っていうと?」

「例えばトイレ」

「行きたいの?」

「……微妙なところ。大丈夫は大丈夫だけど、あればかなり嬉しい。そういう水準」

「りょ、了解。じゃああと一〇秒待って。この謎のボタン連打を終えて、いよいよ音声認識に移行するから――
5、4、3っと。
……電算機? ねえ電算機さん?」

［御指示を願います」

再起動

やった、とユリが拳を握って飛び跳ねる。可愛らしいポニーテイルがぱたぱた揺れる。
「照明をすべて点けてよ――じゃない今の中止。間接照明のみ、五〇％の照度で点けて」
［了解しました。
　間接照明のみを五〇％の照度で点けます］
「このＣＭＲの傾きは直せる？」
［実行できません］
「ならドアを開け――」
「待ってユリ」私は思わずユリを腕で制してしまった。
「ＣＭＲが物理的に移動してしまったというなら、外が何処《どこ》だか分からない。重力もあるし、天井の裂け目からは何やら夜空らしいものも見えるから、滅多《めった》なことはないと思うけど――まずは場所の確認が先よ」
「そ、それもそうか」
「電算機」私はユリに代わって命令を始める。「現在位置を測定して、教示」
［実行できません］
「理由」
［位置情報を取得できません］
「その理由」
［どのような測位信号も発信されていません］
「……現在の受信可能範囲は？」
［半径約１万㎞です］
　ユリと私は顔を見合わせた。
　これで、ここがトウキョウ・シティの領域でないことが確定したからだ。いや、外国のどの領域でもない。共通規格の測位信号を用いていない国は存在しないから。しかも電算機は『受信できません』とはいわなかった。『発信されていません』と断言した……
（おまけに、半径約１万㎞からの信号がない。本来なら、その一〇分の一以下の距離で、幾らでも飛び交っているはずなのに）
　……私は鋭い嘆息《ためいき》を吐きながら、聴きたくはないが聴かなければならない質問を発した。
「電算機。現在時刻を測定して、教示」
［時刻情報を取得できません］
「理由」
［どのような時刻信号も発信されていません］
「電算機」私の疑念は確信に近づく。「時刻信号以外による時刻測定は可能か、演算」
［可能です］
「……理由と一緒に、結果を教示」
［本機に搭載されている〈Ｐ‐ＣＭＲ〉のクロノトン時計とリンクしました。

現在時刻は、協定世界時・一五時三一分五七秒です」

（Ｐ－ＣＭＲ……？）

ひょっとして、母の肝《きも》煎《い》りで開発されていた、携帯型《ポータブル》の簡易ＣＭＲのことだろうか？

ＣＭＲに比し、耐用回数も遡行時間も使用可能人数も著しく限定されるが、革新的なダウンサイジングを――ゆえに保守性と簡便性を高めた試用機。その噂ならどこかで聴いた。ただ、それがもう完成していたとは。しかもそれがこのＣＭＲに実装されているとは。

（なら、『先週行われたＣＭＲ改修』というのは、それ。少なくとも改修の一部は、それ）

そして簡易ＣＭＲというからには――そんなものを消火器よろしく搭載していたからには――ＣＭＲ本体の事故は、ナチュラルに想定されていた。そう考えるべきだ。ならば。

（やはり母は知っていたのだ。ＣＭＲに事故が起こることを）

――いずれにしろ、この状況。

そのＰ－ＣＭＲなるものに、クロノトン時計のいわば予備が内蔵されていたことには、素直に感謝すべきだろう。

「……電算機」私は命令を再開した。「年月日と一緒に、現在時刻を教示」

「協定世界時・二〇二〇年七月六日一五時三二分一四秒です」

ようこそ、二〇二〇年へ

「に、二〇二〇年⁉」ユリが文字どおり飛び上がる。「そんなに昔？　て、ていうかそんなのあり得ない、絶対あり得ない。クロノトン時計か電算機の故障だよ‼　二〇二〇年っていったらトウキョウ・シティなんて影も形もないし、ならここは何処《どこ》なのって話にもなるし、そもそも……そもそもＣＭＲは時間遡行《そこう》型記憶転写装置で……記憶を飛ばせるだけ‼　タイムマシンじゃないんだから‼

あたしもハルカも、この制服も靴も、ううんトラブルシューティングキットでも何でもいいけど、物は絶対に送れない‼　ＣＭＲの機械ごと二〇二〇年だなんて、絶対に絶対にあり得ない‼　時間物理学上あり得ないよ‼」

「ユリ、私もそうは思うけど、事実の方がそれを許してくれるかどうか……

電算機。ＣＭＲのドアを開けることは可能か、自己診断」

［可能です］

「ドアの外部におけるヒトに対するあらゆる脅威を、稼動できるシステムの全てを使って、演算」

［P－CMRの環境評価計にリンクしました。スキャンを実行……

半径一〇㎞の範囲において、ヒトの生存に対する環境上の脅威はありません］

「なら電算機、ドアを開けて」

「ハルカ!!」

［了解しました。ドアを開けます］

がこん、がこん、がたごとん。大理石パネルの両開き戸は、故障とゆがみを感じさせながらも、どうにか開いた。どうにか全開にもなった。

私は、かつて扉の中央だった位置から、緊張しつつ外を見る――

（……夜空。

美しいけれど、どこか重い。ぼやけている。星が遠く感じられる。

そして、この躯《からだ》に纏《まと》わりつくような湿気――雨時間の後なのだろうか？）

電算機は『環境上の脅威はない』なんて断言したが、私にとっては不快この上ない。そしてそれは、ユリにとっても一緒だったようだ。

「うわっ、ハルカ何これ、映画に出てくる霧とか？　滅《め》茶苦茶《ちゃくちゃ》ベタベタするよ。

それに、この空気――獣くさいし煙くさい。むかむかする。こんなところにヒト、生きられないよたぶん。臭いし重いしベタベタするし。あっくしゃみ出そう――くしゅん!!」

「ただ、ほら――どうやらあれは街の灯ね。夜の、街の灯。

ここには文明があり、だからヒトがいる」

「……金星人とか、木星人とかかもよ？」

「確かに嫌な臭いがするけど、どうやら酸素は充分にある。いるのはきっと地球人よ」

「だとしても、やっぱり電算機は壊れているよね――だって今ここ夜だもの。昼の三時だなんてあり得ない。それとも気象庁の大ポカかなあ」

「ところがどうして。

『文系』だったであろう私の知識によれば、その昔は時差なるものがあったの」

「ジサ？」

「地球の国や地域ごとの、標準時間のズレよ。

例えば、かつての英国が昼の三時ならそのとき、かつての日本は真夜中の零時とされた」

「どうしてそんなことするの？　ぜんぶ協定世界時に合わせればいいのに」

「それは太陽と月と星のせいよ。言い換えれば、ヒトが大地に根差していたから——

それよりユリ、またまたお願いがある」

「技術的なこと？」

「そう。

さっき電算機が教えてくれた、〈P‐CMR〉なるデバイス。取り出せる？」

「それは難しくないと思うよ。電算機が認識していたから、音声で聴けば在処《ありか》は教えてくれる。でもそのデバイスを何に使うの？」

「時間の最終確認。

第一に、クロノトン時計の針と表示とをこの目で確認する。

第二に、おそらく内蔵されているであろう〈因果尺〉で因果計算をする。そうすれば」

「あっなるほど」ユリは大きく頷いた。「もし〈因果尺〉が使えるのなら、過去が見られる。因果関係の潮流も見られる。だから、今がホントのホントに二〇二〇年七月六日だっていうのなら、〈因果尺〉を使えば二、〇、二、〇年のあたしたちが見られるし、二〇二〇年に因果関係の大変動が観測できるはず」

「そういうことよ」

「合点承知《がってんしょうち》——

といって、まさかタイムマシン的な過去への移動だなんて、あり得ないと思うけどね。

ここはきっと、建設途上のどこかの国だよ。どうしてそんなところまで飛んだのかは分からないけど、空間移動の方がまだ現実的だし」

「同意するわ。時間物理学的にも、古典文学的にも」

「古典文学？」

「生徒がふたりしかいないゼミだったけど、私、古典文学は優《ユウ》だったの。そしてうろ憶えだけど、こんな神話を聴き囓《かじ》ったことがある……

七月七日には、神様が天《あま》の川《がわ》に、鵲《かささぎ》の橋を架けるとか。それも、美女のためによ」

「ぷっ。まあ、あたしはともかくハルカは美女でいいかも知れないけど、意味が解らない。だって今は七月六日だそうだし、そもそもカササギって何？」

「憶えていないわ。素材ではないと思う。魚だったか、鳥だったか。神様のペット系よ」

「いずれにしても真空だし、距離がありすぎるし——だけど、どうして橋が架かるの？」

「おんなの愛のため、らしい。一年のうちその日だけは、おんなの愛が叶うらしいのよ」

「ますます意味が解らない。あたしたちどっちも彼氏ナシだし、望みは全然叶ってないし」

——ユリはすぐにP－CMRを持ってきた。これまた、恐ろしくレトロな外観だ。

私は、その銀の蓋《ふた》をぱかりと開き……

二〇二〇年七月六日改め、七月七日。

経験的にも、時系列的にも、私の初めての七夕はこうして始まった。

第2章　めぐりあいは殺人——光夏

爆発から目覚めて

……ミファソ。

ソラシ、ファソファソラ。
ラ、シ、ド……
（シ）
……頭の中で、旋律が響いている。

あたしの吹く旋律が。

けれど、その旋律最後のシのところで、いきなり立ち消えてしまう。

とても気持ちよく流れているのに、突然、一時停止されたみたいに。

——一時停止で、またくらくらと、静寂《しじま》。あたしの意識も、くらくらと朧《おぼろ》になる。

そして意識が無意識に沈み、またもう一度無意識の底からゆらゆら浮かび上がると、無限のループみたいに、あたしの吹く旋律が聴こえ始めるのだ。

やっぱり、最後のシのところまで。

(なんだか……すごくもどかしい)

曲はどうして先に進まないんだろう。ここが魅《み》せ場で、こんなに美しいのに。

そして、どうして私の最後のシはこんなに弱々しいんだろう。フォルテシモなのに。

これじゃあ、それを吹けているのか、吹けていないのかも分からない。

(吹けているのか、いないのか……)

自分では無限に思えた、練習番号15から16までの脳内ループ。

その、何度目か分からないけれど。

頭に響く旋律がまた最後のシに差し掛かったそのとき、あたしはがばっと跳ね起きた。

(そうだ、吹けていない……あたしはそれを吹き切れていない!!)

——跳ね起きて周りを見渡す。

屋上だ。久我西高校の、教室棟校舎の屋上。

跳ね起きた躯《からだ》の、目線の先に竹がある。たくさんの短《たん》冊《ざく》に、たくさんの折り紙細工。

(七夕飾り)

あたしはそれを見遣りながら、改めて自分の躯の姿勢に気が付いた。

両脚を変にねじ曲げた、腕立て伏せみたいな格好になっている。

つまり、ほとんど俯《うつぶ》せに倒れていた状態から、両腕で躯を起こした格好だ。

(七夕の夜……屋上。あたしは俯せに倒れている……)

あっ。

ここで、あたしはハッキリと自分の記憶を思い出した。

思い出すと同時に、背中と腰、それも左側の方に、激しく打ちつけたような鈍痛《どんつう》を感じる。あたしは自分の躯を触った。この痛み。セーラー服の埃《ほこり》っぽさ。プリーツスカートの鉤《かぎ》裂《ざ》き。そして何よりも、ハッキリ思い出せたその記憶……

(ば、爆発があった!! この七夕祭りの屋上で、爆発が!!)

——間違いない。あの爆発。あたしはもう一度記憶を捜《さぐ》りながら、時系列を整理する。

(あたしたちは——真太、一郎、英二、詩花《しいか》、あたしの五人は、あの七夕の竹を屋上に飾った。というか、そのために特別の許可をもらって屋上に来た。

そして、フェンスに竹を固定して……今年こそは全国

大会に行きたい、って話をして）

そうだ。そのあと真太が、ちょっとだけ合奏してみよう――っていってくれて。

だからあたしたち五人は、楽器をスタンバって、この屋上で、今年の自由曲を……

（そのとき、突然の爆発が――）

――いちばん気持ちいいところで、いきなりの爆発音がしたのだ。

あたしはその轟音《ごうおん》と、劫火《ごうか》そして黒煙を思い出す。あまりに一瞬の、あのカオスを。あれは、外国の映画で車を派手に爆発させるシーンのような、そんな爆炎だった。まさか、この広い屋上ぜんぶを巻き込むような規模じゃなかったけれど……それじゃあ空襲だ……けれどもういきなり、ドカン。そして音とか炎とか煙と一緒に、すごい衝撃も感じた。

（あっそうか。あたしたちは立っていた。

立って楽器を吹いていた躯にいきなり衝撃を受けて、それで――

それで）

それであたしはぶっ倒れたんだろう。だから今、腕立て伏せみたいな格好で躯を起こしながら、七夕の竹をただ見ている……

あたしはわずかに視線を落とし、手首の腕時計を見た。時刻は午後一〇時三〇分。

あたしが最後に腕時計を見たとき、時刻は確か午後九時五〇分だった。そして一昼夜が過ぎた気配はない。

（辻褄《つじつま》は合うわね）

自由曲の合奏なら六分程度だし、あのときは全体を通《トオ》しで吹いたわけじゃない。だから、実演奏時間はせいぜい三分ほどだろう。するとあたしが爆発を感じ、おそらくそのまま気絶してしまって、だいたい三十五分が経ったところ――辻褄は合う。

（そうだ皆《みんな》は？　一緒に屋上にいた皆は？）

……それを真っ先に確認しなくちゃいけなかった。あたしはがばっと跳ね起きた。屋上のコンクリに打ちつけたらしい背中と腰がひどく痛む。思わず顔をしかめる。あの爆発が何にしろ、誰も怪我なんかしていなきゃいいけど。

あたしはぐるりと屋上を見渡した。繰り返しになるが、ここの屋上は広い。プールも設置できそうなほどに。そしてまた繰り返しになるが、ここは校舎五階の真上だ。かなりの高さがある。かなりの高さが……

……ここは広いし、フェンスもネットもある。爆発で思いっきり吹っ飛んだとしても、まず転落はしないはずだ。でもその爆発の正体が分からない以上、結果も影響も予測できない。何かの拍子で屋上から転落したなんてことになったら、怪我どころか死んでしまう。ちなみに、校舎の周りはちょっとした芝生とアスファルトの道。クッションになってくれるものなんて無いし、そもそも校舎六階の高さから墜ちたらどんなクッションも無意味だ。奇跡的に、下に車とか人とかがいれば——それがクッションになって、すぐに緊急手術をして救《たす》かった事例もあるらしい。本で読んだ。いずれにしろ絶対に経験したくないことだ。

（とにかく無事を確認しないと。さいわい、月灯りも星灯りも充分にある）

だからあたしの瞳は、すぐに仲間たちの姿をとらえた。

正確には、幾つかの人影をとらえた。

屋上のコンクリの上に、突っ伏しているのがひとり。

仰向けに倒れているのがふたり。

突っ伏しているひとりはセーラー服姿。おんなだ。ならあたしの女房役、詩花に間違いない。この夜、屋上に入ったおんなは詩花とあたしだけだから。

仰向けに倒れているふたりは、夏開襟シャツ姿。おとこだ。この夜屋上に入ったおとこは三人いるから——言うまでもなく真太、一郎、英二の三人だけど——そのうちのふたりとなる。けれど『倒れている』以上、どれが誰かを、背丈とかで識別することはできない。そもそも、ふたりのおとこはあたしから一〇m近く離れていて、それも識別を難しくする。ただそれをいったら、詩花も同じくらい遠くにいるし、そもそも三つの人影は、てんでバラバラの方向に『飛び散っている』……

（やっぱりあれは爆発だったんだわ。扇の形に並んでいたあたしたちが、てんでバラバラに何mも弾け飛ぶなんてよっぽどのことよ）

そして、あたしが確認できたどの人影も、まだ微動だにしない。

あたしはとにかく、シルエットだけ見える三人の誰かに駆けよろうとした——

——ところが。

あたしがまず、セーラー服姿で突っ伏している詩花の下に駆け始めようとした刹那《せつな》。

あまりにも自然に、あたしの躯はうしろから抱きとめられた。

出会い——ハルカと光夏

いざ駆けようとしていた脚が、びくんと痙攣《けいれん》したように止まる。

そしてあたしを抱きとめた誰かの両腕は、これまた自然に、むしろあざやかにあたしの躯を一八〇度回頭させた。まるで、疾駆《しっく》しようとしていたあたしの勢いを、一〇〇％そのまま利用したかのように。

一八〇度回頭させられたあたしの躯と頭は、その誰かに、密着したかたちで正対する。

……それはあまりに突然で、あまりに自然で。

だからあたしは、その時点では、自分に何が起こったのかも分からなかった。とにかくあたしに解ったのは、『その腕は絶対にあたしを離す気がない』――ということ。その腕には、なんていうか、それだけの説得力があった。必死さとか、決意とかがあった。ただ、それと同時に――とても不思議だし何故かは解らなかったけど――あたしに対する敵意も害意もないっていうことが、ビシビシ伝わった。

……星空の下、いきなり誰かに抱きとめられ、密着して正対しているあたし。

そして、あたしを抱きとめ、あたしに密着して正対しているその誰かは……

おんなだ。

（それも、おんなのこだ……）

美しい七夕の夜に、いっそう濡れるような黒髪の、ロングロングストレート。いさぎよいぱっつん前髪。理知的で怜悧《れいり》な瞳。キレイさのレベルを抜きにすれば、私によく似た髪型に髪質、そして顔立ちからして……未成年か、せいぜい大学四年くらいだろう。実際、着ているのはセーラー服だ。それも夏セーラー服。だから、夜に露出した顔と腕とがあいまって、その月光に灼《や》けたようなキレイな肌が、よく分かる。

（けれど、この制服はウチの奴じゃない。絶対に違う）

姿勢からして、全体像はつかみにくいけど――彼女のセーラー服は、久我西高校のそれとはあきらかに違った。ううん、この吉祥寺周辺、武蔵野周辺のどの高校の奴とも違う。

というのも、シャープなジャケットを思わせる鋭角的なデザインに、リベットを思わせるボタンが、お洒落に多用されているからだ。垣間《かいま》見える小さなベルトたちも、どのような意味があるのか解らないけど数多い。それらのベルトは、セーラー服全体の、コルセットっぽいシルエットに貢献《こうけん》してもいる。おまけに、彼女の制服の素材は、革のようでもあり金属のようでもあり、それでもやっぱり布のようでもあり……とにかく、どうにも表現できない質感を持っている。とりわけスカートが美しい。

また、彼女のスカーフ留めはどうやら金属製で、一見平凡だけどよくよく見れば、不思議な歯車とか金属棒とかが、とても精緻《せいち》に絡《から》み合っているのが分かる。そしてその歯車たちは、とても特徴的な彼女の指ぬき手袋にも、大小様々な組合せで用いられていた。特徴的といえば、あと彼女のブーツ。制服にブーツという組合せなんて、あたしは目撃したことがない。もちろんそのブーツも、歯車にリベットに金属装飾を多用した、どういう意味があるのか想像すらできないデザインだ。といって、制服の全体的な印象はとても美しく、あらゆるところで、機械美とガーリーさが絶妙に調和している……

……やがて、その摩訶不思議《まかふしぎ》に美しいセーラー服姿の少女はいった。そっといった。

「起きてしまったのね」

「どっ」あたしは言葉に迷った。「どういうこと⁉」

「……御免《ごめん》なさい。実はもう少し、眠っていてもらう予定だったの」

「い、意味が解らない」

「私とあなたは、出会ってはいけなかったから」

——あたしはここで、謎の少女の顔を見詰めた。

謎の少女も、あたしの顔を見詰めた。あえていうなら、『万感の思い』がある感じで。

あたしは何故かその真剣さにひるみ、顔を背けてしまった。

すると、背けた顔の視線の、その先に——

（……あ、あれはいったい何⁉）

ここは学校の屋上。

校舎五階から通じる階段室以外に、構造物はない。ないはずだ。

それなのに、あたしの視線の先には、訳の解らない、大きな構造物がある——

（大きな鎗《やり》……大きな矢？　それとも大きな隕石？）

これを、いったいどう表現すればいいんだろう。

敢えて言うなら、金属製の、巨大な焼き芋《いも》だろうか。要するに、菱形《ひしがた》というか、楕円《だえん》というか、天の川銀河をヨコから見たレンズ状というか……全長五ｍ以上のヘンテコな焼き芋型物体が、斜めに、屋上にずぶりと突き刺さっている。『焼き芋』という言葉を使ったのは、おそらく物体の両端——物体の上下が、中央部分より狭《せば》まっているからだ。もちろん物体は屋上にずぶりと突き刺さっているから——だから下端は埋まっているから、その狭まりが分かるのは、主として上端の方だけど。

そして、よくよく見れば、それは焼き芋ほど自然な輪郭《りんかく》をしてはいなかった。

すなわち、狭まっている端《はし》の方は――例えば斜め上を見上げている上端の方は、配管だの配線だの金属棒だの機械部品だので、ゴテゴテしながらも鋭く天を突いている。全体的な印象としては、鋭いアンテナをたくさん、ギザギザと夜空に伸ばしている感じだ。それが、物体の上部の方。

そして、物体の本体というか、中央部分は――

それはむしろ直方体だった。これまた機械的で、自然な丸みはない。よく分からない凹凸《おうとつ》とかゆがみとかはあるけど、だから微妙にデコボコしてはいるけど、間違いなく直方体だ。

（形にしろ、サイズにしろ、そう、エレベータのゴンドラみたい。ちょっと巨大だけど）

つまり、直方体のゴンドラ部分が中心となって、その上下に鋭い機械の線を何本も――どこかボロボロになっている感じはあるけど――突き出している。ゴンドラ部分が大きく、そして上下部分がツンツンした線の群れになっているから、トータルとしては天の川銀河というか、焼き芋状に見える。そして、その構造物が学校の屋上に突き刺さっているから、焼き芋の下端がコンクリに減《め》りこんだ形になる。

要は、物体はお尻から屋上に突っ込んでいる。こうなる。

（形は分かったけど、だからといって、何が解るわけじゃない……）

……ただ、あの爆発。午後九時五〇分過ぎに感じた、あの爆発。

（もしあれがこの物体の所為《せい》だとしたら？）

そうだ。こんなモノ、あたしたちが屋上に上がってきてから合奏を始めるまで、絶対に存在してはいなかった。屋上はフラット。あるのは階段室だけ。こんなモノが存在していたら、あたしたち五人、誰ひとり見逃すはずはない。

――だからあたしは謎の少女に訊いた。

彼女の躯をぐっと押し、あたしから一歩離れさせてから訊いた。

「あたしが……あたしたちが吹っ飛んだのは、あの物体と関係があるの⁉」

「……ある」

「いったいあれは何⁉　どこかから墜落してきたの⁉」

「お願いがある」

「な……何よ⁉」

「大きな声を出さないで――

そしてユリ、この子から離れて。

どうやら、私同様、体質的に強制入眠剤が効きにくいタイプのようだから」

出会い――ユリと光夏

……そのときあたしは初めて気付いた。まるで猫のように敏捷《びんしょう》に、あたしの背後に迫っていた誰かがいたことに。ビクッとして顧《ふりかえ》ると、その誰かはまさにあたしの首筋に、細身な円筒形の何かを――正確にはその頭の方を押し付けようとするところ。

その子とあたしの視線が、月灯りと星灯りの下で、絡まる。

そう、その誰かもまた、『その子』だった。つまり少女だった。

――不思議な機械美のあるセーラー服は、あたしを最初にうしろから抱きとめた、第一の少女とまるで一緒。背丈は第一の少女よりわずかに小さい。顔立ちは、第一の少女と全く違うベクトルで、美しい。すなわち第一の少女には、どこまでも非人間的な、そうヒトを超越したような、冷然・冷厳とした美しさがある一方、あたしの首筋に何かを押し付けようとした第二の少女には、もっと人間的で、もっと快活な美しさがある。同年代の少女らしい、素直でストレートな可愛らしさがある。それは、無造作なようで丁寧に作られた前髪と、どこか飛び跳ねるようなポニーテイルに象徴されている。

（詩花に似ている。詩花はもっと大人しくてガーリーな感じだけど、髪型からだろうか、この第二の少女は、どこか詩花を連想させる。きっと年齢的にも、とても近い）

すると、快活な方の、第二の少女がいった。厳しくいった。

「けれどハルカ、マズいよ。

この子、あたしたちも目撃した。もちろんＣＭＲも目撃した。それは因果法違反――」

「――とは断言できないと思うわ、ユリ」第一の少女がそっといった。「というのも、これって、因果法がまさか想定してはいない超異常事態だもの。かくいう私達の側も、もう派手にやらかしてしまっているし」

「それはそうだけど、でも!!　無許可の過去改変なんて……じゃなかったごほん、ごほん!!」

ここで第二の少女はあたしをチラッと見遣った。そして慎重に言葉を選ぶ感じで続ける。

「ええと、その……

無許可のそういった改変は、もちろん死刑だよ。因果庁の許可を受けていないどのような改変も極刑《きょっけい》。それはきっと、CMRを使っていようと使っていまいと……その本来の用法に従って使っていようと使っていまいと、理屈としては全然変わらない。だから、あたしたちがこの子に姿を見られるのもマズいし、ましてCMRを見られちゃうなんて……」

「ユリの気持ちは解る」第一の少女が、やはりどこか言葉を選ぶようにいった。「確かに、因果法の趣旨からすれば、具体的な条文がなくとも、今の私達は極刑に値することをやっているし、極刑に値する状況にある——とりわけ、さっきの事故に鑑《かんが》みるとね」

「だから、もう一度眠らせれば!! さっきの事故だって、あたしたちだけでどうにか!!」

第二の少女はあたしをうしろから羽交《はが》い締《じ》めにすると、細身な円筒形の器具をあたしの首筋に押し付けようとする。あたしは彼女から躯ごと逃れつつ、とにかく首筋を器具から離そうとした。変な動きをしてしまった反動で、あたしは左半身から、屋上のコンクリに転倒しそうになる……

すると、第一の少女がスッと夜を動いて、またあたしの躯を抱きとめた。そして、第二の少女の動きを——引き続きあたしを襲撃しようとする動きを、腕で制する。同時に、あたしの口をそっと、けれど断乎《だんこ》として塞《ふさ》いでしまう。

(んんっ——んんっ——!!)

「ハルカ、どうして邪魔するの!?」

「……ユリ、大声を出しては駄目」

第一のロングストレートの少女は、ハルカというらしい。そして第二のポニーテイルの少女は、ユリ。そのユリに、ハルカが続ける。

「その強制入眠剤。私達がハイジャック用に調達してきたものだけど、普通のヒトなら六時間以上は昏倒《こんとう》させられるはず。そして現に、他の三人は目覚める気配もない——ということは、この子には」

ハルカは屋上で転倒しかけたあたしを、上の方から見下ろした。そして続けた。

「どのみち薬剤は効かない。どれだけ圧力注射器を使っても、私自身の経験からして、どうせ三〇分程度で起きてしまう——これすなわち労力と時間の無駄よ、ユリ」

「といって、このままにしておく訳にはゆかないよハルカ!!」

この時代の……じゃなかったええと、ここの現地のヒトとコミュニケーションすることは、それが会話であれ身振り手振りであれ何であれ、はたまた一秒であれ三〇分であれ、確実に、その、マズい改変を引き起こしてしまうもの!!」

「それをいったら、もうこの子が私達とＣＭＲを目撃した時点で、アウトよ。

　より正確には、あの事故が起きた時点でアウトだし、もっと正確には、ＣＭＲがここに出現した時点で、もうアウト」

「だからこそ、せめて影響を最小限にしないと!!

　目隠しして耳栓して、躯を拘束して――イザとなったら、いよいよＰ－ＣＭＲを」

「待ってユリ。ちょっと教えて。率直に答えて。

　ＣＭＲ本体が本来の機能を発揮するまでに、あとどれくらい必要？　要はＣＭＲの修理時間だけど」

「……あたしたちが強奪したときの初期状態に戻す、って意味なら、最低でもあと八時間、ううん一〇時間は掛かるよ。といって、吹っ飛んだり焼き切れたりした機械部品は新たに調達しないといけないし、電力をどうにか確保しなきゃいけない――それが無理なら、何時間待っても修理なんてできっこない」

「だったら、この子を眠らせようが拘束しようが、大勢《たいせい》に影響がないともいえる。

　というのも。

　今、この子はもう、この学校屋上の異変を知ってしまった。その記憶を消す術《すべ》は私達にはない。また、残りの三人は有難くも眠ってくれているけれど、まさかずっとそのままという訳にもゆかない。強制入眠剤は、おしなべて六時間ないし八時間後には効果を失う。

　すなわち、この夜明け前には、残りの三人の誰もが目覚めるわ」

「眠らせたまま、この学校の、屋上以外の、どこかの教室に動かしておけば――

　変な夢でも見たと、勝手に思い込んでくれるかも。この子だって、あるいはまだ」

「……それはちょっと厳しいわね。他の三人についても、この子についても。

　というのも、ほら、あそこの植物。あきらかに人為的な、作為的なもの――

　あの植物と、諸々《もろもろ》の飾りつけから考えるに、この子たちは今夜、何らかのお祭りをしていたのよ。ユリにも、何かの神木《しんぼく》みたいなものが見えるでしょう？　しかも、皆《みんな》で古楽器《こがっき》を吹いていたのだから、それはきっと大事な、厳粛《げんしゅく》な祭事のはず。

　それを中断させられて、いきなり強制入眠剤で眠らされて、いきなり違うところで目を覚ませば――それはとても不思議に思うでしょうね。そしてとても不思議に思って、大事な祭事を行っていたはずの……」

「……屋上を見に来る、屋上を捜索する、かあ」

「そして私達は——さっきユリが割り出してくれた修理時間からして——少なくとも次のお昼までは、この屋上に居続けなければならない。CMRを初期状態に戻すために。

要は、私達の側は、この屋上から逃げられはしない」

「ならどう考えても、祭事の結果とかを確かめに来る、この子たちとバッティングする。いろいろ捜索されて、その頃までには再コンシールできているはずの、CMRも発見されちゃう。ああ、八方塞《はっぽうふさ》がりっていうか、王手詰みだなあ……

こんなことになるんだったら、真っ先に屋上の四人全員を、ここから搬出しておくんだった……いきなり目覚める子がいるなんて、これは想定外だよ。

あと、やっぱり真っ先に、コンシーラーを修理しておくんだった。これはあたしのポカ」

「あんな大事故が起こった後だもの、それは仕方ないわ。

そもそも、この子が目覚めるまでの三〇分強で、コンシーラーが修理できたかどうかはかなり疑問だし。それにもしコンシーラーが復調しても、あれは光学的な遮蔽《しゃへい》だから、物理的に触られればバレるしね」

「あれはまあ、ド派手な爆発だったからね……」

ユリ、というポニーテイルの子は、どうやら注射器らしい器具を投げ出し、屋上にしゃがみ込んでしまった。もう、あたしをどうこうする意志はないようだ。すると彼女と一緒の制服を着た、ハルカ、というロングロングストレートの子が、慰めるように話を続ける。ただ、まだあたしの口は、厳しく——というか厳《おごそ》かに塞がれたままだ。ハルカ、という子には、あたしのあらゆる抵抗を、自然に封じる不思議な安心感と凄味《すごみ》があった。あたしは何故かそれを痛感した。一度も口を利いたことのない他人なのに、あたしはその凄味を恐怖し、その安心感を頼りにした。まるで、部活仲間のような距離感……

「以上をまとめれば、ユリ。

いよいよ目撃者ができてしまった。そして、彼女の口を封じることは無理」

「……本気でやろうと思えば、手段はあるけどね。さっきもいったけど、最終的な奴が」

「それこそ目撃されること以上の、ド派手な改変となってしまうわ、解って言っているんだと思うけど。

——さてそうすると。

私達の取りうる最も合理的な解は、その目撃者だけに、共犯者となってもらうことよ」

「共犯者……？」

「要は、ぜんぶバラす。

ぜんぶ説明して、協力を求める——

だってどのみち、修理部品の問題と、電力の問題があるんだもの。協力者は必要よ？」

「因果法の趣旨からして、どうかなあ……それに、ぜんぶバラすとして、話を信じてもらえるか。当のあたしたちだって、到底信じられないような現象が起きているわけで」

……ここで、まるで絶好のタイミングを選んだかのように、ハルカの手があたしの口から離れた。あたしは塞がれていた口の呼吸を整えつつ、思いきって、ハルカとユリの会話に割って入る。

「あっ、あの。

さっきからずっと口を塞がれて、まるで存在しないみたいに扱われているけど……それはかなりムカつくけど、でも、何かとてつもない深刻な問題が起こっているなら力になりたい……とは思うよ。

それに、あたしの方も、あなたたちに訊きたいことが山ほどあるし」

『時間遡行型記憶転写装置』ＣＭＲ

ユリは、動物がいきなり喋ったのを見た感じで、あたしの顔を見た。ハルカの方は、あたしの口から手を離したタイミングからして、あたしの言葉にそれほど驚いてはいない。

だから、機先を制する感じで、あたしの方からまた言葉を紡《つむ》いだ。

「あたしは今銀《いまがね》光夏《みか》。光に夏で、光夏。ここ、久我西高等学校の三年生。

そして、話を聴くに、あなたたちが薬で眠らせてしまった子たちは、あたしの部活仲間で同級生だよ。

それで、あなたたちは？　あたし名乗ったから、名乗ってくれるよね？」

「……私は、トキカワ・ハルカというの」

ロングロングストレートの子が、むしろサクサクいった。

「そしてこっちの子は、ウエハラ・ユリ」

「……ええと、ふたりとも、その、日本人なの？　展開からすると、宇宙人でもおかしくないけど……名前は日本名だし、しかもふたりとも日本語を喋っているよね？」

「そうね」やはりハルカがさくさくいう。「いちおう日本人よ」

「いちおう……

あと、セーラー服を――セーラー服だよね？――着ているけど、ふたりとも高校生？　仲のいい友達っぽいし、ひょっとして同級生か何か？」

「年齢というなら十八歳ね。そして確かに、ユリと私は同級生」

「じゃああたしと一緒だね。あたしも十八歳だから。というか、あたしたち全員と一緒。

ただ、ここ武蔵野のあたりでは見ない制服だし……

いろいろ話しているのを聴くと、どう考えても普通の女子高生じゃない。

あなたたちはいったい何者？」

「……すぐそこに、大きな機械が見えるわね？　かなり破損しているけれど」

「うん」

「結果的にいえば、ユリと私はあれに乗って、未来から来た」

「た、タイムマシンに乗って来た――っていうこと？」

「結果的にいえば、そうなる」

「結果的にいわなければ？」

「事故があった」

「どんな？」

「何処《どこ》から説明してよいか、悩むわね」

するとしばらく黙っていた、ポニーテイルのユリが言葉を継いだ。

「ええと、ミカさん。

さっきも見てもらったけど、あの機械、実はタイムマシンなんかじゃないんだ」

「……えっどういうこと？　だってハルカさんとユリさんは、未来から来たって」

「あの機械では、物理的に、過去に来ることなんてできない。理論上も、実際上もそう。

ところが、さっきハルカがいったとおり、『事故』があった。

その『事故』で、本来あの機械にはできないはずのことが、できてしまったの」

「あの大きな機械はそもそも何？　巨大なエレベータを連想させるけど……」

「ねえハルカ、まだ迷うけどこうなったら、もうぜんぶ説明しちゃっていいんだよね？」

「ええ、でも、そうね……

……ミカさんに世界を絶望させるようなことは、いわないでおいてあげて。

それは、因果法の規定がどうこういうより、おなじヒトとして残酷なことだから」

「成程《なるほど》……解った。

ええと、それでねミカさん。まず――

あの機械は『時間遡行型記憶転写装置』、クロノ＝メモリアル・レトロスペクターっていうんだ。あたしたちは省略してCMRと呼んでいる」

「時間、ソコウ型……記憶転写装置？」

「要は、記憶情報だけのタイムマシン。しかも、過去に遡《さかのぼ》ってしかそれを送れないタイムマシン。だから遡行型と呼ばれる。

もちろん、記憶情報だけを過去に送るわけだから――時間工学と時間脳科学の細かい議論を措《お》くと――モノ一般を過去に送ることはできない。繰り返すけど、送れるのは記憶情報だけ。しかも、その記憶情報が上書きできるのは、過去の自分の脳だけ。

だから、あの巨大な機械を使ってできることといえば、過去の自分の脳に、現在の――CMRを使った時点での――自分の記憶情報を、上書きすることだけなんだ」

「だから、『記憶情報だけのタイムマシン』なんだね？

すると例えば、もしあそこにある巨大な機械が使えるのなら、あたしは――今現在のあたしの記憶を、過去のあたしに送信できる。過去のあたしの脳に、上書きできる」

「そういうこと。そしてそれだけ」

「でもユリさん、それだけでもすごいよ!!

あたし、まだその仕組みがよく解っていないけど、それは要するに――

あたしでいえば、十八年間の自分の人生の内で、自由に狙ったところに、今のあたしの記憶を送れるって、そういうことでしょ？」

「うん、そうなる。

理論的には胎児である自分の脳にも記憶転写できるし、また理論的には一分前の自分の脳にも記憶転写できる――狙った時間に、自分の脳があるかぎり」

「でも、だったら、そんな機械があるのなら……もうデタラメっていうか、ナンデモアリな気がするよ。

くだらない例を挙げれば、期末テスト前の自分に、期末テスト後の自分の記憶を上書きすることだってできる。もっとマジメな例を挙げれば、交通事故で大怪我をする前の自分に、交通事故に遭《あ》った後の自分の記憶を上書きすることだってできてしまう――たとえ、この自分自身の躯そのものは、タイムトラベルできないとしても。

　それって結構すごいよユリさん。ていうか、タイムマシンとほとんど変わらない」

「うーん、いわゆるタイムマシンに比べれば、ものすごい制約があるんだけどね……」ユリは続ける。「……でも記憶転写だけだって、ヒトに許されることじゃない。この世の様々な、そう森羅万象《しんらばんしょう》には、必ず原因があって結果がある。いわゆる因果がある。それに誰もが自由に介入できてしまっては、世界が滅茶苦茶《めちゃくちゃ》になっちゃう」

「だから」ハルカがいった。「そもそも私達の世界に――私達の時代に――このCMRは一台しかない。世界にたった一台。それも、因果庁という強力な行政機関が監視し独占している。そして、このCMRを稼動させるためには、因果法が定めた厳格な要件を満たす必要もある。実際上、私が生きてきた十八年間でいえば、CMRが稼動したのは――因果庁がCMRを稼動させたのは、たったの一度よ。

　これは、それだけ人類にとって死活的で危険な、神の領域を侵す機械なの」

「そ、その、たったの一度っていうのは――」


　あたしは屋上に突き刺さっている、大きく損壊したCMRなるものを見ながらいった。

「――もちろん、ハルカさんたちが今、ここにやってきたときのことじゃないよね？」

「まさしくよ、ミカさん。

　だって私達は、因果庁からCMRを強奪したテロリストなのだから」

「ご、強奪」

「無許可でCMRに立ち入ることも、無許可でCMRを稼動させることも、無許可で記憶転写を実行することも、無許可で過去を改変することも、すべて因果法によって死刑と定められている。私とユリは、死刑に当たる罪をあえて犯したテロリスト」

「ええと、その、因果庁っていうお役所に叛《さか》らって、勝手に機械を動かしたの？」

「そう」

秘密、謎、奇跡

「……うーん、でもちょっと、理屈が合わないような」

「どのあたりが？」

「だって、タイムマシンじゃないんだから、この巨大な機械がそのまま過去にやってくることはないはず。それに、あと……

ねえハルカさん、ユリさん。今は西暦二〇二〇年七月七日だけど、ふたりが生きていた時代は西暦何年なの？」

……ここで、ハルカとユリはかなり躊躇《ちゅうちょ》した。不思議なほど躊躇した。

奇妙な暇《ま》がかなり空いた後、ユリがどこか取り繕《つくろ》うようにいう。

「こ、この時代から……西暦二〇二〇年から、そうだなあ、何十年も後の時代だよ。十年二十年なんてもんじゃない」

「そうなんだ。ええと、そうすると……

もちろん、この西暦二〇二〇年には、ユリさんもハルカさんもいないよね？

もっとずっと未来から来たんだから、あたしと一緒で十八歳のユリさんとハルカさんが、この西暦二〇二〇年に生まれているはずがない。そんな、いかにもな女子高生の容姿をしているはずもない。だってまだ存在していないんだもの。胎児ですらないんだもの。

でも、さっき聴いた話だと、あの巨大な機械は、過去の自分に記憶を転写するもの……

ほら、おかしい。いない自分に、記憶が転写できるはずないよ」

「鋭いわね、ミカさん」ハルカがいった。「実はそれが、さっきいった『事故』なの。さっき私は、『結果的に、タイムマシンに乗ってきたことになる』旨《むね》を喋った。そしてユリがCMRの解説をしてくれたから、そろそろ実際のところを説明する準備も整った――

――私達は、そう、この西暦二〇二〇年に来るつもりなど微塵《みじん》もなかった。

そもそもそれは、今ミカさんが指摘したとおり、CMRの機能として不可能なのよ。

そして実際、私達が目指していたのは、私達でいう『十二年前』だったの」

「ええと、それは」あたしは頭を整理しながらいった。「ハルカさんとユリさんが、今十八歳で、そこから十二年を遡るんだから、つまりふたりが六歳だった時代だね？

六歳の自分に、ハルカさんたちの現在の――十八歳分の記憶を転写しようとした」

「まさしくそのとおり。そしてそれならCMRは問題なく稼動する。理論的にも、物理的にも……

ところが。

無事、私達の意識が飛んだとき――だから記憶転写が始まったとき、どうやら何らかの爆発が起きた。少なくとも、この西暦二〇二〇年で目覚める前の、私達の最後の記憶は、『何らかの爆発』よ。

そしてその『何らかの爆発』の影響かどうかは全然分からないけど……

御覧のとおり、ユリと私は、物理的に西暦二〇二〇年にいる。また御覧のとおり、CMRの機械そのものも、ほら、二〇二〇年に存在している。

——結論として、私達は、ターゲット時刻への記憶転写に失敗した。

また結論として、私達は、できるはずのないタイムトラベルまでしてしまった。

これは間違いなく、人類史上初のタイムトラベルとなるわ。というのも、私達がいた時代における時間工学の最先端のテクノロジーが、その限界が、CMRだから。躯ごとのタイムトラベルなど、私達の時代においても、SFか幻視か夢物語の類《たぐい》とされていたから」

「そしてどうやら……」あたしはまたCMRとやらを見上げた。「……その『何らかの爆発』なり『事故』なりは、この巨大な機械が暴走したから、っぽいね？」

「たとえどれだけ暴走したところで」ユリが嘆息《ためいき》を吐いた。「こんな結果はあり得ないんだけどね……ただミカさんのいっていることは解るよ。CMR、かなり激しく損傷しているし、ボコボコになっている部分も少なくないし、そもそもこれ、もっともっと巨大な機械の一部に過ぎないから。その巨大な部分の、ヒトとつながるモジュールだけが、すごい力で捩《ねじ》り切られて吹っ飛んできた。時間を飛び越えてしまった。そう考えざるを得ない」

「ミカさん」ハルカがいった。「私達のここまでの話、信じる？」

「……信じる」

「私がいうのも面妖《おか》しいけれど、何故？」

「仕掛けが大掛かりすぎるよ。

あのCMR？　あれだって、エレベータのゴンドラみたいな部分だけで四m近くあるし、そこから伸びる金属棒みたいな、ケーブルやアンテナの群れみたいな部分も含めれば全長八mくらい。しかも、どう見てもハリボテの類《たぐい》じゃない。あんなもの、校舎五階の上にある屋上まで、とても搬入できないよ。コンクリに突き刺すのだってひと苦労だろうし。

それに、冗談なり詐欺なりにしては妙に歯切れが悪いっていうか、いらない設定があり過ぎる気もする……何かの理由であたしたちを騙《だま》すなら、それこそ『タイムマシンです、未来人です』っていえばいいだけだし……

ううん、それよりも何よりも。

あたし自身、『謎の爆発』を感じたの。何らかの爆発を。ハルカさんたちの事故の原因と思《おぼ》しき、爆発を。だから信じられる。体感として、信じられる。

「ちなみにそれは」ハルカが訊いた。「どんな爆発？」

「ええと、あたしたち、そう吹部《すいぶ》仲間の五人は。あの七夕の竹を飾り終えて、そして今年のコンクールの自由曲を合奏していて――」

ハルカもユリも、理解できていない単語があるみたいだったけど、説明は後だ。あたしは続けた。

「要は五人で楽器を吹いている最中、もう突然に、ドカンと爆発があったの。すごい爆発音がして、火が燃え猛《たけ》るのと黒い煙が立つのを感じたの。それであたし気絶しちゃったんだけど……あっ」

いけない。

あたしはいちばん大事なことを忘れている。

タイムマシンもどきだの、未来人との遭遇《そうぐう》だので、大切なことを忘れていた。

「そうだ、あたしたちは五人で楽器を吹いていたんだよ。

あたしは自分で目覚めたけど……

さっき聴いた話だと、他の子は、ハルカさんとユリさんが眠らせちゃったんだよね？

皆《みんな》無事だった？　怪我とかしてない？」

交通事故、あるいは殺人事件

「……屋上にいるヒトならば」ハルカが淡々《たんたん》といった。「全員無事よ。ユリが医療スキャンをしてくれたけど、応急の救護を要したり、緊急の手術を要したりするヒトはいない。それを確認した上で、強制入眠剤で眠ってもらっている。というのも当然、私達なりCMRなりを目撃されては困るから」

「よかった……

けどあたしとしては、すぐに全員を起こしてほしいんだけど」

あたしは腕時計を確認した。午後一〇時五〇分。

(屋上の鍵を返さないといけない。午後一一時までには、正門を抜けていないといけない)

というか、それも大事だけど。

(やっぱり自分自身で、皆《みんな》の安全を確認したい。

そして全員、なるべく早く家に帰らないと……)

大会前に、補導だの職務質問だのは困る。まして、未成年の未帰宅事案とかで大事《おおごと》になったら、それはもう不祥事だ。高校最後の大会の前に、変なことでミソを付けたくない。だからあたしはいった。というか、ハルカとユリに訴えた。

「説明している時間がないけど、あたしたち、五人とも急いで学校を出なくちゃいけないの。すぐ家に帰らなくちゃいけないの。だから睡眠薬の効果を消して。それくらいはできるでしょ?」

「物理的には、できるよ」ユリがいった。「ただ、さっき説明したけど、無許可の過去改変って、重罪中の重罪なんだ。法定刑は、死刑だけ。その死刑っていうのも、ただの死刑じゃないっていうか、ちょっとえげつない奴で……だから、強制入眠剤が効かなかったミカさんは、まあ不可抗力《ふかこうりょく》ってことで仕方ないけど、他の三人については、今起きられるとちょっと困る……

ううん。

もっと単刀直入にいうと、あたしとハルカを目撃されるのも、CMRを目撃されるのもすごく困る。そんな出来事はあってはならないことだし、あたしたちとしては、西暦二〇二〇年の過去に、これ以上影響を与えたくないんだ」

「もうあたしが見ちゃったから、他の三人が一緒のことをしたところで、大勢《たいせい》に影響……って、他の三人?

三人ってどういうこと?

屋上には五人がいた。あたしを引いて、残りは四人のはずよ?」

「ミカさんそれは——」

ハルカが何かを説明しようとする。

けれどあたしは駆け出した。ものすごく嫌な予感がしたから。

〈他の三人〉。〈屋上にいるヒトならば〉。〈これ以上影響を与えたくない〉。

ハルカとユリの言葉。まさか……まさか……

あたしは屋上にバラバラと倒れている仲間たちに駆けよった。

目覚めたとき識別できたように、おとこがふたり、おんながひとり。

おんなは水城詩花だ。あたしは彼女の顔を起こし、いちおう確認する。

(けれどおんなに問題はない。おんなはあたし以外、最初からひとりだけだから)

問題は、おとこ。

問題なのは、仰向けに倒れている、夏開襟シャツ姿のおとこふたり——

あたしは彼等に駆けよって、月灯りと星灯りの下、それぞれの顔を確認した。

ひとりは火脚一郎。

もうひとりは、蔵土英二。

（だけどおとこは、もうひとりいないとおかしい!!）

部長の楠木真太がいなければおかしい。

あたしは一郎と英二の顔を確認してから、その場で屋上中を見渡した。

――やや大きめの階段室。校舎五階からの、階段を導いている室。

その近くに、あの大破したＣＭＲとやら。屋上に対し、斜めに突き刺さっている。

そのたもとに、さっきまで話をしていた未来人たち。ハルカとユリ。

（あとは誰もいない……何も無い……）

そのときあたしは見た。

校舎屋上の、緑のフェンスとネットが、その一部分が、まるで大砲でも撃ち込まれたみたいに、パカリと口を開けているのを。

もちろんあたしはそこへ駆けた。あからさまに、強い衝撃を受けた形跡がある。

ボコンとへこんだフェンスは破れ、強い衝撃に耐えかねたように、開口部を作っている。申し訳程度のネットは、やはり強い衝撃に耐えかねたように、ビリビリと大きく裂けている。しかも、破れ目・裂け目の、この大きさ……

（あきらかに、通れる……通れてしまう……）

あたしは大破したフェンスの開口部に正対した。

それを確認したくはなかった。けれど、この状況では、どう考えても……

……意を決したあたしが、地上六階の高さから、わずかに身を乗り出すと。

遥《はる》か下方、一階芝生とアスファルトの境目《さかいめ》に、ヒトの躯が。

その躯は、糸の切れた繰《あやつ》り人形のように、両腕両脚をあらぬ方向へ投げ出している。

意識しては決してできない、異常な関節の曲がり方。

あたしは更に瞳《め》を凝らした。凝らしてしまった。

柘榴《ざくろ》のように割れた頭部。

そしてその頭部も、夏開襟シャツの制服も、どむどむと濡らしている濃い血潮《ちしお》、どろどろとした血潮の水貯まり――

「し、真太!!　真太が墜ちて……屋上から、真太が!!」

「御免《ごめん》なさい」背に立ったハルカが、そっといった。

「私達が、吹き飛ばしてしまったの」

第3章　アルタイルの卵

――光夏

ファーストコンタクト――加害者と被害者

「うん、俄《にわか》に信じ難《がた》い話だ!!」

「……といって、少なくとも真太が死んでしまったのは明らかな事実ですよ?」

――引き続き、久我西《くがにし》高校教室棟校舎・屋上。

いるのは、七夕飾りをしにきた吹部《すいぶ》仲間の三年生四人と、遥かな未来から飛ばされてきたという不思議な女子高生、二人。

すなわち、現代側が一郎・英二・詩花《しいか》・あたし。未来側がハルカとユリだ。

ハルカとユリは、あたしの狂乱めいた懇願《こんがん》に根負けした感じで、あたし以外の現代側三人を……睡眠薬の注射で眠らせていた現代側三人を、目覚めさせてくれた。

目覚めさせるのは、実に一瞬のことだった。

さっき、ユリがあたしの首筋に押し当てようとした細身な円筒形の器具を、寝ていた仲間の首筋にぷしゅう、と触れさせただけ。後で聴いたところによると、その器具は圧力注射器というらしい。針も用いず、痛みもなく、望む薬剤をたちまち注射することができるとか。うん、そればかりか、逆に例えば採血のように、望む体液を採取することも、やはり針も用いず痛みもなくできるという。いや採血よりすごい。フィルタリング機能を使えば、望む成分とかを抽出することもできるって話だから。あたしはお医者にかかったときの採血が苦手な方なので、便利な器具があるもんだなあと素直に思った。

いずれにしろ。

強制的に起こされた一郎と英二は、特に『睡眠薬酔い』みたいなものはしていない様子だったけど——未来は薬剤も進歩しているんだろう——いきなり夜の久我西高校の、しかも屋上で目覚めたわけだから、少なからず混乱していた。ふたりから聴き出したところでは、やっぱりあたし同様、『楽器を吹いていたときに起こった突然の爆発から記憶がない』とのことだったから、要は突然気絶して、また突然カラリと爽快《そうかい》に目覚めたわけだ。それで混乱するなという方が無理だろう。

ただだ。

カラリと爽快に起こされた後で聴かされた話が、一郎と英二を一層混乱させるものであったことは間違いない。キラキラ王子様の火脚一郎も、幕末おネエ志士《しし》の蔵土英二も、取り敢えずハルカから『事案の概要の概要のそのまた概要』を聴いただけで、一様に口をあんぐり開けてしまった……

（CMRなる機械をその目で見たときの、あんぐり。そして真太が遥か地上で事切《ことき》れているのを確認したときの、絶句——）

——それが冒頭の、ふたりの発言になったわけだ。

あたしはといえば、既にハルカとユリから話を聴き、真太の……死体も目撃した後だったから、ホントはパニックを起こしたいほどなのに、どちらかといえば未来人側、説明側に回ってしまっている。回らされてしまっている。あわあわさせてももらえない。

だから、今心配なのは……

詩花だ。

やはり強制的に起こされ、『事案の概要の概要のそのまた概要』を聴かされてから、ただ無言のまま、すごいインフルエンザか肺炎にでも罹《かか》ってしまったかのように全身をがくがく震わせている、詩花。

詩花の、目覚めた時点での状態というか混乱は、一郎や英二とあまり変わらなかった。けれど、とうとう真太の遺体を確認してしまった後の状態は……混乱は……

『激しい動揺』なんて言葉で表現できるレベルじゃない。虚脱《きょだつ》と、錯乱と、恐怖と絶望とが入り混じって、とうとうヒトらしい感情が塗り潰《つぶ》されてしまったような、そんな震えと怯《おび》えの中にいる。もちろん、ひと言も言葉を発しない。

（ううん、無理もない。というか、それがまともなヒトの反応だよ……あたしの方が、おかしい）

……ついさっきまで、一緒に七夕の願いをし、一緒に楽器を吹いていた部活仲間。三年生として、もうじき一生に一度の、最後の大会に臨《のぞ》もうとしていた部活仲間。それがいきなり、訳の解らない転落死を遂げてしまったのだ。たとえ屋上からでも、だから高さ約一五mの位置からでも、遺体をちらっと一目見ればすぐ分かる……あんな状態で生きていられる人間はいない。しかも、楠木真太は吹部の部長だ。しっかりした、たくましい、頼りになる部長だ。それが突然死んでしまって、普通に会話とかできる方がむしろ異常なのかも知れない。

（その詩花も、やっぱりあたしの大事な仲間。とても大事な……）

……この状況で、詩花はあたしのこと、どう思っているんだろう。どちらかといえば、未来人側の説明役に回ってしまったあたしを。冷静すぎるとか、情がないとか、そんなふうに思われてしまったとしたら、あたしは……あたしは耐えられない。

（真太が死んでしまって、おまけに詩花まで失ってしまったら……）

いけない。あたしは自分のことばかり考えている。真太が死んで、詩花はもちろん、誰もがショックを受けているのに。

――そんな物思いをしながら一郎と英二の様子を垣間《かいま》見ると、一郎のパチリと大きな瞳に美しい睫《まつげ》も、英二のちょっとくしゃついた鬣《たてがみ》のような髪も、どこか震えているような気がする。そしてそれに気付いたとき、あたしは初めて、あたしの脚も痙攣《けいれん》のように震えているのを感じた。躯は、正直だ。あたしが実は心臓のティンパニの赴くまま、泣き叫んで大騒ぎして誰でもいいから誰かを詰《なじ》りたいことを、分かっている。

（誰よりも濃密な時間を過ごしてきた仲間が、死ぬ。仲間をいきなり奪われる。

こんな経験をする高校生は、全国でいったい何人いるんだろう……）

――すると、目も口も一筆書きみたいに固定された笑顔のままで、けれど常日頃《つねひごろ》に増して武芸者の凄味《すごみ》を感じさせながら、英二が鋭くいった。

「とにかく、１１９番通報しましょう。

残念なことに、全くの無駄であることは一目瞭然《いちもくりょうぜん》ですが……手続は踏まなければなりません。私達は知ってしまった。私達がここから逃げることは、できない」

「その、１１９番通報というのは」ハルカがいった。

「私達、未来側が知っている１１９番でよいかしら。すなわち、火事又は救急の緊急通報」

「そのとおりです、ええと、ハルカさん。

ちなみに１１９番の後は、これも御存知だといいんですが、１１０番通報もしなければなりません」

「それは困る」

加害者は祈る

「……何となく理由は解る気もしますが」英二の圧《アツ》が強まる。「何故です？」

「無論、知られてはならないことが多過ぎるからよ——ユリ、ＣＭＲのコンシーラーは使える？」

「もちろん無理だよ、ハルカ。あの爆発の後、修理どころか触れてすらいないんだもの」

「要は、爆発前みたいに、ＣＭＲを光学的に遮蔽《しゃへい》することはできないのね？」

「そうなる。そして、修理できるかどうかはまだ分からない。

もし修理できるとすれば、二時間、ううん一時間くればどうにかしてみせるけど……」

「ハルカさん」英二がそっと訊いた。あたしは震えた。

「コンシーラー、というのは？」

「物体を、ヒトの目には見えなくするデバイスよ。

さっき説明したとおり、私とユリはテロリスト。これを使って、あのＣＭＲを強奪するための事前準備をしてきた。自分自身を見えなくしたこともあったし、強奪に必要な機器を見えなくしたこともあった。その、私達が使っていたコンシーラーが、私達自身同様、あのＣＭＲを方舟《はこぶね》にして、二〇二〇年まで飛ばされてきたの。

そしてさっそく、二〇二〇年でも活躍をしてくれたわ。すなわち、私達はＣＭＲそのものを隠す必要に迫られたから——」

「ああ、なるほど!!」一郎が無駄に腕を動かした。理解の踊りだろう。「あの、屋上に突き刺さったタイムマシンそのものを遮蔽したわけだ!!」

「そのとおり。

ただ念の為《ため》に注釈すれば、ＣＭＲはいわゆるタイムマシンではない。説明したとおりよ」

「遮蔽をしたのはきっと、現代人の俺達に、タイムマシン——もとい、時間ソコウ型記憶転写装置を、目撃されないようにするためだね？」

「まさしくよ、ええと、イチロウ君。

全長八ｍ近くある異様な物体を、この時代の誰にも目撃される訳にはゆかなかった。そしてさいわい、遮蔽機能の設定を最大にすれば、どうにかＣＭＲ全体を不可視《ふかし》化《か》できた」

「そのコンシーラーは、ずっと機能していたのかい？」

「あの爆発まではね」

「あの爆発っていうと——」びしっ。びしっ。一郎の無駄な動きに、泰然自若《たいぜんじじゃく》としたハルカも唖然《あぜん》とする。

「——俺達が七夕飾りを終えて、ちょっと合奏をしていたときに起こったあの爆発かい？」

「『タナバタ飾り』なり合奏なりというのがあの神事《しんじ》のようなものを指すのなら、御指摘のとおりよイチロウ君」

「俺達を気絶させ……そして真太を転落死させた、あの爆発」

「まさしく」

「成程《なるほど》、俺達はあの爆発で気絶する前、そこそこの時間この屋上にいたけど、あんな巨大な機械なんて全然目撃してはいないね。ここはフラットなスペースだ。あんな異様な物体が階段室の近くに突き刺さっていれば、屋上に上がったその瞬間、気付いていてもよさそうなのに」

「それがコンシーラーの機能よ」

「でも突き刺さったときの瓦礫《がれき》とかは消せないだろう？」

「時間はあったから、大きなものはあの小建築物——あなたたちがいう『階段室』なるものの陰にまとめて隠した。それにコンシーラーは、周囲の風景パターンを読込んで、それを最適化するかたちで擬態《ぎたい》を展開する。また据え付け型の大規模なものも、携帯型の小規模なものも幾つかある。それらを駆使すれば、多少の瓦礫なり多少の断裂ならば、どうとでも誤魔化《ごまか》せるわ——といって、それをやってくれたのは機械に強いユリだけどね」

「さいわい、日中はちょっとした警備の人の見回り以外、それも一人以外、誰もここに上がってこなかったのも救《たす》かったよ」ユリが少し頬《ほお》を赤くする。「あたしたちがこの学校に『漂着』したのは、今日の真夜中。だからあたしたちはもうじき、こっちでの最初の一日を終えることになるね。そしてこの二十四時間弱を使って、いろいろな作業を試みたんだ。最初はかなり、おっかなびっくり作業をしていたけど、どうやらここに人間の出入りはほとんど無さそうだ——って分かってきたから」

「確かに」あたしはいった。「この久我西高校では、屋上は基本、立入禁止よ。階段室のドアは頑丈な金属扉だし、鍵も先生なり守衛さんなりが厳格に管理している。日中であれ夜中であれ、生徒の出入りっていうのは基本、考え難《がた》いわ」

「でも、とうとう」ハルカがいった。「現地時刻の……ちょっと変な言い方かしらね……午後九時三〇分、大勢の人間の出入りがあった。正直、激しく緊張したわ。とても驚いた」

「入ってきたのはあたしたち五人ね？」

「そうよ、ミカさん」

「それまでは、CMRを遮蔽しつつ、あなたたちの作業ができていた」

「そうなる」

「……あなたたちの作業って、具体的には何？」

「それはもちろん」ユリがいった。「CMRの修理だよ」

「……うん、さっそくまた、理解できないことが増えたな!!」一郎が無駄にテキパキした声を出す。「さっきハルカさんが強調していたとおり、CMRとやらはタイムマシンじゃない。そうだねユリさん？」

「そうだよ」

「僕の理解が正しければ、それは、①過去に存在した自分自身に、②現在の自分の記憶情報を送信するデバイスだ。そうだね？」

「それもそう……

　というか、その腕の動きとかはこの時代の身体言語か何か？」

「いやいや、ハッハッ──」

　引き続き、スポットライトがほしくなる華麗な動きで一郎は続ける。くどいようだけど、全く嫌味がないのがせめてもだ。これで嫌味があったら、あたしがまず殴っている。

「──ともかく、CMRとやらがその機能しか持たないのなら、だよユリさん。

　どれだけCMRを修理したところで、その……まるで意味は無いんじゃないか、って思うんだけど、どうだろう？」

「鋭いね、ええと、イチロウ君。

　確かにそのとおりだよ。

　だってCMRによる記憶転写──記憶の上書きは、ターゲット時刻に自分自身が物理的に存在していることが大前提だもの。だからこそ、もう説明したけど、あたしたちは本来、元々いた時代の──ハイジャックをした時代の──『十二年前』に帰ろうとした。正確には、そのときの自分に、ハイジャックをした時点での自分の記憶を上書きしようとした。これは、できる。これは、あたしたちの時代においては確立された技術だし、使用された実例はたったひとつだけどとにかくあるし、それは成功した、はず。

ところが……どういう現象とどういう理屈なのか今も全然分からないけど、あたしたちが今回CMRを使ったとき、どうやらCMRは暴走した。暴走して、十二年前に記憶を転写するどころか、遥か昔に、CMRごとあたしたちを吹き飛ばしてしまった——

こんなことは起こり得ない。

でも、事実として起こっちゃった。

——もし本来の計画が上手くいっていれば、あたしとハルカは、『十八年分の人生の記憶を持った六歳児』として、目指した時代で、目的を達成できたはずだった。けれど、その計画はあたしたちごと吹き飛んだ。あたしたちはターゲット時刻でも何でもない、あたしたち自身も存在しない、二〇二〇年七月六日……ジサがあるから七月七日だけど……そこに漂着しちゃった。というか、爆着しちゃった。

すると、今イチロウ君が指摘した問題が起こる」

「すなわち、もはやCMRとやらの修理は、意味を持たない——そうだろう？」

「た、確かに理論的には……」

「——そのとおりよイチロウ君。理論的には、どうしてもそうなる」

ハルカが冷静に言葉を継いだ。というのも、ユリの言葉が震え始めたからだ。

「理論的には、どれだけCMRを修理したとして——CMRを初期状態に戻したとして、まるで意味は無い。というのも、私達がそれを使用する意義はゼロ近似となったから。

その理由は詳しく説明するまでもない。

——CMRの機能は、過去の自分に現在の記憶を上書きするもの。ところが二〇二〇年現在、どこをどう捜しても過去の私達はいない。いるはずがない。生まれてはいないから。もちろん、未来に記憶を転写することもできない。そんな機能はCMRにはないから。またもちろん、未来に物理的に帰ることもできない。そんな機能はCMRにはないから」

「ならどうして……」あたしはいった。「……どうしてハルカさんとユリさんは、CMRを修理しようとしているの？」

「それも鋭い質問ね。こんな状況でなければ、残酷な質問といってもよいけど」

「ひょっとしたら」一郎がいった。「またCMRが暴走して、いや暴走してくれて、未来に帰れるかも知れないから——そうだろう？」

「そ、そう考えるしかないよ」ユリが強く訴えた。「だって、絶対に起こらないはずの現象が、何故か起こった。つまり実例ができた。ならあたしたちにできることは、その再現を試みることだけ。そりゃあ奇跡に近い現象だとは思うよ。けれどもう一度CMRを初期状態にして、もう一度稼動させてみれば、また同じ奇跡が起きるかも知れないじゃん!!　さいわい、仕様上、CMRのターゲット年代は自由に設定できるし……期待どおりの動きをするかは未知数だけど、でもやってみないことには!!」

「要するに、ハルカさん、ユリさん」一郎がいった。

「君達は、未来に帰りたいんだね？」

……ハルカは一瞬、躊躇《ちゅうちょ》した。冷静な表情の仮面の下で、何かの衝動が動く。

けれど、あたしがそれを確認しようとした瞬間、すぐさまユリが訴えかけた。ユリには躊躇もなければ不思議な衝動もなかった。要は何の迷いもなかった——

「当たり前じゃん!!


あたしたちには目的があった。だから因果法違反まで犯して、テロリストにまでなって、どうにか十二年前に帰ろうと……二〇二〇年なんて大昔に何も用事はないよ!!　今すぐにでもいなくなりたい!!　そして、できることならターゲット時刻に行って、私達の目的を果たしたい。それができないのなら、せめて元いた時代に帰りたい……

うん、どのみち未来に戻りたいよ。

こんな大昔にハルカとふたり取り残されて、家族も友達も、ううんあたしたちのこと知っている人も誰もいないのに、無事に生きてゆける訳ないじゃん……!!」

「ハルカさん、そしてユリさん。

おふたりのその境遇には、私としても、同情を禁じ得ませんが」

時間事故遺族

……あたしは戦慄《せんりつ》した。それは、ずっと黙っていた英二の声だ。

かちん。あたしの頭の中だけで響く、刀が鯉口《こいぐち》を切るあの効果音——英二は、キレそうだ。

「私は真太の——仲間の死に衝撃を受けています。そしてそれは、ここにいる現代人の誰もがそうでしょう。だから私は既に明確に告げました。119番通報をしなければならないと。我々は手続を踏まなければならないと。それは無論、できるだけ早く真太の尊厳を回復させるためであり……

　また、できるだけ早く真太を葬《とむら》ってやりたいからです。あんな酷《むご》い状態の、真太を」

「その心情は理解できる」

「ところがハルカさん、どうやらあなたはそれに抵抗がある……

　そしてその理由は、私、いよいよそれを確信できましたが、著しく利己的なものですよ」

「英二」あたしは訊いた。「それどういう意味？」

「今銀《いまがね》さん、この子たちは、徹底して、自分達の存在を隠し通すつもりなんですよ。

　だから救急になど来てもらっては困る。むろん警察に来てもらっても困る——

　それはそうですよね。ヒトが校舎屋上から転落死した以上、『何故それが起こったのか』『どのようにそれが起こったのか』は当然捜査されますし、そもそも『事件なのか事故なのか？』は厳しく追及されるはずです。飛び降り自殺なら飛び降り自殺で一大事ですし、屋上から突き墜とされたとなればもっと一大事ですから。

　いいえ。

　今夜の真太の死は、飛び降りだの突き墜としだのをぶっちぎりで超越する、歴史的重大事案ですよ。何故と言って、未来から出現した物体に吹き飛ばされて転落死したなどという、人類史上初の超特異な交通事故なんですから——

　——ところがそんな事実、未来人ふたりとしては、絶対にバレては困る。

　もしバレたら、最善でも、精神に重度の障害があるとして身柄を拘束されるでしょうし、最悪なら、空前絶後の貴重な情報を有するハードディスクとして生涯監禁されるでしょうからね。

　それはそうです。遥《はる》かな未来からやってきた——そんなこと、救急なり警察なりにすぐさま信用されはしない。まずは『身元不明の病人』として、『正体不明の物体』とともに徹底的に調査されるでしょう。ところがいよいよ未来人だと信用されたとすれば、本人もCMRとやらも、そうたとえ女子高生ふたりに残骸《ざんがい》ひとつだとしても、それはもう『おたからの山』ですよ。なんといっても、これからこの世界に起こるであろうことを、既存の知識として貯《たくわ》えているんですから……

　だから。

私達四人にバレてしまったのはもう仕方ないとして、これ以上ギャラリーが増えるのは絶対に回避したい。要は、119番だの110番だのは絶対に阻止したい。そうですよねハルカさん、ユリさん？」

「そっ……そんなの駄目だよ!!　絶対に駄目っ!!」

いきなり絶叫したのは、これまたずっと黙っていた詩花だった。可哀想な詩花……

「そ、そんな身勝手な……!!

え、英二もさっき『利己的』だって非難していたけど、この子たちワガママ過ぎるよ!!

だって……だって……

楠木くんは何も悪くないのに!!　一%だって、ううん○・○一%だって責任ないよ!!

いきなり変な爆発に巻き込まれて……屋上から地面にまで叩き付けられて!!

ついさっきまで生きていたのに!!　あんな……あんな言葉にするのも残酷な姿になって!!　一五mも転落させられて、どれだけ痛かったか!!　どれだけ恐かったか!!　今夜楠木くんが死ななきゃいけない理由なんて何ひとつ無かったのに!!　それに、一歩間違っていたら、あたしたち生き残りの四人だってどうなっていたか……

人を殺したら、殺されなきゃいけないんだよ!!

少なくとも日本ではそう!!　二〇二〇年の日本ではそうなの!!

未来から来ようが何だろうが、この子たちは、あたしたち五人を殺そうとしたんだよ!!

そして実際、もう楠木くんは、絶対に帰ってこないんだよ……

せめて……せめて罰を受けさせないと!!

ううん。

もしこのふたりが本当に未来から来たっていうのなら、戸籍も住民登録もマイナンバーもパスポートも何も無い。家族も親族もない。だったら、そうだよ、だったら今ここで責任をとってもらっても何も問題ないよ!!

身元の分からない不法侵入者がふたり死ぬってだけだもの。

誰もやらないっていうのなら、あたしが今、楠木くんと同じ方法でやっても――」

「し、詩花!!」

あたしは思わず詩花を抱きとめた。何故と言って、あの大人しい詩花がハルカに飛び掛かろうとしたからだ。あたしは詩花の髪とセーラー服のいい匂いを感じつつ、羽交い締めのようなかたちで必死に彼女を止める。彼女のサイドポニーが、あたしの顔を鞭打《むちう》つ。

「ちょ、ちょっと待って!! ちょっと待ってよ詩花お願い!!」

「でも光夏――!!」

「あたしも怒っている!! あたしも悲しい!! あたしも……やり切れない気持ちでいる!!

だけど……だけど詩花、人殺しなんて絶対に駄目。そんなことしても、真太は……

……自分の身に危険がないから殺しちゃってもいいっていうのは、それこそ利己的だよ、何より詩花らしくない!! 詩花はあたしよりいつもしっかりしていて、いつもちゃんと気遣いができて、いつも皆《みんな》に優しくて。そんな詩花が激情に任せて人殺しなんてしちゃったら、きっと一生……ううん死んでも癒《い》えない傷が詩花に残るよ。あたしそんなの絶対に嫌。詩花に殺されてもあたしが止める。そんな詩花は、あたしとずっと一緒に音楽をやってきた詩花じゃない。あたしそんなの、嫌なの。

それに、確かにこれは許せない、許せないけど……

じっくり話を聴いてみれば、さっき英二が『交通事故』って言葉を使ったけど、実際かなりそれに近いよ。しかも、かなり不可抗力《ふかこうりょく》が働いているようだし……」

「それに、解ってもらえないかも知れないけど!!」ユリが必死にいった。「あたしたちの時代には、因果法っていう厳しい法律があるんだよ。さっきミカさんにはちょっと説明したけど、無許可で過去を改変することは絶対に許されないんだ。

――こうして皆《みんな》と話をしているだけで、死刑何回分に相当するか分からない。

ましてあたしたちがこの時代の警察に接触するとか、あるいはあたしたちが警察に尋問されるとか――その結果未来のことを自白させられるとか、はたまたCMRがこの時代の科学者に解析されるとか、それだけは絶対に防がなきゃいけないことなんだよ……!!」

「そ、そんなのそっちの勝手な都合だよ!!」詩花はもうぼろぼろ泣いている。「それにあなたたち、これまでの説明だとどうせ未来には帰れないんだから、インガホウだの何だの、もう関係ないじゃない。そもそも死刑何回分って、死ぬのは人間一度きりでしょ」

「同意します」英二が冷ややかにいう。「いみじくも、ユリさん、あなたはさっき『奇跡』という言葉を使った。それはつまり、生じる確率がほぼ零《ゼロ》だということ……具体的には、あなたたちが未来に戻れる確率はほぼ零だということ。だとすれば、貴女方《あなたがた》の時代の法律なんて、あそこの笹《ささ》の葉一枚より軽いものに成り果てますよ。破ろうが食べようが無視しようが、もうどうでもいい。何の影響もない……

ました。

ここ、ハッキリさせておきたいんですが――

――私達を気絶させ、楠木真太を転落死させせた今夜のあの『爆発』。

あれはどう考えても、CMRなるものに由来する爆発ですよね？

だってこのフラットな屋上に、他に爆発を引き起こすモノなんて何もないんだから。

これを言い換えると。また、話の時系列と『時差』『修理時間』のことを考えると――

あなたたちはただ単に未来から来ただけでなく、今夜九時五〇分過ぎにまた余計な爆発を引き起こして、それで楠木真太を殺した。こうなりますよね？」

（そういえば、まだ皆《みんな》が起きる前、ハルカがあたしに謝っていたっけ……）

御免《ごめん》なさいと。私達が吹き飛ばしてしまったのと。

それはもちろん、真太を吹き飛ばしてしまって御免なさい、という意味だったけど。

（そういえば『何故あのとき爆発が起きたのか？』は、まだ訊いていなかった）

過失運転致死傷

――すると、ユリがとても悲しそうにいった。その悲しみは、確かに真摯《しんし》なものだった。これが交通事故だとして、ハルカもユリも、居直ったり開き直ったりする様子はない。

「そ、それは……確かにあのときの爆発は、あたしが……」

「ううん、私の責任なの」ハルカが断言した。「だから殺される前に、キチンと説明しておく。そのために整理する。

まず私達ふたりは、あなたたちからすれば遥か未来において、CMRを強奪した。そしてその暴走と爆発により、ここ――クガニシ高校の屋上に出現することとなった。これが実は今日の零時半前。今日の真夜中、今日になったばかりの頃よ。それ以降、CMRをコンシールしつつ、CMRの修理を始めた。電力も食料も、ううん水も充分ではなかったけど、睡眠も摂《と》らずぶっ続けで作業をした。といって、実戦力となったのはこのユリだけよ。私はエンジニアとしての技能をほとんど有していないから――

だから、たぶんユリに無理をいった。そして、たぶんユリを焦らせた。

そして問題の、今夜九時五〇分過ぎ。あなたたち五人が、神事を行っていたとき。

あなたたちは音楽を演奏し始めた。しかも、それまでの挙動《きょどう》からして、私達にもCMRにも全く気付いてはいなかった。ならコンシーラーは有効に稼動している。音楽で多少の物音は誤魔化《ごまか》せる。私はチャンスだと思った。そして何の試行もせず、何のシミュレイションもせず、八割方修理が終わったCMRを再起動させた——再起動させるようユリに命じた。

この時代でいうなら、そうね、壊れた原子炉をいきなりフル稼動させたようなものよ。

もちろん、それを命じた私には勝算があった。バクチではあったけれど、いけると思った。私達はもう一度、時間座標と個人座標を設定した。当初の目的どおりの、私達でいう『十二年前』に設定した。そしていよいよ記憶転写実行シークエンスを開始した。『十二年前』に飛ぶために。あわよくば、また奇跡が起こってCMRごと飛ぶために……

……ところが。

その午後九時五〇分過ぎに何が起こったかは、結果が示すとおりよ。

私は失敗した。CMRはまた爆発した。今度は時間移動することなく、ここ二〇二〇年で爆発した。その爆発は衝撃波と炎と、恐らく幾つかの破片を飛ばした。その衝撃波その他であなたたちは気絶し、クスノキ・シンタ君は校舎屋上から吹き飛んだ。

要は、私はバクチに負けたばかりか、殺人者となってしまった——

ここ、一人称に注意して頂戴。そこにユリは含まれていないわ。ユリは最後まで反対した——試運転か、せめて電算機でのシミュレイションはやっておくべきだと強く忠告した。その忠告を聴かず、ユリに無謀を強いて、あなたたちの音楽が終わる前に全てを終わらせようとしたのは、私。ゆえに殺人者は私で、私だけよ」

「あ、あたしも同罪だよハルカ!! 『どうにかいける』『なんとかなりそう』って最後には同意したのもあたしだし、枢要《すうよう》な部分の修理をしたのはあたしだし!!

確かに、電算機はコンデンサの機械的ストレスやコイルの過電流を警告してはいたけど、やってやれない数値じゃなかったし……まさかまた爆発を起こすなんて完全に予想外だったし!!」

「以上をまとめると」英二がいった。「貴女方《あなたがた》は——それが御希望ならあなたでもいいですがハルカさん、あなたはバクチで危険な機械を起動させた。今夜あの時、それを起動させる必然性は無かったのにそうした。そしてその理由は、記憶転写のため——自分達の願望のためだった。そうですね？」

「そのとおり」

「それ、ぶっちゃけ悪質ですよ。CMRとやらは一度暴走し、一度爆発しているのですから。

それを充分に修理もせず、試運転もせずまた起動させるのは、もう殺人の故意があるといってもいいです。屋上には現代人五人がいたし、あなたはそれを充分認識していたのだから。状況を利用しようとすら思ったのだから。

仮に故意があったとはいえなくとも、まあ未来で刑法がどうなっているかは知りませんが、こっちでいう交通事故と同じで、過失運転致死傷《ちししょう》が成立するのは疑いありません」

「だよね蔵土《くらつち》くん……もう死んで贖《つぐな》ってもらうしか、ないよね……」

「い、いえ水城さん、私はそこまでは。というか私刑はいけません。その点については、私は今銀さんの意見に全面賛同します。私刑は、行った側の魂《たましい》を傷付けすぎる。そこに途方も無い大義がなければ。

と、いうわけで——

議論の時間は終わりました。さっそくスマホで緊急通報を——もう遅いくらいですけど」

時間倫理・七十五億人分

「待って!!」ユリが絶叫した。「あたしたちが捕まることは、二〇二〇年からの人類の歴史をすっかり変えちゃうってこと……それは因果法が!!

ううん、確かにもう因果法なんてどうでもいい状況なのかも知れないけど、じゃあ道徳としては、倫理としてはどうなの!? 例えば、あたしたちが歴史の授業の知識として知っていること。例えば、CMRの電算機が保存しているデータ。それらは必ず……ううん、CMRの技術そのものだって必ず、これからの人類の歴史を変えちゃうんだよ!?

こ、この時代の警察がどれだけ恐いか知らないけど、あたしたちを拷問《ごうもん》するのは間違いないよ。未来の情報を手に入れるために。ううん、拷問が恐いんじゃない。あたしたちはCMRを強奪するとき、拷問も死刑も覚悟していたもの。だからあたしたちが心底恐いのは、ただでさえあたしたちが出現することで変貌《へんぼう》した〈世界線〉が——それはそうだよ、こんなに巨大なCMRが世界に影響を与えないはずないし、それよりも何よりもシンタ君が死んでしまっているから——だから確実にあたしたちの知る歴史から変貌してしまった〈世界線〉が、もっともっと、どんどんどんどん、時の政府とか偉い人とかの利益のために、デタラメに、強引に変えられちゃうことだよ。

それは本当に恐い。あたしが今シイカさんに殺されることより、ずっとずっと恐い。

だってそれは、ここにいる六人どころか、六〇万人とか、ううん六〇〇〇万人とか、とにかく世界中の人の運命を変えちゃうってことだから……だから……」

「自業自得《じごうじとく》なのは認めるわ」ハルカが静かにいった。「物理的な時間移動は、まさか私達の意図したことではないけれど——①そもそも私達がCMRを強奪していなければ、②それが物理的な時間移動をすることもなく、③したがって私達がそれを修理することもなく、④またしたがって今夜午後九時五〇分過ぎの爆発もなく、⑤またしたがってシンタ君が死ぬことも——いえ違うわね、殺されることもなかった。

だから私には責任がある。その意味でまさに自業自得。殺されても何の文句も無い。

ただ、私とユリの身柄、そしてCMRを二〇二〇年の人類に手渡すことはできない。絶対にできない。成程《なるほど》私達はテロリストだけれど、世界を破滅させ、幾千人ものの運命を激変させたいテロリストではないもの」

「うーん……」英二は微妙に悩んだ。「……その必死の訴え、理解できなくも、ないです」

「蔵土君‼」

当然のごとく、死刑派というか私刑派の詩花が激昂《げっこう》した。普段は可愛らしさしか感じさせない、きちんと作った前髪とサイドポニーが、鬼女を思わせる感じで舞う。詩花が今夜ほど感情を露《あら》わにしたことは……あたしが思い出せるかぎり、この高校生活で一度もない。そして、こんなときに不謹慎《ふきんしん》だけど、詩花は怒ってもなお可愛い……鬼女のように怒っても、なお。それはあたしのコンプレックスを微妙に刺激する。ただ絶叫劇は続く。

「じゃあ見逃すの⁉ 放っておくの⁉ この子たちひょっとしたらこのまま、何食わぬ顔で未来に帰るかも知れないんだよ‼ そうしたら絶対、罪なんて贖《つぐな》わない……」

「待ってください、水城さん」

そういうと英二は、制服姿のまま、屋上のコンクリにどっかり胡座《あぐら》をかいてしまった。

その、目も口も一筆書きのように固定された笑顔からは、さっきまでの鋭い殺気が消えている。怒気《どき》は失われていないけど、むしろ数学の難問に挑むような、そう学究的な、それでいて挑戦的な、前向きの覇気《はき》が強い。といって、もちろんおネエ系武士然《ぜん》とした英二のこと。その挙措《きょそ》なり雰囲気なりは、どこまでも涼やかでなめらかだ。凛然《りんぜん》と、たをやか。

「……ええと、私の記憶が正しければ、今現在、地球の人口は約七十五億人です。七十五億。まあ、我が国だけでも一億二千万人以上いるんですけど」

ここで、ハルカとユリがかなり複雑な顔をした。理由は解らない。英二は続ける。

「七十五億人の、人生。動植物を入れれば、人生というべきかは別論、その在り方は天文学的な数字になる。これは、いよいよ責任重大というか……」

……ハルカさん、でしたか。

きっと、因果法とやらの規制が厳しいとは思いますが、もしさっきの言葉が――『自業自得』だという言葉が本音だったのなら、どうか現代人の私に教えてください」

「私にできる範囲で最大限の協力をするわ、エイジ君」

世界線は常に一本

「貴女方《あなたがた》がいた未来では、タイムマシンもどきが開発されている。それはもう実用化されている。具体的には、『記憶だけを過去の自分に転写する』、そう、現代の日本人の言葉でいう『タイムリープ』というかたちで。ここまではよいですよね？」

「よい。ただ『たいむりーぷ』なる単語は初聴きだけど」

「あっこれって和製英語、しかも和製ＳＦ英語だったかな……

いずれにしろ、タイムトラベルもどきはできる。貴女方が実際、試みたとおりに。すなわち、貴女方の試みが成功していたとすれば、言葉の使い方はともかく、貴女方はターゲット時刻である『十二年前』にタイムトラベルできていた。どうやら片道切符のようですが」

「まさしく。私達の主観としては、『十二年前』でハッと我に返ることとなる。片道切符なのもそのとおりよ。ＣＭＲは過去への記憶転写しかできないから。すなわち未来へは記憶を飛ばせないから」

「またこれまでの話によれば、貴女方以外にも実行例があるとか」

「ある」

「なら本題に入りますが、そのとき、元々の世界はどうなってしまうんですか？

要するに、貴女方なら貴女方で、CMRを使った後の、貴女方の現在はどうなってしまうんですか？」

「消滅する」

「えっそんなカンタンに。しかも、そんな超古典的な解答を」

「でも事実だから。それが〈世界線〉を変えることの代償よ。

私いわゆる『文系』らしいから、むしろユリに説明してもらった方がよいと思うけど、時間工学と時間物理学の初歩の初歩くらいなら講義できる――

まず、CMRによって過去に記憶を転写した者が、過去の事物に何らかの影響を与えたなら――その場から一歩踏み出すとか、くしゃみをするとか、目眩《めまい》をして倒れるとか例は何でもよいけど――それだけで過去の世界は変動するわ。絶対に。変動せざるを得ない。既に完成して固着した歴史という精緻《せいち》な織物、そこから1m糸を引き剝《は》がそうが、そこに1µm糸を織り込もうが、その1nmにインクを垂らそうが、それはもう同じ織物ではあり得ない。過去を改変するということは、過去という貴重な珈琲《コーヒー》にミルクを入れることよ。それはもう絶対に珈琲には戻らない。だってもうカフェオレだものね、何をどうした所で。

そして同様の議論は、CMRによる記憶転写そのものについてもいえる。何故と言って、ヒトの記憶情報というのは、要は神経細胞・神経伝達物質・電気信号が織り成す時間的・空間的な、すなわち物理的なネットワークの在り方そのものだからよ。こころは、記憶は、物質と電気のネット。その情報を過去の自分に送り返すということは、もうそれだけで織物のほつれを、珈琲《コーヒー》のにごりを生じさせるとも考えられる。といって、これは観測も検証もできないから、永遠に仮説にとどまるでしょうけど」

「ははあ、なるほど……」英二は困り笑顔で頷《うなず》いた。「……CMRを用いれば、どう足搔いても過去という織物・珈琲《コーヒー》は変わってしまう。するとそれは、絶対に元通りにはならない……すなわち、ちょっとでも過去を変えてしまえば、出発したかつての現在と一緒の歴史にはならない、絶対に」

「そうね。

過去を変えるということは、世界線を変えるということ。そしていったん変わった世界線は、絶対に元の世界線と一致することはない、絶対に。

　たとえ元の世界線と、九九・九九％一緒で、だから〇・〇一％しか違いがないとしても、やっぱりそれは違う。元の世界線ではない。また喩《たと》えを用いるなら、元の織物と〇・〇一％しか違わないとしても、それは元の織物ではないし、元の織物に戻ることは絶対にない。

　それが私達の時代の、時間工学と時間物理学の結論よ」

「ちょ、ちょっと待ってハルカさん」あたしは思わず挙手した。「ひょっとしてそれが、さっきハルカさんのいった『消滅する』の意味？」

「まさしく」

「光夏」怪訝《けげん》な顔で詩花が訊く。「いったいどういうこと？　さっきから何の話なの？　そんなのはほとんど無駄話……」

「違うよ詩花。お、織物から糸を抜いてしまったら、違う織物ができるだけ。珈琲《コーヒー》にミルクを入れてしまったら、新たにカフェオレができるだけ。元の織物にはもうならない。元の珈琲《コーヒー》にも戻ることがない――

　それってつまり、過去を変えれば未来は変わるってことなんだよ」

「……えっ？　それは当たり前だよ光夏」

「そ、そうじゃなくって詩花、ええと……あたしもどう説明していいか、困っているんだけど……

　ハルカさんが説明しているのは、そして英二が確認しているのは、過去を変えれば未来は変わるってことだけど、そのとき『元々の未来』はどうなっちゃうのか――ってこと、だと思うよ。

　例えば、あたしが今、ここ二〇二〇年から、あの機械を使って二〇一〇年までタイムトラベルもどきをしたとする。二〇一〇年当時の自分に、今現在の記憶を上書きしたとする。

　ここで、このとき、既に一〇年分の『歴史の織物』はできあがってしまっているよね？」

「そうだね光夏、二〇一〇年から二〇二〇年の、一〇年分の歴史は確定している。組み上がっている。固定している――それも当たり前のことだけど？」

「でもこの場合、さっきのハルカさんの説明だと、あの機械を使った記憶転写に成功した時点で――少なくともそれに成功して一歩足を踏み出した時点で、すっかり確定していた、一〇年分の『歴史の織物』は変わってしまうんだよ。あっちょっと待って。これだけ聴くと当たり前のことといってるだけみたいだけど、それって実は飛んでもないことだと思う」

「どうして？」

「二〇年分の『歴史の織物』が変わるってことは、もう一緒のものが何処《どこ》にも無くなっちゃうってことだもの。それはつまり、オリジナルは消える——オリジナルは消滅するってことと一緒だもの。

　そしてそれが、きっと英二の心配していることなんだよ。

　だって今の例でいえば、二〇一〇年にあたしがタイムトラベルもどきをした時点で——少なくともそれに成功してくしゃみをひとつした時点で、オリジナルの『歴史の織物』は、一〇年分丸ごと、もう何処《どこ》にも存在しなくなるんだもの——そういうことだよね英二？」

「そうなんです、今銀さん。

　そしてそれは要するに、例えば今の今銀さんの例でいえば、二〇二〇年における約七十五億人の人生と、天文学的な動植物の在り方とを、『本質的には全く違ったもの』に書き換えてしまう、置き換えてしまうということなんです。

　もちろん、さっきハルカさんが説明してくれたところによれば、その『違い』は〇・〇一％に過ぎないという結果もあり得ますが、それでも本質的には『データの完全な上書き』『オリジナルデータの消滅』であることには変わりない——そうですねハルカさん？」

「そうなる」

「……そこで、更に重大なことを訊くんですが」

　英二は微《かす》かに、本当に微かに屋上のフェンスを見遣った。正確には、屋上のフェンスの、破壊でできた開口部を見遣った。それはいうまでもなく、真太が地上まで吹き飛ばされ、地上まで転落してしまったときの穴だ。

「未来の技術がどうなっているのか分かりませんが、そうですね……私達の世界では、ワープロソフトで文書ファイルを作成します。レポートでも反省文でも試験対策ノートでもいいですけど。そのとき、文書を書き換えるたびに『上書保存』をします。自己添削するとか、書き足すとかしたときに。このとき、いったん文書ファイルを『上書保存』すると、保存前の文書データは消滅する。この世から消滅してしまう……残るのは、新しく保存した文書ファイルだけ。もちろん、実際にはバックアップの仕組みや復元の仕組みがありますが——議論をシンプルにするため、それらは無視しましょう。

　要は、『上書保存』をしてしまえば、オリジナルデータはこの世から消滅する——こういう情報記録の仕組み、未来でもまだありますか？」

「ある。基本的な考え方は変わらない」

「ならばそれは、『歴史の織物』の上書保存についてもいえる」

「そうなる」

「つまり、二〇一〇年にタイムトラベルもどきをした今銀さんは、その時点で、一〇年分の『歴史の織物』を、いきなりすべて上書保存してしまったことになる。もっともそれは、二〇一〇年から二〇二〇年までの分を白紙で上書きしたことにもなるんでしょうが」

「そうね。CMRによる記憶転写が成功したら、すぐさまそうなる。

　そしてその例でいえば、ミカさんが二〇一〇年以降何かをするたびに、どんどん上書保存を繰り返すことになる。無数の変数からどれかを選ぶたび、無数の分岐からどれかを選ぶたび、その上書保存の数は多くなる。だから上書保存もまた無数になるといってよい。そしてそれは歴史の織物の——私達でいう〈世界線〉の上書保存なのだから、その都度、ワープロソフトとやらで文書を書き換えるように、世界線はどんどんオリジナルから乖離《かいり》してゆくでしょう」

「そうすると、そのとき」英二は意を決したように訊いた。「二〇一〇年にタイムトラベルもどきをした今銀さんの方は、まあなんというか、あまり問題を感じないでしょう。むしろ生きやすくなるかも知れないし、少なくとも生きやすくなるための試行錯誤ができるから。それに、なんといっても消滅せずに生き続けることができるから——

　他方で、そのとき元々二〇二〇年にいた人々は——例えばタイムトラベルもどきに同行しなかった私なり一郎なり水城さんなりはどうなるのですか？」

「繰り返しになるけど、消滅する」

「……二〇二〇年に残った私達は、それをどう感じるのでしょう？」

「何も感じない。

　というか、その疑問文は意味を成さないわ。

　だってその場合、存在できるのは、もう書き換えられた、二〇一〇年のエイジ君たちだもの。違う歴史の織物にいる、違う〈世界線〉にいるエイジ君たちだもの。それはどれだけオリジナルデータと近似していたとしても、本質的には全く違う存在。だから何も感じることはない。何も記憶していることはない。

　他方で、存在できなくなった、二〇二〇年のオリジナルのエイジ君たちは……消滅するけど、そのとき何を感じるかは誰も知らないわ。その行方《ゆくえ》また然《しか》り。何故と言って、確認も検証も連絡もできないもの」

「オリジナルデータは――元の、本当の〈世界線〉は、どこにもなくなる」

「そうなる。念の為にいえば、バックアップも復元もありはしない」

「以上をまとめると」英二は大きく嘆息《ためいき》を吐いた。「歴史を変えるということは、大量殺戮なんですね？」

「……言葉の定義による。

世界線を変えるだけでは、誰も殺してはいない。まさか殺人の実行行為はない。けれど先の例でいえば、CMRを用いたイマガネ・ミカさんは、二〇一〇年からの全ての人間、全ての存在をいきなり消去してしまっている。世界線を変えることによって。極めて一方的に。誰の異議申立ても無視できるかたちで。しかも一瞬の内に。

それを人殺しだと考えるとすれば、なるほど世界線を変えることは大量殺戮でしょうね」

「ところが貴女方《あなたがた》は、実際にそれをやろうとした。まさにテロリストですね」

「詳しく説明できないけれど、私達の世界には――CMRを独占する〈因果庁〉には特別な技術がある。その特別な技術を正しく用いることによって、『大量殺戮』を『風邪の流行』程度に抑制することはできる。

私とユリが試みた記憶転写が計画どおりに実行されたなら、オリジナルデータとの違いは――世界線の変動は、〇・〇一二五％の範囲に収まるはずだった。だからこそ私達はテロに踏み切った。私達はあなたたちより世界線変動の恐ろしさを熟知している。あなたのいう大量殺戮者にもなりたくはない。こんな結果を招いておいて何を今更《いまさら》だけど、私達には私達の時間倫理があった。それも極めて切実な。だからこそ――」

「――そうですね。成程《なるほど》。よく解りました。

実に残念なことですが、私、貴女方に協力しなければならない理由ができてしまったようです」

パンドラボックス、リセットボタン入り

「く、蔵土くん何を言っているの？」詩花が唖然《あぜん》とした。「この子たちに……協力？」

「そうです」英二の口調は固かった。「真太のことを考えると苦しい決断ですが……未来人ふたりを、真太殺しの犯人としてこの時代で裁くのは……諦めなければなりません」

「ど、どうして⁉」

「歴史を変える訳にはゆかないからです。

もっといえば、それによる大量殺戮を防ぐためです」

「意味が解らないよ!!」

「……ハルカさんとユリさんの存在を、現代人の誰にも知られてはなりません。だから110番通報をすることは論外です。119番通報も、するなら絶対にふたりの存在がバレないように徹底して証拠隠滅した後、する必要があります。むろん、真太の名誉と尊厳を絶対に守るという前提で。また、我々が真太の葬《とむら》いを真摯《しんし》に行うという前提で」

「だからあたしはその理由を……」

「詩花、落ち着いて」あたしは詩花の手を握り、顔を見詰めた。「英二だって、自分が本当に望んでいることを喋っている訳じゃないんだよ。これは文字どおり苦《く》渋《じゅう》の決断──

というのも。

警察に通報なんかしたら、そこは日本の警察のやることと、徹底的にハルカさんとユリさんのことを調べ上げるよ。ハルカさんとユリさんの自白だって、どんなかたちでも獲得する。それは、最初は荒唐《こうとう》無稽《むけい》なSF的御伽《おとぎ》噺《ばなし》に聴こえるかも知れないけど……

でも証拠がある。CMRっていう、動かぬ証拠がある。

その技術全ては解析できないと思うけど、それが今現在の、二〇二〇年の技術をぶっちぎりで超越したものだってことは、すぐさま見破られてしまう。そしてハルカさんとユリさんが生きている限り──絶対に生かし続けると思うけど──未来の技術について、ううん、未来そのものについて徹底的に自白させられる。

そうすると。

日本の政府は知ってしまうんだよ。これからこの世界に起こることを。そして、理論的には過去を変えることができてしまうことを……

それは、本当に恐ろしいこと。

あたしはただの高校生だから、日本の政府がどんな仕組みで動いているのか、そしてそれが……どういえばいいのか……どこまで道徳的で倫理的なのか分からない。分からないから、一概に利己的な、勝手《かって》気儘《きまま》なことをするとは断言できない。でも、ちょっと自分の身に置き換えて考えてみれば……勝手気儘なことをするその誘惑には、絶対に勝てないんじゃないかなあって思うよ。

だってそうでしょ?

ハルカさんとユリさんは、生きている年表だよ。そしてCMRにも何らかのデータベースがあるのなら──時間移動をするんだからきっとある──それもアクセス可能な年表。未来の年表がそこにあるのなら、あたしだって絶対に読みたい。大震災が起きるならそこから逃げたいし、原発事故が起きるならそれを止めたいし、戦争が起きるなら生き残る準備をしたいよ。ううん、もっと些《さ》末《まつ》なことをいったら、入試問題のデータベースがあるならガッチリ検索しちゃうだろうし、新聞やネットのデータが手に入るなら宝くじを買うし、吹奏楽コンクールの結果と講評が分かるなら練習方法を変える。あたしみたいな、普通の高校生だってそう。ましてそれが警察とか、政府レベルになったら……テロ情報だとか、株価とか、円相場とか、先物取引とか、外交交渉とか、技術革新とか、もっともっと重大なデータを手に入れたいと思うだろうし、それに基づいて政府の方針を変えるはず。

……ううん、それだけじゃない。

CMRは過去を変えられるんだよ。これは未来年表を読めるよりすごい。自分の望む年月日、自分の望む時刻に『戻れる』。それは片道切符だし、自分が今いる世界はまるごと消滅しちゃうし、あの屋上に突き刺さっているCMRのサイズからしてそんなに大勢では使えないだろうけど、それでも歴史の『やり直し』ができるんだよ。歴史の『リセットボタン』なんだよ。あたしも、だからきっと政府も、それを使いたいっていう欲望には勝てないと思う。だって人間は、後悔する生き物だっていってもいいから……

そして、いったんCMRを使ってしまえば。

例えば、政府が誰か代表選手を選んで『やり直し』を命じたとしたら。

『やり直し』が成功した時点で、詩花もあたしも、一郎も英二も消滅しちゃうんだよ。もちろんそれだけじゃない。今現在でいったら、約七十五億の人間が消滅しちゃうんだよ。しかも政府の考え方次第で、その約七十五億の人間の運命をどうとでもできるんだよ――ううん、歴史は連続していて幅があるから、『やり直し』が続いている年数だけ、世界の延べ人数の運命が、勝手気儘に変えられちゃうんだよ。

……いきなりオリジナルデータが消滅させられるっていう意味でも、勝手気儘に運命を変えられてしまうっていう意味でも、それはヒトを『殺す』ことそのものだよ。ヒトが生きているってことは、ヒトが自分で自分のことを決定できるってことなんだから。でも、CMRと〈世界線〉の上書きはそれを否定する。だから英二はさっき『大量殺戮』なんて言葉まで使った。

そう、要するに。

ハルカさんとユリさんとCMR、その存在があたしたち以外にバレた時点で、大量殺戮はもう必然、もう確定だよ……もう一度繰り返すと、あたし自身だって大学入試の『過去問』、手に入れたいもの。誰もがそうした欲望を抑えきれないと思う、絶対に」

「まさに、パンドラの箱ですね」英二がいった。

「CMRそのものも、本体は箱状ですが」

すると、あたしの言葉に聴き入ってくれていた感じの詩花が、ぽつりといった。

「……なら光夏、楠木くんはどうなるの。死んでしまった楠木くんは具体的にどうなるの」

あたしは無意識に腕時計を見た。午後一一時二五分。もちろん七月七日だ。まだ。

（真太が転落してしまってから、もうじき一時間か……）

深夜も深夜だし、ここは無駄に広い学校だし、あたしたちは特別の居残り許可をもらってここにいる。普通に考えて、他の生徒はいない。実際、真太のことは騒ぎになっていないし、救急車だのパトカーだのの音もない。CMRの爆発は轟音を伴ったはずだけど、キャンパスの広さによるのか人の少なさによるのか、今のところ、外野のリアクションを全然起こしてはいない。

午後一一時までに正門を出る——っていう許可の期限は、もう切れてしまったけれど、といって先生なり守衛さんなりがやって来た様子もない。というのも、やっぱり地上で騒ぎが始まってはいないから。

（……ただ、常夜灯の明かりはある）

巡回とかされたら、校舎の一階すぐ外に墜ちた真太はすぐに発見されてしまうだろう。そもそも、あたしたちは屋上の鍵を返納してはいない。なまじ特別の居残り許可だけに、あたしたちが屋上にいるらしいことは既にバレバレだ。

（なら、顧問の富田先生がまだ残っていれば、じきここに来る。そうでなくても、鍵の返納を受け、あたしたちの下校を確認するはずの守衛さんが、ここに来る……そう、まさに時間の問題）

……あたしは今、英二の言葉に説得力を感じている。だから自分自身も、結果として、ハルカとユリを擁護《ようご》するような熱弁をふるった。

しかし、大事な詩花から改めて『真太のことはどうするのか？』と問われれば……

（何も具体的なプランはない。真太の遺体が発見されるのは、時間の問題だというのに）

合理的な解、理解できる解、採用できる解
するとあたしの代わりを買って出るように英二がい

った。

「真太が絶命しているのは確実です。いえ事実です。そして真太を生き返らせる術《すべ》はない。繰り返していえば、私はそれに怒っていますが、いえ激怒していますが、どれだけ激怒しても真太は帰ってこない。そしてこれまでの議論どおり、真太の死の真相は絶対に隠さなければいけない。バレれば大量殺戮が始まりますから。

　すると真太は——まさか自殺などという脚本は論外ですから——事故死した。これで押し通すしかありません。

　楽器を吹いているとき、私達は扇形になりましたね？　そのとき真太は前に出て——だから屋上の縁《ふち》を背にして私達に正対した。そう、屋上の縁を背にして。だから合奏に熱が入ったとき、何かの勢いで、思わず背から、地上へと転落してしまった——どうにも苦し過ぎますが、私に思い付くのはそれくらいです」

「……フェンスやネットが」詩花がいった。「CMRとかの爆発であんなに無茶苦茶になっているのに？　フェンスやネットには、それなりの強度や高さがあるのに？　だのに『何かの勢いで』人が墜ちるの？」

「金属の腐食とか劣化とか、素材の解《ほつ》れとか、そこは小細工をする必要があるでしょう。ただそれについては、ちょうどCMRを修理していたユリさんの協力が——未来の技術による協力が、得られるのではないかと。光学的な、遮蔽《しゃへい》デバイスまで用意できている訳ですし。具体的に、私達のオーダーとユリさんの技術を突き合わせて検討すれば、二〇二〇年の警察を欺《あざむ》くくらいのことは、どうにかできそうな気がします。それが無理でも、ちょっとした代案はありますが……

　どうでしょう、ユリさん？」

「それはもちろん協力するよ。だって、あたしたちの為にやってくれることだから……」

「……いえ人類全ての為、ですけどね。

　ですのでユリさん、その小細工が終わったら、貴女方に残酷なお願いをしなければなりません」

「っていうと？」

「CMRに自爆機能はありますか？」

「それは……」

「あるわ」ユリの躊躇《ちゅうちょ》を受け、ハルカが断言した。「テロリストとして当然、調査してある。というか私はある事情からそれを知ってもいた。

　CMRは世界にたった一台しかない、神の領域を侵す機械。エイジ君、あなたの言葉でいえば大量殺戮の機械よ。大量破壊兵器と呼べるかもね、物の見方によっては。だから、CMRに何らかの異常があって、しかも強制終了・機能停止すらできない場合だって当然想定されている。よってCMRは管制室側から――要は外部から――自爆シークエンスを作動させることもできれば、使用者側から――要は内部から――それをすることもできる」

「それを近い将来、実行することは可能ですか？」

「理論的には可能。物理的には――自爆装置に故障がないかどうか、自己診断サブルーチンに確認させてみないと分からない」

「もし物理的に可能だとして、木っ端微塵《こ ぱ み じん》にできますか？　跡形《あとかた》も残らないレベルで」

「できる。CMRの『自爆』はクロノキネティック・コアの爆縮《ばくしゅく》だから。そうね、この時代で喩《たと》えるなら――超局所的かつクリーンな核爆発、とのイメージでよい。要は塵《ちり》しか残らない。裏から言えば、それしかCMRを塵に帰す方法は無い」

「どれくらいの規模の爆発が起こりますか？」

「コアの半径五mは巻き込まれて圧壊《あっかい》する。そこにはいたくないけど、その程度のもの」

「なら、やってくれますか？」

「解った」

「は、ハルカ!!　そんな……そんなカンタンに!!　し、CMRを自爆させてしまえば……それはつまり未来に飛ぶって確率が、奇跡の確率がいよいよ零《ゼロ》になるってことだよ!?　あたしたち自身の手で零にしちゃうっていうこと!!」

「諦めましょうユリ。自業自得よ」

「そんな……」

「それに、この時代でも私達の目的は達成できなくもない。私はそう思う」

「いえハルカさん」英二が断言した。「私の要求は、もっともっと残酷なんです」

「……成程《なるほど》」ハルカは英二を見据えた。「CMRのみならず、私達も自爆しろと？」

「言葉はともかく、趣旨はそのとおり。

――CMRと貴女方の処理について、異なるところは何もありません。要は、この時代において絶対に存在してはならないバグであり、ブラックボックスなのですから。今を生きる約七十五億人のために、絶対に、確実に、消滅してもらわなければならない。

もちろん、手段方法は貴女方に任せます。時期も――長ければ長いほどリスクが大きくなりますが――それも貴女方に委ねましょう。未来の技術で、できるだけ苦しまずにすむ方法があることを祈ります。ある意味、死刑や私刑より残酷なことですし、『真太を殺してしまった罰』だと考えても、十八歳の、しかも漂流者である貴女方には重すぎますから」

「で、でも英二」あたしはまた挙手した。それも急いで。「な、何も死んでもらわなくても……ブラックボックスだっていうのなら、絶対に開かない／開かれないかたちで、この世界のどこかで、ひっそりと生きてもらっても……」

ハルカさんとユリさんには——パッとプランが思い付かないけど——絶海の孤島とか、山奥の廃村とかで、この世界線の人間と交流を持たず、ひっそり暮らしてもらえればそれでいいんじゃないかと。それで、これ以上の大量殺戮は防げるんじゃないかってあたしは思うんだけど」

「今銀さん。実は私自身、自分に確信が持てないんですよ。

今はこんな格好のいい、冷静で冷厳なことをいっていますが、一〇年後の自分は……いえ一年後の自分は、ハルカさんなりユリさんなりを、利用しようとするんじゃないかとね。吹奏楽の大会。大学受験。就職活動。勤め人としての生活。昇進、挫折。結婚。子の誕生、育児。あるいは離婚、死別。そんなライフイベントの都度、ブラックボックスを開けてみたくなってしまう……そんな自分が、とてもリアルに想像できてしまうんです」

「自分が——そしてきっと秘密を知ったあたしたち全員も信じられないから、ハルカさんとユリさんも殺すの？」

「……言い難《にく》いですけど、そうです。そして正確に言えば、人類全てが信じられないし、この場合信じてはいけないんです。信じられないことを前提に成り立つ信頼もあるんです」

「そうすると、もうそろそろ時間がないと思うけど、具体的にはどうするの？」

「まず、さっきいった、屋上のフェンスやネットの偽装工作を試みましょう。真太の『タイムマシンもどきの爆発による転落死』を、『事故死』と言い張れるレベルに偽装できるかどうかを、試しましょう。そしてもしそれができたなら、そのあとＣＭＲを自爆させてもらいましょう」

「未来の技術を使っても、事故死に偽装できなかったら？」

「まだ手はあります。ＣＭＲの自爆そのものを利用するんです。自爆の後は塵しか残らないんですから、タイムマシンもどきの証拠は何も残らない。ただ何かが爆発した痕跡は絶対に残る。その謎の爆発で、その衝撃で、真太は転落死したことにすればいい——

実はこの方が簡単で安全かも知れません。爆発がなかったように誤魔化《ごまか》すのは手間ですが、爆発の上にまたもう一度爆発を上書きするのは、そう難しくはないでしょうから。そして、警察には何がどうしてどういう仕組みで爆発したのか絶対に分からないし、私達自身ですらそれを説明できませんしね。知らないことは、自白しようがない」

「蔵士くん、あたしも」詩花が恐い瞳でハルカたちを見た。「意見があるんだけど」

「歓迎します」

「CMRっていう機械は、自爆させるんだよね？」

「そうですね」

「楠木くんを殺した犯人ふたりも、この世界にいてもらっては困るんだよね？」

「……そうです」

ここで英二は、あきらかに詩花の意見を予測した。その顔がまた苦渋に染まる。あたしにはそれがよく解った。何故なら、あたしにも詩花の考えたことが解ったから——あたしと詩花は、高校に入ってからずっとずっと、隣同士の席で一緒の楽器を吹いてきた仲間だ。

——そして詩花がアッサリ紡《つむ》いだ言葉は、痛いほど、あたしたちの予測どおりだった。

「なら、この犯人ふたりにCMRとかに入ってもらって、そして自爆してもらえばいいよ」

英二は言葉に詰まった。

あたしも何も喋れなかった。

……必要なことを整理して、なんていうか最適化すれば、実は詩花のプランがいちばん合理的だからだ。英二にはそれが解っている。あたしもそれを理解できる。けれど。

（理解できることと、やっていいこと。それはもちろん違う。

合理的なことと、やっていいことも、もちろん違う……詩花のプランは、結局、私刑だ）

どこか間違っている。

けど検算しても、理解可能で、合理的だ。だから反論できない。でも、それでも……

あたしと英二が苦悶《くもん》の内に押し黙っていた、そのとき。

延々と、延々と、まるで故意《わざ》とやっているようにずっと沈黙を守ってきた声が響いた。

あまりにもたからかに。あまりにも朗《ほが》らかに。あまりにも、脳天気に……

「いやいやどうして、あっは、アッハッハッハッハ!! 英二も今銀さんも、お芝居が過ぎるよ!! まったく、意外に芸達者《げいたっしゃ》だなあ!!

——でも、脅かしたりお灸《きゅう》を据えたりするのは、もうそのへんでいいだろう?」

未来形過去あるいは過去形未来——望ましい世界線へ

ビシッ。

月光のスポットライト——スポットライト?——の下で、火脚一郎は華麗にポーズを決めた。トメ、ハネ。なまじ王子様然《ぜん》としているから、妙な説得力があるのが憎らしい。

「……一郎、あなた突然何を言っているんです? とうとう脳味噌が爆縮しましたか?」

「いやいや、英二、演技はもういい、いいんだってば、アッハッハ——

俺も最初はビックリしたよ。英二は何を考えているんだって。けど、ハルカさんを殺すだの何だのは演《や》り過ぎだろ? また今銀さんまで一緒になって、熱演してさ。ほら、素直な水城さんなんかすっかり信じ込んじゃって、普段の彼女なら想像すらしないような凄《すご》いこと、言い始めちゃったじゃないか——

いや、これはもちろん英二が悪い!! 演技というか、悪ノリが過ぎる!!」

——明朗快活な宣言に、ギャラリー全員が絶句してしまった。絶句せざるを得ない。

(一郎は何を言っているの? 真太が死んでしまって、とうとうおかしくなったの?

そうだ、真太が死んでしまっているのに、いつもの謎のノリで、大笑いなんかして)

あたしが押し黙りながら訝《いぶか》しんでいると、さいわい、当の一郎が口を開いてくれた。

「もう時間も押している。ほら吹奏楽コンクールだってさ、制限時間十二分をオーバーしたら即失格、審査対象にもなりはしないだろ?

ゆえに……

……うん、この月下の七夕の名舞台を中断するのは実に実に忍びないが!!

俺が指揮棒を止め、撤収と後片付けの指示を出すことにしよう。というのも、部長の真太がまだいないからね——で、ハルカさん?」

「何？」

「君達はＣＭＲの修理をしていた。それは機能回復の見込みがあったからだね？」

「それはそうよ。ただし」

「ただし未来に帰れるかどうかは分からないけど。そうだね？」

「……そのとおりよ」

「裏から言えば、ＣＭＲ本来の機能は回復する見込みはある」

「それが時間遡行《そこう》型記憶転写のことをいっているのなら、そのとおりよ。

要は、タイムトラベルなんて奇跡だけど、ＣＭＲを初期状態に修理することならできる。その見込みはある。だからこそ修理なんて作業になる。それすら不可能なら、この時代に到着してすぐさまトンテンカンテン大工仕事をしてはいないわ——苦労しているのはほとんどユリだけど」

「ＣＭＲが機能回復すれば、記憶を過去の自分に転写できるね？」

「そう」

「それで過去は変えられる」

「既述だけど、変わらざるを得ないわ」

「いや、意図的に変えられる部分もある」

「……それがＣＭＲなんてものの生まれた理由よ」

「そう、君達の時代には、過去改変の実例もある」

「これも既述だけど、少なくとも、私が生きてきた十八年間で一度あった」

「まして、過去改変によって歴史が——君達のいう〈世界線〉がどれくらい変わるのかは、なんと量的に測定できる。計算できる」

「よく憶えているわね。確かにそうよ。

私がさっき、〇・〇一二五％なる実際の数字を喋ったように——」

「——計算できる。そのためのデバイスがある」

「ある」

「おまけに君の口調からすると、測定なり計算なりをしたその数値が小さければ小さいほど安全だ」

「それは安全の定義によるけど、歴史という織物が結果としてほとんど変わらない——という意味ならば、そのとおりよ。

喩《たと》えるなら、大量殺戮の後で、誰もが大量殺戮前とほとんど一緒のかたちで生き返る。また喩えるなら、四〇万字の論文の文書ファイルが消滅した後で、それと五〇字しか変わらない文書ファイルが上書きされる——先刻の数字を用いるならね。

　そのときは成程《なるほど》、マクロな判断としては安全よ。変更された五〇字が、実はあなただけにとって死活的な意味を持つといった、個々人のミクロなリスクを無視すればね」

「そのデバイスによる計算っていうのは、『ハルカさんが二〇二〇年に出現したことによる変動』、あるいは『これからここで生き続けることによる変動』についても可能かい？」

「タイムトラベルはまさか前例がないから、『出現したこと』による影響を測定することは、たぶん無理だと思う。やってみることはできるけど、私は結果を期待しない。

　他方で、『これから生き続けること』についての変動は、つまりもう存在するユリと私の物理的な影響如何《いかん》だから――無数の変数と無数の分岐を前提とするけれど――理論的には可能なはず。やってみることはもちろんできる。有意な結果も期待できる」

「あのCMRの記憶転写は、狙った瞬間に、自分の脳が存在していれば可能なんだね？」

「またもや既述だけど、そのとおりよ。

　理論的には胎児であっても、一分前の自分であっても、それが自分の脳であるかぎり転写ターゲットにできる。こんな極端な例に意味があるかは別論だけど」

「質問の最後に――修理をしていたってことは、また動かすつもりだったんだね？

　要は、燃料なり動力なりがまだあるか、ってことだけど――」

「極めて限定的だけど、もちろんある。それも修理という行為の大前提でしょう？」

「ならばっ!!」

　ビシッ。

　一郎の謎のポーズが決まる。あざやかなターンも決まる。なんて無駄で華麗な動き。

「CMRを修理して、俺達が、真太の死ぬ前に戻ればいいいんだよ!!　コロンブスの卵!!

　そうしていれば、ひょっとしたら、ハルカさんの望むタイムトラベルだって可能になるかも知れない。CMRを稼動させさえすれば、そのチャンスができる。俺達は真太を救うことができ、ハルカさんはバクチにベットし続けられる。俺達は未来のテクノロジーを活用させてもらえるし、ハルカさんは人殺しにならずにすむ。

　これぞウィン－ウィン!!

　俺達が、そう現代人も未来人も一緒になって過去に戻り、その過去において、〈そうなっていなければならなかった過去〉、いわば望ましい〈未来形過去〉を選択できたなら、誰も死なずにすむ。誰も殺さないですむ。何故と言って、仮にどう足掻《あが》いてもタイムトラベルは成功しなかった場合でさえ、未来人ふたりがこの世界線に存在するリスクを最小化することができるから。そういう世界線、そういう〈未来形過去〉も選択できるはずだから——


——って、英二も今銀さんも人が悪いなあ。延々、あれだけ執拗《くど》い台詞《セリフ》回しをしていた以上、こんな結論はすっかり出し終えていたんだから。ま、俺自身、真太のことは超絶的に悔しかったけど、実は思わずぼろぼろ泣いちゃったけど……でも目の前にあるこんな巨大な『リセットボタン』に気付かないはず、ないじゃないか。アッハッハッハ、あっは‼」

(……天然は、ほんとうに恐いわ。

あたしはもちろん、英二も詩花も、マジメに人を殺すところだったっていうのに)

ただ、救われた。きっと、この校舎屋上の誰もが。

ううん、ひょっとしたら今この瞬間、世界だって変わったかも……

あたしは一郎の無駄なポーズを見遣りながら、一郎に感謝した。そして思った。

〈未来形過去って、ぶっちゃけ、まるで意味不明だわ。

敢えて言うなら、過去形未来のような気もするけど、
頭が困絡《こんがら》がってくる……

やっぱり天然は恐いわね〉

第4章　カササギが橋を架けるには
——光夏

CMR本体——ノスタルジア

「電算機、CMRのドアを開錠」

「了解しました、CMRのドアを開錠します」

——階段室の近くに突き刺さっていた、タイムマシンもどきが答える。

時間は、午後一一時四五分。もちろん七月七日。

あたしたちは、CMRの、箱状をした本体の中に入った。ドアを開いてくれたのはハルカだ。ハルカかユリの音声認証でなければ、開かないようにロックしてあるという。

微妙に傾いたその箱の中には、六人全員が入れた。全員が入ってもまだ余裕はあるけど、一〇人入るとかなりキツそうだ。

すると、箱状の本体に入った瞬間、一郎が大きな声を上げた。

「これって、エレベータだよね⁉」

「見た所」英二が頷《うなず》く。「現代の——少なくとも近現代のエレベータ、そのものですね」

「確かに」ハルカがいった。「私も初めてこれに入ったとき、エレベータを連想した。無論、私達の時代にもエレベータはあるから。ただ、私達の時代のエレベータはもっとシンプルでもっと合理的なものよ。少なくとも、こんな意味不明な内装をしてはいないし、こんな意味不明なガジェットを置いてはいないし、もっと常識的なサイズをしている」

——あたしも、CMR本体の内部を見遣った。

厳《おごそ》かな大理石パネルの床に、高級そうなセピアの腰板。その上は鏡貼りで、天井にはシャンデリアのドームランプがある。そしてなるほど、エレベータというだけあって、なんと入口右手には丸ボタンの列がある。現代でいう、階数ボタンや開閉ボタンのように。ボタンの数は、高層ビル並み。それぞれの丸ボタンには、それぞれ数字やアルファベット、そしてよく分からない記号が、記載されているというか刻まれているというか、とにかく描かれている。そうしたボタンが配置されているのは、気品あるシャンパンゴールドの金属パネルだ。エレベータでいう階数表示もある。ただし、映画に出てくるような、とてもクラシックな、針と扇の『階数計』だけど。

（しかも、箱の中にあるのはそれだけじゃない……ハルカが今、『意味不明な内装』『意味不明なガジェット』といったのもよく解る。あたしは何故かこころが和むし、こういうレトロな雰囲気、かなり好きだけど。すごくしっくりくる——趣味が合うっていうか）

するど、また一郎が歓喜の声を上げた。

「うわあ、この右手の壁に掛けてあるの、この大きな二台の電話、これ公衆電話かなあ⁉」

「あからさまに電話ですね、外形は」また英二が頷く。「ただし、現代の私達から見ても、著しくアンティークですけどね。最近では公衆電話そのものを見ないですが、まさかこんな精緻《せいち》で高級なものは、存在しないはずです」

「これって、二〇二〇年のひとにとっても古いの？」

ユリの質問に、一郎が答えた。

「古い古い。昭和の映画とか見るけど、こんなのはお目に掛かれない……

ちょっと外国っぽい感じもするなあ。英国の伝統的な奴とか、米国のレトロな奴とか。まあハッキリ見たことなんてないけど、どのみち、俺達からしても無駄にお洒落で無駄に繊細だね。骨董品屋が見たら、涎《よだれ》垂らすんじゃないかなあ」

「そうなんだ——」ユリがいった。「——今イチロウ君がいった『公衆電話』っていうのは、共用の固定電話、っていうイメージでいい？」

「まさに」

「うーん、あたしたち、最近はさすがに音声だけの電話、使わないからなあ。だから固定の音声電話っていうのも、共用の音声電話っていうのもないし。敢えて言えば、非常用の共用端末はあるけど。それが『公衆電話』に近いのかなあ。

でもこのCMRのこの機械、何て呼ぶのかはともかく、すごくキレイなのは確かだよね。シックな赤茶色に、落ち着いた銀が効果的に使ってあって」

「かなりカネ掛けている感じがするな‼　それも、機能とは無関係なベクトルに……

しかも、ドア左手の方——いや箱の左手の方にあるのは、なんとまあタイプライターだ‼　いや、キーがパソコンとほぼ一緒だから『ワープロ』なのかも知れないけど——でも見た所、カシャカシャカシャカシャとキーパンチをする、そしてアームが動いたりベルがチーンと鳴ったりする、まさにタイプライターだね‼」

「私その器具を知らないわ」ハルカがいった。「恐ろしく旧式の端末だとは感じたけど」

「このタイプライターも」あたしはいった。「きっと壁の公衆電話とデザインがそろえてあるんだね。シックな赤茶をベースに、銀細工みたいに美しい金属部品が使われている」

「といって、ハルカさん」英二がいった。「まさかどちらも、タイプライターだの公衆電話だのではないんでしょう?」

「たぶんね。というのも、あなたたちのいう公衆電話の正体は、CMRによる記憶転写の際、こう――その円弧のデバイスを耳と口に当てて、脳とCMRを最終同期させるインタフェイスだから。そしてあなたたちのいうタイプライターは、例えば時間座標や個人座標を入力したり、CMRの各種プログラムを実行したりするためのインタフェイスだから。

今は、どちらも機能不全に陥っているけれど」

「エレベータ右側の公衆電話が、記憶を飛ばすためのもので」英二がいった。「エレベータ左側のタイプライターが、システムを制御するためのものなんですね?」

「そう」

――あたしは詩花を見た。無言のままの詩花も、未知の機械に、しかもその意味不明な内装に唖然《あぜん》としたか、あんぐり口を開けた感じで、『エレベータ』内を見渡している。

あたし自身ももう一度、そうした。

これは総じて、とても高級なホテルを感じさせる『エレベータ』だ。シャンパンゴールドとセピアを基調に、アンティークな機器が赤茶と銀を添える。そしてそれらを、腰板の上の鏡部分が優美に映し出している――

(奥の壁がボコボコになって、しかも焼け焦げていなければ、ノスタルジックな旅情すら感じたかも。とても、心魅《ひ》かれる)

……もちろんそのボコボコは、さっきの午後一〇時五〇分過ぎの爆発か、あるいは、ハルカとユリがこの時代に吹き飛ばされた午前零時半過ぎの暴走によるものだろう。そしてよくよく観察すれば、『タイプライター』も『公衆電話』も、また『エレベータのボタン』も、火を吹いたというか、何かの電気回路が爆《は》ぜたというか、とにかく強い衝撃を受けた形跡がある。それらは応急措置っぽい感じで手当てされてはいたけど、だから派手な事故の後の姿そのままではなかったけど、どのみち初期状態でないのはあきらかだ。

修理時間と動力の問題

「さてハルカさん、ユリさん」英二がいった。「今後の段取りを協議しましょう、急いで」

「考え方としては、ふたつある」ハルカが答えた。「考え方の第一。今私達が入っている、このCMR本体を修理する。それによって時間遡行型記憶転写をする。次に考え方の第二。このCMRに備え付けられていた、簡易型のP－CMRにより時間遡行型記憶転写をする」

「その『CMR本体の修理』には、どれくらいの時間が掛かります？」

「それ、ハルカとも話し合っていたんだけどね……」技術者らしいユリが答える。「……最低でも八時間は欲しい。でもそれは理想的な数字。ひょっとしたら日単位の時間が必要かも知れないし、新しく、そうこの時代で、機械部品を調達しなきゃいけなくなることも想定されるよ。

　あと大きいのは……動力の問題かなあ。もう残量が一〇％を切っちゃってて。電算機とかを稼動させるのはできたけど、もう一度時間遡行型記憶転写をやるとなると……この時代のどこかから、莫大な、そうだなあ……電気かなあ。電力をもらってこないといけない」

「どのくらいの電力が必要ですか？」

「電気で動かしたことはないから、ハッキリしたことはいえないけど……街ひとつ停電するくらいの電力が必要だと思う。ううん、近くの街がふたつ、みっつかなあ。この時代の『街』のイメージは作れないけど、とにかくこの学校を停電させるくらいじゃ全然無理」

「と、すると」英二はいった。「ハルカさんの第一案は、ふたつの意味から無理ですね。第一に、そのような電気をいきなり何処《どこ》かから持ってくる訳にはゆかない。そもそもどう引いてくるのかの問題もある。要は量的にも技術的にも問題がある。また第二に、私達は修理に要する『最低八時間』も待つことはできない。極めて理想的に事が進んだとしても、八時間後といえば、もう七月八日の朝八時あたり。部活の朝練その他もありますから、学校の朝はとても早い。どう考えてもそれまでに真太の遺体は発見されてしまう――なら、さっき議論した大量殺戮のシナリオが、現実のものとなってしまう」

「となると!!」一郎が朗らかにいった。「結論はひとつだな、P－CMRを使う!!」


携帯型・時間遡行型記憶転写装置『P－CMR』

　するとハルカは、それを予期していたんだろう、すぐユリに告げた。

「ユリ、P－CMRの取り外しは終わった？」

「うん、このとおり」

ユリはあたしたちに、ちょっと両腕を突き出した。重たい物を、差し出す感じで。

その両掌《りょうてのひら》の上には、確かに重たそうな物が四つ、載っていた。

その、重たそうな物というのは……

「か、懐中時計」一郎が素《す》で驚くのはめずらしい。

「こ、これがタイムマシン?」

「執拗《くど》いようだけど」ハルカがいった。「タイムマシンではないわ。時間遡行型記憶転写装置よ。また確認のためにいえば、携帯型・時間遡行型記憶転写装置ね」

「しかしまた、これもレトロな……おまけに、男の俺の掌《てのひら》に余るほど大きいし。

全然関係ないけど、エレベータにしろ懐中時計にしろ、これ、君達の時代の流行《はや》り?」

「まさかよ。私達自身、これらをデザインさせた因果庁長官の趣味を疑うわ。

それにカイチュウドケイなる言葉、私は初めて知った。成程《なるほど》、懐《ふところ》の中の時計ね、懐中《カイチュウ》。

私達、腕時計は使うけど、こんなスタイルの時計は見たことも使ったこともない」

「またまた全然関係ないけど、君達、確かに腕時計は使っているね。今も手首にある。

未来だと、そんなものは必要なくなるのかと思ったけどなあ。俺達の時代だって、スマホがあるから腕時計の必要性、薄くなっているし」

「確かに大小様々の端末で時間を知ることはできるわ、私達の時代でも。

ただ諸々《もろもろ》の事情から、アナログな機械が復活する傾向にある。その意味では、私達の時代の文化水準は、あなたたちの時代のそれに、逆戻りしつつあるのかも知れない。といって、重ねて、懐中時計だの公衆電話だの、そんなものまでは知らないし使わないけど」

「……ちなみにさ、その『諸々の事情』っていうのは?」

「黙秘する。

因果法に触れるし、あなたたちの……私達のこれからの試みにも関係ないから」

ハルカはそういって一郎からユリに向き直ると、ユリが掌で支えていた四つの懐中時計、そのうちのひとつを手に取った。そしていった。

「私達も昨夜、漂着してから知ったのだけど、これがP-CMRよ。四機ある」

「どう見ても、純然たる懐中時計だなあ」一郎がさっそくハルカの持っていた一機を摘《つ》まんだ。「公衆電話やタイプライター同様、デザインはおそろしくノスタルジックで、アンティークだけどね」

あたしはハルカとユリに訊いた――

「あたしも触っていい？」

「かまわないわ。ユリ、二〇二〇年の皆《みんな》に見せてあげて。ちょうど四機あることだし」

「うん解った、ハルカ」

英二と詩花、そしてあたしが、ユリからその『懐中時計』を受け取る。あたしはそれを掲げたり掌で転がしたりして、ただそのデザインを観察した。使い方が解らない以上、それしかすることがなかったから。といって、それは貴重な体験だった。というのも。

（これはもう、芸術品の類《たぐい》だわ……ほんとうに美しい……）

銀の大きな懐中時計。懐中時計と聴いてイメージできるように、蓋《ふた》付きだ。しかも、表裏両面に蓋が付いているる。神話あるいは神殿のような彫刻の施された、頭というか肩というか、鎖をつなぐ部分を――ネジが巻けそうだから『竜頭《りゅうず》』というのだろうか――押して表の蓋を開くと、大ぶりの時計を見ることができた。欧州の古い駅を思い起こさせる、ローマ数字が大胆な時計だ。いうまでもなくアナログ時計。二つの大きな針は、細身でお洒落ながらも、独特で力強い印象がある。その二つの針と、あと繊細な秒針が、まさに今現在の時刻を教えてくれる。針の組合せだけでも、まるで何かの絵のように美しい。

けれど、それだけじゃない。

時計盤そのものが、ほとんど機械部分を露出させているのだ。だから、大中小さまざまな歯車、ゼンマイ、そして何かの軸に何かの棒に何かの輪……無数にも見える機械部品が確実に、精緻《せいち》に、典雅に、しかもカッコよく動いているのが目撃できる。植物的ともいえる不思議な円弧が幾つも幾つも絡《から》み合い、もう魔法のようだ。同様に、数多いピンやリベットのようなものは、矛盾だけど、どこか『懐かしい未来的なもの』を感じさせる。この印象は、そうだ、最初にハルカたちの、未来のセーラー服姿を見たとき感じた印象……

……思わず魅入《みい》っていた自分に気付き、あわてた感じで裏も見る。

裏の蓋を開くと、そちらもまた機械の群れだった。けれど、表側で見た機械部分とはちょっと印象が違う。歯車とリベットが特徴的なのは一緒だけど、工場のパイプそっくりな外観をしたチューブが多用され、また、そんなパイプにふさわしい丸ハンドルのような部品が、工業的な美しさを維持しながら配置されている。もちろん、あるのはパイプやハンドルだけじゃない。大小様々な計器がある。明滅するルビーやエメラルドのランプがある。アンテナっぽい針がある。銅線のようなものをぐるぐる巻いたコイルがある。よく分からない発光体をたたえている、ガラス管にガラスパネルもある。

（要は、今にも、どこからか煙が噴き出してきそう……）

ただ、いくら工場的な印象を与えるといっても、そして全体が『一郎の掌に余るほど大きい』サイズだといっても、そこはあくまで懐中時計だ。裏側の活気ある部品群も、ひとつひとつはとても小さい。よくこんなに小さくすることができるなあ、と思うほどに。だから、全体の印象としては『工場のミニチュア』が正しい。

（いずれにしろ、表側は時計として美しく、裏側は機関として美しい）

——すると、あたし同様、讃歎《さんたん》の嘆息《ためいき》を吐いていた一郎がいった。

「これで、過去に戻れるんだね⁉」

「……執拗《くど》いけど、過去の自分に記憶を転写するのよ」

「四機あるけど、それぞれがタイムマシンなのかい⁉」

「いやだから……」いいかけてハルカは諦めた。「……まあそうよ。一人用のが、四機」

「すると、一度にタイムトラベルができるのは四人？」

「理論的には。この場合、一度に記憶転写ができるのは、そう四人よ。ただし——」

「ただし？」

「——まず自己診断サブルーチンを使わないと。要は故障の自動チェックよ。

ユリ、P‐CMRの電算機も音声入力可能？」

「うん、さっきそう設定した」

「これから命令できる？」

「できるけど、自己診断なら音声入力を設定したとき、もう開始させておいたよ。

じき四機とも、診断結果を喋るはず」

「で、いよいよ故障がないとなれば、俺達四人は過去にタイムトラベルできるわけだね‼」

「ところがところが、よ」ハルカは淡々《たんたん》といった。「仮に故障がないとしても、物理的なあるいは技術的な制約から、実際はそう単純でない」

「っていうと？」

毒素クロノトン

「まず、〈クロノトン〉の問題がある」

「これすなわち？」

「……イチロウ君、あなたさっきからタイムトラベルタイムトラベルいっているけど、成程《なるほど》、P－CMRはタイムトラベルの一種よ。いわゆるタイムマシン――人が時間旅行を連想するタイムマシンに比べれば、遥《はる》かに、著しく、非常に限定的な機能しかないけどね。

ただそれも、時間の壁を超える行為には違いない。

そしてそれが――神の領域を侵す行為であることも同様よ。だから……

私達の時代の、因果庁がこれまでに解明し実証したところだと、その行為には代償がある。それなりに大きな、代償がある」

「要はリスクかい？　例えば？」

「ヒトが過去に記憶転写をすると、その瞬間、当該《とうがい》ヒトの脳に毒素が分泌《ぶんぴつ》される。この毒素を〈クロノトン〉という。何故クロノトンがいきなり分泌されるかは、因果庁もまだ解明できてはいないのだけど、諸々《もろもろ》の実験から、それが必ず分泌されること、そしてそれが脳にとって――だからヒトにとって致命的な毒素であることは、既に解明されている」

「過去に戻ると脳に毒が発生するのかい？」

「まさしく。ただ正確に言えば――

まず、転写する記憶が、時間を遡《さかのぼ》れば遡るほど発生する。例えば一時間を遡ったら一時間分、X時間を遡ったらX時間分、脳にクロノトンが発生する。

ゆえに、何時間でも何日でもいいけど、仮に一時間だけ過去に記憶転写をするとすれば、その一時間分の記憶が過去に転写された瞬間――要は過去においてハッと自分を再認識した瞬間、主観的には強烈な目眩《めまい》、頭痛、発熱、嘔吐《おうと》感、呼吸困難、全身の痙攣《けいれん》その他に襲われる。それはもう、その場ですぐ昏倒《こんとう》してしまうほどの――それもそうよね、それは客観的には、脳の壊死《えし》と多臓器不全なのだから。

これはつまり、脳に一時間分のクロノトンが発生したからよ。

ただ、もっと厳密に言えば、クロノトンが発生するかどうかは、『既に自分が生きてきた時間』、『もう自分が経験済みの時間』について、どれだけ重なりがあるかによるのだけれど――そういった人為的な『重なり』『上書き』の分だけ何故か発生するというわけよ」

「ええと、要するに、だ」一郎は美しい瞳を閉じ、考えながらいった。「CMRで過去に遡れば、脳に毒が生まれる!!」

「過去に遡るというのが『過去に記憶を転写する』ということなら、そのとおり」

「必ず生まれる!!」

「そう」

「自分が生きてきた時間、自分が経験済みの時間を繰り返すから、生まれる!!」

「そこの因果関係は必ずしも明確ではないわ。

ただ、自分が生きてきた時間、自分が経験済みの時間を繰り返すとき、何故か生まれる。それは、そう……例えば同一の時間に同一の人間がふたり存在したら、タイムパラドックスが発生するわね。そのとき宇宙は消滅するなんて話もある。

ここで、CMRは記憶だけを転写するのだから、細かい議論を省略すれば、そのような事態は生じない。だけど、効果としては、なるほど『新しい自分を過去に送り込む』『別の自分を過去に送り込む』のと一緒よ。そんな冒瀆《ぼうとく》に、時間そのものが激怒するのかも知れない。あるいはそもそも、時間の巻き戻し・やり直しは、神様の逆鱗《げきりん》に触れる禁断の行為なのかも知れない――

いずれにしろ、『既に自分が生きてきた』『既に自分が経験済みの』時間分だけ、懲罰《ちょうばつ》のごとくクロノトンが発生する」

「ハルカさん、君は脳の壊死とか多臓器不全とか、あるいは致命的なんて言葉も使っていたけど、これすなわち『死ぬ』っていうこと?」

「そうよ、そこは文字どおり」

「即死するのかい?」

「即死するか、数分の内に死に至る。だから、過去において『未来の記憶を転写された自分』に気付いても、どのみちすぐに死んでしまうことになる」

「……ちょっと待ってよ」一郎が首を傾げた。「そもそも君達、遥かな未来からこの二〇二〇年にやってきて、でもまだピンピンしているじゃん⁉」

「御陰様《おかげさま》でね。それは毒素クロノトンに対する防護措置・予防措置を講じているからよ」

「すなわち?」

薬剤トリクロノトン

「毒素クロノトンから精製される物質に、〈トリクロノトン〉という物質がある。自然界にも、超極々《ごくごく》微量、存在してはいるらしいけど。そして、さっきいったクロノトンは致命的な毒素である一方、この〈トリクロノトン〉はまさに真逆なの。これは、治療薬でもありワクチンでもある――

クロノトンもトリクロノトンも、どちらも極めて貴重で極めて稀少だけど、その性質と効用とコストからして、トリクロノトンの方がより甚大《じんだい》な価値を持つといえる。というのも、トリクロノトンは実にその一・五倍を必要とするらしいから。要は、私達が今生きていられるのは、この大事な大事なトリクロノトンを注射した後でCMRを使ったから。それだけのこと」

「トリクロノトンを投与していれば、過去でハッと目覚めたときにも毒は発生しない？」

「少なくとも、『過去に戻る』ときにクロノトンが分泌されるのは避けられる。

医学的には、拮抗《きっこう》とでもいうのかしらね。クロノトンは分泌されてしまうけど、その毒素は阻害される。もっといえば、どうやらトリクロノトンとクロノトンは打ち消しあうというか、同居できないらしい。だからトリクロノトンは『過去に戻った』ときに全部消滅する。どのみち、詳しい説明は私の能力的に無理だけど、トリクロノトンさえ注射していれば、まず『過去に戻った瞬間』のリスクは避けられる」

「だから即死は避けられる？」

「そうね、これがクロノトンとトリクロノトンの、第一の問題よ。

そして既述のとおり、毒素クロノトンはX時間遡ればX時間分だけ分泌されるのだから、治療薬でありワクチンであるトリクロノトンは――理論的には――遡りたいと思うX時間分だけ投与しておく必要がある。

これを裏から言うと、必要量のトリクロノトン無しにはCMRもP－CMRも使えない」

「ええと、まったくの、純粋な興味からの質問だけど」一郎が興味津々《しんしん》でいった。「クロノトンは、X時間遡ればX時間分だけ分泌されるんだよね？　それはひょっとしたら、X時間の時間移動をしたら、X時間分だけ分泌されるってこと？　要は、過去への移動だけでなく、未来への移動でも分泌されちゃうのかって疑問だけど――」

「それは、あなたの大好きな『タイムマシン』なるものが開発できていない以上、『分からない』としか答えようがないわ。記憶であろうとヒトそのものであろうと、それを未来方向へ送る技術は無いんだから。ゆえに、未来への移動でクロノトンができるかどうかも、『やってみなければ分からない』。

――ただ、因果庁最新の研究成果によれば、イチロウ君の仮説はどうやら正しいと考えられている。すなわち、未来への移動でも、過去への移動と同じかたちで、毒素クロノトンを生んでしまうらしい。ユリも私も女子高生だから、そして因果庁の機密に自由にアクセスできるわけではないから、推測なり伝聞なりになってしまうけど——とはいえ、因果庁がその仮説を量子レベルで実証するのに成功したと、そんな噂《うわさ》は小耳に挟んだわ。未来旅行への、輝かしい第〇・〇〇〇〇〇〇〇一歩ね」

「……あっ、ちょっと待ってください、ハルカさん」

「何、エイジ君？」

「大事なことを訊き忘れていました」そして英二はいつかあたしが訊いたことを訊く。「そもそも貴女方《あなたがた》は、西暦何年から来たのですか？」

「黙秘する。

　因果法に触れるし、私達のこれからの試みに関係ない——シンタ君を救うため、過去をやり直すという試みに全く関係ない」

「うーん、ある意味恩知らずなことをいえば、またある意味意地悪なことをいえば、貴女方は既に未来の技術について、かなりの情報を漏らしてくれているのですが……」

「シンタ君を救うためには、P－CMRを使用しなければならない。それは大前提。

ならば、その安全基準なり危険性なりある程度の仕様なりを知ってもらうことは不可避よ。宇宙船の旅客にはそれなりの知識が必要でしょう？　勝手あるいは無謀なことをされても困るしね。

ただ、機長の年齢は必要ないはず」

「ならせめて概数だけでも」

「十年二十年の未来ではないわ」

「遠い未来だと。何故そこを隠すのかは解りませんが、それでも私の疑問は深まりました」

「というと？」

「貴女方は私達と同じ高校生。さらに、先程《さきほど》今銀さんに聴いたところでは、ハルカさんもユリさんも同級生で、十八歳だとか」

「そうよ」

「そして貴女方が目指していたのは、貴女方の時代から『十二年前』」

「そう」

「なら、貴女方は毒素クロノトンで死んでいなければ面妖《おか》しいのでは？」

「私達が、死んでいなければ面妖《おか》しい……？」

　ハルカは少し考えたけど、すぐに納得した口調で答えた。ハルカは頭がよさそうだ。

「――ああ、それはこういうことねエイジ君。あなたはこう考えた。

私達は『十二年前』に記憶を転写する予定だったのだから、十二年分のクロノトンを打ち消すだけのトリクロノトンを注射してきたはずだと。けれど、結果として遡ったのは、十二年どころか遥か昔の二〇二〇年だと。当然、膨大《ぼうだい》な年数分のクロノトンが脳に発生したはずだと。それは十二年分のトリクロノトンでは打ち消せないはずだと。それなのに何故、私達は今も生きているのかと――こうね？」

「まったくそのとおりです、ハルカさん。明晰《めいせき》に言い換えてくれて、手数が省けます」

「もっともな疑問だけど、その解答はとてもシンプルよ。

まず説明の第一として、私達は十八歳。細かい日数の議論を措《お》けば、十八年しか生きてはいない。そして毒素クロノトンは、『既に自分が生きてきた時間』『既に自分が経験した時間』分だけ分泌されるのだから、私達の脳に分泌されるクロノトンは、最大でも約十八年分となるわね、最大でも。

そこから更に昔々の二〇二〇年に飛んだところで、どれだけ飛ぼうがその時間分『私は生きていない』し――それはそうよね、生まれていないわ――その時間を『私は経験していない』のだから、その分のクロノトンなど生まれる余地がない。

――ここまではよい？」

「それは解ります。繰り返し部分がないから、その分は毒が発生しない――それは解ります」でも英二は更に訊いた。「ただ、ターゲット時刻は『十二年前』でしたよね？　そしてこの場合、クロノトンは最大『十八年分』生まれるはず。なら、アバウトな計算ですみませんが、『六年分』は、予期していなかったクロノトンが生まれたはずです。

ここで、今までの御説明を踏まえると、『遡る時間分のトリクロノトンがなければ即死してしまう』のですから、その六年分のクロノトンは、あなたもユリさんもたちまち殺してしまうはずだと思うのですが？」

「その解答もとてもシンプルになるわ。すなわち説明の第二として――

因果法、因果法施行令、因果法施行規則といった諸ルールによって、CMRを使用する者は、『既に自分が生きてきた時間』分のトリクロノトンを注射しなければならないと定められているからよ。遡る時間の具体的な長短にかかわらず、まあ、アバウトにいえば『年齢分の薬を打っておかなければならない』というのが因果庁のルール。

これを私達の例でいえば——遡りたいのは十二年だけど、十八歳だから十八年分のトリクロノトンを注射しなければならないことになる。もちろん私達は因果庁から CMRを強奪したテロリストだから、そんなルールは無視することもできたけど、自分達にメリットがあるルールなら無視する義務はないわ。

そして、何故それが自分達にメリットのあるルールなのかといえば、既に実証されてしまったけれど——」

「ああ、成程《なるほど》」英二が大きく頷いた。「CMRの事故なり暴走なりに対処できるから」

「まさしく。

重ねて、私達は十八歳だから、どれだけ過去に遡ろうが、毒素クロノトンの最大分泌量は十八年分よ。この理屈は、CMRの使用者が一歳であろうが五〇歳であろうが一〇〇歳であろうが一緒。

——CMRが正常に機能したなら、必要なトリクロノトンは『戻りたい時間分』だけでよいけど、それはいわばギリギリの量。失敗して、想定以上に過去へ戻ってしまえば、打ち消せないクロノトンが分泌されてしまって、どのみち即死する。となれば、何年を遡るつもりでも、クロノトンの最大分泌量に——要は自分の生きてきた時間分に——対応するトリクロノトンを注射しておけば、どんな事故が起こっても問題ない。

だからさっき、トリクロノトンの必要量をイチロウ君に説明したとき、私は『理論的に』必要な量を説明したのよ。『実務的に・実際的に』必要な量なら、アバウトな言い方で悪いけど、『自分の年齢分』注射しておくのが安全で、だからそれが法令にもなっている」

「貴女方は、目標とした十二年以上の昔へ飛んでしまったけれど、元々十八年分の解毒剤を投与していたし、毒素はそれ以上は分泌されないから、だから死なない。こうですね？」

「まさしく」

「要は、時間旅行において——」今度は一郎がビシッとポーズを決めつついった。「——クロノトンはわるもんで、トリクロノトンはいい奴ってことだ!!」

「ぷっ」ハルカと比べて素直そうなユリが破顔《はがん》する。「そうだね、そのとおりだよ。クロノトンは神様の罰で、トリクロノトンは人間の抵抗かなあ。あっ、でもそうすると、神様が悪い奴になっちゃうけど……

でも、人間が時間の壁を越えるってことは、やっぱり神様のおきてに叛逆《はんぎゃく》することだとあたしも思う。さっきイチロウ君もいっていたけど、それはどこか『カンニング』に近い感じがするし、完成した『歴史の織物』『歴史の珈琲《コーヒー》』を勝手気儘《かってきまま》にいじることだから。

だから、実は神様の罰は、もっとある。ハルカがいった第一の問題の、次の問題」

「それって、わるもんのクロノトン以外による罰っていうか、リスク?」

「ううんイチロウ君、やっぱりわるもんのクロノトンによる罰だよ。

というのも、さっきハルカが説明した『クロノトンによる即死』は、クロノトンの毒性の片面にしか過ぎないんだ」

「っていうと、クロノトンはもっと悪さをするのかい?」

遅効型クロノトン

「まあ、悪さをするのはこの場合、人間の方かも知れないけど――

とにかく、クロノトンの恐ろしさは、『過去に戻ったときに即死』っていう奴だけじゃないんだよ。クロノトンの恐ろしさは、実はもうひとつある。

ちょっと説明が難しいんだけど……できるだけカンタンにいうと、『一度経験した時間帯』を『それと知ってまた経験する』とき、毒素クロノトンはまた分泌され始めるんだ。具体例の方が解りやすいかな。今回、あたしたちはシンタ君を救《たす》けるために、過去に戻るっていうか、過去の自分に記憶を転写するつもりだよね。解りやすいモデルとして、そうだなあ……『イチロウ君だけが、一日前の、過去の自分に記憶転写する』と仮定するね。要は、二十四時間戻る。昨日に戻る。

このとき、さっきハルカが説明したとおり、まずイチロウ君の脳にドカンと、一日分のクロノトンが分泌されてしまう。これを防ぐために、最低一日分のトリクロノトンを注射しておかないといけない――できれば十八年分が理想的だけどね。ミカさんによれば、イチロウ君も十八歳みたいだから。いずれにしろ、必要量のトリクロノトンを注射しておきさえすれば、脳にドカンと分泌されたクロノトンは、トリクロノトンといわば打ち消しあって、まあ無害になる。化学反応でまったく違う物質になるのか、代謝《たいしゃ》とかで消滅するのか、それとも未知の時間物理学的現象が起きるのか、そういったことは全然解らないけど――でもいってみれば、『ドカンと発生した分が、いきなり打ち消されて零《ゼロ》になる』と考えていい。

クロノトンも全部消滅すれば、トリクロノトンも全部消滅する。ちなみに『全部』だから、どんな場合であっても、過去の自分のトリクロノトン残量は『零《ゼロ》』だよ。いずれにしろ、一日前の自分に戻って、ハッと我に返ったイチロウ君が、いきなり即死してしまうことはないんだ。

ところが……

イチロウ君が、一度経験済みの一日前を生き始めた瞬間、今度はゆっくりと、じわじわとクロノトンが分泌され始める。イメージでいえば一秒ごと、どんどん脳内に蓄積されてゆく。そしてこの例でいけば、イチロウ君が『一度経験した時間帯』を『それと知ってまた経験する』のは、要は一日だから、最終的には一日分のクロノトンが、イチロウ君の脳に貯まることになる」

「そのときのクロノトンは」一郎が訊いた。「どうやら即死型じゃないみたいだけど、具体的にはどんな悪さをするんだい？」

「いってみれば、遅効性の、蓄積型の毒というか……

絶対量が少ない内は、ほとんど何の影響も感じない。ただ絶対量が増えれば増えるほど、それに比例して、さっきハルカがいった『強烈な目眩《めまい》、頭痛、発熱、嘔吐《おうと》感、呼吸困難、全身の痙攣《けいれん》その他』に襲われてゆく。もちろん致死量に至れば、脳の壊死と多臓器不全で死んでしまうんだ」

「いい奴の、トリクロノトンとやらで解毒すればいいじゃん？」

「駄目。これは因果庁もまだ解明できていないんだけど、トリクロノトンはそもそも、即死型の、最初にドカンとくるクロノトンしか打ち消せないんだ。言い換えれば、後からじわじわくる遅効型のクロノトンに対しては何の効果もない。

これを今の例でいえば、イチロウ君が一日前に記憶転写をして、ハッと我に返った時点で、その一秒で――ううん正確にはもっと短い時間でかも知れないけど――とにかくすぐさまクロノトンは分泌され始める。遅効型の奴がね。そしてそっちの方には、トリクロノトンは全然無力。後から注射しようが服用しようが、まるで無意味で無駄。もっといえば、遅効型のクロノトンに対しては、治療薬も解毒剤もない……まだ発見されていないんだ」

「なかなか難しいんだなあ……」一郎は瞳を閉じながら考えた。「……まとめると、即死型のクロノトンを回避できても、過去をもう一度生きるかぎり、遅効型のクロノトンからは逃げられない訳だ!!」

「そうそう。それそれ。しかもそれだけじゃないよ。

説明したとおり、遅効型のクロノトンは、『一度経験した時間帯を』『それと知ってまた経験する』かぎり、どんどん蓄積される。これも、具体例の方が解りやすいかな……

　またさっきの例を使うね。すなわちイチロウ君は、一日前の自分に記憶転写をして、『一度経験した時間帯を』『それと知ってまた経験する』わけだけど、仮に――もし仮に、目指す目的が達成されなかったら？　例えば、そうだなあ、シンタ君が転落死するのを救えなかったら？　きっとイチロウ君は、CMRを使うために必要なトリクロノトンが残っている限り、もう一度やり直そうとするよね？」

「うん、そりゃそうだ!!　真太が死にっぱなしじゃあ何も意味がない!!」

「そうなると、またトリクロノトンを予防注射して――でないと即死型に殺されるからね――再び一日前に戻る。そこでまた、シンタ君を救うため、『一度経験した時間帯を』『それと知ってまた経験する』ことになる。それってつまり、人生においては、①ナチュラルに過ごした昨日と、②CMRで一度やり直した昨日と、③またCMRでもう一度やり直す昨日とで、結局『三度目の昨日』に挑戦することになる――

　ここまであたし上手く説明できているかな？」

「ああ、大丈夫だよ!!　経験する昨日は全三回で、俺が敢えてやり直した昨日が二回だ」

「そうそう、そうなる。

　だから、イチロウ君の『敢えてやり直した昨日』、つまり『それと知ってやり直した昨日』は二度になるよね。一度経験した昨日を、その記憶を持ったまま、新たに二度体験することになる。そうすると、このとき毒素クロノトンは――」

「――あっ、解った気がする」あたしはいった。「ええと、①ナチュラルに生きていた昨日については、何の介入も操作もしていないから、クロノトンは一切関係ない。神様にも時間にも叛《さか》らってはいないから。②でも一度目のやり直しで、遅効型のクロノトンが一郎の脳に分泌されるから、そのとき既に、一日分のクロノトンが脳に貯まってしまう。③おまけに、二度目のやり直しで、また遅効型のクロノトンが一郎の脳に分泌されてしまうから、また一日分、クロノトンが脳に貯まることになる。

　要するに、自分が過去に介入しているって――自分が過去をもう一度生きているって自覚なり記憶なりがあるかぎり、『重複する時間分だけ』『繰り返した時間分だけ』毒は貯まり続けるってことだね、ユリさん？」

「まさしく、まさしく。

だからこの例だと、二度目のやり直しを終えた時点で、イチロウ君の脳には、二日分のクロノトンが蓄積されることになっちゃうんだ。そして、もう皆《みんな》解ったと思うけど、これは三度目のやり直しでも四度目のやり直しでも同じだよ。神様の理《ことわり》に叛らい続ける時間が続くかぎり、同じ。『知っている過去』を上書きしようなんて試みるかぎり、同じ。今の例なら、イチロウ君が三度目のやり直しをすれば三日分のクロノトンが貯まるし、四度目のやり直しをすれば四日分のクロノトンが貯まる――そういうことだよ、ミカさん」

「ねえユリさん、即死型のクロノトンは、まさに即死型だから『致死量』を考えても意味がないけど――

でも過去をやり直しているときの、遅効型の、蓄積型のクロノトンには、きっと『致死量』があるんだよね？さっき、ユリさん自身もちょっといっていたけど」

クロノトンの致死量

「うんある。蓄積型として、どんどん貯まっていって、それに比例して症状を強めてゆく訳だから、もちろん『致死量』がある」

「どれくらいが致死量なの？　といって、単位とか相場とか、全然知らないけど……」

「……科学的に正確な数値は、実は知らない。というのも、クロノトンもトリクロノトンも、あたしたちの時代においてさえ、まだ恐ろしく貴重で稀少な物質だから。因果庁も、その実験には四苦八苦しているから。

だけど臨床データとしては、クロノトンの致死量は一○○㎖。クロノトンが一○○㎖蓄積されれば、ヒトは確実に死に至るといえる。というのも、一○○㎖で死んじゃった実例が幾つかあるから。そしてそれが今のところ、死亡例の最小値だから。といって、実際上は八○㎖を超えたくはないね。ううん、『半数致死量』まがいの考え方を採れば、たとえ五○㎖ですら超えたくはないけど……」

「でもユリさん、一○○㎖っていうと、どれくらい『やり直し』をしたことになるの？

言い換えれば、そうね……

例えば、一時間の『やり直し』で、どれくらいのクロノトンが分泌されるの？」

「それなら比較的厳密に実験されているよ。一時間で、一・二㎖のクロノトンが出る。

だから単純計算で、一日のやり直しなら二八・八㎖、半日のやり直しなら一四・四㎖のクロノトンが出ちゃうね」

「すると、①過去体験一時間で一・二㎖の毒が出て、②その毒の致死量はだいたい一〇〇㎖なんだから、だから何時間の過去体験で死んでしまうかっていうと、単純計算で――」

うっ。単純計算できなかった。するとエンジニアのユリが、さらっと教えてくれる。

「約八三時間になるよ。正確には、八三時間二〇分だけど。

約八三時間、『一度経験した時間帯を』『それと知ってまた経験する』と、確実に死んじゃう」

(……約八三時間というと、ええと、二四時間で割れば……約三・五日だから、三日半)

つまり、やり直しが一度きりだとしても、三日半を過ぎれば、クロノトンで死んでしまうってことだ。しかも、やり直しが複数回なら、使える時間はもっと短い。

この刹那《せつな》、あたしはちょっと恐いことに気付いた――

(ハルカとユリは、十二年前に記憶転写をしたかったはず。

でもそれって実は、最初から自殺行為なんじゃないかな……)

というのも、まず――ハルカとユリが必要量のトリクロノトンを注射していれば、転写成功時に即死することはない。遡った時間分のトリクロノトンが、転写時に発生する即死型のクロノトンを打ち消してくれるからだ。

(だけどそれ以降、今度は、遅効型のクロノトンが蓄積されてしまう)

……それはそうだ。十二年前からのやり直しの日々は、ハルカとユリにとって、『一度経験した時間帯を』『それと知ってまた経験する』ことだから。でもそうすると。

(三日半で、ハルカとユリの脳内のクロノトンは、一〇〇㎖に達する。

すなわち、三日半が過ぎたら、その十二年前の時代で、ハルカとユリは死ぬ……)

ハルカたちは、計画が成功したとしても、その三日半で死ぬことを大前提にしていた訳だ。テロリストになって、ハイジャックみたいなことまでして、必死に十二年を遡って、自由に使えるのはほぼ八三時間……たった三日半程度……

(あたしなら何をするだろう？　二泊三日の旅行？　いずれにしろ、そんなの短すぎる)

だからあたしは思わずユリに訊いた。

「遅効型の、脳に蓄積されるクロノトンには、治療薬とか解毒剤とかはないいんだよね？」

「そうなんだ。さっきいったとおり、ない。

正確には、今のところ――っていうかあたしたちの時代で、まだ発見されてはいない。

ここで、即死型のクロノトンなら、先にトリクロロノトンを注射しておけば打ち消せる。それは要は、解毒できるのと一緒だよね。だから、遅効型のクロノトンの方も、トリクロロノトンを使ってどうにかならないか、結構必死に研究されてはいるんだけど……なにぶんどっちも超稀少だからね。実際のところ、『どうやって実験しようか？』なんて情けないところで、研究が頓挫《とんざ》しているんだ。現象はどうにか解っても、対策の打ちようがない」

――ユリの口調は、あまりそれまでと変わらない。不思議だ。

（自分の死について語っているのと一緒なのに、不思議に落ち着いたもんだわ……）

ただ、ユリたちの当初の計画は失敗してしまった。ユリたちは、自分が存在しない時代まで吹き飛ばされてしまった。だから、幸か不幸か、ユリたちの脳にクロノトンが発生することもなくなった――三日半で死ぬこともなくなった。

（それでもう冷静に語れるのかなあ？

ただ、それとなく観察すれば、ユリの顔は今、どことなく翳《かげ》っている気もするけど――）

でもあたしたちは、いってみればシックなエレベータの中にいる。その照明と鏡の具合とで、実際の顔色なんて充分には分からない。

――だからあたしは続いて、『ならユリさんたちが十二年前に帰ろうとした目的は何？』と訊こうとした。ただ、ハルカの鋭い視線を感じた気がしてその言葉を呑み込んだ。

（ハルカは頭がいい。あたしの思考をトレースすることも、きっと難しくはないはず……）

そしてあたしがその質問をしたなら、頭のいいハルカは、アッサリとこんな風に答えるはずだ――『宇宙船の旅客に、機長の人生は関係ない』とか何とか。そうだ。自分達がいた時代、それが西暦何年かすら教えてくれないハルカのこと。まさか自分達の目的を――わずか三日半に何か重大なことを懸けた目的を――説明してくれるとは思えない。

（ただ、ユリの説明から、ハルカたちが三日半に人生を、命を懸けたことは確実だ。

問題は『その対象』だけど……でも、三日半でいったい何ができるんだろう？）

その日数だったら……あたしが過去に行くんだったら……無理すれば海外旅行とか？

そして世界史上のイベントを見たり、あるいはひょっとして介入したりするかも。もう絶滅してしまった動物を見たり、破壊されてしまった景色を見たりするかも。偉人とか、死んでしまった家族なり友達なりに会いに行くかも。

――ただ、それにしても、三日半は短い。過去というなら、交通機関にも制約があり得る。移動時間も充分に考えないと……そもそも三日半なんて、難しい本を適当に扱っていたなら読み終えられない虞《おそれ》もある、そんな程度の猶予《ゆうよ》でしかない。

例えば、あたしたちが今やろうとしているみたいに、『真太の転落死』というとてもシンプルな過去を変えるにしても――だからきっと行為自体には時間が掛からないとしても――そこは相手があること。不測の事態だって起こり得るし、なんていうか、過去における実地調査も事前訓練も各種準備も必要だ。まさか四日は必要ないだろうけど、一日二日の猶予はほしい。心の準備も含めて。そう考えると、ハルカとユリのやろうとした『人生まるごと懸け』の、『命懸け』の、おまけに『テロまで実行して果たしたい』重大な過去改変は、もっともっと時間を要すると思える。

（――だのに、三日半しか生きられないっていうのは、どこか悲劇的でとても悲壮《ひそう》だ）

クロノトンとトリクロノトン――『時間超越性』

すると、あたし同様に怪訝《けげん》な顔をしていた詩花が、サイドポニーを震わせながらいった。

ただ詩花の発言は、あたしの抱いた疑問とは、まるで内容の違うものだった。

「……どこか、ちょっと納得できない。だからまだ、あなたたちを信用できない」

「というと？」

返事をしたハルカに、詩花はあたしたちが見落としていた点を指摘した。

詩花はあたしなんかよりずっと勉強がよくできる。もともとマジメな上、部活とかで気遣いをする機会というか訓練を積んだからだ。だから人の気持ちに敏感だし、察しがいいし、大人しいけど思考速度がとても速い――

ただ、今は真太の死を受けて、その感情の鋭敏な部分だけが、実に棘《とげ》のある感じで、とりわけハルカに突き刺さっている――

「だって、クロノトンとか、トリクロノトンとかの説明がおかしいもの」

「何処《どこ》が?」

「例えば、さっきの想定でいうと――火脚くんがまず一日前に帰るよね?」

「そうね」

「そして一日分の重なりを生きるから、一日分の毒が――クロノトンが蓄積される」

「そう」

「そしてさっきの想定だと、火脚くんはまたもう一度、一日前をやり直すよね?」

「確かにそういう脚本だったわね。

すなわち一度目の介入が失敗し、ゆえにもう一度CMRを用いてまた一日前に戻る。二度目のやり直し、二度目の再体験、三度目の昨日を生きる。そういう脚本だった」

「そこが、おかしいよ。

一度目のやり直しが終わった時点で、一日分のクロノトンが貯まる。それはいい。

でも、二度目のやり直しでまた昨日に戻ったら、全部が、リ、セ、ッ、ト、さ、れ、る、は、ず、だよ。世界がリセットされるんだから。もちろん火脚くんの脳の状態もリセットされる。世界の一部だから。そのとき、一日分貯まっていたクロノトンもリセットされる。世界の一部だから。

ならそのとき、火脚くんの脳に、一日分のクロノトンが残っている訳ないよ。ていうか、クロノトンが残っていない時間まで――またこれから貯まり始める時間まで戻るんだから、戻った時点でのクロノトン残有量は、零《ゼロ》でないとおかしい。そうでないと、火脚くんの髪も爪も制服の汚れも、ううん、血液の量だって、やり直しの都度どんどんどんどん増えてしまうことになる――

時間を戻るときに、前の時間の血液を持ち越すなんて、あり得ないよね、常識で考えて。なら、前の時間のクロノトンをずっと持ち越すこともあり得ないはず。それがどんどん、いわば時を越えて蓄積されることなんてあり得ないはず」

「それは鋭い指摘だわ、シイカさん。

でも私の回答はシンプルよ――すなわち、『そう決まっているから』」

「……え?」

「これも神様の理《ことわり》よ、きっとね。

というのも、私達の時代で発見できている物質のうち、このクロノトンとトリクロノトンだけが『時間超越性』を有するから。今の例でいえば、成程《なるほど》過去に戻れば、イチロウ君の制服の汚れは元に戻るし、イチロウ君の血液の状態も元に戻る。それが倍々ゲームみたいに蓄積されるなんてあり得ない。けれどクロノトンは違う。いったん分泌されれば、それは時を越えて残留する。それだけが、リセットボタンを押しても初期状態には戻らない。その理由なり機序《メカニズム》なりは謎のままよ。分かっているのは『時間超越性』を有するという現象だけ――

これもまた、時間の壁を越えようなどとする人間を罰するため、なのかもね」

「だ、だとしても、あたしさっき光夏から聴いたけど、あなたたち未来の特別な注射器を持っているでしょう？　確か薬剤を注射するだけじゃなくって、例えば採血みたいに、望む体液を採取することだってできるんでしょう？

だったら、輸血っていうか点滴っていうか洗滌《せんじょう》っていうか――とにかく毒を、クロノトンを抽出することだってできるんじゃない？」

「考え方としては間違っていない。

ただ残念ながら、私達の技術レベルがそれを許さない。すなわち、私達の技術レベルでは――例えばあの注射器では、生きた人間からクロノトンを抽出することはできない。また、私達の技術レベルでは、生きた人間からクロノトンを強制排出させることもできない。そして既述のように、クロノトンの解毒剤は無い――発見も開発もできてはいない」

「……生きた、人間から？」

「ああ、雑学にしかならないけど――死んだ人間からはクロノトンを抽出することができるのよ。私文系らしいから比喩《ひゆ》的《てき》にいえば、もう『神様の罰を受け終えた』からじゃないかしら。すなわち、クロノトン中毒で死んでしまったヒトからは――その死体からは、私達の技術レベルでもどうにかクロノトンを分離・抽出することが可能。

けれど問題は『どうやってそのヒトを生かすか？』なのだから、これってあまり有意義な技術とはいえないわね」

「そうでもないんじゃないですか？」英二が飄々《ひょうひょう》といった。「たとえヒトが死のうが、もしクロノトンが分離抽出できるなら、それは超絶的な価値に化けるはずです」

「……それはお見込みのとおり。もう説明もしたしね。

科学の輝かしい発展のためには、それが故意であれ過失であれ、ヒトの尊い犠牲はつきものよ」

「強烈に納得しました、ハルカさん」

あたしには英二が何に納得したのか解らなかった。あたしは鈍い方だ。

すると、まだ説明に納得していないような詩花が続ける——

「じゃあ、毒は実際に体験した時間分だけ、どんどん貯まってゆくんだね？」

「そう」

クロノトンとトリクロノトン——記憶の問題

「でもそれも変だよ。

——さっきの例でいえば、過去に遡るのは火脚くんひとりだけど、結論としては、この世界丸ごと巻き戻すことになるよね？　だって、火脚くんがＣＭＲとかを使ったその時点で、一日前に戻った時点で、すぐさま〈世界線〉が変わって、それまでの世界は無かったことになるんだから。あたしまだよく解っていないけど、少なくとも一日前からの歴史は変わるし、変わるからこそ元々のあたしたちは消滅するんだから——世界ごと」

「そうだけど、その何処《どこ》が変なの？」

「世界が丸ごと変わるってことは、約七十五億人も丸ごと変わるってことでしょう？

だとしたら、変えたのは火脚くんだけど、二度目の昨日を生きるのは、約七十五億人全員だよ。執拗《くど》いけど、〈世界線〉なるものが丸ごと変わるんだから。約七十五億人の運命が、どんなかたちであれリセットされるんだから」

「すると？」

「約七十五億人が二度目の人生を生きるなら、それは『やり直し』でしょう？　そして、『やり直し』をするヒトの脳には、『やり直し』の時間分だけクロノトンが分泌されちゃうんでしょう？

だったら、約七十五億人全員の脳に毒が生まれる。そして致死量の一〇〇㎖に達した時点で——ええと、確か八三時間とかで皆《みんな》死んでしまう。それこそ大量殺戮だよ。ううん、いきなりの世界の滅亡だよ。だとしたら、ＣＭＲなんて機械、実は一度も使えないはず」

「あっそうか、そういうことか……」

どちらかといえば温和なユリが、優しくいった。

「……そういう誤解かあ。なるほど、ややこしいもんね、なるほど。

ええと、それはつまり、こういうことだよシイカさん。クロノトンが生まれてしまうのは、①一度経験した時間帯を、②それと知ってまた経験する、そんなとき。そして、今シイカさんにとって大事なのは②の方。要は、クロノトンは、『あっこの時間帯にあたし生きていたことがある!!』って分かる人――『これは自分がＣＭＲを使ってやり直した時間帯だ!!』って分かる人にしか生まれないんだ。つまり、『それと知ってまた経験する』っていうのは、『やり直しだと知ってまた経験する』『やり直し前の記憶を持ってまた経験する』っていう、そんな意味」

「……ええと、それって」詩花は、ユリには比較的素直だ。「言い換えると、ＣＭＲなんてものは知らない、実は時間が巻き戻っているなんてことも知らない、さっきの例の火脚くん以外の約七十五億人の脳には、クロノトンが分泌されない――ってこと?」

「そうそう、まさしく」

「でも例えば、やっぱりさっきの例だと――

　ＣＭＲだかＰ－ＣＭＲだかで過去に戻るのは火脚くんひとりだけど、それを目撃して知っている、ギャラリーのあたしたちはどうなるの? 『やり直し前の記憶を持っている』『やり直しだと知っている』側に入っちゃう気がするんだけど」

「ええとね、シイカさん」エンジニアらしく、ユリがちょっと嬉しそうに説明をする。「ＣＭＲによる世界線改変の大原則として、世界線が変わったら――要はＣＭＲが使われたら――誰もが記憶を失うんだよ。

　あっこれ正確じゃないな。

　やっぱりさっきの例でいえば――イチロウ君は一日前に戻るわけだけど、それが成功したとき、大原則として、他の誰もがその一日分の記憶を失ってしまうんだ。記憶もまた、すっかりリセットされる。要は、他の誰も『これは二度目だ』とか『もう四度目だな』とか『やり直しの世界だ』とは絶対に思わない。というかそんなこと感じるわけがない。記憶が完全にリセットされているから。ギャラリーも含む全員にとって、それは二度目の昨日じゃなく、やっぱり初めての昨日なんだよ」

「でもそれじゃあ、火脚くん自身の記憶だって無くなっちゃうよ?」

「ハルカこれ説明したかな……してないかな……

　ええと、とにかく、この場合、イチロウ君の記憶は消えない。それもまた、いい奴であるトリクロノトンの効果なんだ。ていうか、うーん、あたし説明上手くないなあ……またもやさっきの例だと……イチロウ君はＣＭＲ

を使うよね。そのとき当然、遡る時間に応じた量のトリクロノトンを投与されていないといけない。さもなくば即死型のクロノトンの発生で、記憶転写が成功してもすぐに死んでしまうから。

　ところが、このトリクロノトン、なかなかのスグレモノでさ。ただ即死型のクロノトンを打ち消してくれるだけじゃない。過去に戻って全部消滅するそのとき、イチロウ君の脳内の記憶を維持する効果も発揮してくれるんだ。だから、例えばCMRを使うとき、トリクロノトンを投与されたイチロウ君だけは、それまでの記憶を全て維持したまま過去に戻れる。他方で、ギャラリーっていうか、CMRを使うイチロウ君を見ていただけのシイカさんなりエイジ君なりミカさんなりは、トリクロノトンの投与を受けてはいないから、完全に記憶をリセットされる。ここで仮に、このギャラリーたるシイカさんが『見ていただけ』でなく『トリクロノトンを投与されていた』のなら、やっぱりトリクロノトンの効果で、自分の記憶そのものは維持されるんだけど……自分自身がCMRを使ってはいないから、ぶっちゃけその記憶がいつの、どこの、誰の脳に転写されるか分かったもんじゃない。ううん、誰にも転写されず行方不明になるかも知れない。飽くまで仮説としては、四度か五度か、とにかく何度も繰り返して同じパターンの記憶転写をすれば、そのパターンを踏襲《とうしゅう》して記憶が動いてくれるとも聴くけど、実証実験も追試もできやしないから、あたしだったら恐くて恐くてCMRナシの記憶維持とか、やってみようとも思わないよ。だからCMRナシの、トリクロノトンだけによる記憶維持の話は、雑学として無視しちゃっていいんじゃないかな。

　ともかく、以上をまとめると。

　先の場合、イチロウ君はまず二度目の昨日、一度目のやり直しを意識して生きることになり、シイカさんたちは、どこまでも最初の昨日をアタリマエに生きることになる――

　こんな感じだけど、あたし口下手だから……シイカさんの疑問に答えられたかなあ」

「ううん、ユリさん、ありがとう――」詩花は無愛想極まるハルカを睨《にら》みながらいった。「――もちろん説明は解ったし、なんとなくだけど人柄も信頼できるよ。とにかく、トリクロノトンを投与されていれば記憶は残る。投与されていなければ全部忘れる。よく解った」

「あ、ありがとう」

　詩花とユリは、ちょっと仲良くなった感じだ。あたしがそれを、じっと見詰めていると。

あたしたちが持っていた懐中時計、というかＰ－ＣＭＲが、口々に報告を始めた――

「自己診断が終了しました。
本機は正常に作動しています」

第5章　七月七日は七度ある

過去体験、三三六時間限定

「いよいよそうすると、だ!!」一郎がビシリと動き、ビシリといった。「どうしても肝心なのは、いい奴であるトリクロノトンの方になってくるね!!　それは、過去へ戻るときのワクチンであるのみならず、過去に戻ったという記憶を持っておくためのいわば内服薬だ。

と、なると――

ハルカさん。ぶっちゃけ、トリクロノトンはどれくらいあるんだい？　備蓄というか、残量というか。ああいや、そもそも君達は余分なトリクロノトンを持っているのかい？」

「持っている。

私達にはもう必要無いはずのものだし、そもそも物質を時間移動させることはできないのだから、天地が引っ繰り返っても、トリクロノトンがこの時代のここに存在するなんて、絶対にあり得ないことだけど……

ところがどうして。

タイムトラベルをした私達に付いてきたわ。すなわちここ、CMR本体の中にある。P－CMRと一緒に内蔵されていた。

――ユリ、そのアンプルはどれくらいあった？」

「六μℓの奴が二八本。だから、アタリマエだけど一六八μℓだね」

「成程《なるほど》。そうすると、ええと、一時間の遡行《そこう》には〇・五μℓを要するはずだから……」

「一二時間分が、二八本あることになるよ。延べ時間にすれば、三三六時間分になる――この数字も何か意味深だよね」

「ユリ、トリクロノトンって、アンプル割ったりして小分けはできそう？」

「……うーん、それはあまりしたくないなあ。素直に、アンプルをそのまま圧力注射器へ入れた方がいい。というのも、マイクロリットルなんて微量も微量だから。移し換えのときの、ほんのちょっとのロスでも大事《おおごと》だよ。

他方で、アンプルを割らずに注射器に装填《そうてん》すれば、このアンプルの規格はどうやら注射器用としてぴったりだから、一滴《てき》一粒《つぶ》、睫《まつげ》の先ほども無駄にしないですむ。ノーリスク」

「それもそうね」

ここでハルカは一郎を見た。

「今聴いたとおり、私達が自由にできるトリクロノトンは、要は総計で三三六時間分よ。だから、延べ三三六時間は過去にいられることになる――法令上の安全基準をガン無視すれば、だけど」

「年齢分なんて使えないから、か。ただ、真太を救うのにまさか一四日は要らないよ？」

「そうね。だから延べ三三六時間といったの。

例えば、過去に遡行する人間が増えれば増えるほど、過去にいられる時間は減るわね。同様に、過去に遡行する回数を増やせば増やすほど、やはり過去にいられる時間は減る。

そして技術的な制約から、過去遡行の最小単位は『一二時間』となる。これも聴いたとおり、アンプルの単位がそれだからよ。それを更に小分けできないわ。次に時代的な制約から、トリクロノトンの総量が今より増えることはあり得ない――何故と言って、これが発見され分離されるのは遥かな未来だから、この二〇二〇年には絶対に存在しないもの。今は、絶対にね。だから、トリクロノトンはただでさえ超絶的な価値を持つけれど、この時代、今現在においては『唯一無二』『代替《だいたい》不可能』そして『使い切り』の、そうヒトの魂《たましい》より貴重なものだと思って頂戴」

「使い切ってしまえば、やり直しはもう利かないと‼」

「そう。

使い切ってしまえば、絶対にやり直しはできない」

「……となると、ハルカさん」英二が冷静にいった。「クロノトン同様、トリクロノトンもやはり『時間超越性』を持つのですね？」

「鋭い。さっきちょっといったけど、まさにそのとおりよ」

「あっそうか、なるほど……」詩花が記憶をたぐりながらいった。「……もしトリクロノトンが『普通の物質』だったなら、一度やり直しても、二度やり直しても、何度やり直しても初期状態の『延べ三三六時間分』に戻るはず。

さっきの例でいえば、アンプルを例えば一本使った火脚くんは、昨日においてユリさんたちに出会うたび、もう一本使ってしまったはずなのに、初期状態の『六μℓ入りのアンプル二八本』を発見できるはず――」

「――ところが、そうはならない」英二が続ける。「ハルカさんは『使い切ってしまえば、絶対にやり直しはできない』と断言しました。ということは、どう足掻《あが》いてもトリクロノトンは『減る』ということ。初期状態には戻らないということ」

「まさしく。それが時間超越性よ」ハルカがいった。「使ったものは使ったもの。注射されたものは注射されたもの。躯なり脳なりに溶け込んだものは溶け込んだもの。過去に戻ったそのとき全部消滅したものは消滅したもの。要は、過去に戻った時点において、クロノトンと打ち消しあったものは打ち消しあったもの――詰まる所、既に『使用済み』のもの。それは二度と初期状態には戻らない」

「あれっ？　ハルカさん、その例でいえば、一郎が未使用の残り二七本のアンプルは、むしろ増殖するんじゃありませんか？　正確に言えば、アンプル内部のトリクロノトンが、時間超越性と繰り返しによって、クロノトンのように増えてゆく気がするんですが……」

「そう上手くはいかないよ」ユリが英二を見ながら首を振った。「神様は賢いね――クロノトンは物質の性質として増殖するけど、トリクロノトンは絶対に増殖しないんだ。毒は時間を越えてどんどん蓄積されるのに、薬は時間を越えて確実に消費されるってわけ。

だから、もしトリクロノトンを増やすっていうなら、どこかからハンティングみたいに採取してくるしかないよ。そしてハルカもいったけど、二〇二〇年というか、今現在ではそんなことできやしない。あと念の為、どれだけトリクロノトンを打ったところで、一度過去に戻ったら『全部』消えちゃう――だから過去の人体からトリクロノトンを採取するとかもできやしない」

「さて、そろそろ」ハルカがちょっと口調を変えていった。「時間遡行型記憶転写についての、概要の概要の概要はレクチャーし終えたわ。あと最後にひとつ重要な講義が残っているけど、それはイチロウ君、あなたたちが戦略なり戦術なりを検討し終えたら説明する」

「――戦略？　戦術？　これすなわち？」

トリクロノトンは十二時間単位で

「一郎、それはつまり、『誰が』『何時間』『何回』時間を遡って真太を救《たす》けるか――という作戦のことですよ。というのも、我々はパズルを突き付けられているからです。もちろんそれは、〈一二時間分〉×〈二八本〉で総計三三六時間分という、貴重なトリクロノトンをどう使うかの組合せパズルですが」

「なるほど!!　総計三三六時間、過去にいられる訳だから、その三三六時間をどう配分するかって作戦だな!!」

「正確に言うと、その三三六時間を、一二時間単位でどう振り分けるかの作戦ですけどね」

「成程《なるほど》、薬剤の取扱い上、アンプルを割るのは避けなければならない。たとえ微量でも、零《こぼ》れたりする分がもったいないから。そしてアンプルを割らないとすれば、一回の『服用』の最小単位は、アンプル一本分の一二時間となる!!　そんなアンプルが、総計二八本――

　すると。

　まず、俺達吹部《すいぶ》仲間の四人が一度に過去に戻るとすれば、いきなり過去に戻れる総時間は減るな!!　すなわち三三六時間を四人で割って、八四時間――俺達ひとり当たり、三日半の過去を生きることができる!!

　……って英二、よくよく考えてみると、そんなにたくさんの時間は必要ない、よな？」

「いきなり反論したい気もしますが、取り敢えずその理由を訊いてからにしましょうか」

「だって俺達の目的は、要は、真太の転落死を防ぐこと、ただそれだけなんだから。変えるべきターゲット現象は、恐ろしいほどシンプルだよ。

　ここで。

　真太の転落死、っていう結果が起こったのは、今夜の午後九時五五分くらいだ。

　そして、真太の転落死っていう結果を防ぐには、その時間、真太をここ、校舎棟屋上から引き離せばいい。これも、ただそれだけだ。そうだよな？」

「ものすごくシンプルにいえば、そうですけどね」

「そうすると。

手段方法はいろいろあるだろうけど、パッと考えて、そうだなあ……

ターゲット時刻の約一〇分前、すなわち今夜の午後九時四五分に戻れば、もうそれだけで充分なんじゃないか⁉　だってハルカさんの説明だと、トリクロノトンを投与されてさえいれば、俺達は『時間が巻き戻ったこと』『過去に記憶を転写したこと』も憶えているし、『それは真太を救うためだ』ってことも憶えているんだから。過去に戻ったその瞬間、表現はともかく、ハッとそれに気付くはずだから。それが、トリクロノトンの記憶保持効果だったよな？」

「そうでしたね。トリクロノトンには時間移動の解毒効果もあれば、過去に戻ったときの記憶保持効果もある。それが、ハルカさんとユリさんの説明でしたね」

「とすれば、だ。

今現在が、腕時計によれば午後一一時五〇分だから、ターゲット時刻を引き算して……ほんの二時間強だけ過去に戻れば、いくらなんでも真太を屋上から引き離すことはできるだろう‼

『やらなければいけないこと』『やらなければいけない理由』『やらなければいけないタイムリミット』『やらなければこれから起こること』を知っている四人が共謀・連携して、真太ただひとりに働き掛けるだけなんだからな‼　それに一〇分も費やせる。充分だ」

「もちろんこうして喋っている内にも午後一一時五〇分は過ぎますから、微妙に計算が違ってきますけど——それもものすごくシンプルにいえば、そうでしょう」

「そしてこの場合、俺達吹部仲間の四人が時間を遡るわけだけど、それでも例えば〈二時間〉×〈四人〉で八時間、四八〇分。これすなわち、俺達が過去に遡るべき延べ時間は、たったの四八〇分ってことだ。そして英二、俺達が過去に遡れる時間の総量は？」

「誰もがもう知っているとおり、三三六時間ですね」

「なら単純計算で、〈総量三三六時間〉を〈一回分二時間×四人〉で割って、なんと四二回も試行することができてしまう‼　歴史のやり直しを、なんと四二回‼　確実極まる‼　ていうか、お釣りが来すぎて募金したくなるほどの回数だろそれ。そしてもちろん実際には、仮に一度目で失敗しても——俺はそんなバカなことないって思うけど——二度目のやり直しで微修正して成功するに違いない。四〇回分も余る。超余裕」

「はあ……」英二はあからさまな嘆息《ためいき》を吐いた。「……一郎、あなたの脳天気さ、じゃなかったええと、そう元気溌剌《はつらつ》さには感動しますけど、私だったらそんな杜撰《ずさん》な計画は絶対に採用しませんね」

「えっ、ていうと⁉」

「そもそも一郎、あなた時間移動の最小単位が〈一二時間〉だって制約のこと、すっかり忘れているでしょう？ 例えば〈二時間〉だけ戻るのは、アンプルの都合で端《はな》から無理ですよ」

「あ‼」

「いやそれはまだ大きな問題じゃないです。全然です。実はもっと大きな問題があります」

因果関係・条件関係・相当因果関係

「そう、もっと大きな問題がある。私自身、まだ上手く表現できるか解りませんが……

　すなわち一郎、あなたは『原因』と『結果』のつながり、いわゆる『因果関係』を激しく舐めていますよ。そうですね、例えば――

　そもそも何故、私達はこの七夕の夜、校舎棟の屋上にいるんですか？」

「そりゃ部員全員で作った七夕飾りの竹を飾るためだよ」

「何故そんな飾りを作ったんですか？」

「そりゃ吹奏楽コンクールの全国大会に出て、ゴールド金賞を獲《と》りたいからさ」

「そこですよ」

「えっ、どこ」

「この例だけで、私達は『原因』と『結果』のつながりを無数に指摘することができます。私達が今夜屋上にいる理由は、だから『原因』は、私がパッと思い付くだけでも一〇や二〇では利きませんよ。

　全然解っていないようだから私が挙げますが、順不同・時系列不同で、それは――①七夕飾りの竹を飾るためで、②吹奏楽コンクールでのゴールド金賞祈願をするためで、③今夜が久々の晴天だったからで、④顧問の富田先生が居残りと屋上使用の許可をくれたからで、⑤守衛さんが鍵の受渡しを引き受けてくれたからで、⑥屋上が七夕飾りの竹を固定するのにちょうどよい構造だったからで、⑦屋上の扉がちゃんと開いてくれたからで、⑧私達五人が普段から親しかったからで、⑨私達五人が同級生だったからで、⑩私達五人が入学時に吹部《すいぶ》に入ったからで、⑪私達五人が楽器吹きだったからで、⑫私達五人がこの久我西高校に合格したからで、⑬私達五人が久我西高校を受験したからで、⑭私達五人の内申点がそれを許すものだったからで、⑮私達が必要な勉強のできる家庭にいたからで、⑯私達の親にまあ普通の資力があったからで、⑰私達五人がそれまで死ななかったからで、⑱私達五人が無事誕生したからで、⑲私達五人の親が、まあその、私達を作ったからで……

　ふう、もう疲れてきたので宇宙誕生まで遡るのは止めますけど、そして①から⑲のあいだにも無数のイベントがあるんですけど、要は――『原因』と『結果』のつながりというのはまさに複雑精緻《せいち》な織物、神の作った壮大なドミノ。『私達が今夜屋上にいる』なんてシンプルな『結果』だけでも、その『原因』は無数にあったし、いいえその『結果』も無数に生まれてゆくし、しかもそれらは無限に連鎖しているんです。

　――因果関係というのは、要は『あれがあったから、これがある』という関係。言い換えれば、『あれがなかったなら、これはない』という関係。とすれば、『真太が今夜転落死した』という、一郎にいわせれば恐ろしいほどシンプルな現象でさえ、その原因は結局ビッグバンまで遡りますし、その結果は宇宙の消滅まで続いてゆくんですよ」

「ゴメン英二、俺、英二が何を言っているのか全然解らない!!」

「……すみませんでした一郎。

　超簡単にいえば、『真太の死』の原因と結果が無数に／無限に連鎖している以上、我々は過去において、①何をしなければならないのか、②それはやってもよいことなのか、③あるいは何をしてはならないのかが、全然分からないということです」

「でもさ英二、そんなに難しく考える必要があるのかい？　だって極論、俺が真太の身柄をかっさらって屋上からダッシュで逃げればいいんだから。何も難しいことなんてない」

「だから一郎、仮にそれが物理的にできるとして、私達は果たしてそれをやってしまってよいのか、という倫理的な問題があるでしょう？

　どんなドミノの列が、どんな風に絡まり合って真太の死という牌《はい》を倒したのか。そしてそれを力尽くで修正することが、今後のドミノの倒れ方にどんな影響を与えるか。それが解らない限り、ただ単純に『真太の死』という牌だけを一枚引っこ抜いて終わり――という訳にはゆきません。私達が神のドミノを俯瞰《ふかん》できない以上、だからそのギミックが理解できない以上、『真太の死』という牌を引っこ抜こうと四苦八苦することで、ドミノに余計な、予期せぬ、極めて不都合な、極めて深刻な影響を与えてしまうかも知れない」

「それは、なんとなく解る気がするよ」勉強のできる詩花がいった。「あれなくばこれなし。確かラテン語で、コンディティオ・シネ・クア・ノン、CSQN。本で読んだことがある。この、CSQNは無限に遡る。きっとビッグバンまで。法律の世界では、これを、因果関係のうち『条件関係』っていうらしい。

でもこれって、ホントに難しいらしくて、例えば……そうだね、『あたしが光夏を屋上から突き墜として殺してしまった』なんてとき、あたしが光夏の御両親にどれだけお金で賠償しなければならないか、とかで、ものすごい難題になってくるんだよ。

というのも、このとき、あたしが『光夏の命ぶん』のお金を払わなきゃいけないのは当然だよね。原因と結果、突き墜としたことと死んだことの関係は明白だから。

けど……そのニュースのショックで光夏のお母さんが交通事故を起こして死んでしまったとしたら？　あたしはそれも賠償しなきゃいけないの？　あるいは、その光夏のお母さんの交通事故で、近くを歩いていた誰かが轢《ひ》き殺されてしまったら、それも？　その誰かがIT企業の社長さんで、翌日確実に一〇〇億円がもらえるビジネスを成立させようとしていたなら、それも？　そのビジネスが流れてしまったことで、IT企業そのものが倒産して、社員一〇〇人がいきなり路頭に迷ったなら、それも？　その倒産で平均株価が暴落して、日本中でたくさんの自殺者が出てしまったときは、それも？

……ううん、例を挙げればキリがないね。要は、『条件関係』という名の因果関係は無限に連鎖する。過去を向いても連鎖しているし、未来に向けても連鎖してゆく。

きっと蔵土くんがいいたいのは、①そんな『過去と未来の条件関係のドミノ』の中から、『楠木くんの死』という牌だけをキレイに取り除けるのか、っていう問題と、②仮に取り除けるとして、それは過去と未来のドミノに不本意な影響を与えないか、っていう問題なんだと思う——あたしが例に挙げたような、不本意な、予期しない不幸な連鎖も当然想定できるから」

「まさにそういうことです、水城さん」英二が頷《うなず》いた。「私も何かの本で読んだことがあります。『あれなくばこれなし』のことを法律の世界では『条件関係』と呼ぶと。そしてその条件関係の考え方を取れば、先程《さきほど》の例の水城さんは、『今銀さんを殺した』というドミノの牌を倒したことで、それ以降の無限の連鎖の全責任を負わなければならなくなる。

　もっとも、それは酷《こく》ですし正義ともいえないので、法律の世界では、因果関係をもっと狭《せま》く考えるようですが。具体的には、今の例だと、水城さん自身が考えてもそれ以外の赤の他人が考えても、どっちも普通は予測すらできないような結果は、因果関係から外すらしいです。またその場合の狭い考え方のことを、『相当《そうとう》因果関係』と呼ぶらしいです――

　それに倣《なら》っていえば、私達も、せめて真太の死と常識的に、普通に、高確率で、ナチュラルに想像できる範囲で直結している『相当因果関係』にある原因と結果くらいは、洗い出せるとよいのですが……そうすれば、必要最小限の原因だけを潰《つぶ》すことができるかも知れない。あるいは、必要最大限の結果を生き残らせることができるかも知れない」

「蔵士くん、それってつまり」詩花がいった。「歴史への干渉を最小限にして、神様のドミノに影響を与えないようにしたい、だからどうにかして『歴史へのインパクト』を測定できる方法はないだろうか――ってことだね？」

「まさしくです、水城さん。

　といって、そんな手段方法など、私達現代人の側にはありはしませんが」

『因果尺』と『世界線』――変動率計算

――すると、どこかこの議論の終わりを待っていたようなハルカが、あたしの持っていた懐中時計をそっと回収した。その懐中時計というのは、もちろん簡易型タイムマシン、じゃない、簡易型の記憶転写装置――P－CMRだ。

　ハルカは、それをちょっとセーラー服の胸元に引き寄せると、気持ち顎《あご》を上げ、あたしたちが今いるエレベータみたいな箱に――CMR本体に命令をする。

「CMR電算機。照明を間接照明のみに。照度は一〇％」

「了解しました。照明を間接照明のみにします。照度は一〇％とします」

　CMRのコンピュータはすぐに命令を実行した。高級ホテルのようにシックでレトロなエレベータの中が、たちまち開演前の映画館より暗くなる。ハルカはそれを確認すると、あたしたちを見渡し、そしていった。

「議論を煮詰《につ》めてくれて嬉しいわ。というのも――

これで私も、最後にひとつ残った重要な講義に入れるから。

――ユリ、P－CMRの方も音声入力できるのよね？」

「うん。機能も正常だよ。さっき四機とも報告していたとおり」

「ええと……これって名前あるの？」

「それぞれの裏蓋《うらぶた》に彫刻してあるところによれば――簡易時間遡行型記憶転写装置甲《コウ》、同じく乙《オツ》、同じく丙《ヘイ》、同じく丁《テイ》だよ。うーん、因果庁らしいなあ。お役所仕事だね」

「同感だけど、寿限無《じゅげむ》とかピカソとかでなくてむしろ救かったわ」

ハルカはさっそく、あたしから回収した銀の大きな『懐中時計』の裏蓋を見た。そして、それを掌に持ち、その表蓋を開いてから、それに語り掛けるように命令を始める。

「P－CMR甲。〈因果尺《いんがじゃく》〉を起動。ゴーストレッグの投映を開始」

[本機の投映限界を超えています。期間又は事象を指定してください]

「そうだった、簡易型だったわね。

なら、にせんよ……

じゃなかった、私達が因果庁のCMRによる記憶転写を実行した瞬間を終期とし、そこから二十四時間前を始期として、ゴーストレッグの投映を開始」

[命令を認識できません]

「なら、保存されている過去の記録の始期と終期を確認して、教示」

[始期は協定世界時・西暦二〇二〇年七月六日一五時〇一分四五秒。

終期はありません。記録は継続中です]

「なら、当該始期から現時刻までのゴーストレッグを、投映」

[了解しました]

「なお時刻補正。協定世界時に九時間を加え、命令があるまでそれでフィックス」

[了解しました]

その瞬間。

銀の懐中時計は、その美しい竜頭《りゅうず》のあたりから、宙に映像を投射し始めた。立体映像だ。暗くなったエレベータの中が、幻想的な光で満たされてゆく。そして、あたしは見る。

（これは……帯《おび》？　光の帯？　でもなんてキレイな色な

の……）

　単純にいえば、それは黄色か、金色だ。ただ卵黄のような黄色じゃない。屏風《びょうぶ》のような金色でもない。いってみれば、星の輝き、月の輝き。そうだ、望遠鏡で天の川を観たときのような、どこか神々《こうごう》しい、どこか絹のような光の色。白くも感じられ、赤くも感じられ、でもやっぱり濃い月のような、神秘的な光の色。それが、まさに星の糸を織り込んだように輝いている。そんな色をした、反物《たんもの》のような、年表のような帯が、懐中時計から、あたしたちの目線の高さに投映されている――帯と意識できる感じで、縦ではなく、横に。帯と意識できる感じの縦幅で。そしてこの横に伸びる帯は、今いるエレベータの対角線ほどの長さがある。というか、もっと長さのあるものが、エレベータの壁にぶつかり、それ以上伸びられない感じだ。ここは一〇人弱が入れる箱だから、対角線となるとかなり長い。

　――要は、あたしたちの目の前の空中に、いきなり光の帯が出現したことになる。

（現代側の四人全員が絶句するような、天の川の色をした、きらびやかな光の帯が……）

「これが〈世界線〉よ」ハルカが淡々《たんたん》という。「俗にゴーストレッグとも呼ばれる。もちろんヒトが模擬的に表したものだけどね。歴史の流れだの、世界の在り方だのは、観察できるものでも図式化できるものでもないから」

「これが」詩花が思わず、嫌っているハルカに訊いた。「世界の在り方？　歴史の流れ？」

「そうなる。正確には、さっき私が指定した時間帯のみを表した歴史の流れ――

　すなわち、『私達が出現した時刻から、さっき私が投映を命令した時刻』までの歴史の流れを、量子電算機で処理して可視化したものとなる」

「で、でも、これじゃあ単なる光の帯よ。とても綺麗《きれい》だけど、そして確かに線だけど――

　このどこが〈世界線〉なの？」

「P-CMR甲、ゴーストレッグの映像を拡大」

［本機の処理限界を超えています。拡大方法を指定してください］

「ええと、それならば……結節点《ノード》と関連性が視認できる倍率まで拡大。拡大部位は任せる」

［了解しました］

　――すると、どこまでも『光の帯』だったものは、織物のような一枚布から、だんだん無数の糸の集まりに変貌し始めた。織物を顕微鏡で視て、その糸なり繊維なりを確認するような感じで。といって、映像の変化はとてもなめらかに進んだので、それはまるで無地の光の反物が、とても細かい横のストライプに、はんなりと、ナチュラルに変わった感じでもあった。あるいは、パソコンで航空写真地図を視るとき、なめらかに地図を拡大して、どんどん視点を下ろしていったときのような感じ。あの、『神様の視点を再現する』ような、そんなおもしろさすらある。

（そして、だんだん現れてきた光の横糸、無数の横糸は……今はエメラルドだわ）

光の織物は、今や光の糸束になっている。それらは美しい緑色をしている。おまけに、あたしがそれに気付いた今も、まだ変貌《へんぼう》を止めようとしない。糸と糸との間隔は次第に離れる。画像を拡大するように。

すると、まずこの糸たちは、重層的なのが分かる。平面の織物なり年表なりじゃない。立体的に、奥行きを持って、何層も何層も重なりあっている。まるで織物が何層にもなっているように。その何層もの織物の糸を、ぜんぶ拡大して見るように。

しかも、それだけじゃない。

次に、この糸たちは、構造を明確にし始めた。

楽譜の五線のような横糸が、無数にある。その横糸の間に、電子回路っぽく、あるいはネットっぽく互いを結ぶ斜線が、無数にある。斜線の長さも角度も様々だけど、総じて鋭角的な印象を受ける。それは、斜線の多くが鋭角的で、例えばただの縦棒になってしまっているのが一本もないからだろう。

これを、言葉で表現するのはとても難しいけど——

（重層的な、立体的なあみだくじ……ううん、あみだくじじゃない。縦棒はないから。

敢えて言えば、シャープに描かれた樹形図なり、家系図なりだろうか？）

樹形図を連想したのは、そこにチャート図のような流れを感じたから。どことなく、左から右に流れている感じで。そして家系図を連想したのは、そのチャート図が右でも左でも、一点には集束していないからだ。

（しかも、立体的で奥行きがあるんだから、樹形図なり家系図なりを何枚も何枚も重ねた、そんな感じだ）

そして、それだけじゃない。

今やその重層樹形図なり重層家系図なりは、無数の、ルビーの光を灯《とも》し始めた——

——無数に列《つら》なり接着しあう、精緻《せいち》すぎるエメラルドの線たち。そこには無数の、線の接着点ができる。それぞれの棒の接するポイントが——そのポイントごと、ほんとうに大小様々の、赤い光点が灯っている。接着点が無数にあるから、光点も無数になる。それらには、針の頭サイズでしかなく、だからほとんど見えないものもあれば、雪の結晶ほどはあり、だから比較的大きいと感じるものもあった。いずれにしろ、いろいろなサイズのルビーの星が、エメラルドの不思議なあみだくじ紛《まが》いの線の上で、たくさん輝いている。

〈そうか。緑と赤を混ぜれば黄色になるって聴いたことがある。だから、最初の帯は金のような色をしていたんだ——細かく見てゆけば、それは実は、無数の緑の線と赤の点〉

あたしが讃歎《さんたん》していると、ハルカがまた淡々といった。

「私達の時代では、このように〈世界線〉を可視化することができる。それはつまり、さっきあなたたちが議論していた『因果関係』を可視化できるということ。

——ルビーの結節点《ノード》が見えるわね？

あれは事象、イベントよ。〈世界線〉の中での出来事。大きなルビーもあれば、小さなルビーもある。それはそのまま、この〈世界線〉における強度——敢えて言えば影響力の強さ、歴史を変えるインパクトの強さを意味している。そしてそれらのルビーを結ぶエメラルドの線は、イベントの関連性——まさに因果関係を示している。線が太ければ関連性が強く、細ければ弱いということ。もちろん、ルビーの位置の違いは、イベントが発生した時刻を意味している。

なお、左にゆけばゆくほど過去方向、右にゆけばゆくほど未来方向よ」

「よ、要するに」あたしは啞然《あぜん》とした。「どんなイベントであっても、すべての原因が分かるの？」

「そう。そしてそれは原因の方から見れば、結果が分かるということだけどね。

それを計算する機械を〈因果尺《いんがじゃく》〉という。それがこのP－CMRにも搭載されていた。だから使える。といって、簡易版だし、無理矢理二〇二〇年の環境に移行させたから、派手な性能の限界があるけど」

「簡易版……」

「P－CMRがCMRの簡易版であるように、P－CMRに内蔵されている〈因果尺〉も、因果尺本来の性能をフルに発揮できるものではない。因果庁が運用する〈因果尺〉が神の視点を持つとすれば、今私達が使える〈因果尺〉は防犯カメラ複数未満の視点しか持たない——神の視点の、超セーフモードでの起動。そんな感じよ」

「そ、それでも、ちょっと信じられないよ……」あたしは続けた。「よくいうじゃない。ブラジルの一匹の蝶《ちょう》の羽ばたきが、めぐりめぐってテキサスで竜巻を引き起こすって。風が吹けば桶屋《おけや》が儲かるって。そうだよ、さっきまさしく詩花が『あたしを転落死させる話』を出したけど、原因と結果の関係は、あれだけカオスなんだよ。それを計算できるだなんて……可視化できるだなんて……」

それは過去が全部見えるってことじゃない。そんなことヒトにできるとは到底思えない。

「私文系らしいから、理論的な説明はできない。実際に使うことしかできない。けれど実際に使った経験から断言できる。〈因果尺〉は──少なくとも因果庁が運用する〈因果尺〉は、ヒトの世のあらゆる因果関係を可視化できる」

「蝶の羽ばたきまで？　埃《ほこり》がひとつ落ちたのだって？　銀河系のむこうで超新星が爆《は》ぜたのだって？　人類誕生以前の地震だって？」

「〈因果尺〉が開発された後のイベントならば、すべて計算できる。

正確には、〈因果尺〉に内蔵されているクロノキネティック・コアが破損しないかぎり、〈因果尺〉は、自身が存在した時間分だけの〈世界線〉を、計算して描くことができる」

「……何かの聴き囓《かじ》りだけど、量子レベルだと世界は不確定だって話を聴いたよ？」

「シュレーディンガーの猫ね。でもそれは観測前の話。すなわち現在又は未来の話よ。過去は必ず確定する。一本の世界線になる。だから最初に出した、一本の光の帯が描ける」

「にゅ、入力がなければ出力はないはずだよ。世界中のあらゆる出来事だなんて、その内容だの発生時刻だの場所だのを、どうやって観測したり入力したりできるの？」

「宇宙船の旅客が、そのレーダーやセンサーの性能を知る必要はない」

「……要は、神様の視点で、歴史のあらゆるドミノ現象が描けてしまうと」

「そう。

ドミノの牌＝イベントも、ドミノの位置＝それが何時《いつ》のことなのかも、そしてドミノの現象＝それが何によって／何たちによって／何処《どこ》で倒されたのかも、すべて可視化できる。執拗《くど》いけど、今使えるのは簡易版だから、神様の視点・超セーフモードなのだけどね」

「そうすると、ハルカさん」英二がめずらしく讃歎《さんたん》の吐息を漏らした。「この、〈因果尺〉とやらで計算され投映された〈世界線〉によって……『真太の死』と連鎖するあらゆる原因とあらゆる結果が読める。可視化される」

「理論的には。

　ところが残念なことに、そもそも簡易版であることと、無理矢理二〇二〇年の環境に移行させてしまったことから、その〈因果尺〉〈世界線〉本来の機能がほとんど発揮できなくなっている。具体的には、もしこれが私達のいた時代において因果庁が運用している〈因果尺〉だったのなら、そう、ピンポイントで『どのルビーがシンタ君の死を示すイベントか』も特定できるし、それと連鎖する全ての因果関係を——そしてそれだけを抽出・描写することもできる。イベントのインパクトなり、イベント相互の関連性の強さなりが視認できるのはもう説明した。まして、それぞれのイベントの発生時刻も分かれば、過去のイベントを可視化することもできる」

「過去のイベントを、可視化？」

「ええエイジ君。過去のイベントを、動画として再生することもできる」

「……俄《にわか》に信じ難いですし、そんな社会を空恐ろしくも感じますが。

　ただ、今この時は素直に感謝すべきでしょうね。〈因果尺〉とやらがそれほどの機能を有しているのなら、『真太を救い、かつ、世界を激変させない』というミッションの難易度は一気に下がりますから」

「それも理論的にはそう」

「なら実際的には？」

　するとハルカは、電算機に命令をして、ルビーの点とエメラルドの線で織られていた〈世界線〉を、また当初の光の帯に戻してしまった。イベントを表す点も、因果関係を表す線も、なめらかに輪郭をなくし、やがて天の川のようになり……そして金一色になる。無数の赤と無数の緑が混じり合い、再び渾然一体と星の色になったわけだ。

「今私達が使える〈因果尺〉では、イベントの内容説明ができない」ハルカがいった。「もちろん動画再生もできない。要は、本来はたやすく把握できるはずの、『どんなイベントが起きたか？』『それは何年何月の何時何分に起きたか？』『それはどんな諸原因と諸結果とに結び付いているか？』が全く分からない。もっと具体的に言えば、この〈世界線〉において描写された無数のルビーのうち、どれが『シンタ君の死』なのかを特定する術《すべ》は無い」

「それってつまり……」あたしは訊いた。「……さっきの重層的なあみだくじ、重層的な家系図みたいなものが、その、ほとんど意味を成さないってこと？」

「まさしく。もし『シンタ君の死』が特定できたなら、そこから手繰《たぐ》って原因の群れも分かる。だから原因への介入が可能になる。また結果の群れも分かる。だから歴史への影響を最小限にする戦術も立つ。けれどそれは無理。言い換えれば、私達は地図を手にしてはいるけれど、その地図には点と線の情報しか無い。どのような文字情報も入手できない」

「それは既に地図ではありませんね」英二が嘆息《ためいき》を吐いた。「図形ですよ。ただハルカさん、それを地図にすることは絶対にできないのですか？　要は、〈因果尺〉の機能を回復させることはできないのか——という質問ですが」

「私達は漂流者よエイジ君。そして漂流者の私達にとって、〈因果尺〉は死活的な羅針盤《らしんばん》。それはそうよ、これは過去未来を問わず、歴史の地図なのだから。だから私達が、そう、あなたたちと接触してしまう前に、どれだけ必死に〈因果尺〉の機能を確認したと思う？」

「確認した結果が、先の御説明のとおりだと」

「そのとおり。それが簡易版であることによる制約か、いきなりこの時代の環境に移行したことによる故障か、そもそも人類史上初のタイムトラベルによる機能障害かは分からないけどね」

「……それならハルカさん、あなたは何故、わざわざ〈因果尺〉を使い〈世界線〉を描き出したのですか？　それらがまるで無意味というのなら」

「あなたが当初から憂慮《ゆうりょ》している、過去改変に伴う世界への影響を可視化できるから」

「……すなわち？」

「〈世界線〉をミクロに分析することは絶対にできない。少なくとも今現在の私達にはできない。ただ、〈世界線〉をマクロに描き出すことには何の問題もない——それがこの光の帯だけれど」

「その、意味も解らない無数の点と線からなる図形に何の意味が？」

「解らない？

　これが、トータルとして、マクロとして、オリジナルの七月七日なのよ。

　そして貴方達《あなたたち》は、これを、トータルとして、マクロとして、改変しようとしている。

　だから——

成程《なるほど》、事前にいろいろ作戦を立てて過去に介入するのは不可能。ただ、介入し終えた事後にまた、こうやって〈世界線〉を投映することはできる。それが図形なら図形でもよいけれど、トータルとしての、マクロとしての図形同士を比較することはできる。比較して、それぞれがどれだけ変わったのかを、％で算出することもできる。これすなわち」

「そうか……」英二が頷いた。「……介入前と介入後の世界を比較すれば、私達が歴史改変でどれだけ世界にインパクトを与えてしまったのかが分かる」

「それが解るとどうなるんだい⁉」

「あっそうか‼」あたしは叫んだ。「一郎、それはこういうことだよ。これからあたしたちは歴史を変える。でも、やりたいことは『真太を救う』ことだけ。それ以外、オリジナルの七月七日に影響を与えたくない。そしてこの〈因果尺〉と〈世界線〉があれば、オリジナルの七月七日と、あたしたちが変えてしまった七月七日がどの程度違ってしまったのかが分かる。ハルカさんの言葉を借りれば、％で算出できる、違いが」

「私達の時代の因果庁は」ハルカがいった。「それを世界線の〈変動率〉と呼ぶわ」

「そしてハルカさん、その変動率が小さければ小さいほど、オリジナルの歴史と変わってないってことになるんだね？」

「そう。例えば変動率〇・〇〇〇〇〇〇〇〇〇一％ならほとんどオリジナルと同一で影響無し、例えば変動率九九・九九％なら世界は異次元レベルにまで変わったことになる――まあ、そんな極端な例はまず発生しないのだけれど」

「それを具体的にいうと‼」一郎が考え考えいった。

「ええと、例えば、俺達が過去改変をし終えたとき、新しい七月七日とオリジナルの七月七日を――そうその〈変動率〉を比較したとき、それが小さければ小さいほど、世界は変わってない、だから誰かにかけた迷惑が少ないってことだな‼」

「そうなる。そしてそれは、エイジ君が指摘していた憂慮を、幾許《いくばく》かは晴らすでしょう」

「確かに」英二がいった。「因果関係のドミノに与えた影響を検算できるというのなら、人様の運命を勝手に変えるという傲慢《ごうまん》な行為に踏み出す勇気も出てくる……検算の結果、それが許されざるレベルの大量殺戮だと分かれば、再試行すべきですしできますから」

「……あの、ユリさん」あたしは挙手した。「あたし、まだ〈因果尺〉と〈世界線〉のこと、ほとんど理解できていないんだけど、ひとつ大事な質問がある。〈因果尺〉は、あたしたちが過去に戻っても、その、正常に機能するのかな？

というのも、過去に戻るとその瞬間、世界線が全部変わっちゃうっていう話だったから」

「うん、それは大丈夫だよミカさん。クロノキネティック・コアがある限り、因果尺は因果計算ができるから。もちろん、これは簡易版だから簡易版なりの制約があるけど、少なくとも今ハルカがやっていたことは、過去でも——世界線が変わってもできるはず。ていうか実際、あたしたちは違う世界線からやってきたんだし。それでもこれ使えているし」

「それもそっか。で、ええと……過去に戻ると過去も変わるんだから、たぶん過去に戻ってからまた計算した〈世界線〉は、まるで違ってくる、んだよね？」

「そうだね。今投映されている光の帯も、ミクロなところで大きく変わってくると思う。ただそれは計算できるし、表示できる。たとえ過去に戻っても」

「例えばまた、新しい過去における今夜、こうして消えた過去の〈世界線〉を見ることができるの？　というのも、『世界線はいつもひとつ』——なんでしょ？」

「できるよ。正確にいうと、過去の〈世界線〉を再計算・再表示することはできないけど——でも今投映されている奴を『図形』として保存しておけばいいだけだから。これって、超アナログな方法での図形の比較だけど、図形と図形を比較してどれだけ変わったかを計算するのなんて、電算機が生きていれば難しくない」

「しかしユリさん」英二が訊いた。「今ここで図形を保存しても、それは過去に戻ったら消えてしまうのでは？」

「ううんエイジ君、ＣＭＲとＰ－ＣＭＲの〈クロノキネティック・コア〉には時間超越性があるんだ。この〈クロノキネティック・コア〉に図形としての〈世界線〉を保存しておけば、その情報は時間を越えて維持できるはず。こんなこと、これまでに試した人間はたぶんいないけど。

ま、他に時間超越性のあるストレージはないから、このプランしかないよ。重ねて、超アナログな図形の保存にしかならないし、だから点と線の描写にしかならないけれど、裏から言えば、点と線の描写だけなら時間を越えて残せる。平面図になっちゃうけど、だからほとんど意味がなくなるけど、紙さえ調達できれば必要部分も印刷できそうだし、切り貼りして見やすく編集もできそう……でも音声とか、動画とかは全然ダメだね、それができればなお便利だったのに」

「解りました、いずれにしろ〈世界線〉の、だから歴史の変動率は出せる」

「だから、①シンタ君を救うことと、②変動率をできるだけ下げることが目的になるね」

七月七日正午行き、十二時間片道切符

「さて、そうなると!!」一郎が満を持していった。「いよいよ問題になってくるのは、『俺達はどれだけ時間を遡《さかのぼ》るのか』だな!!」

「そうですね一郎」英二が頷く。「真太が墜ちた〈Hアワー〉に近ければ近いほど、歴史への影響も変動率も少ないはず。といって、例えば『真太を屋上に上げないようにしよう』という作戦を採るなら、屋上に上がることとなった原因を除去しなければならなくなる。あっ一郎、あなたが知っているかどうか解りませんが、真太が屋上に上がると決まった時刻――すなわち七夕飾りの竹を飾るプランが決まったのは何時の話ですか？　というのも、私自身はそれを伝達された側で、それを発案した側ではないので」

「ああ、それなら!!

　ええと確か、あれは……そう、今日の午後一時〇九分だよ!!」

「……すごく具体的な数字だけど」詩花が訝《いぶか》しんだ。「火脚くんはどうしてそう断言できるの？」

「いや水城さん、実は俺、昼休みがちょうど終わる真際《まぎわ》、廊下で真太と決めたんだよ。今夜晴れたらいよいよ決行だって。九時半あたりに竹を飾ろうって。

　しかも奴、昼休みが終わる寸前になっても姿が見えなかったからさ!!　だから俺、かなり焦って腕時計を見まくっていたんだ。間違いない。『真太が屋上に上がること』を決めたのは――決めたのは俺と真太だけど――午後一時〇九分、五限が始まる直前だよ!!」

「なら一郎」あたしが訊いた。「実際にあたしたち五人が屋上に出た時刻は分かる？」

「あっ光夏、それならあたしが分かるよ」詩花がいった。「屋上への金属ドアの鍵を開けたの、あたしだもの。やたら固くて、かなり手間取ったからイライラして腕時計を見た。どれだけ鍵と格闘しているんだろうって――だから分かる。鍵が開いてあたしたちが屋上に出たのは、今日の午後九時三二分だよ」

「ありがとう詩花。詩花の時計はいつも正確だって知っているけど、一郎も大丈夫？」

「ほらこのとおり!!」一郎は自分の腕時計を見せた。

「まさに現時刻。すなわち正確さ!!」

「そうすると、屋上に上がる時刻が決まったのは午後一時〇九分。実際に屋上に上がったのが午後九時三二分。あと知っておきたいのは……

ハルカさん、ユリさん。

実際にCMRが爆発してしまった時刻は分かる？　というのと、その……真太が死んでしまった時刻も。あたしが最後に腕時計を見た、も、現代人の側は爆発に巻き込まれているから、その正確な時刻が分からない。午後九時五〇分以降ってことは分かるけど……」

「CMRが爆発した時刻は」ハルカがいった。「電算機に確認している。異常事態だったから。すなわちそれは今日の午後九時五五分〇一秒のこと。ちなみに、この時刻はまさに私達がCMRの再起動を電算機に命令した時刻――すなわち『再起動して直ちに爆発』というのが流れ。

他方で、シンタ君が絶命した時刻は午後九時五五分一〇秒のことよ」

「……後者は何故分かるの？」

「私達は〈環境評価計〉なるデバイスを使用できる。これは、主としてCMRを使用する際における、CMR周囲の脅威なり異変なり異常なりをスキャンできるデバイス。私達はこの時代に漂着したときそれを使ったし、CMRが爆発したときにもそれを使った。そしてその〈環境評価計〉の記録を解析すると、半径一〇㎞の範囲において、午後九時五五分一〇秒に、ヒトが突然死・事故死していることが分かった。それがシンタ君のことかどうかは厳密には分からないけれど、恐ろしい偶然をオミットするなら、タイミングからして当該事故死したヒトというのはシンタ君と判断してよいと思うわ」

「解った、ありがとうハルカさん。つまり真太が墜ちた〈Hアワー〉は、午後九時五五分〇一秒。

でもそうすると、あたしたちが戻るべき過去は、午後一時〇九分から午後九時五五分までの時間帯の、どこかってことになるね……」

「単純に考えれば」詩花がいった。「午後九時三二分の少し前に戻って、屋上に上がるのを止めちゃう――って手があるけど」

「慎重に考えれば」英二がいった。「午後一時〇九分の少し前に戻って、屋上に上がるプランを消滅させてしまう――というのも一案ですね」

「だけど詩花、英二」あたしはいった。「今日は七夕だよ。そして七夕飾りの竹を屋上に出せる最後のチャンス。実際、竹は屋上に出た。もうこの世界はそれを経験している。

　これを今日飾らない、つまり今年は飾らないってのは……吹部の部員にとっては異常事態だし、少なくとも部員全員の考え方や行動に何かのインパクトを与えちゃうよ。これ、コンクールの必勝祈願でもあるし、だから全員が短冊とかを出している訳だし。それに、責任感の強すぎる真太が、竹を飾らない、屋上に出ないなんてことをおいそれと承知するとは思えない。万々が一それを承知するとして、真太が納得するだけの説得材料と説得時間が必要だよ。まして、あたしたちは歴史のドミノをいじる。その結果は全然見透せない。なら思わぬ失敗をするとか、思わぬ伏兵に出会うとか、思わぬ偶然が起きることを、むしろ前提にしないといけない——

　要するに、時間はあればあった方がいい。

　言い換えれば、過去に戻るそのターゲット時刻は遠ければ遠いほどいいし、過去で過ごせる総時間は長ければ長いほどいい」

「しかし今銀さん、そうすればするほど、歴史に与えるインパクトは大きくなりますよ？」

「うん英二、それはそうなんだけど……」

「いや、それは議論していても仕方がない!!」一郎がいった。「誰にも厳密な計画は立てられないし、誰にも厳密な計算ができないんだから。ならそれはもう『決める話』だ!!　決断の問題だ!!　だから——

　俺達が戻る過去は、『今日の正午』に決めてしまおう!!」

「……ものすごい決め打ちですが、ちなみに一郎、その理由は？」

「第一に、何より計算が分かりやすい。もうじき真夜中、深夜零時だ。そこからちょうど十二時間を遡れば、トリクロノトンとやらの計算にも、時間的余裕の計算にも便利だろ？　だってトリクロノトンとやらのアンプルは十二時間単位なんだから」

「極めて直感的な理由ですが、成程《なるほど》、それはそうかも知れません。微妙に成長しましたね。

　ちなみに理由の第二以降は？」

「俺達の久我西高校では、正午といえば四限の真っ最中。そして午後〇時二〇分というか、一二時二〇分から昼休みになる。その二〇分で意識をしっかり取り戻し、これからやるべきことを整理し、昼休みの鐘で一気に行動に移る——これまた便利で分かりやすい!!」

「……意外に計画的ですね。ビックリしました」

「そして最後に理由の第三、真太が屋上に上がるプランが成立したのは午後一時〇九分なんだから、やっぱりこのイベントを打ち消すなり改変するのが正攻法だと思う!!　それは、このイベントが成立してから『やっぱり中止しよう』『やっぱり変更しよう』って持ってゆくよりは素直だし、真太の性格を考えると、中止や変更は怪しまれたり抵抗されたりするリスクが高い!!　すると、午後一時〇九分の少し前に戻る必要がある!!」

「確かに。真太は頑固ですから、『約束』が成立してしまえば、翻意《ほんい》させるのは大変です」

「もし、これからP-CMRを使うっていうんなら――」ユリがいった。「――そうだね、もうあとちょっとで深夜零時ジャストになるから、そのタイミングがいちばんいいかも」

「どうでしょう今銀さん、水城さん？」英二がいった。「私は一郎のプランに賛成ですが」

「あたしも賛成だよ英二。詩花は？」

「……それくらいの時間的余裕は、必要だね。うん光夏、あたしも賛成」

「さてそうすると」ハルカがいった。「イチロウ君の提案で、『十二時間だけ』時間を遡ることが決まったわね。ここで念を押すと、記憶転写に絶対必要なトリクロノトンは今〈一二時間分〉×〈二八本〉ある。これすなわち、ひとりが記憶転写をするなら試行回数は二八回。さっき誰かがいっていたように、四人が記憶転写をするなら試行回数は七回」

「七回あれば充分だろう!!」一郎がいった。「やり直しできるのが、七回。いってみれば残機が七。気持ちの余裕としても充分だ!!

それじゃあさっそく、今銀さん、水城さん、英二、俺の四人が過去に飛ぶとしよう!!」

「――え、本当にそれでよいの？」

乗客は誰？

ハルカの言葉に、一郎はキョトンとした。

「て、ていうと？」

「例えば、因果尺はユリか私にしか使えないわよ？　すなわち、やり直した過去において〈世界線〉が描けるのはユリと私だけよ？」

「うっ」

「それに、私達が記憶転写をしないとなると――過去における私達は、そもそもあなたたちとのコミュニケーションを拒絶するかも知れない。あなたたちの、どのような言動にも抵抗するかも知れない。あるいは、『因果法を破らせようとする、見知らぬ未開な過去人』を黙らせようと――正当防衛の範囲で――害を加えるかも知れないわね。何故と言って、記憶転写をしない以上、すなわちトリクロノトンを投与されない以上、ユリと私の今の記憶はすべて失われるからよ。これはもう説明した。ゆえに、あなたたち四人と私達は、初対面の他人となる」

「それは……微妙に困るな!!」

「まして、シンタ君の死の直接の原因は、CMR本体の爆発でしょう？　そして何故それが爆発したかといえば、私とユリがその修理を試みていたからよ。だとすれば。私とユリも、意識的に過去をやり直し、危険な行為を回避する必要がある」

「それもそうか……」

「そして駄目押し。もし私達が記憶転写をしないとなると、私達とのコミュニケーションが成立しなくなる虞《おそれ》があることはもう述べたけど――

――それってつまり、もう二度とP-CMRが使えなくなる虞があるということよ。

それはそうよね。P-CMRを使えるのはユリと私だけだし、P-CMRはユリと私の音声しか命令として認識しないし、それが変更できるのもユリと私だけだし、そもそも初対面のあなたたちにこれを使わせはしないもの。なら最悪の場合、一度目の記憶転写でゲームオーバーとなる虞がある。過去における私達の説得に失敗すれば、二度目以降はもうない。こうなる」

「一郎、どうやら」あたしはいった。「四人は四人でも、あたしたち現代人四人のチームは問題が多いよ。未来人と現代人の組合せがいい――

しかも、あたしの意見が通るなら、そしてそれをハルカさんたちが受け容れてくれるなら、〈未来人ふたり〉＋〈現代人ふたり〉がベストだとあたしは思う」

「今銀さん、それは何故だい？」

「ええと、まず……

一郎、あたしたちは過去に戻っても、どうにか味方を作ることができる。それも、たくさん。だって、十二時間前の私と今の私とで、学校の皆《みんな》とかの態度が変わることはまずないから。でも、ハルカさんとユリさんの方はそうはゆかない。過去に戻っても、他に味方になってくれる未来人はいない。それって、要は修理を救《たす》けてくれる人も、因果関係を計算してくれる人も、あたしたちの知らないあの注射器とかの技術を使える人も、誰もいないってことだよ。要は、ハルカさんとユリさんは、完全に孤立しているんだよ。だったら、ふたりとも過去に戻ってもらった方が、真太を救う上でも、ハルカさんたちがやらなきゃいけないことをやってもらう意味でも、絶対にいい。

あと一郎忘れているかも知れないけど、そもそもハルカさんとユリさんが二〇二〇年に飛ばされたのは、このCMRの暴走のせいだよ。そしてふたりはCMRを直したがっている。もちろん、奇跡を期待しているから。奇跡が起こって、また元いた時代に帰れることを期待しているから――

なら、元々量が少ないトリクロノトンは、ハルカさんとユリさんに、なるべくたくさん使ってあげるべきだよ。なるべくたくさんふたりに時間移動してもらって、奇跡に挑戦するチャンスをたくさんあげるべきだよ。

そう考えると、〈未来人ふたり〉＋〈現代人ふたり〉が、いちばん正しいと思う」

「……でも光夏」

あたしを鋭く直視した詩花が、微妙に顔を翳《かげ》らせる。

「そうすると、過去に戻ってやり直しのできる現代人は、単純計算で『半分』になっちゃうよね？」

「それはそうだね。現代人四人ってプランを、二人に減らすんだから」

「それはちょっと、よくない気がする」

「どうして？」

「……光夏のプランを採用すれば、あたしたち四人のうち二人は、今の記憶をなくすから。この子たちのタイムトラベルも、楠木くんの死という結果も、P－CMRとか因果尺とかの機能も、まったく、すっかり忘れてしまう――ううん、そんな記憶最初からなかったことになってしまう。すると、過去に戻った二人は、戻らなかった二人に、物事の最初から最後までを全部説明しなきゃいけなくなる。それだけでも、かなりの時間が掛かると思う」

「詩花のいいたいことは解る。でもあたしたちは吹奏楽者だよ。きっと解り合える」

「だ、だとしても、あたしたちは、未来人についてはぶっちゃけ何の責任も義務もないよ。光夏はなんだか、すごくこの子たちに同情的だけど……あたしもユリさんにはちょっと同情するところがあるけど……テロリストがハイジャックに失敗して、どこかの無人島に漂着した。そのテロリストのことを心配してあげる必要なんてない。まして、そのテロリストは楠木くんを殺しているんだから。

奇跡が必要だっていうんなら、テロリストだけで頑晴ってもらえばそれでいい。CMR本体を修理するならするで、あたしたちとも今の記憶とも無関係に頑晴ってもらえばそれでいい。あたしたち過去に戻っても、この子たちと接触する必要なんてない。あたしたちは過去に戻って、楠木くんを救《たす》けることに全力を尽くす。この子たちは、そんなあたしたちのことを知らず、あたしたちとは関係を持たず、今夜どおりに何でもやっていればいい」

「でも詩花、それだと、何も結果を知らないハルカさんたちが、またCMRを暴走させるリスクがあるよ。ううんそればかりか、未来の技術が使えなくなるリスクだってある。そして未来の技術が使えないなら、予定している最大七回のやり直しなんてできなくなる」

「確かに出たとこ勝負はあたしも嫌。望む結果を、確実に実現したい。だから火脚くんの提案どおり、最大七回のやり直しはできるようにしたい。

　でもそれなら、この子たちから機械の使い方とかを今教えてもらえばそれですむよ？」

「……ハルカさん」あたしは訊いた。「この懐中時計――P‐CMRって、あるいは〈因果尺〉って、あたしたちにも取り扱える？」

「無理。

　音声、指掌紋《ししょうもん》、静脈、網膜《もうまく》、フェロモンその他の認証情報が書き換えられないから。仮に今ここで書き換えたとしても、十二時間前の新たな過去以降は当然無意味になる。それは無論、世界のすべてがリセットされるからだし、時間工学とは無関係な情報、例えば単なる認証情報なんてものは時間超越性を持たないからよ。

　結局、P‐CMRなりトリクロノトンなりを使用したいなら、その過去における私達と接触し、私達を説得する必要がある。説得しなければ、あなたたち現代人は、例えば圧力注射器の使い方すら分からないことになるから」

「光夏、その説得は難しくないはずだよ？　だってこの子たち殺人者だもの。普通のヒトなら自責の念を感じるはずだもの。実際、今夜光夏はこの子たちの説得に成功しているよね？　あたしたちを目覚めさせ、CMR本体に入れさせた。それはきっと再現できる。

　ねえ光夏。

　楠木くんを救けるのは、あたしたち四人の、四人だけの、四人全員の義務だよ？

　それに光夏、光夏はあたしの頼みなら、本気の頼みなら、いつも聴いてくれるじゃない」

　するとこのとき、不思議なほど落ち着いた声で、一郎がいった――

「水城さん。いつも優しくて穏やかで、気配りができる水城さんらしくもない……

いったい何をそんなに心配しているんだい？」

「そ、それは」

詩花は数瞬、絶句した。とても不思議な感じで。

絶句しながらまずあたしを、そして恥じたかのようにハルカとユリを見る。

「そ、それは、つまり……

信じられないからだよ。この子たちが。未来人が。

この子たちが今夜の記憶を持ったまま過去に戻ったら、それを前提に動き始める。もちろん自分達の未来のために、CMRの暴走を防ごうとするだろうけど、事によっては、あたしたちの妨害をするかも知れない。そもそも、この子たちはずっとコンシーラーとかで姿を隠していたんだよ？　この子たちが何を謀《たくら》んでも、あたしたちには見えない。なら、あたしたちと接触しないように動くかも知れない。逃げ隠れするかも。あるいは楠木くんをアッサリ殺したように、未来を知るあたしたちを殺してしまうかも。だってそうすれば、未来の秘密は誰にも知られないですむし、自分達にはほとんどメリットがない過去のやり直しなんてしなくてすむ——そう、とても貴重なトリクロノトンを無駄遣いしないですむ。

ううん、もっと最悪のケースを考えれば、あたしたちが十二時間前に戻ってすぐ後、またふたりだけで勝手にP-CMRを使うかも知れない。そうしたらどうなる？今度は記憶を維持しているのは未来人ふたりだけになる。世界線が変わるし、そのときあたしたちはトリクロノトンを投与されてはいないから。要は、この子たちには、あたしたちを殺す動機もあれば、あたしたちの記憶をいきなり消してしまうことだって自然にできるんだよ。

確かに歴史を変えるのは難しそう。様々なガジェットの取り扱いも。だけど、いちばん大切なのは目的だよ。楠木くんを救うっていう目的。それが、技術や知識や理屈や講釈より大切なこと。その最重要目的を共有できない未来人とは組めないし、組まなくたってあたしたちでどうにかできる。きっとできる。極論、この子たちはあたしたちを都合よくコントロールするために、あたしたちを技術や知識や理屈や講釈で煙に巻いている気だってする。そう、あたしにとって最優先目的は楠木くんの命……それと天秤《てんびん》に掛けるなら、あとのことはどうでも!!　ましてや未来人に利用されるなんて、絶対に嫌!!　ううっ……ぐすっ……」

（やっぱり詩花は、思考速度がとても速い。演算機能が、あたしの脳とは桁違《けたちが》いだわ）

讃歎したあたしが言葉に詰まっていると……しかし、

一郎が何故かハッキリといった。

「今銀さんのプランでいく。

十二時間前に帰るのは、未来人ふたりに現代人ふたりだ」

「……ひ、火脚くんそれは何故⁉」

「それが必要だからさ」

「だからどうして⁉」

「水城さん、俺達は過去に帰る。そしてそこで、真太の死を回避するため、たくさんのことをするだろう。それはつまり、たくさんのヒトを説得するってことだ。世界を望む姿に変えるってことは、ヒトに望むかたちで動いてもらうってことだ。ヒトに信頼してもらうってことだ。それは、世界でいちばん難しいこと……人に想いを伝え、人に想いが伝わり、それが重なり合ってこそ世界は変わる。それはひょっとしたら、時が戻ることなんかよりずっとずっと奇跡だろう。なら。

――たったふたりの未来人を信頼できないで、そんなことできやしない。

たったふたりと解り合えないで、そんなことできやしない。だからそれが必要なんだ」

出発

「でも火脚くん――」

「ハルカさん、準備を。そして今銀さん、今銀さんは俺と来てもらう――

第一陣はその四人だ」

「一郎、ひとつだけ」英二が訊いた。「現代人側の、人選の理由は？」

「ハルカさんを」一郎はちょっと恥ずかしがった。「信じるという決断。その決断をした責任をとる。そういう人選だ。

おっと、あと二分弱で零時の鐘が鳴る。ハルカさん、さっそく機械を頼む‼」

「了解したわ。P－CMR甲、乙、丙、丁、起動シークエンス開始――」

第6章　REPEAT BEFORE ME（試行第一回・光夏の証言）

試行1－1

「……さて、このルイXV世の時代の七年戦争では、宿敵・オーストリアといきなり同盟までしたフランスが、共通の敵であるイギリス＝プロイセン同盟と戦うことになった――ゆえにカッコ26は『外交革命』だな。

　そのフランス側には、プロイセン嫌いのロシアがついた。だから結局、フランス＝オーストリア＝ロシアの三国同盟ができたわけだ。よってカッコ27は『シュレジエン領有問題』、カッコ28は『フレンチ＝インディアン戦争』。

　で、この七年戦争は、あと一歩でフランスら三国同盟が勝利するところまで行ったんだが……イギリスの、カッコ29、『大ピット』が宰相《さいしょう》となって盛り返した上、フランスはインドでもアメリカでも大敗北を喫してしまう。それでもまだヨーロッパでは、プロイセンの首都ベルリンを占領し、プロイセン王を自殺寸前にまで追い詰めたんだが……

　これぞ、歴史を変えた一瞬だな。いきなりロシアの女帝が頓死《とんし》して、カッコ30、『ピョートルⅢ世』が即位する。ところがこの新皇帝は何故かプロイセンが大好きで、だから突然プロイセン側に寝返ってしまう。昨日までの敵に降伏し、何と同盟まで組んだわけだ――これで七年戦争の趨勢《すうせい》は決まった。

　不思議なもんだな。もし、ロシアの女帝が頓死しなければ。もし、新皇帝が敵国の崇拝者ではなかったら。ひょっとしたら、プロイセンは滅亡していたかも知れん。そうなれば、それを祖とする今のドイツはまるで違った国になっていた。フランスは勢いを盛り返し、インド・アメリカを制していた。それだけの植民地が獲《え》られれば、ブルボン朝はもっと安泰《あんたい》で、だからフランス革命なんて起きなかった。マリー＝アントワネットも助かった。はたまたインド人もアメリカ人も、フランス語を喋っていた。もちろん黒船に乗っていたのは、ペリー提督じゃなかった……」

　……遠くから、声が聴こえてくる。

　それはだんだん大きくなってくる。

　言葉の意味も解ってくる。

　これは、世界史の授業だ。世界史。青崎《あおさき》先生の世界史。

火曜日の、第四限。週の前半戦、午前最後の授業が青崎の世界史だ。とにかく眠い奴。

しかも、東大卒のインテリ崩れで性格が悪い。しゃべりも嫌味だ。脂《あぶら》ギッシュだし。お腹はポテンとだらしなく出ているし。いい歳して独身だし。

突然、謎の青崎関数で生徒を指名しては、早慶レベルのマニアクイズを仕掛けてくる。

あたしは今日も、涎《よだれ》まで垂らして船を漕《こ》いでいるとき、いきなり青崎に殴られて……

あたしは今日も……

あたしは……

「あっ‼」

大きな声。もちろんあたしの声。しかもいきなり、机をバンと叩いて立ち上がっている。

ハッと気付いたその瞬間、すべての記憶が甦《よみがえ》ったのだ。ううん、流れ込んできたのだ。

Ｐ－ＣＭＲ甲、乙、丙、丁、起動シークエンス開始
時間座標を協定世界時プラス九時間・二〇二〇年七月七日午後〇時〇〇分ジャストに固定
環境評価計により、現在の所持者を認識
認識した所持者の、当該《とうがい》時間座標における個人座標を計算、固定
駆動系、変換系、指向系、補正系を最終確認して、報告
一〇秒後に記憶転写を実行。カウントダウンは不要――

（ハルカの声が思い出せる‼）

そして、あのときの状況も。

あのとき、あたしはあの、大きくてズシリと重い懐中時計を持っていた。ううん、あたしだけじゃない。ハルカとユリと一郎もだ。そして皆《みんな》、ユリから懐中時計用の鎖を渡された。その懐中時計にふさわしい、懐古趣味でお洒落な銀の鎖を。そしてそれを、懐中時計とつなぐよういわれた。つないだあと、鎖の先端を耳に当てるようにいわれた。確かに鎖の先端には、精緻《せいち》な機械が付いていた。鎖の留め金にしては複雑で、しかも美しい機械が。

あたしはそれを、いわれるまま、イヤホンみたいに耳に当て……

（そして、たちまちあふれてきた光。懐中時計もあたしも包み込む、天の川のような光）

それはきっと、懐中時計――Ｐ－ＣＭＲが発した光だ。

（そしてその光に包まれたあたしは……あたしたちは、きっと……）

思わず腕時計を見る。もうじき午後〇時〇一分。

あたしは思わず黒板も見た。その右側に日直が書く日付は——七月七日、火。

（じ、時間遡行《そこう》型、記憶転写……成功したんだ!! 嘘みたい!!）

あたしはここで、ようやく自分が立ちっ放しだったことに気付いた。

いつしか世界史の青崎が教壇を下り、あたしの机の左側にデンと立っていたことにも。

そして一発、殴られる。ぱこん。

「オイ今銀《いまがね》。俺の授業中に何を血迷っている？」

「あっはい。すみません。つまり、歴史を変えた一瞬です」

「はあ？」

「ええと、あの……だからロシアの女帝が、その」

「ならその女帝は誰だ？」

「ぴ、ピョートルⅢ世？」

教室が失笑であふれた。あたしの答えもヘンテコだったけど、皆あたしが青崎をからかっていると思ったんだろう。

「バカヤロウ、女帝がピョートルのはずないだろう!! まったく、三枚のペチコート作戦も知らないのか。それなりの大学なら出題するぞ？

——じゃあ有難い授業を妨害した罰だ。プリントのカッコ30とカッコ31を埋めてみろ」

「ええと、七年戦争が終わったのはカッコ30の年で、その講和がカッコ31の条約で……」

ええとええと言っていても、最初から記憶にないことは喋れない。受験生をやっていると、いつも痛感することだ。自分のハードディスクにその情報がないことは、自分がいちばんよく分かる。

あたしがバツの悪い感じで黙っていると、いよいよ青崎はあたしをもう一度殴り、バカは相手にしないとばかり、教壇と自分の授業へ帰っていった——いつもどおり、バカがバカが、死なんと治らん死なんと治らん、下らん仕事だ下らん仕事だとブツブツ愚痴《ぐち》を零しながら。

（——ううん、そんなことは今どうでもいい。

七月七日火曜日、午後〇時〇〇分。あたしは帰ってきた!!）

やり直しの昨日に。一度目のやり直しに。二度目の七月七日にあたしは帰ってきた。

そしてあたしが記憶転写に成功したなら、一郎も、ハルカもユリも成功しているだろう。あたしはどうでもいい青崎の世界史を無視しながら、これからやるべきことを考える。

目的というなら明らかだ。今夜の午後九時五五分過ぎに、楠木真太が死ぬのを防ぐこと。

ただ、その目的を果たすためには……

（とにかく、まず一郎と合流しないと。そしてふたりの記憶を確かめ合って、屋上にゆく。

その屋上には、ハルカとユリがいる。CMRの近くにいる。CMRの中にいると、光学的に遮蔽《しゃへい》しているから透明にしか見えないけど……でも、ふたりとも未来の記憶を持ったままだから、カンタンに合流してくれるはずだ）

――あたしはじりじりして、腕時計ばかり見ながら、四限世界史の終わりを待った。

手製のプリントと汚い板書がマニアックな、青崎の授業を耐え忍ぶこと約二〇分――

キンコンカンコン。キンコンカンコン。

昼休みを告げる鐘が鳴り、日直は青崎のカルトな熱弁をぶった斬って号令を掛けた。起立。礼。着席。そして青崎の憤《いきどお》った顔を無視して、ううんもう教師など存在しないかのように、誰もがお弁当を出し、あるいは学食目指して席を立つ。教室前後の引き違い戸は、たちまち大勢の生徒でがやがやとなった。あたしはもう一度自分の腕時計と、教室の事務的な丸時計を見る――どう見ても、いうまでもなく一二時二〇分。自分も急いで前の引き違い戸へ駆けよりながら、ビクビクする必要もないのにビクビクしながら、クラスメイトたちの様々な声に耳を傾ける……

次は現代文かあ、爆睡確実だな
週明けたばっかだから、体育のひとつでもいれてくれりゃあ親切なのにな
おっと、自販機コーナーってまだ直っていないぜ？

（ま、間違いない。日付も曜日もやっぱり間違いない。七月七日、火曜日だ）

火曜日。あたしのクラスの五限は――だから次の授業は、現代文だ。これまた眠くて死にそうなほどの。ちなみに今日は現代文、数学、化学と続く。体育はない。そして決め手だけど――校舎棟とグラウンドの狭間《はざま》にある、ちょっとだけ綺麗な白いベンチをたくさん置いた自販機コーナーは、七月七日のお昼現在、確かに使えなかった。先週の木曜日から、四台ある自販機が何故かどれも使えず、『使用禁止』の貼り紙がしてあったのだ。そ

してそれが直ったのは、ううん、それが直るのは今日の、七月七日の放課後のこと。何故あたしがそれを知っているかというと、七月七日の午後四時過ぎ――要は七限の化学が終わってから部活に行くとき――その自販機コーナーを通過して音楽室へ向かったからだ。その午後四時過ぎ、自販機は四台とも直っていた。『使用禁止』の貼り紙も撤去され、事実、そこそこの生徒がペットボトルとかを買っていた……

（時間も間違いなければ、日付も曜日も間違いない。あたしは……

ううん、あたしと一郎、そしてきっとハルカとユリだけは、七十五億人の中の異邦人《いほうじん》だ）

するとーー

どすん。

――考え事をしていたからか、あたしは教室を出る所で、誰かに思いっきり激突した。

生徒じゃない。肉塊のようなものだ。あたしは意識してその背中を見る。ちょうど、あたしを顧《ふりかえ》ったその肉塊の顔が、あたしの顔と視線を合わせる――

「……今銀か」

「あ、青崎先生」

「俺に嫌がらせをするのがお前の趣味か？」

「あっ、いえ全然そんなことは。ただちょっと急ぎますんで」

あたしは、教室の出口を塞《ふさ》いでいた青崎の小脇をすり抜けた。そのあたしの背に青崎はいった。

「まったく、何奴《どいつ》も此奴《こいつ》も、内職はするわ居眠りこくわ、勝手に俺の授業を終わらせるわ。ま、次の五限俺は授業もないし、調子に乗っていられるのも今の内だけだがな、フフッ」

（……調子に乗っていられるのも今の内？

別段、今週はテストもないし……抜き打ちで、カルト小テストでもするつもりかな？）

ともかく、あたしは自分の教室を出た。

試行１－２

そのまま、長い長い廊下を駆けるようにして、火脚一郎の教室に向かう。廊下はそれなりに混んでいる。そしてあたしは急いでいるから、自然、故意《わざ》とじゃないけど何人かの躯《からだ》に当たってしまう。また、誰かは分からないけど、ひとりふたり、中履きのスリッパを踏んづけてしまう。そうこうしているうち、それなりの人垣の先に、一郎の教室が――

「あっ今銀さん!!」

「一郎」

火脚一郎は、自分の教室の外、長い長い廊下の窓際に立っていた。

窓側は、綺麗に磨かれたガラスになっている。晴れた武蔵野の街が、ぐるりと一八〇度見渡せる。ただ、雨上がりということもあって、湿度が高いんだろうか、ぎらぎらと燃える陽炎《かげろう》のようなものが、強い夏を感じさせる。

（そうだ、確かに雨上がりだ。

今朝の今朝まで……七月七日の朝まで、ずっと長雨だったから）

あたしは一郎に急接近した。

一郎は、片手に牛乳、片手に焼きうどんパンを持っていたけど――

器用にビシッ、バシッとポーズを決めて、その所作《しょさ》であたしを大歓迎する。というか、何の変哲《へんてつ》もない牛乳と焼きうどんパンが、一郎の手に掛かるとマイクのようにも舞台道具のようにもなるから実に不思議だ。王子様系天然の、火脚一郎らしい……

（って、そんなことに感じ入っている場合じゃない!!）

「ねえ今銀さん!!　その瞳《め》を見るに――今銀さんも成功したのかい!?」

つまり、今僕の前にいる今銀さんは、今日の深夜零時からやってきた……」

「ちょ、ちょっと一郎!!」

あたしは唇の前に必死で指を立てながら、よろこびのターンを決めそうになった一郎を押しとどめ――牛乳が零《こぼ》れそうになった――そのまま一郎を廊下の陰、階段の踊り場まで引っ張っていった。ウチの高校の階段は広くて大きい。そして、各階にウォータークーラーの給水器がある。そのあたりは、長い長い廊下の、ちょっとしたエアポケットになっている。要は、ふたりで話し込んでいても変じゃないし、比較的安全だ。もっとも、階段の設備が比較的しっかりしているために、それぞれの階段の近くに設置されているエレベータは、教師しか使えないようにロックされているんだけど。

あたしに給水器まで連れられてきた一郎は、歩きながら押されながら、器用に焼きうどんパンを平らげてしまう。あたしもお弁当を食べなきゃ。さもないと、五限六限七限で、きっとお腹が鳴ってしまう……といって、今はやることが腐るほどある……

「さて、ここならまあ大丈夫ね――そろそろ皆《みんな》、昼御飯を食べている頃だし」

「いったい何が大丈夫なんだい!?」

「あ、あたしたちの秘密を喋っても大丈夫ってことよ!!」

「っていうと、やっぱり今銀さんは、この時間の今銀さんじゃなくって――」

「そう。きっと一郎と一緒で、今夜から舞い戻ってきたあたしよ。

ていうか一郎、そんな物騒なこと、教室の近くで絶叫しないでよ、絶対よ」

「いやいや、誰にも意味は解らないし、解ったところで誰も信じやしないさ」

「そういう問題じゃないでしょ。あたしたちの不用意な言動が、世界を滅ぼしかねないって話はもう今夜、嫌っていうほどしたじゃない――

あっ、念の為に訊くけど、一郎も成功したのね？ 記憶、完璧に持っているのね？」

「うん、すっかり完璧、完全に!!

今夜起こってしまったことも、あの懐中時計を使って今に帰ってきたことも憶えている。

そしてどうやら、ええと――そう〈クロノトン〉で即死するのも免《まぬか》れたみたいだ。といって、僕の記憶が確かなら、今この瞬間にも、遅効型のクロノトンがどんどん脳内に分泌されているはずだけど」

「でもあたしの記憶が確かなら、そっちは問題ないはずよ。

あたしたちが時間を遡《さかのぼ》ったのは〈十二時間〉。十二時間で発生するクロノトンは、ええと、そう一四・四㎖のはず。そして致死量が確かトータル一〇〇㎖程度だから、詰まる所、脳内の毒はほとんど影響を及ぼさない、はず。

ほとんど影響を及ぼさない上、まだ『リトライ』の余裕もあるけど――

もちろんできれば今夜一発で決めたいわね」

「それは要は――

この夜、来るべき新しい今夜において、真太の死を絶対に阻止するってことだね？」

「憶えていてくれてホント嬉しいわ。

で、一郎、これからの具体的なプランはある？」

「もちろん!!」一郎は華麗に舞った。「といって、やることはとてもシンプルさ!!」

「すなわち？」

「俺が真太を学外に連れ出すよ!!

真太が死んでしまうことになったのは、真太が今夜の午後九時五五分あたりに、校舎棟屋上にいたからだ。なら解決法はシンプル、真太がその時間そこにいなけりゃあいい。そして、今銀さんも今夜の記憶を持っているから分かると思うけど、真太がその時間そこにいることとなった大きな原因は、要はこうだ——

　やがてくる今日午後一時〇九分に、俺が真太に対して『今夜晴れたらいよいよ決行』『九時半あたりに竹を飾ろう』と言ったこと、誘ったこと」

「もちろん、他にも無数の原因はあると思うけどね。それで？」

「それでだ。

　俺はその台詞《セリフ》を変える。もっといえば、俺と真太の行動を変えてしまう」

「具体的には？」

「そこは任せてほしいけど、とにかく真太を吉祥寺《きちじょうじ》の街へ連れ出す。屋上からもこの学校からも大きく引き離す。そして午後九時五五分には、まだ吉祥寺の街にいるようにする」

「……それなら安全だと思うけど、例えばどんな口実があるの？

　真太は部長だよ？　部員の願いが込められた七夕飾りをやるっていうのに、しかも今日がその七月七日でラストチャンスだっていうのに、まして特別の居残り許可なり屋上使用許可なりをもらうっていうのに、部長の真太が立ち会わないはずがないよ。責任者だもの」

「それもそうだな……」一郎は無駄なキレのある動きで熟考した。「……でも例えば、ちょうど吹奏楽の大会前だから、楽器屋で『新しい譜面台を買う』とか、『ポリシングクロスを買う』とか、ああ、思いきって『マウスピースかミュートを新調する』とかで、要は真太の意見も聴きたい云々《うんぬん》って話に持ってゆくのはどうだろう!!」

「なるほどなるほど、それでとにかく、吉祥寺の街の楽器屋に行くと……

　でもそれなら、七限が終わった午後四時から出撃すればいい、ってことにならない？

　そうなると、どう考えても午後九時五五分には帰ってくることができちゃうよ？」

「ううん、今銀さん、そうはならないさ。

　というのも、七限が終わったらすぐ部活だから。そして誰でも知っているとおり、午後八時までは音楽室で練習だ。実際、僕らがあの今夜、どうして午後九時半なんて時間に屋上へ出たかといえば——今夜提出される分の短冊《たんざく》もあるし、また一年の子とかが新しい折り紙細工を出してくるかも知れないし、飾りつけの最終チェックもしなきゃいけないしで、部活が終わってすぐには動けなかったからだろ？」

「それもそうね。確かそうだった」

「となると、僕ら――僕と真太が吉祥寺の街に出られるのは、部活が終わった午後八時以降になる!!　とりわけ責任感の強い真太としては、まさか私用で部活をサボれないからね」

「それもそっか」

「なら、音楽室を出るのがまさか午後八時ジャストということにはならない。片付けなり楽器の手入れなりがあるからね。そしてこの武蔵野の草深いところにある学校からは、バスを使っても電車を使っても、吉祥寺駅まで三〇分は掛かる。往復というなら一時間だ。そしてこの場合、『楽器屋に行く』っていうプランなんだから、そこで思いっきりマゴマゴするとして、一時間あるいは一時間半――要はミッションに要する時間だけで、最低二時間、あわよくば二時間半!!」

「待って。その場合、真太は学校に――屋上にまた帰ってくるの?」

「うーん、できればそのまま家に帰したいけど……これまた責任感の強い真太のことだし、屋上の使用許可は午後一一時弱まで出ることになるんだから、きっと真太は『学校に帰りたい』『学校に帰る』っていうだろうね!!　ただ、午後八時強に学校を離れて、往路が三〇分、ニセの用事が最低一時間、復路が三〇分だから、仮に真太が学校に帰るっていったところで、結局――」

「ええと、最速でも、真太が屋上に帰ってくるのは、午後一〇時をそこそこ過ぎたあたり」

「そうなる!!

　そして問題のHアワーは〈午後九時五五分〉なんだから、それは当然やり過ごせるよ!!」

「あっ、楽器屋って、そんなに遅くまでやっているものなの?」

「吉祥寺の内田《うちだ》楽器なら、夜の一〇時までやっているよ。何回か使っているから確実だ」

「……なるほど、よく解ったけど、ふたつ問題があると思うよ」

「すなわち?」

「ひとつは、真太がそんな胡散臭《うさんくさ》いショッピングに付き合うか――って問題。

　もうひとつは、結局真太が屋上に帰って来ちゃって大丈夫か――って問題」

「前者はよく解るけど、後者がちょっと解らないな!!」

「あたしも上手く説明できないけど、胸騒ぎがする。敢えて言葉にするなら、『時間とか運命とかいったものは、そんなになまやさしいものなのかな?』って問題。

うぅん、もっと言い換えると、『午後九時五五分だけ避ければそれでいいのかな？』って問題。

もし、いろいろな原因の集まりが……それを運命って呼んでもいいのかも知れないけど、どうしても真太を殺すベクトルに集まっているのなら……例えば一郎が午後一時〇九分に、デタラメな、ニセの提案をして『原因のひとつ』を取り除いても、ひょっとしたら運命を変えられないんじゃないかって。ひょっとしたら、一郎のプランが上手く行って、真太がHアワーに屋上にいなくても、例えば午後一〇時一五分に、例えば午後一〇時三〇分に……うぅん時間は何時でもいいけど、結局、真太は死んでしまうんじゃないかって。

あたし、そんな胸騒ぎがする」

「それは要は、あの今夜のHアワー以外でも、〈真太＋CMR〉の組合せが成立してしまったなら、またあの爆発が再現されて……じゃないな……あの爆発が新たに起こって、真太を巻き込んで結局は転落死させてしまう――そういう胸騒ぎ⁉」

「うんそう、まさしくそう。だからさっきあたしは訊いたの。真太は結局、屋上に帰ってくるのかって。というのもあたし、もっと安全なのは、真太を屋上に入れないようにすることだと思うから。それならあのCMRが爆発しても、真太が巻き込まれることはないよ」

「ただ、真太の性格と立場からして、七夕飾りに立ち会わないってシナリオは無いな‼

――でも今銀さん、仮にそうだとして、大きな問題はないと思うよ？

というのも、僕らはこれから、ハルカさんにアクセスできるから。もちろん、僕ら同様、あの今夜を経験し、あの今夜の記憶を維持したままのハルカさんに。そして、僕らが話を聴けた範囲では、あのCMRが爆発したのは、僕らの楽器演奏の音に紛《まぎ》れて、ハルカさんがCMRを再起動させようとしたからだよ。だとすれば、その『再起動を止めてもらえばすむ』ことだし、さらに保険を掛けるなら、これからの今夜、ハルカさんには『CMRから離れてもらう』ことにすればいい‼」

「なるほど。真太の動きを繰《あやつ》ると同時に、ハルカとユリの動きも制約しちゃうと」

……うん、そこまですれば、大丈夫な気もする。

まず、被害者をいなくする。なら殺しようがない。そして、加害者の動きも封じる。やはり殺しようがない。まして、凶器が使えないようにする。これまた殺しようがない。被害者・加害者・凶器の組合せを強制的に崩してしまおう――天然で直截《ちょくせつ》な一郎のこのプランは、しかしそれゆえ合理的で、だからとても安全に思える。

（でもあたしは恐がりだから、いっそのこと、『今夜の七夕飾りそのものをナシにしてしまう』ことこそ鉄板だと思ったりするけど……）

ただ、それはやっぱり駄目だ……直感的に、そっちの方がよっぽど恐い。何故と言って。

（……あたしたちは、バグでチートだから。この新しい歴史の、飛んでもない異物だから）

ハルカたちが見せてくれた、恐ろしく精緻で複雑で、幻想的ともいえるあの〈世界線〉。無数の原因と結果の集まり。その因果関係が織り成す、あざやかな歴史の織物。今、一郎もあたしも、それに意図して影響を与えることができる。イカサマでインチキな存在だ。そして、聴き囓《かじ》ったことだけど、ブラジルの一匹の蝶《ちょう》の羽ばたきが、めぐりめぐってテキサスで竜巻を引き起こすのだ。風が吹けば、桶屋《おけや》が儲かるのだ。その恐ろしさについては、あの今夜で詩花もいっていた――『あたしを屋上から突き墜とす』というたったひとつの行為が、どれだけ予期できない結果を招いてゆくかを。

だとしたら、ぶっちゃけ、『余計なことはしない方がいい』。

ううん、もっと正確に言えば、『余計な変更は加えない方がいい』。

（できるだけ前の七月七日をトレースしないと、どんな竜巻が起きることか）

……具体的には、あたしがあの懐中時計――ＰーＣＭＲを使った時間までは、余計な変更を加えちゃ駄目だ。それが、ブラジルの一匹の蝶を殺してしまうことだってあるから。もちろん例外はある。というか、その例外のためにあたしたちは帰ってきた――『楠木真太が死ぬ』という風が吹くのを絶対に止めるために。その変更で、例外で、どれだけの桶屋が影響を受けるかは分からない。ただ、それだけは避けられないし譲れない。まして、あたしたちより歴史の改変に詳しいハルカとユリだって解ってくれた――だから、真太について『余計な変更を加える』のは、あたしたちの大前提だ。

（だけど、そうだからこそ、それ以外の歴史の在り方に触れちゃいけない、絶対に）

――ドミノをぶっ壊すのは、あたしたちの目的じゃない。

『真太の死』というドミノの牌《はい》だけを、どうにか一枚、引っこ抜くのが目的だ。

だから、他のドミノの牌には、絶対に……というかできるだけ触れないようにしないと。

(なら、七夕飾りはキャンセルできない。なら、あたしたちが屋上に上がることもだ)

ううん、それどころか、次の深夜零時まで、できるだけあたしの——あたしたちの行動を、かつて歴史に刻んだとおりにしないと。意図的に、経験済みのコースをなぞらないと。

(でもそれって、かなり難しそう……)

というのも、例えば、あたしはもう蝶の羽ばたき、桶屋用の風を起こしてしまっているから。世界史の青崎とあんな会話をしたり、教室の出入口で衝突したり。とにかく、経験済みの七月七日とは違うことを、もう派手にやらかしてしまっている……

(意識して、気を付けないと。七月七日の既定路線、七月七日の舞台設定は尊重しないと)

……だとすれば。

舞台設定は同じにして、被害者と加害者と凶器だけを引っこ抜く——

一郎のこのプランは、やっぱり合理的だ。あたしはもう一度、自分に言い聴かせるように無言で頷いた。ただ、最後の疑問だけは口にした。

「真太を街から屋上に帰らせるのは仕方ない、ってのは解ったよ一郎。

でも、あたしが指摘した第一の問題は残ると思うよ？」

「ええと今銀さん、それはアレだね、真太が、楽器屋に行くだの何だの、胡散臭《うさんくさ》い言い訳に素直に乗ってくれるかどうか——って問題だね⁉︎」

「うんまさにそのとおり。

そして真太のバッサリした性格から考えて、『一郎だけで行け』とか、『そもそもクソ忙しい今夜に行くな』『警察に補導されるぞ』とか何とかいいそうだよ？」

「おっと、それもそうだな……

でも大丈夫、もしそのデタラメプランが真太に却下されても、そうだな……真太が絶対に断らない買い物プランを考えればいいんだよ‼　そうだなあ、例えば」

……この瞬間まで、あたしは議論と考え事に熱中していた。

そして今、ほとんどの生徒は教室でお弁当を食べているか、学食に行っている。まして、今あたしたちがいるウォータークーラーの周辺は、廊下と階段からちょっと引っ込んだ所にあり、実に目立たない。おまけに、あたしと一郎はいわば共犯者——七十五億人にたったふたりの、『十二時間先からきた現代人』だ。

だから。

あたしは突然背後から声を掛けられたとき、飛び上がりそうなほどビックリした――

「ねえ光夏？」

「きゃっ‼」

試行1－3

「ど、どうしたの光夏、そんなに驚いて」

「し、詩花‼」

……あたしはドギマギしたまま顧《ふりかえ》った。すぐ目の前に、水城詩花の姿がある。

もちろん、吹部《すいぶ》のホルン吹き、あたしの女房役の詩花だ。

さらにもちろん、まったくの平常モード。可愛らしく整えた前髪に、甘やかなサイドポニー。今現在の詩花には、気遣い屋さんらしい、繊細で優しげな瞳。今現在の詩花には、昨夜の、じゃなかったあの今夜の、言葉を選ばなければ鬼女すら思わせる壮絶さはどこにもない。当然だけど。

「……火脚くんと、何か吹部の話？」

「ああ水城さん、ちょうどよかった‼」

一郎のあっけらかんとした口調。

まさか、とは思ったけど……あたしの最悪の予感は当たった。一郎のバカ。

「今ちょうど、真太の話をしていたんだよ‼　そもそも真太が屋上に上がらなきゃ、いきなりの衝撃でドカン、なんてことにはならないからさ。だから前もって、今銀さんとも調整して、真太には吉祥寺の街へ出てもらうことにしようって話になってさ。ああ確実に、ふたり一緒で、もう貼り付くように見守――

あ痛っ‼　痛たたっ‼」

「ゴメン詩花」あたしは一郎のスリッパを踏みつけながら――蹂躙《じゅうりん》しながらいった。「突然、超意味不明な話になって」

「……衝撃？　ドカン？　一緒に街？」

「それまったく無視して。聴き流して」

「……楠木くんと光夏で」可愛らしい詩花の顔が、微妙に翳《かげ》る。「街で何かするの？」

「ううん全然。まったく全然。そもそもそれは真太と一郎の勝手な謀《たくら》み……」

……じゃない。こんなことも喋っちゃ駄目だ。七月七日の既定路線にない。一郎の大バカ。この状況をいったいどうすれば。ええと……つまり……だから。

「ほ、ほら詩花。今夜はいよいよ晴れだから、七夕だから、あの竹を飾らなきゃいけないでしょう、屋上に？　でも、竹の固定とかいい加減だったら倒れて衝撃でドカンとか、事故がドカンとか起こったら大変だから。それでひょっとしたら、街へ出て、何か補強用具とか、仕入れてこないといけないかもって。一郎が喋ったのはそんな話だよ」

「ああ、なるほど」

……あの今夜ほど、詩花は猜疑心《さいぎしん》が強くない。というか、穏やかで優しいのが詩花本来の姿だ。あの今夜の、真太の死が、詩花をものすごくおかしくしてしまっていただけだ。だから眼前のノーマル詩花は、どこか自分を納得させるように、そっといった。

「光夏は副部長だし、楠木くんは部長だもんね。そうだよね。だからふたりには責任があるもんね」

「うんそうそう。まさにそういうこと」

「確かに今夜は、七夕飾り、決行できそうだから、あたしも工具とか確認しておくよ。ユザワヤで大抵のものは買ってあるけど、あの竹、すごく大きいから。

ねえ火脚くん、あたしも楠木くんと相談しておいていいかな？」

「あ、うん、そりゃもちろんだよ」

「じゃああたしちょっと図書館に用事があるから、部活が始まる頃に相談しておくね」

「ありがとう詩花」

「じゃあね、光夏」

詩花は、ちょっとだけ怪訝《けげん》な瞳で一郎とあたしを見遣った後、そのまま大きな階段を下りていった。そういわれて後ろ姿を見れば、返却用だろうか、単行本を幾つか抱えている。ちなみにウチの高校の図書館は、広大なキャンパスにふさわしく御立派な奴で、市立図書館ならふたつは入りそうな規模。だから図書館そのものに死角が多いし、実は無施錠の図書準備室は――これ図書委員の詩花が教えてくれたけど――書架に入りきらない無数の本とか、郷土史の資料とか、古い辞書・事典の類《たぐい》とか、大ぶりな画集だの古典全集だので溢《あふ》れかえっていて、これまた死角が多く、というか図書準備室が死角そのもので、だからそこが無施錠であることを知っている極少数の関係者にとっては、その、絶好のデートスポットというかイチャイチャスポットになっているそうだ。といって、まさかマジメな詩花自身は、そんな目的のために利用するはずもないけれど。

……あたしは確実にその詩花の姿が消えてから、そして周囲に人がいないか見渡してから、もう一度一郎のスリッパを踏みにじった。コクとキレのある飛び上がりとともに、一郎が悲鳴を上げる。

「うわっ、痛い、痛いってば今銀さん!!」

「このバカ一郎!!　下手なコメディみたいに最悪の予想どおりのこと、しでかして!!

　──念の為に訊いておくけど、自分がどれだけバカな勘違いをしたか、もう解った？」

「わ、解った解った、思い知ったよ……

　そうだ、僕ら以外は──僕、今銀さん、ハルカさん、あとええと、ええと、そうだユリさんの四人以外は、いってみればNPCなんだ。このイカサマタイムトラベルの当事者じゃないんだ──あの今夜の、真太が死んだ未来の記憶がないから」

「そのとおりよ。確かにあの今夜のあのとき、詩花も英二も真太の死を経験したけど──おまけにタイムマシンもどきとその絡繰《からく》りも知ったけど──その記憶はすべて消えてしまっている。というか元々無い。これが一度目の巻き戻し＝二度目の七月七日だってことも知らない。記憶を維持していて、トリクロノトンを注射されて時間を遡った四人だけよ。現代人でいうなら、あんたとあたしだけよ」

「もちろん、死んでしまうことになる真太も、あと一緒にいた英二も、詩花さん同様──」

「──何の記憶もない。どこまでも、最初の七月七日を自然に生きている。

　だから言動には充分過ぎるほど注意してよね!!　あと、真太を救うための言動は仕方ないけど、できるだけ前の七月七日をなぞるように行動して。歴史の余計なドミノ現象を起こさないように、できるだけ前の七月七日と一緒の行動をして。これ絶対に絶対に大事だからね？」

「もちろん解ったよ!!」

「どうだかね……とにかく、たった十二時間弱の辛抱なんだから、大人しくしていて」

「じゃ、じゃあ早速、大人しく、真太と話をしてくることにするよ。ええと、午後一時〇九分に、廊下で立ち話だったな……

　話の中身は、前の七月七日と違ってくるけど、それはもちろん仕方ないだろ？」

「それは大前提よ。だけど自然に、無理なく、他の人や物への影響が最小限になるように」

「了解っ!!　じゃあ俺はこれで。あと何か打ち合わせることある？」

「そうね……あんた次の授業は何？　昼休み明け一発目は？」

「ええと、英語だよ」

「その次は？」

「世界史」

「じゃあ着換えも派手な移動もないわね……あたしは五限が現代文で六限が数学だし……なら、五限が終わる午後二時に、屋上で待ち合わせましょう」

「あっ、ハルカさんとの打ち合わせだね⁉」

「もちろんそうだよ。

といって、向こうの様子を早く知りたいから、あたし今、先に屋上に行ってくる」

「それなら今銀さん、俺も……‼」

「ううん一郎は待機。ていうか、これから真太の姿を確認したら、どうにか視界に収め続けて、確実に午後一時〇九分に声掛けができるようにするの。解った？」

「……ええと、歴史が繰り返しているんだから、俺が『午後一時〇九分に真太に声掛けできる』のは、それこそ既定路線で確実だと思うけど？」

「ほらまたそんなヌルいことをいう‼

あんた自身だって、さっき歴史改変しちゃっているでしょう？　前の七月七日とは違う、『詩花との意味不明なやりとり』をしちゃったでしょう？　詩花の動きはそれで変わった。もっといえば、あたしたちを取り巻く世界もそれで変わった。なら、この新しい七月七日の新しい午後一時〇九分に、真太が確保できる保証なんて何処《どこ》にもないわ」

「なるほど‼」

「だから一郎は、これから真太の行動確認と、まあ、所在の確保に努めて。

あたしは屋上で、ハルカたちの記憶を確認して、これからの作戦を説明しておくから」

「よし解った、じゃあ午後二時の休みにまた会おう‼」

「もし五限の授業が延びそうでも、どうにか抜け出して来て。休み、一〇分しかないから」

——ほいほいっと、一郎が、給水器のエリアから廊下へと駆けてゆく。

あたしはちょっと間を置いて、やはり廊下へと出た。

試行1－4

そのまま、できるだけ他の生徒とかと衝突《ぶつ》からないように、声も掛けられないように、自分は石だ、自分は壁だと思い込みながら、長い長い廊下を歩いた。

（考えてみれば、さっき一郎と合流する前は、こんな注意なんてしていなかった。何人かに躯を当ててしまったし、誰かのスリッパさえ踏んだ。あたしも、一郎に偉そうなことという資格なんてない……）

……けれどどうにか、イレギュラーな出来事なく、屋上への階段へと行き着けた。

この校舎棟にある階段のうち、この一本だけが、五階止まりでなく、六階階段室――要は屋上まで続いている。あたしはササッと付近を確認してから、誰にも見られていないのを知り、そそくさと六階への階段を急いだ。ここは、使用されていない階段にありがちな、訳の分からない段ボールやスチールロッカー、机や椅子などの墓場みたいになっている。その階段を上がり、やはり雑然としたガラクタの墓場になっている踊り場をひとつ切り返せば、そこはもう階段室だ。すなわち六階部分は、五階から下と全然違って、長い長い廊下と接続してはいない。というか、六階部分には廊下がない。教室もない。目の前にあるのは、狭い踊り場ともいえる、ボックス型になった『煙突』部分と、監獄のそれを思わせる分厚い金属ドアだ。そしてこの煙突型の階段室の外こそ、前の今夜、あたしたちがCMRの爆発に巻き込まれた因縁の現場。目の前の分厚い金属ドアを越えさえすれば、いよいよそこに出られる――

あたしは金属ドアのノブ近くにあった、古くて頑丈そうなサムターン錠を倒そうとした。

（かっ、固い……!!　顔《ツラ》構えそのものね。どこか錆びたりしてそう!!）

一度閉めたら全然開かない鮭フレークの瓶《びん》とか、一度挿したら全然抜けない電源タップとか、そんな意地悪さとイライラを感じる。しかもサムターン錠は恐ろしく旧式で、冷静に考えると、どう倒せば『開』の状態になるのかも分からない（これも抜け止めタップ的な現象だ）。そもそも階段室も手元も暗く、サムターン錠も錆《さび》色《いろ》で、だんだん訳が解らなくなってくる――どうにか少しずつがりがり動かしている内に、右に倒せばいいのか左に倒せばいいのか、それともひょっとして初期状態のままでよかったのか、すっかり分からなくなってしまった。

（そういえば、あの今夜、詩花がいっていた……屋上への鍵がなかなか回らなかったって）

ただ、あたしと詩花でそんなに腕力が違うとも思えない。ううん、あたしの方が比較的ガサツで、詩花の方がよほど繊細だ。入学以来のかなりしっかりした観察で、あたしはそれをよく知っている。なら、詩花に開けられてあたしに開けられないってことは、ないはず……

がりがりがり、がしゃり!!

……固い固いサムターン錠と、五分弱は格闘したかも。けれど結局、幾度かの歯軋《はぎし》りと、最後に弾け飛ぶような音を立てて、サムターン錠は開いてくれた。あたしはいよいよ、重そうな金属ドアのノブをつかみ、よいしょっ、と気合いを入れてそれを全開にする——

(——そして、屋上。

七月の、晴れた屋上。お昼過ぎ。見渡すかぎり、何もない。武蔵野の街はもちろん、フラットな屋上も平穏そのもの……)

けれど、あたしは知っている。

今あたしが出てきた『煙突』部分——外から見ればコンクリ製と分かる階段室の近くには、あのエレベータが——そうCMRがぶすりと突き刺さっていることを。成《なる》程《ほど》、今見渡すかぎりは何もない。CMRなんて影も形も見えはしない。ただそれは、ハルカとユリが、光学的な遮蔽《しゃへい》装置を使っているからだ。そしてあたしは、あの今夜の記憶から、CMRがだいたいどのあたりに突き刺さってしまっているかも分かる。

——あたしはそのあたりに近づいた。まさか危険なことはないと思うけど、おっかなびっくり、そのあたりに腕を、手を伸ばしてみる。

(あの今夜の記憶だと、エレベータの出入口は、確かこのへんだ)

そんなことを思い出しながら、どこまでも透明な空間をまさぐっていると——

「こんにちは、ミカさん」

「は、ハルカさん」

そのとき、あたしの右手側の何もない空間に、いきなりハルカの姿が出現した。あの不思議な機械美と光沢が特徴的な、美しいセーラー服姿のままだ。ジャケットっぽい鋭角的なデザインに、リベットのようなボタン、そしてブーツがとても印象的なセーラー服。といって、あたしとハルカが『いったん離《わか》れて』から、主観的にはまだ一時間も過ぎていない。雰囲気や態度がそうそう変わるはずもない——そんなことを考えていると、あたしたちのその短い別離を確認するかのように、突然出現したハルカはいった。

「主観的には、四十五分ぶりくらいかしら。すぐに再会できてよかった」

「て、ていうと、ハルカさんとユリさんも無事、過去に戻れたんだね?」

「うん、技術的な障害はなかったよ」ハルカの隣に、今度はユリが突如出現した。「P-CMRは設定したとおりに稼動したし、どうやらトリクロノトンも利いたし」

しかしハルカはそれから執拗《しつよう》に、あたしの記憶が大丈夫かどうかを確認した。あの今夜起きてしまったことは当然ながら、あたしが時間を遡《さかのぼ》って帰ってきてからのことまで。なるほど、ハルカたちにとってさえ、P－CMRの実戦使用は初めてだ。いろいろ不安があったのかも知れない。だからあたしは、例えば四限世界史であたしがどんな風に目覚めたか、あるいはそこで青崎とどんなやりとりがあったかを含めて、できるだけのことを詳細に説明した。やがてハルカはあたしに何の異常もないことを確認し、そっと嘆息《ためいき》を吐いた。そしていった。

「最後に、駄目押しの確認をすれば──」ハルカはガラスのアンプルを取り出す。「──このとおり、トリクロノトンが減っている。もし記憶転写をしていないのなら、私達が今持っているトリクロノトンは、〈一二時間分〉×〈二八本〉のはず。だけどミカさん、ほら、ここに空のアンプルが四本あるわ。トリクロノトンの残りは二四本。これすなわち」

「あたしたちが四本、時間を戻るために使ったから、その分が減った？」

「まさしく。そして念の為だけど、トリクロノトンには時間超越性があるから──」

「──あの今夜、深夜零時に変わる直前に使った分が、もう今の時点で消えている」

「そうなる。まだ同じ日の午後一時前なのにね。ゆえに物証からも、私達の記憶転写は成功したといえる」

「しかも、トリクロノトンには記憶保持の効果もあるから──」

「──そう、私達未来人をあれこれ説得したりする必要はない。

すなわちユリも私も、あの今夜の事故を記憶している。また、これから何を為《な》すべきかも知っている」

「やっぱり、ハルカさんたちにも戻ってきてもらってよかったよ……」

「お願いがひとつある」

「え？　いきなり何？」

「……もうハルカでいいわ。私もあなたのこと、光夏と呼んでいい？」

「あっそれ、あたしもあたしも」ユリが笑う。「光夏お願い」

「全然かまわないよ、ユリさん──じゃなかったユリ。あとハルカも、もちろん」

ハルカとユリは『殺人者』だったから、あの今夜のままだったら、まさか呼び捨てで仲良くしようなんて思わなかっただろう。ただ、今この時は違う。まだ殺人者じゃないし、だから何の怨《うら》みもないし、むしろ協力が必要だし、なんといっても気の毒な時間漂流者だ。そして相手をヒトとして見れば、ハルカは冷厳ともいえる理知的なジト瞳《め》がちょっと恐いけどそのぶん頼りになりそうだし、ユリはハルカに比べてずっと普通人っぽいから普通人っぽい喜怒哀楽がありそうだけど、だから極端なストレスには弱そうだけど、たいていは元気潑剌《はつらつ》と明るくて好感が持てる。それは、ハルカの夜に濡れたようなロングロングストレートと、ユリの大胆すぎない活発な可愛いポニーテイルが、自然と象徴している。

そんなあたしの好感なり納得なりを察したか、すぐにハルカが自然な口調でいった。

「じゃあ早速、光夏――

光夏はもうイチロウ君、ええと火脚一郎くんだったわね、彼には会った？」

「もちろん。昼前の授業が終わってから、速攻で確保したよ」

「彼、意識とか記憶は大丈夫だった？」

「うん、あたし同様に、全然大丈夫」

「ならいきなり本題だけど、概《おおむ》ねどんな計画でゆくの？もう話し合ったんでしょう？」

「ガッチリ話し合えたとはいえないけど――方針は立ったし、一郎はすぐにも動き出すし、その結果は午後二時にまたここに来て報告するよ」

「ちなみにどんな方針？」

「ええと、とにかく真太を――ああCMRの爆発で吹き飛ばされちゃった楠木真太だけど、真太を問題の時間、この屋上に上げなければいいって方針。具体的には、一緒に過去に帰ってきた一郎が、『真太を街に連れ出すの。確か、楽器屋に行くとか何とかいって』

「楽器屋……」ハルカはちょっと首を傾げた。「……それはガッキヤ、という言葉からして、あなたたちが演奏していた古楽器を販売している実店舗――ということでよい？」

「ジッテンポ……うんそう。まさに楽器のお店。ひょっとして、未来にはないの？」

「在るのかも知れないけど、在っても闇《ヤミ》ね。どう考えても生活必需品じゃないから……

ただ、私の記憶が正しければ、あなたたちは誰もが、もう古楽器を持っている。あの夜、誰もが持っていた。それをまた購入しにゆく必然性はあるの？」

「もちろん楽器を買いにゆく訳じゃないよ、そういう言い訳じゃない。楽譜を置く台とか、磨き布とか、アタッチメントとか……とにかくそういう附属品って、結構必要なんだ」

「成程《なるほど》。そこはちゃんと言い訳が立つと」

「ちょっと胡散臭《うさんくさ》いけどね。でも、まるでデタラメってて話でもない。

それに、一郎はその言い訳が通用しなかったときに備えて、違う言い訳も考えている様子だったよ。そして——ハルカとユリも憶えていると思うけど——もうじきくる今回の午後一時〇九分に、真太と一郎は接触する。確か廊下で立ち話をする。本来は、『今夜屋上に上がって七夕飾りをしよう』って軽い打ち合わせだったけど、今回は『今夜一緒に街へ出よう』って話を持ち掛ける。持ち掛けさせる。

——これを真太が受け容れれば、ミッションはほとんど成功だよ。

というのも、詳しい説明は避けるけど、仮に真太が学校に舞い戻ってくるとしても、舞い戻ってくるその時刻は、午後一〇時をそこそこ過ぎたあたりにならざるを得ないから。それは、あたしたちが部活を——課外活動をしている時間帯とか、この学校と街との距離関係とかからして、必然的に、物理的にそうなる」

「使うのは列車といった公共交通機関なの？」ハルカが訊いた。「あるいは船とか？」

「あっは、船は必要ないよ。ここ吉祥寺から海は遠いし、大きな川もないし。バスと電車」

「……了解。そうしたら、その一郎くんの、楠木真太くんに対する説得なりお願いなりが成功したかどうかは、何時《いつ》分かるの？」

「それも安心してハルカ。すぐ分かる。約一時間後の午後二時には分かる。

というのも、あたしと一郎でもう一度、この屋上に打ち合わせに来るから」

「それも了解。

けど話をまとめると、あなたたちは結局、あの神事を決行するのね？

言い換えれば、今回の七月七日も、あなたたちは——真太くんと一郎くんは別論として——CMRのある屋上に上がってくるのね？」

「そうだね。真太と一郎は街に出るって前提だから、要は蔵土英二、水城詩花、そしてあたしの三人だけになるけどね。でも、それでも予定どおり……というか既定路線どおり、午後九時三〇分あたりには、屋上に出ようと思っている。

で、ハルカ、ユリ。あたしたちがあの今夜、屋上に出現した正確な時刻、憶えている？」

「午後九時三二分」ハルカは断言した。「詩花さんがそれを証言していたし、私達自身、いささかならず吃驚《びっくり》したイベントだから間違いない。けれどその質問から察するに、あなたは、あの今夜の歴史をなぞるつもりね？」

「もちろん『できるだけ』――だけどね。

　要は、真太の死以外の出来事には、あまり触れたくない、いじりたくない。この考え方、間違っているかな？」

「そうだねえ……」ユリがうーん、うーんと考える。「……あたしたちは確かに〈未来人〉だけど、実際に自分自身で歴史に介入したことなんてないからなあ。因果庁にはそのノウハウもあるんだろうけど、あたしたちふたりについていえば、介入技術のレベルは光夏と変わらないよ。要するにド素人。だから、『どうやったら上手いこと望む結果だけを実現できるか』なんて全然解らないけど……

　でもハルカ、あたしは光夏に賛成だな。介入は必要最小限。余計なドミノを倒さないようにする。いってみれば、『教科書』としての、前の七月七日の歴史をできるだけ再現する。それが、なんていうか、望ましいリスク管理だと思うよ」

「同意する」ハルカは美しく頷いた。「私達が望むのは、歴史の織物からたった一本、糸を引き抜くことだけよ。破る必要も斬り裂く必要も、新しい糸を縫い込む必要もない。ましてあなたたちの神事は、確か七月七日にしかやってはならないことなのよね、光夏？」

「うーん、厳密に言えば、神事のための飾りつけそのものは七月七日以前からでもいいんだけど……神事っていうか、お祈りの行事っていうなら七月七日限定かな。しかもあたしたちの場合、その飾りつけすら、悪天候のせいで七月七日当日までできなかった訳で。

　そんな感じで、一般論としても具体論としても、七月七日にあたしたちが七夕飾りをしない――っていうのは、歴史のナチュラルな流れに思いっきり叛《さか》らっている感じがする。もし『教科書』『試験問題』をあらかじめ知っていなければ、絶対に、確実にそれをやったはずだって意味において。まあいっそのこと、大雨にでもなってくれればベストだけどね……そうすれば、中止の方こそナチュラルになるから」

「ただ、この晴れ渡る青空を見るかぎり、いきなりの悪天候は極めて望み薄。

　ゆえに、歴史のナチュラルな流れを最大限尊重して、光夏、英二くん、詩花さんの三人には、午後九時三二分にあの鉄扉《てっぴ》から屋上に出てもらう。それがベスト」

「あとハルカ、そうなるとハルカとユリの方にもお願いがあるんだけど……」

「ああ、今度はその時間帯からの、あたしたちの動きだね？」ユリが優しくいった。「今の結論からして、ハルカとあたしも、できるだけあの今夜を再現しなきゃいけないから。しかも、それと同時に、やっぱり屋上に出てきた三人を吹っ飛ばさないようにする必要だってある」

「そうなのユリ。つまり『大事な糸だけを引っこ抜く』必要がある。

そしてこの場合、その『大事な糸』っていうのは、つまり――」

「CMRの爆発ね」ハルカが冷静にいう。「歴史の織物から、CMRの爆発という糸は、絶対に引き抜いておかなければならない。かつ、それだけを引き抜けるよう努力しなければならない」

「……ハルカ、ぶっちゃけそれって、できそう？」

「ええ光夏。理論的には。というか、そんな御大層《ごたいそう》な言葉を使う必要すらないわ……

というのも、今夜の午後九時五五分、CMRの再起動をしなければよいだけの事だから」

――それもそうだ。

何度か確認しているけど、〈真太の死〉というイベントには、かなり大雑把《おおざっぱ》にいってふたつの原因がある。ひとつは、現代人側の原因。すなわち、①真太が屋上に上がったことだ。そしてもうひとつは、未来人側の原因。すなわち、②ハルカとユリが、あの今夜の午後九時五五分、あたしたちの楽器の音に紛《まぎ》れて、CMRを再起動させようとしたことだ。

（だとすれば、もう現代人側の問題は解決されつつあるんだから、あとは未来人側の行動を変えてもらえれば、歴史の織物から〈真太の死〉という糸はするりと抜ける、はずだ）

だからあたしは大きく頷きながら、ハルカとユリにいった。

「もしCMRの再起動をやめてくれるんだったら、それでほとんど問題解決だよ」

「そうだね、だってそうしたら」ユリがいう。「CMRは爆発なんてしないんだから。なら、真太くんが吹き飛ばされて転落死するはずがないんだから。ううん、屋上に出てきた……出てくることになる英二くん・光夏・詩花さんが巻き添えを食うリスクもなくなる」

「ならユリ、いっそのこと私達ふたりとも、CMRの外に出ていてはどう？」

「それはハルカ、問題の時刻に――ってこと？」

「そう」

「……うーん、それってメリットデメリット、両方あるよ」

「これすなわち？」

「ハルカも憶えているだろうけど、あの今夜、あの午後九時五五分〇一秒――あたしたちがCMRを再起動させた途端、CMRは爆発したよね。それはもう議論に出た。するとあの今夜、CMRの状態はとてもピーキーっていうか、過敏で不安定だったといえるよ。なにせ、再起動を実行したその途端《とたん》、いきなりオーバーロードで爆発するくらいだったんだから。この『CMRの不安定さ』を考えると、あたしたちが問題の時刻、CMRの外に出ていることには、メリットデメリット両方ある」

「具体的には？」

「CMRの状態がそんなにピーキーだったなら、あまり考えたくはないけど、ちょっとした弾みでいきなり暴走――ってシナリオもあり得るよ。ううん、もっと考えたくないけど、ちょっとした弾みがなくてもいきなり暴走――なんてシナリオすら想定できちゃう。もちろん、CMRは動力停止か休眠状態にしておくべきだけど。

でもさっきいったとおり、あたしもハルカも過去への介入技術なんて持っていないし、過去を変えた経験もない。だから歴史の流れの強さとか、あるいは――こんなエンジニアらしからぬ言葉が許されるなら――『運命の力』みたいなものがどれだけ強いのか、分からない。そして、あたしたちが知っている『教科書』『既定路線』では、CMRは爆発することになっているんだから、歴史の流れとか運命の力とかが、どうしてもCMRを爆発させようとする……かも知れない。というか、そう考えておいた方がリスク管理としては適切だよ。そうすると――」

「――私達は、CMRに乗っていた方がいい。たとえそれを、休眠状態等にするとしても」

「あたしはそう思うんだ、ハルカ。そうすれば、いきなりの暴走とかに、どうにか対処できるかも知れないから。少なくとも、CMRの外でただ立っているより何かできる可能性が増える。あと駄目押しで、そうした方が歴史の織物を変えずにすむって理由もあるかな。あの今夜、ハルカとあたしがCMRに乗っていたっていうのは『既定路線』だから」

「了解したわ、ユリ。私達は午後九時五五分――いえ既定路線どおり午後九時三二分以降、CMRに乗ったままでいる。ううん、できるだけあの今夜の私達の行動をトレースする。

光夏に異存がなければそうするけど、光夏はどう？」

「ユリの意見は説得力があるよ。歴史の織物を変えないって意味でも、万一のための保険を掛けるって意味でも、一挙両得《いっきょりょうとく》だと思う。もちろん賛成」

「じゃあ、私達の行動も定まり、よって現代人側・未来人側の方針も確定したわね。

しかも、『歴史の織物を変えない』という言葉から、ひとつ思い付いたことがある。

光夏。これからあなたが――あるいはあなたたちがする言動、感じた気持ち、体験したイベント。そういったものをできるかぎり――バラバラでも細切《こまぎ》れでもよいから――そうできるかぎりメモにして。文書に残して。あたかも、私が後刻追体験できるような形で。というのも、私にちょっと考えがあるから」

「できるかぎり、メモに……うん解った。時間的に厳しいけど、確かにあたしの――あたしたちの言動、気持ち、体験とかは、ハルカたちには分からないもんね。プレイヤー全員がなるべく同じ視点を持てるように、一郎にも伝えておくよ。ああ、一郎でなく英二がプレイヤーだったら、メモどころかルポルタージュが作れるのにな
あ、性格的に」

そのとき――

キンコンカンコン。キンコンカンコン。

学校内に鐘の音が響き渡った。あたしは腕時計を見る。午後一時〇五分。

（あっ、お弁当を食べ損ねた、しまった……ってそんなことといっている場合じゃないか）

この結果が予測できていたのなら、午前中の授業で早弁をしておいたんだけど……まさかだ。記憶転写したのが正午なんだから、午前中のあたしが予測できることなんて何もない。あたしは急にぐうぐう鳴り出した感じのお腹を押さえながら、ハルカとユリにいった。

「この鐘、昼休み終了五分前の予鈴《よれい》だから、もう教室に戻るね。

ちなみにだけど、これから四分後、さっそく一郎が真太にデートを申し込む手筈《てはず》だから」

「そしてその結果を」ハルカがいった。「午後二時にここで教えてくれると」

「まさしく」

「ならユリと私は、記憶している限り、前の七月七日の行動をトレースしているわ。

また午後二時に会いましょう」

「うん、CMRの暴走とか、気を付けてね――

あっ、これは真太がどうこうじゃなくって、ハルカとユリの安全の為《ため》だよ」

「あ、有難う……」一瞬絶句するハルカ。めずらしい現象だ。「……そ、それなら光夏の方も、た、例えばクロノトンの所為《せい》で突如具合が悪くなるかも知れない。そのときは歴史の流れとか何も考えずここへ帰ってきて。あなたの行動が変わることより、あなたが死んでしまったりする方が歴史への影響が大きいでしょうから」

「気を遣ってくれて有難うハルカ、嬉しいよ。

じゃあユリ、ハルカ、一緒に頑晴ろう!!」

あたしは未来人ふたりに取り敢えずの離《わか》れを告げると、階段室から校舎内に向かった。

試行1-5

——自分の教室に帰る。もう一度、石になったつもりで。壁になったつもりで。

誰にも接触しないで。誰とも会話しないで。

（だけど、前の七月七日の昼休みって、そもそもあたし、こんな変な注意なんてしていないよね……ええと確か、極《ごく》普通に教室でお弁当を食べて……もちろん友達と一緒に、くだらないことをあれこれ喋りながら……）

だから、もう今の時点で、歴史の織物は変わっているはずだ。なら、こんな風にビクビクと注意を払うことには、何の意味もない可能性がある——大阪へ行こうとして、青森行きの新幹線に乗ってしまい、そのミスを挽回《ばんかい》しようと、富士山を見たフリをしたり、浜名湖を見たフリをしたり、『そろそろ京都だなあ……』なんて独り言をいったりしているだけかも知れない。そう考えると、かなりマヌケではある。

（けれど、その例でいえば、あたしが完璧なフリをすれば、新幹線はなんと大阪行きになってくれるはずだ。そうだ。乗り間違えはあったけど、新幹線そのものの行き先は、誰にも分からない。それがこの時間の新幹線の、恐くて有難いルールだ）

そう、運命は変わる。きっと変わる。ハルカとユリの出現が、その最たる証拠だ。世界は、確定的な、閉じた、冷え切った、だからもう何も動かない死んだ地図じゃない。まだ不確定で、開かれていて、輝いていて、だからまだ幾らでも動く生きた可能性だ。万が一、億が一そうじゃないとしても……例えばハルカとユリの出現だって死んだ地図に確定的に記載されていた既定路線だったとしても……あたしはそれに叛《さか》らい続ける。仲間のために。駄々っ子のように。我《わ》儘《まま》いっぱいに。それこそが『生きている』ってことだ。想いを伝え、想いが伝わり、恐くても一歩踏み出し合って世界を、運命を変える。それがヒトの特権で、だから自由だってことだ。どこかでこんなことを聴いた。世界に関する最後の言葉は、いまだ語られていないって。世界は常に自由で、常に開かれていて、常に前方にあるって。あたしは今までその意味が解らなかった。けれど今ほどこの言葉を噛み締めたことはない。

(そう、世界は常に開かれている。運命とは戦える……ただ、その力は過小評価できない)

――あたしは引き続き細心の注意を払いながら、とにかく自分の教室に入り直した。新幹線の軌道は、ちょっとだけ元に戻ったはずだ。そして腕時計を見る。午後一時〇八分。もうじき五限。火曜五限は現代文。あたしはどうせ読みもしない教科書を出しながら、一郎のことを、そして真太のことを思った。もちろん、午後一時〇九分には、また新幹線の軌道が変わるからだ。

(それにしても、こんなに吹部《すいぶ》仲間のことばかり考えるなんて。

確かに大事な友達は友達だけど、あたしにとっては、真太＝一郎＝英二のトランペット三人衆なんて、女房役の詩花に比べたら、こんなにも気に懸ける存在じゃないのに)

キンコンカンコン。キンコンカンコン。

そして本鈴が鳴り響く。起立、礼、着席。現代文の授業が始まる。

あたしは、来たるべき今夜に悩み、猛烈な睡魔に悩み、お腹の音をどう誤魔化すかに悩んだ。女子高生は燃費が悪い。そしてお腹が空いていれば、そうそう眠れはしないはずだけど、高校三年生にとって現代文の授業なんてのは、即効性の睡眠薬そのものだ。気が付くとあたしは、横光利一《よこみつりいち》の『蠅《はえ》』の上に、うう、涎《よだれ》の水溜まりを作ってしまった……

キンコンカンコン。キンコンカンコン。

……起立、の号令であたしは目覚めた。礼、着席。なんだか脳が疲れている。次の授業は数学だ。教室移動はないし、今日はノートの提出だの、事前課題の板書とかもない。睡魔の恐ろしい重力に、あたしは一〇分間の惰《だ》眠《みん》を貪ろうとしたけれど。

(あっいけない、この休み時間は屋上に行かないと!!

ハルカたちとの最終打ち合わせ!!)

あたしは数学の教科書だの教材だのを机の上にザッと投げると、すぐさま、またあの屋上へ向かった。そもそも、屋上は立入禁止。この久我西高校での生徒生活で、屋上になんて入ったことがない。高校三年生のこの夏まで、そうだった。それが、前の七月七日以来、妙に縁があるというか、卒業アルバムにそこで撮った写真を入れてほしいと思えるほど、変に身近な場所になってしまっている……

試行1－6

あたしはまた細心の注意を払いながら、自分は木石《ぼくせき》、自分は空気と繰り返しながら、階段室を過ぎ越して屋上に出る――またあの意地悪なサムターン錠と格闘したのはいうまでもない。そして、あたしが頑強な金属ドアの鍵と格闘を強いられたということは、まだそれを開けた人間がいないっていうこと――つまり、あたしは一郎より先に屋上に出たわけだ。

（あっ、でも、そういえば。

ここの金属ドアが内側から開かない限り、屋上はずっと密室だ）

あたしは金属ドアをもう一度確かめた。サムターン錠とか鍵穴を観察してもみた。間違いない。内側すなわち学校内部からロックされてしまえば、外側すなわち露天の屋上からこの金属ドアを開けることはできない。そういうつくりになっている。もちろん、専用の棒鍵があれば別だけど、棒鍵以外の手段で外から開けることを全く想定していないタイプだ。それもそうだろう。鍵なしでいきなり屋上に現れる人間はいないから……常識的には。

ここで、あたしは変なことを考えてしまった。

（あのCMR本体。エレベータのような箱。あそこには、その、トイレとかはなかった）

……ハルカたちは、思わぬ苦労を強いられているんじゃないだろうか。ただ、屋上は地上六階の高さ。誰の視線もないから、極論、覚悟次第ではどうとでもなるけど。

あたしはそんなことを思いながら、また、CMRがコンシールされているあたりに接近した。今度は、透明になっているCMRから、いきなりハルカとユリの実体が下りてくる。

「何度も悪いわね」ハルカがそっと頭を下げた。「バタバタさせてしまって」

「ううん、結果のことを思えば何でもないよ。それに、打ち合わせはこれで最後だし――

ちょうど一郎が遅刻しているから、ちょっと変なこと訊いていい？」

「何？」

「その……食事とか水とか、あと……あとは……その逆の現象とかをどうしているの？」

「あっは‼」ユリが思わずといった感じで笑った。「ありがとう光夏、そこまで心配してくれて。でも何とか大丈夫――今の時点ではね。もし計画が成功して、残る問題があたしたち未来人のことだけになったら、できればちょっとマトモな食事で、ささやかにお祝いしたいけど。といって、あたしたちが、ええと……そう吉祥寺の街に繰り出すわけにはゆかないし。そこはちょっとだけ困るね」

「ええと、今の時点では、どうして大丈夫なの？」

「実はね、非常用糧食《りょうしょく》と、非常用保存水があったんだ。

憶えているだろうけど、あの〈P－CMR〉、あれが内蔵されていた場所にあった」

「P－CMRっていうのは、あの簡易版の、懐中時計型の機械ね？」

「そうそう。光夏たちがいう『懐中時計』の形をした、携帯型《ポータブル》の、記憶転写装置。そしてこれも憶えているだろうけど、あの今夜あたしたちが説明したとおり、あたしたち自身も、まさかCMRにそんなものが内蔵されているなんてこと知らなかったんだ。だから、それと一緒に非常用糧食と非常用保存水があるなんてことも、想像すらしていなかった……

ただ、結果としては滅茶苦茶《めちゃくちゃ》重宝《ちょうほう》したけどね。取り敢えず、四日分の食料と水は確保できたから。現地調達のために、学校内をウロチョロしなくてもよくなったから」

（四日分……四日分。どこかで聴いたことがあるような数字。

だけどここのところ、時間とか数字とかの話ばっかりで、いつ聴いたのか思い出せない）

「いずれにしても、奇妙といえば奇妙だよね。

これも繰り返しになるけど、CMR本体はタイムマシンじゃないんだから。絶対に物理移動なんてしないんだから……しちゃっているけど。だから、まるで消火器みたいにP－CMRを内蔵しておくのも奇妙だし、まして遭難対策みたいに食料と水を内蔵しておくのも奇妙なんだよね」

「その非常用の食料って、ぶっちゃけ美味しいの？」

「超マズい」

「ぷっ」あたしは素直なユリの言葉に失笑した。「解ったよユリ、ハルカ。もし計画が成功して、真太が救《たす》かる未来が確定したら、どうにかして吉祥寺の街へ連れてゆくか、それができなくても美味しいデリバリーを調達するから。それくらいは二〇二〇年でもできる。

ただ、あと、その、トイレとかで、学内に入りたいことがあったら……」

「あっは、それもありがとう光夏。でも今の時点では、それも大丈夫かな。ねえハルカ?」

「そうね」

「それはどうして大丈夫なの、ユリ?」

「屋上の扉が開くから。そのとき扉を抜けられるから」

「えっ」

「あっ、もちろんコンシーラーが作動しているから、目撃リスクは零《ゼロ》だよ」

「えっえっ、ていうことは、誰かが屋上の扉を開けて、ここに入ってきているの?」

「うん。ていうか光夏はそれを知らないの?」

「全然知らない。全然知らなかった」

「そっか。ええと、警備員さん……じゃあないな、スーツ姿だから……きっと先生か誰かが見回りをしているんだと思うよ。時間に規則性はないけど、確か、前の七月七日の日中も、三度は入ってきた。今回の七月七日の、今現在――午後二時〇二分でも、前の七月七日どおり、もう二度入ってきている。だから、歴史が繰り返すなら、この三時あたりにもう一度入ってくるんじゃないかな。それからは、前の七月七日だと、午後九時半ごろ光夏たちが入ってくるまで、誰も入ってはこなかったけどね。


いずれにしろ、もちろんそのとき屋上の金属ドアは開くから――」

「――あっそうか、ユリもハルカも透明になれるから、そのとき、鍵の開いたドアから学内に下りることができるんだ。でも帰りは? また鍵閉められちゃうかも知れないよね?」

「それは全然問題ないよ光夏。確かに警備員さんだか先生だかはいちいち鍵を掛けて帰るけど、あの金属ドア、内側っていうか、光夏の校舎内からは自由に開けられるから……」


……って自由でもないなあ。あのサムターン錠、どっか壊れているよ。無駄に重すぎる。

まあそれはともかく、警備員さんだか先生だかが帰る前にドアを出て、あとは成り行き次第。ちなみに今回の七月七日でいえば、歴史をなぞって、一二時二〇分あたりでハルカが、そしてつい三〇分ほど前にあたしがトイレに出たけどね――ちょっとインタフェイスが違って、パネル操作に苦労したっけ。だから帰ってきたのは警備員さんだか先生だかが屋上を去った後になったけど、帰り道には何の問題もないよ。内側からならドアは自由に開けられる、警備員さんだか先生だかがいちいち鍵を掛け直したとしてもね」

（そうか、しまった、脳が疲れすぎていてバカな質問をしちゃった……

確かに、誰かが、内側からドアを開けてくれればそれだけでいい。要は、行きの関門があるだけだ。帰りは何の関門もない。自由自在に内側から侵入できる）

……あれ？

でもそうすると、いったん学内に入ったら、自由自在に屋上には帰れるけど、金属ドアの鍵は掛けられない。あのサムターン錠も回せないはずだ。要は、例えばユリがいったん学内に入り、また屋上に戻った時点で、金属ドアの鍵は開きっ放しってことになる……

何か引っ掛かる。あたしはユリに訊いた。

「ユリたちは、まさか屋上の鍵なんて持っていないよね？」

「屋上の鍵？」ユリが驚く。「あの金属ドアの？　ううん、まさかだよ。どこに在るのかも知らないし、警備員さんだか先生だか知らないけど、手にぷらぷら持って入ってくるお客さんから強奪するわけにもゆかないし。ていうか、それよりも何よりも、絶対に必要ってわけじゃないしね」

「それもそっか」

……やっぱり何か引っ掛かる。何かがおかしい。

何がおかしいんだろう？

まず、屋上のドアが開きっ放しとなった時間帯があるってこと。これは、それだけだと大した問題じゃない。屋上は立入禁止だからだ。誰もドアにアクセスしようとは思わない。

（けれど、警備員さんだか先生だかが見回りをしているとなると、話は全然別だ……）

見回りなんだから、鍵は確認するだろう。というか、鍵を操作しないと屋上には入れない。するとそのとき、『何故か（自分が閉めたはずの）鍵が開きっ放しにされている』のを発見するはずだ。なら当然、警戒するだろう。それが大袈裟《おおげさ》というなら、違和感を感じるだろう。そして、屋上をしっかり見回ってみようという気になる、はずだ。

（しかもそれが、何度も続くとあれば、なおさらのこと）

……ただ、学校側が前の七月七日、屋上を警戒していた様子はない。全然ない。それどころか、生徒のあたしたちに、午後一一時くらいまでは自由に使う許可までくれた。ということは、学校側は何の異常も感じてはいなかった——そう考えないと辻褄《つじつま》が合わない。ところが、見回りに来たのが誰であれ、それが学校職員であるかぎり、異常を学校に報告しないはずがない。これは、矛盾だ。

（おかしい。

あの今夜、あたしたちが屋上の鍵を借り受ける時点で、せめて一言あってもいいはずだ）

けれど、そんな事実は……そんな未来はなかった。もしあったのなら、几帳面《きちょうめん》な詩花が絶対に何かをいうはずだから。そうだ。あの今夜、詩花は鍵の管理について、部長の真太と何か会話をしていた。きっと、部長の真太に心配をかけまいと……鍵のことは確実にやるとか、大丈夫だとか、そんなことを真太とあたしに断言していた記憶がある。

――ところが、ここで。

あたしの頭の中で、何か強い、警報のようなものが鳴った。

いゝ、もっとおかしいことがある。もっと奇妙なことがある。そんなことを知らせる警報が。

でも……

（これもまた、いったい何がおかしいんだろう？　何がこんなに引っ掛かるんだろう？）

詩花の名前が出たとき……そして鍵の会話を顧《ふりかえ》ったとき、あたしの頭に赤灯《あかとう》が灯った。ただ、今度はそのふたつの要素から『何がおかしいのか』を逆算しようとしても、何故か答えが出てこない。屋上。鍵。サムターン錠。真太。詩花。管理。大丈夫……

「あっそういえば!!」

あたしがウンウン唸《うな》りながら正解に到《たど》り着いた、その刹那《せつな》。

ばあん、と屋上の金属ドアが開き、火脚一郎が華麗に舞い込んできた。

「御免《ごめん》御免ハルカさん、遅刻しちゃって!!」

「……ねえ一郎くん、そろそろ友達だからあたしの名前も憶えてよ。ユリだよ」

「うっ御免ユリさん、そういうつもりは。いや全然他意はないんだ!!」

スライディングのような殺陣《たて》のような、あざやかなターンを決めながら一郎がいう。

あたしはその無駄に華麗な動きに、ううん有害に華麗な動きに激怒して奴の頭を殴った。ぱこん。

「あ痛っ!!　何するんだ今銀さん!!　こんなの、前の七月七日に無かったけど!?」

「あんたの有害に華麗な登場で、せっかく思い出せたこと――解ったこと、また忘れちゃったじゃない!!」

「それにしたっていきなり殴ることは……

って今銀さん、何か大事なこと考えていたのかい？」

「とても重要……なこと、のような気がする……

しかも、文字どおり舌の先まで出掛かっていたのに
……もう!!」

「光夏」ハルカが訊いた。「それは、計画の行《ゆ》く末《すえ》を左右するほどの重大事《じゅうだいじ》？」

「ええと、微《かす》かな記憶によれば、ええと……でも、記憶自体が昨日と今日で、ううん七月七日どうしで混乱しちゃっているから……

……うーん、どうなんだろう。確かに重大事は重大事だけど、そしてきっとあたしのミスに関することなんだけど、どうしても思い出せない。ゴメン」

「そんなに気にすることないさ。だって思い出せないってことは、これすなわち重要じゃないってことだもの!!」

「あんた大学入試本番でも同じこと言える？　って言いそうだから恐いわね」

「おっと、そうだ時間がない。

今銀さん、よく解らないけど悪いことしちゃったみたいで、かなり申し訳ないんだけど——更に申し訳ないことに、俺、あと二分三分程度しかここにいられないんだ!!」

「えっまた何でよ。六限まではあと五分以上あるでしょ？」

「それがさあ、六限は自習っていうか、抜き打ち実力テストになったんだよ。そして俺、運の悪いことに日直でさあ。その問題用紙とか解答用紙とか、職員室に取りに行かなきゃいけないんだよ。まったく、教師の気紛《きまぐ》れで睡眠時間を奪われちゃ困るんだよなあ……」

「教師の気紛れ」確実に胸騒ぎがした。「一郎、手短に訊くけど、それ、その実力テスト。それって前の七月七日でもあったの？　それともそんなものなかった？」

「いやなかった。前の七月七日六限は、キチンと奴の授業だった。まあ睡眠時間だけど。

それがいきなり、そう五限が終わってすぐ、教室にインタホンが架かってきてさ!!　で、授業変更について、日直の俺がいろいろ命令されたってわけ。まあ俺としては高校の内申なんてぶっちゃけどうでもいいけど、推薦狙いの奴にとっては、どんな嫌がらせテストでも無下《むげ》にはできないからなあ……!!」

「……ちょっと一郎。いきなり歴史の織物が激変しちゃってるじゃない」

「激変かな？　気紛れは誰にでもあるだろ？　それに、

これ俺の気紛れじゃないからね？」

「どうやら」ハルカが冷静にいった。「ブラジルの蝶の羽ばたきは、確実にこの七月七日に風を吹かせているようね」

「でもハルカ」ユリが肩を竦《すく》める。「これは〈世界線〉そのもののやり直しなんだから、詰まる所、真《ま》っ新《さら》な七月七日舞台を再演するわけで——その役者たちの演技が、指先の一㎜に至るまで一緒ってことにはならないよ、絶対に。だから大事なのは、完璧にコピーすることじゃない。ストーリーとか、プロットとか、出演者とかが一緒になることだよ」

「それはもちろんそのとおり。私自身、いきなりその舞台に乱入した身の上だしね——

だけど一郎くん」

「はいはい‼」

「……そういう授業変更ってよくあるの？　その担当の先生についてはどう？」

「いやあ、俺が入学してからというもの、奴についてはそんな記憶ないよ‼　そりゃ陰険は陰険で生徒に人気ないけど、だから抜き打ちテストが実に似合う感じだけど——ナルシスト入ってて独演会が好きなタイプだからなあ。無料でギャラリーを揃《そろ》えられる機会を逃したくない、って意気込みがあるし、仮に誰も聴いていなくても滔々《とうとう》と演説したりするし。まさか、貴重な講演時間を自習なんかにする奴じゃないな‼

実際、インタホンでの口調もおかしかったよ。どこか上《うわ》の空《そら》っていうか、何か作業しながら適当に電話しているっていうか。いつもの陰険なネチネチ口調じゃなかったのも奇妙だな‼」

「ああ、今ここに因果庁の、パーフェクトな〈因果尺〉があればなあ」ユリがいった。「何故そうなったか、それはどれくらい重大か、そしてそれから何が発生するか——そんなの幾らでも計算できるのになあ。

今使えるP－CMRの〈因果尺〉じゃあ、まさかそんな神の視点は持てやしない」

「ならどのみち、計画決行しかないよ」あたしはいった。「一郎、あんた急ぐんでしょ。職員室に行くんでしょ。とっとと報告すること報告して——それが望みなら、ハルカにね」

「なっ……含みのあること言うなあ‼

おっと、でも確かにケツカッチンなのは本当だ。そして報告、報告っと——

——結論からいうと、最優先ミッションはクリアだよ‼

すなわち俺は、きっかり午後一時〇九分に真太と接触して、奴の了解をとった!!」

「念の為に訊くけど一郎、それは間違いなく、『今夜部活が終わったら、一緒に吉祥寺の街へゆく』っていう了解ね?」

「もちろんだよ今銀さん!!

しかも、ここが俺の念入りな所なんだけど、それについては奴から一筆《いっぴつ》とった!!

というのも、今銀さんも知ってのとおり、奴はまた頑固だからさ。いったん気が変わったら梃子《てこ》でも動かないし、逆にいったん約束したことだったら、名誉に懸けて守るだろ?」

「……一筆? まさか書面にする時間なんてなかったでしょ、授業開始一分前なんだから。それに、書面にするような約束でもないし。そんなのむしろ胡散臭《うさんくさ》くて怪しいわよ?」

「いやいやいやいや。そこが俺の機知にあふれる所なんだけど――ほら、いくら俺達がハルカさんからすれば古代人でも、それなりに文明の利器ってものがあるから!!」

一郎はここで、ビシッ、バシッと自分のスマホを取り出した。ほとんど歌舞伎《かぶき》だ。

……あたしがツッコミも面倒になって冷ややかに眺《なが》めていると、一郎はすぐさまスマホのメーラーをタップして、ぽん、ぽんと一通の電子メールを表示させた。そしてそれを、ギャラリーのおんな三人に確乎《しっか》と翳《かざ》す。
あたしたちは自然、そのメールを見た。発信者は楠木真太。受信者は火脚一郎。そして発信時刻は一三時一二分となっている。肝心要《かんじんかなめ》のその文面は――
今夜の吉祥寺の件、了解した
二〇一〇に正門前で
楠木拝
(しっかし、用件だけ、ポイントだけ簡潔に。いかにも真太らしいわ。
おまけに、真太ときたらテキストチャットが大嫌いだから、あたしたちはメッセージをいちいちメールで打たないといけない。この令和二年に、なんてガラケー的な……)
いずれにしろ、あたしたちの久我西高校では、実はスマホの所持は校則違反。まあ『教師に見せるな』『見られないように持て』――っていうのが、教師生徒双方の暗黙の了解だけど。
(だから、真太はそれを律儀《りちぎ》に守っている。恐らく授業が軌道に乗る直前、急いで返信メールを打った……とい

うか、くだらなくて即決《そっけつ》できる雑用を真っ先に処理したんだわ）

あたしがそうした真太の『質実剛健さ』に感じ入っていると、その感動のベクトルを勘違いしたか、一郎が得意になって続ける。

「これで奴が今夜吉祥寺に出るのは確実だ‼　文書にまでしているんだからね‼」

「……ねえ一郎、これって画面をよく見ると、実はあんたへの返信メールみたいね。

あんたから先に何か打ったの？」

「えへへ。そこが俺の賢い所なんだけどさ――」

（ところ、が一杯あるおとこね……これで嫌味があったら殺しているわ）

「――実はアイツさ、俺とさっき、そう午後一時〇九分に出会ったとき、ちょっとバタバタしていたんだよ。何でも図書館帰りだったらしくて」

「図書館帰り……？」

「ほらアイツ頭いいだろ？　アイツの試験対策ノートは売れ行きがいいんだ。だから、そのコピーを撮りに行っていたらしい。学内でコピー機があるのは図書館だけだからね。

まあ『売れ行きがいい』っていっても、真太はあのとおりの堅物《かたぶつ》だから金はとらない。ただアイツ、ジュースとかパンとか筆記具には困らないだろうなあ――まあともかく、売れ行きがいいってことは、コピーの量も多くなるってこと。で、この昼休み、奴はそれなりに忙しかった。図書館のコピー機は、職員室で使っていた奴の型落ちで、性能も悪いからね。だから余計な時間も掛かっちゃう」

「なるほどね。それで真太は、午後一時〇九分なんてギリギリの時間にまだ廊下にいたと。今初めて納得したわ。時間とかに厳しい真太にしては、どうも奇妙な時間だなあって思っていたから」

「そうそう。まさに授業開始一分前、ギリギリの時間。

で、重ねて奴は堅物だから、そんなギリギリの時間に長い立ち話をするの、すごく嫌がったんだ。危うく袖《そで》にされそうだった……そこで、取り敢えずデートプランの概要の概要の概要を説明して、詳しいことはすぐにメールするから必ず返事をくれって頼んで、そして離《わか》れたんだよ。俺の方もギリギリだったなあ。俺の教室、真太のとこから遠いから。結局、授業開始の鐘が鳴り終わる寸前で、五限の英語にすべりこめた。で、俺がコソコソと教科書とかを出しながらメールを打ち終えると、早速真太からこのメールが返ってきたっていう訳。堅物は義理堅いから助かるね!!

……おっといけない、俺もう職員室に行かないと殺される!!

じゃあハルカさん、また今夜……じゃなかったハルカさんユリさん、また今夜!!」

キラキラ王子様然《ぜん》とした一郎は、颯爽《さっそう》と、一陣《いちじん》の風のごとく屋上から消えた。

残されたおんな三人は、啞然《あぜん》とした感じでお互いを見る……

試行1－7

「私が判断できる限りでは」ハルカが不思議な瞳をしながらいった。「計画どおりね」

「ねえ光夏」ユリが訊く。「真太くんは、まさにさっきの話どおり、約束は守るタイプ？」

「うん。そこは体育会系文化部の部長だから……って解りにくいよね、ええと、とにかくアスリート芸術家集団のリーダーだから。他人にも自分にもすごく厳しい。言葉にしたことは必ず守る。少なくともあたしは真太に約束を破られたことがない。もちろん、適当な約束をするなんてこともない。

だから、一郎がゲットしたメールは実のところ運と偶然の産物だと思うけど、あの真太がここまで約束したからには、この文面の内容は今夜必ず実現される。九九・九九％疑いない——ちなみに残りの〇・〇一％は、豪雨とか不慮の事故の場合でしかないけどね」

「なら安心できるわね」ハルカは今は素《す》に戻っている。一郎の毒気が抜けたんだろう。「すると、もう打ち合わせすべき事項は限られる——第一に光夏たちの動き。第二に私達の動き。いわば最終シミュレイションね。脳内おさらい」

「ええと、あたしたち現代人側は、結局——『午後九時三二分に、蔵土英二・水城詩花・今銀光夏の三人で屋上に現れる』ことになる。

それまではもう、あたしも誰も屋上には来ないよ。あとはリスクだけしかないから」

「了解。午後九時三二分に屋上に出る。その後は、あの今夜どおり神事をするのね？」

「そうなるね。

ただ、事と次第によっては、歴史の流れからは逸脱《いつだつ》しちゃうけど、楽器の演奏そのものを止めるとか、演奏場所を変えるとかしてもいいかも知れない。そのあたりはアドリブが入るかも知れない。あり得ないことだと思うけど、もし真太が、億がいち屋上に現れるようなら、そしてそれがHアワーの〈午後九時五五分〉以前なら、どうにか真太を移動させないといけないから。そのための保険は、掛けておいた方がいいと思う。ちょっと工夫する」

「そうね。

事が脚本どおりにゆけば、真太くんが街から学校に帰ってくるとしても、それは午後一〇時をそこそこ過ぎた時刻のはずだけど——だからHアワーは当然無事に過ぎているけれど、不測の事態というのは起こるものよ。私達が、その史上最大級の生き証人だしね」

「まさにそうだね……

現代人側の動きはそんな感じだよハルカ。逆に、ハルカたちはどんな感じ？」

「光夏たちより遥《はる》かにシンプルよ。ユリと私は、前の七月七日どおりの動きをする。具体的には、トンテンカンテンとCMR本体の修理に勤《いそ》しむわ。もちろん途中で起動実験なんてしない。実際、あの今夜でもしてはいないしね。

そして大きく変わるのは、Hアワーになっても『CMRを再起動しようとしない』こと。

あとそれに加えて——これ前回の検討でも話題に出たけど——超安全策を採用するわ。すなわち『CMRを休眠状態にする』。そうね、あまり前の七月七日の動きと変わってもよくないから……そうね……Hアワー一〇分前、午後九時四五分になったら、CMRの電算機を眠らせてしまいましょう。

ユリ、それは技術的に実現可能よね？」

「うんもちろん。午後九時四五分、スリープだね。あたしもしっかり憶えておくよハルカ」

「……有難う、ハルカ、ユリ」あたしはいった。「もし今夜、真太が死なずにすんだなら、取り敢えずあたしと一郎は、またハルカたちと合流するよ、きっと。真太と英二と詩花には下校してもらった後で、あの今夜の記憶を持っている一郎とあたしだけで、この屋上に帰ってくる。

そして、ハルカたちの今後の力になりたい」

「嬉しい、光夏」ユリはちょっと瞳を潤《うる》ませた。「正直、未来のことが不安でさ……あたし、できることなら、過去を変えられるなら、CMRになんか絶対乗らないのになあ……」

「あたし、今この状況で、そのユリの気持ち、ほんとうに実感できる。

未来のことが、い、い、い、ほんとうに不安だから、い、い、い。

だから、きっとあの今夜のあたしより、ユリにもハルカにも、もっと真剣になれると思う。ううん、なりたい。だから今は、お互い心配しないで頑晴ろう」

それじゃあ。

それじゃあ。

あたしはふたりの未来人に離《わか》れを告げて、すっかり馴《な》染《じ》みになった屋上を後にした。

試行1-8

——そして、放課後。

時刻は、午後四時一〇分。

今日最後の授業、七限化学はもう終わっている。あたしは適当なHRのあと、鞄《かばん》とかをまとめて音楽室に向かった。音楽室は、校舎棟から渡り廊下でつながっている学芸棟にある。ルート上には、例の自販機コーナーもある。教室からはそれなりに距離があるし、階段のアップダウンもあるから、引き続き『不慮の未来』が起こらないよう気を付けた。必死に、前の七月七日を思い出しながら……

（といって、記憶に残るようなイベントは何もない。どこまでも普通に廊下を歩いて、どこまでも普通に階段を上り下りして……あっ、確か渡り廊下に差し掛かったところで、弓道部のいつきと出会って、ちょっと話をした）

すると——タイミングがいいというかアタリマエというか——とにかくまさにあたしが校舎棟から渡り廊下に脚を踏み入れたところで、弓道部のいつきが、部活仲間と一緒に反対側からやってきた。いつきと同行している友達は、ふたり。これも前の七月七日どおり。あたしたちはお互いを認識する。あたしはごくりと喉を鳴らしながら、『発されなければならない』いつきの言葉を待った——

「あっ光夏、これから吹部？」

「ああいつき、今日も袴《はかま》が凛々《りり》しいね!!」あたしは滅茶《めちゃ》苦茶《くちゃ》嬉しくなった。理由はいうまでもない。そして次のあたしの台詞《セリフ》は——「今年も全国大会、頑晴って!!」

「ありがとう。光夏の吹部もね。今年は絶対に全国、行くんでしょう？

日程とかが重ならなかったら、あたし絶対応援に行くからね。名古屋だったっけ？」

「うんそんな感じ。ありがとう。あたしたちも頑晴るよ」

「あっ、そうそう、そういえば悪いんだけど、吹部で楠木くんに会ったら伝えておいてくれる？　数学のノート、ホントにありがとう——って」

「うん解ったよいつき、すぐこれから会うから。ちゃんと伝える」

「じゃあね」

「じゃあ」

――あたしは渡り廊下を過ぎ越して学芸棟に入った。

『完璧に演じきった』よろこびで思わずにんまりする。

今のは、まさに前の七月七日どおりだ。となると、歴史の織物はそこそこ変わってしまっているけれど、まだ許容範囲内のように思える。少なくとも、あたしたちが乗り直した新幹線は――まだ大阪に着けるかどうか分からないけど――いきなり佐渡島《さどがしま》に向かったり、オーストラリアに向かったりしてはいないようだ。

（あとは特別なイベントがない。なかった。誰とも話さなかったし、何の事故もなかった）

そしてそのとおり、あたしは音楽室のエリアに脚を踏み入れる――

（……あれ？　廊下で、保護者っぽい大人がちらほら、数グループに分かれて談笑しているのは何故だろう？　ま、どう見ても学芸棟から出てゆく途中だから、どうでもいいけど）

ちらほらと、特に一年二年の部員がもう動き始めている。これも未来どおり。

「あっ今銀副部長お疲れ様でーす」

「お疲れ様です!!」

「副部長お疲れ様です～」

うんお疲れ。お疲れ様。お疲れ。あたしは視線の角度とか声の大きさまで意識しながら、未来どおりの挨拶をする。そしてそのまま音楽室に入る。その音楽室はもう、部活用にセッティングされている。授業で使う机はまとめられ片付けられ、演奏隊形に配置されたイスもきちんと並べられている。これも普段どおりであの未来どおり。あたしは音楽室の窓を見遣った。全部開放されている。エアコンは一旦止められている。あたしは注意して記憶を手繰《たぐ》った。窓の開き方、ずらし方。それも普段どおり、やっぱりあの未来どおり――

あたしはかなり安心して、鞄とかを音楽室後方、机の群れの『あたしの定位置』にぽんと置くと（ちなみに誰もが自分の定位置というか縄張りを決めている）、そのまま隣の音楽準備室に向かった。吹部の楽器は、音楽準備室に収納されているからだ。あたしはまた部員の皆《みんな》と挨拶を交わしつつ――未来どおりに演技しながら――音楽準備室に入ろうとする。そのとき、一郎と英二が何か雑談をしている横を通った。

（ええと、これはオリジナルの七月七日にもあったイベントだ。邪魔するのはおかしい。

一郎だって、あれだけ厳しく言い聴かせておいたから、ちゃんと未来どおりの台詞で雑談をしてくれていると思うけど。ま、ここで喧騒《うるさ》くいったらあたしが未来を変えることにもなる。それに一郎も、一々演技指導が必要なほどバカじゃないだろう)

あたしは引き違い戸を開けて音楽準備室に入った。音楽準備室は、それ系の教室らしく、そんなに広くはない。何人かの部員が、所狭しと、わさわさと自分の楽器を取り出しているところ。でも、新幹線が引き続きノーマルに運行しているのなら、あたしが自分のホルンを取り出して、ちょっとケースを開いた時点で、もう誰もがいなくなっているはず――

――そして、実際に。

あたしがウチのパートの楽器棚から、よっこいせ、とホルンのケースを下ろしたときには、先入りしていた部員の最後のひとりが、あたしに挨拶をしながら出ていった。

(万事、順調だわ……)

あたしは次に自分の譜面台、楽譜ファイル、ペンケースそして雑巾《ぞうきん》を取り出すと、自分もまた音楽準備室を出ようとした。そう、ここはいわば倉庫というか格納庫だから、長居をする理由はない。そして、楽器そのものをケースから取り出すには狭すぎる。だから、また廊下へ出、あたしならホルンそのものとマウスピースを取り出して、適当な場所で、昏とこれらを暖機運転しないといけない。ここで、またもやあたしの記憶が正しければ、この七月七日、あたしはいったん学芸棟の外に出て、まずはマッピのバズィングを始めたはず――というのも、久々にいい天気だったからだ。

(そのあと、チューニングをして、いよいよ音楽室に戻ってホルンに息を通して……)

「おい今銀」

(……全体練習が始まる。ロングトーン、スケール、スラー、タンギング)

「おい今銀？」

(いったん全体練習が始まったら、まさか無駄話も余計なアクションも必要ない、はず)

「おい今銀!!」

「うわっ真太!!」

未来の記憶に没頭していたあたしは文字どおり飛び上がった。思わず手にしていた譜面台と楽譜を落としてしまう。がちゃん。

「……どうしたんだお前、具合でも悪いのか？」

「あ、ううん、あたしは全然大丈夫だけど……でっでも!!」

「でも?」

「そんなはず、ないわ」

試行1－9

「はあ?」

「真太が今ここに来るはずは……

じゃない!! 何でもないのホント。ホント何でもない。ちょっと手違いがあっただけで」

「何の」

……いけない。まずは落ち着かないと。喋れば喋るほど事態がおかしくなる。

もうおかしくなっているんだから。

しかも、目の前の相手は弓道部のいつきどころか、今夜の主演男優だ……

あたしは必死で譜面台とかペンケースとかを回収しながら、楽器ケースからマウスピースを取り出すフリをしながら、とにかく呼吸を落ち着けようとした。さいわいあたしは吹奏楽者だ。そのあたりは毎日練習しているっていってもいい。そして呼吸が整えば、生き方のリズムも整う。これも、毎日実体験しているとおり。

「ご、ゴメンね真太。挙動《きょどう》がおかしくて。

要するに、ちょっと物思いに耽《ふけ》っていたっていうか、白昼夢《はくちゅうむ》に襲われていたっていうか。とにかくあたしがバカなだけ。まったくいつもどおりなだけ。よく知っているよね?」

「いやお前はガサツなだけで、断じてバカじゃないとは思うが……

そこまで驚かれると、声を掛けたこっちの心臓に響くぞ。

ま、俺の顔がマズすぎるのかも知れんが」

楠木真太は全然面白味のない軽口を叩いた。

むしろ無骨すぎるせいで、あたしには真太の気遣いがよく分かった。

——そもそも真太は口数の多い方じゃない。まして軽口を叩く方じゃない。というか、その心根を知らない人からすれば、恐ろしいほど無愛想だ。なんといっても、剣道二段の、制服を着ていなければ武人《ぶじん》か自衛官さんを思わせるタイプだから。まして、ツンツンとした髪と、あと鋭くキレのある眉《まゆ》と瞳から直感的に察知できるとおり、かなり直情的でキレやすいタイプ。まあキレやすいといっても、陰湿にネチネチとキレるんじゃなくって、裂帛《れっぱく》のオーラとともに、ガツンと気合いを入れるんだけど……

　背丈だけを見ればあたしよりちょっと小さいくらいなのに、オーラの総量というか、ゴゴゴゴと効果音が鳴り響くその存在感のインパクトは、ツンツン頭の分を差っ引いたとしても、あたしの三倍以上はある。まさに、『体育会系文化部』の部長にふさわしい。そして、一緒の楽器を吹いている水城詩花があたしの音楽的な女房役とすれば、一緒に部長・副部長をやっている楠木真太は、あたしの実務的な女房役……亭主役といえた。

　要は、この音楽準備室で、部長の真太が、副部長のあたしに語り掛けることは、まったく不自然でもなければ不審でもない——

（あたしが、オリジナルの七月七日を知っていなければ、だけど!!）

　そうだ。

　オリジナルの七月七日。そこにこんなシナリオはない。あたしはまた、必死に未来の記憶を検索した。なるほど、確かにあたしはこんなようなタイミングで、真太と会話した。一分ほど会話した。ただ、それは音楽準備室の外——あたしがすっかり『荷下ろし』を終え、装備一式を抱えて音楽準備室を出た、そのあとだ。そうだ。確かに音楽準備室を出て、『今日は久々に晴れたから、外でバズィングとかしようかな』と廊下を歩いていたとき、ちょうど部活にやってきた真太と出会い、そのまま立ち話をした——ちなみに立ち話の内容は、今夜の天気のこと、それだけだ。まさに立ち話だ。いずれにしろ。

（真太が登場するタイミングが、前の七月七日より早過ぎる。

　ひょっとしたら、あたしが音楽準備室を出るタイミングが遅すぎたのかも知れないけど）

「……今銀、やっぱり顔色が悪いぞ。大事な大会前なんだから、体調管理も部活の内だ」

「ううん真太、体調とか具合とか、ホント全然そんなんじゃない。あたしの頭の調子がいつも変なのは、腐れ縁の真太がいちばんよく知っているでしょ？」

「自棄《やけ》に卑下するなあ。

　……この際ハッキリいっておくが、俺はお前のそういうところ、好きじゃない。お前は部員の皆《みんな》と、あともう引退していった先輩の皆に信頼されて、満場一致で副部長になったんだ。楽器の腕も、まあその、何だ、悪くない。いや全国に出ても恥ずかしくない。変に自分を卑下することは、この久我西高校吹奏楽部を卑下することだ」

「ご、ゴメン真太」

「謝るな。褒《ほ》めたつもりだ。少なくとも俺は、副部長としても演奏家としても、あと……」

「そ、それで真太、何か用事⁉」

あたしは真太の、いつもよりどこか真剣な言葉をぶった斬ってしまった。こころの何処《どこ》かで、理由も原因も分からないけど、何かすごくもったいないことをしたような、大事なことを聴き逃してしまったような、変な残念さと胸騒ぎと動揺に襲われる。

ただ、今のあたしには、その残念さとか胸騒ぎとかを深く考える余裕なんてなかった。それはそうだ。まず、また新幹線は軌道を変え始めたから。ううん、それよりも何よりも、今あたしの目の前にいるのは、もう死んでしまった仲間であり、少なくともこれから死んでしまう仲間なのだ……あたしたちのチートが上手くゆかなければ。

もっといえば、今のあたしの主観としては、楠木真太というのは――ああ、思い出してしまう――屋上から五階下の、ちょっとした芝生とアスファルトの道にたちまち転落して、その……無茶苦茶に酷《ひど》いことになってしまっていた遺体だ。あたしはこれまで家族とか親戚の死を経験していないので、真太の死こそ、あたしの人生で最初に体験した最大の絶望。しかもそれは残酷な事故死だ。死体を初めて見るショックに、むごたらしい大怪我を初めて見るショック。あの恐ろしい記憶は、過去改変が成功して、たとえ事実に根差さなくなったとしても、だから夢と全然変わらない情報になってくれたとしても、絶対に、生涯忘れないだろう。だからこそ、あたしは今、目の前でまだ普通に生きて動いて呼吸している楠木真太を、なんていうか、人間とは見られなかった。敢えて言えば、幻というか、脳内イメージというか、それこそ魂なり幽霊なりというか。とにかく、実体が感じられない。あたしのこころでは。もちろん、客観的に見れば全然違うだろう。真太は何の変哲《へんてつ》もない、極々《ごくごく》普通に生きて存在している、ナチュラルな実体だろう。でも重ねて、あたしの主観では、今の真太でさえ、天国から仮《かり》初《そ》めに帰ってきたような、そんなゆらぎと不確実性の中にいる。

（そしてそのゆらぎを正す手段は、たったのひとつ。今夜の計画を成功させること。

そのためには、イレギュラーなイベントは徹底的に修正しないと。どうにか無事、Hアワーの午後九時五五分を乗り越えないと）

だから、あたしは真太との会話を打ち切ろうと思った。これはイレギュラーなイベントだから。主演男優に変な影響を与えてしまったら、計画にどんなインパクトがあるか解ったもんじゃないから。

それが結果として、真太の何やら真剣な言葉をぶった斬り、『何か用事⁉』なんて、いきなりな返事になってしまった……

すると真太が、ちょっと瞳を伏せながらいう。めずらしい仕草だ、真太にしては。

「……いや今銀、用事というほどの事じゃない。ちょっと教えてくれ。

この昼休み、一郎とザッと話し合ったんだが、七夕飾りは今夜決行でいいな？」

「あっ、うん、それはもう」一郎はちゃんと仕事をしたようだ。もっとも、メールという証拠はもう見たけど。

「どうやら今夜も晴れたままみたいだしね」

「今夜の部活が終わってから、そうだな、午後九時半に決行でどうだ？」

「うん問題ない全然問題ない。ただ……」

「あ、待ってくれ。

それに関連して、俺はちょっと外出してくる──」

（よかった。これも一郎の仕掛けどおりだわ）

「──そ、そこで訊きたいんだが、七夕飾りに要する工具とか補強用具とかは大丈夫か？

具体的に想定されるのは、ビニールテープとか針金とかロープとか、それらに要するハサミとかペンチとかだが」

「ああ、それなら技術部から工具箱を借り出しているから、工具は大丈夫だよ。ただ補強用具となると、確かに工具箱には入っていなかった」

「去年の文化祭とか、今年の新歓コンサートとかで使った分は？」

「あっそれならちょうどこの音楽準備室に。ちょっと待ってね」

あたしは、吹部の倉庫役も果たしている音楽準備室をガサった。吹部のイベントでは、演劇部ほどじゃないけど、派手な飾りつけや舞台装置を使うこともあるので、まあ、いろいろなガラクタが揃《そろ》っている。あたしは、物品が適当に放置された棚やケースをしばらく捜してみて、そしていう──

「うん真太、ビニールテープも針金もロープも、あと必要ならワイヤも、あることはある。

ただ、どれも絶対量が少ないかなあ。今夜だけならまず足りるだろうけど、また何か飾りつけ系があったとき、もう全然足りなくなる。そんな感じ。あと、七夕飾りのちょっとした補修のために、ガムテープとか養《よう》生《じょう》テープとか糸とか、あとセロテープがあればいいかも。そういうのは、ちょっと見当たらない」

「成程《なるほど》な。

それなら、いっそのこと補充したり新規調達したりした方がいいかも知れん。

あと——この、技術部から借りたペンチ。かなりの年代物だな。こんな刃当たりじゃあ不測の事故が起きそうだ。そう考えて点検すると、ハサミも全然研《と》いでいないし、カッターは錆《さび》だらけで替え刃もない」

「ああ、これはちょっと酷《ひど》いね、四苦八苦しそう」

「了解だ。この問題は、俺の方でどうにかしておこう。

俺の知りたいことは分かった——すまんな今銀、バズイングの前に」

「し、真太」これは言葉にすべきかどうか……「あの、さっきいってた外出っていうのは」

「用事ができたんだ。だから一郎と吉祥寺の街に出る。

全くの雑用だ」

「そ、そうしたら、午後九時半からの七夕飾りは」

「それは決行でいい。仮に俺がいなくても、そのまま始めてくれ。英二には伝えておく。

もちろん俺も今夜、どのみち、部員全員の願い事を見せてもらうつもりだし、ちょっと野外で楽器を吹きたい気もするが……ま、街から帰ってきたときの時間によるだろうな。時間によっては、音楽室にちょっと戻ってから、屋上にちょっと顔を出す程度になるかも知れんが、そこは勘弁してくれ」

（話を聴くに、一郎はホントに上手くやったみたいだ!!）

「……というか、いっそのこと今銀、お前が一郎と一緒に街へ出るか？」

「えっあたしが？　吉祥寺に？　一郎と？

う、ううん別に。全然遠慮しておくよ。男同士の友情に割り込むつもりないよ」

「そうなのか？」

「……どういうこと？」

「いや……つまりだ。自棄《やけ》に一郎と、その、真剣に話をしている様子を見たから。

なら、奴と出るのは俺じゃなくって、お前の方が適任かとも思ってな」

「ちなみに何時《いつ》、真剣に話をしている様子を見たの？」

「いや全然それとなくだが、例えばこの昼休みだ。そう、ウォータークーラーの近くで」

「うっ」

——もう長話は危険だ。新幹線にウラジオストクまでゆかれては敵わない。こんな会話、オリジナルの七月七日には存在しなかったんだから。だけどまあ、あたしがしたのは確認だけだし、その確認結果は計画が上手く進んでいることを示している。リスクはあったけど、無駄話にはならなかった。

「……ねえ真太。何を勘違いしているのか解らないけど、あたし一郎のノリには生涯、ついてゆけないから。だから真太の優しい気配りは、真太のために憶えておくけど、もちろん自信を持って断るよ。

それじゃあ真太、あたし暖機運転してくるから」

「解った。今夜が晴れたままだといいな。

おっと、部費の帳簿を出しておいてくれ。経費を使う予定があるんだ」

「解った。後でここのデスクの上に、分かるように置いておく」

――あたしは妙な気遣いを見せた真太を置いて、音楽準備室を出た。そのとき。

「きゃっ!!」

「あっ!!」

ドアのすぐ外で誰かと衝突する。音楽準備室に入室しようとしていた、その交通事故の相手は――なんと詩花だ。水城詩花。

「うわ、ゴメン詩花。もろ危険運転で。前方不注意だったね」

「ううん光夏、あたしの方こそ。上《うわ》の空《そら》で恥ずかしかったよ」

「上の空……」

この交通事故も未来にない。あたしはとにかく撤退することにした。

「天気がよくなったから、外で唇慣らししてくるよ」

「そうだね、あたしは音楽室にいるから、また後で」

詩花は音楽室方向に、あたしは階段方向に離《わか》れた。

試行1-10

――このあとは、いよいよ部活だ。中身を繰り返すと、個人個人が暖機運転をした後、全員が集まって全体練習になる。

もちろんあたしは、前の七月七日をトレースして、腕時計と記憶とを頼りに、全体練習に入る時間を調整した。憶えている限り正確なタイミングで、いよいよ五〇人近くが揃いつつある音楽室に入ってゆく。またドアで交通事故を起こさないよう注意しながら。さすがに部員が五〇人近く動いていると、どんなアクシデントが起こるか解ったもんじゃない。

あたしはおっかなびっくり、自分の席に着く。ホルンのパートリーダー席だ。それは女房役の、詩花の席の隣になる。

音楽室で暖機運転するといっていた詩花は、もちろんあたしより先に座っている。

あたしはイスに座ると、譜面台を展開して立て、楽譜ファイルを載せた。指示事項を筆記するペンと鉛筆も、譜面台に差す。床に置いた雑巾の位置を整える。このあたりは無意識の作業だ。オートマチックにそれらを終え、いよいよ楽器を構え、全体練習前の、最後のウォーミングアップをしようとすると……

「ねえ光夏？」

「何？」

隣席の詩花が、ちょっと躯を寄せるように囁《ささや》いてきた。周囲は、さっきまでのあたしがしようとしたように、最後のウォーミングアップをしている部員の音ばかり。まさに、色とりどり、大小様々な音色がメゾフォルテくらいで響き渡っている。ちょっと躯を寄せれば、密談するには充分だ。そして詩花の姿勢や顔の傾きは、まさに密談そのものだった。

「さっき、楠木くんと何を話していたの？」

「さっきって――ああ、音楽準備室にいたとき？」

「うんそう」

詩花の声は明るい。極めてナチュラルだ。だから、あたしは不審に思った。密談にしては、どこかナチュラルすぎるような気がする。上手くいえないけど、もう用意してある台詞《せりふ》を、自然な感じで再現しているような。そう、どこか演技的な……

（ううん、あたし自身が未来から、の演技者だから、神経過敏になっているのかも知れない）

「あれは、部長副部長のあいだの話？」

「もろにそうだよ。

しかも、コンクールのスタメン選抜とか、どこかのパートの首席コンバートとか、そうした秘密にわたる話でもない。要は、今夜の七夕飾りの話だよ――あっ詩花、詩花はもう聴いた？　今夜、そう午後九時半くらいからいよいよ決行だって話」

「うん聴いた」

「その飾りつけだけど、工具と補強用具にちょっと問題があるんで、真太がどうにかしておく――って話。それだけだよ」

「工具と、補強用具……」詩花の顔が微妙に翳《かげ》った。「……そのことについて、楠木くん、他に何かいってい た？」

「他に？　ううん特にないよ。

敢えて言えば、余計な御節介《おせっかい》はあったけどね」

「ていうと？」

「真太ってば、なんとまあ、一郎とあたしの仲を勘繰《かんぐ》っているみたいなんだよ。おかしいよね、あの堅物で武人な真太が、いきなりそんな色恋沙汰《ざた》の話だなんて。しかも、他人のキューピッドをやろうだなんて。ちょっと信じられない。

ううん、もっとバカバカしいのは……これは詩花だけには解ると思うけど、いつも詩花にはいっているとおり……あたし、この部活のおとこには全然興味がないから。もちろん、この久我西高校のおとこにも。ていうか、あたしおとこって、どうにも……」

「光夏はいつもそういっているね」

「うん。だからもしあたしがこころ動かされるとすれば、それはそんなんじゃなくって」

……じゃない!!

あたしこそ、いきなりこんな色ボケの、色恋沙汰の話をしている場合じゃない!!

（話の流れから、危うく悪ノリしちゃうところだった。こんな密談も前の七月七日にはなかったんだから、早く切り上げて軌道修正しないと。詩花だって、主演女優のひとりだ）

あたしは座ったまま楽器を抱えた。態度で密談の終了を告げる。実は続けたいけど……

「とにかく、真太は七夕の飾りつけのことと、一郎絡《がら》みの変な御節介しか喋らなかったよ」

「ねえ光夏、その飾りつけっていうか、工具とかのことだけど――」

（大人しい詩花にしては喰い下がるなあ）

「――楠木くん、それ、他の誰かにも確認していた？

そんなようなこと、いっていた？」

「うん」

「あたし以外の誰かに、ってこと？」

「……言っていなかったと思うよ。記憶にない。ていうか、確認自体が初めてっぽかった」

「おかしいなあ……」詩花は俯《うつむ》いた。「……確かあのとき、図書館で」

「図書館？」

「あっ、ううん何でもない。あたしの勘違いが解っただけ。だからゴメン光夏、音出しの邪魔しちゃって」

「謝ることじゃないよ。じゃあ今夜、いよいよ屋上に竹を飾るってことで」

「了解っ。午後九時半に、まずは蔵土くんと光夏とあたしで、だね？」

「うんそうそう、まさにそう、絶対にそう」

「あと光夏、ホントの最後に、飾りつけの終わったあの竹、あの写真見せてくれない？」

「全然いいよ」

あたしはスマホを出し、指紋認証を何度かした。けれど、指が汗で湿っているのか、何度やっても弾かれる。ちょっとはしたなく舌打ちしながら、パスワード認証画面に切り換えて、パスワードを手入力した。アルバムアプリを起動させ、キレイに七夕飾りが終わった竹の写真を——これから屋上に飾りつけられるのを待っている竹の写真を、表示させる。そのまま、密談姿勢で自然と顔が近くなる、詩花の方にスマホを差し出す。詩花はキレイな飾りつけへの讃歎《さんたん》だろうか、何かの言葉を嘆息《ためいき》みたいに囁いた後、しばらくその写真に魅入っていた。確かに、今年の吹部の七夕飾りは、永久保存版といっていいほどのスグレモノ。あたし自身も、家で何度かその写真に魅入ったから、詩花の感動にも頷《うなず》ける。

「ありがとう光夏。スマホ返すね。もう練習終わるまで邪魔しないから」

「あたし詩花のこと邪魔だなんて思ったことないよ」

——さて。


またもや歴史の変調はあったけど、結果としては、詩花の動きもオリジナルの七月七日をトレースすることが決まった。『午後九時半に、まずは蔵土くんと光夏とあたしで、だね？』との彼女の言葉から、当然そうなる。もっと正確に言えば、オリジナルをできるだけトレースしつつ、一郎とあたしの作戦どおり、必要な修正だけはしてくれることが決まった。というのも、彼女の中でも、まず屋上に上がるのは『三人だけ』ということが——死んでしまう予定の真太はそれに含まれないということが、確定しているからだ。

（あと、主要登場人物といえば、英二だけど）

あたしはわずかに顧《ふりかえ》って、トランペットの定位置を見遣った。首席に真太が、次席に一郎が、三席に蔵土英二が、そしてあとは二年以下の子が陣取っている。これは、いつもどおりでオリジナルどおり。長身痩躯《ちょうしんそうく》の蔵土英二が、目も口も一筆書きみたいに固定された笑顔のまま、やっぱり『おネエ系幕末の志士』みたいな感じで、涼やかに座っているのもいつもどおり。またその英二が、アタリマエといえばアタリマエだけど、ちょっとくしゃついた髪を、ちょっと自由に掻き上げ、鬣《たてがみ》のようになびかせているのもオリジナルどおりだ（それはそうだ、髪型だの服装だのは、よほどの歴史の激変がないかぎり変わらないだろう)。真太のツンツン。英二のニコニコ。どうでもいいけど一郎のキラキラ。トランペット三年の三人衆は、やっぱり実に個性的で、それぞれが好対照……

……などと思っている内に、いよいよ真太が自席から起ち上がり、既にセッティングされている、黒板前の指揮台に向かった。全体練習の指揮と指示をするためだ。ただ、トランペットは比較的、音楽室の後方に陣取っている(これは吹奏楽の隊形上、そうなる)。また、五〇人近くが室内にいるから、指揮台への動線も複雑になる——要は、真太が自席から指揮台まで到着するのには、微妙に時間が掛かる。

あたしはこのタイムラグを利用することにした。今夜のために掛けておく保険をひとつ、思い付いたからだ。

さっき詩花に貸したスマホをまた取り出し、今度はいきなりパスワード認証から入って、すぐさまメーラーで英二にメールを打つ——

今銀です
今夜の七夕飾りの件、知っているよね?
英二のことだから、気を利かせて、皆《みんな》の「楽器」も屋上まで搬《はこ》んでくれると思うんだけど……今夜の男手は英二ひとりだし、それは大変だと思うだから、詩花とあたしは自分のホルン、自分で搬んでおくことにする。ホルンは気にしないで。搬んでくれなくても大丈夫
いつも気を遣ってくれてありがとう
今夜はよろしくね
今銀光夏

(よし、送信成功。そして英二に、これを断る理由はない、はず)

——一郎とあたしの介入で、午後九時半に竹を搬ぶのは英二・詩花・あたしだけになった。だから、男手はひとり。オリジナルの七月七日よりふたりも少ない——少なくとも、真太と一郎が吉祥寺から帰ってくるかも知れない、午後一〇時そこそこ過ぎまでの間は。

(ならこのお願いは、英二にとっても全然不自然じゃない、はず)

そして、一郎と真太のトランペットがどう動こうと……仮に英二によって屋上に搬ばれようと、あたしはホルンなんて、自分のも詩花のも動かす気はない。むしろ、音楽準備室に封じ込めてしまう。楽器ケースに鍵を掛けておくのもいい。

(なら、午後九時半だろうが午後九時五五分だろうが、詩花もあたしも楽器は吹けない。物理的に吹けない。な

ら、その時刻に屋上で合奏――なんて話にはならない。なら、その時刻に演奏隊形をとることもない……）

どのみち真太はその時刻には学校にいないから、これは飽くまでも保険だけど。ただ、掛けておいて損はない保険だ。仕掛けはカンタンだし、リターンは大きい。というのも、『あたしたちが午後九時五五分、屋上で合奏をしていた』という、真太の死に直結した大きな原因が、確実に排除できるからだ。さっきハルカと頭の整理をしておいてよかった。

――そんなことを数秒考えている内に、スマートなタイミングで、あたしの背後から涼やかな声がした。どこまでも自然で、爽《さわ》やかだ。おネエ入っているけど。

「今銀さん、例の件了解しました。お気遣いありがとうございます」

「うん英二」あたしは首だけ動かして返事をした。「そんな感じで処理しておいてね」

「了解です」

これでよし‼

一郎と打ち合わせたこと。ハルカ・ユリと打ち合わせたこと。全部計画どおりだ。

あたしはイスの上で脱力して減《へ》たり込む。するとちょうど、真太の声が響く――

「全体練習。ロングトーン」

クラリネットの子が、チューニングのB《べー》を吹き始め。やがて全員がそのBに音を重ねると、オリジナルの七月七日どおり全体練習が始まった。

試行1―11

――そして、いよいよ午後九時三二分。

あたしたち、吹奏楽部仲間三人は、七夕《たなばた》にふさわしい星空の下にいた。

梅雨《つゆ》の真っ盛りにしては、奇跡みたいな星空だ。

屋上は、校舎五階の真上だから、そのぶん天に近い。

（やっぱり晴れた。歴史はなぞれる。しかも、今回は三人でなぞれる。

一郎の計画は成功した。今ここに真太はいない。もちろんその一郎も。ありがとう一郎）

あたしは、校舎屋上のフェンスに設置するべき、あたしの背丈ほどの竹を見遣った。

色とりどりの短冊がたくさん。色とりどりの折り紙細工もたくさん。星飾り、折り鶴、提灯に吹き流し……

（これを固定するのは既定路線だ。その流れは変更すべきじゃない。

けれど、その流れを維持しても何も問題はない。あり

得ない）

被害者がいないばかりか、加害者たちも、自分たちが事故ることを熟知している。だから『車』を動かそうとはしないし、そもそも車を『アイドリングストップ』させておく手筈《てはず》。ううん、そもそも車が動いたであろう時間帯、あたしたちは『道路で遊ぶのを止めている』。これでは、交通事故を発生させる方がむしろ難しいだろう。あたしはいよいよ、安堵《あんど》の嘆息《ためいき》を吐いた。そして思った。

（部員みんなの願い事と一緒に、最後に一度、あたしの――あの今夜のあたいたいたいたちの願い事をしよう。

どうか神様、あたしたちから楠木真太を奪わないでください……）

……じゃないな。どこか変だ。七夕だから、ターゲットは神様じゃない。とすると。

（どうか織姫《おりひめ》様彦星《ひこぼし》様、あたしたちから……）

……でもない気がする。ええと‼　最近の女子高生は常識がない‼　あたしだけど‼

そもそも、願い事の届け先って誰になるんだろう？

確か、幼い頃の聴き囓りだと……七夕に願い事をするっていうのは、そうだ、織姫様の人間国宝的機織《はたお》りスキルにあやかるためのお強請《ねだ》りのはず。なら。

（どうか織姫様、お願いです、歴史の織物をちょっとだけ織り直してください。

どうか今夜、あたしたちから、楠木真太を奪わないでください……お願いです……）

――そのとき。

三分ほども必死に祈っていたあたしの耳に、絶対に聴こえないはずの声が聴こえた。ナチュラルに聴こえた。

「自棄《やけ》に必死だな、今銀？」

「そりゃ必死だよ真太、なんたって真太の命が」

――ってえ‼

「な、何で、何で真太がここにいるのよ‼」

「そりゃまた御挨拶《ごあいさつ》だな……七夕飾りをするために決まっているだろう」

「でっでも、でもだけど、そんなことはあり得ない……‼」

「……ひょっとして迷惑だったか？　ならこれから竹を固定して、お前の前からは撤収するが」

「いやそういうことじゃなくって‼」

あたしは混乱した。あわあわし、おたおたし、ガクブルした。そうあたかも試験終了三分前に、自分がマークシートの塗り潰《つぶ》しをちょうど一問ずつズラしてしまっていたことに気付いた感じで。あたかもお風呂でネットフリックスを楽しんでいたら、ジップロックを閉め忘れていてスマホをしゃぶしゃぶにしてしまって保険も使えないことに気付いた感じで。あたかもコンクール本番演奏直前の舞台袖《そで》で、肝心要《かんじんかなめ》の第一レバーがぴくりとも動かなくなってレもファもラも出せなくなったことに気付いた感じで。

いやそんなことはどうでもいい!!

問題は絶対にあり得ないことがあり得てしまっていること——

「し、真太は吉祥寺の街に出ているはずじゃなかったの!!」

「ああ出ていたが?」

「……現に出てないじゃない!! 幽体離脱かドッペルゲンガーなの!!」

「何をそんなに興奮しているのか解らんが、街に出て帰ってきた。それだけのことだ」

「帰ってきたって……帰ってくるのは、午後一〇時をそこそこ回った頃……」

「午後一〇時?

ああ、一郎はそんなこと考えていたみたいだがな。俺の知ったことじゃない」

「そ、そんな……だって一郎と一緒に吉祥寺へ……なら一郎は何処《どこ》なの、あのバカ!!」

「だから午後一〇時過ぎには帰ってくるんじゃないか? 別行動だったから知らんが」

——気が付くと、英二と詩花が不思議そうにあたしたちを見ている。

そしてあたしは思い知った。

この致命的な瞬間、誰も頼れる仲間はいないってことを……

信頼とか絆《きずな》とかじゃない。全然違う。この場合の頼れる頼れないは、『あの今夜を知っているかどうか』だ。『オリジナルの七月七日を知っているかどうか』だ。そして今現在、屋上に、それを知っている仲間はいない。一郎のバカがしくじったから。ハルカとユリならCMR内にいるけど、ふたりの姿を今ここで露《さら》させる訳にもゆかない。歴史の流れのためにも、問題をこれ以上複雑にしないためにも。ならハルカもユリもいない。いないことにしなければ。

(……あたしだけだ。この致命的な原因をどうにかできるのは、今、あたしだけだ)

「ああ真太、お疲れ様でした」英二は涼やかな笑顔でいう。それは当然だけど。「でも実は、私も今銀さんと一緒の疑問を感じているんですが。というのも、一郎から聴いていましたからね。何やら、吉祥寺の内田楽器に買い物にゆくと。マッピだかミュートだか……」

「一郎はそのつもりだったようだ。ただ俺は、野郎と連れ立ってショッピングと洒落《しゃれ》込む趣味はない。まさかだ。

　――確かあれは、昼休み終了直前だったな。アイツからデートの申込みがあったとき、何をバカな、自分の楽器なりマッピなりは自分で選べと突き放すつもりだったんだが」

「だったんだが？　何か、硬派な真太の信念を揺らがせる事情でも発生したんですか？」

「実はそうだ」

（何でよ⁉）

「というのも、ちょうど、今銀から音楽準備室で聴いたことには……

　いやこれは時系列がおかしいな。

　だから言い直すと、ちょうど水城から工具の不調と補強用具の不足を聴いたんでな。ペンチだのハサミだの、針金だのビニールテープだの――それが今日の昼休み、図書館での話だ。そんな風に水城が気を利かせてくれたから、『じゃあ俺の方でどうにかするか』と思っていたら、さっきいったとおり、昼休み終了直前、アイツから街に出ようと誘われた。

　ぶっちゃけアイツのショッピングなんてどうでもよかったが、そこで思った。渡りに船ではある。吉祥寺の街まで出れば、ユザワヤもあればヨドバシもロフトもある。工具も補強用具も購入できる。どうせ街に出るなら、あえて奴との同行を拒む理由はない――往路《おうろ》はな。アイツといればバス待ち電車待ちで退屈しないことは確かだし。

　それで結局、『俺も街に出る』と奴に返事をして、部活が終わってから約束どおり正門前で合流して、一緒に街へ出た――ってこれ、取調べじゃああるまいし、そんなに根掘り葉掘り訊くことでもないだろう。誰も興味の欠片《かけら》すら持たない、どうでもいい話だ」

（よくないってば……‼）

「なるほどですね。

　そうするときっと真太は、街に着くなり一郎を捨てた訳ですね？　真太の性格からすれば、きっとそうする」

「捨てるも捨てないも、奴は俺の男でも犬でも何でもないけどな。

　ま、結論はそのとおりだ。御案内のとおり、吉祥寺駅はそれなりに混む。必ず雑踏がある。俺が電車を降り、雑踏を使い、奴を振り切るのに苦労はない。チラと腕時計を見たら、奴を振り切ったのは午後八時三九分だった——何か、午後一〇時だの学校に帰るなだの爆発がどうたらだの、意味不明な絶叫は聴こえたが、それっきりだ。

　ああ、今銀」

　真太は、ユザワヤとロフトの大きな紙袋をちょっと翳《かざ》した。

「そんなわけで、俺は経費を使ってきた。レシートもある。言ったとおり、帳簿は出してくれてあるな？」

「そ、それは、そうしたけど」

……なんてこと。話が全部つながった。凶悪な方に。

（一郎の計画は、午後一時〇九分、一郎が仕掛けた段階でもう失敗していた）

　口数と文字数の少ない、硬派な真太の性格のせいで、あたかも成功したように見えただけだったんだ。もう、最初のボタンから派手に掛け間違えている。

（だから真太はこんなに早く帰ってきた……独りで）

　それはそうだ。街では結局、単独行動。買いたい物は決まっている。高校入学以来、吉祥寺の街は知り尽くしている。なら約束の午後八時一〇分、部活が終わってから街へ出撃したとしても、往路三〇分、買い物約三〇分、復路三〇分と考えて……

（悲しいほど計算が合う……午後九時三二分過ぎに真太がここに現れるのは、必然になる）

　いけない!!

　そんなことを考えたり議論したりする時間はもうない!!

　あたしはあわてて自分の腕時計を見た。

（ご、午後九時四二分!!　無意味なお喋りをしていた所為《せい》で、Hアワーが滅茶苦茶《めちゃくちゃ》近い!!）

「でも、真太が帰ってきてくれてよかったですよ」

　英二の声は引き続き涼やかだ。その涼やかさと台詞の中身に、あたしは泣きたくなった。

「今銀さんは私などより屈強ですが、やっぱり今夜は、男手が欲しい所でしたから」

「これだけの竹をフェンスに固定するのは、まあひと仕事だからな」

「間に合ってくれて助かりましたよ、真太」

「じゃあとっとと片付けるか。今銀、この紙袋に必要なものは揃《そろ》っているから、工具箱の中身と合わせれば……」

「あっあたし手伝う!!　何でも手伝うから!!　そう屈強で男手だから!!

　とにかく急いで固定しちゃおう。詩花、竹持とう、竹そっち持ってそっち、こうバッと」

「……俄然《がぜん》やる気が出てきたな」真太が首を傾げる。

「謎な性格だ。いつも思う」

「あっ今銀さん、駄目です、そんなに乱暴に取り扱っては。折り紙細工が悲しいことに」

「て、ていうか英二——そうだ、あ、雨だよ‼

雨がもうじき降るって、さっきスマホで見たんだ‼

だから急がないと」

「いえそれは誤報かサイトの見間違いでしょう。今夜の武蔵野の降水確率は〇%ですから」

（そんなことまで律儀《りちぎ》に調べなくてもいい‼）

Hアワーまで、残り一〇分強。

あたしは英二と詩花を、そしてやむなく真太を急《せ》かしながら、猛烈ないきおいで七夕飾りの竹を固定し始めた。こうなったら、Hアワーまでに固定を終え、どうにかして屋上を離れるか、CMRから充分な距離をとるかしかない。

もちろんあの今夜は再現されない——再現されないはずだ。恐ろしい手違いと勘違いで、被害者は交通事故現場に舞い戻ってきたけど、車の方は事故を起こす気がないし、アイドリングストップをしてくれているはずだから。事故に必要なのは、被害者と加害者と車と現場。そのうち、加害者は加害者にならない努力をしてくれる。だから車も動かない。現場からは遠ざかる努力もできる。なら被害者もいなくなり、やっぱり交通事故は発生しようがない、はず……

あたしは手を動かし脚を動かしながら必死で考えた。

（……強烈に凶悪な予感がする。恐ろしい胸騒ぎが）

真太は帰ってきた。冗談みたいな手違いと勘違いで。けれど、それはほんとうに手違いと勘違いなんだろうか？　冗談みたいってことは、バカげた偶然が重なっているってこと。そして偶然の重なりというのは、それはもう運命だ。ハルカとユリの言葉を借りるなら、時間の潮流のいきおい。そしてもし、それがその言葉どおり、『方向』と『強さ』を持ちながら轟々《ごうごう》と流れているのなら……流れているのなら……

（この運命、バカげた偶然の重なりは、手違いと勘違いじゃなくって、むしろ必然なのかも知れない。時間の潮流が、どうしてもそういう風に流れたがっているって意味において）

——そうとでも考えなければ、今真太が帰ってきていることの『無理矢理さ』は説明がつかない気がする。あたしたちが懸命に足掻いたのに、足掻いた分だけいちいち修正パッチが当てられるっていうか、足掻いた分だけ後から帳尻《ちょうじり》を合わされるっていうか。とにかく、流れに叛《さか》らった分だけキッチリ、また元のコースに押し戻されている。そんな気がする。というのも、繰り返すけど真太が帰ってきたのは『バカげた偶然の重なり合い』によるもので、それらは『そんなこと普通発生しないだろう』って思えるもので、だから、まさに『運命の力』とも呼べる、強烈で無理矢理な反発力を感じさせるものだから。

（歴史の潮流。運命の力。

もしそれがどうしても変えられないものだったとするなら。あたしたちの足掻きは）

——まるで無駄、かも知れない。

楠木真太は二〇二〇年七月七日午後九時五五分、死ぬと確定しているのかも知れない。

（ただそれは検証のしようがない……だからどのみち足掻くしかない。

ホントに運命には叛らえないのか、もう、実地で試すしかない）

——そう決意し終えたとき、なんと七夕飾りの竹は、もう固定されていた。もちろんあたしも懸命に躯を動かしていたはずだけど、というかあたしがいちばん焦っていちばん皆《みんな》を急かしていたはずだけど、意識が脳の中だけで無我夢中《むがむちゅう》だったみたいだ。自分がどんな作業をしたのか全然思い出せない。ハッと気付いて腕時計を見る。午後九時五二分!!

「あ、ありがと真太、英二、詩花。重かったでしょ？　とり」

取り敢えず音楽室でお茶でも、と続けたかったのに、真太がそれを待ってはくれない。真太は運命の力に導かれるように、あの今夜ととても似た言葉を発する……

「まさかだ。ただ、技術部から借り受けた工具はやっぱり年代物だったな。これだけだったら、四苦八苦するところだった」

真太は無愛想にそういって、無口に工具箱を片付け始める。あたしはデジャヴュに襲われた。しかも二〇二〇年現在、人類史上誰もが感じたことのないホンモノの既視《デジャヴュ》だ。あたしはホントに未来を見ているから。するとやはり真太は、フェンスにいよいよ固定された七夕飾りを見上げつつ、無愛想にいう——今度は、あの今夜どおりの言葉だ。

「ま、重いといえば、此奴等《こいつら》の願い事がちと重すぎるがな……まったく胃が痛むぜ」

「確かに、そうですね」英二の相槌《あいづち》も未来どおり。「私達の代で、どうにか悲願の、全国大会への壁を突破したいものですが……

ウチは吹奏楽の名門校じゃないですし、今の富田先生が赴任する前は、なんとまあ、『初戦銅賞敗退』の常連校でしたからね。逆にすごい。狙ってできるものじゃない」

「ところが、だ蔵土。富田が来てくれてからは、必ず都大会までは出ている。すなわち、俺達が一年のときから二年連続でだ。すると」

「まず、今年は最低でも都大会に出なければいけません」

「そうなる。それは当然だ。しかし、俺達にとって今年は最後の大会で、しかも、この三年間の集大成の大会だ」

「そうだね、楠木くん」詩花の相槌《あいづち》も一緒だ……「これが高校最後の大会だね……これが終わったら三年は引退だし。

だから、東京大会に出るだけじゃなくって、どうにかそれを突破したい。全国に行きたい。全国って、今年も名古屋だったっけ？　絶対に今のメンバーで出たいよね」

「そうだな、水城」

「部員全員の期待も大きいよ。ほら、短冊も全国大会のことばっかり書いてあるでしょう？

今年は顧問も部長も最高だから、絶対に全国に行けるって、皆がんばっている」

「部長のことは知らん。ただ顧問は最高だ。全国に名の知られた名指導者だからな。だから、俺達みたいな無名校を、いきなり東京大会レベルまで引き上げてくれた。その恩義には報いないと……

って今銀、お前いったい何を泡喰《あわく》っているんだ？」

台本に変調が。そうか。一郎がいない。ここでのツッコミ相手である一郎が。

あたしは腕時計を見る。午後九時五三分。そして会話のターンは、あたしの方――

「と、取り敢えず音楽室でお茶でもしよう!!　あたし音楽準備室でお湯を沸かすから!!

緑茶にしようか、紅茶にしようか、珈琲《コーヒー》にしようか。

とにかく一旦休憩!!」

「今銀さんは、責任感がありますからね――」英二がいった。「――心配りありがとうございます。ただ私、実は遠征用のポットに珈琲を入れて、持ってきました。今銀さんが楽器を搬ぶ手数を省いてくれたので、何か他にできることはないかなと思って――私もなんだか、今夜は特別な夜みたいな気がしているんです。私、一郎ほどのロマンチストではないはずなのですが」

「ぽ、ポットを……楽器の代わりに……」

「で、今銀さん、屋上には何時《なんじ》までいられるんですか？」

「あっ、それは、その、富田先生が、守衛さんに話を通しておいてくれたから——午後一一時までに正門をくぐれば大丈夫、だけど!!」

「正門通過午後一一時なら、バスも電車も大丈夫だな」真太の未来どおりの台詞。「自転車組は、そもそも問題がない。もっとも、大会を控えたこの時期、事故を起こすのも事故に遭うのも厳禁だが……

吹奏楽者は音で解り合う。そこでだ。

……ちょっとだけ合わせてみるか、自由曲の方」

「ええっ!!」あたしは飛び上がった。「今夜、ここで、楽器を吹くの!?」

「……意外だな。俺はお前こそ乗ってくると思ったんだが」

「名案ですね真太」英二がいった。「そしてまさに我々、実は楽器を持ってきているんですよ。まず真太と一郎と私の分は、ほらあそこ、階段室の傍《かたわ》らに——ちょっと暗くて見えにくいですけど——三本置いてありますす。そして無論、今銀さんもやる気満々に決まっているじゃないですか。ホルンももう搬《はこ》んであるんですから。ね、今銀さん、あのメール」

「そ、それはそのっ」もちろんあたしは自分の楽器も詩花の楽器も搬んではいない。「じ、実はその、七夕飾りだけに気を取られちゃって、が、楽器のこと、すっかり忘れていて……

そうだ!! あたし今から音楽準備室に行ってくる!! ていうか、それならいったん皆で学芸棟に引き返さない!? 英二、珈琲《コーヒー》ポットはとても嬉しいけど、もう一度それ、音楽室まで持ってきて。というのも、富田先生からの差入れで、有栖屋の美味しいお煎餅《せんべい》があるから。綾辻屋の生八橋《なまやつはし》だってある……お茶請《ちゃう》けだってあるんだよもったいない!! しょ、賞味期限ぎりぎりで腐っちゃうし!!」

するど真太が、真太らしからぬ失笑をしながら言葉を継いだ。

「今銀はこのとおり、いい加減だからな」

「ちょっと真太、また結構な物言いね。事実だけど」「いけない!! 今は繰り返しはいけない!! 今歴史をなぞったらいけない!!「そ、そう事実だから、とにかく音楽室に戻ろうよ」

「いや今銀。

そんなことも当然あろうかと思ってな――」

ここで真太は、無愛想めかした口調の中に微《かす》か過ぎる優しさを込めてあたしを見た。あたしを見て、そのまま、英二がトランペットを置いた階段室方向にスタスタ歩き始める。だからあたしたちに背で語る格好になる。

「――俺がホルンを搬んでおいた。吉祥寺から帰ってきて、まず音楽室に寄ったんだ。

合奏をしたい気分だったが、俺の楽器が搬んであるのかどうか、分からなかったからな」

（そ、そういえば真太は確かにいっていた、ちょっと音楽室に寄るって。

あたしそれあっさりスルーしちゃっていたけど、それは屋上での合奏のため、そう、自分の楽器とあたしの楽器がどこにあるかを確認するためだったんだ……）

真太は七夕飾りとあたしたちから離れ、引き続きスタスタ歩いてゆく。

階段室の方へ。だからその近くに突き刺さっているCMRの方へ。

腕時計を見る。午後九時五四分。

あと一分ある、と思ってあたしが駆け出そうとしたその刹那《せつな》――

試行1－12

「ああ、皆《みんな》ゴメン!!

いやはや!! 街で真太にふられちゃってさあ。あちこち捜したんだけど見つからなくて!!

まさか真太、もう屋上に上がっちゃっているとか!?」

華麗なトメハネとターンで、階段室の扉から火脚一郎が登場した。

（……役者が揃《そろ》った。揃ってしまった）

そしてそのままあたしたちの方に駆けよってくる。

一郎は階段室から七夕飾りへ。

真太は七夕飾りから階段室へ。

正反対に直進するふたりのベクトルは、正面衝突してもよかったはずだけど……

真太は遠目でも分かるほど肩を竦《すく》めると、正面衝突を避けたばかりか、思いっきり一郎を回避する行動をとった。弾丸的に直進してくる一郎に対し、急に思いっきり膨《ふく》らんだ円弧を描きながら――急に大きく針路を転換させながら――一郎をやり過ごし、そのまま妙な角度で、そう普通ならあり得ないような角度で、階段室に接近してゆく。

いや、絶妙な角度だ。

絶妙に、コンシールされているＣＭＲに最接近してしまう、そんな角度とベクトル……

今あたしが動き出すこともせず、また腕時計を見てしまったのは何故だろう？

大声を出すこともできた。真太に猛ダッシュを掛けることもできた。だのに。

――あたしのこころが負けていたのか。

いずれにしろそのとき、時計の針がかちりと動いた。

二〇二〇年七月七日午後九時五五分。いやその〇一秒だ。そんなの見なくても分かる。

あたしが時計から顔を上げた刹那。

恐ろしい劫火《ごうか》と黒煙と大きな爆発音が屋上にあふれ。

あの今夜に感じた衝撃波で、あたしはまたもや気絶した。

……楠木真太の死を確信しながら、だ。

第7章　REPEAT BEFORE HER（試行第二回・一郎の証言）

試行２－１

二〇二〇年七月七日、午後一時〇九分。

俺は楠木真太のクラスの前で、奴を捕まえた。

「おい真太!!　おいってば!!」

「何だ一郎、相変わらずの莫迦《ばか》デカい声で」

「図書館帰りかい⁉」

「……ああそうだが。よく知っているな？」

「水城さんには会わなかったかい⁉」

「質問の趣旨が解らんが……図書館にはいなかったな」

（よし、第一段階はクリアだ）

俺達は一度失敗している。けれど、その原因はある程度絞り込める。だから新たな作戦も立つ――俺達が何をすべきで、何をすべきでないか解る。

「結局この昼休み、水城さんとは会った⁉」

「いや」

「何か、今夜の七夕飾りについての話は⁉」

「オイあと四〇秒程度で五限が始まるんだが。ただ……それは今夜決行でいいのか？」

（おっとしまった、この七月七日では、まだそれを決めていない。

ていうか、この午後一時〇九分の時点で、俺がそれを持ち掛けるんだった）

「ご、ゴメン真太。まさにその話をしに来たんだった。今夜の七夕飾りの話」

「どうやら晴れそうだな」

「だから決行だ!!

部活が終わった後、そうだな——午後九時半に屋上へ出る感じでいいと思うな!!」

「部活が終わるのは午後八時だから、微妙にマヌケた時間だと思うが？」

「それはオリジナルどおり……じゃなかったええと、今夜提出される分の短冊《たんざく》もあるし、また一年の子とかが新しい折り紙細工を出してくるかも知れないし、飾りつけの最終チェックもしなきゃいけないし」

「それもそうだ。もっとも、屋上の使用許可が何時《なんじ》までかを確認する必要があるが——

成程《なるほど》、午後九時半に屋上、結構だ。では五限が始まる。じゃあな」

「おっと真太!! あと二〇秒だけくれよ!!」

「カウントするからな」

「俺、その微妙にマヌケた空き時間を使って、重要なミッションを決行したいと思うんだ。

だから真太にも協力してほしい」

「午後八時から午後九時半までの間で、か？」

「まさしく!!」

「具体的には」

「あと一〇秒もないから、メールを打つ。絶対に納得してもらえる内容だから。

だから次の休み時間までには——そう午後二時一〇分までには、絶対に返信をくれ」

「何をそんなに焦っているんだ。しかも執拗《くど》い。いつも天然なお前らしくもない」

「真太の……じゃなかった、俺の命が懸かっていると思って、頼む!!」

「……お前がそこまでいうなら、検討はする。急ぐから話は終わりだ」

「次の休み時間までだぞ!! 俺にメールで回答だぞ!! 約束だぞ!!」

「ああ、約束した」

（真太は約束を破らない）

ならこれで、第二段階もクリアだ。

そう安心してふと見ると、もう真太の姿は自分の教室へと消えている。ホント、堅物だ。

（俺が未来からきただなんて、絶対に信じやしないだろう。

本人にいって、本人と一緒に対処するのがいちばん楽なのに。あの性格じゃあなあ……）

試行２－２

キンコンカンコン。キンコンカンコン。

五限開始の、午後一時一〇分の鐘。五限は、英語だ。

俺は前回の未来どおり、その鐘が鳴り終わる寸前で、自分のクラスにすべりこんだ。

コソコソと教科書とかを出す。これも既定路線。

――俺は教師のマクラを無視しながら、机と膝《ひざ》のあいだで、こっそりメールを送信した。送信だけでいい。下書きフォルダに、もう打ち終えたメールは保存されているから――前回の七月七日の経験で、『こうなること』は解っているから。

なら今回の七月七日では、もう、真太に会う前にメールを作成できてしまう。

もちろん、その内容も文面も、今度戻ってきたハルカさんと打ち合わせしてある――

真太へ

確かめたんだけど、技術部から借りた工具、かなり傷《いた》んでいて危険だよ

刃物を使うから、変な事故が起こったらよくないあと、針金とかロープとかビニールテープとか、補強用具も足りないと思う

ストックを音楽準備室で確認したけど、全然足りない

だからさっきいった空き時間で、一緒に、吉祥寺の街へ出てくれないか？

ユザワヤとかロフトとかヨドバシで、工具と補強用具を調達しよう

ほら、いい加減な俺だけじゃ、買い忘れとか置き忘れがあるかもだからさ

せっかくの、部員みんなのための行事だから、頼むよ部長

じゃあ次の休み時間までに返事をくれ

火脚一郎

（よし。この際誤字脱字はどうでもいいけど、それもない。そして文面も調整したとおり）

俺は送信ボタンをタップした。そしてそのまま、スマ

ホを膝の上に置いたままにする。というのも、既定路線と俺の記憶が正しければ——

ブーッ、ブーッ、ブーッ

(ほらね!!)

予想どおりの着信バイブ。俺は逸《はや》る気持ちでメールを開いた。大丈夫。歴史の織物は激変していない、まだするわけがない……

気付かなかった、気が利くな
今夜の吉祥寺の件、了解した
二〇一〇に正門前で
楠木拝

(しっかし、用件だけ、ポイントだけ簡潔に。いかにも真太らしいなあ!!)

——いずれにしろ、真太は約束を破らない。これで第三段階もクリアだ。

俺は引き続き、三者面談の順番でも待っているかのような居心地の悪さを感じながら、退屈な英語の授業の時間を耐え忍んだ。未来は解っている。やるべきことは決まっている。この場合でいえば、俺の人生にこの英語の授業はほとんど意味を持たない……というのも、前回の七月七日でも、またその前のオリジナルの七月七日でも、俺は徹底して船を漕いでいたからだ。さすがに三度目の七月七日となると、緊張と物思いで転《うた》た寝《ね》しかできなかったけど、もちろん、どのみち俺の人生に影響なんてあるはずない——

試行2-3

キンコンカンコン。キンコンカンコン。午後二時の鐘。起立。礼。着席。

俺は着席を省略して、すぐさま教室の引き違い戸に突進した。もちろん、屋上に行かなきゃいけないからだ。これは前回と同じ。屋上に上がって、前回の七月七日から舞い戻ってきた四人が合流する。ただ、その『四人』にちょっと複雑な問題がある。とりわけ、『七月七日をどれだけ憶えているか』の問題が——俺はいよいよ廊下を駆けようとしながら、タイムトラベルもどきのルールをもう一度顧《ふりかえ》った。

(七月七日の記憶が、どう残るのかっていうと——)

まずそもそも、それはP-CMRとやらを使う都度《つど》、すっかりデリートされる。というか、そんな記憶なんて元々なかったことになる。誰もが記憶のないまま、真っ新な七月七日を初めて生きることになる——トリクロノトンを注射され、記憶を保持したまま過去に戻る者以外は。

（だから、第一回目のやり直しでは、①ハルカさんと、ええと——そうだ、②ユリさんと、③今銀さん、④俺だけが『オリジナルの七月七日』を知っていたことになる）

残りの真太、英二、水城さんは、いわばNPCだ。ゲームのルールも、ゲームであることも知らない。まあ、ゲームだなんて言葉は不謹慎《ふきんしん》だけど。

（それが、この第二回目のやり直しとなると、また違ってくるなあ）

誰が前回の記憶を持っているか。そして、誰が前々回の記憶を持っているか……

そして幸か不幸か、俺自身はオリジナルの七月七日も、前回の七月七日も憶えている。だから、合計三度の七月七日の『比較ができる』。できるだけオリジナルの七月七日をトレースしたいけど、その変調にも臨機応変に対応できるのだ。

そんなことを考えながら、屋上への階段を駆け上がる。休み時間は一〇分しかない。だのに、なんだこの、階段室の金属ドアの鍵は。ゴツくて強面《こわもて》で、無闇矢鱈《むやみやたら》に固いサムターン錠は。しかもここ、そもそも暗がりだしサムターン錠だって全部錆色《さびいろ》。ガチャガチャ、ガチャガチャいじっている内に、どう倒せば『開』の状態になるのかも分からなくなってきた。もっといえば、初期状態も分からなくなってきた。

（そういえば俺自身は、この階段室の金属ドアを自分で開けたことがない。前回なら今銀さんが、前々回なら……確か水城さんが鍵を開けたはずだから）

そんなわけで、俺が指を真っ白に、あるいは真っ赤にしながらどうにかクソ固いサムターン錠を開けられたとき、俺の背に声が掛かった。

「あっ火脚くん。火脚くんも今来たところ？」

「ああ水城さん!!」俺は金属ドアを大きく開きながらいった。「ちょっと前に着いたけど、鍵に手こずらされてね……それで、ええと……記憶は？　躯の状態とかは？」

「大丈夫。あの今夜のことはしっかり憶えている——うん、忘れようがないよ」彼女はちょこんと下げた、購買部の大ぶりなビニール袋を持ち換えながらいった。「だってあの未来人たち、特にハルカって娘《こ》、あたし絶対に許せないもの。死んでも忘れない」

「く、クロノトンとやらの毒は大丈夫？」

「うん、今のところ何の自覚症状もない」

俺達は連れ立つかたちになって、いよいよ因縁《いんねん》の屋上へ出——

記憶に残っている、あのCMR本体の隠れ場所に近づいた。

試行2－4

俺達がそこに近づくと、ハルカさんたちはすぐに透明な擬態《ぎたい》を解き、姿を現す。

――もちろんあの、なんとも摩訶《まか》不思議な、矛盾だけど『レトロで斬新』な、機械美と光沢が特徴的な、美しいセーラー服姿だ。ジャケットを思わせる鋭角的なデザインに、リベットかよといいたくなる機械的なボタン、それにブーツがとてもお洒落《しゃれ》なセーラー服。それとデザインを揃《そろ》えている、指ぬき手袋もキッツくてステキだ。お仕置きされたいほど。

他方でもちろんCMR本体は、コンシールとやらをされたまま。だから、要はいきなり、ふたりのヒトが『出現』したかたちになる。水城さんの躯が、びくんと震える。

「ああハルカさん!!　久しぶりだね!!」

「……確か今回は、もう昼休みに会っているけど？　メールの内容とかの打ち合わせで」

「それにさあ」ユリさんが文句をいった。「あたしのことも憶えてよね、あたしはユリ」

「いっ、いや別に、忘れたり無視したりしていた訳じゃ……」

「時間が無いんでしょう？」ハルカさんがちょっと瞳を逸《そ》らした。「休み時間は一〇分。あとそれに加えて、ひょっとしたらまたもや、抜き打ちテストが――」

「――あっそうだ、そういえば六限の世界史!!

いや実は今回は、抜き打ちテストの連絡が入ってこなかったんだよ。前の七月七日、一度目のやり直しでは、五限が終わってすぐインタホンが鳴ったから間違いない。要は、今回の二度目のやり直しだと、一度目とは違って六限世界史は普通の授業。抜き打ちテストなんてない」

「すなわち、オリジナルと一緒の流れ？」

「全く一緒だと思うよ!!」

「そうすると」ハルカさんは唇にそっと指を当てる。そして考える。「私達が戻っている、この二〇二〇年七月七日正午からあなたが自分の教室を出るまでの時点で――第一回目のやり直しではオリジナルと異なるイベントが生まれ、第二回目のやり直しではそんなもの生まれなかった。こうなる。

ならば、その『六限の抜き打ちテスト』なるイベントがどのような因果関係で生まれあるいは生まれないのか、若干の興味を憶えなくもないわ」

「ただハルカ」ユリさんも考え考えいった。「推測しかできないけど、そのイベントは、真太くんの死とはたぶん無関係だよ。だってそれがあろうとなかろうと、真太くんの死は避けられなかったんだもの……」

「常識的に考えれば、そうね」

「……あたし、ちょっと話が見えないんだけど」水城さんが超冷ややかにいった。「というのも、あたしには『オリジナルの七月七日』の記憶がないから」

「あっそうだ、ゴメン水城さん!!」

俺は抜き打ちテスト関係について、急いで水城さんに説明をした――

試行2－5

そうだ。それこそが、さっきここに来る前に考えていた問題。記憶の問題。

これは、これまでのやり直しのチーム編成を整理すると解りやすい。すなわち、敬称略・すべて名前だけで、誰がトリクロノトン〈一二時間分〉を投与してP－CMRを使ったかというと、

試行第一回目 ①ハルカ ②ユリ ③一郎 ④光夏
試行第二回目 ①ハルカ ②ユリ ③一郎 ④詩花

となる。これが過去に戻ったチーム編成。このうち、連続参加をしている者だけが全ての記憶を維持できる。水城さんに、試行第一回目の記憶も、オリジナルの七月七日の記憶がないのもそのためだ。ちなみに、試行第一回目のチーム編成をしたのは俺だけど、試行第二回目の四人を決定したのも、また俺だった。具体的には、それじゃあ何故今回、今銀さんと水城さんを入れ換えたかというと……

（そりゃもう、真太が二度目に死んだ後、水城さんがあの剣幕《けんまく》だったからなあ……今度は自分を入れろ、自分も救助チームに入れろっていって、絶対に譲らなかったっけ）

まあ、水城さんの普段の態度からして、頷《うなず》けないこともない。ていうか必然だ。色恋沙汰《さた》っていうのは、本人以外にはバレバレなもんだし、まして吹部は男女混淆《こんこう》、しかも高密度。下手すりゃ親の顔より部活仲間の顔を見て生きているんだから、互いの腹の具合まで分かる。なら、惚《ほ》れた腫《は》れたがバレないわきゃない……

（そんな吹部仲間の水城さんが、いよいよ真太の、あんな酷《むご》たらしい、あんな凄惨《せいさん》な死に様を目撃しちゃったら、そりゃ半狂乱どころじゃすまない。事実、言葉は悪いけどもう般若《はんにゃ》、鬼女の形相《ぎょうそう》だったし……あの大人し

い水城さんがだ。人って解らないもんだな）

放っておいたら、あるいは過去に戻らせるって約束をしなかったら、水城さんは絶対にハルカさんを殺していた。まあそれが、試行第二回目の――第二回目で終わってくれよな――チーム編成の理由だ。

いや、正確に言えば、それは理由のひとつだ。何も今回のメンツは、水城さんの復讐心を宥《なだ》めるためだけに編成されたわけじゃない。もっと合理的な理由が、もちろんある。

第一に、またもやCMRは爆発してしまったんだから、ハルカさんにはもっと根本的な解決法をとってもらう必要がある。第二に、具体的にエンジニアとして動けるのはユリさんだ。第三に、水城さんは前回のやり直しで真太に強い影響を与えてしまっているので、その修正は本人が意識してやった方がいい。そして第四に、真太の行動パターンが理解でき、前回の失敗が理解でき、かつ、現代人側で『オリジナルの記憶も残っている』人間が必要となる――要は、現代人側も、今銀さんと俺のどちらかがリトライしないことには、現代人側で『記憶の断絶』が起きるのだ。むろん、記憶が断絶している者よりは、前回と前々回の両方の記憶を持った者の方が、いろんなシミュレイションをして臨機応変に動ける。まあそんな感じで、俺もスタメン入りした。

またそんなわけで、ずっと記憶を保持したままの俺は、そうでない水城さんにいろいろ説明する必要と責任がある――

「……と、いうわけでさ水城さん。

前のやり直しでは、オリジナルにはなかった『六限の抜き打ちテスト』なるイベントが発生し、今度のやり直しではそれが発生しなかったんだよ。たださっきユリさんもいったとおり、このイベントが発生していてもいなくても、真太の転落死……いや違う、まあその、なんだ、あの『屋上での不幸な事故』は発生してしまったんで、これは無視してもいいんじゃないか――っていうのが俺達の議論の大筋」

「うん解った。よく解った。

……これからも色々説明して。あたし、今は火脚くんしか信用できないから」

試行2－6

「い、いや水城さん……」水城さんでもこんなガンを飛ばすんだ。ガクブルだ。「……は、ハルカさんも頑晴ってくれたんだよ、前回だってどうにかCMRの暴走を止めようと……あっそうだハルカさん!!　前回の今夜でも聴いたけど、あのときのCMRの再暴走っていうか再爆発について、何か新しいことは分かった？」

「残念ながら、否《いな》よ」

「ていうと、やっぱり原因不明の、いきなりの再起動？」

「そう。オリジナルの七月七日と違って、私達は何の操作もしていなかったというのにね」

……前回の七月七日、やはり楠木真太は死んだ。

屋上から吹っ飛ばされて。地上六階の高さから、地上に叩き付けられて。

それは全く全然、オリジナルの七月七日どおりだ。真太の落ち方、地面への衝突《ぶつ》かり方、遺体の姿勢や姿形、いや落下地点に至るまで、センチ単位の誤差しかないほど全て一緒だった。

そして何故、真太が屋上から吹っ飛ばされたかといえば、CMRが爆発したからだ。

（……ただ、それは常識的にいってあり得ないことだった。何故と言って）

前回の過去改変プランでは、CMRそのものを休眠状態にしておくことが決まっていたから。安全策をとって、Hアワーの一〇分前、午後九時四五分からは『アイドリングストップ』の状態にしておくことが決まっていたから。そして実際、ハルカたちさんはそうしていた。午後九時四五分、CMRの電算機に命じて、CMRの全機能をスリープさせた。だからCMRは、いわばエンジンが止まっていて、あらゆる操作も命令も受け付けない状態にあった——電算機すら、いつものように口頭で命令をしても反応しなくなるという。比喩《ひゆてき》的にいえば、『パソコンはブラックアウトしていて、もう一度電源ボタンを意図的に押さなければ、シャットダウンしているのと同様』の状態になっていたのだ。

（……にもかかわらず、CMRは爆発した。いきなり目覚めて爆発した）

これまた比喩的にいえば、『シャットダウンしているのと同様の状態だったのに、そして電源ボタンになんて触れてもいないのに、ブラックアウトしていたパソコンが突如起動して、勝手に何かのソフトを起動し始めた』感じで。

そのいきなりの異常現象が起きてしまったのは、Hアワーの一分前、午後九時五四分。

もちろんハルカさんたちは愕然《がくぜん》とし、唖然《あぜん》とし、とにもかくにもCMRの勝手な動きを止めようとしたけれど——電算機は口頭の命令を受け付けない。手動に切り換えようとしてもガン無視。あれよあれよという間に運命の午後九時五五分〇一秒になって、オリジナルの七月七日どおり、爆発……

(爆発の後、当然、『反省検討会』が始まった)

そこからはもう、オリジナルの七月七日の俺達の動きがどうこういっていられない。歴史の織物にできるだけ影響を与えないようにする云々《うんぬん》なんていっていられない。というのも、真太の死が再現……いや改めて実現……いや違うな、とにかく未来どおり発生してしまった以上、もう二度目のやり直しが必然になったからだ。

二度目のやり直しが必然になったということは、また〈世界線〉を消滅させるということ。具体的には、一度目のやり直しの世界線をまた『なかったことにする』ということだ。なら、そこからどれだけ歴史の織物を変えても、またP－CMRを使ってしまえば全て帳消し――極論だけど、例えばそれから俺自身が投身自殺してしまったってかまわない。どうせリセットでき、『生き返る』。正確には、『生きていた時間から再スタート』になるんだけど。

(さいわい、俺達にはリトライのための『残機』もある)

――このゲームに参加させられた時点で、薬剤トリクロノトンの都合から、俺達には七機の残機が与えられた。そして一度目のやり直しが失敗に終わったから、真太の二度目の死の時点で、残機は六。

要するに、また真太が死んでしまった時点で、俺達にはまだ六度のやり直しが許されていたことになる。そして実際、そのうちの一度を使って、また四人が十二時間前の過去に戻った。

だから、繰り返しになるけど、一度目のやり直しの世界線も、だからその失敗も全てリセットされている。オリジナルも帳消し、一度目のやり直しも帳消しだ。

(ただ、リセットされる前の、俺達の驚愕と大混乱はまた繰り返された……

オリジナルの、七月七日どおりに。オリジナルの七月七日、真太が死んでしまった後のように。タイムトラベルだのタイムマシンもどきだのを初めて知った、あのときのように)

――ただ、それは当然だ。何故と言って、関係者は合計七人。真太は死んでしまっている。残り六人。うち英二と水城さんはNPC。タイムマシンもどきのことも、実は自分たちがやり直しの七月七日を生きていたことも全然知らない。これで残り四人。うち、未来人のハルカさんたちは、まさにCMRの超意味不明な暴走に大混乱。あと残るは今銀さんと俺だけど、これまたまさか

ＣＭＲが爆発するなんて予想だにしていなかったから、もう茫然自失《ぼうぜんじしつ》……

（だから、今銀さんがしっかり立ち直ってくれて、すぐさま『未来人』と『ＮＰＣ』と『現代人』との橋渡しをしてくれていなかったら……今頃どうなっていただろうな!!）

とりわけ水城さんが半狂乱になっていたのは、もういったとおりだ。

といって、冷静沈着なあの英二ですら、タイムマシンもどきだのタイムトラベルだのを本気で信じるまでには時間が掛かった。それもそうだ。俺自身、オリジナルの七月七日を記憶したままだったからよく解る——あの今夜も、『真太の転落死』と『未来人とのファーストコンタクト』とで、現場は大混乱だった。あの今夜は、俺自身も『何も知らなかった』『いきなり爆風だの衝撃波だので吹っ飛ばされた』『無理矢理、未来人の強制入眠剤で眠らされていた』から、その大混乱に一役買ったわけだけど……

ただ、一度目のやり直しのときは、俺はそうじゃなかった。

執拗《くど》いようだけど、俺はオリジナルの七月七日を記憶していた。だから、俺自身がいわば『説明役』に回れた。そして、俺以上に、今銀さんはしっかりしていた。絶対にもう一度七月七日をやり直さなければならないことも、決意していた。

だから、図式的には、未来人ふたりと現代人ふたりで、ＮＰＣの英二と水城さんに必要な説明をし、『状況』と『これからやらなければならないこと』を理解させるかたちになった。そこは、オリジナルの七月七日と違うところで、数少ないメリットのひとつだった。だから、何も知らない英二と水城さんを納得させ説得させる時間は——俺達の議論なり混乱なりは——オリジナルよりぐっと短くなり、またぐっと効率的になった。

（といって、水城さんが『今この現在も』ハルカさんたちを激しく怨《うら》んでいて、ハルカさんたちを全然信用していないのは、今俺が目撃しているとおりなんだけど……）

ここでちなみに、水城さんよりは——程度問題として——冷静だった英二も、だからタイムマシンもどきに納得した英二も、『今この現在は』またもやその納得も記憶も失っている。理由はいうまでもない。納得した後で世界がリセットされたからだ。

試行2－7

……さて、そんな感じで水城さんは全然、ハルカさんたちと口を利く様子がない。やむなく俺が議論を進めた。授業前の休みは一〇分しかない。時間がない。

「でも、まったくCMRに触れていないのに、それがまた動き出すなんて――不思議だね」

「同感よ」ハルカさんが頷く。「重ねて、ユリも私も何も操作などしていない。そもそも、命令を実行する電算機そのものも休眠状態。だから、もしCMRが動くというなら、それは私達のマニュアル操作によるしかない。そんな操作はしていない。けれど、そうね――いうならば勝手《かって》気儘《きまま》にCMRは動いた。そして、オリジナルの七月七日どおりの態様で爆発した」

「それってつまり、ハルカさんが敢えて再起動を実行したのと一緒のかたちで、だね!?」

「私とユリが、だけどね」ハルカさんが微妙な苦笑をした。「いずれにしてもそのとおり。CMRは私達の関与なくして、しかし私達が関与したのと同様のスタイルで爆発をした。これが、前の七月七日午後九時五五分〇一秒に発生した現象。前回の今夜説明したとおり」

「ならハルカさん……じゃなかった、訊くならユリさんの方だな。

ユリさん、そんな現象が発生する確率って!?」

「ほぼ零《ゼロ》だよ」ユリさんは苦笑しながら断言した。「だって電算機が眠っていたんだから。それが再起動するとか、爆発するとか……そんなの、ベッドで熟睡しているヒトが、熟睡したまま動き出して、プラスチック爆弾を起爆させるような確率でしかないよ」

「な、なるほど」

「もちろん、あなたたちの時代の情報技術でもあり得ることだと思うけど――」ハルカさんがいった。「――外部から電算機をハッキングされたり、そもそも休眠状態にする前に自律的な再起動のプログラムを組んでいたのなら、話は全然違ってくるけど。要は部外者の介入か、当事者のタイマーね。それなら説明はつく。

ただその可能性も否定されるはずよ。

この二〇二〇年において、CMRの電算機に侵入できるような情報技術が存在するとは思えない。また、私達自身が自爆タイマーをセットするだなんてあり得ない――詩花さんが睨《にら》んでいるから急いで付け加えると、私達には楠木真太くんを殺害するどのような動機原因も利害関係もないし、それを信じてくれなくても、CMRは漂流者である私達にとっての命綱、最後の希望よ。それを自分達自身で損壊させるなんて自殺行為だわ」

「それもそっか!!」俺は水城さんを恐々《こわごわ》とチラ見しながらいった。「それじゃあ、物理的なっていうか、機械的な検証はできた？　どういう原因で、どういう流れで、どこで爆発が起こったかとか、そういった感じの!?」

「残念ながら、充分にはできなかった」ハルカさんは美しく嘆息《ためいき》を吐いた。「というのも、真太くんが亡くなってから、あなたたちとまたファーストコンタクトをする必要があったから。オリジナルのファーストコンタクトに比べれば著しく効率的で生産的だったけど、それでも多大な時間を要した。まして、二度目のやり直しをすることが絶対の前提だったから――それはそうよね、真太くん死んでいるから――どうしても深夜零時までには『反省検討会』を終わらせて、またP－CMRを使う必要もあった」

「深夜零時のタイミングに合わせないと、同じ形でのリトライにはならないからね……」

「しかも一郎くん、機械的な検証をすべきその対象は、まさに爆発したての事故車よ？」

「だから要は、分かったことと言えば――」

「――オリジナルの七月七日と瓜二つの爆発だったということ。それだけ」

「それなら」水城さんが初めて口を挟んだ。「前の今夜でも検討したけど、やっぱり約束を守ってよ。そんな物騒な機械は、もう電源から止めてしまって。スリープモードじゃなくって、電源そのものを落として」

「解っているわ詩花さん。もちろん約束は守る」

「それに、あなたたち未来人ふたりは、CMRとやらから下りていて」

「その話は『反省検討会』でも出なかったけど――了解したわ。反対する理由はない」

「で、でも詩花さん」ユリさんが焦《あ》燥《わ》てていった。「そうすると、あたしたちはもう一切、CMRを操作できないことになるよ。億が一、動力を断って機能停止させても、その、『避けられない』かも知れない爆発が起きそうになったら……そのときCMRに誰も乗っていなかったら、これはもう、何の対処もできないってことになっ……」

「下りていて」

「……解った」

「さ、さてそうすると!!」

俺は急いで会話を引き取った。普段の水城さんは、ほんとうに大人しくて優しくて、吹部《すいぶ》いちの気遣い屋だ。つまり、人の心が解る――というか解り過ぎる。ただそれは言い換えれば、いつも自分を殺して他人の気持ちを立てているということ。世界を動かす要因は他人の気持ちで、しかもそれを感じるアンテナが超敏感だということ。もっといえば、水城さんは我慢と奉仕のひとだ。鈍感力の化身みたいな俺が思うに、彼女の負荷とかストレスとかは、今までの人生全てで俺が感じてきた総量の何倍にもなるだろう。それが、水城さんにとって最も大切な真太の死によって、オーバーロードした。ストレスのダムが決壊した。俺にはそう思えた。水城さんの今の冷たさと辛辣《しんらつ》さは、そこから来る——そして水城さん自身、自分のそんな側面を知るのは初めてだろう。そしてきっと当惑して、悲しんでいるだろう。俺は、普段から水城さんの優しさに甘えっぱなしだった俺達の傲慢《ごうまん》に初めて気づいた。だから、彼女に気を遣わざるを得なかった。焦りながら言葉を続ける——

「そ、その『CMRの電源を落とす』『ハルカさんたちはCMRから下りる』っていうのが今回、未来人にとっての宿題になるイベントだね!!

あと、頭の整理だけど、前回の七月七日の『反省検討会』で決まった宿題は——」

「詩花さん」ハルカさんは物怖《ものお》じしなかった。「まず『図書館』関係。これはどうだった?」

「訊かれるまでもないよ。クリアした。

あたしはこの七月七日、楠木くんと図書館では会わないことにしたし、実際にも会わなかった——もっといえば、あたしは図書館に行くのを止めて校庭の端《はし》に逃げていたし、だから図書館にコピー撮りに来るはずの楠木くんとは会わずにすんだ。これでいい?」

「とてもいい。なら詩花さんの宿題はクリアね」

——ここで、俺達は前の七月七日の夜、やっぱり『作戦』を立てている。

ファーストコンタクトは比較的軟着陸《なんちゃくりく》したし、今銀さんと俺には〈CMR〉だの〈トリクロノトン〉だのの知識があったから、最初のときより遥《はる》かにサクサクと作戦が立てられた——その作戦というのは、もちろん『真太の死を回避するため、歴史のどんなイベントに干渉すべきか?』という作戦で、宿題で、シミュレイションだ。

といって、そんなに複雑な話じゃない。

要は、何が『真太の死』に結び付いたのか、その大きな原因を洗い出して、それを打ち消すだけだ。その打ち消し作業が、宿題になる。例えば——

(例えば、何でもいいけど、俺が東大に合格するとして)

そこには、①俺がカンニングをする、②俺が試験終了まで生きている、③俺が寝坊しない、④俺が丸ノ内線とか南北線とかに乗る、⑤俺が筆記用具を忘れない、⑥受験の出願を忘れない……といった無限の原因があるけど、でも、もし『カンニングをやめさせ』、まして『俺を殺す』のなら、その日俺が寝坊しなかろうが丸ノ内線に乗ろうが、あるいは筆記用具を忘れなかろうが出願を忘れなかろうが、まさか俺が東大に合格するはずない。①②の打ち消しを宿題にして歴史に介入すれば、確実に俺を不合格にできる。すなわち、デカいイベントと強いいきおいを決め打ちで狙えば、それでいい。

——そんなわけで。

前回の七月七日の夜の『反省検討会』では、次のように宿題が決まった（ただしIは今決まった）。

A昼休み、水城さんは真太と出会わない
（工具・補強用具の話をしない）
B昼休み、俺は真太との会話内容を変える
（マジメな用事の伏線を張る）
C五限中、俺は真太から外出の確約を取り付ける
（マジメな用事で外出させる）
D放課後、俺は真太に楽器を搬ばせない
（屋上での演奏を阻止する）
E放課後、俺は英二にも楽器を搬ばせない
（屋上での演奏を阻止する）
F外出中、俺は真太の身柄を引き留める
（学校に戻らせない）
G放課後、俺は英二に珈琲《コーヒー》ポットを用意させない
（屋上での居残りを阻止する）
H今夜、未来人はCMRをシャットダウンする
（爆発防止）
I今夜、未来人はCMRから下りる
（操作防止）

——例えば、さっき水城さんが、ハルカさんとの会話で『あたしはこの七月七日、楠木くんと図書館では会わないことにしたし、実際にも会わなかった』と答えたのは、そう、まさにこの宿題Aを処理できたかどうかの答えだ。もちろんこの答えから『打ち消し』は成功したことになる——実は、水城さんはわざわざ校庭の端なんかに逃げてまで、敢えて真太と接触しないようにしたのだから。けどより客観的にいうと、この『打ち消し』が成功しているのは、真太の返信の第一行を読めば一目瞭《いちもくりょう》然《ぜん》だ。

また例えば、宿題Cについてもう処理できている。

すなわち、今回のやり直しで俺は、『吉祥寺の楽器屋に

行く』んじゃなくって、『七夕飾りのための工具と補強用具を買いに行く』って提案をした。それなら真太と俺の用事は一緒になるし、ゆえに、真太が俺から逃げる理由もなくなる。

ちなみに、この打ち消しなり提案なりを、水城さんでなく俺がすることとしたのは、買い物に同行する俺の真剣さを真太に解ってもらうためだ。水城さんが宿題Aを処理してくれたから、この七月七日で真太は、俺のメールで初めて『工具と補強用具を買いに行く』必要があることを知ったし、だから『気が利くな』って返信にもなったし、俺が真剣な用事で真太と街へ出たいってことも解ってくれた。これまた、真太が俺から逃げる理由を潰《つぶ》せたことになる。

「一郎くん、念の為」ハルカさんがいった。「真太くんの返信メールを見せてくれる？」

「ああ、これさ‼」

俺はスマホを出し、真太が午後一時一二分に送信してきた返信メールを皆《みんな》に見せた。

「成程《なるほど》、確かに」ハルカさんが頷く。「これで宿題Cもクリアね。少なくともこの文面からは、私達の望むように歴史が変わっているのが分かる。できるだけオリジナルの七月七日を踏襲《とうしゅう》しつつ、歴史の織物を激変させず、そこから真太くんの死という『糸一本』だけを抜き取る——という感じで」

「真太くんが硬派な人だから、観測しやすいね」ユリさんも頷く。「文面だって、前回とほとんど一緒。違うのは最初の一行だけ。しかも、あたしたちが望んだ内容。世界線が、ちょうどいい具合に変動しているのを象徴している感じだよ。もちろん油断はできないけど、幸先《さいさき》はいい」

「ちなみにユリ、前回の失敗時、世界線の変動率は結局何％だったかしら。確か——」

「——〇・〇一％強だよ。

クロノキネティック・コアに保存したオリジナルデータと何度も比較計算させたから、数値に間違いはない。もっと正確に言えば、オリジナルの七月七日と、試行第一回目の七月七日との変動率は、〇・〇一八五％だよ」

「すなわち、前回の試行では、世界線は、オリジナルとそれだけしか違わない。

そして結果は失敗。真太くんはやはり亡くなった。となれば、私達としては、その変動率をもっと上げつつ——」

「——かつ、それを上げすぎないようにする必要があるね、ハルカ。

ただ、そんなに大きな数値にはなりようがないとも思うよ？　というのも、皆《みんな》で整理した宿題からも解るとおり、真太くんの死の大きな原因となっているのは、ほとんどが『この学校での』『五人の課外活動仲間にしか』関係しないイベントだから」

「成程、閉じた世界でのイベントばかりだから、一般社会というか、他の人々の歴史に与えるインパクトが元々小さいのね」

「うんハルカ。ブラジルの蝶《ちょう》理論、風が吹けば桶屋《おけや》理論を敢えて無視すれば、常識的には、どのイベントもせいぜい学校の教師とか……あと吉祥寺だったっけ？　その街の通行人さんとか……ああ、そこへの往復での電車の乗客さんとかにしか影響がないはずだよ。しかもその影響が、歴史の流れに大きなインパクトを与えるなんていうのは……これまた常識的には考え難《がた》い。

　そういう意味でも、真太くんの死だけを避けるのは、難しくはないはずなんだ」

「いずれにしても、今回の世界線のデータ。またクロノキネティック・コアに保存しておいて。最悪の場合、更にもう一度やり直すことになるから。そのときはまた変動率が要る」

「それはもちろん。世界線そのものも、変動率も、すぐ出せるようにしておくよ——

　当然、午後九時五五分一〇秒、あたしたちにとって世界が確定した後になるけどね」

（なるほど、必要なのは糸一本抜き取ることだけ。なら、変動率が上がりすぎたら困るな）

　とはいえ、変動率が〇・〇一％強しかなかったってことは、結局、歴史に何の影響も与えられなかったのも一緒だ。そりゃ歴史が繰り返されて真太が死ぬのも道理だ。

（なかなか加減が難しそうだなあ……いや実際、その難しさはもう骨身に染みているけど）

試行２－８

「さてそうすると」ハルカさんが俺達に向き直った。「現時刻午後二時〇七分において、やるべき宿題は全部終わっている。とすれば。

　これ以降処理すべき宿題を、頭でシミュレイションしてみましょう。最終打ち合わせね」

「ええと、あとは宿題Ｄから宿題Ｇだから……」俺は宿題リストを思い浮かべた。「……まずＤ。前回の失敗は『音楽準備室で真太と今銀さんが会話したこと』だけど——これすなわち『真太に楽器を搬ばせる決意をさせた』『真太があのタイミングで屋上に現れるようにした』ことだけど――これは計画どおり、カンタンに打ち消せるよ!!

何故と言って、今回は当の今銀さんがＮＰＣだから。どこまでも人生初の七月七日を、ナチュラルに生きているだけだから。

そしてオリジナルの七月七日、今銀さんは楽器を搬ぶことにも、工具や補強道具が足りないことにも全然意識が向いていなかったから――今銀さんらしいなあ俺もだけど!!――そもそも真太とそんなことについて会話するはずないよ。

だからこれは計画どおり、『俺が今銀さんと真太の会話が発生しなかったことを確認する』『もし発生しそうだったら、乱入して会話させない』っていう方針でいいと思う!!」

「ふと思ったんだけど」ハルカさんが首を傾げた。「何の会話がなくとも、真太くんが独自に、自分自身の発案で、屋上に楽器を搬ぼうとする可能性はない?」

「いや、たとえそうだとしても問題ないよ!!　何故と言って、オリジナルの七月七日で実際に楽器を搬んだのは英二だから。いやもちろんそれだけじゃあ弱いけど、そもそも俺達の計画の肝《キモ》は、マジメな買い物の用事を捻《ねん》出《しゅつ》して、真太を学校から引き離し、真太がＨアワーに屋上に存在しないようにすることだから。

すなわち、俺は宿題Ｆを実行して、真太が俺から逃げないようにする。といって、今回の用事はマジメな用事だから、真太が雑踏を使ってまで俺をまこうとするはずない。

そうすると、俺はどこまでも真太と行動をともにして、奴の帰校時間を遅くすることになるから――結局、検討会で今銀さんのいっていた時刻、すなわち『午後九時三五分頃、校舎棟屋上に真太が現れる』ことはなくなる」

「どうやって真太くんの身柄を確保するかというと、具体的には、確かあなたが――」

「――スマホと財布を落としたことにする!!　吉祥寺の街で。不自然じゃない。仕掛けもカンタン。そして友達がスマホと財布を落としたって言い始めたなら、なら取り敢えず、『今夜のコースを逆行してみよう』ってことになるよね!?　極めてナチュラルだ。しかも場所は吉祥寺、おまけに夜。かなりの人出だ。物を捜すんだから駆け足ってわけにもいかない。そうやってちんたら時間を稼ぐ――

そしてそれだけじゃない。ブツはスマホと財布。大事なものだから、交番に届け出る必要がある。となれば、吉祥寺駅の構造からして吉祥寺駅東口交番に行くしかない。あそこはチラ見しただけでも分かるけど超いそがしい。行列ができているかも知れない。できていなくても届出そのものに時間が掛かる。掛からないなら俺がマヌケになってもたつく!!」

「確かに、それだけで三〇分以上は浪費できそうね、一郎くん」

「そしてハルカさん、その『三〇分以上』を稼げれば宿題Fはクリアだ、確実に!! だってそのとき、俺と真太が屋上に出現できるのは、最速でも午後一〇時をそこそこ過ぎた頃だから。そうだろう!?」

「単純計算で、〈当初予定の午後九時三四分＋遅延三〇分強〉とすると、成程そうなる。ちなみにそのとき、あなたが午後九時五四分、屋上に飛び出してきて真太くんの動きを悪い方へ誘導することもなくなる、と。

　ならあと残っている宿題は――」

「そうすると残りは、宿題Eの『英二に楽器を搬ばせない』ことと、宿題Gの『英二に珈琲《コーヒー》ポットを用意させない』ことだけだ!!

　これは全部、NPCである英二絡《がら》みになるね。

　まず、英二が珈琲《コーヒー》ポットなんか用意してしまって、だから今銀さんが屋上から脱出する言い訳を塞がれてしまったのは、要は『今銀さんが英二にメールを打ったから』、正確には『自分の楽器は自分で屋上に搬ぶから気遣い無用』ってなメールを打ったからだ。ところが今回の七月七日だと、これ何度もいっているけど当の今銀さんがNPCだから、そんなメールを打つことなんて考えてもいないし（オリジナルの七月七日）、そもそも楽器を屋上に搬ぶことそのものが意識にない（オリジナルの七月七日）。あらゆる意味で、今銀さんが英二にそんなメールを打つ理由がない!! ただ……」

「……ただ、確かに物事には絶対がないし」久々に水城さんが口を利いてくれた。「まさに光夏がNPCになってしまっているからこそ、あたしたちにその行動は統制できない。光夏が、『独自に、自分自身の発案で』楽器を屋上に搬ぼうと思い至る可能性は否定できない。しかも、これ散々議論したけど、そもそも屋上に楽器を搬んだのは蔵土くんだったって話だよね（オリジナルの七月七日）。そうすると、蔵土くんもまた『独自に、自分自身の発案で』楽器のことに思い至る可能性は否定できない。珈琲《コーヒー》ポットのことだってそう。

　だから、あたしが」

「そう、だから水城さんが、億が一のときは介入する!!

　まず、もし部活のとき、今銀さんが余計な……じゃない物騒なメールを打ちそうな素振りを見せたら、水城さんが介入する。その中身を聴く。別に秘密じゃないし、ふたりは親友だから教えてくれるだろう。そしてそれが『楽器を搬ぶ』云々《うんぬん》の話と分かれば――

「――計画どおり、あたし光夏にいうわ、『楽器は火脚くんが全部搬んでおくことになっている』って」

「そりゃもちろんデタラメなんだけどね!! 今銀さんに楽器の話をさせないためのデタラメで、だから英二が珈琲《コーヒー》ポットを用意しないためのデタラメ……」

ま、水城さんの介入はどこまでも保険に過ぎないし、まさかその保険を使うことなんてあり得ないと思うけど――やっぱり珈琲《コーヒー》ポットも潰しておくべきだしね!! エマージェンシープランに影響があるから!!」

「……でも火脚くん。

よく考えてみれば、その時間帯、あたしが光夏のスマホを借りていれば、絶対に『光夏が蔵土くんにメールを打つ』ことは避けられるんじゃないかな? だから宿題Eが確実に処理できるんじゃないかな? これ、計画を立てるときに思い付けていなくて、急に申し訳ないんだけど」

「いや全然――うんその方がいいな!! スマホがなきゃメールは打てない。シンプルだ!!

よし、かくて宿題Eも処理できる!!

今銀さんは英二にメールなんて打たない。楽器の話もしない。

なら、ドミノ現象で『英二が今銀さんに返答する』ことは絶対に起こらない。そこから更に『英二が珈琲《コーヒー》のポットを出す』ことも起こらない――英二がそれを決意したのは、楽器を搬ぶという今銀さんの気持ちを嬉しく思って、他に自分にできることは無いかどうか考えてしまったからだ。でも、『考えるきっかけ』『考える大前提』がもう発生しないんだから、英二が珈琲《コーヒー》なんかに気を回すことはない。実際、オリジナルの七月七日には、珈琲《コーヒー》のコの字すら出現していないんだからね!!」

「飽くまでも念の為だけど、英二くんがそれを独自に、自分自身の発案で思い立ったら?」

「ハルカさんは徹底的だね!!

大丈夫、俺の記憶は確かだから――それを防ぐために、計画どおり、音楽準備室にある遠征用ポットは隠しておく。そうだよね?」

「まさしくよ、一郎くん。

でもどうせ隠しておくなら、楽器そのものも隠しておいてはどうかしら? オリジナルの七月七日でそれを搬ぶことを思い付き、実際に搬んでしまったのは、今議論している光夏ではなく、英二くんなのだから。そして『楽器』が屋上に登場するのも、『珈琲《コーヒー》』が屋上に登場するのも、どちらも危険だから」

「なるほど、それもそうだな‼　どっちも保険だけど、億が一真太が屋上に現れたとき、真太を屋上に居続けさせる理由になっちゃうから──

　なら俺が楽器も隠そう」

「でも火脚くん、楽器はまさに部活で使うんだから」水城さんがいった。「隠せるとしたら、午後八時に部活が終わった後、取り敢えずそれが音楽準備室に置かれるか、少なくとも楽器ケースに入れられて片付けられるタイミングになるよ？」

「かまわない。ポットは部活前に、五人の楽器は部活後に、それぞれ、そうだなあ、美術室にでも隠しておくよ。今日は美術部ないみたいだし、というかないはずだし、オリジナルの七月七日に楽器を搬ぶこととなった英二も、まさか美術室に五人の楽器があるだなんて想像しないだろうから──そんなこと、高校入学以来発生していないイベントだしね。ハルカさん、どうだろうこの一部修正プランは？」

「異議はないわ。ゆえにこれで宿題全てが処理され──」

「──真太は生き返る‼　じゃなかったもう死ぬことはない‼」

「詩花さん」ユリさんが気を利かせた感じで訊いた。「何か気になることとか、あるかな？」

「……ううんない。そして決意もできた。絶対に目的を果たして、楠木くんを」

　水城さんは、動詞の選択に迷った感じで言葉を止めた。

　俺はその微妙なトメとタメに、彼女の躊躇《ちゅうちょ》っていうか、強い不安を感じたけど──

「あっいけね‼」腕時計は午後二時〇九分を指している。「そろそろ六限だから、もう教室に帰らないと。だから最後にハルカさん、未来人側の方は、そうだな、宿題Hと宿題I、『CMRの動力を落とす』『CMRから下りて待機している』ことを守ってくれ‼

　それじゃあ」

　俺はハルカさんと固い握手をしてその場を離れようとした。右手を出したら、ビックリしたような顔をされ、どこか躊躇するように左手を出し直されたので、俺も左手を出し直して、ハルカさんの手を強く握った。そのまま、金属ドアを通って屋上を後にしようとすると──

試行2－9

「ユリさん」

「何、詩花さん？」

「実は、その、気になる事っていうか……」

水城さんはユリさんに、あの手に提げていた大ぶりなビニール袋を取り出した。俺は初めてそれをまじまじ観察し、それがやはりこの学校の購買部の――要は売店の――ビニール袋であることに気付く。そしてやはり、いちばん大きなサイズだ。俺がその中身も水城さんの目的も解らずに立ち尽くしていると。

「……確かユリさん、今の状態だと、ええと、今日の真夜中からキチンとした食事とか、何も取れていないんでしょう？

これ、パンばかりで申し訳ないんだけど、この高校の売店で買ってきたから。あと、大きな水のペットボトルと、大きなお茶のペットボトルを買ってある。いろいろ大変だと思うから、取り敢えずこれでしのいで」

（へえ、水城さん優しいなあ!!　あれだけ未来人ふたりに怒っていたのに、すごいや）

――これも、他人の気持ちが解りすぎるゆえだろうか。ただ、もし水城さんが普段の調子で自分を殺してまで未来人に献身しようというのなら……俺としては信じられないほどの自制心だと感服するけど……それは結果として、水城さん自身にマイナスなような気がする。水城さんはもっと、俺みたいに鈍感に、自分に正直になった方がいいんじゃないだろうか。人と人の想いが重なり合うのは美しいけど、いつも自分を曲げて重なりにゆくんじゃあ、そりゃ水城さんが可哀想すぎるし、そもそも想いが重なり合ったとはいえない感じがする。普段の部活でもそうだけど、水城さんは先へ先へと物事が考えられるあまり、自分の我《わ》が儘《まま》も、他人を変えることも諦めている。頭が良すぎるのも辛いことだ。それが自己主張につなげられないのは、もっと辛いことだろう。俺は再び、これまで水城さんの配慮とか優しさとか自己犠牲とかを当然視してきた自分を反省した。

「あ、ありがとう詩花さん」購買部の袋を受け取ったユリさんがいう。「あたしたち真太くんを殺しちゃったのに、そんなことまで気にしてくれて」

「まずユリさんが中身を確認して」水城さんはまたもやハルカさんを睨《にら》んだ。「それは絶対にそうして。で、納得がいったらこの子にも見せて、分けてあげてもいいよ。絶対だよ」

「……それが望みならそうするわ、必ず」ハルカさんは淡々といった。「ありがとう」

「あなたのためにしたんじゃないから。

それに運命でも歴史の必然でも何でもいいけど、何があろうと楠木くんを救《たす》けて。そう、どんな困難があろうとどんな理屈があろうとどうでもいい。あたしハッキリいってそんなのに興味ない。そして難しく考える必要もない。人殺しは人殺しの責任をとる。それだけ」

「そ、それじゃあ、俺はこのへんで!!」

水城さんとハルカさんの険悪なやりとりにガクブルした俺は、敵前逃亡することにした。いよいよ、金属ドアを通って屋上を後にする。

（鍵のサムターン錠は——いじる必要ないな。まだ水城さんが屋上にいるから）

俺は鍵のことを考えたとき、微妙な違和感を憶えたけど、そのモヤモヤの正体はちょっと分からない。また職員室に急ぐ必要もある。俺は急いで校舎棟の階段を駆け下りた——

試行2-10

——そして、午後四時〇八分。

今回は抜き打ちテストにならなかった六限世界史も、ウチの高校が何故か力を入れている七限柔道も終わった（何故女子にはないんだろう?）。極めて適当なHRのあと、俺は部活のため学芸棟・音楽室に向かう。前のやり直しどおり、そして前のやり直しのとき今銀さんに執拗《しつこ》くいわれたとおり、自分は石、自分は壁、自分は木石《ぼくせき》、自分は空気と繰り返しながら。

ただ、二度目に帰ってきた七月七日も、俺についていえば、別段オリジナルと変わったところは全然ない。もちろん、ああやって屋上でハルカさんたちと最終打ち合わせをしたのはオリジナルの七月七日にないイベントだけど、こればっかりはやむを得ないことだし、『前の七月七日』にもあったことだ（当然、今銀さんが水城さんに変わってはいるけど）。そしてこれまでの所、俺はできるだけ完璧に、オリジナルの七月七日をトレースしている、と思う。クラスメイトとの雑談。廊下で会う同級生や後輩とのバカ話。俺が気付くかぎり、ほとんどオリジナルの七月七日どおりだ——微妙すぎるタイミングのズレと、微妙すぎる台詞の違いを別とすれば。

（もう既にオリジナルの七月七日どおりには進んでいないんだから、微妙にオリジナルとズレるのは仕方ない。その中では、かなり忠実に最初の七月七日を再現できたはずだ!!

ただ、廊下で、保護者っぽい大人がちらほら、数グル

ープに分かれて談笑しているのは何故だろう？　ま、どう見ても学芸棟から出てゆく途中だから、どうでもいいか）

――俺はいよいよ音楽室に入った。

「あっ火脚先輩お疲れ様でーす」
「お疲れ様です!!」
「火脚先輩、お疲れさまです～」

おうお疲れ。お疲れ様。お疲れ。俺はこれまた前の七月七日どおり、そして前の前の七月七日どおり、視線の角度とか声の大きさまで意識しつつ、未来どおりの挨拶をする。その音楽室はもう、部活用にセッティングされている。授業で使う机はまとめられ片付けられ、演奏隊形に配置されたイスもちゃんと並べられている。今回、今銀さんはＮＰＣだから何も感じないだろうけど、これは普段どおりで、前回・前々回の七月七日どおりだ。音楽室の窓が全部開放されているのも、エアコンが一旦止められているのも、そしてそれらの窓の開き方、ずらし方さえも未来どおり。

そう思ってふとホルンの定位置を見遣ると、既に水城さんが自分の二番奏者席に座っていた。一番奏者の今銀さんは、まだいない。俺は意図して水城さんに視線を送った。繊細で気配り屋の水城さんはすぐ気付いてくれた。そして大きく頷いてもくれた――俺は彼女の唇の動きを読みとる。難しいことじゃない。この段階で俺達が確認しておくべきことなんて、たったのふたつだからだ。そして彼女の唇は、俺が確認したかったことを裏書きしてくれている――要は『トレースできている』『光夏はまだいない』。

俺はかなり安心して、鞄《かばん》とかを音楽室後方、机の群れの『俺の定位置』にぽんと置いた。これは部員のほとんどが決めている。癖というか縄張りみたいなもんだ。例えば、既に部活にやってきている、水城さんの鞄もちゃんと彼女の定位置にある。だから、やろうと思えば、特定の誰かをターゲットに、何か盗むくらいはカンタンにできるけど――さいわい我が久我西高校吹部では、そうした盗難事件はこれまで発生していない。部長である真太の圧《アツ》によるのかも知れない。まあスマホとか財布とかは、自席まで持っていく部員が多いこともあるだろうけど。

俺は鞄とかを俺の縄張りに置いてから、ふたつの未来を顧《ふりかえ》った。

俺の記憶が確かなら、今この段階で、確か――

「ああ一郎。今日もお疲れ様です」
「ああ英二!!　お疲れ様!!」

──ここで俺は、今遭遇した英二が今夜屋上に搬《はこ》ぶであろう、『楽器』のことを話題にしたくなった。英二とくれば楽器。そして『楽器』と『屋上』の組合せはとても恐い。

ところが、ここで俺が楽器のことを話題にすれば（俺が搬ぶから気にするな云々《うんぬん》）、英二はかなりの確率で『珈琲《コーヒー》を準備する』ことを思い付いてしまう。他方で、俺が何も牽制《けんせい》しなければ、それこそオリジナルの七月七日どおり、英二はナチュラルに楽器を搬んでしまう……（なるほど、ハルカさんと最終打ち合わせをしておいて助かった。

ここでは何も仕掛けなくていい。

英二には、オリジナルどおり楽器を搬ぶつもりにさせておいて、その楽器は、俺が部活終了直後に隠してしまえばそれでいい）

だから俺は、意図的に、オリジナルの七月七日の台詞を再演した。

「そういえば英二、例の七夕飾りだけど、今夜決行だから!!」

「解りました。いや今夜晴れてよかったですね。ちょっと検索してみたんですが、今夜の武蔵野の降水確率は○%だそうです」

「そうなんだ!! なら安心だな!!」降水確率の話はしたかな、してなかったかな……「い、いずれにしろ、部員全員の願い事が飾られた大事な竹だからな。最後の最後、七月七日ギリギリで飾れることになってホントよかったよ!!」

「じゃあ予定どおり、ホルンのおふたりと、私達トランペットのおとこ三人で──」

「──そうなる。屋上に出て、七夕飾りの竹を固定することになる!!

今のところ、時刻は午後九時半からって考えているけど、英二何か問題はある!?」

「いえ全然」

「あっあと」これは言わざるを得ないだろう。「俺と真太だけど、ちょっとその前に、吉祥寺の街へ出てくるから!! だから微妙に遅れるかも知れない!! そのときは男手が英二だけになっちゃうけど、できるだけ急いで駆けつけるから、作業は予定どおり午後九時半から始めちゃってくれよな。そのあたりの段取りは、水城さんが無闇に詳しいから!!」

「吉祥寺へ？ 買い物に？ また何か急いで調達すべきものでも？」

「大した物じゃないし、大したミッションでもない!!

そのあたりも水城さんが無闇に詳しいはずだけど、竹を固定するときの工具とか、補強用具とかに足りないものがある。それだけのことさ‼」

「一郎にしては気が利きますね」しかし英二は自然に頷いた。それもそうだ。「解りました。作業はどのみち午後九時半から始めます」

「これすなわち、午後九時半、できれば午後九時三二分には屋上に出ていてくれ‼」

「……微妙に中途半端な時刻ですが、何か意味が？」

いけね。余計なこと喋るんじゃなかった。

俺がここであれこれ仕掛けなくても、一緒に未来から帰ってきた水城さんが――だから前回の七月七日の在り方を熟知している水城さんが、そのあたりの時間調整はしてくれるだろう。『できるだけ未来をそのまま再現しつつ、真太の死だけを上手いこと回避する』。それが、今回の試行でいえば、水城さんと俺とが絶対のルールにしていることだ。そして水城さんは街になんて出ないから、立派に現場監督ができる――

俺はそのとき、NPCである今銀さんが、俺達の方をチラリと見つつ、音楽準備室方向に向かったのを見た。いかん、そっちの方も確実にチェックする必要があるんだったっけ。

「いや英二、時刻に意味なんて全然ないよ‼　あるとすれば――俺と真太を待つにしても、まさか五分は待機する必要ない、二分程度でいいっていう意味だけで。と、とにかく水城さんが万事承知の上だから。変な事いって悪かった‼」

「別段、一郎は何も悪いこと言ってはいませんよ。まあ趣旨了解しました。要は、真太と一郎がいなくても、午後九時半あたりには屋上で作業開始ってことですね？」

「まさしくそのとおり‼　それじゃあまた全体練習で‼」

俺は微妙に安心して英二と離《わか》れた。そのまま音楽準備室に向かう。部員の楽器は、音楽準備室に収納されている。そして事実、何人かの部員が、決して広くはない音楽準備室から出てくるところ。ひとり、ふたり、またひとり……

（ここで、オリジナルの七月七日だと。

俺が今銀さんと音楽準備室で会話したなんてイベントはない。そんなものはなかった）

ただ、前の七月七日の失敗からすれば、もう検討したとおり、音楽準備室で今銀さんと真太を接触させるのもマズい。というか、それがまさに俺達の宿題だ。さてそうなると、俺がこのまま音楽準備室に闖入《ちんにゅう》して今銀さんの様子を窺《うかが》うか、それとも……

（……ただ、真太の前でそれは悪い気もするなあ!!）

俺達は体育会系文学部。しかも男女混淆《こんこう》。人間関係の隠微《いんび》な蔦《つた》が、どうしても絡まり合う。それも時として激烈な、ダイナミックな感じで。そしていつかもいったけど、互いの腹の具合まで分かる間柄《あいだがら》だ。なら、惚《ほ》れた腫《は》れたの話がバレないわきゃない。バレないと思っているのは、当の本人たちだけだ……

（ま、真太は硬派な堅物だからなあ。

恋路の邪魔をしたところで、顔色ひとつ変えないだろうけどさ）

いずれにしろ、俺が、多分もう今銀さんしか残っていないはずの音楽準備室に入るかどうか、かなり迷っていると――

試行2－11

「おい一郎」

「あっ真太」

当の被害者である真太が、もちろん何の記憶もなく、ナチュラルに話し掛けてくる。

（なるほど、前回の七月七日のタイミングどおりだ）

前回では、この時点で出現した真太が、そのまま音楽準備室に入った。そして未来を知っていた今銀さんと、あれこれ話をしてしまった。それが、導火線の何本かにつながった。

（ただ、真太と今銀さんが音楽準備室で接触するのは、前回の七月七日に初めて発生したイベント。オリジナルの七月七日だと、そんなイベントはなかった。それは『反省検討会』のとき、今銀さんが力説していた……）

と、すれば。

さっきハルカさんと最終打ち合わせをした趣旨からも、ここで真太を脚止めしておいた方がいい。オリジナルの七月七日をトレースするって意味でもそうだし、そもそも真太が今銀さんに、だから導火線に近づくイベントを打ち消してしまう――って意味でもそうだ。

俺は真太を音楽準備室へ入れない決意を固め、そのまま廊下で雑談を始めた。

「真太はこれから音楽準備室かい⁉」

「ああ、何を今更だが」

そりゃそうだ。楽器を取り出さないことには部活ができない。

「な、ならできるだけ手短に――

今夜の約束、憶えてくれているよな⁉」

「悪いが、俺はお前よりそこそこ記憶力がいいと自負しているんでな。

——部活終了後、午後八時一〇分に学校の正門で待ち合わせ。これでいいか？」

「も、もちろん!!」

「ああ、そういえば雑談なんだが——」

「真太が雑談だなんてめずらしいなあ」

「今銀に会ったか？」

「ううん、それはこれから——」じゃない!!「——いやまだ今日は会ってない、全然」

「それならいい。どこか面妖《おか》しな様子は無かったか、と思ってな」

「えっ、今銀さんに何かあったのかい!?」

「つい二分前くらいに、水城がかなり心配を……」真太はハッと我に返った。「……いや何でも無い。くだらんことだ」

（水城さんは、真太とは接触していないはずだけど——）俺は腕時計を見た。午後四時一七分。（まあそれは午後一時〇九分までのことでしかない。それに水城さんは、確か前の七月七日だと、今くらいの時刻に、音楽準備室近くにいたはずだ。そして水城さんなら、できるだけ前の歴史をなぞるだろう。しかもその水城さんには、真太の死の生々しい記憶が残っているから、もし真太と出会《でくわ》しちゃったなら、挙動不審になっちゃっても不思議はない。

そもそも、あれだけ半狂乱だったしなあ。いや、半狂乱×２度だ）

……さて話題の今銀さんはといえば、まだ音楽準備室から出てこない。別段、俺が真太と一緒に音楽準備室に入って、ふたりの会話をチェックしてもいいんだけど……それはさすがに躊躇《ためら》われた。今銀さんの方は何も気にしないだろうけど、真太の方が、まあ顔色ひとつ変えないにしろ、俺に微妙な悪感情を抱く可能性がある。

（そもそも、真太が吹部の部長を引き受けたとき、何故副部長に今銀さんを指名したかといえば……まあ俺としては、水城さんの線もかなりあったと思うんだけどな……）

「オイどうした一郎、上《うわ》の空《そら》で。取り敢えず其処《そこ》、どいてくれないか？」

「あっいや、そのつまり、まだ打ち合わせが」

「打ち合わせ？」

「これすなわち……あっそうだ、部費、部費の関係!!

今夜の買い物は経費で落ちるから、帳簿とか現金とか、俺の方でちゃんとやっておくから。もしこれから帳簿とか用意しようっていうんなら、その必要は全然ないよ!!」

「……一郎、熱でもあるのか？　天然なお前らしからぬ気の配り方だぞ？」

「ある意味、俺は今夜のイベントに命を懸けているから!!」

「またすごい気合いの入りようだな。ま、部員全員の願い事が懸かっているから、お前の気配りには素直に感謝しておく。じゃあな」

「あっ真太」

　俺がいよいよ真太の躯に触れようとしたその刹那《せつな》、なんとも絶妙なタイミングで、譜面台、楽譜ファイル、ペンケースそして雑巾《ぞうきん》を――もちろん楽器そのものも――抱えた今銀さんが、音楽準備室から出てきた。俺は内心、大きな嘆息《ためいき》を吐きながら彼女に道を開ける。真太も自然にそうした。

　けれど俺の方は、意図的に無言。真太の方は、ナチュラルに雑談をふっている――

「今銀、これから個人練習か？」

「うん真太。何を今更だけど、暖機運転。マッピでバズイングをして、楽器に息を通して、チューニングして――今日は久々にいい天気だから、学芸棟の外でやろうと思って」

「今銀さん、気を付けてね!!」

「……どうしたの一郎、特に気を付けることは何もないよ？」

「いやいや、とにかくどうぞ、すぐどうぞ」

「男同士で何かの密談？」

「いや全然。俺が真太に怒られるのはいつものことだし」

「それもそうね。じゃあまたすぐに、全体練習で」

　俺の声掛けと、無言の誘導で、今銀さんは真太ともう会話することなく現場から消えた。

「――オイ一郎、俺はお前に何か怒っているつもりはないが？」

「いやそりゃ言葉の綾《あや》だってば!!　細かいこと気にするな!!　気にしているのは俺だよ!!」

「お前ひょっとして、その、何だ、どういえばいいのか……今銀のことが……」

「そりゃ気になって気になって仕方ないさ!!」ＮＰＣの行動は統制できない。「いずれにしろ、ほら午後五時からは全体練習だし、俺達もトランペットの暖機運転、始めておこう」

試行2―12

――とにもかくにも宿題を処理して、時刻は午後四時五〇分。

俺は前回の、そして前々回の七月七日をトレースすべく、腕時計と記憶を頼りに、全体練習に入る時間を調整した。そのことも、まだNPCじゃなかった今銀さんに厳しく指導されていたからだ。俺は憶えている限り正確なタイミングで、そろそろ五〇人近くが揃《そろ》いつつある音楽室に入ってゆく。いや、前回の七月七日より、もっと注意を払って入ってゆく――これまた今銀さんに怒られたとおりに。というのも前回の俺は、前回の今銀さんほど『交通事故』に気を付けてはいなかったから。なるほど、部員が五〇人近く動いていると、どんな『交通事故』が起こるか解ったもんじゃない。ただ肩と肩が触れるだけなら、歴史の織物にはほとんど影響を与えないと思うけど、誰かと正面衝突して相手を昏倒《こんとう》させでもしてしまったなら――それはいつかの今夜、水城さんが力説していた『もし水城さんが今銀さんを屋上から突き墜としてしまったら……』というシミュレイション同様、飛んでもない原因と結果の連鎖を生じさせかねない。

そんなわけで、俺はおっかなびっくり自分の席に着いた。交通事故はなかった。

俺の席は、トランペットの二番奏者の席だ。首席の真太、そして三席の英二に挟まれるかたちになる。これはもちろん、普段どおりでオリジナルどおり（ちなみに前の七月七日とも一緒）。俺はイスに陣取り、譜面台とか楽譜とかを整えながらも、主演男優たちを確認した。堅物の真太も、しっかり者の英二も、もう既にそれぞれイスでスタンバっている。もちろん英二以降の、二年一年の後輩たちも――トランペットでは、俺がいちばん最後に着席したわけだ（ちなみに、これまたいつものことなので問題はない）。

さて、俺がいよいよ、午後五時からの全体練習前の、最後のウォーミングアップをしようとすると――

「ねえ光夏？」

「何？」

トランペットの縄張りの前列、ホルンの縄張りで、水城さんが今銀さんに話し掛けた。

（あっそうだ。このタイミング――水城さん仕掛け始めたな）

前回の七月七日。今銀さんは、英二にメールを打った。それは要は、『楽器は今銀さんが屋上に上げておくから、英二は何も気を遣わなくていい』――ってメールだ。無論それは、英二に楽器を搬ばせないことによって、『屋上』＋『楽器』なる最悪の組合せを避けるためだった。NPCでない今銀さんは、だから意識あるプレイヤーとしての今銀さんは、そうやって歴史に介入して、英二の行動を統制しようとした。

（けれどそれは、裏目に出た）

　前回の七月七日では、楽器というなら真太が搬んでしまったし、まして英二に『珈琲《コーヒー》ポットを準備させる』という結果を引き起こしてしまったからだ。だから前の七月七日、今銀さんは、全員を屋上から撤退させるプランを全て失ってしまった——ここまでは、『反省検討会』と最終打ち合わせの復習だ。

（だけど、この七月七日、今銀さんがそんなメールを打つはずがない）

　今銀さんはNPCとして、どこまでもオリジナルの七月七日どおり、楽器のガの字にも思い至ってはいないはず。それを小細工するのは、プレイヤーである水城さんと俺の仕事だ。そして俺は、今音楽室に入る前、音楽準備室に寄って、遠征用のポットを回収した。もちろん予定どおり、無人の美術室の彫像の陰に隠した。

　これを要するに、何がどう転んでも、今銀さんが楽器を気にすることはないし、英二が珈琲《コーヒー》ポットを用意しようなんて思い立つこともない。しかも俺は、保険としてポットそのものを隠した。英二が絶対にそれを使えないように。そして今、水城さんは、やはり保険として、さっきの最終打ち合わせどおりの介入を——そもそもこの時間帯、『今銀さんのスマホそのものを使用できなくしてしまう』という介入を——始めたようだ。重ねて、もう今銀さんが英二にメールを打つ確率は零《ゼロ》のはずだから、これは、水城さんの繊細で慎重で、そしてある意味執拗《しつよう》な性格を反映した行動だといえる……

　やがてもちろん、ちょうどホルンの列で、最後のウォーミングアップをしようとしていた今銀さんが、水城さんの言葉に反応する。トランペットの列はホルンの列の真後ろ、しかも俺と水城さんは同じ二番奏者だから、水城さんは俺のほぼ真ん前にいることになる。その様子はハッキリ確認できる。

　——水城さんは、左隣の今銀さんに、ちょっと躯を寄せるようにして囁《ささや》いていた。周囲は、最後のウォーミングアップをしている部員の音。色とりどりの、大小様々な音色が、メゾフォルテくらいで響き渡っている。しかも水城さんは密談をしている。俺には、その姿勢や顔の傾きを見ることしかできない。ただ、宿題は明確に整理済みなので、水城さんが何をやり、何をやろうとするつもりなのかは自明だ。俺はウォームアップをする演技をしながら、できるだけ彼女たちの密談の断片に耳を傾けた。俺がそれを聴き取れたとき、会話はまさに、仕掛ける側の水城さんのターンだった――

「……楠木くん……音楽準備室で……」

「ううん詩花、今日はまだ話してない……」

「いよいよ……七夕飾り……今夜の予定……」

「ああ、時間だけは……」

「……足りないものとか……備品とか……」

「足りないもの？　うーん……全然思い付かない」

「じゃあ光夏、予定どおり……もう伝わっているとおり……」

「いよいよ今夜、午後九時半に……楽しみ……」

必要な確認とマクラを終えると、いよいよ水城さんは本題に入った。

「……ホントの最後に……あの竹、あの写真見せて……」

「全然いいよ」

ここで今銀さんは自分のスマホを出し、指紋認証を何度かした。ところが――というか前回の七月七日どおり、何度やっても弾かれるようだ。ちっ。今銀さんらしい豪快な舌打ちが聴こえる。盗み聴く必要がないほどに。そして舌打ちをした今銀さんは、指でスマホの画面をスライドさせると、どうやらパスワード認証を開始した。幾度かのタップ。それを、やや不安げな表情で見詰める水城さん。しかしもちろん何も知らない今銀さんは、どこまでもナチュラルに、開錠を終えた自分のスマホを水城さんに差し出した。

（未来どおりなら、あのスマホの画面には、七夕飾りが終わった竹の写真が出ているはず）

――そしてそのことは、水城さんの態度がすぐに裏書きしてくれた。

というのも、水城さんが、写真への讃歎《さんたん》だろうか、何かの言葉を嘆息《ためいき》みたいに囁いた後、しばらくそのスマホ画面に魅入ってしまったからだ。なるほど、今年の吹部の七夕飾りは、永久保存版にしたいといっていいほどのスグレモノ。俺も後で今銀さんに頼んで、写真を添付ファイルで送ってもらおう――もちろんすべてが終わったら、だけど。

（そして水城さんの感動がホンモノにしろ、前回の七月七日をトレースしたものにしろ、まさか写真そのものが全然違っているなんてことはあり得ない。それだったら、水城さんの方で、唯一の共犯者である俺に、何らかの異変を知らせるサインがあるはずだ）

そしてそんなサインはない。なら写真も前回の七月七日どおり。

けれど、ここで前回の七月七日にはない乱調が、微妙に起こった。

「どうせならその写真……詩花のスマホに……これから添付ファイルで……」

「あっ光夏……それは……というのも、あたしスマホ……で持ってきていない……」

「えっめずらしい……壊れた……じゃあ今見られない……」

「……家に置いてきた……明日は必ず……」

(ふたりの言葉の断片と、ふたりの仕草からすると——どうやら、今銀さんはすぐさま七夕飾りの写真を送信してあげる、みたいなことをいったようだ。親切心から。ただ、水城さんはシナリオの乱調とオリジナルからの逸脱《いつだつ》を恐れたか、『スマホを持っていない』という言い訳で、それを断った感じだな)

——やがて水城さんは、タイミングを図りつつ、今銀さんにスマホを返した。

「ありがとう……返すね……邪魔しないから」

「あたし……思ったことないよ。

鞄に入れてある……送るけど……いつでも見て」

(しかしまあ、よくよく考えてみれば、今銀さんの水城さんへの態度も、あからさまといえばあからさまなんだよなあ。ま、今銀さん、この高校生活で嫌というほど解ったけど、おとこには興味がないからな‼)

俺はそんなことを思いつつ、今銀さんのスマホの行方を追った。

今銀さんは、水城さんから返してもらったスマホを、そのまま楽器ケースの中に入れる——というか隠してしまう。ただこれは我が久我西高校だと不思議な挙動《きょどう》じゃない。スマホは禁止、ただし教師の目に入らない限り黙認——というのがウチのルールだからだ。だから例えば全体練習中、顧問の富田が入ってきて、スマホを目撃してしまったなら、富田の立場としてはそれを没収する外はない。教師ってのも、まあ、損な役割だ。

(いずれにしろ、スマホは今銀さんの手すら離れた。なら、もはや英二にメールが打たれることもなく……)

俺は右隣で涼やかに座る、英二の動きをチラ見した。しばらく楽器から口を離し、武士っぽく瞑想《めいそう》している。もちろん特段の動きはない。あるはずがない。前回の七月七日、英二がここで今銀さんに話し掛けたのは、今銀さんのメールに反応するためだ。そのメールが歴史から消えた以上、まさか英二が今銀さんに声を掛ける理由がない。

そんな感じで、俺が英二の様子ばかり気に懸けていると——

「全体練習。ロングトーン」

——俺にとってはいきなり、真太の指示が聴こえた。

ハッと左隣を見ると、部長の真太はもういない。そりゃそうだ。もう黒板前の指揮台にちゃんといる。全体練習の指揮と指示をするために。ならもう、部員の誰もがスマホだのメールだのをする余地がない。これから午後八時まで、みっちり厳しく全体練習だ。

(よっしゃ、今銀さんの行動にも、英二の行動にも介入成功だ!!)

クラリネットのおんなのこが、チューニングのB《ベー》を吹き始め。

やがて俺を含む全員がそのBに音を重ねると、オリジナルの七月七日どおり、そして前回の七月七日どおり、全体練習が始まった——

試行2-13

——いよいよ、午後八時一〇分。

午後八時に部活が終わった後、楽器の手入れも片付けもそこそこに、俺は久我西高校の正門へダッシュした。もちろん街へ出るため、そして確実に真太の身柄を確保するためだ。俺の方が待ち合わせに先入りするなんて、滅多に起こらない現象なんだけど、事情が事情だし、そもそも前回の七月七日もそうしている。

「ああ一郎、早いな。熱でもあるのか?」

「失礼な言い草だなあ!! おっと、違った、ちょうどいい……」

俺はここで、前回の七月七日とは違う台詞《セリフ》を紡《つむ》いだ。やっぱり保険のためだ。

「……なんだか、夏風邪じゃないとは思うんだけど、ちょっと熱っぽくてフラフラするんだ。俺がふらついたり具合が悪くなったりしたら、迷惑だけど介抱してくれ。頼んだぞ!!」

「確かにバカは風邪をひかないから、ここのところの猛練習で酸欠気味なのかも知れんな。

ああ解った。部員に街で事故を起こさせる訳にもいかん。トランペットの二番奏者に事故があっても困る。お前は俺の趣味じゃないが、そういうことなら気を付けてくっついていることにするよ」

「ありがとう真太!! お前が律儀《りちぎ》な奴で、ホント救《たす》かる!!」

変調はここまでだった。

あとは、前の七月七日をトレースするだけ……

俺と真太は、バスと電車を乗り継いで、吉祥寺の街へ出た。所要三〇分。

前回の七月七日では、吉祥寺駅のホームに出たとき、俺は真太にまかれている。真太は俺の適当な用事に愛想を尽かし、ホームの雑踏を利用して俺をふりきった。ただ今回はそうはゆかないし、そうはならない。俺の用事は――これすなわち真太の用事と一緒だけど――今回はマジメな奴だし、さっき体調云々《うんぬん》の嘘を吐いて保険も掛けておいた。漢気《おとこぎ》ある真太のこと、約束は守る真太のこと。今回の七月七日では、俺をまく動機もなければ意思もない。俺はそれでも吉祥寺駅のホームに出たときかなり警戒してしまったけど、そんな感じで挙動がおかしかったのも、結果としてプラスに働いたみたいだ。真太は俺をまくどころか、俺の真横で、俺の具合を気にする感じで、歩調まで合わせて付いてきてくれている。

（すまん真太。騙《だま》すようなかたちになって。ただその代わり、絶対にお前を死なせない）

俺達は吉祥寺駅から、いよいよ吉祥寺の街へ出た。腕時計を見る。午後八時四〇分――

前回の七月七日では、真太が俺をまいたのはだいたい『午後八時三九分』頃だったから（まかれた俺が保証する……）、もう安全と考えていいだろう。だから、俺は真太に付き随いながらも、それが前回の七月七日どおりだったかそれとなく確認しつつ――できるだけ前の七月七日をトレースするためだし、そのコースは真太しか知らないから――ユザワヤだのヨドバシだのロフトだのを回って、必要な工具なり補強用具なりを調達していった。

ただ当然、無事に買い物を終えてしまっては――正確には、無事に買い物を終えてそのまま帰途に就いてしまっては――真太が久我西高校に帰ってその屋上に現れるタイミングが前回どおりになってしまう（確か前回は午後九時三五分頃という話だった――今銀さんの証言）。ゆえに、買い物が終わった段階で『仕掛けなくちゃいけない』。仕掛ける中身はもちろん、重々打ち合わせたとおり『俺がスマホと財布を落とす』『それを捜し回る』『おまけに交番に届け出る』ことだ。そうすれば、どう考えても真太が午後九時三五分なんかに屋上へ出ることはない。なら、どう考えても真太が午後九時五五分、CMRの爆発によって転落死することもない。

買い物が終わって、いよいよ吉祥寺の駅ビルに差し掛かった時点で、俺は腕時計を見た――時刻は午後九時〇五分。

（トレースした結果とはいえ、ドンピシャリの数字が出てくるもんだ……

　すなわちこれからすぐ電車に乗ってしまえば、バス、徒歩の時間を合わせても、真太はなるほど、午後九時三五分頃には屋上に出現できてしまう!!）

　――駅ビルのたもとで、いよいよ俺が『スマホがない!!』『財布がない!!』のフォルテと腹筋を利かせようとした、その瞬間。

試行2－14

　真太が自分のスマホを取り出した。

　……奴は街中ではスマホを使わない。というかスマホがあまり好きじゃない。『無限に時間を食いつぶすから』というのが理由だ。そんな真太が、まさか思い立って電話を架けたり検索をしたりするはずもない。ということは、これはリアクションだ。真太は部長でもあるから、架かってきた電話、入ってきたメールには律儀《りちぎ》に対応をする――雑踏に迷惑を掛けないようにしながら、駅ビルの南北自由通路の片隅に逃れながら。その真太の俄《にわか》な方向転換で、俺は言葉を発するタイミングを失った。

　やむなく真太を追い掛ける。そのとき真太のスマホの様子が見えた。それは、最後の振動を終える所だったようだ。雑踏のBGMに紛《まぎ》れて、微かにバイブの音が聴こえた。

（といって、電話じゃないみたいだな）

　そのあとすぐ、真太がスマホの画面をスライドさせたりタップさせたりする様子からして、真太が対応しているのは明らかにメールである。真太は硬派だから、着信したメールには速攻で対応する。判断も速い。そして吹奏楽者らしく（？）人差し指だの中指だのの動きも神速だ。真太が恐らく返信と思われるメールを打ち終えるのに、ものの一〇秒も掛からなかった――

「真太どうしたの、何か大事なメール⁉」

「いや……大事というか、極めて私事《しじ》にわたるメールだ。いってみれば、七夕関係だな。吹部《すいぶ》の問題とかじゃない、多分」

「それならそれで」俺はここでまた仕掛けようとした。

「実は俺、自分のスマホ――!!」

　ただ、何故か俺の言葉は、真太の頭に入っていかなかったみたいだ。真太は、意図的じゃないだろうけど、まるで俺の言葉を封じるように、俺の言葉に被《かぶ》せるようにいった。

「――すまん一郎、トイレだ」

「と、トイレ？」

「すぐに戻ってくる。そうだな――」俺達は大きな交差点近くで口を開けている、駅ビルのとある入口に近づいた。「――ここのエレベータ前で待っていてくれ」

「……ちなみに何処《どこ》のトイレに寄るんだい？」

「ここの駅ビルの七階の奴だ。喫煙所の前の奴。あそこは喫煙所ばかりかベンチもある。そしてこの近隣ではいちばん小綺麗だ」

そのトイレなら俺も知っていた。というのも、話題に出ている七階には本屋があるから。そして確かに、この吉祥寺駅周りで考えれば、いちばん広くて小綺麗といえる。真太の言葉に裏はなさそうだ（あるわけないが）。俺はこの交差点近くの駅ビル入り口と、その七階トイレとの動線を確認した――なるほど、いちばん合理的なのはほぼ直結といえるエレベータ。エスカレータもあるけど、何故かこの駅ビルのエスカレータは階ごとに配置がバラバラしていて、乗り継ぎに難《なん》がある。

（ま、真太が自分で『時間稼ぎ』をしてくれるっていうんなら、俺の方で断る理由がない!!　いや、できれば個室でゆっくりリラックスしてほしいくらいだ――そのタイミングによっては、『スマホ落とした』云々《うんぬん》の臭い芝居すら必要なくなるかも知れないしな!!）

「じゃあ一郎、取り敢えずここで」

「あっ真太、ゆっくりでいいよ!!　俺ここで真太が戻ってくるの、待っているから!!」

ちょうどそのとき上がりのエレベータが来た。もちろん真太が独りで乗る。俺はむしろ『エレベータが故障しないかなあ』なんてことまで思いながら、しばらく近くの壁に凭《もた》れて、自分のスマホで遊び始めた。

暇潰《ひまつぶ》しに、スマホほど好都合なものはない。気付けば五分が過ぎ――一〇分が過ぎ――

……けれど一五分が過ぎたとき、俺は、さすがにおかしいと思い始めた。

腕時計を見る。午後九時二五分。真太がトイレに上がってから、確かに一五分が過ぎた。

（いくら『個室でリラックス』なんて仮定しても、自棄《やけ》に時間が掛かりすぎる……!!）

そして俺の知る限り、真太は時間を無駄にしないおとこだ。言葉を選ばなければ、早飯早グソなタイプ。まして、俺達の置かれている状況……

俺はスマホを取り出すと、あわてて真太のスマホに電話を架けた。

幾つかの呼出音の後、留守録へのメッセージが流れる。俺はそれを三度試した。結果はすべて一緒だった。

仕方ない。現代人側では唯一この今日に戻っている、水城さんにも電話を架ける。こんどはスリーコールくらいで出てくれた。

「……もしもし？」

「も、もしもし火脚だけど!!」

「もしもし、もしもし……電波が」

　プツッ。ツーツーツー。ツーツーツー。

　電波状態が悪いらしい。成程《なるほど》、水城さんの声も変に乱れて、いつもとは違うように聴こえた。俺はこっちの方も三度試した。二度目以降は、なんとつながりもしなかった……

　すぐさまエレベータをつかまえ——ここのエレベータはOSが悪いのか動きがトロい——奴がいった七階へ。もちろん躊躇《ためら》うことなく男子トイレへ。広々とした手洗いと小スペース。その奥に個室がふたつ。幸か不幸か、ふたつとも開いていた。俺はまたすぐ廊下へ出る。ベンチを確認し、念の為《ため》だけど喫煙所ものぞき見た。予想どおり、奴はどこにもいなかった。まさかとは思いつつ、本屋の中も一巡してみた。まさかと思ったとおり、いるはずもない……

（そして、執拗《しつこ》く架けている電話にも出ない!!　さっきのメールには瞬殺で反応していたのに!!　だから、奴がスマホを忘れたとか壊したとかいうことはあり得ないのに!!）

　俺は腕時計を見た。午後九時三五分。この結果的に無駄な捜索で、一〇分も無駄にした。

　そしてもし、歴史が繰り返すというのなら……

（アイツはまたもや俺をまいたことになる!!）だけど、今度は何故……（トイレか。さっきのトイレが言い訳だったのか？　いや考えている暇《ひま》はない。今回の今夜、俺達が離《わか》れたのは午後九時一〇分——電車のつなぎにもよるだろうけど、最悪のケースを考えれば、奴はそれから三〇分で久我西高校に着く!!　すぐに屋上へ上がるにしろ上がらないにしろ、Hアワーの午後九時五五分〇一秒には、余裕で屋上にいられる計算になる!!）

　他方で、かなりの時間を無駄にした俺が久我西高校に到着できるのは、最善のケースでも午後一〇時〇五分だ。そう、これまでどおり電車とバスを使うなら……

（取るべき手段はひとつ）

　俺は急いで地上に下り、駅ビルを出、さいわいにも青だった大きな交差点を駆け抜けて、駅ビル対岸にあるタクシー乗り場へと走る。吉祥寺の街は、都会にしては小さくて便利だけど人出が多い。だからタクシー乗り場は近いけど、行列は覚悟しないといけない。俺の前には三人いた。俺はじりじりする気持ちをどうにか抑えながら、ようやく乗れた四台目のタクシーの運転手さんに、『久我西高校まで、大急ぎで!!』と告げる――

試行2-15

――午後九時五三分。

腕時計を見ながら、あの校舎棟屋上に飛び出た俺が見たものは。

「あっどうしたの一郎、そんなに息急《せ》き切って?」

「いっ今銀さん!!」

そこはちょうど、屋上への階段室を出た所。

CMRがコンシールされている位置の、かなり近く。

今銀光夏は、そんな恐ろしい場所の、しかもフェンス直近に立っていた。

俺はもう一度時刻を確認する。記憶も確認する。そして思う。

(あり得ない――

前回の七月七日でも、今銀さんたちは七夕飾りの竹の近くにいたはず。オリジナルの七月七日でも、俺達は演奏隊形で楽器を演奏していたはず。なら、階段室の近くだの、その上フェンスの近くだの、そんな場所に今銀さんがいるはずない!!)

――なるほど演奏隊形云々《うんぬん》というなら、確かに今銀さんは今、自分の楽器を抱えている。

自分の楽器を。

(あっしまった!!)俺は自分の大ポカに気付いた。(隠し忘れた。遠征用ポットと一緒で、そう駄目押しの保険で、皆《みんな》の楽器も美術室に隠しておかなきゃいけなかったのに!!)

となると、楽器を屋上まで搬んだのは、オリジナルの七月七日どおり、英二となってしまう――検討どおりに。

真太との、正門での待ち合わせが気になって気になって、それをすっかり忘れていた。

しかも……

「なんだ一郎、いきなり飛び出てきて」

「あっ真太!!」

捜し求めていた楠木真太は、絶妙な時間、絶妙な場所に存在していた。

時刻は午後九時五四分。

場所は、CMRがコンシールされている位置のかなり近く。

もっというなら、場所は今銀さん同様、屋上のフェンス直近。

むろん真太は既に、自分のトランペットを持っている。

ということは、俺よりかなり早く学校に帰っていたことになり……

「し、真太!! ど、どうしていきなり吉祥寺から消えたんだよ!! 滅茶捜したんだぞ!!」

「……スマン一郎。どうしても急いで確認しなきゃいけないことができたんでな」

「また俺をまいたのか⁉」

「また？」

「あっいや、そのつまり……とにかく!!」

もうどうこう言っている場合じゃない。真太をこの死地から脱出させないと。それをいうなら、何故か真太と一緒の場所に——既に演奏隊形をとりつつある皆とは離れて——真太とふたりで立っている今銀さんもだけど。

（ハルカさんがCMRの電源を切ってくれているから、爆発は起こらない。今度は未来人ふたりともCMRを下りているから、それは絶対に確実だ……でも!!）

そのとき、俺達三人から——俺と真太と今銀さんからかなり離れたところで演奏隊形をとっていた、水城さんの声が響いた。俺と一緒の危機感を感じたに違いない。

「あっ楠木くんゴメン、ちょっとこっちで手を貸して、急いで!!

さっき固定した竹が、かなり傾いちゃって——もうじき倒れそう!!」

「あっ詩花、それならあたしも手伝うよ」

「いや今銀、俺も行く」

「……でも、真太は一郎と男同士で話すことあるんじゃないの？

あたしの話はもう終わりだから」

「そうか」真太は確乎《しっか》と頷いた。「そうだったな」

（真太と今銀さんは、皆から離れて何か密談をしていたのか？ だけど、そんなことが!!）

オリジナルの七月七日でも、前の七月七日でも、このふたりだけがCMRの近く——屋上のフェンス近くにいたなんてイベントはなかった。絶対になかった。それはつまり。

（何かの拍子で因果関係が変わって、新しいイベントが生まれてしまったんだ……!!）

そしてそれはきっと、ああ、真太がまたもや俺をまいたことと関係がある。絶対そうだ。だとしたら。

（あの駅ビルの、あのとき。真太のスマホにメールを入れたのは、NPCの、そして密談相手の今銀さんってことになる……けど何でそんな話になっちゃったんだ⁉）

……俺達はこれまで経験した七月七日をできるだけト

レースした。そのメールまでは上手く行っていた。そこまでは問題なかった、はずだ。それがどうして、前回でも前々回でも発生していない、『真太と今銀さんが密談する』なんてイベントに結び付くんだ？

（あまりにもいきなりで、おかしすぎる。真太が離脱しないように、ちゃんと保険まで掛けたのに。あの律儀な真太が、『体調の悪い』俺を見捨てるなんて、まずあり得ないのに!!）

　まして、俺が真太に振り切られた後だって、まだプレイヤーの水城さんが学校に残っていた。もちろん水城さんだって、できるだけ歴史の軌道修正をしようとしてくれたはずだ。そりゃ楽器を隠し忘れるって俺のポカがあったから、かなり苦しい努力にはなっただろうけど……俺が偉そうを言えた義理じゃないけど……

（それにしても、よりによって真太が、よりによってCMRの近くにいるだなんて!!）

　俺の懊悩《おうのう》のあいだにも、まず今銀さんが現場を離れようとする。水城さんのいうとおり、七夕飾りの方へ近づこうとする——最後に、真太に対して不思議な声を掛けながら。そのあいだだけ脚を止めながら。

「あたしは全然気にしていないから。真太も気にしないで」

「無論だ」

「ね、楠木くん」水城さんの緊張した声。「こっちで手を貸して、お願い!!」

……よく解らないけど、もうどうしようもない。

（ここまで歴史が繰り返すなら、CMRの爆発だってきっと!!　もう理屈じゃない!!）

　俺は、とにかく今銀さんの隣にいる真太をガバッと抱え、遠くへ放り投げようと——

——放り投げようとして放り投げられた。

気配を察知され、絶妙な脚捌《あしさば》きでいなされた挙《あ》げ句《く》、ほとんど背負い投げみたいな感じで俺が投擲《とうてき》される。そういえば真太は剣道二段。そして久我西高校の男子にとって柔道は必修だ。真太ほどのおとこなら、そりゃいきなり襲い掛かられたら無意識のうちにこれくらいはするだろう。何処《どこ》か、いつもの真太らしからぬイラついた感じは受けたけど。

「お前いきなり何をするんだ!!」

「ちょ、ちょっと待ってくれ真太!!」俺は四ｍ以上離れてしまった真太に哀願した。「それこそ大事な男同士の話がある!!

　もう説明するしかないから全部ブチ撒《ま》けるけど、実は今夜、そうまさに今——」

試行2－16

そう、まさに今だった。

カチリ。腕時計の針の音が無情に響く。

二〇二〇年七月七日、午後九時五五分。

その瞬間、俺の心が負けた。○一秒なんて瞬《また》く間だ

……


俺が最後に真太と今銀さんを見上げた刹那《せつな》。

恐ろしい劫火《ごうか》と黒煙と大きな爆発音が屋上にあふれ。

あの今夜に感じた衝撃波で、俺はまたもや気絶した。

……楠木真太の死と、今度は今銀光夏の死を確信しながら、だ。

第8章　REPEAT BEFORE HIM
（試行第三回・英二の証言）

試行3－1

二〇二〇年七月七日、午後一時〇九分。

私は楠木真太のクラスの前で、彼を捕まえた。

「ああ真太。ちょっとだけお話があるんですが」

「お前が俺の教室あたりまで来るのはめずらしいな、英二」

「図書館帰りですか？」

「……ああそうだが。よく知っているな？」

「いえ、私も図書館にいたものですから」

「そうだったのか。気付かなかった」

「……そういえば、水城さんには会いましたか？」

「何でだ？」

「今日の水城さんは、真太に何か話したいことがあるみたいでしたから」

「話したいこと……ああ確かに。

ほら、七夕飾りの竹のことだ。いよいよ今夜は晴れる

らしいから、そして機会は今夜しかないから、どう考えても実行――になると思うが、水城はそれについて心配していてな」

「授業時間前にすみません、真太。ただあとちょっとだけ。

　というのも、その心配は私と一緒の心配だと思われますので。彼女はどんなことを？」

「何でも、屋上のフェンスとかに竹を固定する、その工具なり補強用具なりが足りないんじゃないか――って心配していた」

「ああ、やっぱり」

「お前もそれに気付いていたのか。流石《さすが》は英二だな。

　お前は吹部の中でもダントツで、先へ先へと気が回る。時折恐くなるほどに」

「ただ真太、安心してください。確かに水城さんの心配には理由がありますが、といって、改めて工具を調達したり、補強用具を買い出しに行ったりする必要はないと思います」

「お前が断言するならそれは真実だろうが――しかし何故だ？」

「私自身がもう一度確認しました。成程《なるほど》、工具は古いし補強用具は少ない。ただ、ウチの七夕飾りの竹を固定するには充分です。それは私が請け合います」

「それも、英二がそう断言するなら真実だろう」

「というわけで、現有の工具と補強用具のまま、竹の固定を実行してしまって大丈夫です。

　水城さんの方には、私からその旨を伝えて安心してもらいますから、それも大丈夫です」

「任せる」

「では最後に。

　本日午後八時一〇分から決行――ということでどうでしょう？」

「要は部活が午後八時に終わってから、ほぼすぐということだな？」

「はい。

　実はもう少し時間を遅らせて、夜空を満喫しようという意見もあったのですが、これが最後のチャンスだと考えれば、少しでも早く飾り終えてしまった方がよいと判断しました」

「合理的だ。それも任せる」

「ありがとうございます。

　では午後八時一〇分から決行の旨《むね》、私から他の三人に伝達しておきましょう」

「すまんな」

「いえいえ」

私は真太に軽く頭を下げると、踵《きびす》を返して自分の教室に向かった。ちょうどその引き違い戸に差し掛かったとき、昼休み明けの五限の鐘——午後一時一〇分の鐘が鳴る。無論、真太は鐘が鳴る前に自席に着いていただろう。

（ここまでは順調）

といって、さほど難しい介入があった訳ではない。順調で当然だ。

また、過去二回のやり直しの概要を聴くに、過去二回は話を複雑にし過ぎているきらいがある。それはもちろん、『真太を午後九時五五分〇一秒、屋上に上げない』という目的を設定したからだ。ただ、真太の転落死を防ぐというなら、もっとシンプルな方法もある。

（そう、真太が屋上に上がる時刻を、できうるかぎり変えてしまえばそれで済む）

運命。歴史の必然。そんなものはチェスだ。成程《なるほど》指し筋は無限だが、駒が動き始めればルールと論理が支配するだけ。陣形も展開も読める。一手一手を誤らなければ、勝てる。

——私はこの第三回目の試行プランを脳内でおさらいしつつ、私にとっては初めての、『時間遡行《そこう》型記憶転写』なるタイムトラベルもどきの奇妙な感覚を噛み締めた。そうこうしていると、あっという間に五限の数学は終わる。

キンコンカンコン。キンコンカンコン。

腕時計を見る。見るまでもないが、時刻は午後二時ジャスト。

試行3－2

——私は前の今夜の後、初めてとなる打ち合わせのため、急いで屋上に向かった。もちろん、聴くところでは毎回行われている、真太が転落死を遂げた直後の『未来人とのファーストコンタクト』と『因果関係の反省検討会』は経験している。真太が——前回は今銀さんもだが——死んでしまった後、急いで未来人と接触を図り、『何が真太の死を引き起こしてしまったのか』そして『何故歴史への介入は失敗してしまったのか』を検証するあれだ。といって、重ねて、私にとってそれは初めて体験したことだ。むろん私自身、大きな驚愕と混乱を憶えた。実はそれは私自身にとっても二度目の経験であるなどと教えられ、いっそう情報処理がバグった。

（ただ、少なくとも私にとっては、未来人の説明は合理

的で、矛盾がなかった）

そしていよいよ、自分自身がＰ－ＣＭＲとやらを使って、過去に帰ってきたりした――

――さて、打ち合わせのため屋上に急ぐといっても、それは教室と同じ建物の天辺《てっぺん》だ。私はすぐに階段室へ行き着いた。そこで初めて自分のミスに気付き、しまった……と思いながら、妙に固い、異様に抵抗力のあるサムターン錠を回してみる。ただ無意識に回そうとしたので、初期状態の確認を怠《おこた》った。

（ん？　右に回すのか左に回すのか……どっちにも微妙に動くから分からないですね……

というか、暗がりの中で無意識の作業に入ったので、最初は錠が立っていたのか寝ていたのか、それすらも分からなくなってきました）

ただ、私は力に自信のない方じゃない。結果として、サムターン錠は一〇秒未満の格闘でがちゃり、と回った。あっ開いた、と分かる感じで回った。

（さて、これで金属ドアが開けばよいのですが……）

試みにドアノブを握り、ぐっとひねって押してみれば――何の問題もなくドアは開いた。と、いうことは。

（棒鍵はいらないということか？　あるいは、棒鍵でもサムターン錠でも開くということか？　もし後者なら、一郎が既に屋上入りしている可能性もありますが）

……けれど屋上には誰もいなかった。いや、その表現は正確ではない。何故なら私は『誰かがいること』を知っているからだ。これはとても信じ難《がた》いことではあるが、実際にこうして時間遡行型記憶転写が成功している以上、常識の方をスリープさせるしかない。成程《なるほど》、何事も経験である。

私はあの今夜のことを――ハルカや一郎たちにとっては三度目の今夜になる、あの七月七日のことを顧《ふりかえ》った。〈トリクロノトン〉とやらによって維持されている記憶を頼りに、ＣＭＲ本体が光学的に遮蔽《しゃへい》されているあたりへ接近する。といって、それは階段室のすぐ近くだ。

（……やっぱり一郎はまだいませんね。ま、遅刻は一郎の御家芸《おいえげい》ですが。しかし不思議な）

そこで、私が未来人ふたりを呼び出そうとすると――絶妙なタイミングで、透明の擬態《ぎたい》を解いたハルカとユリが出現した。

彼女らがいう〈コンシーラー〉――すなわちモノを透明であるかのように擬態するデバイスは、ＣＭＲ本体といった大きな物体にも使用できれば、ヒト、あるいは瓦《が》礫《れき》といった比較的小さな物体にも使用できるらしい。実際、私より幾分か背丈は小さいながら、当然ヒトのサイズをしたふたりが、まるで透明なコートでも脱ぐ感じでいきなり実体化したのは――元々の実体はあるのだから表現が正確でないが――このデバイスの汎用性《はんようせい》を示している。要は、サイズには制約されないデバイスと見える。確か、携帯型があるとも聴いた。

「英二くん、しばらくぶりね」ハルカが先に挨拶をした。「あの今夜P－CMRを使ってから、主観的には約二時間ぶりになる」

「主観的にはそうなりますね。

といって、これが初めてのリトライである私と異なり、貴女方《あなたがた》は既に三度もの七月七日を経験している。すなわち、①オリジナルの七月七日（真太死亡）、②試行第一回目の七月七日（真太死亡）、③試行第二回目の七月七日（真太・今銀さん死亡）。こうなると、さぞやウンザリなさっているのではないかと危惧します」

「それをいったら、一郎くんもだけどね」ユリがいった。「一郎くんは今のところ、あたしたち未来人ふたり同様、全部の七月七日を経験しているから」

「……確か、時間遡行型記憶転写の都度《つど》、毒素クロノトンが脳に分泌されてゆくはずですね。そしてそれは『時間超越性』を有するから、増えこそすれ減ることはない。

一郎のことは当然ながら、貴女方《あなたがた》の健康状態も心配になります」

「ううん、それはもう何度も説明……じゃなかった、ええと、英二くんには三度説明して」ユリが若干混乱しながらいった。「そしてうち二度は忘れちゃっているけど……まあとにかく、致死量に達しなければ大丈夫。クロノトンの致死量は、これも説明したけど一〇〇㎖。そして一二時間の過去を上書きするっていうんなら、それで蓄積されるクロノトンは、一四・四㎖。

だから、飽くまで理論的にいえば、ハルカもあたしも、そしてもちろん一郎くんも、今のところは問題ないよ、今のところは。もちろん、目眩《めまい》、頭痛、発熱、嘔吐《おうと》感、呼吸困難、全身の痙攣《けいれん》といった自覚症状が出てきたら、すぐに教えてほしいし、それ以上のリトライは控えてもらうけど」

「ちなみに、〈トリクロノトン〉のアンプルは、やはり御説明を受けたとおりに」

「うん英二くん、時間超越性によって、使用済みの分は消滅しているよ。こっちは消滅してほしくないんだけどね……今現在、生き残りは一六本。もう一二本も使っちゃった」

（成程《なるほど》、計算は合う。

私達は『一度に四人ずつ』P-CMRを使っているから、一度のやり直しで『アンプル四本分』のトリクロノトンが必要。そして既にやり直しは三度目だから、四人×三度で、既に一二本を消費した。時間超越性から、それは過去に戻っても復活することがない……)

するると、今回一緒にそのアンプルを使った一郎が、屋上の金属ドアから飛び出してきた。

私は自分がちょっと怪訝《けげん》な顔をしているのを自覚しながら、その一郎に訊く——

「しばらくぶりです一郎。私はすっかり一郎が先入りしているると思いましたが」

「ああ英二!! 確か英二は初めてだったけど、タイムトラベルもどき、無事成功したみたいだね!! ただ俺も英二も、意識を取り戻した時間は、キッチリ今日の正午で一緒だよ!?」

「いえ私が言いたいのはそういうことでなく……」

「で、英二どうだった? 前の今夜、三度目の七月七日で打ち合わせたとおりにできた?」

「……ミッションの成否というなら、今のところ順調です」一郎の悪癖《あくへき》は、人の話を聴かないことだ。「すなわち、真太への介入は成功です。真太は確かに過去三回どおり、七月七日午後〇時二五分頃、図書館で、水城さんと会話しました。例の、『工具と補強用具に不安がある』という旨《むね》の会話です。

そしてあの今夜、三度目の真太の死を受けて行われた『反省検討会』どおり、私はそれには介入しませんでした。する必要がないからです」

「ていうと、午後一時〇九分の、俺の代打でやってもらった、真太への介入も——」

「——もちろん成功しました。といって胸を張るほどの複雑な介入ではありません。要は、『工具と補強用具に不安がある』という会話から、『なら買い出しに吉祥寺へゆかねばならない』という結論が導かれるのを妨害すればよいだけですから。もっとシンプルにいえば、水城さんによって発生した動機αなりイベントαなりを、そう、真逆のベクトル-αで打ち消してしまえばよいだけのことですから」

「それだったら、代打でなく、過去三回どおり俺がやってもよかったな!!

おかげさまで、俺は購買部で買った焼きうどんパンと牛乳、ゆっくり食えたけど!!」

「いえ一郎は人の話を聴かない……ゴホンゴホン!! じゃなかった、その、対人コミュニケーションをダイナミックに焦る性格傾向がありますから。また、一郎は過去二度の介入をもう知っていますんで。なら知らず知らず、『思い違い』や『やり忘れ』をやらかしてしまうリスクもあります。要は慣れが恐い——だから一郎には申し訳なかったのですが、あの今夜の『反省検討会』どおり、私が一郎に代わって真太に介入しました」

「ま、いずれにしろ宿題は処理できた訳だ!!」

「はい」

「真太はどんな感じだった⁉」

「私達は合意に達しました。私達の計画どおりに。合意に達したのは、『午後八時一〇分』から七夕飾りをする旨。もちろん、工具だの補強用具だのを揃《そろ》える必要がない旨。そしてあと、そうですね、水城さんの不安は不安として理解したが、その処理は私に一任する旨」

「完璧だよ英二!!

じゃああの今夜の『反省検討会』以来、初めて過去に戻った四人が集まれたから、急いでこの四度目の七月七日——第三回目のやり直しにおける宿題を確認しよう!!」

「同意します」

試行3-3

——ここで、既に自明なことだが、この第三回目のやり直し、四度目の七月七日に挑戦したのは、未来人なら引き続きハルカとユリ、そして現代人なら一郎と私になる。今までの試行状況と合わせてまとめれば、敬称略・名前のみで、

試行第一回目 ①ハルカ ②ユリ ③一郎 ④光夏
試行第二回目 ①ハルカ ②ユリ ③一郎 ④詩花
試行第三回目 ①ハルカ ②ユリ ③一郎 ④英二

というのがチーム編成の推移だ。そして、この『三度目の人選』に深い考えはない。あるのは、未来人ふたりには引き続き、CMRをどうにかしてほしいという考え。そして現代人ふたりは、『最低でも前回試行したふたりのどちらかが次の試行もやらなければ、現代人側で記憶の断絶が起きてしまう』という考え。これが人選の理由だ。

もちろん、真太が死んでしまう都度、現代人は……NPCであった現代人は未来人とのファーストコンタクトを経験し、CMRだのクロノトンだの世界線だの、出来の悪いSFとしか評しようのない現実と直面させられる訳だし——私がまさにそうだった——そしてかなりの混乱と相互不信を経て『もう一度やり直そう』『ミスを洗い出そう』『よくない原因に介入しよう』となるから、NPCであった現代人も、過去の試行すべてのあら

ましは理解できる。というか、それを『反省検討会』で洗い出すのだから、自分では意識していなかったあらゆる行動・言葉の顧《ふりかえ》りを強いられる。だから、事後的に、過去の試行について、あらましを理解できはする。

だが。

真太が死んだ時刻から、P－CMRを使って過去に飛ぶ時刻まではそれを憶えていられても、今度またP－CMRが使用されてしまえば、そしてトリクロノトンを注射されていなければ、せっかく理解できた過去の試行のあらましも、また全部忘れてしまう……

（そういう理由から、現代人側は、人選に連続性を維持せざるを得ない）

せっかくのリトライの機会を、反省教訓を憶えたまま有効活用するために。

また……水城さんや私が危惧しているとおり、過去の試行状況を全て記憶している未来人ふたりに、手前勝手なことをされないために）

そして、試行第二回目が失敗した時点で、プレイヤーは水城さんと一郎だったのだから、このふたりの少なくともどちらかは、試行第三回目のメンバーにならなければならない。試行の反省教訓を身に染みさせてから過去に戻らなければ、まるで意味がないから。そして前の今夜、水城さんはメンバー決定の際、『自分こそがもう一度挑戦する』と強烈に志願した。それはもう執拗《しつよう》に志願した。

（ある意味、妄執《もうしゅう》を感じさせるほどの悲壮さがありましたね……

それも、水城さんと真太の距離感を考えれば、無理のないことかも知れませんが）

ただ、その志願は一郎が却下した。性格的には穏やかな一郎が、断乎《だんこ》として却下した。理由はシンプルだ。『水城さんの脳に、クロノトンを蓄積させたくない』。いかにも一郎らしい理由。ただ、次いで私が提起した理由も、一郎の意見を後押しした――イザというときに実力行使が必要となるのは試行第二回目で思い知った。なら武闘派が必要になる。

――というわけで、試行第三回目の人選は、右のとおりとなった。

また、念の為《ため》だがこの流れから理解されるとおり、第一回目からの、いやオリジナルの七月七日からの連続した記憶があるのは、第一回目から欠かさず試行に参加しているハルカ、ユリ、一郎だけである。私は試行第二回目の記憶しかない。オリジナルの七月七日、そして試行第一回目の七月七日については、真太が死んだ後の『反省検討会』であらましを知ったに過ぎない。

試行3－4

——すると、その、記憶を全て連続させているハルカがいった。

「昨晩……というか三度目の七月七日のおさらいをしてから、今回、四度目の七月七日の宿題を再確認しましょう」

「異存ありません」私は頷《うなず》く。「そして、三度目の記憶ならば私にもあります。ただ、NPCとしての記憶しかありませんので——それすら失っている今銀さんや水城さんよりは有利ですが——貴女方《あなたがた》が何を計画し、何に失敗したのかは、自分の言葉では話せません」

「なら英二、また俺から説明するけど、まず前回の宿題は次のとおりだよ。これすなわち、前々回の失敗集ってことにもなるけどね!!」

「できたこと、できなかったことを」ハルカがいった。「もう一度まとめておきましょう。シンプルに、○×を付けてみるわ。関係者は名前のみ、ほぼ敬称略で——」

A昼休み、水城さんは真太と出会わない　○
B昼休み、一郎は真太との会話内容を変える　○
C五限、一郎は真太から外出の確約を取り付ける　○
D放課後、一郎は真太に楽器を搬ばせない　○
E放課後、一郎は英二にも楽器を搬ばせない　△
F外出中、一郎は真太の身柄を引き留める　×
G放課後、一郎は英二に珈琲《コーヒー》を用意させない　○
H今夜、未来人はCMRをシャットダウンする　○
I今夜、未来人はCMRから下りる　○

「ここで、○を付したのは」ハルカがいった。「宿題が処理できたことを意味する」

「そしてあの今夜議論したとおり」私はいった。「×というのは、宿題が果たせなかったことを意味するのですね。そして△は、宿題そのものは果たせたけれど、それと同一の効果が、別の原因によって発生してしまった旨。ま、楽器絡《がら》みの一郎のポカですが……」

「まさしくよ、英二くん」

「要は、途中までかなりいい線行っていたけど」ユリがいった。「宿題Fの時点で、また歴史の潮流が元に戻ってしまったってことになるね。そして宿題Fが——『真太くんの離脱』が実現されてしまったんだから、あとはドミノ倒しで、『真太くんの屋上出現』『真太くんの墜落』が実現されてしまった……」

「けれどユリ、それはもちろん」ハルカがいった。「オリジナルの七月七日をトレースした訳でも、試行第一回目をトレースした訳でもないわ。試行第二回目の七月七日では、そのいずれにおいても発生しなかった特異なイベントが発生している――たまたま結果が一緒だったというだけで」

「そうだったねハルカ。そして『真太くんの墜落』に大きなインパクトを与えたのは、ぶっちゃけひとつ――ええと、そう『吉祥寺駅ビルで真太くんが謎のメールを受信したこと』」

「さてここで、もう一度あの今夜の『反省検討会』を顧《ふりかえ》ると――

真太くんが当該《とうがい》謎のメールを受信した時刻は」

「前の今夜の、午後九時〇五分だよ‼」一郎が断言した。「俺、さすがに二度失敗しているプレイヤーだから、大事なイベントのときは絶対に腕時計を見ることにしている‼」

「そして真太くんは、当該メールを読了した後、ものの一〇秒未満で返信を打った」

「そのとおり‼　それが午後九時〇六分になるよ‼」

「ちなみに英二くん、その真太くんが屋上に上がってきたのは何時だったかしら？」

「午後九時三五分です。というのも、私は一郎と打ち合わせたとおり『午後九時三〇分ジャスト』に屋上へ出たので。その時刻は腕時計で確認しました。これは私の性格的なものです。また同様に、それから微妙な間を置いて真太が――ちょっと緊張した面持ちで――屋上に出現したときも時刻を確認しました、これも性格的なもの。ゆえに真太が屋上に出たのは、午後九時三五分」

「そうしたタイミングを考えると、やっぱり、真太くんを屋上へ出現させたのは当該謎のメールだと考えて矛盾ない。それで英二くん、真太くんの、屋上出現以降の行動は――」

「――既に検討済みですが、ではおさらいで。

前の今夜、そうやって出現した真太とともに、私達が七夕飾りの竹を固定し終え、いよいよ楽器を取り出したとき――水城さんがあんなに強硬に反対した理由がやっと解りましたよ――そして私達がぱらぱらと唇慣らしをしていたとき。その真太が、今銀さんに声を掛け、ちょっと私達のいる箇所から離れて、階段室の近くに向かいました。私達から距離を取る感じで。それが午後九時五〇分です。

その今銀さんは最初、『訳が解らない』といった顔をしていましたが、そこは部長副部長の間柄《あいだがら》ですから、いつしかふたりの密談になっていったようです――ここで『ようです』というのは、何せ距離があって、しかも楽器の唇慣らしなんてしていたものですから、まさか会話が聴きとれる状態ではなかったので」

「そして痛恨の極み、前回はその光夏も爆発に巻き込まれて転落死してしまった――」ハルカは今銀さんとは仲がよいらしい。自然に呼び捨てにしている。成程《なるほど》、時を繰り返し続けたハルカには、通常とは違う意味での『思い出』『記憶の積み重ね』が生まれる道理だ。「――まったく真太くんと同様の態様でね。おまけに真太くんはと言えば、その亡くなり方はまさにこれまでと一緒。すなわち真太くんの落ち方、地面への衝突《ぶつ》かり方、遺体の姿勢や姿形、いいえ落下地点に至るまで、センチ単位の誤差しかないほど全て一緒だった」

「……もしやり直しが利かなかったのなら、あなたにそうも淡々とした口を利かせはしませんでしたけどね？」

そうだ。

私にとってはそれが初期値、私にとってはどこまでも『初めて吹部仲間ふたりを喪った七夕』だった。もちろん驚愕し、動揺した。だが、『それは実は本当の初期値ではない』『初期値では楠木真太ひとりが転落死した』『そしてまだ歴史のやり直しは利く』と知ったとき、もう驚愕・動揺以前にただただ唖然《あぜん》としてしまった……

「あなたの憤りは理解するけど英二くん、もう光夏は死んではいないわ」

「ただあの夜の、例えば真太との密談内容その他、必要な証言を提供できなくなっているのは事実ですよ。今は死んではいませんが、記憶を失ったNPCですからね。また残念ながら、死者ふたりのスマホもまた、転落の衝撃で完全に壊れてしまっていた。解析不可能」

「今銀さんの証言があったなら」一郎が嘆いた。「もう少し事態は明確になったのになあ‼　ただハルカさん、俺、ちょっと気になることがあってさ」

「これすなわち？」

「これすなわち――オリジナルの七月七日でも、試行第一回目の七月七日でも、死んだのは真太ひとりだったんだよ？　そして真太について見れば、それは二回とも律《りち》儀《ぎ》に繰り返されている。なるほど、歴史が繰り返すっていうならそれはそれでいい――いやもちろん真太は必ず救《たす》けるわけだから、理屈としてはそれでいいっていう意味だけどさ。でも、歴史が繰り返すっていうなら、今度は今銀さんまで死んでしまうのは絶対に変だよ。そんなの繰り返しでも何でもない」

「それは認めるわ、一郎くん。そして私達未来人側の分析をいうなら――

私達の介入だけでそんなことが発生するとは考え難《がた》

い。事実、試行第一回目では光夏の死なんて発生していないもの。だとすれば、試行第二回目では、私達の知らない飛んでもない原因が新たに発生したのかも知れないし、あるいは」

「あるいは？」

「あるいは一郎くん、誰かがド派手な間違いを犯してしまったか……

はたまた誰かがド派手な介入を仕掛けてしまったかよ。すなわち誰かの故意・過失による過去改変が、私達の認識できていない何処《どこ》か・何時《いつ》かで起こった。こうなる」

「ハルカさんは、誰かが勝手に都合のいい歴史改変をした──っていうのかい？」

「そうは断言しない。ただ死者の数が初期値＋1となるなんて余程《よほど》の事よ。あなたたちがオリジナルの、あるいは試行第一回目の七月七日をできるだけトレースしよう、トレースしようと懸命になっていたことを踏まえれば、なおさらそういえる」

「そういえば、CMRは今度も爆発してしまった訳ですが──」私はいった。「──その爆発の態様なり規模なりが、これまでとド派手に違っていたということはありませんか？」

「それはない」ハルカが断言する。「前回どおり、また前々回どおり、オリジナルと瓜二つの爆発だった。そして私達は、またもやあなたたちとのファーストコンタクトの後、P-CMRを使用するまでの間に、できるだけの物理的な・機械的な検証をした。もちろんファーストコンタクトに伴う必然的な時間的制約から、これまでどおり、充分な検証はできなかったけれど……

ただ英二くん。ユリと私はこの爆発を三度も経験している。そして三度もこんな現象を経験すれば、破損の具合、断裂の具合、破片の飛散具合その他から自信を持って断言できる──『これはオリジナルの再現です、過去三度とも全く同一の現象です』とね」

「ただ、貴女方《あなたがた》は確か、プレイヤーだった水城さんの指示で、CMRをシャットダウンしていたはずですよね？また、貴女方は物理的にCMRを下りて待機することにもなった。ならそもそもそんな『過去三度とも全く同一の現象』が発生するはずがないと思いますが？」

「ああ、このことって、前回のやり直しで一郎くんとも議論したけど……」ユリがいった。「……改めて英二くんにも断言すれば、そう、確かに『こんな現象が発生する確率はほぼ零《ゼロ》』だよ。試行第一回目では電算機ごとCMRをスリープモードにしていた。そもそもその時点で、こんな爆発が生じるはずない。再起動を命じていないんだもの。命令を受け付ける電算機は眠っていたんだもの。おまけに試行第二回目では、水城さんの指示どおりCMRをシャットダウンして動力供給も断った。ましてあたしとハルカはCMRの外に出た——実は、英二くんたちが神事をしているすぐ近くにいたんだけどね。いずれにしろ、試行第一回目では、『ベッドで熟睡しているヒトが、熟睡したまま動き出して、プラスチック爆弾を起爆させるような』そんな奇跡的な感じで爆発が起こった。そして試行第二回目では、『もう死んでしまっているヒトがいきなり蘇生《そせい》して』以下同文だよ。

常識的に考えても物理的に考えても、そう、あんな爆発が生じっこないんだ」

「ただ現実には生じています。理論と現実との間に矛盾があるなら、理論の側に誤りがある」

「だからユリは、敢えて」ハルカがいった。「『こんな現象が発生する確率はほぼ零』といったの。これも前回のやり直しで一郎くんと議論したけど、もし理論の方が面妖《おか》しいというのなら、その面妖《おか》しさは、『CMRがユリと私以外によって繰《あやつ》られている可能性を無視している』点に集約されるでしょうね。すなわち、外部から電算機を乗っ取られたり、そもそもシャットダウンする前に自律的な再起動のプログラムを組んでいたのなら、あの爆発の説明はつく——要は部外者の介入か、当事者のタイマーよ。ただ」

「その理屈もまた変だって話になったよね!!」一郎が会話を引き継ぐ。「だって、この二〇二〇年においては、CMRの電算機に不正アクセスを仕掛けられるような技術がないから。また、そもそも時間漂流者であるハルカさんとユリさんが、二〇二〇年から旅立つための最後の命綱、最後の希望であるCMRを壊したりするはずないから!!」

「そのとおりよ一郎くん。憶えていてくれて嬉しいわ。私達はそんな自殺行為はしない」

（さて、そうなると……）私は未来人とそして一郎から微妙に視線を逸《そ》らした。（爆発そのものは全く同一の態様で、そこには未来人の関与がないのだから……やはり私達現代人の側に、何か、歴史の織物を激しく変えてしまった原因がある、のだろうか？）

そう思いながら私は訊く——

「ちなみにユリさん、試行第二回目と、オリジナルの七月七日では、〈世界線〉はどれくらい変動していたのですか？　確かあの今夜、それも割り出せると——」

「——うん割り出せるよ。クロノキネティック・コアに各世界線のデータを保存しているから。ちなみに主として光夏が頑晴った試行第一回目と、オリジナルの七月七日との変動率は、〇・〇一八五%だったよね。

　そして今回はというと——今回ってややこしいなあ——要は試行第二回目と、オリジナルの七月七日との変動率は、〇・〇二二八%と出ているよ」

「成程《なるほど》、試行第一回目より変動率が大きくなったというのは、やはり——」

「——そうだね英二くん。『光夏の死』が発生しちゃったから、だと思うな」

「ただ、オリジナルの七月七日と〇・〇二%強しか変わっていなかったということは——」

「——オリジナルとそれだけしか違わない。言い換えれば、主として一郎くんが頑晴った試行第二回目も、そのアプローチでは、歴史の織物を大きく……少なくともあたしたちが期待する程度に……変えることはできなかった。でも、だからこそ英二くんは、前の今夜」

「そうです、全くアプローチを変えることを提案したんです」

試行3－5

「ここで、議論の再整理になりますが——

　試行第一回目の宿題は、『真太の身柄の確保』及び『楽器の移動の阻止』以外、全て成功しているんです。それが突然おかしくなった原因は明確。『真太が一郎から離脱したこと』。ここから、事象がドミノ倒しに『真太の死』へと連鎖してゆく。

　そしてこのことは、実は試行第二回目でもほとんど一緒なんです」

「ああ、それもそうだな!!」一郎が大きく頷く。「試行第一回目では、俺の適当な言い訳が真太を離脱させた。試行第二回目では、謎のメールが真太を離脱させた」

「それがいったい誰の、どんなメールなのか、実態が割れないことは不気味で嫌ですね。不気味で嫌といえば、前の今夜にいきなり行われた『今銀さんと真太の密談』なるものも、ですけど。というのも、当該《とうがい》密談さえなければ——屋上における立ち位置的に——今銀さんは死なずにすんだかも知れませんから」

「だから英二、俺、前の今夜も提案したけど、それならやっぱり『真太の身柄を絶対に確保しておく』『真太を吉祥寺の街から逃さない』を宿題にすれば——具体的には俺のスマホ無くした作戦とか仮病でふらふら作戦とかになるけど——午後九時五五分の真太の死は回避できるんじゃないかな? もちろん今銀さんの死もだ。だって密談相手が、だから自分を死地に向かわせた相手がいなくなるんだから!! もっともこの宿題は当然、『謎のメールの効果を打ち消す』って宿題を伴うんだけど、やってやれないことは……」

「ところが私は前の今夜、そのプランには強硬に反対しましたね？

そして結局、次の宿題を設定した。すなわち——」

甲　真太を吉祥寺その他に遠ざける方針は、撤回する
乙　七夕飾りの竹を設《しつら》えるのは、午後八時一〇分からとする
「——私のプランはこれだけです。

要は、オリジナルの七月七日どおり、真太に変な外出をさせないということ。これが甲。そして午後九時五五分の爆発を避けるため、屋上に出る時間を、従前の午後九時半でなく午後八時一〇分にしてしまって、Hアワーの遥《はる》か以前に屋上から撤退してしまおうということ。これが乙。

私が既に教室前廊下でNPCの真太に仕掛けてきたように、若干の調整は必要ですが……その調整はすぐさま成功したように何も難しくありません。おまけに、今後のプランというか歴史への介入も、極めてシンプルかつ最小限ですむ」

「成程《なるほど》、実にシンプルでいいけど、英二、どうして俺のプランにあそこまで反対したの!?」

「ぶっちゃけていえば、真太の『外出させた真太の身柄をずっと確保しておく』というプランは、足し算が多すぎるというか、継《つ》ぎ接《は》ぎを強いられるからですよ。

真太を現場から引き離す。そのためには言い訳が必要だ。そのためには真太の監視も必要だ。また言い訳をもっともらしくするため、真太はおろかNPCたちに対するある種の説得も必要だ。真太の行動を統制するため、あれを隠しておかなければならない。これも隠しておかなければならない。タイミングを調整しなければならない。NPCの動きを統制しなければならない。CMRとその乗員への振り付けも必要だ……おまけに今回は、実態の割れない『謎のメール』対策までしなければならない……

これ、私からしてみれば余計な足し算です。いえ、有害な足し算かも知れません。

何故と言って、本来の歴史の織物に無かった糸を織り込んだばっかりに、模様にも生地にも質感にもひずみが出るからです。それはそうです。オリジナルの七月七日は、そんな糸なしで成立していたのですから。そしてそ

のひずみは、NPCの思わぬ言動によって、あるいは実態の解らないメールだの密談だので、どんどん大きくなる。重ねて、それは『真太を現場から引き離す』という足し算をしたからです。その糸を織り込んだばっかりに、あちこちで出てくる様々なほつれに、いってみれば場当たり的に対処しなければならない。懸命にパッチワークをしなければならない……」

「成程《なるほど》」ハルカが頷いた。「ドミノの列を新しく作る、なんて方針がそもそも誤りだと」

「そうです。そんなものを『もう完成したピタゴラ装置に足し算してしまう』から、あれもこれもやらなければ……あれが起きたらこれが起きたら……といった、無用の心配と手数が必要になってしまうのです」

「だから足し算はしない。すなわち真太くんの行動は、オリジナルどおりにする」

「まさしく。歴史とは因果関係、すなわち論理。詰め将棋は最少の手数でするもの。

だから私は計画どおり、教室前廊下で真太に接触して、『工具と補強用具に心配はない』旨を伝えました。

要は、買い物などという足し算を打ち消したんです――いえこれは正確ではありませんね。そもそもオリジナルの七月七日にそんなイベントは無かったのですから。どこまでも『オリジナルの七月七日どおりでいいんですよ』ということを、主演男優に念押ししただけ。大した干渉の必要はない。言い訳も必要ない。『そのままオリジナルどおりに生きてください』との確認をしただけです。そしてその確認が失敗するはずありません。何故と言って、オリジナルの七月七日では、まあ確かに『工具が古くて四苦八苦した』『補強用具が少なくて困った』旨の証言はありましたが――私達の中で唯一、オリジナルを記憶している一郎の証言でしたね――追加の工具だの追加の補強用具だのの無いまま、無事、七夕飾りの竹は固定されているのですから。

まとめれば、私の考えからすると、『買い物』『工具』『補強用具』なる足し算は一切必要ありません。なら『謎のメール対策』も必要ありません」

「でもさ、英二!!」一郎がバシッと挙手した。「これ最終打ち合わせだから、念の為《ため》にいっておくけど、何も足し算しなかったら、真太の死っていう結果は変わらないよ!!」

「それは前の今夜でも出た論点ですね。

ただ心配は不要です。足し算はしませんが、ドミノの列は動かしますから――正確には、ドミノの列が倒れるそのタイミングを動かしますから。それで真太という玉は、詰まない」

「英二くん、それが干渉プランの項目乙ね？」

「まさしくですハルカさん。『七夕飾りの竹を設《しつら》えるのは、午後八時一〇分からとする』。

　――要は、従前なら午後九時三〇分過ぎに倒れ始めたドミノを、ただ午後八時一〇分から倒すこととする。それだけです。そしてそのための歴史への介入は、これまた全然難しくはありません。何故と言って、午後八時には部活が終わるのですから。実際、試行第一回目と試行第二回目では、真太と一郎はそこから自由時間を使っているのですから。

　元々、何故私達が『午後九時半から屋上に出る』こととしたかというと、私の記憶では『一郎がそう指定した』からですが――私オリジナルの記憶がないので――オリジナルを知る一郎によれば、『今夜提出される分の短冊を待つため』『一年の子とかが新しい折り紙細工を出してくるかも知れないから』『飾りつけの最終チェックをする必要がある』といった、まあ、今現在の私達にとっては実にどうでもいい理由からだそうです。

　これ、まさにどうでもいい理由ですし、ましてその時間帯、どうしても外していなければならなかった仲間というのもいなかった。それもオリジナルの七月七日が証明しています。なら屋上に出る時間を前倒ししても誰も文句はいわないでしょう。言う理由がない。実際、先刻、私は真太にその旨を告げ、この件については一任をもらっていますから、余程《よほど》の変事がないかぎり、この前倒しは実現することになります」

「それもそうだな!!

　そして英二、もし前倒しが実現されれば、俺達が屋上に出るのは午後八時一〇分になるから――

「――これまでのタイムスケジュールを勘案しても、あるいはたとえ楽器を演奏しても、午後九時前、いえあわよくば午後八時四〇分には屋上から撤退できるでしょう」

「そして、午後九時五五分なんかには屋上にいやしないから――」

「――真太も今銀さんも、屋上での爆発などに巻き込まれる道理がありません」

「いや完璧だ!!

　するとあとは真太・水城さん・今銀さんに、屋上に出る時刻を念押しするだけになる!!」

「それも私の方で、自然なタイミングでやっておきましょう。

　一郎はこれで四度目の七月七日。どうしても『変な演技』が入ってしまうでしょうから」

「なら英二に任せれば全部大丈夫だな!!」

「英二くん、最終確認だけど」ハルカが訊いた。「何も足し算しない――という方針からして、私達はこのま、オリジナルの七月七日を継続してよいの？　そうすると、これ既に指摘してあるけれど、かなりの確率でCMRは爆発するわ――そう午後九時五五分〇一秒に」

「はい、それは仕方ありません。飽くまで、そう何も意識しない感じで、貴女方《あなたがた》がオリジナルの七月七日にやっていたことを継続してください。それが時間の潮流の自然な流れです。そこに足し算をしたり、そこでドミノ倒しのタイミングを動かしたりする必要は全くないでしょう――いえむしろ予測不可能な変数となってしまう意味で、有害です。

　今の私達にとっては、残酷な言い方ですが、既定路線どおり『午後九時五五分〇一秒に』CMRが爆発すると予見できること、それを確定した未来として計算できること、それが最も重要なのですから」

「ああ、ハルカ、どのみちCMRは爆発しちゃうのかあ……それが運命、なのかなあ？」

「仕方ないわ、ユリ。確かにCMRが使いものにならなくなるのは痛いけれど、それは、英二くんなり一郎くんなり……現代人の側が何のアクションを起こさなくても、どのみち発生してしまったことなのだから。

成程《なるほど》、英二くんの『CMRは壊れるに任せろ』という指示は、そこだけ切り取れば残酷に響くけれど、何の事はない、それってつまり『本来の歴史の姿にしろ』ってことで、それだけだもの」

「更に念の為ですが――ハルカさんとユリさんは、間違っても午後八時一〇分にここへ現れる私達とは接触しないでください。といって、これも『本来の歴史の姿にしてください』というだけで、しかも、確か貴女方の〈因果法〉なる法律が求めるところでもあるはず」

「了解。むろんそれに異議はない」

試行3－6

「それじゃあこれで、最終打ち合わせも終わりだな!!

あっもちろん、今夜午後九時五五分、真太が死なないことが確定したら、NPCの皆《みんな》にいうかどうかはともかく、俺も英二も、誓ってハルカさんに合流するから。そして漂流者のハルカさんが今後、どうすべきかを一緒に考えるよ!!」

「……有難う一郎くん。前回の詩花さんといい、私達なんかに気を遣ってくれて嬉しい。

でももう四度目の七月七日だから、ユリの名前も憶えてあげて頂戴」

「あっ御免《ごめん》ユリさん、いや俺、名前憶えていないとか無視しているとかそういうんじゃなくって——!!」

「いやいやいやいや。いろんな意味でもういいよ。

一郎くんって、気持ちがすぐ顔に出るタイプだしね?」

「えっユリさん、俺ちょっと指摘の意味が解らないんだけど!!」

(これでホントに解っていない所が、一郎の天然にして恐ろしい所ですね……)

するとその一郎は焦った感じで腕時計を見た。

「あっ、もう午後二時〇九分を回っている!! ちっ、次は青崎の世界史なんだよなあ」

「そういえば一郎くん」ハルカが微妙に首を傾げた。「あなたこれまでの全ての記憶を維持しているから訊けるけど、ほら、例の『抜き打ちテスト』はどうなったの? まさにこの次の六限、世界史の授業が自習かつ抜き打ちテストになったという現象は?」

「おっと、そういえば報告するの忘れていた!!」一郎は無駄なターンをする。「英二は話に聴いているだけだろうから、飽くまで参考として聴き流してくれ——で、ハルカさん、結論からいえば、この三度目のやり直しにおいても抜き打ちテストはなかったよ。ていうかそんな連絡のインタホン、五限の終わりに架かってはこなかった。だから、これから俺が急いで職員室に行ったり問題用紙とかをもらってきたりする必要もなくなった」

「そこ、私としては微妙に気になる論点なのよね。

大勢に影響が無ければよいけど、いま一度整理すれば、①オリジナルの七月七日には抜き打ちテストなどなく、②一度目のやり直しで突如そのイベントが発生し、③二度目のやり直しではまたもや無くなっていて、④今この三度目のやり直しでも依然として無いまま……」

「ああ一郎、ハルカさん、それは例の、一郎のクラスの六限が変なかたちで改変されていたという話……」

「そうよ英二くん。ただそれは、これまでのところ真太くんの死とは直接結び付いていないと考えられるから——それはそうよね、発生しようが発生しまいが結果が変わらないのだから——無視してもよいイベントだとは思うけど、どうしてそんな結果が生まれたのか、何がその原因となったのか、解明したくはある。

そして実は詩花さんが——このターンではNPCだけど——試行第二回目のプレイヤーだったとき、それがちょっと気になると、ちょっと気懸かりな点があると、そう漏らしていたわ——もちろんユリにね。私、彼女に嫌われているから」

「ねぇユリさん!!」一郎が訊く。「水城さんは具体的に『何が』気懸かりで気になるか、それはいってなかったのかい!?」

「ううんいってなかったよ。ほら、一郎くんは憶えているだろうけど、前回、詩花さんがあたしたちにパンとか水とかお茶とかを用意してくれたとき。あのときチラッと話してくれたんだ。だけど詩花さんも授業があって急いでいたから、物のやりとりをするのが精一杯で、詳しい話をする時間なんてなかったし」

「うーん……

もし今水城さんがNPCじゃなかったら、次の休み時間にでも訊けるんだけどな!!」

「それは悔やんでも仕方ありませんよ一郎。水城さんはNPC、何も知らずに初めての七月七日を生きているんですから。それを尋ねたところで何も答えられる道理がありません。

それに、『抜き打ちテスト』に纏《まつ》わる因果関係が何であったにしろ、実際、この三度目のやり直しではそんなもの発生しておらず、かつ、それこそがオリジナルの七月七日どおりなのですから。むしろ発生していないことに感謝して、余計な詮索《せんさく》はしない方が無難です。私達に残された宿題は、『屋上に出るのを午後八時一〇分にすること』。何も足さず何も引かず、極力オリジナルをトレースし、真太という玉を王手詰みから逃がすことです」

試行3－7

「それもそっか。ならこれで解散だな!!　じゃあハルカさん、今夜が無事終わったときに!!」

一郎はハルカと強く握手しようとした。華麗に右手を出す一郎。しかしハルカはビックリしたような顔をし、どこか躊躇《ちゅうちょ》するように自分の左手を出し直す。自然、一郎も自分の左手を出し直し、いよいよハルカの手を強く握った。そのまま、一郎が金属ドアを通って屋上を後にしようとすると、微妙な距離を置いて、そのハルカが一郎の後に続く——

「……ってハルカさん何処《どこ》へ行くの!?」

「ちょうど屋上の鍵が開いたから、所用に」

「それってどんな用事!?」

「そこは察してほしいけれど、学校内のとある施設を使う用事よ」

「それってどんな施設!?」

「……一郎」私は一郎の無邪気さに嘆息《ためいき》を吐いた。「ハルカさんだって、ユリさんだって、手のひとつくらい洗いたくなることがあるでしょう」

「手を洗う……あっそうか御免《ごめん》、トイレだね⁉

じゃあ俺案内するよ、どのみち教室への動線の上にあるし‼」

「それも如何《いかが》なものかと……私自身が実際に知っている訳ではありませんが、この屋上には教師だか誰かの見回りがあったそうですから、ハルカさんたちも校舎は初めてではないと思いますし、何より……一郎と連れ立って行く用事ではないと思いますよ。

いずれにしろ、私はこれで失礼します。私も六限の授業がありますから。もうじき鐘が鳴る」

私は一郎の直截《ちょくせつ》な言動に辟易《へきえき》して、ユリに軽く頭を下げ、先に階段室へ向かった。そのまま金属ドアをくぐり、少し急ぎ足で自分の教室を目指す。階段を下り始めたとき、一郎の朗《ほが》らか過ぎる声と、ハルカの適当極まる相槌《あいづち》が聴こえた。校舎に入るのは、今はハルカだけらしい。コンシーラーなるものがあるし、今の状態だと屋上への金属ドアはサムターン錠を回せば開くようだから、取り立てて心配することはないだろうが……

（一郎の瞳が眩《くら》みすぎている。妙な失敗の原因にならないよう、もう一度釘を刺しておいた方がよいかも知れない）

試行3－8

──そして、午後四時一〇分。

私は七限と適当なHRを終えると、部活のため音楽室に向かった。道中、特段のイベントはなかった。私には前回の七月七日──試行二度目の七月七日の記憶しかないが、それと全く一緒だったといえる。すなわち、同級生や後輩と行き交い、簡単な挨拶なり無駄話なりをし、それでも足を止めることなく音楽準備室に到《たど》り着いた。

（ただ、廊下で保護者っぽい大人がちらほら、数グループに分かれて談笑しているのは何故でしょうか？　どう見ても学芸棟から出てゆく途中ですが……

あ、そういえば、六限七限と、音楽室は保護者会の会場になっていましたね。そんな掲示が何処《どこ》かにあった。確か一年の、夏休みのホームステイ型海外留学の説明会。その会場が、急遽《きゅうきょ》音楽室に変更となったはずです……取り立てて計画に影響のない、どうでもいい話ですが）

普段どおり、三年としてはほとんど一番乗り。そしてそれは、今回はNPCである水城さんも一緒である。関係者五人についていえば、真太、水城さん、そして私がたいてい早めに音楽準備室入りし、一郎そして今銀さんがやや遅れてやってくる。一郎たちは道中、友人との雑談などに花を咲かせているのだろう。いずれにしろ、水城さんが音楽準備室に先入りしているのは普段どおりで、しかも前回の七月七日どおり。ゆえに何の問題もない。

腕時計を見る。午後四時一三分。

「ああ水城さん、今日も早いですね」

「お、お疲れ様、蔵土くん。蔵土くんも早いよね」

音楽準備室には、他に誰もいない。だから、私がその引き違い戸を開けたとき、単独で室内にいた水城さんは、微妙に吃驚《びっくり》したようだった。びくん、という感じで彼女の華奢《きゃしゃ》なセーラー服姿とサイドポニーが揺れる。

彼女はちょうど、自分のホルンを取り出しているところだった。正確には、自分のホルンの楽器ケースを開き、何やら手紙のようなものを読んでいた――見た所、極めて熱心に。それもあって、びくん、と吃驚したのかも知れない。ただ、私が彼女を通り越し自分の楽器棚《だな》に接近したとき、チラと見た限りでは、それは一般的な意味での『手紙』ではなかった。すなわち、他の誰かの意思を伝達するものではなかった。というのも、成程《なるほど》確かに水城さんが楽器ケースから取り出したと思しい『手紙』は――彼女の楽器ケースがぱかりと開けっ放しなのでそこに入れていたと分かる――封筒と便箋《びんせん》、それも意外と地味な、いやむしろ素っ気ないコピー用紙のようなものだったけれど、チラと見た限り、便箋の文字は水城さんの筆跡そのままだったからである。その体裁《ていさい》からして、敢えて言うなら自分自身への『手紙』だろうが、それはもっと一般的な意味では『メモ』『覚書《おぼえがき》』だろう。ちなみに私達吹奏楽者は滅多矢鱈《めったやたら》に楽譜へ書き込みをするので、同級生、しかも金管楽器どうしの筆跡なんて、すぐに識別できるというか見飽きている。

（……水城さんと真太の距離感からして、その、いわゆる手書きのラブレターだろうか？　用紙の素っ気なさからして、その下書きかも知れない。それにしては長文だが）

自分で書いた手紙を独りで読み返す――というその行為から、私は一郎っぽい下世話《げせわ》な想像をしてしまった。

（ただ、それが何であれ、私達の計画にとってはどうでもよい）

いや、水城さんの思いが成就《じょうじゅ》するというのなら――私としては一言あるが――それはとても目出度《めでた》いことだ。水城さんと真太の距離感からして、自然な流れでもある。ただ、私が記憶するかぎり、前回の七月七日、水城さんと真太の関係が激変した様子はなかったし（それをいうなら、今銀さんと真太の密談の方が余程《よほど》気懸かりだ）、たとえ実は激変していたというのが真相だとしても、事柄の性質上、五人全員が揃《そろ》った場所での言動には影響しないはずだ――まずは秘密にしておくだろうから。

　そう考えた私は、どこまでも自然になるように仕掛け始めた。といって難事《なんじ》ではない。

「ああ、水城さん」

「何？」

「今夜の七夕飾りですが、午後八時一〇分から、屋上で決行することになりました」

「ていうと、部活が終わって片付けとかしてから、ほぼすぐだね？」

「そうです。何か不都合はありますか？」

「ううん全然。あっそういえば、竹を固定する工具とか補強用具とかが……」

「ああ、ペンチとかカッターとか、あるいは針金とかロープとかのことですね？」

「そうそう。あたしが見た所、技術部から借りている分と、ここ音楽準備室に残っている分だと、ちょっと足りないような……」

「そうかもですね。

　ただそれは真太と私でどうにかしておきますし、ひょっとしたら今在る分でもどうにかできるかも知れません。無論、屋上での作業には水城さんと今銀さんのお力も借りると思いますが、必要な物品に関しては、そこは男どもに任せておいてください。

　――いつも丁寧に気を遣ってくださって有難うございます、水城さん」

「ううん気を遣うだなんてそんな。自分では何もしないであれこれ口出ししているだけだから――じゃあこの件は楠木くんと蔵土くんにお願いしちゃって大丈夫だね？」

「まさしくそうです。

　そして何も心配しないでください。午後八時一〇分までにはちゃんとします」

「うん解った」

　水城さんは自分のホルンを出し終えると、たぶんさっきの手紙が入ったままの楽器ケースをパチンと閉ざし、譜面台、楽譜、雑巾《ぞうきん》、ペンケースといった装備品とともに音楽準備室を出て行った。

（これでよし）

試行3―9

そう思っている内に、キビキビした歩調で真太が入ってくる。私は真太に、七夕飾りの開始時刻と、物品はどうにか足りている旨を報告した。真太は『そうか』『任せてある』と答えた。これも計画どおり。

そして、私がトランペットを取り出している真太より先に音楽準備室を出、音楽室で楽器の暖機運転を始めていると、いつものとおり悠然《ゆうぜん》と今銀さんが現れた。自分の定位置に鞄《かばん》とかを置く彼女。そのまま音楽準備室へ入ろうとするところを、私は自席から呼び止める――

「ああ今銀さん」

「何、英二？」

「今夜の七夕飾りですが、午後八時一〇分から決行になりました」

「あれ？　当初は、午後九時半からみたいな話じゃなかったたっけ？　だって、今夜提出される分の短冊を待たなきゃいけないし、一年の子とかが新しい折り紙細工を出してくるかも知れないし、飾りつけの最終チェックもしなくちゃいけないから。だからあたし、富田先生から午後一一時まで居残りの許可をもらったんだけど――」

「そうでしたね、申し訳ありません。

ただ、考えてみれば、部活が終わってから一時間以上も待機だのチェックだのをしているのは冗長《じょうちょう》に過ぎますし、今日が最後の機会、今日が貴重な梅雨の晴れ間ということを考えれば、竹を飾るのは早ければ早いほどよいかと。それに、早く飾りつけを終えてしまえば、真太の機嫌によっては、屋上でちょっと合奏をやってみようか――って話になるかも知れませんよ？」

「あっそれステキ!!　屋上で、星空の下でだなんて、何と言っても今日しかできないもの!!」

「真太は堅物ですから、残り時間が短ければ短いほど、あまり屋上に居続けるのを渋るかも知れません。裏から言えば、残り時間が長ければ長いほど、あの堅物も、ちょっと雅《みやび》で風流な気持ちになるかも知れません」

「了解、了解、そのとおりだよ――解った英二、決行時刻は午後八時一〇分ね!!」

「どうかよろしくお願いします」

「じゃああたし、天気がいいから野外で暖機運転してくる」

「お気を付けて」

――すべてよし。

試行３－10

私は自然体で、いつもの自分どおり、そして前の七月七日の自分どおり、音楽室で暖機運転を始めた。全体練習前の、個人練習だ。そして午後四時四五分を過ぎると、五〇人近い吹部《すいぶ》部員が音楽室に集まり始める。私は自席に座ったままだから、他の部員と衝突するとか、脚本にない会話をするとか、そういったリスクを心配する必要がほとんどない。言い換えれば、歴史の『交通事故』を気に懸ける必要がほとんどない。

――やがて、午後四時五〇分。

ほぼ全員が、演奏隊形の自席に着席し終えたとき……

しかし私は強い違和感を憶えた。

私達トランペットの演奏隊形は横隊で、左手側から首席の真太、次席の一郎、三席の私、そして二年一年の後輩と続く。そして私の記憶が確かなら、この午後四時五〇分の時点で、トランペットは全員揃っているはずだ。

しかし、次席奏者の一郎がいない……

隣席だからまじまじ目で確認する必要もない。次席奏者の席は、無人だ。

（前の七月七日では、このタイミングで、一郎が最後に席に着き、最後のウォーミングアップを開始するはずですが……）

一郎は今銀さん同様マイペースだから、トランペットの中では必ず最後にやってくる。それは不文律というか習慣だ。だから私は今の時点まで、彼の不在を気にも留めなかった。しかし――

「ねえ光夏？」

「何？」

そのとき、トランペットの縄張りの前列、ホルンの縄張りで、いよいよ水城さんが今銀さんに話し始めた。『反省検討会』で聴いたところだと、これは試行第一回目の七月七日どおり。そして私の実記憶からも、これは試行第二回目の七月七日どおりだ。ただ、その内容はかなり変わっているはず――というのも、いずれの歴史でもトピックになった『工具と補強用具』の話題が出るはずもないからだ。前々回では、そのトピックに介入するため、プレイヤーである今銀さんが、NPCである水城さんの会話を誘導したと聴く。そして前回では、さかしまに、プレイヤーである水城さんが、NPCである今銀さんの会話を誘導した。ちなみにそれは、まさに私に対して、メールを打たせないためだったのだが。

（となると、そもそも『水城さんと今銀さんの会話』なるイベント自体が発生しない確率も大きいはずだが……

いずれにしろ、特異動向がないかどうかチェックしておくべきでしょう）

ホルンの列はトランペットの列のちょうど直前。ふたりの様子はハッキリ観察できる。前回の七月七日、私に記憶がある七月七日でも、もちろんこのことに変わりはない。

――水城さんは、左隣の今銀さんに、ちょっと躯を寄せるようにして囁《ささや》いていた。周囲は、最後のウォーミングアップをしている部員の音。色とりどりの、大小様々な音色が、メゾフォルテほどで響き渡っている。しかも水城さんと今銀さんは密談をしている。彼女らの姿勢や顔の傾きを観察するのは容易だが、その密談の内容は、余程《よほど》注意して耳を傾けないと聴き取れない。

「いよいよ……七夕飾り……今夜の予定……」

「いよいよ今夜、午後八時過ぎに……楽しみ……」

（大した密談ではないようですね）

「あの竹……あの写真見せて……」

「全然いいよ」

ここで今銀さんは自分のスマホを取り出した。指紋認証を何度かする。ところが――というか前回の七月七日どおり（そして恐らく前々回の七月七日どおり）、何度やっても指紋が機械に弾かれるようだ。ちっ。今銀さんが彼女らしい豪快な舌打ちをするのも前回どおり。そして舌打ちをした今銀さんが、指でスマホの画面をスライドさせ、どうやらパスワード認証を開始するのも前回どおり――

今銀さんの幾度かのタップと、それをやや不安げな表情で見詰める水城さん。しかし今回は、どちらもＮＰＣだ。すなわちどこまでも人生最初の七月七日を、『真太の死』なる未来を知らず、ナチュラルに生きている。特段の問題が生じるはずもない。

そして実際、今銀さんはどこまでも自然に、どうにか開錠を終えた自分のスマホを水城さんに差し出した。

（結局、『七夕飾りを終えた竹の写真を見せる／見る』というイベントは、工具だの補強用具だのの話がどうあろうと、どのみち発生するイベントのようですね）

そして歴史の流れが未来どおりなら、あのスマホの画面にはまさに『七夕飾りが終わった竹の写真』が表示されているはずだ。実際、そのことはすぐに確認できた。水城さんの態度で確認できた。すなわち水城さんは、写真への讃歎《さんたん》だろうか、何かの言葉を嘆息《ためいき》みたいに囁いた後、しばらくそのスマホ画面に魅入ってしまったからだ。確かに、今年の吹部の七夕飾りは実に壮麗なもので、永久保存版にしてもよいほどの出来映え。水城さんの讃歎には理由があるし、その讃歎から、スマホ画面に何が表示されているのかが裏書きされる。すると、その水城さんの讃歎に嬉しくなったのか、今銀さんが親切な言葉を発した。これも、前回の七月七日どおりである（前々回はどうだったのだろう？）。

「どうせならその写真……詩花のスマホに……これから添付ファイルで……」

「あっ光夏……それは……というのも、あたしスマホ……で持ってきていない……」

「えっめずらしい……壊れた……じゃあ今見られない……」

「……家に置いてきた……明日は必ず……」

（この、ふたりの会話。

前回は意識して聴いてはいなかったが——私はＮＰＣだった——意識して聴けば次のことが解る。第一、今銀さんは七夕の竹の画像を送信しようとしたこと。第二、しかし水城さんはスマホを持っていなかったこと。第三、だから画像の送信は明日になったこと）

——やがて水城さんは、七夕の竹の写真を充分に鑑賞し終えたか、今銀さんに、今銀さんのスマホを返した。

「ありがとう……返すね……邪魔しないから」

「あたし……思ったことないよ。鞄に入れてある……送るけど……いつでも見て」

（そういえば、水城さんは今銀さんとの距離感を、どう感じているんでしょうかね。

無論、水城さんとしては真太のことがあるから、『いささか困惑する』というのがホンネでしょうが。ところがどうして、その真太はといえば思い人がいるから複雑になる……）

私はそんなことを思いながら、今銀さんのスマホの行方をいちおう目で追った。今銀さんは、水城さんから返してもらったスマホを、そのまま自分の楽器ケースに隠してしまう。これは顧問の富田先生対策として不自然ではない。というのも、我が久我西高校には、『スマホは禁止、ただし教師の目に入らない限り黙認』という慣習法があるからだ。全体練習中手近に置け、かつ、指揮台から目に入らないようにするとなると、楽器ケースに入れてしまうのがいちばん安全である。

（いずれにしろ、水城さんと今銀さんのイベントは終了。特異事項ナシ）

試行３－11

と、すれば。

今最も懸念しなければならない特異事項は……

「すみません、真太」

「どうした英二？」

「一郎は何処にいいいいるんです？」

「……あのバカ今日は欠席だ。せっかく晴れた七夕だというのにな」

「えっまた何故？」

「何でも五限が終わった後の休み時間に、三日前の焼きうどんパンを食ったらしい。

それで猛烈な腹痛を起こした。で、教務《きょうむ》に早退願を出し、俺に欠席届を出した。

そういえば、英二には伝えていなかったな。おんなふたりには伝えたんだが――スマン」

「すると、一郎はもう自宅」

「だろうな」

「……なら今夜の七夕飾りには参加しないと？」

「そうなる。重ねてバカな奴だ」

（計画とも前の七月七日とも異なる。焼きうどんパン云々《うんぬん》が事実だとすれば、飛んでもない不注意で乱調ですね。オリジナルの七月七日は、関係者五人全員が揃っていたのだから）

やっぱりもう一度、キツく釘を刺しておくべきだったか……

私は微妙に憤慨《ふんがい》し、微妙に混乱した。

（主演男優のひとりが欠ける。それが望む未来にどんな影響を与えるか、与えないか……）

「全体練習。ロングトーン」

――様々な可能性を演算していた私にとっては突然、真太の指示が聴こえる。

ハッと左隣を見ると、部長の真太はもういない。いつしか私との会話を打ち切り、黒板前の指揮台に移動したようだ。当然ながら、歴史は止まらない。時計の針は私の物思いを待ってはくれない。

クラリネットの女子が、チューニングのB《べー》を吹き始め。

やがて私を含む全員がそのBに音を重ねると、きっとオリジナルの七月七日どおり、そして前回の七月七日どおり、全体練習が始まった――

試行３－12

やがていよいよ、午後八時一〇分。

私達、吹奏楽部仲間四人は、七夕にふさわしい星空の下にいた。

本来の『午後九時半』に比べれば、まだ夜空の暗さも星の輝きも本番ではないのだろうが、それでも梅雨《つゆ》の真っ盛りにしては、奇跡のような星空である。

屋上は、校舎五階の真上なので、そのぶん天にも近い。

（当然ながら、一郎は現れなかった。それだけが気懸かりだが……

ここまでの総括としていえば、歴史はなぞれる。そう、四人でなぞればいいだけだ）

私は、校舎屋上のフェンスに設置すべき、水城さんや今銀さんの背丈ほどはある竹を見遣った。色とりどりの短冊が無数にある。星飾り、折り鶴、提灯、吹き流しといった色とりどりの折り紙細工も――

（なるほど『被害者』はいる。目の前にいる。『加害者』すらいる。目にこそ見えないが、その『自動車』に何の作為も施してはいない加害者が、確実にいる）

ただ、歴史が繰り返されるというのなら、これらによる『交通事故』はまだ発生しない。歴史が己《おのれ》に忠実であろうとする限り、『自動車』が動き始めるのはHアワーの午後九時五五分〇一秒。すなわち現時刻から一時間四五分後のことだ。私はどこか自分を騙《だま》すように、安堵《あんど》の嘆息《ためいき》を吐いてみる。あたかもそれを、意地悪な歴史に聴かせるように。

そして、祈った。

（織姫がいるというのは、琴座のヴェガだったか……

私達は人事《じんじ》を尽くしました。どうか今夜、歴史の織物をごくわずか、変えてください。

吹部の部員としても親友としても、あるいは……あなたなら御存知のとおり、それ以上としても……そうそれを告白してでもお願いします。

どうか今夜、私から楠木真太を奪わないでください）

……気弱になっていたのだろうか。感傷的になっていたのだろうか。ガラにもない素直で直截《ちょくせつ》な祈りを捧げている内に、七夕飾りの竹の固定は呆気《あっけ》なく終わった。

「ありがと、真太、英二。重かったでしょ？」

「まさかだ今銀」工具箱と補強用具を無口に片付けていた真太がいう。「技術部から借り受けた工具はかなりの年代物で、四苦八苦したけどな」

「補強用具もどうにか足りて……」私も相槌《あいづち》を打った。私はオリジナルの七月七日を――『真太が最初から屋上に存在していて、無事飾りつけを終えられた七月七日』を知らない。知らない以上、自分ならこうするだろう、自分ならこうしたはずだ――というナチュラルな自分の演技をするしかない。「……まずはひと安心です。竹もまさか、そんなに重い訳じゃないですしね」

「ま、重いといえば、此奴等《こいつら》の願い事がちと重すぎるがな……まったく胃が痛むぜ」

雑談は進む。恐らくは、そして願わくは、オリジナルの七月七日どおりに。

「そうだね、楠木くん」水城さんが明るくいう。「これが高校最後の大会だね……これが終わったら三年は引退だし。だから、東京大会に出るだけじゃなくって、どうにかそれを突破したい。全国に行きたい。全国って、今年も名古屋だったっけ？　絶対に今のメンバーで出たいよね」

「そうだな、水城」

「部員全員の期待も大きいよ。ほら、短冊も全国大会のことばっかり書いてあるでしょう？

今年は顧問も部長も最高だから、絶対に全国に行けるって、皆がんばっている」

「部長のことは知らん」

部長の真太がそっぽを向いた。水城さんのサイドポニーと前髪が、微妙に揺れる。

（このあたりの態度からも、『真太と水城さんの距離感を変えるイベント』は起きていないことが解りますね……水城さんには申し訳ないですが。さて、するとあの手紙は？）

「ただ顧問は最高だ」真太は淡々《たんたん》と続ける。「全国に名の知られた名指導者だからな。だから、俺達みたいな無名校を、いきなり東京大会レベルまで引き上げてくれた。その恩義には報いないと……」

私は皆《みんな》の雑談を聴きながら腕時計を見た。現時刻、午後八時二五分。

ゆえにシナリオを加速するため、今銀さんに聴いた。

「今銀さん、屋上には何時までいられるんですか？」

「ああ、富田先生が、守衛さんに話を通しておいてくれたから、午後一一時までに正門をくぐれば大丈夫だよ。もちろん、午後一一時までに正門をくぐるためには、ここを、そうだね……午後一〇時四五分には撤収しないといけないけど。それでもダッシュになるかな」

私が何かを答えるべきかどうか迷っていると、部長の真太が、すぐに律儀《りちぎ》な確認をした。

「正門通過午後一一時なら、バスも電車も大丈夫だな。自転車組は、そもそも問題がない。

もっとも、大会を控えたこの時期、事故を起こすのも事故に遭うのも厳禁だが……

それで今銀、ここの鍵はどうするんだ？　ここの、屋上の扉の鍵だが」

「あっ、ええと、それは――」

「大丈夫だよ光夏。あたしが持っている」

水城さんが微笑みながら、クラシックで頑丈そうな、金属の棒鍵をかざした。

　その棒鍵の柄《え》には、ちょっとしたプレートが付いている。ペン書きは『屋上1』。

（ん？　何かが違うような。何か違和感を感じる。

　しかし何に？）

「あっ、考えてみれば」今銀さんがいった。「ここを開けてくれたのも詩花？」

「うん、でもそれ、そんな大したことじゃないから……ただあそこの金属ドア、あの分厚い監獄の扉みたいな金属ドア、錆《さ》びているのか古すぎるのか、なかなかこの鍵、回らなくって。といって他に出入口もないし。もう一度守衛さんのところに行こうかと思ったわ。

　でも、そんなこんなで、四苦八苦したんで、鍵を開け閉めするコツが分かったんだ。

　最後に屋上を出るとき、またあたしが確実に鍵を掛けて、守衛さんに返しておくね」

「ゴメンね詩花、あたしパーリーなのに、いつも気を遣わせてばっかで」

「気にしないで。サクサクしていない光夏なんて、光夏らしくないもの」

「今夜、屋上を特別に使わせてくれたのは、富田の恩情だからな」真太がいった。「普段はここ、絶対立入禁止のはずだ。水城、そのどっちの意味でも施錠と返納は重要だから、確実に頼む――

　今銀はこのとおり、いい加減だからな」

「ちょっと真太、また結構な物言いね。事実だけど。

　そもそも、部長特権であたしを副部長なんかに指名したの、真太自身でしょうが」

「ほらほら光夏、いつもの夫婦喧嘩《げんか》しないの……

　うん解ったよ楠木くん、あたし、しっかりやっておくから。鍵も工具箱も片付けておく」

　ちょっと頬《ほお》を紅潮させながら、水城さんが大きく頷く。

（――さて、時間の余裕はある。彼等にとっても、私にとっても。

　もし一郎がいてくれたなら、早速にでも『皆で合奏してみよう!!』とか叫ぶはずだが）

　しかしその一郎はいない。そして彼等のタイムリミットより、私のタイムリミットの方が早い。だから私は今銀さんに水を向けた。

試行3－13

「せっかくの梅雨の晴れ間ですし、美しい星空ですし、四人では少し寂しいですが、ここでちょっとだけ合奏してみるというのもよいのではないでしょうか、ちょっとだけ」

「……そうだな英二」真太が素直に頷いた。「ちょっとだけ合わせてみるか、自由曲の方」

するとと今銀さんが、そして水城さんが歓声を上げげんばかりに喜ぶ。その今銀さんがいう。

「普段は絶対に立ち入れないから、こんなところでこんな夜、合奏してみたいよ!!」

「じゃあ楽器を――」水城さんの声も弾む。「――持ってこないとだね!!」

「いえ、そんなこともあろうかと――」私は計画どおりの言葉を発した。「――もう搬《はこ》び込んであります、五人分」

「えっ英二」今銀さんが吃驚《びっくり》する。「いつの暇《ま》に!?」

「そりゃあ、皆《みんな》の考えることくらい解りますよ。入学以来の、腐れ縁ですからね」

――合奏はするのだから、楽器を用意しておいて何の問題もない。また『反省検討会』で一郎やハルカから聴いたところでは、オリジナルの七月七日、楽器を屋上に用意しておいたのは私だという。私はそれに納得した。ナチュラルな自分の行動っぽかったからだ。

ゆえに、この試行三回目の屋上にも、楽器はある。分厚いドアを擁《よう》するコンクリの階段室、その傍《かたわ》らの暗がりに、トランペットのケースを3、ホルンのケースを2、置いてある。一郎の楽器をどうしようかとしばし逡《しゅん》巡《じゅん》したが、敢えてオリジナルと変える必要はないと思い、いちおう五人全員の楽器を用意した。すると今銀さんがいう――

「ありがとう、英二。さすがに鞄は持ってきたけど、楽器のことまで気が回らなかった」

「いえいえ、そんなに感謝されるような行動でも動機でもありませんし」

今銀さんが、そして彼女に続くように全員が、自分の楽器に駆けよる。

すぐに楽器をスタンバらせ、暖機運転。大した時間は必要ない。ほんの三〇分程度前まで、厳しい全体練習をやっていた後だからだ。ものの五分強で、最低限のウォーミングアップは終わった。

私は腕時計を見る。午後八時三〇分。

（まさか一時間も二時間も吹き続けることはない。所《しょ》詮《せん》、部活後のレクリエーションだ）

一郎がいないので、微妙に寂しい扇形《おうぎがた》になった私達。真太がひとり、扇の要《かなめ》の位置に出る。そして私達に正対する。

　実に大きな、広々とした屋上の中央あたりに、三人。

屋上の縁近くに、一人。

（位置関係も問題にする必要がない。

『自動車』はまだまだ爆発しないのだから、真太に干渉する必要はない）

　そして律儀《りちぎ》に、しかし素早く全員のチューニングを終えた真太が、私達に指示をした。

「４の二小節前から。メゾフォルテの、あのファンファーレっぽい所だ」

　――やがて、午後八時五五分。

　無事、合奏は終わった。

（私の玉は、もう詰まない。それは素直に嬉しいこと
……私にとって、真太は……

ただ、もし玉を詰めてもよいなら、より合理的な指し筋もあった。恐ろしい誘惑だった）

試行３－14

　真太の指揮と指示どおり、誰もが愛している今年の自由曲を何度かさらって、誰もが満足した。ゆえに無事、屋上から撤収できた。

　ここで、今銀さんがいっていたとおり、誰もが鞄その他を持ち込んでいたので、そのまま正門へ行き、下校しようと思えば下校できる。ただ、楽器はいちおう貴重品なので、音楽準備室に入れた方がよい。よって、下校コースは屋上→学芸棟→正門となった。いったん真太が気を利かせ『楽器は俺が搬《はこ》んでおく』と申し出たが、私が自分自身のトランペットをもう搬び始めていたので、真太も水城さんも今銀さんもそれに倣《なら》ってくれる――

（真太を独りにしたくはない。

　屋上を撤収する以上、もう安全だとは思うが、できれば自宅まで送り込みたい）

　――そんなわけで、全員で先の下校コースをなぞった後、水城さんが屋上の鍵を正門で返納し、そのまま最寄り駅まで歩くこととなった。ちなみにこの四人だと、全員が電車通学ながら、真太と水城さんが同一方面、今銀さんと私が同一方面と二グループに分かれる。長い付き合いだから、下りる順序まで分かる。すなわち、真太＝水城さん組なら真太が先に下り、今銀さん＝私組なら今銀さんが先に下りる。最も帰宅が早いのは真太、逆に最も遅いのは水城さん。今晩だと、水城さんの帰宅は、間違いなく午後一〇時を過ぎるだろう。

　やがて、私達は駅のホームに出た。

「……オイどうした英二。冷厳なお前が、物思いに耽《ふけ》る

ら、明日の朝練のときに」

「……おい英二、お前の乗る電車、もうホームに入っているぞ？」

「あっそうですね、ええと……ええと……

そうだ、しまった、私、自分のスマホを何処《どこ》に入れたかな……まさか楽器ケースに入れたなんてことはないはずですが、ひょっとしたら学校に」

「あっ、あたしも何か忘れているような気がするんだよね～」今銀さんが私を待って、電車には乗らずにいった。だから、吉祥寺方面の今銀さんと私は、電車を一本やり過ごすことになる。「ま、あたしはいっつも何か忘れているから、特に気にならないけど」

そのとき、ホームの反対側に、真太の乗る渋谷方面の列車が入線した。

「……気になるな。英二のスマホは学校にあるのか？ なら俺が一緒に戻ろうか？」

「あっいえ真太、私の勘違いでした。鞄の奥にありました。すみません。

真太こそ電車が出てしまいますよ。水城さんも待っています。私に構わず、急いで」

「……よく解らんが、じゃあ明日の朝に」

「ええ、明日の朝に」


だなんてめずらしいな？」

「あっいえ真太、要はその……無事に七夕を終えられて、ホッとしているんです」

「願い事が叶うといいがな。

いや叶えるのか、俺達の手で」

「まさしくです。運命をぐっと動かすんです」

そのとき、今銀さんと私が乗る電車がホームに入ってきた。重ねて、真太と私では乗る路線が真逆になる。真太と水城さんは渋谷方面に行き、今銀さんと私は吉祥寺方面にゆく。無論、できることなら、このまま真太にくっついて行きたかったが……

「……真太、そういえば自由曲の音源CD、いい演奏の奴を持っていましたね？」

「ああ。ただコンクール用じゃなく、原典版だから微妙に演奏時間が違うけどな」

「それ、今日お借りしてもよいですか？」

「今日だと？　CDがあるのは俺の自宅だが？」

「お家の門前でいいです。これから一緒に向かわせてもらって、門前で回収を――」

「――いや、今日はいろいろ気を配って、お前も疲れたろう。明日の朝練で渡す」

「そうですか」そこまでいわれては仕方が無い。「な私は下手な芝居をやめ、電車に乗る真太と水城さんの後ろ姿を見送った。

(明日の朝に。明日の朝に……明日の朝に。

当たり前の言葉が、こんなにも不思議に、こんなにも恐ろしく響くとは)

顔を上げれば、電車の中から、ちょっと不思議そうに私を見遣る真太が見える。

しかしそのまま電車は駆け始め——

——だから真太の姿もたちまち路線の先へと流れていった。時刻は、午後九時三〇分弱。

(いささか不徹底ですが、ま、常識的にはこれで大丈夫でしょう……)

試行3－15

今銀さんと私は、雑談を交わしつつ、大した時間を置かずにやってきた次の電車に乗った。

しばらくして、今銀さんが『また明日の朝ね!!』と自分の駅で下りる。私は独りになる。

——すると、もちろん置き忘れていない私のスマホがぶるぶると鳴った。

私は画面表示を見る。そして啞然《あぜん》とする。なんと、腹を壊したとかいう一郎からだ。

英二へ
七夕飾りに出られずにスマン。もう大丈夫だ
実は俺、今、学校にいるっていうか、CMRの中にいる
真太が無事帰ったのも知っている
だから、これから学校で、今後のこと、話し合おうと思って
ユリさんも今後のこと、ほんとうに不安そうだし、つらそうだし
この世界線では、プレイヤーは俺と英二だけで、他の仲間にも相談できないしな
もし時間が許すようだったら、これからあの屋上へ来てほしい
午後九時五五分に真太が死なないのを一緒に確認して、今後のことを話し合おう
火脚一郎
(一郎……また余計なことを!! 屋上に出るなんて自殺行為ですよ!!)
なんてことだ。一郎は油断しすぎている。あるいは、あのハルカに目が眩《くら》みすぎているのか。それは確かに、死ぬのは……死ぬこととなっていたのは楠木真太だ。それが歴史の流れ。そしてCMR内にいたハルカとユリ

は、爆発があったにもかかわらず死んではいない。そのふたつの意味で、自分が屋上に出ていても、CMR内なら大丈夫だと踏んだのか？

（しかしその読みは甘過ぎる）

一郎自身が痛切に記憶しているはずのとおり、楠木真太以外の仲間も死に得るのだ。まさに前回の七月七日では、今銀光夏がもらい事故で転落死してしまっているではないか。

私は一郎にメールをして、すぐに屋上から撤退するよう警告しようとしたが……

（この危機感の無さだったら、無視される虞《おそれ》すらある。直接電話をしても、結果は同じ）

なら、屋上から引き剝がすしかない。

そしてそれができるのは、その必要性が解るのは、この世界線では私だけだ。他の誰も、一郎の自殺行為を自殺行為だと理解することができない。記憶がリセットされているから。

——私はすぐさま次の駅で電車を降り、タクシーを拾った。そのまま久我西高校に取って返す。とにかく一郎を説得し、Hアワー午後九時五五分だけでも、屋上以外の場所に退避させなければ。

（いや説得など必要ない。有無を言わさず、腕尽くで校舎内に引っ張り込む）

そして歴史通りならCMRが爆発し、ハルカとユリは生き残り、校舎内の我々も……

私が不思議なほどの焦燥感《しょうそうかん》にイラだっていると、またもやスマホに着信があった。今度もメールだ。こんなときに何だ、と画面表示を見る——

試行3-16

（えっ、今銀さんから？　何でまた今銀さんが？）
今銀です
忘れていたこと、思い出したよ
あたし、技術部から借りた工具箱、屋上に放置したままにしちゃってた
明日の朝でもいいと思うんだけど、借り物だし、吹部の信用問題だし
それに、私元々、屋上の使用許可、午後一一時まで取っているから
だから、これから回収に行く。ていうか、もう学校に戻り始めている
もし英二も気付いていていて、これから学校に戻るところだったら、それはやめてね
また真太に怒られない内に、あたし独りでキチン

としておきます
今銀光夏

（ど、どうしてそうなる……!!）

こんなバカな偶然があり得るのか。工具箱だの屋上の鍵だのは、水城さんが管理することになっていたはずだ。本人もそう断言していた。ならその水城さんがウッカリ忘れたということか。そして今銀さんの性格からして、そんなことに気付くはずもない。かなりの確率で、気付いたのは水城さんだろう。すると責任感の強い、デリケートな水城さんのこと。親友の今銀さんにすぐそれを相談する――例えばメールで。ならこれも今銀さんの性格からして、『自分こそが学校に帰る』と、だから『水城さんはそのまま自宅に帰っていい』と主張するだろう。何と言っても、今日の午後一一時までは屋上に入れるのだから。それを段取りしたのは、他ならぬ今銀さんなのだから。

成程《なるほど》ストーリーは――推測だが――理《り》に適《かな》う。問題は、その理に適うストーリーから、不合理極まる結果が生まれかねないということだ。

（今銀さんはまさに、前の七月七日の被害者だというのに!!）

よかった。早急に学校へ帰る決断をしておいてよかった。そう思うしかない。

この調子だと、今銀さんの行動をメールや電話で統制するのは無理だ。やはり一郎同様、有無を言わさず、腕尽くで屋上から引き剝がすしかない。

私はタクシーを下り、お釣りをもらうのも忘れ、久我西高校の正門を駆け抜けた。守衛さんに聴くと、どうやら一郎らしき生徒がひとり、私達の下校後すなわち午後九時過ぎ、校舎棟に向かったとのこと。私もその校舎棟に急いだ。腕時計を見る。時刻は午後九時五〇分……

（歴史の潮流のいきおいなのか。どうあっても、午後九時五五分に引き寄せたいのか）

私は校舎棟の階段を駆け上がり、階段室の金属ドアをばんと開いた。もう一郎が出ているわけだから、鍵だのサムターン錠だのには悩まされない。それだけは救いだ。

金属ドアのたもとで、まずCMRがコンシールされているあたりを見詰める。

――まったくの透明だ。巨大なエレベータのようなあの機械は、全然露出していない。

（ただ、この匂いは……何だ？　この、海から遥か遠い吉祥寺で潮の香り？　ほんの微《かす》かではあるが……

いやそんなことはどうでも!!）

すぐに瞳を転じ、真太が吹き飛ばされて転落するそのフェンスのあたりを見詰める——

試行3－17

そこには真太と、一郎がいた。

そんなに距離はないが、数歩駆けなければならないほどには遠い。しかし。

（ふたりは何をやっているんだ？）

……それは、あまりに牧歌的な光景だった。

　真太は、屋上のフェンスに両腕を載せ、その上に頭を載せ、また躯をフェンスに預けながら、まるで武蔵野の街並みを鑑賞しているかのように動かない。私には背を向ける格好になる。あたかも教室の机の上に肘《ひじ》を突き、手の上に顎《あご》を載せ、クラスメイトと談笑しているかのような自然な姿勢。ただ時折、街並みに飽きたかのごとく、もうひとりの方に首を向けるだけ——ただ言葉は何も聴こえない。私が集中を欠いているのか。

　そしてそのもうひとりというのは、当然一郎だ。こちらも片腕をフェンスに預けながら、校舎廊下の壁だの音楽室だのの壁に自然に寄り掛かるような感じで、ただ真太の方を向きながら、時折自由な方の片腕を大きく動かしている。こちらも街並みを鑑賞しているかのようで、やはり私には背を向ける格好になる。そして一郎の言葉も聴こえない。しかし。

（不幸中の幸いは、まだ動いている——生きていることだが、でも!!）

　——物を考えたことで、私の脚も腕も止まった。痛恨のミスだが、止まってしまった。

　ただ考えざるを得なかった。もう一度やり直せても、きっと繰り返してしまうだろう。というのも、眼前の光景は、奇妙極まる光景だから……

（……真太がナチュラルにあの位置にいるのは理解できる。ナチュラルに雑談しているそのことも。真太は何も知らないのだから。これからの未来を何も知らないのだから）

　ただ、一郎は何をしているのだろうか？

　一郎にはこれまでの全ての七月七日の記憶がある。あの場所で、誰が死んでしまうかを熟知している。だのにわざわざその死地で、わざわざその真太と雑談しているとは。

（そんなもの自殺行為のみならず、明らかな他殺行為だというのに……

　そのためにやり直しをしているはずなのに!!

　……そしてＣＭＲ内のハルカとユリは、いったい何

を）

私は自分の躯への命令をバグらせた。

真太たちに大声を出す／真太たちに駆けよる／事情を知る一郎に警告する／CMR内のハルカたちを呼び出す／ハルカたちに事情を聴く／真太と一郎を腕尽くでここから引き剥がす――

優先順位も対象もバラバラなオプションが、私の躯への命令をバグらせる。

その結果、私はいちばんシンプルでいちばん安易なオプションを選んでしまった。

試行3－18

腕時計を見る。

そして今、時計の針は容赦なく、無力な私を嘲笑《あざわら》うかのようにかちりと動いた。

二〇二〇年七月七日、午後九時五五分。

私は駆け出した。ただもう心が負けていた。既に、感想戦をしているようなものだ。

「真太……一郎!!」

私が蚊弱《かよわ》く絶叫し、ふたりに最接近したその刹那《せつな》。

「ハルカ危ないっ!!」

（……今のはユリの声？）

その声とほぼ同時に、恐ろしい劫火《ごうか》と黒煙と、大きな爆発音が屋上にあふれ。

前の今夜に感じた衝撃波で、いやそれよりきっと強い衝撃波で、私はまたもや気絶した。

今度は楠木真太、火脚一郎、そして私――蔵土英二の死を確信しながら。

またそして、どこか遠くで響く、今銀光夏の絶叫と号泣を聴きながら、だ。

第9章　REPEAT BEFORE THE DEAD（試行第四回・光夏の証言）

試行4－1

「……これぞ、歴史を変えた一瞬だな。

　いきなりロシアの女帝が頓死《とんし》して、カッコ30、『ピョートルⅢ世』が即位する。ところがこの新皇帝は何故かプロイセンが大好きで、だから突然プロイセン側に寝返ってしまう。昨日までの敵に降伏し、何と同盟まで組んだわけだ――これで七年戦争の趨勢《すうせい》は決まった。

　不思議なもんだな。もし、ロシアの女帝が頓死しなければ。もし、新皇帝が敵国の崇拝者ではなかったら。ひょっとしたら、プロイセンは滅亡していたかも知れん。そうなれば、それを祖とする今のドイツはまるで違った国になっていた。フランスは勢いを盛り返し、インド・アメリカを制していた。それだけの植民地が獲《え》られれば、ブルボン朝はもっと安泰《あんたい》で、だからフランス革命なんて起きなかった。マリー＝アントワネットも助かった。はたまたインド人もアメリカ人も、フランス語を喋っていた。もちろん黒船に乗っていたのは、ペリー提督じゃなかった……」

　……遠くから、声が聴こえてくる。

　それはだんだん大きくなってくる。

　言葉の意味も解ってくる。

　これは、世界史の授業だ。世界史。青崎先生の世界史。

　火曜日の、第四限。週の前半戦、午前最後の授業が青崎の世界史だ。とにかく眠い奴。しかも、東大卒のインテリ崩れで性格が悪い。しゃべりも嫌味だ。脂《あぶら》ギッシュだし。

　突然、謎の青崎関数で生徒を指名しては、早慶レベルのマニアクイズを仕掛けてくる。

　あたしは今日も、涎《よだれ》まで垂らして船を漕《こ》いでいるとき、いきなり青崎に殴られて……

　あたしは今日も……

　あたしは……

「あっ!!」

　大きな声。もちろんあたしの声。しかもいきなり、机をバンと叩いて立ち上がっている。

　ハッと気付いたその瞬間、すべての記憶が甦《よみがえ》ったのだ。ううん、流れ込んできたのだ。

（時間遡行型記憶転写《そこう》。P－CMR。ハルカがいっていたとおり、ちゃんと成功した……

ううん。ハルカの説明が本当なら、これはあたしにとって二度目だ。二度目の記憶転写）

全然そんな記憶はないけど。どう考えてもこんなタイムトラベルもどき、初めてだけど。

（ただ、そのこと自体ハルカの説明どおりだ。辻褄《つじつま》は合っている）

念の為《ため》、あたしは腕時計を見た。もうじき午後○時○一分。

黒板も見た。日直が書く日付は、七月七日火曜日。

――あたしはここで、ようやく自分が立ちっ放しだったことに気付いた。

いつしか世界史の青崎が教壇を下り、あたしの机の左側にデンと立っていたことにも。

そして一発、殴られる。ぱこん。

（これもまた、二度目なんだろうか？

やっぱり前の記憶転写のときも、あたしはバカみたいな大声を出し、いきなり立ち上がっては、青崎に殴られたりしたんだろうか？）

……そこまで細かいことは、さすがにハルカから聴いていない。ただ、あたしの性格なり素行なり日常の態度なりからすれば、ほとんど一緒の動きをしたはずだ。そもそも、タイムトラベルもどきによって『七月七日の正午に目覚めた』ときは、ほとんど無意識っていうか、右も左も分からない状態だから。なら、どうしても素《す》のリアクションが出るはずだ。

すると、そっちはオリジナルどおりのリアクションなのかどうか確かめる術《すべ》がないけど、陰険でネチネチとした青崎が、いかにも青崎らしい口調で喋り始めた。

「オイ今銀。俺の授業中に何を血迷っている？」

「あっはい。すみません。つまり、歴史を変えた一瞬です」

「はあ？」

「ええと、あの……だからロシアの女帝が、その」

「ならその女帝は誰だ？」

「ぴ、ピョートルⅢ世？」

「バカヤロウ、女帝がピョートルのはずないだろう!!

まったく、三枚のペチコート作戦も知らないのか。それなりの大学なら出題するぞ？

――じゃあ有難い授業を妨害した罰だ。プリントのカッコ30とカッコ31を埋めてみろ」

「ええと、七年戦争が終わったのはカッコ30の年で、その講和がカッコ31の条約で……」

ええとええと言っていても、最初から記憶にないことは喋れない。それこそ私にとっての、『オリジナルの七月七日』と一緒だ。

　あたしがバツの悪い感じで黙っていると、いよいよ青崎はあたしをもう一度殴り、バカは相手にしないとばかり、教壇と自分の授業へ帰っていった——普段どおり、バカがバカが、死なんと治らん死なんと治らん、下らん仕事だ下らん仕事だとブツブツ愚痴《ぐち》を零しながら。

（——ところが死んでも治らないいんだよね。

　ハルカの話が事実なら……嘘を吐く理由がないけど……あたしはもう、一回死んでいるはずだから。といって、世界がリセットされているから、こうして生きていられる）

　そしてあたしが今生きているのは、ハルカの説明によれば、試行第四回目の七月七日だ。言い換えると、もちろん五度目の七月七日となる。あたしたちは、一度目の七月七日——オリジナルの七月七日における『楠木真太の死』を回避するミッションに、もう三度も失敗しているのだ。真太が死んだ回数というのなら、もう四回。

　……夏だというのにあたしは思わず身震いした。脳が重く痺れた感じになり、背筋を冷たい汗がつたう。罪悪感と、責任感と——それから今課せられている鎖と重荷にあたしは震える。

（そ、そうだ。いよいよ試行第四回目。

　そしてあたしが記憶転写に成功したってことは、一緒にやったハルカもまた、記憶を維持したまま、この七月七日に帰ってくることができたはず）

　あたしはどうでもいい青崎の世界史を無視しながら、あの今夜……前の今夜、ハルカと大急ぎで打ち合わせたことと、これからやるべきことを考えた——

試行４－２

「こんな荒唐無稽《こうとうむけい》な話、信じてくれる？」

「信じるよ。だって冗談にしては〈ＣＭＲ〉だの〈世界線〉だの〈トリクロノトン〉だの、アトラクション紛《まが》いの仕掛けが御大層《ごたいそう》すぎるし……何と言っても」

「何と言っても？」

「あたしはこの目で見た。校舎棟のたもとで見た。真太と一郎と英二が、屋上から墜ちてくるその様《さま》を……そして皆《みんな》一緒のかたちで、酷《むご》い在り様で死んでしまったのを。そう、六階分の高さから墜ちて、あんな非道い大怪我をして生きていられる人間はいないし、とても恐かったけど、私自身で三人の絶命も確認した。

　だからあたしは、信じなきゃいけない。

そう、真太が死ぬのはあれが初めてじゃなかったってことを。

そして真太の落ち方、地面への衝突《ぶつ》かり方、遺体の姿勢や姿形、ううん落下地点に至るまでが、センチ単位の誤差しかないほど、これまでの七月七日と全部一緒だってことを。

だから、歴史は放っておけば繰り返すってことを。

でもまだ三人を救う術《すべ》があるってことを。まだ世界のやり直しは利くってことを……

ってゴメン、ええと、ハルカさん。ハルカさんだって大事な親友を亡くしているのに」

――そうだ。

試行第三回目で――これも当然、ハルカから教わったことだ――CMRの爆発に巻き込まれ、屋上から転落して死んでしまったのは、真太・一郎・英二の三人だけじゃなかった。試行第三回目では、初めて未来人側に犠牲者が出た。未来人はふたりしかいないから、その犠牲者とはもちろんユリだ。オリジナルの七月七日と比べ（死者一名）、いたずらに死者の数だけ増やしてしまったことになる（死者四名。初期値＋3。また後に計算した、試行第三回目における世界線の変動率は、オリジナルの○・○五八%に対し○・○五八%。これまで○・○一%台から○・○二%台でしかなかったから、歴史はかなりの変動を示したことになるけれど……真太の死という結果はそのままだ）。

そしてそもそも関係者は七人――〈ハルカとユリ〉＋〈真太・一郎・英二・詩花・あたし〉。このうちユリ・真太・一郎・英二が死んでしまって、前の今夜の生き残りはハルカ・詩花・あたし。

ところが現場にいた人間となると、ハルカとあたししかいない。詩花はもう自宅に帰ってしまっていたからだ。詩花を呼び戻そうかどうか若干の議論になったけど……そもそも時間がないこと等から、ハルカとあたしだけで対処することになった。『そもそも時間がない』っていうのは――これもハルカから警告されたことだけど――『試行第四回目』に挑戦するなら深夜零時までにはP－CMRを使わなければならない、っていう制約があるから（これまでの三度の失敗と時間帯を一緒にしなければ、失敗を糧《かて》にしたリトライができない）。あと、『時間がないこと等』の『等』っていうのは、詩花の理性的な対応があまり期待できないことを意味する。

ここで、関係者七人のうち唯一、ハルカだけは全ての七月七日の記憶を持っている。ハルカは、真太の死を受けた詩花のリアクションがどれだけ激烈で、詩花のハルカたちに対する憤激がどれだけ苛烈《かれつ》だったかを記憶している。あたしが思うに、ハルカ自身はそんな感情的なことを気にするタイプじゃないけれど、確かに『詩花の真太に対する想い』を考えると、そして生き残りがハルカとあたししかいないこと……詩花を説得したり宥《なだ》めたりするのがおんなふたりだけってことを考えると、詩花の親友のあたしですら、詩花の激昂《げっこう》なり激怒なりをコントロールするのは無理に思えた。だから詩花は現場に――真太たち四人が死んだ学校には呼び返さなかった。

――これで、『試行第四回目』に挑戦するのが誰かも決まったことになる。

これまでとは大きくスタイルが変わってしまうけれど、それはもちろん〈ハルカ＋あたし〉のふたりだ。たったのふたり。このこともまた、あたしを身震いさせ、あたしの責任感を激しく刺激し、肩にかかる鎖と重荷を強く意識させた。英二あたりが適任なのに。

ここで念の為《ため》、これまでのタイムトラベラーを――タイムトラベルもどきを実行したメンツを整理しておくと、次のようになる。

試行第一回目　①ハルカ　②ユリ　③一郎　④光夏
試行第二回目　①ハルカ　②ユリ　③一郎　④詩花
試行第三回目　①ハルカ　②ユリ　③一郎　④英二
試行第四回目　①ハルカ　②光夏

これまでと大きくスタイルが変わったのは、『四人一組のチーム編成をする』『未来人側ふたり、現代人側ふたりのチーム編成をする』ってところだ。それができればそうした。結局その原則を大きく変えたのは、状況に強いられたからに過ぎない。ところがこれで、オリジナルの七月七日を含め、全ての試行状況、全ての七月七日を記憶できているのは、右の一覧からすぐ解るとおり、ハルカだけになった。それでも、誰もいないよりはずっとマシだ。ハルカまでが爆発に巻き込まれ、転落死しないでホントによかった（もっともそのときは、とうとうP－CMRなるものも使えなくなり、というか誰もそれを知らなくなり、過去改変そのものができなくなっていたけど）。

またここで確認をしておくと、P－CMRによる時間遡行型記憶転写には絶対に〈トリクロノトン〉が必要で、しかもそれは初期値だと〈一二時間分のアンプル〉×〈二八本〉だった。それを『四人一組のチーム編成』で使っていたのだから、試行三回目が始まった時点で、アンプルの残りは〈一六本〉。ハルカとあたしが試行四回目を始めた時点なら、アンプルの残りは〈一四本〉となる。

そんなこんなで、あたしは前の今夜、ハルカとふたりで大急ぎの打ち合わせをした——

「結局、ハルカさんが救《たす》かったのは、ユリさんがハルカさんをCMRから遠くに突き飛ばしてくれたから、なんだね？」

「そう考えざるを得ない。今夜またいきなり……失礼、光夏さんにとってはまたでも何でもなかったわね……ともかくいきなりCMRが暴走を始めたとき、だからCMRがいきなり勝手なプログラムを実行し始めたとき、それに気付いてくれたユリが、いきなり私を突き飛ばして、CMRから遠くに転がしてくれたの。『ハルカ危ないっ‼』っていってくれながら。その声を聴いた直後、私は完全に意識を失った。痛みとかは感じなかったけど、まるでいきなり昏睡状態に陥るように意識を失った。

　そしてその後は、あなた自身がよく知っているとおりよ光夏さん。あなたは屋上に来てくれた。そして私を介抱してくれた。だから私は目覚め……こうしてあなたと話している」

「……正直、すごく迷ったよハルカさん。

　あたし、もちろんタイムトラベルもどきのこととか歴史のやり直しのこととか、何も知らなかったから。だから、すぐにスマホで救急車を呼ぼうと思った。

　だけど……だけど現代側三人の即死は確実だったし、顔も見たことのない不思議な制服を着たおんなのこまでいたから、なんだろう、まるで肉親がまだ危機にあるような、すごく不思議な胸騒ぎがして……仲間にはまだあと詩花もいるけど詩花は墜ちてきていないし……とにかく、屋上で何が起こったのか知りたいと思った。それを、まずあたしの目で確かめたいと思った」

　——そしてそれは、結果としては最善の行動だった。何も考えてはいなかったけど。というのも、関係者以外に『タイムマシンがある』『未来人がいる』『歴史のやり直しができる』ということがバレずにすんだからだ。ここで、ハルカたちが——未来人たちが最初の最初にファーストコンタクトをとった現代人が実はあたしだったことも幸運だった（オリジナルの七月七日）。あたし自身にはそんな記憶全くないけど、ハルカにとってそれはもう経験済みの、だからあたしの当惑なり疑問なり出方なりがよく理解できるかたちでの『再演』だったから。そのお陰で、狐に摘まれたようなあたしの、どちらかといえばかなりトロいあたしの、『これまでの流れ』の理解が異様に、異常に上手くいった。

「光夏さんはそもそも、何故学校に帰ってきたの？」

「もう光夏でいいよ。旧知の友達のはずだし。あたしもハルカって呼んでいい？」

「ええ、有難う光夏さん……光夏」

「それで、ええと……」

　そうだ、あたしが学校に帰ってきたのはね、工具箱を屋上に置き忘れたからだよ。技術部っていうか、他の課外活動グループから借りていた奴。あたし自身は全然気付かなかったんだけど、言われてみれば成程《なるほど》確かに忘れていた——って思い出して、午後一一時までは屋上にアクセスできるってこともあって、急いで学校に取って返したの。実はあたし副部長で——課外活動のサブリーダーね——それなりに責任があるから。ただ、あたしもう自宅に入っちゃっていたから、ちょっと戻るのに手間取った。また制服を着たりして」

「だからいったん全員が無事屋上を離脱したのに、光夏は戻ってきた——」

　真太くんや英二くんとは、微妙に遅れる感じで」

「そうなるね。といって、時間的に大きな差はないよ。もしあたしがタクシーを使っていればふたりを追い抜いただろうし、身支度に手間取っていなければ、ふたりとほぼ同着だったろうから。

　それでハルカ、あたしはそんな感じだけど、そもそも真太・一郎・英二は何故屋上にいたの？　あたしの記憶が確かなら、真太と英二は自宅への帰りの電車にちゃんと乗ったはずだし、一郎はそもそも今夜、屋上にはいなかったはずだけど……下痢だか何だかで」

「それも含めて、前回の——試行第三回目の失敗を、分析してみましょう」

「了解。まず、英二が死んでしまったっていう失敗——英二が死んだ原因はシンプルだね。

　要は、あたしが余計なメールを打っちゃったから、英二は屋上に帰ってきちゃった」

「光夏はNPCだったから無理もないわ。で、そのメールを英二くんに打ったのが——」

「——メールの発信時刻を調べたら、午後九時四二分だった。ああ、転落死しちゃった真太・一郎・英二のスマホも生き残っていればなあ。そうすれば、どうして三人が事故現場に揃《そろ》い踏みしちゃったか、分かったかも知れないのに」

「私達にとって不幸中の不幸、どのスマホも衝撃で御釈《おしゃ》迦《か》だったわね……ゆえに解析不可」

「嘆いていても時間が過ぎるだけだから急いで検討すると——タイムリミットが深夜零時だなんて、織姫よりむしろシンデレラだね——これで、実はもう検討したけど、英二が屋上に出た時刻は割り出せる。ずっと屋上にいたっていうハルカに訊かなくても割り出せる。というのも、あたしと英二が今夜離《わか》れたのは——あたし英二と電車が一緒なのね——あたしが電車を降りて英二を見送った時刻からして、午後九時三〇分ちょっと過ぎ。これは、さっきのメールの発信時刻ともまあ、整合性がある。となると、その後あたしのメールを読んだ英二が、例えばタクシーを使うにしても、すぐさま久我西高校の屋上に出現できるとは到底思えない。タクシーつかまえたり、料金を支払ったり、学校の階段を上ったり……アバウトに所要一〇分前後と考えて、英二が屋上に出ることができたのは、午後九時五〇分前後」

「成程《なるほど》、説得的だわ」

「これで、英二の出現理由も出現時刻も分かった。

　すると、試行第三回目の失敗のうち、次にシンプルなのは、『一郎が死んでしまったっていう失敗』『一郎が屋上に出てきちゃったっていう失敗』だと思う。その一郎は要は、ハルカとユリのことを心配して、夜の屋上に出てきた。わざわざ再登校した——

　あっ、でもハルカはまさにその一郎と接触している訳だから、一郎の様子とか発言とかは分かるはず、だよね？」

「そ、そう。今夜あなたたちが午後八時五五分に屋上での合奏を終え……」ハルカの口調は、何故か微妙によどんだ。「……無事に現場から撤退した後、入れ違いになるかたちで一郎くんが屋上入りした。それが午後九時〇五分。腕時計で確認したから間違いない」

「下痢とか早退とかのことは何かいっていた？　何でまた夜の学校に戻ってきたのかとか」

「……その、つまり、私達の身の上を案じて、わざわざ来てくれたの。優しい人ね」

「だから一郎はハルカともユリとも接触した」

「そうなる。そのときの一郎くんは、全ての七月七日の記憶を維持していたから、私達もすぐＣＭＲ内に迎えた。そして雑談をした——といって、『午後九時五五分』という時刻の危険性を、一郎くんも私達もまさか忘れはしない。そう、一郎くんもよ。だってこれまでの失敗例からして、死ぬのは真太くんだけとは限らないのだから」

「いずれにしろ、ハルカとユリは、一郎がやって来てからずっと屋上にいたんだよね？」

「そうなる」

「じゃあ、問題の真太が屋上に出現したのは何時《いつ》なの？

　そして英二が出現した時刻も、さっきのあたしの分析で正しい？　合っている？」

「実はそれが、前の今夜の『反省検討会』でも、いちばん歯痒《はがゆ》く思った点なんだけど……

　私の記憶が確かならば、午後九時四五分まで、一郎くん以外、誰も屋上には入ってきていないの」

「えっ」

「ここでもう一度、私の行動を説明すると——

　私は午後九時〇五分から、一郎くんと、そしてもちろんユリと一緒にCMR内にいた。主として、漂流者である私達が今後どう生きてゆくべきかを話し合いながら……だからきっと、話し合いに夢中になってしまっていたんでしょうね。というのも、特にユリが強い不安と絶望を感じていたから……

　ユリは本当に熱心にあれこれ聴いていた。ユリとしては、もう本来の目的はどうでもいいから、とにかく私達のいた時代に帰りたいのに、だからこそ懸命にCMRを修理していたのに、それは叶わぬ夢のようだから……ただ一郎くんはああいう優しい性格をしているでしょう、それは熱心にユリを励まし、ユリに希望を与えようとしてくれたわ。

　そんなこんなで、三〇分だの四五分だの、あっという暇《ま》に過ぎてしまった、んだと思う。

　で、気付いたら午後九時四五分になっていた。

　そしてここで私達は、CMRを機能停止させることを決断したの。そのためには、スリープモードでなく動力停止の状態にしなければならない。だから私達は——ユリと私は、その命令を実行しようとした。これ、英二くんからは求められていなかったけど、一郎くんが出現したから、万が一を考えてやった。やらざるを得なかった。

　また、これまでの失敗例からして、『屋上そのものは危険だけどCMR内は安全』だと分かっていたから——私達未来人ふたりが爆発によって死亡した実例は無いわ——一郎くんにもCMR内に留まってもらうことにした。試行第二回目では、私達はCMRを下りることになっていたけれど、オリジナルの七月七日でも試行第一回目でも、私達はCMRを下りてはいないから。

　そんなこんなで、電算機に必要な命令を下している内に」

「下している内に？」

「……突如、CMRは暴走し始めた。試行第一回目のように。試行第二回目のように。それって、それぞれの『反省検討会』で執拗《しつよう》に検討されたけど、物理的にはあり得ない現象よ。だからいくら三度目とはいえ焦燥《しょうそう》するわ。ユリと私はその対応に追われた。電算機に命令をし直し、シャットダウンを試み、緊急停止シークエンスを開始しようとし……もう自爆シークエンスを開始しようと思ったくらいよ。CMRにはその機能があるから。とりわけユリは、これまでの『屋上そのものは危険だけどCMR内は安全』ということすら疑い始めた。私もそれに同意したくなるほど彼女は動揺していた。事実、いよいよCMRの暴走っぷりは、試行第一回目・試行第二回目よりも異様で激しいものとなってきた。ユリは、その結果としての爆発も、これまでより激甚《げきじん》になるのではないかと予想した。とにかく、それほどにCMRは制御不能だったし、それほどに私達は狼狽《ろうばい》していた。

　そして気付いたら、私はCMRの外に思いきり突き飛ばされていた。

　私が最後に記憶しているのは、ユリの『ハルカ危ないっ!!』っていう絶叫だけ。

　その直後、私はきっと、強烈な爆発の影響で意識を失い……」

「……そして屋上にやってきたあたしに発見されたと、こういうことだね」

「まさしく」

「解った。ハルカはCMRの暴走と爆発で意識を失った。それが何時《なんじ》？」

「CMRが爆発した時刻というなら、データが回収できている。

　すなわち因縁の、午後九時五五分〇一秒」

「でもハルカがCMRの暴走に対応し始めたのが、午後九時四五分なんだよね？」

「そうなる」

「その間、他の登場人物の出現に気付いていない。真太にも、英二にも」

「そうなる」

「それは不可解だね。というのも、試行第三回目における最後の大きな失敗は『真太を屋上に上げてしまったこと』だから。そして一郎と英二については『何故？』『何時《いつ》？』ならいちおう分かっている。ところが真太については、そんなの全然分からない――

　でも、もし真太が、ハルカに記憶がある午後九時四五分までに屋上に出てきたのなら、ハルカそれ絶対に分かったはずだよね？　その時刻までは、一郎と平穏に話し合いをしていたくらいだから」

「まさしく。そして絶対に『存在してはならないはずの』真太くんに対応していたわ。だってそんなの、ド派手な非常事態だもの。最も避けるべき『真太くん』＋

『屋上』＋『CMR』＋『午後九時五五分〇一秒』の組合せが、またもや実現しつつあるのだもの」

「そうすると、真太が屋上に出てきたのは午後九時四五分以降だよね……」

「そしてCMRが爆発したのは、歴史を繰り返して午後九時五五分〇一秒」

「でも、うーん……それってちょっと、時系列がおかしい気もする」

「それも完全に同意する。というのも――」

「――そう、CMRが暴走を開始してから爆発するまで、一〇分以上も掛かったのかな？」

「常識的に考えれば、また私の主観時間としては、まさか一〇分も掛かってはいない。私がユリの『ハルカ危ないっ!!』っていう絶叫を聴いたのは、私達がどれだけCMRと格闘していたとしても、暴走開始から五分以内、ううん三分以内だと思うわ。

ただこれは推測で主観よ。他方で、CMRから回収できた爆発時刻のデータは事実で客観。これは動かない。私が保証する。何がどうあろうと、CMRが爆発したのは午後九時五五分〇一秒。ちなみにこれは、英二くんが屋上に出現した時刻とも整合性があるわ」

「実際、午後九時五〇分前後に屋上に出た英二が、事故に巻き込まれているからね……」

微妙に違和感を感じるけど、これ以上議論しても正解は出ないし、何より時間もない。

「さて光夏。

犠牲者が初期値＋3なんて大惨事になってしまった以上、また真太くんの死を回避するという所期の目的を達成するためにも、私達ふたりはP－CMRで過去に帰る必要がある」

「CMRは大爆発を起こしちゃったけど、よくP－CMRを持ち出せたね？」

「いつもの爆発より大きいことを、エンジニアのユリが察知してくれたからでしょうね。私をCMR外に突き飛ばすとき、P－CMRも四機、一緒に放り出してくれた。そして不幸中の幸い、ユリが逃してくれた四機は正常に機能しているし、これからも機能するでしょう。それは既に自己診断サブルーチンで確認済み」

（そうか、いつもの爆発より大きかったから、ユリはハルカを突き飛ばしたんだ、最期のちからで。もし爆発がいつもの奴だったなら、CMR内のヒトには実害がないはずだから）

「よって、これからトリクロノトンのアンプルを『二本』消費して、また七月七日正午をターゲット時刻に、時間遡行型記憶転写を行う、のだけれど」

「のだけれど?」

「……この試行第四回目における『宿題』が、著しく明瞭さを欠く」

「それって言い換えれば、ええと……『どんなイベントに介入して歴史を変えればいいか』ハッキリとは解らないってことだね?」

「まさしく。ここで、物事を極めて安直に考えてしまうなら——

試行第三回目では、英二くんの奮闘のお陰で、あなたたちの神事も古楽器の演奏も無事終わっている。それは過去三度のやり直しにおいて、初の快挙といえる。それを貴重な実績だと考えるなら、その試行第三回目をなぞって——『いったん下校をした誰もが屋上に入れないようにする』という宿題が、最も解りやすく堅実だと思うわ。光夏はどう?」

「うーん……微妙に不安が残る、かも。

というのも、あたしたちが真太・一郎・英二の行動を統制できない以上、誰かが、あるいは誰もが屋上に出現するのは、上手く防げない気もするから。それに、これまでの試行状況をハルカから聴くと……必ずといっていいほど『第三者の不規則介入』『NPCの予期せぬ動き』によって、計画が大きく狂わされているよね。

そう考えると、あたし、宿題はもっともっとシンプルな方がいい気がする」

「これすなわち?」

「七夕飾りのイベントを中止する。

竹も持ち出さなければ楽器も吹かない。そもそも屋上に上がらない」

「……それは理想的だけど、そんなことができる?」

「やってみる。

あたしは憶えていないけど、過去のあたしの失敗を繰り返したくはない。

今あたしが痛感している、あたしに課せられた鎖と重荷から逃げ出したくない。

そして、歴史の織物を大きく変えたくはないけど——どれだけ桶屋《おけや》が儲かるか結果が予測できないから——でももうそんなことといっていられない。その方針であたしも一郎も英二も失敗した。なら方針からして間違っている。こうなったら、たとえテキサスで超大型で強い台風が発生するとしても、まずは真太の、そして皆《みんな》の命を最優先にするしかないよ。その後のことはその後考える。責任を取れっていうなら、皆で取れるだけ取る」

「その決意は解った。またこれまでの経緯からして、私が反対する理由もない。

　でも光夏、あなたたちの神事って、七月七日正午においてはもう既定路線なんでしょう？　それをどう中止させるの？」

「それについては考えがあるよ。だから、ハルカのちからも——そしてもし無事に過去に戻れたのならまだ生きている、ユリのちからも、貸してほしいんだ」

「具体的には？」

「まず、ハルカが過去で目覚めたら——」

試行4－3

——あたしは引き続き、青崎の世界史をガン無視して、ハルカと練った計画を脳内でおさらいした。大丈夫だ。いける。戦《いくさ》は気合いだ。大ピットもフリードリヒ大王もそう考えたに違いない。

　いよいよじりじりしながら、四限世界史の終わりを待つ。

　手製のプリントと汚い板書がマニアックな、青崎の授業を耐え忍ぶこと約二〇分——

　キンコンカンコン。キンコンカンコン。

　昼休みを告げる鐘が鳴り、日直は青崎のカルトな熱弁をぶった斬って号令を掛けた。起立。礼。着席。そして青崎の憤《いきどお》った顔を無視して、ううんもう教師など存在しないかのように、誰もがお弁当を出し、あるいは学食目指して席を立つ。教室前後の引き違い戸は、たちまち大勢の生徒でがやがやとなった。あたしは急いで前側の引き違い戸に駆けよった。やるべきことは決まっている。しかも、記憶がないにしろこれはあたしにとって二度目のやり直し、いわばコンティニュー。何もビクビクする必要はない——

　次は現代文かあ、爆睡確実だな
　週明けたばっかだから、体育のひとつでもいれてくれりゃあ親切なのにな
　そういえば、自販機コーナーってもう直ってたんだっけ？

（五限現代文。六限数学。七限化学で、あとは部活。そして、化学は別教室なうえ出欠をとらないから、ナチュラルに自主休講できる）

　そのとき——

どすん。

　——これから処理すべき宿題のことばかり考えていたあたしは、教室を出る所で、誰かに思いっきり衝突した。生徒じゃない。肉塊のようなものだ。あたしはイラだちながらその背中を見る。ちょうどあたしを顧《ふりかえ》ったそ

の肉塊のような顔が、あたしの顔と視線を合わせる。

「……今銀か」

「青崎先生、すみません退《ど》いてください、急ぎます」

「何だそのイカレた態度は。俺に嫌がらせをするのがお前の趣味か？」

「まさかです。あたし今ホントに忙しいんで。ぶっちゃけ構っていられません」

あたしは、教室の出口を塞《ふさ》いでいた青崎の小脇をすり抜けた。そのあたしの背に青崎はいった。

「まったく、何奴《どいつ》も此奴《こいつ》も!! 内職はするわ居眠りこくわ、勝手に俺の授業を終わらせるわ!! まして、大恩ある教師に対してその口の利き方!!

ま、次の五限俺は授業もないし、調子に乗っていられるのも今の内だけだがな、フフッ」

（調子に乗っていられるのも今の内、か。また安い台詞《セリフ》だわ。

別段、今週はテストもないし——抜き打ちで、カルト小テストでもするつもり？）

ともかく、あたしは自分の教室を出た。自覚できるほど、思いっきり軽蔑の表情を顔に浮かべたまま。もちろんあたしのその顔は、青崎を真っ青にさせるほど憤激させたけれど——そんなの、それこそ歴史の潮流からすればどうでもいいことだ。

試行４－４

——あたしはお弁当を諦め、まず図書館にゆく。

待ち伏せすることしばし。まずは詩花がやってきた。

あたしは詩花に自分から声を掛ける——

「あっ詩花、ちょうどいいところに」

「ああ光夏、どうしたの？」

「……詩花、七夕飾りの竹ってどこにあるの？」

「どこって……もちろん音楽準備室の隣の踊り場だよ？今朝の朝練でも見たじゃない」

「あたし今見てきたんだけど、それがどこにもないんだよ!!」

「ええっ」

「あんなに大きな物、まさか無くなるはずなんてないんだけど……」

「そ、それはそうだよ光夏。まして、あたしたちにしか価値がないものだし。盗まれるとか、そんなことも絶対あり得ない。何かの嫌がらせなら、壊すだけですむし」

「とにかく、音楽準備室近くにはないの。

それで詩花、悪いんだけど、屋上の鍵貸してくれる？確か詩花が管理していたよね？」

「う、うんそれは。あたしが守衛さんから借り出したから。今も持っている」

「あたし念の為《ため》、これから屋上を見てこようと思うんだ。ひょっとして、気の早い誰かが屋上に搬《はこ》んじゃったのかも知れないから。だから鍵を貸してほしいの」

「それは全然構わないけど——そういうことならあたしも行くよ」

「ううん、あたし独りで大丈夫——それに」

「それに？」

「……どうした今銀。お前が図書館にいるなんてめずらしいな？」

「あっ真太、ちょうどいいところに」

実は今、詩花とも話していたんだけど——」

絶妙のタイミングだ。計画どおりのタイミングでもある。この時間、詩花と真太が図書館でシンクロすることは、過去三度のやり直しで確認されている。あたしはそれをハルカから聴き出している。

「えっ何だって、七夕飾りの竹が消えた？」

「うんそう、今説明したとおり。

だからあたし、屋上へ確認にゆく。気の早い一郎とかが、勝手に搬んじゃったのかも知れないでしょ？」

「アイツひとりでは、まあやってやれないこともないだろうが、無理じゃないかな……」

「とにかく大事なことだし、昼休みの時間も多くないから。

だから真太と詩花には、ホント申し訳ないけど、あたしとは違う目で、音楽準備室の隣の踊り場とか、音楽準備室とか音楽室とかを確認してほしいの。手分けした方がいいし、音楽準備室方面は複数の方がいい」

「それでお前が屋上、俺達が音楽準備室その他か——解った。じゃあ水城、すぐ行こう」

「うん、楠木くん」

試行4-5

——あたしは用済みの図書館を離れ、そのまま屋上にはゆかず、昇降口を使って外に出た。正門前の、守衛所というか受付に向かう。ちょっとモダンでお洒落な小屋だ。

「あの、すみません、吹奏楽部ですが!!」

「はいどうぞ？」

「鍵の返納に来ました」

あたしは守衛さんに一礼すると、クラシックで頑丈そうな、金属の棒鍵を手渡した。まさに今、図書館で詩花から回収した奴だ。棒鍵の柄《え》に、ちょっとしたプレートが付いている奴。そのペン書きは『屋上１』。

　すると守衛さんが、合点承知《がってんしょうち》といった感じで鍵を受け取る。そしていう。

「ああ、その鍵ね。先生から聴いているよ。ちゃんと返ってきたって報告しておくから。知らせてほしいって言われているんだ」

（富田先生、几帳面《きちょうめん》なんだな）

　あたしは顧問の顔を思い浮かべながら、守衛さんにお礼をいった。

「ありがとうございます。で、もう吹奏楽部では必要ありませんから、ウチの部員は誰も借りに来ません。来たら手違いですから、必要ないって、貸さないっていって、いったん追い返してください。あたしたちで処理しますから。あっ、あたし三年の今銀といいます」

「はい解りました。先生も心配していたから、それも確実に憶えておくよ」

「助かります!!」

　――これでよし。

試行４－６

　あたしがまた昇降口から校舎棟に入ると、ちょうどそのタイミングでメールが入った。真太からだ。差出人も宛先もない文面からすると、ホントにビックリしているようだ。

　　やはり無いな、どこをどう捜しても見つからん
　　訳の解らん現象だ……

　それはそうだ。様々な意味でそうだ。まず第一に、七夕飾りの竹はＣＭＲ内にある。透明に擬態したハルカとユリが、竹そのものも透明に擬態させつつ、この学校内で最も安全な隠し場所に搬《はこ》んでしまったから。そして第二に、未来人とか未来の技術とかが、真太や詩花に解るはずもない。Ｐ－ＣＭＲによるリセットのルールどおり、ふたりはこの試行第四回目ではＮＰＣ。屋上にタイムマシンもどきが突き刺さっていることも知らなければ、それが光学的に遮蔽《しゃへい》できることも知らない。最後に第三、今あたしが屋上の鍵を返納してしまったことで――そしてその再貸出しを妨害したことで――今夜、竹が存在する校舎棟屋上へは物理的にアクセスできなくなった。鍵係の詩花が、鍵を使えなくなるからだ。ちなみにオリジナルの七月七日、詩花が棒鍵を使って屋上に入ったことは確実。ハルカによれば、それが詩花の証言だ。なら今夜も、棒鍵がなければ屋上には出られない道理となる。

　また今の真太のメールで、ハルカとユリが計画どおり

に動いてくれたことすら確認できた。

（ハルカが教えてくれたところによれば――）

『正午を多少過ぎたあたり』に屋上の金属ドアが開く。

その歴史は毎回繰り返されていた。話によれば、それは警備員さんだか教師だかの見回りだ。ならそのとき、密室である屋上に閉じ込められたかたちになっていたハルカたちは、確実に屋上を抜け出して校舎に入れる（実際、ハルカはそのタイミングでトイレに出てもいる）。

そしてこれも話に聴くところでは、あの屋上に通じる階段室の金属ドアは、露天側――外側からは開けられないけど、校内側――内側からなら自由に開く（これまた、だからハルカはトイレから帰ってくることができる）。

ここで、ハルカたちはもちろん屋上への棒鍵を持ってはいないから、何故棒鍵なしで屋上に帰れるのか微妙に不思議だけど……そしてそのことを考えると何か大事なことを忘れてしまっている気がするけど……七月七日夜の時点では棒鍵が必要な状態で閉まっているんだから、意外にもオートロックなのかも知れない。サムターン錠が妙に固いのも、その影響か何かかも。いずれにしろ、ハルカはトイレから屋上に帰れているんだから、オートロックで鍵が掛かってしまうとしても、五分程度ならオープンな状態が維持されるんだろう。

（なら、ちょっとトイレの用事を変更してもらって、音楽準備室の隣の踊り場にある竹を回収して隠してもらうことだって、何も難しくはない……微妙に気懸かりなモヤモヤを感じるけど、何も難しくないし何も間違えてはいないはずだ）

――竹が置いてある踊り場には鍵もドアもありはしない。アクセスフリーだ。そして一二時二〇分あたりなら、ハルカたちは屋上を抜け出せる。警備員だの教師だの、あるいは昼休み中の生徒の目があったとして、〈コンシーラー〉を駆使すれば完全に無視できる。まあ、誰かに竹ごと激突するなんてマンガみたいなことは、あのハルカならしないだろう。

（とりわけ、今回はNPCであるユリにとって、いきなりの、しかも意味不明な重労働になっちゃっただろうけど……オートロック対策として、五分程度で帰ってこなくちゃいけなかったし）

――しかし実際、上手くいった。

今回、あたしたちは明確に『宿題』を詰めていないいけど、敢えて言うならそれは『七夕イベントを開催させない』ことだ。そして『七夕の竹』と『屋上への鍵』がなくなってしまえば、吹奏楽仲間五人が屋上へ出る理由はなくなる。そして今のところ、どっちも無事『なくなってしまっている』。
あたしは腹筋を利かせた嘆息《ためいき》を吐くと、すぐに真太にメールを打った。
　真太へ
　七夕のこと、急いで相談したいんで、今日の三時一〇分、音楽室に来てくれる？
　三時からの休み時間のあと、真太独りで来て
　詩花を心配させたくない
　それに、竹を捜索する必要があるかも知れない
　そのときは、三時一〇分からの七限、自主休講にしないといけない
　マジメな詩花を巻き込みたくない
　とにかく、部長副部長の責任でどうにかしよう
　　今銀光夏
（真太は堅物だ。ただ単に『自主休講しよう』だなんていったら、即座に撥《は》ね付ける。
なら、詩花絡《がら》みの情に訴えるのと、部長副部長の責任論に訴えるのがいちばんだ）
　——なんだか陰謀屋になったような自分を恥じていると、真太からすぐ返信がきた。真太は堅物で、律儀《りちぎ》だ。
　　今銀へ
　了解した
　午後三時一〇分に、音楽室で。
　水城には黙っておく
　　楠木拝
（よっしゃ!!　これで上手くゆく。仕込みはほとんど終わった!!）
　真太は約束を破らない。真太が午後三時過ぎに音楽室へ来ることは、もう確実だ。
　そして、何故あたしが真太を音楽室なんかへ呼び出したかといえば、それはつまり——
（もう、ぶっちゃけるしかない。真太に全部を打ち明けて、解ってもらうしかない）
　……これまでの三度のやり直しでは、『真実を知っているプレイヤー』が、『何の記憶も持たないNPC』には何も教えず何も打ち明けず、どうにかNPCの行動を統制して、過去を変えようとした。もちろんそれには理由がある。ありすぎる。『お前は今夜の午後九時五五分に死ぬんだ』なんて与太話《よたばなし》を信じる人間はいない。まして、それが、タイムトラベラーによって引き起こされるだなんてSFを信じる人間もいない。そもそもプレイヤーが十二時間後の未来からやってきただなんて話、口にする側の正気を疑われるだろう。またそれ以上に、未来人だのCMRだのP－CMRだのトリクロノトンだのの

ことを、できるだけ知られないようにする必要だってある。そんな秘密が漏れたなら、この世界は明日からでも激変してしまうだろう……『ヒトは後悔する生き物だ』って定義があるくらいだから。すなわち、過去をどうにか変えたいと、そう思わないヒトはいない。ならCMRだのP－CMRだのトリクロノトンだのは、高校生だろうが警察だろうが自衛隊だろうが他の行政だろうが、垂涎《すいぜん》の的《まと》になる。どう考えても、最後は国家規模の争奪戦争になる……ハルカたちの秘密は、絶対に漏らしてはならない。

そんなこんなで、過去三度の試行では、NPCに秘密を打ち明けることはしなかった。

(ただ、もう既にそうは言っていられない。そこに拘泥《こだわ》っていては、真太は絶対に死ぬ)

記憶はないけど、これまでにあたし自身が失敗し、一郎が失敗し、英二が失敗し……結局、どう足掻《あが》いても真太の死という結果は防げなかった。なら、この試行四回目も失敗する可能性がある。

(ううん、失敗する可能性が高いというべきだ——アプローチを変えないのなら)

そして一度失敗しているあたしとしては、この試行四回目を『試行』のままで終わらせる気はない。すなわち今度で歴史を確定させ、試行四回目をそのまま真実の七月七日として終えるつもりだ。あたしはそう決意している。

(なら、アプローチを変えないと。

真太本人に、ハルカたちのことを全て説明して、自分で自分の身を守ってもらわないと。

そして秘密を明かすのを真太だけに留めれば、堅物な真太のこと、一郎なんかよりよっぽど口が堅い。詩花より脆《もろ》くなく、だから動揺も少ない。英二ほど冷厳じゃなく、だから世界の都合だの歴史の辻褄《つじつま》だのを優先させることもない)

——だからあたしは、竹も鍵も処理し終えたのに、敢えて真太を音楽室へ呼び出した。

あたしとしては、午後三時一〇分からの七限化学は抜け出せる。

また、ハルカに執拗《しつこ》く確認したところだと、次に警備員さんなり教師なりの見回りがあるのは、午後二時以降、午後三時あたりとのこと。それが繰り返された歴史とのこと。

(なら、真太と密談をするのは午後三時過ぎから、そして七限化学をサボりながらで決まりだ)

真太にこの出来の悪いSFを真実だと信用してもらう

ためには、ハルカとユリのふたりにも同席してもらうべきだし、とりわけ目の前で透明な擬態を解いてもらえば、いくら堅物で硬派で現実主義者の真太でも、『自分の理解を超えた現象がホントにある』ことは解ってくれるはず。もちろん、持ち出し可能なＰ－ＣＭＲも四機、持ってきてもらう。そうなると、ハルカとユリにも音楽室に来てもらわなければならないから、『ハルカとユリがいつ屋上を脱出できるか？』も計画上重要になる——

（あらゆる意味で、午後三時一〇分から、七限を自主休講しながらがベストだ）

授業中なんだから、他の生徒の目はない。そしてあたしは仮初《かりそ》めにも吹部《すいぶ》の副部長。どの曜日の何限に音楽室が使用されるのかは——とりわけ部活に影響がある午後については——他の誰より知っている。火曜の午後、音楽室を使うクラスはこの学校にない。

——以上は、おさらいだ。

そして既定路線でもある。何故なら真太は約束をしたからだ。真太は約束を破らない。

（そして部長副部長の腐れ縁。あたしが正気かどうかは、真太こそいちばん解ってくれる）

あたしは自分の両頬をばしん、ばしんと叩いて気合いを入れる。充分に気合いが入ったのを感じると、緊張に震える背筋を無理矢理しゃんとさせ、この七月七日の昼休みにおける『最後の宿題』を片付けに向かった。

試行４－７

校舎棟の階段を上がり、三年生の階へ。腕時計を見る。時刻は午後一時〇七分。あたしは微妙に歩調を調整しつつ、真太のホームルーム教室の前へ——午後一時〇八分——午後一時〇九分——

「ああ今銀さん!!」一郎が廊下で華麗に舞った。「購買部からの帰りとか？」

「ねえ一郎。この昼休み、真太とは会った？」

「何をいきなりな質問だけど——ううん、会っていないよ。ていうかこれから会う予定。ほら今夜の七夕飾りの竹、いよいよ屋上に出すからって話を……」

「……一郎、その話はペンディングだ。取り敢えず待機だ」

「あっ真太お疲れ。待っていたんだ——でも何でペンディングなんだい⁉」

絶妙のタイミングで、真太が廊下に現れてくれた。ここで、真太の行動はオリジナルの七月七日と変わっているから、午後一時〇九分にここへ登場するとは限らなかったけれど——でも合理的にそれを予想することは難しくない。何故なら今回、真太は七夕の竹を捜索していたから。なら真太の責任感からして、昼休みが終わるギリギリまで捜索を続けるだろうし、また真太の堅物さからして、五限が始まる前には必ず教室入りするだろうから。

「でもさ真太!! 今夜は梅雨の晴れ間で雨は大丈夫みたいだし、いよいよ決行……」

「今は時間がない。俺から追って連絡する。今日の部活が始まるまでは待機だ。

——今銀、それじゃあまたすぐに」

「待っているわ」

「おいちょっと待ってよ真太、俺はもう時刻の調整をするだけだとばっかり……!!」

真太は追い縋《すが》ろうとする一郎を顧《かえり》みもせず、授業のため教室に入ってしまった。

「ほらっ、一郎!!」あたしは一郎の背中を叩く。「真太には真太の考えがあるんだから、部長に任せる!! あんた授業でしょ、あたしもだけど!!」

「うーん、真太、なんか妙に顔色が悪かったなあ……心配だなあ……」

あたしは、一郎を引きずるようにして奴の教室へ放り入れると、自分自身もホームルーム教室へ帰った。ちょうど引き違い戸を越えたとき、キンコンカンコン、キンコンカンコン、と五限の始まりを告げる鐘が鳴る——

試行4－8

——五限は恐ろしく眠い現代文ながら、今のあたしには、さすがに船を漕ぐ勇気がなかった。そして六限の数学は演習というか、生徒が順番に黒板で課題を解いてゆくものだけど、さいわいあたしは板書役じゃない。どうとでもやり過ごせる。残る七限化学は、いよいよ自主休講の予定だ。

ちなみに現代文の授業は、横光利一の『蠅《はえ》』。あたしが現代文の教科書に涎《よだれ》の池を作らないのは、めずらしい。といってまさか授業に集中しているはずもない。あたしは開いたノートに、時系列だの時刻だの、他人が見たらまるで意味不明な数字とかを、無意識の内に腐るほど書いていた。滅多に指名も質問もしない現代文の先生が、あたしに二度も質問をしてくる。余程《よほど》熱心に聴いていると思われたに違いない……

そんなこんなで。

キンコンカンコン。キンコンカンコン。

六限数学終了の鐘が鳴る。

この学校に入ってから、これほど鐘が鳴るのを待ち望んだことはない。これほど鐘が鳴るのを恐れたことも。

（はたして真太は、あたしの……あたしたちの言葉を信じてくれるだろうか？）

あたしはものすごく緊張しながら、六限終了の鐘が鳴り終えない内に、だからまだ起立、礼の号令が掛かっている内に、教室の引き違い戸から廊下に躍《おど》り出た。すぐさま猛ダッシュを掛ける。目指すはもちろん音楽室。この高校生活で、何度通ったか分からないルートだ。冗談抜きで、目を瞑《つぶ》っていても到《たど》り着けるだろう。吹奏楽は、それだけ濃密な部活だから――

するとそのとき。

制服の中で、あたしのスマホが鳴る。というか振動する。

試行4-9

あたしは音楽室へのルートをひた走りながら、ながらスマホをした。時刻は、午後三時〇七分。

（メールだわ。発信者は……真太!?）

さすがに駆ける脚を止める。躯《からだ》に急ブレーキを掛ける。廊下との摩擦でスリッパに悲鳴を上げさせながら、一郎みたいに無駄な動きをして躯を翻《ひるがえ》し、どうにかスマホが操作できる態勢に立て直す。タイルの廊下は抵抗が弱く、あたしはマンガの転校生みたいにすっ転びそうになる……

（……このギリギリのタイミングでいったい何!?）

あたしは懸命に指紋認証と格闘し、懸命にメーラーをタップした――

今銀へ
六限以降、音楽室は使えない
一年の、夏休みの海外留学説明会だか何だか……
保護者がたくさんいるようだ
代わりに屋上で待つ
あそこならそもそも立入禁止だ、人目はない
楠木拝

（な、な、なんでわざわざ屋上なのよ!!）

もちろんあたしは神速の指使いで返信した。

真太、屋上には上がれないよ
あたし鍵を返しちゃったもの

ハラハラしながら、とにかく屋上方面に転進する。今度はコースが分からない。ちょっと混乱する。速度も落ちる。

すると律儀な真太から、たちまち返信がきた。

今銀へ
なら階段室でいいだろう
屋上が開いたら開いたでいいし、階段室ならやは

り人目はないから
楠木真太

（そ、そりゃそうだけど。屋上が立入禁止だから、六階階段室にも人はいない理屈だけど、でも!!）

これが歴史の潮流のいきおいなのか。真太と屋上と……そして転落死とは、どう足掻いても結び付く運命なのか。けれどまだ保険はある。鍵だ。屋上の鍵。鍵がなければ真太が屋上に出ることはない。警備員だか教師だかの見回りがあるのは午後三時あたりだから、金属ドアが開くのもそのあたり。今時点すでに午後三時〇八分過ぎ。オートロックが働いたあとだと希望は持てる。とすれば、階段室に行くなら階段室でいい。階段室は要はコンクリの箱。金属ドア以外に出口はない。そしてまさかコンクリの箱から地上に転落できるわけがない。

あたしは駆ける。校舎棟の、屋上につながる階段目指して駆ける。

その階段を心臓が爆裂しそうないきおいで駆け上がる。すると――

試行4－10

「あれっ、今銀さん!?」

「い、一郎っ……それに英二も……」

「今銀さんまで、そんなに焦《あわ》ててどうなさったんですか？」

「そ、それは」英二の冷静な視線に射抜かれ、あたしは止まった。止まらざるを得なかった。「ちょ、ちょっと野暮用《やぼよう》が。またあとで話すからこれで」

またいきなり猛ダッシュを始めるあたし。

けれど、一郎と英二が階段を一段飛ばし二段飛ばしで肉迫してくる!!

「ちょ、ちょっとどうして付いてくるの!!」

「真太がさあ!!」とうとう一郎はあたしを追い抜いた。「どこか青い顔して――そう昼休みのときみたいな青い顔して階段を上っていったから!! 俺、昼休み以来ずっと心配で!! この階段って、校舎棟でたった一本、屋上に通じる階段だろ!! だから」

「だから、まさかとは思いましたが」英二もあたしを追い抜いた。やっぱりおとこだ……「何か思い詰めたことでもあるのかと。我々は、吹部《すいぶ》仲間のことだったら、お腹の調子まで解るくらいの間柄《あいだがら》。真太の表情は、悲壮でも悲痛でもありませんでしたが……どこか責任感を感じているような、重大な問題を抱えているような感じでしたしね。まああの硬派な真太のことです。まさか屋上から身を投げようなんて可愛らしいタマじゃありませんが、物事に集中を欠くと、どんな事故が起こるか分かりません」

「そ、それで真太を追い掛けようと」

「そこへそんな血相をした、そう真太より真っ青な顔色をした今銀さんが登場した。これ、まさか偶然でも勘違いでもないでしょう——どうか私達にも話、聴かせてください」

「といって俺、前の世界史が抜き打ちテストになっちゃったんで、その解答用紙とか、職員室に持っていかないといけないんだけどな!!　ま、青崎なんかより真太が大事だ!!」

（せ、世界史の抜き打ちテスト。確かにハルカが気に懸けていた。それがある世界線と、それがない世界線があったと。その因果関係は全く解明できなかったと……）

抜き打ちテストがあったのは試行第一回目だけ。オリジナルと試行第二回、試行第三回ではそんなものなかったと聴く。そうすると、この試行第四回目でまた発生したことになるから……

（あたしがやり直しをした歴史でのみ発生していることになる。

ならこれ、ひょっとしてあたしの動きの何かが原因？　でもそんなくだらないこと、真太の死と絶対関係ないし今はどうでも）

……いつしかあたしたちは階段を上り終えている。

ううん。

一郎と英二は階段を上り終えた。あたしは上り終える寸前。階段飛ばしをしていたふたりからは、もう数m離れている。キッと見上げると六階部分、階段室は無人だ。真太はいない。分厚い、クラシック過ぎる、錆びたような、監獄の扉みたいな金属ドアがあるだけ。

（言い換えれば、今、あたしにとって重要なのは——真太が屋上にいるか、屋上以外の場所にいるか、それだけだ）

そして物の道理からして、今この時、屋上への金属ドアが開くはずない。鍵がないから。

ところがどうして——

「あっこのサムターン錠、固っ!!　全然動かないよ英二!!」

「いえ一郎、これもう多分開いた状態ですよ。だってほら、屋上から音が聴こえますもん」

「あっホントだ!!　でも何の絶叫だろう!?」

「——急ぎましょう。あれは真太の声です」

「あっ一郎、英二、お願いだからちょっと待って!!　解ったから、今ぜんぶ話すからとにかく待ってってば、お願い!!」

ただ、もうふたりには、あたしの哀願が届いてはいなかった。

一郎はばあんと大きな金属ドアを開き——

そのまま屋上に駆け出す。英二も続く。ふたりの姿は見えなくなる。

あたしがようやく階段を上り終え、金属ドアから屋上に出ようとした瞬間。

だから自分の瞳《め》で屋上の様子をとらえた瞬間。

どん!!　どん!!

すさまじく凶悪な音が、ふたつ響いた。

それは聴いたことのない衝撃音で、爆発音だった。

試行4-11

そしてあたしは信じられないものを見る——

「い、一郎……!!　英二!!」

あたしは金属ドアのたもとにいる。

一郎はフラットな屋上のかなり先にいる。

その一郎とあたしのあいだに英二がいる。

いや、どちらとも既に『いた』というべきだろう……

「そんな!!」

一郎の頭は吹き飛んでいた。首から上がない。そしてその躯、肩のあたりには、無数のおかしな風穴が開いている。要は、一郎はもう首なしになって、肩のあたりもボロボロになってしまっていた。そんな人間が生きていられるはずない。だから、あたしがやや遠目に、ただ一郎の後ろ姿を眺《のぞ》めてしまっている内に、一郎の躯はばたん、と仰《の》け反りながら仰向けに倒れる。そしてもう動かない。動いているのは、屋上のコンクリにどむどむと流れ出る、あるいは溢《あふ》れ出る、噴水のような真っ赤な血潮だけ……

すぐにあたしは瞳を転じる。一秒未満のことだったに違いない。

（英二もまた……!!）

英二もまた、躯から真っ赤な血潮を噴出させていた。英二には頭があった。首なしじゃない。けれどお腹のあたりには、冗談のように大きな風穴が開いている。その大きな風穴の周りには、首なし一郎の肩のあたりにあるような、無数のおかしな風穴が、壊してしまったジグソーパズルみたいにボロボロ、ボロボロと開いている。そしてあたしがやはり指一本動かせないうちに、英二は何の衝撃を受けたか、反動で大きく後ろに突き飛ばされたようにズサッと後退《あとずさ》りする。そして、どうにか態勢を立て直そうとしたのか、英二は脚を踏んばったけど——もうお腹には握り拳《こぶし》以上の風穴が開いてしまっているのだ。冗談抜きで、そこから躯の先の光景が見えてしまうほど。だから、英二は弱々しく後退りしながら、お腹を押さえながら、いよいよ両膝《ひざ》をコンクリの床に墜とした。どん。ばたん。両膝立ちになってすぐさま、ばたん、と俯《うつぶ》せに倒れる英二。そしてもう、動かない。

……あたしがそんな一郎と英二を……一郎と英二の死を観察していたのは二秒未満のことだったろう。だから、あたしが五階から階段を駆け、屋上に通じる分厚い金属ドアに到《たど》り着き、一郎によって全開にされた扉から屋上全体を見渡し始めてから、実に二秒未満のことだ。

そして恐らく三秒目に入ったとき、あたしは屋上にふたりの人物がいることを知った。フラットで広い屋上の中央、外側フェンス寄りに立っているおとこがひとり。そのおとこの足元で、どうしてだろう、ぐったりと俯せに倒れてしまってまるで寝込んでいるような姿勢のおとこが、もうひとり。

あたしの自身はまだ金属ドアのたもとで微動だにできない。

すると——

どん!!

——またもやすさまじく凶悪な爆発音が響く。あたしは恐怖で思わずしゃがんだ。腰から砕けて蹲《うずくま》るような姿勢になり、咄嗟《とっさ》に耳を塞ぐ。瞳をぎゅっと閉じてしまう。すると、何が起こっているのかも解らないパニック状態のあたしに、まるで眠たい授業のような、あまりにも日常的で牧歌的で、だけどそれゆえ異様に場違いな声が響いた。

「お〜い、今銀〜、七年戦争のプリントは埋まったか？抜き打ちテストにするぞ〜？」

「あ、青崎、先生……」

試行4−12

あたしは胎児みたいに蹲ったまま、恐る恐る瞳だけ開けた。瞳の先にいるのは、だから屋上中央フェンス寄りに仁王立ちしているのは、まさに青崎、世界史の青崎だ。

あたしは嫌々青崎を見る。

陰険そうで、脂ギッシュで、お腹がポテンとしていて。間違いない。今日の昼前、四限でも顔を合わせた。

——殴られもした——世界史の青崎に違いない。

（けれど、その手に持っているものは……!!）

邪悪に黒光りする巨大な銃だ。あたしは銃のことは全然分からない。けどそれはとにかく洋画に出てくるマフィアの武器のような銃だ。猟銃のようでもありライフルのようでもある。だからもちろん拳銃とかじゃない。もっと大きくてもっと強そうな奴だ。そして不気味なニヤニヤ笑いを浮かべた青崎の足元には、種類が違うけど、そんな強そうな猟銃みたいな奴が、パッと数えられるだけで五挺《ちょう》はばらばらと置かれている。

――今、青崎が浮かべているニヤニヤ笑いは、いつもの陰《いん》に籠《こ》もったような、拗《す》ねたような僻《ひが》んだようなものではなかった。こんな言い方が許されるなら、それは理性のネジがとうとう吹き飛んだときの狂気の笑いであり、積もり積もった鬱憤《うっぷん》がとうとう脳を弾け飛ばしたようなキレた笑いであり、だから、どのみち常軌《じょうき》を逸《いっ》したものだった。それにふさわしい、けたたましい大笑いをしないところが、むしろあたしの恐怖と絶望とを煽《あお》る。

そんなあたしの情けない表情と情けない姿勢に御満悦《ごまんえつ》なのか、青崎は視線と顎《あご》の角度であたしに命じた。階段室の壁を見上げろと。あたしが今いる金属ドアの、真横の壁を見ろと。あたしが混乱と意味不明さにただただ身を竦《すく》めていると、青崎はいよいよその手の巨大な銃を持ち上げ、再びそれを発射した。あたしが見上げるべき階段室の壁に向けて、発射した。あたしはしゃがんだまま震えるだけだったけど、そのあたしに対する強烈な脅しに屈して、階段室の壁を見る――

（……銃の、弾の跡!!　まるでたくさんの鉄球を一気に発射したような、無数の弾の跡!!）

あたしは、一郎の首と英二のお腹を吹き飛ばしたのが、まさに青崎の銃であると確信した。いや確信させられた。もう膝《ひざ》どころか腰がガクガクして動けない。蹲《うずくま》ってもいられない。あたしは情けなく、階段室の金属ドアのたもとで尻餅を突いた。すると、それに満足したように青崎がいう――

「おっと、教育的指導はこれからだぞ。華麗なショウの開幕だ。

オイ今銀。お前もとっととこっちに来い。さもなくば、お前の頭も一瞬で消し飛ぶ――

いや。

コイツの頭を消し飛ばした方がいいかなあ、んん？」

「し、真太っ!!」

あたしは一郎と英二が死んでしまったとき、屋上にふたりの人物を目撃した。立っているおとこと、ぐったりと俯せに倒れてしまっているおとこ。立っているのはもちろん青崎。そしてぐったりと俯せに倒れてしまっているのは……あたしたちより先に屋上入りしてしまった、楠木真太だ。真太は寝入ってしまっているように、躯をべたりとコンクリの床に付けたまま微動だにしない。よくよく見れば、その頭部からどろりとした血潮を流してもいる。それがコンクリに赤い水貯まりを作っている。状況からして、どう考えても青崎に、そしてきっとあの銃で、頭を殴られたに違いない。だから昏倒《こんとう》してしまったに違いない。

「ん？　どうした今銀？

俺の傍《そば》に来るのがそんなに嫌なら、お前だけションベン垂らして逃げてもいいんだぞ？

まあ、人質はひとりでも充分だからな」

「ひ、人質……？」

「コイツの頭を柘榴《ざくろ》にしたくなかったら、駆け足前へ進めでこっちへ来い‼

俺の一世一代《いっせいちだい》の、生徒指導の華麗なショウがいよいよ開幕するぞ‼」

――その瞬間。

青崎は銃をわずかに下ろすと、それを片手で持ち、空いた方の片手で何やらスイッチを押す仕草をした。どかん、どかん。どかん、どかん、どかん。さっきの銃声とはまた違った、とても重々しい爆発音が立て続けに響く。青崎はまたあたしを見てニヤリと笑った。

そしてたちまち階下の校舎棟から響いてくる、生徒たちの悲鳴、絶叫、金切り声……

「ほら、俺の横に来い。

特等席から肉弾的愛の鞭《むち》を見せてやる」

青崎はまた巨大な銃の銃口を真太の頭に向ける。

あたしは是非《ぜひ》もなく青崎に近寄っていった。ふらふらと。現実感なく。そしてあたしが青崎の腕の届く場所に達すると、青崎は安全な距離を保つためか、長い銃身であたしの顎《あご》や胸を小突きつつあたしを一回転させる。あたしが青崎に背を向ける姿勢になると、すかさず両の手首が強烈に戒《いまし》められるのを感じた。ガムテープだ。執拗《しつよう》に、一〇回も二〇回もぐるぐる巻きにされる。そしてそれが完了するや、いきなり背中を銃口で突き飛ばされる。両腕を封じられたあたしは、芋虫のように屋上のコンクリに転がる。転がったとき、あたしの頭と躯は真太のそれと一緒の位置に下がる。あたしは昏倒したままの真太を見た。頭の怪我がよりハッキリ見える。かなり酷《ひど》い怪我だ。無茶苦茶なちからでいきなり殴られたに違いない。そして真太の両手首もまた、あたし同様、何回巻きか分からないほどぐるぐる巻かれたガムテープで戒められている。

きゃあああ――――

うわああ――――

そして階下の、校舎棟から響いてくる悲鳴なり絶叫なり金切り声なりは、いよいよボルテージを上げている。最初は耳を傾けなければ聴き取れなかったメゾピアノだったのに、今では耳を塞ぎたくなるようなフォルテシシシモだ。

それは、耳を塞ぎたくなるほど必死で、あまりに絶望的で……

「さて、と」

青崎は、芋虫みたいに転がっていたあたしの、セーラー服の襟首《えりくび》をつかんだ。そのままずるずると、あたしの制服を屋上の土埃塗《つちぼこりまみ》れにしながら、自分の初期位置へと引きずってゆく――――フェンス寄りの、真太が昏倒させられている場所へと。あたしは青崎に引きずられながら、青崎が巨大な銃だけでなく、拳銃だのナイフだの鉈《なた》だの包丁だのもじゃらじゃら装備しているのを知った。

それればかりか、青崎は自分のぽてんとしたお腹に、なんとダイナマイトを何本も巻き付けている。ダイナマイトのみならず、きっと爆薬なんだろう、不気味なパテのような固形物も仕込んでいる。そんな『完全装備』の青崎は、あたしの適当なロングの黒髪をグッと引っ張ると、とうとう屋上のフェンスにあたしの顔を密着させた。あたしの鼻や口をフェンスに押し付けるかたちで、そこから見える階下の様子を確認させる……

（な、なんてこと!!）

……学校が燃えている。久我西高校の、校舎棟が。それも火事なんてレベルじゃない。それは劫火《ごうか》だ。炎の壁だ。昇降口が燃えている。来賓用玄関も燃えている。通用口も、渡り廊下も燃えている。要は、校舎棟のあらゆる出入口が、猛烈な炎の壁に包まれている。

そして、それだけじゃない。

ぱりん。ぱりん。

あまりにも強烈な炎に、ガラスが次々と割れてゆく音。必死に瞳を凝《こ》らすと、割れているガラスは校舎棟の、何本かある階段部分のガラスだ。そして確かに、炎の壁は、校舎棟のあらゆる出入口を塞ぐだけでなく、すさまじいいきおいで全ての階段を駆け上がり、階段部分を炎の煙突にしてしまっている……

「あ、青崎先生、い、いったい何を!?」

「ああ、お前には特別授業を聴かせてやろう、クククッ」青崎は何やらスイッチのようなものを取り出した。そういえばさっき……「すべての玄関は爆破した。すべての階段にはガソリンを撒《ま》いて燃え上がらせた。これでもう誰も校舎棟から出られはしない。ま、実地の避難訓練といえるかもな。無事避難できればだが。クククッ」

「どうしてそんなことを⁉」

「お前みたいな教師をクソ舐めたションベン臭いバカガキを躾《しつ》けるためだろう‼

授業なんてまともに聴きやしない。私語はアタリマエ。内職はし放題。早弁は臭い。メールを打つ。SNSを楽しむ。ソシャゲをする。東大出の最高峰のインテリである俺が、お前らなんかには一億円出されても聴かせたくないような高尚な授業をしてやっているのに、だ‼　バカがバカが、死なんと治らん死なんと治らん、下らん仕事だ下らん仕事だ‼」

「た、確かに青崎先生の授業はくだら、いっいえ、青崎先生の授業での皆《みんな》の態度は悪いですけど、で、でもだからってこんなことをするなんて‼」

「フッフハハ、アッハッハッハァ‼

何をバカがバカなことを。お前の所為《せい》だぞ今銀、お前の所為なんだぞ、クククッ」

「あ、あたしの⁉　何であたしが⁉」

「お前が屋上の鍵を返してくれたからさ。それで屋上の鍵が二本とも揃《そろ》ったからさ、ほら」

——青崎はサッとスーツのどこかから物を出した。

試行4－13

それはまず、あたしがこの昼休み、守衛さんに返した屋上の棒鍵だった。『屋上1』のタグというかプレートが付いている奴。その意味が解らないまま啞然《あぜん》としていると、次に青崎は満足めいた仕草で、なんともう一本、まったくそっくりの棒鍵を取り出す——そちらに付いているタグというかプレートには、『屋上2』と書かれている。

（ど、どういうことなの……）

なるほど確かに『屋上1』があるなら、『屋上2』あるいはそれ以降もあるだろう。そんなこと、あたしは全然気付かなかったし、想像すらしていなかったけど——でもわざわざ『屋上1』なんて書くからには、当然複数本があることになる。その道理と理屈は今解った。

（でもそれがどうしてこんなテロに⁉）

「死なんと治らんバカには、噛んで含めるように教えてやるのも教師の慈悲《じひ》だ。おまけにお前と楠木は、なんといっても大事なゲスト、大事な人質様だしな、クククククッ。

いいか今銀。

俺は前々から、そうこの学校に赴任してきてから、クソガキどものクソ巫山戯《ふざけ》た態度に接し、義憤《ぎふん》に駆られていた。躾《しつけ》のなっていないクソザルどもに、教師の有難さ恐ろしさを再教育してやらねばならんとな。そしてその機会をずっと待っていた。銃器。鋭器《えいき》。爆弾。ガソリン。そうしたものを少しずつ、少しずつ貯め込んで、だ。

そしてそれらを、そうだ、あの階段室に通じるガラクタコースの中、あるいは屋上の階段室裏手に隠してきた。授業時間中なら、廊下に人目はないし、屋上はそもそも立入禁止だから、あのガラクタコースに興味を持つ奴はいないからな。また屋上はそもそも立入禁止なんだから、幾らでも実地調査はできたし、校舎棟の大掃除だの際に装備を避難させることも、集まりつつある装備をチェックすることも、やるべき行為のリハーサルをすることも全く自由にできた。難事《なんじ》は全くなかった。屋上へアクセスするための『鍵穴』も『サムターン錠』も異様に固い——だから鍵穴を回すのにもサムターン錠を倒すのにも余計な時間が掛かるだなんて、超絶的にくだらん支障はあったが、それもなんのことはない。誰も屋上になんて来ないのだから、『鍵穴』の方は回しっぱなし、開けっ放しにしておけばよいだけのことだ。流石《さすが》にサムターン錠まで倒しっぱなしにしていれば、それはもう全開放だ、トチ狂ったバカが屋上で弁当タイム——だなんてバカっぽい試みをやらかすかも知れん。俺としては、屋上に無闇矢鱈《むやみやたら》に入り込まれても困る。だからサムターン錠の方だけは、必ずロック状態にしておいた。そもそも、そっちだけでもバカみたいに固いからな。普通の人間なら、倒すのを諦めて帰るほどには。しかもサムターン錠が倒されているかいないかで、誰かが屋上に出ているかどうかを確認することもできる——シンプルかつ効果的な警報装置にもなってくれる訳だ。

ここで、もちろん俺は数ヵ月前から借りっぱなしにしてある『屋上2』の鍵をずっと確保していた。教師になら誰も文句は言わんからな。俺の鍵が『屋上2』になったのは、最初に借り受ける際、たまたまそれを渡されたからだが、俺は当然『屋上1』の存在を知っていたから、その動向は常に確認できるように手配しておいた。鍵を管理する守衛たちにも、教師として自然に『屋上への鍵の貸し出しがあったら報告しろ』と命ずることができた——

いずれにしろ、俺の計画にも装備にも、今日の今日まで支障はなかったということだ」

(屋上の鍵が、実は二本あること) あたしは考えた。

(屋上のロックは『鍵穴』と『サムターン錠』のふたつ

があること。そして実は、これまでずっと『鍵穴』だけは開いていたこと。つまりロックは『サムターン錠』だけだったこと。こうしたことって、これまでの五度の七月七日、これまでの四回のやり直しで、何か大きな意味を持っていたんだろうか？）

あたしには試行第三回目の七月七日の記憶しかない。だからそれ以外の七月七日のことは解らない。そして試行第三回目の七月七日、それが大した意味を持った記憶はない、ような……

（あっ、少なくとも、皆《みんな》がやたら自由に——詩花が管理していたはずの鍵を使うことなしに——ナチュラルに屋上に出られていたのは確かだ。もちろんこのあたしも。ていうか、あたしはそれをこの試行第四回目でもやっている）

だから、青崎がいつも鍵穴をロックしていなかったたっていう事実は、あたしたちがやたら自由に屋上に出入りできたって結果には直結している。それは、確実に真太の死や、一郎の死・英二の死に、あるいはあたし自身の死に影響を与えている。というのも、カンタンに屋上へ出られなければ、そこから転落死なんてできやしないから……

（そして、それだけじゃない）

ハルカとユリの言動にも説明がつく。ハルカとユリは、しばしば校舎内に入っている。トイレを使うためだ。そしてまた屋上に戻れている。屋上への戻りは、自由だとも聴いた。しかしそれは、考えてみればあり得ないことだ。詩花が持っていたような、棒鍵がなければ金属ドアは開かない。だからあたしは『五分程度でオートロック』『それまでは出入り自由』なんて適当なことを考えた。ところが、棒鍵によるロックは、実はいつも掛けられていなかったのだ。青崎が故意《わざ》と無施錠のままにしておいたからだ。だからハルカとユリは、サムターン錠を倒すだけでまたカンタンに屋上に戻れた。あたしのオートロック論なんてのは、自分自身の行動をふりかえってみればすぐさま解っていたはずの、あからさまなデタラメだったのだ。

（しかも、それだけじゃない）

これまでの試行でハルカとユリが目撃した、警備員なり教師なりの姿。午前一回、午後二回。それは屋上の見回り、巡回だと軽く考えられてきたが、それは全くの勘違いだった。屋上をしばしばウロチョロしていたのは青崎だったのだ。そもそも『スーツ姿だった』というのが目撃談なのだから、それは警備員さんじゃない。そして授業を持っているはずの教師が、一日に——七月七日の日中だけで――『三度も』屋上の見回りなんてするはずもない。
（気付くべきだった。ヒントは幾つもあった――
①不審者が何故か屋上に固執《こしゅう》している、という事実のヒントが。あるいは、②棒鍵がなければ屋上へは出られない、という事実のヒントが）
そして①②には、ひょっとしたら、それ以上の深刻な意味があったのかも知れない。

というのも、まさに今、青崎は『屋上の鍵が二本揃ったからテロを始めた』だなんて、物騒《ぶっそう》で意味不明な因果関係を口にしているからだ……

……そして青崎の演説は滔々《とうとう》と続いている。もし青崎の授業に今ほどの迫真性があったなら、そもそも生徒の態度もガラリと変わり、青崎だってここまで拗《ね》じ曲がらずにすんだろう。

「ただなあ今銀、それはもう長い忍耐だったよ。だから、俺がお前らみたいな下等で愚劣な底辺生徒に嘲笑されながらいやガン無視されながら、クソ小生意気な陰口を叩かれながら教師なんかを続けてこられたのは、まさに今日この日のためといっていい……東大出の最高のインテリに対するあらゆる侮辱を清算する、この日のためだ!!」

いよいよ自分の狂気に酔い始めた青崎は、ここでなんと、フェンスから身を乗り出すや、階下に向けて巨大な銃を発射し始めた。あたしは思わずその先を見てしまった。昇降口も階段も炎に包まれ、今や教室にすら劫火のいきおいは及んでいる感じ。自然、学内の生徒たちは窓に殺到する。ここで、一階生徒は逃げられる。窓のすぐ外は地面だから。しかし今青崎は、確実に殺意を持って、一階から逃げ出してゆく生徒たちに発砲した。一郎と英二をボロボロにした無数の弾丸が、訳の解らないまま駆け出した生徒たちをひとり、ひとり、またひとりと虐殺してゆく。鴨《かも》撃ちのように餌食《えじき》となった生徒たちの死体は、やはり頭だの躯だの腕だの脚だのを消滅させられ、あるいは躯に無数の風穴を開けられている。

「そんな……やめて、やめて青崎先生お願いです!!」

「そして、いよいよだ。いよいよ生徒指導のために必要な武器弾薬は整った。それが先の週末、この土日のことだ。俺は狂喜乱舞《きょうきらんぶ》した。そしていよいよ週も明けた七月七日、この七夕、クソガキどもに天の川いや三途《さんず》の川を渡らせてやろうとした。

ところが!!

誰の巫山戯《ふざけ》たイタズラか、よりによって舞台本番を迎えた今日、なんと屋上への棒鍵を借り出した奴がいる!!

守衛からそう連絡があった。普段からそう手配してあったからだ。借り出したのは吹奏楽部員だという。だから吹奏楽顧問の富田に確認をしたら、やはりそれは事実だった。具体的には、吹奏楽部の三年女子が、イベントのため『屋上1』の鍵を持っていったという。そしてそのイベントというのは、超絶的にくだらん七夕飾りのためで、だから今日の夜に屋上を使って行われるものだという‼　富田はその許可まで与えたという‼

　これがどういうことか解るか今銀‼

　俺としては準備万端、一世一代の大舞台の開演を待つだけだったのに、その当日になっていきなり、ステージが使えなくなったってことだよ‼　それはそうだろう‼　いよいよ『屋上1』の鍵が貸し出されたんだからな‼

　そしてそれが屋上での七夕飾りのためだとほざくなら、俺としては警戒せざるを得んだろう、お前ら吹奏楽部の予定も動きも分からないんだからな‼　七夕飾りというなら夜だろうが――実際に屋上の使用許可はなんと午後一一時まで出ていた――しかしお前らが夜だけ屋上に出るとは限らん。どうにか聴き出したところでは、そしてそれから俺が実際に音楽準備室近くの踊り場で目撃できたところでは、その七夕飾りの竹なるものは、それはもう御大層《ごたいそう》で御立派なものだった。重い。かさばる。なら人手が要る。時間も掛かる。するとその竹をイベントの前に、夜でなく、昼休みだの中休みだので屋上に搬入するかも知れん。いやそう考えるのがむしろ自然だろう。何故なら、鍵が借り出されたのは放課後でも夜でもない、この午前中なんだからな」

（詩花は、昼休みの図書館で既に鍵を持っていた。確かに鍵を借り出したのは午前中）

「だから俺は屋上のことが気になって気になって、できるだけ様子を確認しに出向いた。ただ俺には授業がある。ゆえに午前中に一度、午後に一度、屋上に出るのがやっとだった。お前らの竹を音楽準備室近くで確認したのもその途上だ。

　そして午後に一度屋上に出ようとしたそのとき、俺の危惧どおり、鉄扉のサムターン錠は開いたままだった。これすなわち、誰かがまさに屋上に出ているか、屋上に出てから錠を元に戻さなかったかだ。ま、実際には後者だったがな」

（……午前中に一度、青崎の侵入というか退出に合わせて、ハルカなりユリなりが校舎に入る。ただ、彼女たちがまた屋上に戻るとき、屋上に出てからサムターン錠を回すことはできない。だから、サムターン錠は午前中のそのときから倒れっぱなしになる）

するると、午後にもう一度、また青崎が屋上へのドアをくぐろうとするとき、青崎は当然それを目撃することになる……そして気付く。『誰かが屋上に出入りしているる』と。でもそのとき屋上の未来人は透明になっているんだから、青崎の目には、屋上は無人に見える。だから青崎としては、『吹奏楽部の誰かがいったん屋上に入って、また出た』と警戒することになる。筋は、通る。

（そして、致命的な不幸……）

……あたしが、そして恐らくあたしたちが格闘してきたあのサムターン錠は、尋常でないくらい、そう異常といえるほど固かった。それを誰もが『四苦八苦して、時間を掛けて開けた』。それだけ苦労したから、『屋上への鍵は掛かっているものだ』と信じ込んでしまった。実際のところ、鍵はそれだけじゃなかったのに。

これ、どうでもいいことのようだけどそうじゃない。

何故と言って――

（あたしたちの不幸は、あたしたちの意識を、『屋上への棒鍵』から逸《そ》らしてしまった。詩花が借り受けてきた『屋上1』の棒鍵のこと、あたしたちは完全に忘れていた）

……本来、それがなければ屋上へのドアは開かない。だからこそ詩花は棒鍵を守衛さんから借り受けてきたのだ。考えてみれば当然の流れだ。なら、あたしたちが『やたらと棒鍵なしで屋上に出入りできていた状況』を、もっと不審に思うべきだった。そうすれば、『誰かが意図的に棒鍵のいらない状況を作り出していた』ことに気付けたかも知れない。

（全部、後の祭りだけど……）

「もっと時間が自由になれば、お前らの動きを探ることもできたんだが――」青崎は瞳に狂気を湛《たた》えたまま続けた。「――ただ今日で言えば、午前中の締め括り、四限までは授業が連続する。そう、まさにお前がクソ生意気な態度をとった、俺を舐め腐って挑発的な態度をとった、あの四限世界史まではな。

なあ今銀。

俺はあのとき決意したんだよ。

これ以上の侮辱には耐えられんと。

もし屋上の問題が解決されたら、直ちに復讐を開始すると。

もし屋上の問題が解決されたら、もう一秒も待てん、俺の午後の授業ひとコマを抜き打ちテストの自習にして、俺は自由の身になり、すぐさま今銀だの今銀だの今銀だの、とにかくバカの癖《くせ》して俺の至言金言《しげんきんげん》あふれる東大出らしき高邁《こうまい》な授業を片鱗《へんりん》も理解しないクソ貯めのゴ

ミクズどもを、片端から七夕血祭りにしてやるとな‼

そうだ。そうともさ。

俺の決意を最終的に後押ししてくれたのは今銀、今日の四限のお前なんだよ、ククク ッ」

（そ、そういうことか。そうだったのか。

あたしが、タイムトラベルもどきの直後で寝惚《ねぼ》けた態度をとったから。それが青崎にとっては飛んでもない挑発に感じられたから。だからそれが、青崎の決意にとって最後の一押しに、そして青崎の理性にとって最後の一《ひと》藁《わら》になってしまったんだ……）

……これで抜き打ちテストの説明もつく。

あたしがP－CMRを使って過去に戻ったとき。それはすなわち、あたしが自分では全然意識しないまま、青崎を挑発してしまったときだ。もちろんあたしにそんなつもりは微塵《みじん》もなかった。ただ、今現在この瞬間重要な問題は、あたしの意図とかじゃなく、青崎がそれをどう感じてしまったかだ。ここで、あたしにはもちろん、今回の試行第四回目の四限世界史の記憶がある。ピョートルⅢ世のあれだ。ただあたしがやっぱりプレイヤーだった、試行第一回目の四限世界史の記憶はない。それはリセットされ消えている。けれど、あたしがあたしのままなら、きっと試行第一回目でもほとんど一緒の言動をしてしまったに違いない。

それが青崎に生徒大虐殺を決意させ、だから一郎の午後の世界史は自習になった……

（そして、あたしがたぶんどっちでも同様に青崎を激昂《げっこう》させたにもかかわらず、試行第一回目では生徒虐殺テロなんて発生せず、ところが今回だけ発生してしまったのは――

……鍵だ。鍵の返却イベントが発生してしまったからだ。そこからの連鎖だ）

「ただ、お前らの動きが解らん。お前らは屋上への鍵を持っている。もちろん屋上に出るのに鍵などいらんが、『鍵を持ったまま』ということは、当然、『いつか屋上に出てくる気がある』ということだ。ましてそれが七夕の竹を搬ぶだの何だの、人手の要る話となれば、それなりの人数が屋上に出てくることを予期せねばならん。そのタイミングも解らん。事実、見回ってみたら、警報装置であるサムターン錠は開いてもいた。そしてお前らは文化部とはいえ、体育会系文化部だ。部長の楠木は剣道二段、あと蔵土も確か合気道を嗜《たしな》んでいる。そして吹奏楽部の団結力は強い。東大出のインテリである俺ひとりでは敵わん。

だから俺は諦めかけた。昼休みが過ぎても、俺にとっては授業のない五限が始まっても、『鍵が返納された』なんて連絡、守衛からは来なかったからな。ところが、五限がじき終わるというその頃、いよいよ守衛から内線電話が入った――無論、『先の昼休み、先生がいつも報告を求めていた〈屋上1〉の鍵が返ってきました』という旨の内線電話だ。

これがどういうことか解るか？

『いつか屋上に出てくる気がある』人間はもういなくなったってことだよ!!　もう鍵は要らないって意思表示なんだからな!!　なら仮にサムターン錠が開いていても、それはただの閉め忘れだ!!　屋上に用はなくなったんだからな!!　しかも守衛から聴いたところでは、俺のために鍵を返納してくれたのは『吹奏楽部三年の今銀』――

アッハッハッハァ。

オイ今銀、俺は今ほどお前に感謝したことはないぞ。そうだというかお前が入学してから初めての感謝だ。そうだよ、お前は俺のために、屋上の鍵を二本とも揃えてくれた。お前は俺の決意を固くしてくれたばかりか、俺の舞台をキレイに整えてくれたんだよ、ククククク、クックッ、アッハハハハハハァ!!」

（……①四限世界史でのやりとり。②二本の鍵が揃うこと。それが学校テロのトリガーだったんだ。あたし、知らなかったとはいえ何てことを）

試行4－14

「おっと、いよいよこの大舞台もクライマックスだな。ほらぁ、いい眺めだぞ今銀。ヒトがまるでゴミのようだ!!

――さっき、俺の予想と計画を裏切り、楠木が突然、ショウ開幕前に屋上へ出現したときはさすがに吃驚《びっくり》したが……ただ俺は完全武装している。奴は他人の存在を予想していない。勝負あった、だ。ショットガンでチョットいっきりブチ殴ったら、御立派な人質のできあがりだよ。

ああ、あと火脚と蔵土な、大事な吹奏楽部仲間がふたり弾け飛んだのもお前の所為《せい》だぞ？　もしお前が先に屋上に飛び出てくれれば、お前が代わりに死んでやれたもんなあ。そしてもし、お前が俺にとって可愛い可愛い人質になれる奴じゃなかったら、アイツらも殺さず、人質にしてやることを考えたからなあ。だからお前さえいなければ、火脚も蔵土も、腕の一、二本、脚の一、二本を消し飛ばされる程度で済んだんだ。そしてお前みたいに、人質として、特等席で最高のショウを楽しめたんだ。

まあ元々、人質なんぞは要らんかったが――ほら見ろ、この校舎棟の全員が人質で生贄《いけにえ》だ――だがノコノコ屋上に逃げてくる奴がいたなら、この壮大なショウを鑑賞させてやれるし、学校も警察も、俺の言うことをそこは聴くようになる。いきなり狙撃とか催涙弾とかはなくなる。そして最後の晩餐《ばんさん》くらい、デリバリーさせることもできるだろう。その程度の実用性はある。いいや何より、俺はもう明日の朝日を拝むつもりなどないから、最期の最期には、そりゃ話し相手のひとりふたり欲しいぞ。だから今銀、俺はあらゆる意味でお前を人質に獲《と》れて嬉しい。せっかくだから今日の七年戦争の授業、もう一度特別補習してやりたい気分だよ――

――それとも学校の仲間たちがどう踊っているか見たいか？

オラッ、顔をフェンスに、ホラもっと寄せろ、そして階下を見ろ‼　クククククッ‼」

無理矢理あたしの顔をフェンスに押し付ける青崎。

あたしは目を瞑《つむ》った。けれど思いっきり頭を殴られ、しかも何度も殴られ、そのうえ目蓋《まぶた》を思いっきりこじ開けられた。瞳が強引に剝《む》き出しにされる。痛み。恐怖。絶望。後悔。もう涙をぼろぼろ流していたあたしはしかし、その涙の向こうに涙も涸《か》れるほどの地獄を見た。

（そう、これは既に地獄だわ、何の誇張もなく）

……いよいよ燃え上がる昇降口や階段。火の手は廊下どころか教室内に入った。確実に。

というのも、とうとう逃げ場を失った生徒たちが、三階から四階から五階から、次々と炎を逃れて飛び降り始めたからだ。あたしの瞳の真下で、どんどん窓枠から宙へと身を投げてゆく生徒たち。宙を舞う夏開襟シャツと夏セーラー服。もちろん身を投げたその先は――アスファルトとちょっとした芝生しかない。生徒たちは、前の七月七日の真太、一郎そして英二のように、次々と……転落死してゆく。

それをあたしに見せつけた青崎は、あたしの頭をぐいと押さえたまま、また何かのスイッチを押した。どかん。どかん。この生徒虐殺テロが始まったときの、青崎がすべての玄関を爆破したときの、あの爆発音がまた響く。それはどうやら二階一階の教室を複数、吹き飛ばしたようだ。

（高い所にいる生徒には飛び降りをさせ、低い所にいる生徒は燃やすか吹き飛ばすかする。大量虐殺だ。ううん鏖殺《みなごろし》だ。青崎には、誰も見逃すつもりがない）

それなりに知っているつもりだった、平凡すぎると思っていた教師のこころに、これほどの闇が生まれていたなんて……

（そして、爆発と転落死。

それが七月七日の運命なの。たとえ真太がそれで死ななくても、歴史の潮流はどうしてもそれを求めるっていうの……）

試行4－15

「……なあ、今銀」

地獄を目撃しているあたしに、しかし青崎は不思議な感じで口調を変えながらいった。それは陰険でネチネチしてはいたけれど、さっきまでより、いつもの青崎に近かった。

「お前、壁に向かって来る日も来る日も……そう何年も何年も語り掛ける人間の気持ち、解るか」

「え」

「……言葉が届かないってのはなあ、人間にとって、いちばんの拷問なんだよ。

俺は確かにつまらん人間だ。お前らの顧問に比べれば、案山子《かかし》以下の、道路標識以下の存在だろう。上手い冗談のひとつも言えん。部活を東京大会に導くだの全国大会に導くだの、そんな特殊技能があるわけでなし。まして世界史なんざ、極論、教科書を丸暗記すりゃそれで済む科目だからな……

ただ、案山子が必死に喋ってるんだよ。道路標識が懸命に話し掛けてるんだ。

顔のひとつくらい、上げてやってもいいだろう。

聴こえていますと、声は届いていますと態度に出してもいいだろう……

……そうだ。人間にとっていちばんの拷問は、無視されることだ。少なくとも、大事だと思っている奴に無視されることだ。真剣に投げた想いが、相手と重ならないことだ。

何を今更だがな今銀、俺は受験戦争の勝者だ。そしてそれだけが俺の人生の拠《よ》り所で最後のプライドだ。それは、俺が俺である証《あかし》なんだよ。俺の存在のコアだ。俺には他に何も無い。だから俺はこんな科目の教師になった。こんなみみっちい、ゴミクズみたいな俺でも、丸暗記だの受験テクニックだのには自信があったからだ。それをどうにか伝えたいと、それをどうにか言葉にしたいと……そしてその言葉を受け止めて欲しいと。ひとりでも多くの生徒が、十八歳の春に涙しないように。

俺はそれに自分の存在を懸けようと思った。

俺の存在のコアを、俺が俺であるそのことを衝突《ぶつ》けようと思った。

そうすれば、全員とはいわん、受け持った生徒の半分、いや三分の一、いや四分の一は何かを答えてくれると、そう、俺の言葉を聴いていますといってくれると、そう信じてな。

だが、結果は、実際は……

……お前がよく知っているとおりだ今銀。

だから俺は人間でなくなった。

何故というなら、それはさっきいったように『無視されていたから』『その拷問に耐えきれなかったから』だが……だがそれはもっとシンプルに言い換えられる。すなわち、『人間ってのは、人と人との間にいるからこそ人間だから』だ。なら他人が誰もいなくなったとき、それはもう『人間』じゃあありえないだろ？

そうだよ今銀。

他人はもういないと、自分の言葉はどこにも届かないと絶望したとき、ヒトは人間じゃあなくなるのさ。これが俺の、本当の最終講義……」

「……でも先生はそんなこと一度も‼　一度も真剣に口にしはしなかった‼」

「そのとおりだ。

俺は自分のプライドを守るため、いや、自分の気恥ずかしさ矮小《わいしょう》さを隠すため、偽りの弁舌と皮肉とで……

それを仮面と鎧《よろい》にして、ゴミクズな自分を誤魔化し……そう、自分の本心を言葉にするのを止めて。いつか解ってくれると甘えて。

その結果、また裏切られたと、また騙されたと、そう自分勝手に鬱屈《うっくつ》を貯めこんで。

実際には、甘えているだけだったのに。こちらから、想いを言葉にする努力をしなかっただけなのに。いつか解ってくれると甘え、勝手な期待と理想ばかりを他人に夢見て……

そしてとうとう爆《は》ぜたと、そういう訳だな……

うぐっ‼」

――青崎の、いきなりの悲鳴。あたしに伸《の》し掛かっていた躯が急に遠ざかる。

訳が解っていなかったあたしが、思いっきり遠くに蹴り飛ばされる。

両手を戒《いまし》められていたから、受け身もとれずにごろごろ、ごろごろと遠くに転がる。

あたしが屋上のコンクリの上で、どうにか元いた場所に瞳を向けると――

「真太‼」

「今銀逃げろ‼　早く‼」

やはり両手を戒められているままの真太がいつしか起

ち上がり、腕が不自由なまま、青崎と組んず解《ほぐ》れつの格闘を繰り広げている。

真太は今、気絶から目を覚ました。

そしてたちまち、まずあたしを青崎から遠くに蹴り出してくれたのだ。

起ち上がった真太は、脚を使って青崎を転ばせ、どうにか起ち上がろうとする青崎に何度も何度も蹴りを入れては脚払いして、地面での格闘戦に持ち込んでいる。真太は剣道の達人だ。脚捌《さば》きなら青崎なんかは敵じゃない。どうにか銃を使おうとし、あるいはナイフを抜こうとする青崎も、真太の絶妙な妨害にあって四苦八苦している。いやむしろ藻掻《もが》いている。

あたしはどうにか両脚だけを使って起ち上がった。もちろん真太に加勢しようとする。

しかし駆け出そうとした刹那《せつな》、真太の転ばされながらのハイキックがあざやかに決まって、青崎が階段室方向に転がった。もっといえば、階段室方向、極めてフェンス寄りに転がった。

余勢《よせい》を駆った真太は、いよいよ青崎をノックアウトしようと、転ばされたままの状態から豹《ひょう》のように飛び上がるや、ごろごろ転がっていった青崎の躯へとダイビングした。これまた絶妙に、仰向けの青崎に対し、馬乗りのかたちになる。

直ちにいきなりの頭突き。すぐ額を割られた青崎が悶《もん》絶《ぜつ》する。そして頭突き、また頭突き……形勢はあきらかだ。青崎の抵抗は、ううん躯の動きは次第に弱くなる。真太は勝負を決める感じで敏捷《びんしょう》に跳ね起きると、青崎のお腹と急所めがけ、爪先で鋭い蹴りを加え始めた。

（真太の勝ちだ!!　もう青崎、ほとんど意識がないもの。白目すら剝《む》いている）

あたしが爆発も火事も飛び降りも忘れ、思わず安堵《あんど》の嘆息《ためいき》を零してしまった瞬間――

試行4-16

「――光夏!!」

「し、詩花!?」

階段室の金属ドアから、なんと水城詩花が現れた。当然あたしは訊く。

「詩花どうしてこんな所に!?」

「こ、この人達が」詩花は後ろを見ながら叫んだ。「いきなりあたしを捕まえて、すぐ屋上に出るようにって。もう外へは逃げられないし、屋上には救《たす》かる手段があるからって。お、おかしな制服を着ているし、そもそも全然知らない子たちだからあたし嫌だったけど、下はもう火の手がすごくて、ホント息もできないほどで‼　だからあたし結局ここに」

すぐに話が見えた。なら、『おかしな制服』のその子たちというのは、当然――

「ハルカ‼　ユリも‼」

「……壮絶なことになってしまったわね」冷静沈着なハルカの顔もさすがに青い。「どのみちこの試行第四回目は失敗よ、光夏。私が確認できただけで、もう一〇〇人以上の生徒が死んでいるから。しかもこの爆発と火事。もうじき屋上にすら火の手は及ぶ。このままでは私達すら焼け死んで灰も残らない。もちろんCMRも、P－CMRもじき焼け溶ける。

なら今、すぐにP－CMRを使って記憶転写するしかない。

ちょうど時刻は、午後四時になるところ――」

（なんてこと。ハルカが確認できただけで、死者数は初期値＋一〇〇人。大失敗だわ……）

だけど、本当の意味での大失敗はそれからだった。

――いきなり詩花が登場したこと。

その詩花は摩訶《まか》不思議な制服を着た未来人ふたりと一緒だったこと。

そのことに真太の意識が向いた。

青崎にトドメの、苛烈《かれつ》な攻撃を加えていた真太の脚が止まる。

それは、スキになる。真太はあたしたちを見る。

もうほとんど意識がなかったはずの、青崎にとって絶好のスキになる。

青崎は蟹挟《かにばさ》みのように脚を動かし真太をぐるりと転倒させるや。

『最期の最期には、そりゃ話し相手のひとりふたり欲しい』という自分の言葉どおりに。

絶対に真太を逃がさない――という感じで真太に抱き掛かると。

そのままごろごろと屋上のコンクリを転がり。真太とふたりで転がり。

ふたりでフェンスに衝《ぶ》ち当たると。

お腹に手をやり、何かの紐《ひも》を思いっきり引く――

――どおん‼

（爆弾‼　あのお腹に巻いた爆弾‼　真太っ‼）

恐ろしい劫火《ごうか》と黒煙と、大きな爆発音が屋上にあふれる。真太が空へ大きく吹き飛ぶ。

あの今夜に感じた衝撃波も感じる。けれど今回は気絶できなかった――残念なことに。

というのも。

青崎の自爆を生き残ったあたしたちはやがて、大きく吹き飛ばされたフェンスから、地上を見下ろさなければならなかったからだ。それも、地上の特定の位置を。因縁の位置を。

……楠木真太の死を確信しながら、だ。

第10章　REPEAT BEFORE THE MAN（試行第五回・光夏の証言）

試行5－1

「これぞ、歴史を変えた一瞬だな……不思議なもんだ……もし、ロシアの女帝が頓死しなければ……はたまたインド人もアメリカ人も、フランス語を喋っていた。もちろん黒船に乗っていたのは、ペリー提督じゃなかった……」

……遠くから、声が聴こえてくる。

それはだんだん大きくなってくる。

言葉の意味は、もう解っている。

これは、世界史の授業だ。世界史。青崎の世界史。

火曜日の、第四限。週の前半戦、午前最後の授業。

そして青崎が橋を渡る決意をした授業でもある。

もちろん、青崎の様子は前の七月七日と変わらない。

それをいうなら、あたしもだ。

——重ねて思う。確かに青崎は、東大卒のインテリ崩れで性格が悪い。しゃべりも嫌味だ。脂《あぶら》ギッシュで、お腹はポテンとだらしなく出ている。そしてこの試行第五回目でも、まさか、あたしたちが過去に戻ってきてからこの一分未満で世界が激変するはずもない。なら引き続き、結婚をしていてもおかしくない年齢なのに、独身のままだろう。

ただ、だからといって死ぬべき理由はない。もちろん、大量虐殺を犯すべき理由もない。

あたしは今日も、なるほど涎《よだれ》まで垂らして船を漕《こ》いでいたけど、だからP－CMRの記憶転写が成功した瞬間は夢現《ゆめうつつ》だったけど――

ハッと気付いたその瞬間、もちろん全ての記憶を甦《よみがえ》らせた。今回は前回と違って、記憶が流れ込んできたというより、かなり意識的に記憶を手繰《たぐ》りよせた感じだ。

――あたしはもちろん大声を出すこともなく、またもちろん机をバンと叩いて立ち上がることもない。試行第四回目の記憶は明確だ。あの恐ろしく、壮絶で、悲劇的な学校テロ。そのときの状況は、そして直ちにP－CMRを使ってそのときの世界線を消滅させたことは、まさか忘れられることじゃない。

だから、傍《はた》から見れば、あたしはただ単に、涎まで垂らした爆睡から、突然まともに授業を受け始めただけ。

したがって、世界史の青崎があたしの大声とあたしの起立に反応して、教壇を下りてくることもなければ、あたしの机の左側にデンと立つこともない。

あたしは腕時計を見る。もはや当然のことだけど、もうじき午後〇時〇一分。

黒板に日直が書いた日付は、七月七日火曜。

（今度も成功した。そして『今度』というのは――

あたし自身の記憶としては、あたしにとって二度目のやり直しの七月七日（試45）。

客観的な事実としては、あたしにとって三度目のやり直しの七月七日（試145）。

そしてトータルの試行錯誤としては、仲間全員にとって五度目のやり直しとなる七月七日（試1～5）。

もしオリジナルの七月七日をカウントするなら、もう既に、六度目の七月七日になる）

P－CMRの信頼性は極めて高い。それはもう実証されているといっていいだろう。

あたしたちはきっと無事に、あの地獄の午後四時から帰ってきた。

ただその代償はある。

あたしは知らず、真正面をガン見しながら考えた――

第一に、毒素クロノトンが脳内に分泌され、蓄積され続けること。

第二に、必要不可欠なトリクロノトンが、どんどん少なくなってゆくことだ。

　ヒトが意識して――記憶を維持したまま――時間の上書きを始めるかぎり、クロノトンの分泌は不可避だ。それが蓄積され続けるなら、脳の壊死《えし》と多臓器不全でヒトは死ぬ。それが、神様の理《ことわり》に叛逆《はんぎゃく》する代償。そして十二時間を上書きするなら、その都度《つど》、一四・四㎖のクロノトンが蓄積されてしまう。ここで、あたしはもう〈十二時間×一回〉+〈四時間×一回〉を経験し（学校テロのときは四時間しか過去経験がない）、これからもう一度、〈十二時間×一回〉を経験するだろうから、結局、今夜の午後一一時五九分が終わるとき、三三・六㎖のクロノトンを脳に抱えることになる（唯一すべての試行に参加しているハルカなら、同様の前提で六二・四㎖。これが仲間内での最高値となる）。ただ、クロノトンの致死量は一〇〇㎖。だから、あたしには依然余裕がある。そして強烈な目眩《めまい》、頭痛、発熱、嘔吐《おうと》感、呼吸困難、全身の痙攣《けいれん》その他の急性症状なんてまだ感じない。他方で、ハルカの六二・四㎖はそろそろ不安を感じる数値だけど、ハルカは弱音を吐くタイプじゃない。実際の症状は、分からない。

（いずれにしても、本当に今度こそ、今度こそ終わりにしないと）

　この試行五回目で絶対に真太を救う。そしてもちろん、あの学校テロみたいな地獄を繰り返さない。そうすれば、これ以上クロノトンが蓄積されることはない。あり得ない。というのも、今夜の午前零時の鐘が鳴れば、そこからはあたしたちの誰にとっても未知の歴史であって、繰り返しでも上書きでも記憶を維持したままでもないからだ。

（そしてトリクロノトンの方も、まだ若干の余裕がある――まさか、試行第五回目にまで突入するとはあのハルカでさえ想定していなかったみたいだけど、いずれにしろまだ大丈夫）

　P－CMRによって過去に戻るためには、絶対にトリクロノトンが必要だ。

　ここで、トリクロノトンの総量の初期値は、六㎕アンプル×二八本だった。

　今現在、もう一八本を使ってしまっているから、残り、たった一〇本……

（これで決める、これで終わりにするって覚悟をしなきゃ）

　……もう絶対に起こさせはしないけど、あんな学校テロすらあった。あんなこと絶対に駄目だ。実際、ハルカが計算してくれたところによると、オリジナルの七月七日に対し、試行第四回目の世界線の変動率は一・七五%。これまでずっと一%未満だったんだから、歴史は激変したことになる。それもそうだ。あれだけの大事件だ。犠牲者一〇〇人以上の人生は狂ったし、そこから派生し分岐する無数の運命が狂った。あたしたちは『真太の死を防げる程度に変動率を上げ、歴史に変な悪影響を及ぼさない程度に変動率を下げる』曲芸をしなきゃいけないんだけど、試行第四回目は明らかに変動率の上げすぎで、大失敗だ。

（これで決めないと。これで終わりにしないと）

あたしは引き続き、無意識に黒板の方をガン見したまま、これまでの試行メンバーを顧《ふりかえ》った。この最新の、試行第五回目を含めると、その一覧はこうなる。

試行第一回目 ①ハルカ ②ユリ ③一郎 ④光夏
試行第二回目 ①ハルカ ②ユリ ③一郎 ④詩花
試行第三回目 ①ハルカ ②ユリ ③一郎 ④英二
試行第四回目 ①ハルカ ②光夏
試行第五回目 ①ハルカ ②ユリ ③光夏 ④詩花

――この一覧から解るとおり、ハルカだけが連続五回の七月七日を経験し、だから全ての七月七日の記憶をしっかり維持している。また、この一覧から解るとおり、試行第五回目のプレイヤーであって、それゆえ試行第四回目の記憶を維持しているのは〈ハルカ＋ユリ＋詩花＋あたし〉になる。

ここで、この『チーム編成』の理由は今更説明するまでもない……青崎による生徒虐殺の学校テロが発生し、午後四時の時点ですぐ過去に戻らなければならなくなったところ、P－CMRを使うことのできる生きた仲間は、今回の四人だけだったからだ。

（何も迷うことがなかったというか、何も迷える立場になかった）

できたことといえば、やはり転落死した真太の姿を確認することだけ……

（その真太の落ち方、地面への衝突《ぶつ》かり方、遺体の姿勢や姿形は――ううん落下地点に至るまでが、センチ単位の誤差しかないほど全て一緒だった。すなわち、歴史はまたも繰り返した。あたしたちはその絶望をただ噛み締めるだけだった）

そして、学校テロが始まったのは六限が終わった後。すなわち午後三時の鐘が鳴ってから。だから今回の記憶転写では、ターゲット時間は変わらなかったけど（七月七日正午）、出発時間は午後四時と、いつもより八時間も早くなった（いつもは七月七日が終わる寸前まで『反省検討会』があり、それから記憶転写を始めていた）。ここで、本来なら、超稀少なトリクロノトンを節約したかったんだけど——巻き戻すのはわずか四時間だから、いつもより必要なトリクロノトンは少なくてすむ——それはできなかった。というのもやはり、〈六μℓ入り〉のアンプルしか用意できない以上、それを割ったり移し換えたりすることがとても危険だったからだ。重ねて、六μℓなんて、鼻息で蒸発してしまいそうな量だから……

そんなわけで、この試行第五回目のために使われたトリクロノトンは、いつもよりずっと少なくてすむはずなのに、いつもと同量が使用された。エンジニアのユリは、試行回数の異常な膨《ふく》れ上がりとあたしたちの今後を気に病んだか、どうにかトリクロノトンを小分けできないかと懸命に検討してくれたけど、あたしたちが化学準備室から何を調達してきたところで、六μℓの計量だの分離だのはまずできない。ユリはほんとうに残念そうにそれを諦めた……

（いずれにしろ、この試行第五回目の『宿題』は明確で明快）

……というか、明確で明快にならざるを得ない。というのも、あの学校テロの七夕血祭りで、あたしたちの命と、あたしたちの命綱P-CMRすら危険になったから。言い換えれば、あのときのあたしたちには、いつものように『反省検討会』をする時間なんて全然なかったから。だから、ふたつの方針だけが決められた。

Ⅰ　青崎の学校テロを絶対に防止すること

Ⅱ　オリジナルの七月七日を最大限なぞること

——Ⅰの方針は説明を要しない。そしてⅡの方針は必然だ。というのも、もう一度いうと、今回のあたしたちは『反省検討会』ができていないから。『宿題』が全く設定できない以上、作戦なんて立たない。だから、青崎以外の『誰のどんな行為にも介入せず、オリジナルの七月七日の再演をやってみて、最後の最後に結果だけ変わるようにする』というプランが急いで立てられた。

あたしがそのプランの具体的な中身を喋ったとき、そんなバカなことができるのか、という疑問を誰もが抱いたけど……あたしが全員を唖然《あぜん》とさせる力業を、しかも青崎の学校テロを防止する役割をも果たす力業を思いっきり力説したとき、『もうそれでやってみるしかない』と満場一致で決まった。そのときは既に、屋上でさえ燃え猛《たけ》る炎の中だった——

（そう、それでやってみるしかない。歴史の潮流のいきおいが変わらないというのなら。歴史は繰り返すというのなら。ならこっちはむしろそれを逆手に取るだけだ。

今度ばかりは、繰り返してくれた方がありがたい。

そう、歴史でさえ『そんなバカな‼』と騙《だま》されてくれるはずだ……青崎とその車によって）

試行５－２

あたしが、そう決意を新たにしていると。

──きっと、決死の表情で黒板を、だから真正面をガン見していたからだろう。

今はまだ虐殺者でもテロリストでも何でもない、青崎と視線がガチンコする。

おそらくこの高校生活で初めて、あたしと青崎の瞳が正対し、目力《めぢから》が正面衝突する。

「お、オイ今銀。すさまじい形相《ぎょうそう》をしているが、俺の授業がどこか面妖《おか》しかったか？」

「あっいえ」あたしは前回の四限世界史を顧《ふりかえ》った。「エリザヴェータ女帝の死は、まさに歴史を変えた一瞬だと思いました」

それ、今のあたしには実感できます。まるで自分のことのように」

「お、おう、そうなのか、よく解らんが……

でも実はこれな、『三枚のペチコート作戦』といって、ロシアのエリザヴェータ女帝、オーストリアのマリア・テレジア女帝、そしてフランスのポンパドゥール侯爵夫人が、つまり女性三人が主導した壮大な同盟だったんだ。確かにおんなのお前の方が、俺なんかよりは理解しやすいかも知れんな。そして、これは絶対に勝てると、今や最後の勝利目前だと、そんなところですべてが瓦解《がかい》してしまったその絶望も──エリザヴェータ女帝の無念にしろ、ポンパドゥール侯爵夫人の不慮《ふりょ》の病にしろ──きっと今のお前のような、そう俺には何だか解るはずもないが、何か決死で真剣なものを抱えているお前なら、解るかも知れんな。

……じゃあ悪いが今銀、見渡すところ、他に授業に熱が入っている奴もいない。

プリントのカッコ30とカッコ31を埋められるか？」

「はい。七年戦争が終わったのはカッコ30『１７６３年』、その講和がカッコ31の『パリ条約』。でもプロイセンとオーストリアの講和条約なら、『フベルトゥスブルク条約』が正解だと思います」

──教室中が異様な沈黙につつまれた。

自分でいうのもアレだけど、あたしがここまで世界史の授業に、だから青崎にマジメに正対したことはこれまで無かったから。それは教室の誰もが知っている。まして、あたしと青崎が勉強のことで好意的な対話をするなんて、前代未聞の椿事《ちんじ》だ。

「そ、そうだな。英仏の講和条約と、普墺の講和条約は違うからな。プリントもそこは分けて作るべきだった……バカでくだらんのは、今回は俺だ。すまんな今銀」

「謝ってもらうことじゃないと思います。これで強く記憶にも残りましたから」

「そ、そうか。しかし、お前がそこまで勉強しているとは……いやこれも失礼!!

じゃ、じゃあ授業に戻るぞ。ギャラリーもとっとと起きろ!!

だから結局、この十八世紀の世界大戦ともいえる七年戦争の結果、英国は世界帝国への道を歩み始めたが、しかしそこでまたもや歴史のドミノだ。勢いに乗った英国は、完全に掌握した北米への支配をいよいよ苛烈《かれつ》にし始めたため、なんとその北米が、英国から独立の動きを見せ始める……これこそが現在の合衆国の……」

——あたしは記憶と計画の整理を止め、青崎が語る歴史のドミノに耳を傾けた。

もちろん、『これから青崎をどうにかしなきゃいけない』から、青崎に注意したのだ。それは事実だ。でも、だけど……

（記憶に残る。歴史のドミノ）

何故だろう——こんな状況で必死だからかな——それってとてもおもしろくて大事なことに聴こえる。歴史ってこんな授業だったかな？　そりゃあ確かに、青崎の陰険でネチネチでカルトでマニアックな語り口は変わらないけど……でも、語っている内容を何故かおもしろく感じてしまう。『こういう原因があるから、こういう結果になる』。それって何てアタリマエで、でも何て不思議なことなんだろう。こんなこと感じるの、多分初めてだ。

（ううん。初めてとかどうとかじゃない。そんなこといえた義理じゃない。だって……）

……そもそもあたしの側で、ただの一度でも、聴く耳を持っていたんだろうか？

青崎のことなんて、そうだ、まさに道路標識以下だって見下して、無意識に無視していたはず。なら初めても何もない。だって一度も出会っていないんだから。人間として見てはいなかったんだから。ならおもしろさも大事さも感じられなくて当然だ。

（受け止めてもらえない言葉を抱え込む、苦しさ。

今のあたしには、ううん今のあたしだからこそそれが実感できる、実体験として）

あの地獄を見た屋上で、青崎が悲壮に語っていたこと、ちょっと思い出してしまう――

だからこの七月七日、あたしはもう、しっかり腕時計を確認することすら忘れていた。

青崎の板書はいつもより勢いを増している。手製のプリントすら忘れ、歴史のドミノのおもしろさを熱弁している。といって、まさかそれが学級中を沸かせることなんてなかった。ただ、前回の七月七日とは明らかに空気が違ったし、内職とかをやめて青崎の顔を見る生徒がちらほら出始めた。それは青崎の授業としては画期的なことだ――

キンコンカンコン。キンコンカンコン。

あたしが青崎と真剣な会話をしてから、約二〇分後。昼休みを告げる鐘が鳴り、日直は、青崎のいつにない講談を申し訳なさそうに中断させて号令を掛けた。起立。礼。着席。そして青崎のどこか紅潮した顔をちらちら見ながら、誰もがお弁当を出す手を止め、あるいは学食目指して席を立つ腰を止めた。だから、お弁当を食べ始めたのはあたしが最初だった。

（この昼休みは、何も動く必要がない。

あたしが動くべきは、そう、午後三時。六限が終わってすぐ）

試行５－３

――すると、ようやく普段の調子を取り戻した教室では、たどるべき未来どおりの雑談が聴こえ始めた。

次は現代文かあ、爆睡確実だな

週明けたばっかだから、体育のひとつでもいれてくれりゃあ親切なのにな

そういえば、自販機コーナーってもう直ってたんだっけ？

あたしは今回、教室から飛び出さないから、教室を出る所で青崎と衝突《ぶつ》かることもない。青崎と衝突かることがないから、青崎の『調子に乗っていられるのも今の内』発言もない。それはむしろオリジナルの七月七日どおりだ。

（そしてあたしは今回、詩花にも干渉しない。

というか今回、詩花はプレイヤーだ。前回の記憶もあれば、真太の死を回避しなければならない理由も解っている。だから詩花がおかしな動きをすることもない）

それもまた、オリジナルの七月七日どおり。

またそれは、言い換えれば、『詩花が引き続き〈屋上1〉の鍵を確保している』っていうことにもなる。もちろん更に言い換えれば、それは、『青崎がふたつの鍵が

返納されたという報告を受けることがない』ってことだ。おまけに最後に言い換えれば、それは、『青崎が学校テロを開始する条件が整わない』っていうことでもある――

（青崎の学校テロのトリガーは、①あたしの寝惚《ねぼ》けた態度と、②ふたつの鍵が揃うこと）

そして今回の七月七日では、オリジナルの七月七日どおり①②なんて発生しないんだから、試行第四回目の地獄が再現されることもない。だから、このままでもあたしたちの方針Ⅰはクリアだ。ただ……

（青崎はまだ、いつキレて爆発するか分からないテロリスト。それには変わりがない）

実際、無数の武器弾薬を、階段室へのルート上とかに隠している。オリジナルの七月七日に学校テロが実行されなかったのは、ただ単にキレる理由がなかっただけ。そしていつでもあんなことを実行できる準備を終えているんだから――本人いわく『準備万端』――まだその潜在的な故意は充分にあるといえるだろう。ならば。

（青崎が今日の午後三時あたり、屋上に出ようとする確率は高い）

何故と言って、オリジナルの七月七日も、試行第一回目の七月七日も、ほとんどずっと屋上にいた、ハルカとユリの証言があるからだ。屋上を見回りに来る『警備員さん』についての証言。それは今ではもう青崎だと分かっているけど、その『警備員さん』は午後二時より前に二度、そして午後三時あたりに一度、屋上に侵入している。それをハルカとユリが目撃している。ここで大事なのは、学校テロが発生しようとしまいと、『警備員さん』はそのスケジュールで屋上に来たってことだ。

だから、この試行第五回目では、青崎は学校テロなんて決意してはいないけど、そのスケジュールで屋上に出ようとする確率が高い。そう期待できる。

（そしてそれこそが、方針Ⅱの実現に直結する……）

キンコンカンコン。キンコンカンコン。

昼休み明け、五限現代文。横光利一。

それが午後二時に終わって、六限数学。

そして六限数学が午後三時に終われば、自主休講がカンタンな七限化学だ。

もちろんあたしには前回、そう考えて実際に化学をサボった記憶がある――

なら今回も難しくはない。

試行5－4

キンコンカンコン。キンコンカンコン。

あたしは六限数学の終わる鐘を聴くや、教室の引き違い戸から廊下に躍《おど》り出た。すぐさま猛ダッシュを掛ける。目指すは今回は屋上。前回は音楽室だったけど、今度は屋上直行だ。しかも、できることなら先んじたい。そこに来るはずのお客さんに先んじたい。お客さんの到着時刻は『午後三時あたり』。あたしが教室を出たのは『午後三時の鐘が鳴ったとき』。だから、お客さんに先んじられるかどうかはバクチだったけど――

あたしはこの校舎棟で唯一屋上に続く階段を駆けに駆けた。前回の七月七日を思い出す。やがて四階――五階――いよいよ六階だけに続く階段に入ると、そこはいつもどおり、使用されていない階段にありがちな、訳の分からない段ボールやスチールロッカー、机や椅子などの墓場みたいになっていた。その階段を上がり、やはり雑然としたガラクタの墓場になっている踊り場をひとつ切り返せば、もう例の階段室。

（取り敢えず階段にはいなかった!!）

あたしはあの因縁のサムターン錠を無視しながら、すぐさま屋上への金属ドアをばあんと開ける。このドアが棒鍵なしで開く状態にさせられているのももう知っている――

（……そして屋上にもいない!!）

ハルカとユリがスマホを持っていたなら、いちいち自分で確認することもないんだけど、それは無理な話だ。というのも、あたしたちが時間を戻って『目覚める』のは正午。もちろん学内。当然自分のスマホしか持っていないし、どこかから調達することもできない。仮に調達できたとして、音声入力や対話入力に慣れすぎているハルカとユリのことだ。二〇二〇年のタッチパネルなんて、かなり時間を掛けたチュートリアルをしなければ使えない。だから、吹部《すいぶ》仲間みたいにリアルタイムで連絡をとる術《すべ》はない。

（けれど、今回のミッションではそんな連絡はいらない。あたしがこれからすることに、未来人の登場は全く必要ない）

だから、あたしはハルカとユリの、『自分達も協力する』って志願も断った。

――そう、これはあたしと青崎の問題だ。

あの学校テロのときあたしだけが、そうあたしだけが受け止め、そして返し損ねた青崎の言葉。あたしだけに向けられた言葉。あのとき一郎と英二は死んでしまっていたし、真太は気絶させられていた。詩花はいなかった。ハルカとユリはそもそも青崎の意識にないし、そうでなくても詩花を救《たす》けに出て屋上にはいなかった。だからつまり、青崎の言葉を受け止め打ち返す責任はあたしにある。あたしだけにある。

——いよいよ覚悟を固めたあたしは、また監獄を思わせる金属ドアをくぐって階段室に入った。そのまま、ゆっくりと階段を下り始める。ゆっくりと。まだ来ない。

あたしは試みに、片端から古錆びたスチールロッカーを検《あらた》めてみた。幾度かの試みの後、あの学校テロで青崎が一郎たちを殺した巨大な銃が見つかった。それを手に取ってもよかった。相手は一〇〇人殺しのテロリストだ——あの未来では。なら身を守る必要がある。それが当然の準備だ。けれどあたしは、その銃を持つ気にはなれなかったし、ましてそれを青崎に向ける気になんてなれなかった。あの壮絶で無残な世界線はもうすっかり消滅したし、だから青崎があたしだけに向けた言葉なんても う世界の何処《どこ》にもありはしないけど、それでも、人と人との物語って要は記憶だ。人生も世界も、詰まるところ記憶で成立している。なら、あの消滅した言葉はまだ生きている……あたしだけの中で。そしてあの言葉を前提にするかぎり、今、あたしに銃なんて必要ない。

（そして、きっと上手くゆく）

何故かあたしにはそう確信できた。その確信は、今回の四限世界史の記憶を顧《ふりかえ》ったときいっそう強くなった。

そして記憶を顧っていたそのとき、いよいよ階下から、スタスタとサンダルの音が響いてくる——今、サンダルの主は踊り場を切り返すところ——

「すみません、青崎先生」

「い、今銀……⁉」

「お時間をください。とても大事な話があります」

試行５－５

「おっお前、またどうしてこんな所に……」

「先生は次の授業、ありませんよね。

あたしも覚悟して、充分な時間を作ってきました。どうかあたしの話、聴いてください」

「お前、そういえば今日は、自棄《やけ》に思い詰めた顔をしていたが……

こんなところで俺なんかを待ち伏せるとは。いったい何の話だ？」

「……先生、あたし、先生がここに武器や爆弾を隠していること、知っています」

「なっ——‼」

「だからまず、謝りたいんです。

あたしの態度は巫山戯《ふざけ》ていました。先生のこと、教師どころか人間とも、いいえ案山子《かかし》とも道路標識とも見ていませんでした。だから先生の授業なんて、今日の今日までマジメに聴いたことがありません。それはあたしだけじゃない。クラスの皆《みんな》も、そしてたぶんきっと他のクラスの皆もそう。だから先生はこんなことまでしてしまった。そうさせたのは久我西高校のあたしたちです。だからまず本気で、真剣に、先生に謝りたいんです――

だって、無視されるっていうことは……人間にとっていちばんの拷問だから」

「……このあたりを捜し回ったのなら解るだろう、俺がどんなことをしようとしているか」

「ハッキリ言葉にすれば、久我西高校の生徒を、そう虐殺することだと思います」

「それが理解できたから、俺に哀願をして慈悲《じひ》を請《こ》おうとこういうことか？

それとも自分だけは救《たす》けてほしいから、何時《いつ》やるかを教えてくれということか？」

「違います。

あたし、先生にそんなことしてほしくないんです。

だって、これ、その、実は言うのすごく恥ずかしいんですけど……

今日初めて、先生の授業がおもしろいって思えたからです。あたし、今日初めて先生を人間として見たんです。だから、今日初めて人間の言葉を聴けたんです。

そして、できることならもっと聴きたいと思った……だからです。

だからあたしは真剣に謝るし、だからあたしは先生にバカなことしてほしくないんです」

「俺の授業が、おもしろいだと？」

「……はい」

「俺自身がそんなこと信じちゃいない」

「先生はあたしの言葉を無視しない。

だって、真剣な言葉を無視される悲しさ、先生がいちばんよく解っているから」

「まして、俺の授業をもっと聴きたいだと？」

「卒業まで、あと九ヵ月しかありません。気付くのが遅すぎました。でもあたし、自分の実体験から解ったんです。『あれがあるから、これがある』『あれがなかったら、これがない』っていう歴史の恐さと不思議さを……だから人間の可能性を。

それを実体験できたのは、昨日……いえとにかく七月七日です。だからすぐ、先生にそのことを打ち明けようって思ったんです。そして、あたしなんかよりずっと頭のいい先生から、その恐さと不思議さと可能性をもっと聴いてみたい、できるだけたくさん聴いてみたいと思ったんです。

あたしのいっていること、先生に信じてもらえるかどうかは解りません。

でもあたし、この言葉だけは、自分の存在を懸けて伝えなきゃ、ハッキリ言葉にしなきゃって思ったんです。

やっぱり信じてもらえませんか？

「……あまりにも些細《ささい》なことだがな、今銀」

「え？」

「俺は今日の四限、久々に、教師になりたての頃の気分を思い出したよ。どうにか教えてやりたい。どうにか伝えてやりたい。すると生徒からの打ち返しがくる。俺も乗ってくる。キャッチボールは続く。そのキャッチボールの気持ちよさといったらなあ……

……俺はお前との会話で、その、なんだ、そういった気持ちよさを思い出した。思い出せたよ」

「じゃあ先生!!」

「待て今銀。

俺は既に犯罪者だ。こんな銃器だの鋭器《えいき》だの爆発物だの、持っていることだけで犯罪だからな。その責任は取らなきゃならん。成程《なるほど》、今お前の涙を見て、自分のケチな、矮小《わいしょう》なプライドだの復讐心だのは掻き消えたよ。こんなゴミクズのいうことを、真剣に、真正面から受け止めてもらえたんだからな。

ただ、お前がそれだけ泣いてくれたからこそ、俺は人間としての責任を取らなきゃならん。そう、俺は今や人殺しだ——まだ実行していないに過ぎん。そんな人間が、まさかおめおめと教師なんざ続けちゃいられないだろう？

だから今銀、お前の言葉は嬉しかったが、お前に授業を続けることは、もう無理だ。

俺はこれから警察に——」

「——先生、そこまでおっしゃるなら、あたし、先生にお願いしたいことがあるんです!!」

試行5－6

「俺に？　お願い？　何を今更？」

「実はもっともっと大事な話があるんです」

「……いってみろ。まずは、その、なんだ、涙を拭いてからだが」

「あたし、今、大切な仲間を失おうとしているんです」

「意味が解らんぞ」

「本人がいないので、詳しい中身は先生にも話せません。

ただ、あたしが何もしなかったら、その大切な仲間は、その……

　校舎棟の屋上から飛び降りて死んでしまうんです」

「なんじゃとて⁉　それは自殺——っていう意味か⁉　よりによって、その、俺がよからぬことを謀《くわだ》てたあの屋上で⁉」

「とにかく、なんていうか死んでしまうんです。その結論は絶対に間違いありません。

　そして、これも詳しいことは話せないんですけど、あたしの言葉は、どれだけ真剣に喋っても、絶対にその仲間には届かない……必死に、懸命に喋っても、絶対に解ってもらえないんです。まるで、壁に向かって語り掛けるみたいな感じで。だからもう、あたしにとってその仲間はいないんです。それが既定路線になってしまっているんです」

「そう、なのか……」青崎は大きく頷《うなず》いた。「……だから、その仲間にとっては、お前はもう人間じゃないんだな……いないものなんだからな……」

「もっと上手い説得の仕方が、あったのかも知れません。でも。

　その仲間が飛び降りてしまうのは、絶対に今夜、絶対に午後九時五五分なんです」

「や、自棄《やけ》に具体的だな？」

「もう、そう決められちゃっているんです。そしてそれは揺るぎません。

　ましてあたしはいないも同然。あたしの言葉はその仲間には届きません、絶対に」

「それは……つらいことだ」

「先生ならあたしの言葉、本気で理解してもらえると信じています」

「ああ、不思議と胸に突き刺さる……というか、日々俺が考えていたことそのものだ」

「もちろんあたし、十八の夏に涙したくないんです。その仲間を、絶対に失いたくないんです。そのことに、あたしの存在を懸けようと思っているんです」

「ぐ、具体的には、自殺を止めたいということだな？」

「詳しくは話せませんが、屋上から転落死するのを絶対に止めなきゃいけないんです」

「……するとお前が俺に頼みたいことというのは、その仲間を説得することか？

　だがなあ今銀、たとえ俺が警察に自首するのをちょっと待つとしても、俺なんかの言うこと、久我西高校の生徒が聴くと思うか？」

「正直に言って、厳しいと思います。ついこないだまでのあたしがそうでしたから」

「真剣な言葉は嬉しいがつらいぜ。でも、それじゃあ俺にできることは何も……」

「いえ、あります。

それも、先生だからこそできることが」

試行5-7

――そして、いよいよ午後九時三二分。

すなわち、オリジナルの七月七日に、あたしたち吹部《すいぶ》仲間五人が屋上へ出た時刻。

やっぱりあたしたち五人は、七夕にふさわしい星空の下にいた。

梅雨の真っ盛りにしては、奇跡みたいな星空だ。

屋上は、校舎五階の真上だから、そのぶん天に近い。

（やっぱり晴れた。歴史はなぞれる。しかも、今回はオリジナルどおりでいい）

青崎先生は準備を終えた。あたしがHアワー前にやるべきことは、あとひとつだけ）

あたしは、校舎屋上のフェンスに設置するべき、あたしの背丈ほどの竹を見遣った。

色とりどりの短冊がたくさん。色とりどりの折り紙細工もたくさん。星飾り、折り鶴、提灯に吹き流し……

（これを固定するのは既定路線で、その流れを変更する必要性も消えた。

だから、この流れを維持して何も問題はない。あり得ない）

――被害者がいてもいい。加害者がいてもいい。加害者が『車』を動かしてもいいから、『アイドリングストップ』も『エンジンストップ』も必要ない。事故が起こってもいいから、あたしたちが『道路で遊んでいてもいい』。そう、今回は――この試行第五回目では交通事故が発生してもいいのだ。ううん、むしろ素直に、歴史の潮流のいきおいのままに、交通事故に発生してほしい。それが運命の望むところなら、どうぞそうしてくれればいい。今回のプレイヤーはそれを前提に、運命がその望むところを叶えた後、自分たちの願いをも叶えればいい。それは、運命にしてみれば、『騙《だま》された』かたちになるだろうけど……ただインチキは何もない。あたしたちがこれから経験することは、だから歴史の織物は、外観としては全く変わらないからだ。

あたしはいよいよ安堵《あんど》の嘆息《ためいき》を吐いた。そして思った――あたしがあたしであったのなら、試行第一回目でも、きっとこのタイミングでこう思ったに違いないと。

（部員みんなの、七夕の願い事と一緒に、最後に一度、あたしの――あの今夜のあたしたちの願い事をしよう。

どうか神様、あたしたちから楠木真太を奪わないでください……)

……じゃないな。どこか変だ。七夕だから、ターゲットは神様じゃない。つまり。

(どうか織姫様、お願いです、歴史の織物は全然いじりませんから、その外観は全然変えませんから、ちょっとだけ糸のキツさを緩めてください。ちょっとだけ手を抜いて。

どうか今夜、あたしたちから、楠木真太を奪わないでください……お願いです……)

あたしが懸命に祈りを捧げている内に、七夕飾りの竹の固定は呆気《あっけ》なく終わった。

あたしは、たぶんオリジナルの七月七日どおりの言葉を紡《つむ》ぎ始める――

「ありがと、真太、英二。重かったでしょ?」

「まさかだ今銀。

技術部から借り受けた工具はかなりの年代物で、四苦八苦したけどな――」

楠木真太が、フェンスに固定された七夕飾りを見上げつつ、無愛想にいう。

「――ま、重いといえば、此奴等《こいつら》の願い事がちと重すぎるがな……まったく胃が痛むぜ」

「そうだね、楠木くん」

相槌《あいづち》を打つ詩花は、今回、もちろんプレイヤーだ。だからあたし同様、どうにかオリジナルの七月七日を再演しようとする。ただ、あたし自身もそうだけど、ナチュラルな自分ならきっとこう言っただろう、こう動いただろうなんて演技をするのは、かえって意識してしまってかなり難しい――詩花も、どことなくあたふた、おろおろしているのが解る。ただ詩花こそ、ある意味では、あたしたちのなかでいちばん真太を救いたがっている子。だから詩花は、結果を知る者ゆえの途惑いと恐怖を懸命に隠しながら、それでもきっとあの今夜どおり、明るくいった。

「これが高校最後の大会だね……これが終わったら三年は引退だし。だから、東京大会に出るだけじゃなくって、どうにかそれを突破したい。全国に行きたい。全国って、今年も名古屋だったっけ? 絶対に今のメンバーで出たいよね」

「そうだな、水城」

「部員全員の期待も大きいよ。ほら、短冊も全国大会のことばっかり書いてあるでしょう?

今年は顧問も部長も最高だから、絶対に全国に行けるって、皆《みんな》がんばっている」

「部長のことは知らん」

部長の真太がそっぽを向いた。詩花のサイドポニーと前髪が、微妙に揺れる。

（可哀想な詩花……詩花の気持ちは、キャッチボールにならない……真太の奴）

「ただ顧問は最高だ」これから爆風で吹き飛ばされる、その真太が淡々《たんたん》と続ける。「全国に名の知られた名指導者だからな。だから、俺達みたいな無名校を、いきなり東京大会レベルまで引き上げてくれた。その恩義には報いないと……

って一郎、お前いったい何をやっているんだ？」

あたしは、真太の言葉と視線とを確認してから、自分の真後ろを見遣った。

そこでは、月灯りと星灯りを染《あ》びながら、火脚《ひあし》一郎が踊っていた。あたかも、フィギュアスケート。能や歌舞伎。盆踊り。あるいはその又従兄弟《またいとこ》――要はいつもの一郎踊りだ。あたしはまた安堵した。歴史は順調に流れている、そう信じられる。

その一郎は、大きな瞳の中にそれこそ星を瞬《またた》かせながら、キラキラといった。

「ほら皆《みんな》、東の夜空を見てみろよ!!

素晴らしい。時まさに午後九時過ぎ。すなわち七夕のハイライトだ!!

特に、三つの星が燦然《さんぜん》とかつ健気《けなげ》に輝いているのが見えるだろう？

いちばん上のが琴座《ことざ》のヴェガ、すなわち織姫星《おりひめ》。その右下にあるのが鷲座《わしざ》のアルタイル、すなわち彦星《ひこぼし》――いやあ、これぞまさに七夕。我らが顧問も、七夕飾りを黙認してくれたほか、屋上への鍵まで貸してくれるだなんて、うん、実に粋《いき》なことをする!!」

「今銀さん」NPCの英二が訊いた。「屋上には何時まででいられるんですか？」

「ああ、富田先生が、守衛さんに話を通しておいてくれたから、午後一一時までに正門をくぐれば大丈夫だよ。もちろん、午後一一時までに正門をくぐるためには、ここを、そうだね……午後一〇時四五分には撤収しないといけないけど。それでもダッシュになるかな」

「正門通過午後一一時なら、バスも電車も大丈夫だな」

部長の真太が律儀《りちぎ》な確認をする。「自転車組は、そもそも問題がない。もっとも、大会を控えたこの時期、事故を起こすのも事故に遭うのも厳禁だが……

それで今銀、ここの鍵はどうするんだ？　ここの、屋上の扉の鍵だが」

「あっ、ええと、それは――」

「大丈夫だよ光夏。あたしが持っている」

トボけるあたしと答える詩花は、プレイヤーだ。だから詩花は、あたしからすれば硬く微笑みながら、やっぱり例の棒鍵『屋上1』をかざした。学校テロの記憶がある詩花とあたしにとっては、因縁の鍵だ。

「あっ、考えてみれば」そしてあたしのトボけは続く。

「ここを開けてくれたのも詩花？」

「うん、でもそれ、そんな大したことじゃないから……でも、そんなこんなで、四苦八苦したんで、鍵を開け閉めするコツが分かったんだ。最後に屋上を出るとき、またあたしが確実に鍵を掛けて、守衛さんに返しておくね」

「ゴメンね詩花、あたしパーリーなのに、いつも気を遣わせてばっかで」

「気にしないで。サクサクしていない光夏なんて、光夏らしくないもの」

「今夜、屋上を特別に使わせてくれたのは、富田の恩情だからな」真太が続けてくれた。「普段はここ、絶対立入禁止のはずだ。水城、そのどっちの意味でも施錠と返納は重要だから、確実に頼む――

今銀はこのとおり、いい加減だからな」

「ちょっと真太、また結構な物言いね。事実だけど。

そもそも、部長特権であたしを副部長なんかに指名したの、真太自身でしょうが」

「ほらほら光夏、いつもの夫婦喧嘩《げんか》しないの……

うん解ったよ楠木くん、あたし、しっかりやっておくから。鍵も工具箱も片付けておく」

ちょっと頬《ほお》を紅潮させながら、詩花が大きく頷く。

するといよいよ、一郎がまた、自然ながらも無駄いっぱいなポーズを決めながらいった。

「するとだ諸君!!　午後一一時まではこの星空の下、トランペット三年とホルン三年で、こころゆくまま語り合えるわけだな!!　いやあ、実は俺、常日頃からいや一年の春から思っていたんだが、とりわけ今夜ここにいる五名についていえば、いまひとつ青春の素直さがたりないような……傍《はた》から見ていて胸が切なくなるというか!!

――ちょうど、他の部員もいない。

ゆえに今夜、星に酔い月に酔い、たがいに本音と本音をぶつけあって――」

「御託《ごたく》はいい」真太が斬って捨てた。「吹奏楽者は音で解り合う。それだけだ」

「なあ真太。この世界には、絶対に言葉にしなきゃいけないことって、あるんだぜ？」

（まさしくだよ一郎。そしてその言葉の力で、真太は救《たす》かる!!）

「……ちょっとだけ合わせてみるか、自由曲の方」

　一郎をガン無視した真太の言葉に、少なくとも詩花とあたしは歓声を上げそうになった。きっと、オリジナルの七月七日では合奏をするのが嬉しくて。この試行五回目の七月七日では、ハルカが教えてくれた脚本どおり歴史が繰り返しているのを讃歎《さんたん》して。

「じゃあ楽器を――」詩花がいう。「――持ってこないとだね!!」

「いえ、そんなこともあろうかと――」英二の相槌。「――もう搬《はこ》び込んでありますよ、五人分」

「えっ英二、いつの暇《ま》に!?」

「そりゃあ、皆《みんな》の考えることくらい解りますよ今銀さん。入学以来の腐れ縁ですからね」

　あたしは英二の視線の先を見る。階段室の傍《かたわ》らの暗がりを見る。そこにはトランペットのケースが3、ホルンのケースが2ある。実はそれは、おとこ三人衆が七夕の竹を固定しているとき確認済みだ。そこに楽器がなければ困るから。だからあたしは、演技だけど本気で英二に感謝した――

「ありがとう、英二。さすがに鞄は持ってきたけど、楽器のことまで気が回らなかった」

――あたしは自分の楽器に駆けよる。他の皆も、キチンとそれに続いてくれる。

　すぐに楽器をスタンバらせ、暖機運転。大した時間は必要ない。定時ギリギリの午後八時まで、厳しい全体練習をやっていた後だから。ものの五分強で、最低限のウォーミングアップは終わってしまう。

（だから、そのあいだに）

試行5－8

　そのあいだに、あたしは詩花をちょっと見た後、そして詩花が微かに頷いたのを確認した後、最後の宿題を始めた。

　じりじり、じりじりと動きながら、他の四人からかなり距離をとる。かなりだ。詩花は、NPCの三人の様子を確認しながら、誰の意識もあたしに向かないよう動いてくれるはず。あたしは自分と詩花とおとこ三人の位置関係を確認しつつ、いよいよ確実に安全だと判断して、スマホを取り出した。そして人生初の緊急通報をした。あたしの声は、闇と楽器の暖機運転の音とに紛《まぎ》れてNPCには聴こえない……そして電話はすぐにつながった。

『はい119番です。火事ですか？　救急ですか？』

「きゅ、救急です」

『どうしましたか？』

「ち、近くの建物の高い所から、人が墜ちるのを見て!!」

『……場所はどこですか？』

「学校……学校だと思います。近くの学校」

『学校名は分かりますか？　あなたの学校ですか？』

「いえ違います。通り掛かりです。だから学校名は分かりません」

『近くに何がありますか？』

「御嶽《みたけ》神宮のバス停を通って、セブンイレブン久我西店を使いました。地番とかは全然」

……どうせスマホ通報だ。発信地表示とかができるに違いない。ただあたしはGPSをオフにしていた。ちょっとだけなら誤魔化せるだろう——ちょうど五分が稼げるくらいは。それに、久我西高校の近くには他に学校が三もある。ほとんど隣接しているものも。まして、久我西高校そのものが無駄に広い。すなわち、『誤差のある発信地表示』と、『エリアが分かる程度に遠く指定した目標』とで、それなりに時間を掛けてくれるに違いない。

（まだ真太は墜ちていないんだから、早過ぎても困るし遅過ぎても困る）

それからあたしは、訊かれた電話番号と名前を素直に答えた。これまた、どうせナンバーディスプレイがある。なら誤魔化しても話を複雑にするだけ。だから、『サイレンが聴こえたら案内する』とも答えた。どう答えようと構わない。どのみちあたしは午後九時五五分〇一秒、気絶する。あとは、爆発音こそがあたしの代わりに案内をしてくれるだろう。

——やがて全員のウォームアップが終わったとき、あたしは最終的に腕時計を見た。

時刻は午後九時五〇分。

（ピッタリだ。あたしたちがいざ合奏を開始しようとしたのは、まさにこの時刻だったはず）

そして自然な扇形《おうぎがた》になったあたしたちから、真太がひとり、扇の要《かなめ》の位置に出る。

そのまま扇形に正対する。

とても大きな、余裕のある屋上の真ん中近くに四人。

やがてすさまじい爆風に襲われる、屋上の縁近くに一人。

まさか五分後に地上へ転落するとは知らない真太が、とうとうあたしたちに指示をした。

「4の二小節前から。メゾフォルテの、あのファンファーレっぽい所だ」

――指揮者役の、真太のトランペットが上下し、合奏の開始を告げる。

今、トランペット三人はNPC。ホルン二人はプレイヤー。

あと、依然透明のままのCMR内にいるハルカとユリは、CMRが暴走するに任せる手筈《てはず》。それだって、歴史の織物を外観上変える行為じゃない。巨大なエレベータを思わせるCMRは爆発後露出することになるけど、それは最悪の最悪、自爆させればいい。最優先目的は真太の生存。要は、午後九時五五分〇一秒の悲劇を乗り越えること。そのあとはぶっちゃけ『どうとでもなれ』だ。Hアワーを無事乗り切った後で考えればいい。そこからは未知の歴史なんだから、考えるだけ無駄だ。ハルカとユリが『イザというときのCMRの自爆』に納得してくれたことはいうまでもない。それはそうだ。既にこれだけの回数、失敗しているんだから……

（よし!!）

あたしの内心の気合いとともに、七夕の夜空に、合奏のメゾフォルテが鳴り響く――

あたしたちの音は、織姫の織る美しい布のよう。

夜空が、音楽を清澄《せいちょう》にしてゆく。

旋律、対《たい》旋律。ノバシ、キザミ、アトウチ。音楽は進む……進む……

（そして15の、あたしの旋律!!
シ、でメゾフォルテまで貯めて……突然メゾピアノに落として……ラ、シ、ド……）
フォルテシモで、シ!!

あたしの最後のシと同時に、全員がフォルテシモになる――

その、あたしの最後のシ。
ラ、シ、ド……シ。
――ここであたしはほんの一瞬の間に思った。実時間にして一秒もしない間に思った。
（ハルカが過去のあたしから訊き出したところによれば。過去のあたしの証言では。
あたしはその最後のシを吹き切れない。それを自分自身で聴くことはない。
ああ、あたしはここで気絶する。でもそれでいい）
それでいい。
あたしの最後のシのタイミングで、大きな爆発音がする。
それはもちろん暴走したCMRが爆発するから。
その劫火《ごうか》と黒煙と衝撃波であたしたちは気絶する。

正確には、真太を除く四人が気絶する。

そしてその真太は爆風に吹き飛ばされる。

爆風で損壊したフェンスとネットの開口部から地上へ墜ちる。

地上六階の高さから、ささやかな芝生とアスファルトの地面に叩き付けられて——

——オリジナルの七月七日では即死する。

試行5—9

でも、この今夜では即死しない。

大怪我はするだろう。何と言っても地上六階の高さだ。

けれど。

あたしたちはもう、真太の落下地点を知っている。

センチ単位の誤差しかない程度に、正確に分かる。

何故ならハルカが憶えているから。

あたしたちのなかで唯一全ての七月七日を記憶している、ハルカが。

ハルカなら真太の落ち方、地上での衝突《ぶつ》かり方、姿勢、姿形、落下地点がすべて分かる。

なら対策を講じられる。

歴史の潮流のいきおいが真太を屋上から墜とすというなら墜とせばいい。

望むまま墜とさせたその先で抗《あらが》うだけだ。

（そしてあたしは確認した。部活が終わった午後八時以降、何度も確認した。

青崎先生はちゃんと手配してくれた。ううん、あたしが望む以上のことをしてくれた）

まずは、幾らでも事例がある。青崎先生の車。車が転落者のクッションになるのは、幾らでも事例がある。

その車内にはホームセンターで調達してもらったありとあらゆる緩衝材《かんしょうざい》を詰め込む。

その屋根を上手く蔽《おお》うように走り高跳びの分厚いマットをあるだけ並べる。

その上には体育館から搬《はこ》んでもらったありったけの体操マットを敷き詰める。

おまけにキャンパスの芝刈りで生産されたありったけの芝くずを袋に入れて配置する。

あとは体育館のカーテンに緞帳《どんちょう》。

ワンゲル部のテントにシュラフにシート。

テニス部やバドミントン部やバレー部のネット。

なんと書道部や茶道部の畳までも。

（……あたしには走り高跳びのマットくらいしか思い付けなかった。

そしてあたしだけだったら、車はもちろん、学校の備品や芝なんて用意できなかった）
青崎先生はあたしの言葉を真剣に受け止めてくれた。
大量殺人者だったあの青崎先生が。
あたしはその不思議さと嬉しさを噛み締め、いよいよそのときを待った――
（もうすぐCMRは爆発する。その爆発音で、あらかじめ呼んでおいた救急車は来る）
つまり、真太は救《たす》かる。
……あたしは楽器を吹きながら、思わずキィを動かす左手の手首を見てしまった。
そのとき、時計の針がカチリと動く――
だから、午後九時五五分〇一秒。
だから、大きな爆発音。
だから、劫火と黒煙をともなった爆発。
あたしは強い衝撃波を受け、楽器もろとも吹き飛ばされる――
（そして、そう!!
真太もああやって吹き飛ぶ!!
ああやって爆風で吹き飛んで、そのままそう、破れたフェンスの間から……!!）

試行5－10

あれ？

……おかしい。

何かが違う。おかしい。でも何が違う？

真太は歴史が望むとおり、ああやって爆風で吹き飛んで、今屋上から墜ちる……

今屋上から墜ちる……

（……違う!!　違うわ!!

それはハルカの記憶。ハルカの視点。

あたし自身の視点じゃない。過去のあたしの証言によれば、あたしは真太が吹き飛ぶシーンなんて見ていないはず!!　気絶したから!!　あたしはそれを、ハルカに断言したはず……）

でも今のあたしは見ている。

ならあたしは気絶していない。あたしは気絶していない。

（お、オリジナルの七月七日とは違う!!）

爆風に吹き飛ばされたあたしは、屋上のコンクリに転がったまま、急いで周囲を見た。

コンクリの上、黒煙と炎のはざまに、三人の仲間が倒れているのがどうにか見える。

三人の仲間が。すなわち夏開襟シャツがふたり。夏セーラー服がひとり。

なら、やっぱり真太はあたしが目撃したとおり、地上に墜ちていったのだ。

（でも、だけど……

真太は死なない!!　青崎先生が用意してくれた車の上に……!!　だから死なない!!）

確かめなければ。歴史が騙されてくれたかどうかを。

……あたしは激痛も忘れて立ち上がる。そのまま緑のフェンスとネットに駆けよる。

それはやはり、まるで大砲でも撃ち込まれたみたいに、パカリと口を開けていた。

ボコンとへこんだフェンスは破れ。申し訳程度のネットはビリビリと裂け。

……意を決したあたしは、地上六階の高さから思いきり身を乗り出した。

試行5－11

遥《はる》か下方、一階芝生とアスファルトの境目《さかいめ》に、真太の躯《からだ》が。

その躯は、糸の切れた繰《あやつ》り人形のように、両腕両脚をあらぬ方向へ投げ出している。

意識してはできない、異常な関節の曲がり方。

あたしは更に瞳《め》を凝らした。

柘榴《ざくろ》のように割れた頭部。

そしてその頭部も、夏開襟シャツの制服も、どむどむと濡らしている濃い血潮《ちしお》、どろどろとした血潮の水貯まり——

（どうして……どうして……

どうして真太は墜ちなければいけない地点から、何mも離れた所にいるの!?）

あたしは屋上の縁《ふち》で、へなへなと膝《ひざ》から崩れ墜ちた。

自分自身も転落しそうなほど。

そう、自分自身も転落しそうなほど、その場にへたり込む。

屋上の縁で。

まさにそのとき、あたしのローファーがカツン、とすべり——

「あっ!!」

一瞬の内に、あたしの躯は夜空を舞っていた。

その次の一瞬の内に、あたしは地面に叩き付けられるだろう。

（あたしは死ぬ。どうやら、また。

しかも、また真太を救えずに……）

あたしは絶望の中で、コマ送りのように迫り来るアスファルトの地面を見た。

……楠木真太とあたし自身の死を確信しながら、だ。

第11章　REPEAT BEFORE THEM（試行第六回・ハルカの証言）

試行6－1

二〇二〇年七月七日。

午後〇時二〇分をやや過ぎた頃。

昼休みの鐘とやらが鳴って、水城詩花はここ屋上に上がってきた。

現代人側五人の内、火脚一郎だけをともなっている。

（今回も、記憶転写そのものは上手くいった）

そう、六度目の記憶転写そのものはこれまでどおり上手くいった。

だから、ユリと私もまた、こうして七月七日の正午に帰ってきた。

（……しかし、どれだけP－CMRが無事機能しようと、それだけではまるで意味が無い。

それどころか、どれだけP－CMRが無事機能しようと、トリクロノトンが無くなってしまえばこれまた意味が無い）

私は記憶を整理しつつ思った。

今回は、試行第六回目。

すなわち六度目のやり直しにして、七度目の七月七日である。

今回の試行第六回目で過去に戻ったのはやはり四人。

未来人側がユリと私、現代人側が一郎くんと詩花さんだ。

未来人側の人選には確乎《かっこ》たる理由がある……もうどうしようもない、必然的な理由が。それはすぐに詩花さんから語られることになるだろう。

また、現代人側の人選にはそこそこの理由があった。

すなわち、これまでも踏襲されてきたことだが、『現代人側の記憶を断絶させない』ことが必要だった。だから、前回の試行第五回目を経験した者が、また過去に戻るのがよい。ところが、前回の試行第五回目を経験したふたりのうち、今銀光夏はまたもや死んでしまった……楠木真太の死後、まるでそれを追うように転落死してしまった。なら光夏はP－CMRを使うも何もない。するとこの時点で、水城詩花が過去に戻ることは決まった。

ここで、これまでの編成方針を踏襲するなら、『現代人側のもうひとりを誰にするか？』がもっと問題になってよかったのだが……


（……そして理想論としては、蔵土英二が望ましかった。

けれど一郎くんが、どうしても自分が志願するといって聴かなかった）

——そう、理想論としては英二くんがよかった。それはそうだ。毒素クロノトンの問題があるから。一郎くんは、繰り返しをしすぎている。

（実際、誰にもいえないが……そうユリにもいえないが、私には自覚症状すら出ている。目眩《めまい》。頭痛。発熱。嘔吐《おうと》感。呼吸の苦しさ。不気味な痙攣《けいれん》。すべて〈因果庁〉の教科書どおりに。それも当然だ。私は関係者の内では最多の、六度のやり直しをしているのだから）

……ただ、自分の躯《からだ》のことは自分がいちばん分かる。

私はまだ大丈夫だ。嘔吐感は強いが、そうした症状に屈してしまうほど意志も体力も蝕《むしば》まれてはいない。最も身近にいるユリでさえ、私の体調の変化に気付いた素振りはない。その程度に、私は大丈夫だ。

（ただ、これ以上の繰り返しは流石《さすが》に危険だろう。

そして他の誰にもこんな苦痛は味わってほしくない。だから現代人側の誰であれ、過去に戻る回数が少ないに越したことはない）

だから私は、一郎くんの強烈な志願に反対した。断乎《だんこ》として反対した。

ただ一郎くんは前の今夜、また全てを理解し直した後でハッキリ断言した——『自分は三度も失敗している』と。『それは仲間の内ではいちばん多い』と。『自分はその責任を取りたい』と。『ハルカさんの役に立ちたい』と。

——天然のキラキラ王子様。確か光夏が、そんな比喩《ひゆ》を使っていた。そんな感じでマイペースな一郎くんの、しかし意外なほど執拗《しつよう》な主張に、まず英二くんが折れた。私の顔を見ながら折れた。詩花さんは、おとこたちの決断を尊重するといった。そしてユリは、やはり私の顔を見ながら、英二くん同様、一郎くんが過去に戻ることに賛成した……

（私は、自分自身のことを極めて冷厳で、無風流《ぶふうりゅう》な人間だと思っていたけれど。

知らず顔に出ていたのかも知れない。私が……私が一郎くんの強い感情を受け、それを嬉しく思ってしまっていることを。ただ、この感情を何と呼べばよいのか解らないが……）

私には過去五度のやり直しの記憶がある。

私はそれだけ、火脚一郎と接してきた。

また、誰にも告げてなどいないが、試行第三回目では、私は……

一郎くん本人ですら、それを忘れているけれど、私は……得難《えがた》い経験をした。

いや、生涯忘れられない経験を。私の希望のほとんどは、それで叶った。

私が〈因果庁〉のCMRを強奪してまで、ターゲット年月日としていた時代でやりたかったことは、ほとんど実現できた。一緒に経験できなかったユリには申し訳ないが……でもユリですらその記憶を失っている。それに微《かす》かながら安堵《あんど》している私は、卑劣なおんなだ。ユリを裏切り、自分だけが目的を叶え、しかもそれを自分だけが記憶している。私だけの、あの貴重な時間を……それに比べれば、クロノトンによるこの躯の異常など……

だから私は願いを叶えてくれた彼に、この胸を騒がせる感傷を……いや感傷以上の……

（……いずれにしろ、私は一郎くんに対しては、もはや冷厳でも無風流でもいられない。

たとえ……たとえ彼自身、その記憶をすっかり失っているとしても）

——そして私までもが折れたなら、現代人側の人選はもう決まりだ。

まして、あらゆる決断を急ぐ必要もあった。

というのも、死んでしまった光夏が、救急車両を呼んでしまっていたからだ。それはCMRが爆発する前のことだったが、いざCMRが爆発してしまえば、その爆発音をたどり、救急車両がこの学校に肉迫してくるのは時間の問題。なら、いくらこの学校が広大なキャンパスを誇るとはいえ、そしてまさか屋上で未来の機械が爆発したとは誰も思わないとはいえ、楠木真太の遺体が発見されるのも時間の問題。私達には、試行第四回目と同様――あの学校テロが発生した後のドタバタと同様――時間がなかった。NPCだった一郎くんが私に特異な感情を抱いてくれなかったら、そしてやはりNPCだった英二くんが冷静沈着なおとこでなかったら、また真太くんに特別な感情を有する詩花さんがNPCだったなら、私達の『ファーストコンタクト』は、ああも迅速にはゆかなかったろう……

（ただ、まさか『反省検討会』をする余裕なんて無かった。急いで可能なだけのコンシールをし、屋上から脱出し、救急車両の隊員たちの捜索から逃げ、体育館の物陰で息を潜め、参集してきた教師たち・警察官たちの気配がするたび潜伏場所を変え……結局、いつもの時間まで粘っても、世界線の〈変動率〉を出すのが精一杯だった。

だから、次の試行の『宿題』が全く設定できないまま、最優先目的を定め、それを実行するプレイヤーを決めることしかできなかった……）

試行6－2

ここでちなみに、試行第五回目における世界線の変動率は、オリジナルの七月七日に対して〇・〇一八三％。この数字は意味深だ。というのも、試行第一回目にシンプルな作戦を実行したときとほとんど変わらない数値だから。すなわち試行第五回目は、試行第一回目同様、歴史にほとんど影響を与えられなかったし、歴史はほとんど繰り返したわけだ。

また、ここでこれまでの試行におけるプレイヤーをまとめると、次のようになる。

試行第一回目 ①ハルカ ②ユリ ③一郎 ④光夏
試行第二回目 ①ハルカ ②ユリ ③一郎 ④詩花
試行第三回目 ①ハルカ ②ユリ ③一郎 ④英二
試行第四回目 ①ハルカ ②光夏
試行第五回目 ①ハルカ ②ユリ ③光夏 ④詩花
試行第六回目 ①ハルカ ②ユリ ③一郎 ④詩花

だから、それぞれの危険度もすぐに分かる。

【クロノトンの蓄積量】（試行第六回目開始時）

ハルカ　六二・四mℓ／致死量約一〇〇mℓ
ユリ　五七・六mℓ／致死量約一〇〇mℓ
一郎　四三・二mℓ／致死量約一〇〇mℓ
英二　一四・四mℓ／致死量約一〇〇mℓ
光夏　三三・六mℓ／致死量約一〇〇mℓ
詩花　二八・八mℓ／致死量約一〇〇mℓ

また、私達のやり直しの『限界』もすぐに分かる。それはすなわちトリクロノトンの残量だからだ。それを、これまでの使用量とともにまとめれば次のようになる。

【トリクロノトンの使用量】
初期値・六μℓアンプル×二八本（一六八μℓ）

試行第一回目
　一二時間分〈六μℓアンプル〉×四人分　二四μℓ使用
試行第二回目
　一二時間分〈六μℓアンプル〉×四人分　二四μℓ使用
試行第三回目
　一二時間分〈六μℓアンプル〉×四人分　二四μℓ使用
試行第四回目
　一二時間分〈六μℓアンプル〉×二人分　一二μℓ使用
試行第五回目
　一二時間分〈六μℓアンプル〉×四人分　二四μℓ使用
試行第六回目
　一二時間分〈六μℓアンプル〉×四人分　二四μℓ使用

試行第六回目開始時における残有量
〈六μℓアンプル〉×六本（三六μℓ）

（最早、一目瞭然《いちもくりょうぜん》だ。
もし四人でまた過去に戻るとするなら——すなわちこの試行第六回目をも失敗してまたP－CMRを使うとするなら、あと一度しかチャンスは無い）

そのときは、次の試行第七回目が最後のやり直しにして、確定してしまう七月七日だ。

もちろん、過去に戻る人数を減らすなら、例えばそれを二人とするなら、あと三回はリトライできる計算になるが……

……それを考えてもあまり意味はない。というのも第一に、それだけのリトライを必要とするということは、最早、歴史の潮流のいきおいは変えられないと考えるべきだから。だからリトライ自体が意味の無いものとなるから。そして第二に、この今現在の試行第六回目で、私達はドラスティックな過去改変をしようとしているから。そしてそれすらも成功しないのなら、やはりもう、リトライをする意味が無いと考えられているから。

私が、クロノトンによる目眩、頭痛、発熱、嘔吐感などを秘かに堪《こら》えつつ、その『ドラスティックな』手段を決めた、前の七月七日の夜をもう一度思い出そうとしていると——

それに先んじるかのごとく、私には引き続き好意の欠片《カケラ》もない詩花さんがいった。

「考え事をしている暇《ひま》はないはずよ」

「そうね」

試行6-3

「前の今夜、急いで検討したとおりにして」

「もう始めている——ユリ、進捗はどう？」

「まだ二〇分しか使えていないから……」ユリの顔は蒼白だった。無理もない。「……主要部分の分離と解体に、あと四時間は掛かると思う」

「駄目。二時間でやって。理由は解るでしょう？」

「水城さん」一郎くんが顔を曇らせた。「そこまで険《けん》のある言い方はよくないよ!!　だってこれ、僕らが頼んだこのことは……」

「違うよ火脚くん。あたしたち全員で決めたことだよ」

「そ、それならそれでいいけど、これって要は……前の今夜僕ら四人が決めたことは!!」

「CMRの解体と爆破、だよね？」

「……あの今夜もいったけどさ、それってハルカさんにとって自殺行為なんだよ!?

CMRを破壊してしまうっていうのは、最後に残った希望を破壊するってことだから!!」

「そんなのあたしたちに関係ない。

この子たちは人殺し。それだけが大事なこと。

そしてその人殺しの手段は、CMRを爆発させたこと。

なら、もうCMRを物理的に破壊してしまうしかないよ。スリープモードでもシャットダウンでもない。機械そのものを壊して、絶対に動かないように——動けるはずがないようにするしかない。解体して、解体後の部品は持ち搬《はこ》べるもの一切合切《いっさいがっさい》、グラウンドの片隅とかで爆破してもらうしかない。

……あたしには前回の記憶しかないけど、ユリさんの説明によれば、あたしたちはもう五回も七月七日をやり直している。そこではいろんな手段が試された。楠木くんを現場から遠ざける。CMRが暴走するのを防ぐ。屋上に上がる時間をずらす。楠木くんが墜ちても救《たす》かるようにする……

そしてどうなったの？

全部失敗した。楠木くんはオリジナルの七月七日を含めて六度も殺された。それもあんなに酷《むご》いかたちで。なら、あたしたちが何をどうしても、根本的な原因をどうにかしない限り、楠木くんは死んでしまうんだよ。だから、根本的な原因であるCMRを物理的に破壊する。さもないと、楠木くんは絶対に七度死ぬことになる。

　七度も死ぬんだよ？　七度だよ？」

（確かにそうだ。だから私は納得した。だからユリを説得することさえした）

　……少なくとも、『CMRを解体してなお楠木真太が死ぬか？』は検証に値する。それはこれまでとは全く違うアプローチだし、トリクロノトンの残有量を考えれば――最後に許された実験として、やってみる価値が充分にある。

（もっともそれは、もともと奇跡に近かった『私達が元いた時代に帰れること』の確率を、私達自身で零《ゼロ》にすることでもある……

　いよいよこの二〇二〇年からの、そう一〇年間ほどで、生涯を終えることでもある）

「で、でも詩花さん」だからユリは急いでいった。「実際には、真太くんが死んだのは、ううん亡くなったのは一度だよ。もちろんそれだって許されることじゃないけど、真太くんは六度もあんなに苦しんだわけじゃないんだよ」

「それは解っているよユリさん」詩花さんは腕時計を気にしながらいう。「やり直す都度《つど》、前の世界線は消滅するんだから。そんなことはもう解っている。でも理屈じゃないよ。だってハルカさん、あなたには全部の記憶があるんでしょう？　やり直す都度、楠木くんが転落死するその様《さま》を目撃したんでしょう？」

「そうね」

「ならあなたは六度の人殺しよ。なら楠木くんは六度殺されたんだよ。そして人殺し本人が憶えているように、その都度その都度、楠木くんは苦しんだんだよ。それはそれぞれの世界線が消滅しようとしまいと関係ないよ。もしその六度分の痛み苦しみを解ってあげられているんなら、六度分の後悔をちゃんとしているんなら、もうやるべきことは解っているはずだよ。そうでしょう？」

「解っているわ。前の今夜、急いで検討したとおりに」

「ならそれこそ急いでCMRを壊して。それもあと二時間で壊して。少なくとも午後三時の鐘が鳴る前には、CMRをただの鉄箱にして。

　事ここに至って、反省検討とか宿題とか干渉とか介入とか、もうどうでもいい。ううん、歴史の潮流のいきおいとか歴史がほんとうに変わるのかとか因果関係のドミノはどう倒れるかとかの堂々めぐりのくだらない議論さえどうでもいい。運命は変わるか？　そんな問いだってどうでもいい。変えるの。議論の余地はないの。それが殺人者の義務なの。一緒に手段方法を考えてあげただけでも有難く思って。さあ、ＣＭＲをただの鉄箱にして」

……そうなのだ。

エンジニアのユリが、この期《ご》に及んで嘘を吐くはずもない。ユリとしては――きっとまだ未来に、あたしたちが生きていた時代に帰りたがっているユリとしては――断腸の思いのはずだけど、私達はもう説得されたし、何より自分達で決意した。詩花さんの提案どおりにすると。だからユリが今、あと四時間を求めたのは時間稼ぎとかではない。

ただ、詩花さんの『二時間でやって』『あと二時間で壊して』『午後三時の鐘が鳴る前には』という主張にも合理的な理由がある。何故と言って、歴史は繰り返すからだ。なら午後三時の鐘が鳴れば、青崎なる教師が屋上に入ってくる。ここで、これまでの世界線では、私達は青崎に発見されずに済んだ。もちろん、ＣＭＲ本体も私達も、コンシーラーで光学的に遮蔽《しゃへい》していたからだ。ただ、解体作業をやるとなると、しかも枢要《すうよう》な部品の持ち出しを前提とした解体作業をやるとなると、まさかすべてを透明にしたままという訳にはゆかない。屋上はそれこそ、闇市《やみいち》のジャンク屋の様相を呈するだろう。あれほど馴染《なじ》んだ闇市だけれど、今はもう遥《はる》か昔の懐かしい思い出のよう……実際には遥か未来だが……

（ごった返す屋上。騒音に震動。まさか青崎なる教師に気付かれないはずがない）

そして青崎を脚止めするだの妨害するだのはもう論外だ。私達はもう余計なことは一切しない方がいい。とりわけ青崎関係には絶対に手出ししない方がいい。それはもちろん、どんな些細《ささい》なきっかけが学校テロに直結するか分からないからだ。なるほど理論的には、『光夏が寝惚けた態度をとること』＋『〈屋上１〉と〈屋上２〉の鍵が揃《そろ》うこと』の二条件が学校テロのトリガーで、そして当然今回は〈屋上１〉の鍵なんて返納しない。しかし今回だと、光夏が青崎を説得して善人に戻すというシナリオはあり得ないのだから――光夏は今回ＮＰＣだから、これまた理論的には、何かの拍子で寝惚けた態度をとって青崎を激昂《げっこう》させるリスクすらある――青崎は今回、依然として『動機』と『武器弾薬』を維持したテロリストのまま。そしてその潜在的な犠牲者は一〇〇人以上と判明している。あらゆる意味から、青崎関係には絶対に手出ししない方がいい……

（なら、詩花さんの設定したタイムリミットは合理的だ。

やはり午後三時までに、ＣＭＲの枢要部分は解体してしまうしかない。青崎が登場する前に解体のドタバタをすっかり終え、残るは残骸と部品だけにするしかない。その静的な状態なら、どうにかコンシーラーで隠せる）

試行６－４

……ゆえに、私は今後の段取りを確認した。

「解ったわ詩花さん。どうにか午後三時の鐘が鳴るまでに、ＣＭＲの解体を終える。

ただそれだけでは充分でない。それは前の七月七日の夜にも検討した」

「だから、ＣＭＲの部品を持ち搬《はこ》べるもの一切合切《いっさいがっさい》、グラウンドの片隅とかで爆破するんだよ」詩花さんは時間がないといった感じで腕時計を見る。「コンピュータとかコンソールとか動力回路とか、ええとあと〈クロノキネティック・コア〉とか、とにかく解体して、分離できるものは全部分離して。そしてできれば屋上でそのまま自爆してほしいけど、授業中とかにいきなり爆発させるのは論外だし、不幸中のさいわい、爆弾はたくさんあるんだから――

そう、確か青崎先生が、五階から階段室へのルート上に隠しているんだよね？」

「それはそのとおり。

そして、今日の正午より前の歴史には何の変化も無いのだから、青崎なる教師が隠していたものは全てそのままのはず。だからそれは使える。無論、青崎に不審を感じられてはならないから、彼の最後の見回り――『午後三時の見回り』が終わってから回収することになるでしょうけど。

ただ、爆弾を回収するという目的からも、ＣＭＲの枢要な部品を持ち出すという目的からも、ユリと私は午後三時以降、屋上から出なければならない。けれど、屋上のあの金属ドアは私達の側からは開かない。なるほど、問題の午後三時に青崎が開けるけど、彼への接触は厳禁だから、そのまま青崎をやり過ごす必要がある。なら青崎には無事に屋上に出てもらって、何も気付かないまま無事に屋上を離れてもらう必要がある。

すると私達がその機会に、例えばトイレに出た感じで、彼がドアを閉める前にするりとやり過ごす――なんて力業は通用しない。重ねて、爆弾を回収するという点からも、ＣＭＲの枢要な部品を持ち出すという点からもね。そして青崎は、午後三時の見回り終了時にまた屋上を施錠するわ。これすなわち、午後三時以降、私達には屋上を脱出する術《すべ》がない。より正確には、CMRの部品すべてとともに屋上を脱出する術がない」

「そのことなら心配ないよ、ハルカさん!!」一郎くんが頷《うなず》いた。「水城さんと僕が、午後三時の鐘が鳴ってから、そして青崎が屋上から無事下りてきたのを確認してから、すぐに屋上のサムターン錠を開けてハルカさんたちに合流するから——水城さん、午後三時一〇分からの七限は自主休講してもらうことになるけど、それは大丈夫だね⁉」

「この際授業なんてどうでもいいわ」

「もちろん俺にとってもどうでもいい!!」

だから、水城さんと俺が屋上に出るのが、そうだな……午後三時〇五分以降、午後三時一〇分以前って感じになるだろう。それまでには、ハルカさんたちがどうにかCMRを解体してくれている。そして水城さんと俺は、ハルカさんたち+CMRの部品と合流することになる。この合流した四人で、CMRの部品を搬び出せるだけ搬びだそう!!

このとき、〈コンシーラー〉も搬び出せるから、そしてまだ七限の授業中なんだから、俺達とCMRの部品が目撃されるリスクはほぼ零《ゼロ》にできるはずだ。なら透明のまま、まさにグラウンドのいちばん隅に行き、青崎の爆薬を使ってCMRの部品を爆破する——どう考えても、午後四時までには全部終わるだろう!!」

「でも火脚くん、CMRの大きさを考えると、何度か往復しなきゃいけないかもだよ?

なら、午後五時……ううん午後六時までは掛かるかも知れない」

「いや、水城さんの『CMRを徹底的に爆破してしまいたい』っていう気持ちは解るけど、だからあの巨大なエレベータの外壁までをも——とにかく一切合切《いっさいがっさい》——搬び出したいって気持ちも解るけど、やっぱり搬び出すのは、だから爆破するのは、俺達四人が一度に搬べる分に限定した方がいいと思う!!

といって、台車とかを使えばかなりの部分が搬び出せるはずだよ!!」

「……火脚くん、どうして『一度に搬べる分に限定した方がいい』の?」

「なんといっても目撃リスクだよ!! 確かに透明になれる/透明にできるといっても、それなりの人数とそれなりのブツが動くんだから、その気配は隠せない。なら、やっぱり生徒が学内に溢《あふ》れない、授業中に終わらせちゃった方がいい。それはつまり、七限が終了する『午後四時』までにはミッションを終えた方がいいってことだ。それ以降は生徒が自由になって、帰宅するなり部活に行くなりで学校中がごった返すからね。ならどんな椿事《ちんじ》が発生するか分からない!!

　あと爆発音のリスクもある!!　いくら広大なキャンパスの、グラウンドの片隅で爆破するっていっても、まさか教室に音が響かないはずもない。そして炎や煙も出る。それは透明にできるもんじゃない。どう考えても、授業中の生徒・教師に気付かれる。そして特に教師は、誰かは分からないけど現場に急行するだろう。いや悪くすると、授業なんかそっちのけで、生徒だって殺到するかも知れない!!　すると俺達は、爆破処理に成功してからすぐさま現場から逃げなくちゃいけない。このとき、俺達自身はまだ透明になれるけど、教師なり生徒なりが肉迫してくるわけだから、これまたどんな椿事が発生するか分からない!!

　最後に、水城さんには悪いけど……CMRを破壊するっていうのは、CMRのすべてをこの世から消滅させることでもないと俺は思う。自動車に喩《たと》えるなら、自動車を走らせるのに不可欠な部品を撤去して『ただの箱』にしてしまえばいい訳で、その自動車の外枠が残っていても、それは『自動車を破壊した』ことになると思う――もう二度と暴走できないんだからね!!　そういう意味で、一度に持ち出せない外壁とかは、屋上に放置しておいても問題ないと思う。もちろん、タイムマシンもどきの機能なんて失っているんだから、真太が生き残った後の未来において、誰かに発見されても極論かまわない
――といって、二〇二〇年に放置しておくのがいいとは俺も思わないから、真太が死なないって確定した後、それなりに時間を掛けて始末するつもりだけどね!!　ただこのときは時間の心配がない。というのも、真太が死なない以上、救急なり警察なりが屋上に来ることもないから。だから俺達が焦ってそれを始末する必要も全然ないから」

「……それって、あたしの希望とは違うけど」

「ただ水城さん……!!」

「でも解った。条件付きで。もう時間もないから」

「どんな条件？」

「火脚くんの喩えを使うなら、『自動車の外枠以外は確実に処分すること』」

「それは俺にとっても前提だよ――

　どうかなハルカさん⁉」

「了解したわ。CMR破壊の段取りについては、全て了

解した。

ちなみにその後は？　要は、あなたたちの神事と古楽器の演奏だけど」

「今夜、七夕飾りの竹を屋上に持って来るかどうかってことかい⁉」

「まさしく」

「それは詰めてなかったなあ。検討する時間も少なかったし……どうだろう水城さん⁉」

「え」詩花さんは一瞬、言葉に詰まった。「ご、ゴメン火脚くん。あたし今ボケッとしていて。何の話だったたっけ？」

「CMRを解体・爆破した後、俺達現代人は、予定どおり屋上に出るかどうか——って議論さ‼　真太の命のことを考えると、実はそれこそいちばんの論点だから、出ない方がいいような気もするけど。ただ、もうCMRの爆発なんてものが起こらないんだから、そこまで歴史を変えなくてもいいような気もするなあ」

「……御免《ごめん》なさい、そこまで考えが回らなくて」詩花さんは両手で顔を蔽《おお》った。その声が、少し不思議な感じで震える。「あたしは……あたしは……あたしは決められない。とにかく今はCMRを爆破しちゃうことが先決だし、それが成功するかどうかが大事だし……そしてそれに成功したとき……もし成功したとき……」

「成程《なるほど》、難しい問題ではあるな‼」一郎くんは詩花さんの肩をぽんと叩いた。「でも、CMRを爆破するのが午後三時過ぎ。作業は午後四時には終わる。それからは部活だ——午後五時からの全体練習が始まるまでは、一時間の余裕がある。全体練習が始まるまでの時間を使って、またこの四人で打ち合わせればいいさ‼　NPCの皆《みんな》の動向とか、皆がどれだけ七夕飾りをやりたがっているかも気になるし。CMRが存在しなくなった世界線でどう動くかは、これまで誰も経験していないことだから、NPCの皆の様子とか、変な突発事案がないかとか、いろんな要素を検討しながら考えよう。

ハルカさんもそれでいい⁉」

「もちろん異存はないわ。それはあなたたち現代人の大事な行事だから」

試行6-5

「今後の段取りとしてはそんなもんかな‼　それじゃあ、これ‼」

一郎くんは携えていた箱を差し出した。

「俺達が技術部から借り出した工具箱だよ。どれだけ役に立つか解らないけど、そしてかなりの年代物だけど、それなりのものは揃《そろ》っている。解体作業に役立ててくれれば」

「ありがとう、一郎くん」ユリがいった。「かなり役に立つよ。作業速度も上がる」

「よかった……!!」

「あと、ユリさん」詩花さんは腕時計を見、次いでユリだけを見た。「確かユリさん、今の状態だと、今日の真夜中から——この二〇二〇年に来たときから、キチンとした食事とか、何も取れていないんでしょう?」

私は詩花さんを見た。確実な既視感。そう、私には全ての世界線の記憶がある。

詩花さんが、これまで私からは隠すように持っていたのは、確か『購買部』なる売店の、いちばん大きなサイズのビニール袋だ。そしてその中に入っているのは——

「これ、パンばかりで申し訳ないんだけど、この高校の売店で急いで買ってきたから。あと、大きな水のペットボトルと、大きなお茶のペットボトルを買ってある。解体作業が大変だと思うけど、取り敢えずこれでしのぎながら頑晴って」

「あ、ありがとう詩花さん」

ユリが感動したその様子は、私の既視感どおりだ。けれどこれは素《す》のリアクションとなる。なるほど、このイベントはこれまでの七月七日でも発生したことがあるが、当のユリの記憶が断絶しているから。すなわち、ユリにとってこのイベントは人生初のものだ。

「あたしたち、何度も真太くんを殺しちゃったのに、そんなことまで気にしてくれて」

「まずユリさんが中身を確認して」ここで詩花さんが私を睨《にら》むのも歴史どおり。「それは絶対にそうして。で、納得がいったらこの子にも見せて、分けてあげてもいいよ。絶対だよ」

「それが望みならそうするわ、必ず」私は自分の台詞を再演した。「ありがとう」

「あなたのためにしたんじゃないから。

それにあたし、急ぐの。あたしこの昼休み、楠木くんと話すことになっているから」

(言われてみればそうだ。時間はかなり狂うけど、詩花さんと真太くんが図書館で会うというイベントは別に変えなくてもいい——)このとき、私の脳裏で奇妙な警戒信号が灯った。しかしその意味は解らない。(——何か少し引っ掛かるけれど、でも今回の計画からすれば既にどうでもいいことのはず。なら、敢えて歴史の織物を変える必要もない)

「そ、それじゃあ、俺はこのへんで!! また午後三時過ぎに!!」

一郎くんが詩花さんの態度におびえた感じで、急いでこの幕この場を閉じようとする。そして私と握手しようとする。強く私の手を握ろうとする。それも試行第二回目の歴史どおりだと油断していた私はしかし、急いで右手を引っ込めて左手を差し出した。忘れていた。ここで一郎くんに右手を強く握られる寸前だったのだ。それは困る。何故と言って、私は右手の人差し指と中指に、そこそこ深い怪我をしているから。その怪我というのは、もちろんCMRがここ二〇二〇年に『墜落』してきたときの怪我。機能停止した真っ暗なCMRの中で、鋭利なガラスか金属に触れてしまい、ざくっと切ってしまったあの怪我だ。私達が遡《さかのぼ》ってきた時間は、その怪我からほぼ十二時間後だけど、まさかそれ以前の歴史は変わらない。だから、ほぼ十二時間前に、私がこの怪我をしたことも変わらない。もちろん、これまでの試行においてずっとそうだった。

それを思い出した私があわてて左手を出し直すと、一郎くんは微妙に不思議な顔をしたけれど、やはり自分も左手を差し出し直し、私の手を強く握った。そしてそのまま、金属ドアを通って学校の中に帰ろうとする。

するとS、『それにあたし、急ぐの』という自分の言葉どおり、詩花さんがその一郎くんをぐんぐん追い越し、私どころか一郎くんすら眼中に無い感じで、あっという暇《ま》に屋上から姿を消した。唖然《あぜん》とした一郎くんが、首をひねりながらも彼女に続き——

——いよいよユリと私が、解体すべきCMRとともに屋上に残された。

腕時計を見る。時刻は午後〇時三五分。

すなわち、私達が二〇二〇年の女子高生になると確定するまで、約二時間半……

(残り時間、約二時間半ね)

試行6-6

——それからは時間との戦いだった。といって、私達のやってきたことは全て時間との戦いだけど。いずれにしろユリと私は、一心不乱に、自分達の命綱を破壊し始める。

そして、午後二時五五分。

約束の午後三時までギリギリのタイミングで、CMRの解体は終わった。

もちろん、おんなふたりの、しかもうちひとりはド素人のやることだ。工具の限界もある。CMRそのものの巨大さもある。徹底的にバラバラという訳にはゆかない。ただ、元々CMRはエレベータ型の機器。まさに箱だ。枢要《すうよう》な部品は、全て壁だの床だの天井だのに埋め込まれている。したがって、枢要な部品は極限までダウンサイジングされている。恐らくこの二〇二〇年の、例えば自動車やパソコンなどとは比較にならないほど。

だから、詩花さんが執拗《こだわ》ったように、『自動車の外枠以外は確実に処分すること』も、困難だが実現不可能ではなかった。

そして今、CMRはまさに『エレベータの外枠』でしかない。ちなみに内装だった『タイプライター』だの『公衆電話』だの『シャンデリア』だの『階数表示盤』だの『階数ボタン』だのも全て取り外したし、そればかりか、念を入れて外部に露出している配管だの配線だの金属棒だの機械部品だのも——私にはそれが何の装置なのかは解らないが——撤去できるだけ撤去した。

そういう意味で、CMRは今、最早CMRではない。金属製のゴンドラに過ぎない。

少なくとも、ユリと私の技術力では、たとえ今後の数時間でこれを直してよいといわれても、まさか復旧できる状態にない。パソコンひとつとて、素人がいったん力業で分解してしまえば、同じ時間と同じ工具では絶対に元通りにできないだろう。ましてこれは、私達の時代でも世界にふたつとないもの。私達の時代の、時間工学と時間物理学の粋《すい》を凝らしたもの。すなわち国家規模の巨大プロジェクトが産み出した、最先端のテクノロジーの結晶である。いかにユリがエンジニアとしての才に恵まれているとはいえ、『一度分解した宇宙船を独りでまた修復する』ことなど絶対にできはしない。

これすなわち——

(私達が元いた時代に帰れる確率は、いよいよ零《ゼロ》となった。

この時点で既に零だが、あと一時間もしないうちにそれは確定的に零となる……)

理由はいうまでもない。修復不可能なばかりか、部品を木っ端微塵《こっぱみじん》にするからだ。

……偽善的だが、私の胸は痛んだ。ユリが文句もいわず懸命に解体をしてくれた姿を見、いっそう痛んだ。誰よりもユリがそれをしたくないはずだ。私がユリをCMR強奪に巻き込んでしまったばっかりに、ユリは願いを叶えるどころか生まれるずっと以前に飛ばされ、そして其処《そこ》で生涯を終えようとしている。いや生涯を終える。そして私は彼女に何も贖《つぐな》うことができない。私自身、この時代では生き残れるかどうかすら不確実な漂流者だから……一般論としても、クロノトン中毒で既に不気味な痙攣《けいれん》まで味わっている身の上からも。

（せめて、ユリにも私と一緒の経験をさせてあげたい。試行第三回目の、あの経験を。

私達はこの時代を生きるのだから、もう何も急ぐことはないが……

できるだけはやく一郎くんに頼んで、ユリも連れて行ってもらおう）

――すると、そのユリが努めて明るくいった。

「何とか終わったね、ハルカ!!」

「ユリのお陰よ、ありがとう」

「さてそうすると……」

まずはコンシーラーを起動させて、ＣＭＲと部品の群れを隠さないと。もちろんあたしたち自身もだけど。というのも、既に時刻は午後三時直前だから」

「そうね、もうあの青崎なる教師が金属ドアから登場する時刻ね」

「あっハルカ、そういえばトイレとか大丈夫？　あたしは今は平気だけど。

一郎くんたちと合流したら、急いで部品とかを持ち出さなくちゃいけないから、たぶん時間が取れない」

「そういわれてみれば、私、ユリの勧めるままにこのお茶、飲み過ぎたわ」私の方が断然作業をしていなかったからでもあるが。「意外に美味しい。というか断然美味しい。不思議ね、この時代の方が物資には恵まれているよう」

「水も食料も、やっぱり段違いに美味しいよ」ユリは私と一緒にコンシーラーを起動させながら頷く。「誰も教えてくれなかったけど、誰もが薄々感じていたとおり、過去の方がずっとずっと恵まれていたんだね。詩花さんたち、本当に極《ご》普通の高校生なのに、いつでも自由にこんな食料とか飲み物とかを買えるんだから。そう考えると、これも貴重な経験っていうか、何だかこの時代を楽しみたくもなってくる!!」

「……御免《ごめん》なさい、ユリ」私は複数の意味から謝罪した。「私、ユリのいうとおりトイレに出ることにする。青崎が入ってきたとき金属ドアが開くから、いつものとおりそれをすり抜ける。もちろん帰ってくるのはカンタンだから、すぐにユリとも、青崎が出ていった後に入ってくる一郎くん・詩花さんとも合流できる。

時間を無駄にしないよう、急いで帰ってくるわ」

「そんなに急がなくても大丈夫だよ。一郎くんたちが合流するのは早くても午後三時〇五分以降だから。もしハルカがちょっと遅れても、あたしからキチンと説明すれば、あの詩花さんだって目くじら立てないだろうから」

「詩花さんをまた激昂《げっこう》させないためにも、この試行第六回目で全てを終わりにしたいわね」

「ハルカ」ユリは突然真剣にいった。「クロノトンの影響、出ているんだよね？」

「……知っていたの」

「顔色が真っ青だもの。元々ハルカは色白だから、つきあいの浅い現代側の皆《みんな》は気にもしないだろうけど。でも同級生のあたしには分かるよ。

　ましてハルカは、もう六度も同じ過去を生きているんだから。なら今日の正午の時点で六二・四㎖の、今日の真夜中の時点で七六・八㎖のクロノトンが貯まる。そして、クロノトンの致死量は約一〇〇㎖……そういう意味でも」

「有難う、ユリ……」だからユリは、トイレ云々《うんぬん》といってくれたのだ。ユリだって数値としては危険なのに。

「……なら正直に言うと、ちょっと吐いてくるかも知れない。あってもまだ大丈夫。過剰に心配しないで」

「……クロノトンの性質は全然解明されていないけど、毒素だっていうなら、たくさん水を飲んで、代謝をよくして、少しでも排出されることを期待した方がいいからね。

　だから全然気にしないで!!　あたしは全然平気だし!!　むしろ、ハルカにいちばんクロノトンを貯めさせたあたしが悪いんだから」

「そんなこと――」

　そのとき、階段室の金属ドアが開いた。

　歴史どおり、青崎が屋上に出てくる。

　もちろんコンシーラーは正常に作動している。青崎の瞳に、屋上の異変は見えない。

　透明に擬態《ぎたい》している私は、やはり透明になっているユリの方にそっと囁《ささや》いた。

「行ってくる。すぐ戻る」

「了解っ」

試行6－7

――私は青崎と入れ違いに金属ドアをくぐり、階段室から学校内に入った。

　すぐに階段で五階へと下りる。躊躇《ためら》ったり道に迷ったりすることはない。別段、この学校のトイレを使うのは初めてではない。場所も分かれば仕組みも憶えた。この体調からして、五分は掛けてしまうかも知れないが、吐けばいくらか気分もよくなるだろう。その方が、これからの肉体労働にとってはプラスになる。

（けれど、ユリがああまで私を気遣ってくれていたなん

て)

……私はユリを見括《みくび》っていた。ユリは無力な、諦《あきら》めた遭難者なんかじゃなかった。

ああやって、ちゃんとクロノトンのこと等を冷静に考えることができている。多忙で不本意な解体作業の傍《かたわ》ら、食料や水も冷静に味わえている。私より躯も丈夫だ。

(ユリはひょっとしたら、私などよりずっとたくましく決意しているのかも知れない……二〇二〇年の女子高生として新しい人生を始めることを。そうだ。確かに今のユリからは強い決意を感じる。それはCMRを解体したその迷いの無さにも表れていた)

……私は、そんなことを考えながら五階のトイレで嘔吐した。しばらく意識が遠くなる。後始末もしなければいけない。そんなこんなで、私が五階のトイレを出、また階段を上がり、例の金属ドアのたもとに来たのは――

腕時計によれば午後三時一〇分だった。

(予想外に時間を費やしてしまった)

私は因縁《いんねん》のサムターン錠を左手の指でどうにか倒しながら、屋上へのドアを開く。

そのまま一歩足を踏み出して屋上を見る――

そこまで当たり前でオートマチックで無意識だった私の行動は、しかし、そこから俄然《がぜん》意識的なものになった。意識的なものになった後、激しく当惑したものにもなった。

そして激しく当惑したものになった後、激しく愕然《がくぜん》としたものにさえなった……

何故と言って。

屋上は血の海だったからだ。

試行6-8

――私がいる階段室からそこそこ距離があるあたり。

現代人側があの今夜、古楽器を演奏していたあたり。

確かそのときは、四人が扇形になり、一人がフェンス寄りで指揮をとっていた。

すなわち一郎くん・英二くん・光夏・詩花さんが隊列を組み、真太くんがひとり、屋上の縁《ふち》側で楽器を吹きながら四人を指揮していた。

その位置関係はそのままに。

――扇形になった四人は倒れている。血潮の水貯まりの中で倒れている。

そして試行第四回目のとおり、一郎くんの頭は吹き飛んでいる。

同様に、英二くんのお腹には大きな風穴が……

（……あの状態で生きていられるヒトはいない）

さらに、試行第四回目の犠牲者に加えて——

まず、光夏が左腕を失って倒れている。

次に、詩花さんが両の脚を失って地を舐めている。

（光夏はまだ動いている。コンクリに倒れてはいるけれど、まだ息はある。

そして、詩花さんは……）

そのコンクリの上で、もう脚がない躯を必死に起こそうと——動かそうとしながら、最後に残っている無事な人間に絶叫する。

フェンスの傍《そば》で、大きな銃をだらりと下げている楠木真太へと。

（あの銃は……青崎の銃。青崎が五階からの階段に隠し、試行第四回目の学校テロで用いた銃。まさに一郎くんと英二くんを殺した、あの銃）

今詩花さんがする痛切な叫びは確かに必死の絶叫だったが、しかしその大怪我から分かるとおり、瀕死の、そして声の嗄《か》れたような音量しかなかった。

「ど、どうして……!!　どうしてこんなこと!!　こんな歴史、あたしは……!!

もうやり直しなんて……必要なかったのに……何故!!」

どん!!

大きく鳴り響く銃声。

私としては今回初めて聴く銃声だが……

それは確かに試行第四回目で幾度か聴いた青崎の銃の轟音に違いなかった。

そして現場を見るに、もう幾度かこの屋上で鳴り響いた轟音に違いない。

今の銃声で、まだ必死に言葉を紡ごうとしていた詩花さんの肩から上が無くなる。血飛沫《ちしぶき》が舞い、屋上の血の池にどろりとした彼女の血が加わってゆく。

（これで詩花さんも死んだ……殺された）

真太くんに。

試行6－9

私は校舎棟から確実に喧騒《ざわ》めきが起こってくる気配を感じながら、真太くんが立っている屋上フェンス寄りに視線を移した。そこそこの距離があり、その挙動《きょどう》をハッキリとは視認できない。

——真太くんはフェンスに躯を預けるように、凭《もた》れ掛かるようにして立っている。

微妙に傾いた躯は、左肩を私の側に向け、右肩をフェンスに預け、私に対して斜めの姿勢で背中を向けている。だから挙動のみならず、表情なども解らない。

（……いずれにしろ、この試行第六回目も失敗だ。成程《なるほど》、当の真太くんは生き残ってはいるが……こんな物語はオリジナルに無い）

　まして、もう銃声の轟音は、私が聴けた分以外にも、学校に鳴り響いているのだ。

　なら、間違いなくここに人が来る。

　それもあと、秒単位で。

（そしてこんな結末を避けるためには、Ｐ－ＣＭＲを使ってまたやり直しをする他《ほか》ない。

　しかも私が。既にクロノトン中毒で意識も躯も蝕まれているこの私が……できるのか？）

　……私がこれから為《な》すべきことを考え、しかし依然として当惑していたその刹那《せつな》。

　どん!!

　またもや響く銃声。

　今度は私のいる階段室めがけ、無数の弾丸が飛んできた。私は反射的に階段室の中へと身を隠す。身を隠しながら身を翻《ひるがえ》し、すぐに真太くんの様子を窺《うかが》うと……

（あっ）

　真太くんは手の巨大な銃でフェンスを撃った。反動か何かか、ゆらゆらと震えるその躯。

　そして発射される無数の弾丸が、呆気《あっけ》なくフェンスとネットに開口部を開く。

　ちょうど、これまで幾度となく、私達のＣＭＲが開けてしまったような開口部を……

（……まさか）

　私が絶望的な予感を抱いていると。

　その絶望的な予感どおり、真太くんはそこから宙に身を躍《おど》らせた。

　……すぐさま、ヒトがぐしゃりと潰れる音がする。

（なんていうことなの。そして何故こんなことになってしまったの）

　数瞬躊躇《ちゅうちょ》してしまった私は、何にせよもう時間が無いことに気付き、実時間にして五秒ないし一〇秒の後、階段室のたもとからフェンスの開口部に駆け寄ろうとしたが……

　そのとき、今は箱でしかないＣＭＲのあたりから、蚊《か》弱《よわ》い声が聴こえた。

「は、ハルカ……」

「ユリ!!」

試行６－10

　私は声のする方へただ駆けた。もちろんＣＭＲはコンシールされている。ユリと私がそうした。だからCMR自体は見えない。ただその見えないCMRのたもとで、私と一緒の制服を着たユリが、やはり血を流しながら倒れている。俯《うつぶ》せに倒れている。ハッと抱きかかえたユリのセーラー服を見れば、肩と左胸のあたりに弾丸が貫通した跡が二ヵ所ある。そしてその跡を中心に、どくどくと噴き出る血潮が、彼女の制服を血みどろにしている。

「ユリ大丈夫⁉」

「ちょっと……無理かも……いきなり真太くんに、撃たれちゃって、あ痛《い》た……」

「手当てをするわ。気を確かに」

「ううん、時間がない……いろんな意味で。あたしにもない。それは自分で解る……そして、ハルカにも現代人の皆《みんな》にも。だから」

「解った」私は自分のすべきことを再確認した。すぐに準備を始める。「P－CMRを使うわ。ユリを死なせはしない。でも最後に教えて。いったい何故こんなことに」

「詩花さんは……確か……呼び出された、っていっていたよ……」

「呼び出されたって……真太くんに、なの？」

「うん……真太くんは、現代人側の仲間全員を、屋上に呼び出した……」

「それは何故？」

「全然解らない……ただ、あたし撃たれてから聴いた……誰の顔ももう見られなかったけど。どうやら……真太くんがメールで、仲間たちを屋上に呼び寄せた、みたいなんだ……」

「ユリは私がトイレに出てから、屋上で何を見たの？」

「……青崎が無事出ていった後、すぐに真太くんが入ってきたんだ。

後から考えれば、もちろんあの巨大な銃を持って。

そしてすっかり油断していたあたしは……それが詩花さんか一郎くんだと思って……打ち合わせどおりに合流してきたんだと思って……何も考えずに、CMRの傍《かたわ》らからどっこいせ、と立ち上がったら……もうその瞬間、いきなりズドン、この在り様……」

「それから？」

「激痛で、このとおり……ほとんど昏倒《こんとう》しちゃったから分からないけど……きっと、現代側の他の四人が、次々と屋上に出てきたはず。そしてあたしは、朧《おぼろ》気《げ》に四人が撃たれてゆくのを見た。皆、口々に何かを言っていたけど……あたしには全然様子が分からなくて。ただ、メールの話とか、呼び出しの話とかは……聴こえてきた……」

「全員を、真太くんが撃ったの？」

「そう、一郎くんも英二くんも、光夏も。

で、いよいよ最後に立っていた詩花さんが撃たれちゃったとき……あたし、たぶんハルカが来たことを知った……あたしに解るのは、これくらいしかない、ゴメン」

「全然謝ることじゃないわ。

さあユリ、P－CMRの準備ができた。これからトリクロノトンを打つ」

「ありがとうハルカ……でもやっぱりゴメン、あたしは時間切れだよ……後はお願い!!」

ばたり。

どうにか意識を保ち、どうにか会話ができていたユリは、微かに起こしていた上半身をここで一気に倒した。そしてもう、動かない。

「ユリ、ユリ!!」

……この怪我ではまさか揺さぶれない。そしてユリは完全に意識を失っているよう。なら、どのみちP－CMRは使えない。死者には最早《もはや》記憶がない。だから過去へ記憶転写する元データがない。

（ならば、私独りで帰るしか……こんな状態の私独りで、できるのか……）

試行6－11

そのとき。

「うう……」

人の悶《もだ》える声。すなわち生きている人の声。私はその声の出所を必死でさぐった。

光夏だ。

左腕を吹き飛ばされ、そのままコンクリの床に倒れてしまった光夏。

「うう……」

しかし光夏は生きている。怪我の態様からして、なるほど彼女にはその希望がある。

私はユリの傍《そば》を離れるのを激しく惜しみつつ、けれど光夏の方に疾駆《しっく》した。

そのまま、血貯まりの中で悶《うめ》く光夏の傍らに膝《ひざ》を突き、生き残っている右手を取る。そして必死に声を掛ける。

「光夏!!　光夏!!」

「……あ、あな、たは？」

（しまった。光夏には記憶がない。光夏の記憶は断絶している。

NPCの光夏にとって、まだファーストコンタクトを

していない私は赤の他人）

……そして時間がない。階下、校舎棟の喧騒《けんそう》はいっそう強くなっている。

「救急の者です」私はなまじ嘘でもないことをいった。私なら光夏を救《たす》けられる。もっとも、自分自身とて救急の救護を要しているが。「気を確かに。私の言っていることが聴こえますか？」

「……き、聴こえ、ます」

「あなたの名前は？」

「今銀、光夏」

「あなたの学校は？　学年は？」

「……く、久我西高等学校、三年生」

「今、何が起こったかは分かりますか？」

「あ、あたし、い、いきなり、大きな銃で、撃た、れて」

「今いる場所が分かりますか？」

「……屋上」

「どうやってここへ来ましたか？」

「し、真太に……と、友達に、メールで、呼び出されて……」

おそらく朦朧《もうろう》とする意識の中、いや失神寸前の意識の中、光夏は何と彼女の『スマホ』を取り出した。ほとんど無意識の行動だったろう。私の質問に、ただ反射した感じだ。

ただその『スマホ』を取り出すのが精一杯だったようだ。光夏はそれを私に見せるでもなく、取り出したままただだらりと横たえた腕に持っている。私は彼女の生き残りの腕を取り、その画面を見た。さいわい、ブラックアウト等はしていない。何かのロックでも掛かっていたら、このデバイスに何の知識もない私のこと、何の情報も得られなかったに違いない――

私が見た画面は、彼女が受信したメールの画面だった。

各位へ
吹部のことで緊急の話がある。極めて急ぐ
今日の午後三時五分を目安に、屋上に集合してほしい
午後三時過ぎ、教師の屋上見回りがあるはずだから、それはやり過ごすこと
誰にも察知されないように、上手く屋上に出て来てくれ
楠木真太

（発信者は、真太くんで間違いない。それは表示されている。

他の受信者は……これも光夏と並列で表示されている。すなわち一郎くん・英二くん・詩花さんだ）

要するに、真太くんは他の仲間四人にこのメールを発信した。発信時刻は――これも表示されている。正確に言えば、光夏の受信時刻が表示されている。それは今日の午後一時〇五分となっている。

（真太くんは、この昼休みの内に、課外活動仲間四人を参集させる決意をした）

……ただ何故？　こんな歴史はもちろん無かった。こんな世界線は初めてだ。

それにまして、転落死の被害者である真太くんは常にNPC。六度のやり直し、七度の七月七日において、すべてそれを『人生初の』『ノーマルな』ものとして受け止めているはず。そしてこれまで、真太くんが自発的に何かを仕掛けてくるなんて現象はなかった。当然だ。NPCである真太くんは、いつも必ず仕掛けられる側だったから。だからあらゆる意味で、この俄《にわか》なメールは不可解極まる。

（いけない。考えている場合ではない。

光夏の意識レベルは確認できた。記憶は損壊されていない。人格もまた然《しか》り）

ならいける。P－CMRは使える。

そして使ってもらわなければ困る。この、試行第四回目の学校テロに匹敵する悲劇を変えるためには、どうしても現代人側のプレイヤーが必要だ。さもなくば、私は屋上から学内へ入ることにすら苦労する。どうにか学内へ入れたとして、現代人側への働き掛けもほとんどできなくなる。それはそうだ。私はこの学校の生徒でも何でもなければ、光夏たち五人とはまた赤の他人になってしまうのだから……

「今銀さん、これを持ってください。すぐに救かります」

「こ、これは……懐中時計……？」

「しっかり握って。

そしてこちらの鎖側を耳に当てますから、驚かないで。危険は全くありません」

私はP－CMRの準備を終えると、圧力注射器で、トリクロノトンを光夏に投与した。もちろん私自身にも。これで残りのアンプルは、たったの四本になった。まさか初期値の二八本から、四本にまで激減するとは。それだけの回数、過去に帰ることになるとは……

（現時刻、午後三時一五分）

なら遡行《そこう》するのは三時間一五分、今回のクロノトン蓄積量は幸か不幸か三・九㎖だ。

「P－CMR甲、乙、起動シークエンス開始」

これ以降、ふたつのデバイスが私の命令に答える——

「了解しました。起動シークエンスを開始します」

「時間座標を協定世界時プラス九時間・二〇二〇年七月七日午後〇時〇〇分ジャストに固定」

「時間座標固定終了」

「環境評価計により、現在の所持者ふたりを認識」

「所持者認識終了」

「認識した所持者の、当該《とうがい》時間座標における個人座標を計算、固定」

「個人座標固定終了」

「駆動系、変換系、指向系、補正系を最終確認して、報告」

「システム、オールグリーン」

「一〇秒後に記憶転写を実行。カウントダウンは不要」

「了解しました。一〇秒後に記憶転写を実行します」

（これでよし）

試行6－12

私は最後に、もう何の作業もいらない光夏の傍《そば》を離れ、因縁《いんねん》のフェンス開口部へと向かった。もちろん、それはこれまでに七回、真太くんを通過させては転落死させてきた開口部だ。

私はフェンスの傍、屋上の縁ギリギリのところに立ち、そのまま真下を見る——

当然、遥か下方、一階芝生とアスファルトの境目《さかいめ》にヒトの躯が。

その躯は、糸の切れた繰《あやつ》り人形のように、両腕両脚をあらぬ方向へ投げ出している。

意識しては決してできない、異常な関節の曲がり方。

また、柘榴《ざくろ》のように割れた頭部。

そしてその頭部も、夏開襟シャツの制服も、どむどむと濡らしている濃い血潮《ちしお》、どろどろとした血潮の水貯まり——

（そして、今回もその墜ち方は）

真太くんの遺体の姿勢・姿形・落下地点は、恐らくセンチ単位の誤差しかないほど、オリジナルの七月七日と一緒だ。前回、試行第五回目の『地上で受け止め作戦』では落下地点がズレたが、今回、試行第六回目では、そのようなズレは発生していない。私にはそれが識別できる。たとえ屋上からでも識別できる。何故と言って、私は、そして私だけは、これまでの七月七日の記憶をすべて維持しているからだ……

（真太くんが屋上から転落して死ぬ。その事実は全く変

わらなかった。その態様ですら）

……そう、それはCMRを解体しても変わらなかった。まるでこちらが力業に出た分だけ、力業で逆襲してくるかのように変わらなかった。ならそれが歴史の望むところということなのか。でも、それならば過去に帰った私達に何ができるというのだろう？

（今回の、七月七日の謎。いいえ、繰り返される七月七日の謎。繰り返される失敗の謎。

それは歴史の必然なのか、それとも……それとも……

例えば遺体の落下地点といい、幾つか不可解な点もある。これから一緒に帰る光夏が、何かの情報を……何かの光明をもたらしてくれれば。でなくともせめて、光夏と一緒に議論することができれば）

その瞬間。

「オイそこの君!!　何者だ!!　この学校で何をやっている!!」

大声とともに、階段室から、教師と思われるおとこたちが殺到してくる。

私はそちらを見遣ったが――

その瞬間、私の意識は飛んだ。

P-CMRは正常に作動し、光夏と私の記憶をまた過去に飛ばした。


だから一郎くんが、英二くんが、詩花さんが、ユリが、そして真太くんが死んだ世界線は消滅した。

次の瞬間、私はまだ解体などされていないCMRで意識を取り戻すだろう。

……楠木真太の死が避けられないことを確信しながら、だ。

第12章　REPEAT BEFORE US（試行第七回・七人の真実）

試行7－1

「これぞ、歴史を変えた一瞬だな……不思議なもんだ……もし、ロシアの女帝が頓死《とんし》しなければ……フランス革命なんて起きなかった……はたまたインド人もアメリカ人も、フランス語を喋っていた。もちろん黒船に乗っていたのは、ペリー提督じゃなかった……

ん？　誰か教室の扉を開けたか？　何かカラカラと音がしたが」

……遠くから、声が聴こえてくる。

それはだんだん大きくなってくる。

言葉の意味も解ってくる。

これは、世界史の授業だ。世界史。青崎先生の世界史。

火曜日の、第四限。週の前半戦、午前最後の授業が青崎の世界史だ。とにかく眠い奴。

しかも、東大卒のインテリ崩れで性格が悪い。しゃべりも嫌味だ。脂《あぶら》ギッシュだし。

突然、謎の青崎関数で生徒を指名しては、早慶レベルのマニアクイズを仕掛けてくる。

あたしは今日も、涎《よだれ》まで垂らして船を漕《こ》いでいると き、いきなり青崎に殴られて……

あたしは今日も……

あたしは……

ここで。

あたしは『あっ!!』と大きな声を出し、いきなり机をバンと叩いて立ち上がろうとした。

正確には、もうそれをする寸前だった。

実時間にして〇・一秒も過ぎたら、きっと絶対、それをしていただろう。

あたしがそれをしなかったのは——だからこうして自分がしていたであろうことを後から顧《ふりかえ》ることができたのは、あたしの世界史の教科書の上に、折り畳んだA４の紙が置いてあったからだ。ううん、あたしの感覚としては、『今まさに目の前に出現した』が正しい。まるで透明な何かが、今ぽんと教科書の上に載せたような、不思議な感覚。しかもその折り畳んだ紙には、確実にあたしの瞳に映るような位置に、とても大きな文字でこう書いてあった——

光夏へ
　起きたら騒がずにすぐ読んで
　真太くんの事件のこと、全部解るから
（真太の事件……真太の事件……

　あっ!!）

　――やっぱり大きな声を出しそうになった。ただ、あまりに謎なメモの指示と、あまりに衝撃的だったその『事件』の記憶のお陰で、結果としてあたしは騒ぎ出さずにすんだ。

　そう。

　メモの文字を読んだその瞬間、すべての記憶が甦《よみがえ》ったのだ。ううん、流れ込んできたのだ。あたしは真太に撃たれた。ライフルみたいに巨大な銃で。あのときの、激痛なんてそんななまやさしいものじゃない生涯初めての責め苦を思い出す。自分が思わず、その責め苦のみなもとである左腕を見たのも思い出した。あたしの左腕はまるごと吹き飛び、その付け根のあたりは壊れたジグソーパズルのようにボロボロだった。そして、あたしはそのショックと責め苦でほとんど気を失い、屋上のコンクリにぶっ倒れて……

（そう、あたしは屋上にいた。あれはこの久我西高校校舎棟の屋上に違いない。外の風景が学校周りの様子だったから、こうやって思い返してもすぐ分かる）

　……するとあたしは、真太に、この校舎棟の屋上で撃たれ、左腕を吹き飛ばされたことになる。あたしは思わず自分の左腕を握り締めた。

（もちろんある。普通にある。そして何の痛みもない……今は。

　ならこの記憶は夢？

　でも夢にしては妙にハッキリしている。

　痛みの感覚も、そしてああ、一郎と英二が一緒にいたことも……）

　……そうだ、一郎と英二!!

　一郎は頭を、英二はお腹を、それぞれあの巨大な銃でドカンと撃たれて……

　そうだ、間違いない。

　やっぱりあたしと一緒に、屋上で。

（これは何なの？

　まるで今起こったことのようにハッキリ思い出せるのに……でもあたしは教室にいる。腕時計によれば、午後○時○一分。日直が黒板に書いている日付は、七月七日火曜日）

　でもあたしは、その七月七日火曜日、その昼休みが終わる直前に、真太からメールをもらって……そう午後三時だか何かに屋上に来いってメールをもらって……あれは確かに昼休みが終わる直前だった。というのも、もう午後一時〇五分の予鈴は鳴っていたし、『ああもうすぐ現代文だなあ、また爆睡しそうだなあ』って思ったから。そして午後一時一〇分の鐘を聴いたから。これもまた、あたしにとってはハッキリし過ぎている記憶だ。

（でも、あたしが今いるのは、同じ七月七日火曜日の午後〇時〇一分）

……意味が解らない。自分が今置かれている状況も。もちろん生々しい記憶にある、いきなりの真太の銃撃も。真太の事件も。

（そうだ、このA４の紙!!）

誰がどんなタイミングで置けたのか全然分からないけど……四限世界史が始まったとき、こんなものが教科書の上にあったらすぐに分かったはずだ……いずれにしろ、今のあたしにとって死活的っぽい紙だ。というのも、『真太くんの事件のこと、全部解るから』と書いてあるから。どうやらピンポイントで、今のあたしが知りたいことを書いてあるっぽい。しかもこのメモの書き手は、きっとあたしが置かれている状況のことも、あたしの生々しい記憶のことも熟知している。それはちょっと不気味なことだったけど、どのみちあたしができることは、この折り畳まれたA４の紙を開くことしかない。あたしはそれを手に取り、メモ書きが書いてあった方を裏にして、いよいよ本文が書かれている方を『開封』した。そこにはこうビッシリと書かれていた――

試行７－２

光夏へ
私はハルカ。私はあなたをよく知っている。ただ、あなたは私のことを知らない
そして私は、あなたが今、記憶を混乱させていることも知っている
できれば会って説明をしたいけれど、このままでは私のこともこの手紙も信用できないでしょう
だから、最低限の説明と、最低限のお願いをする
――まず説明
あなたが経験した真太くんの事件は、すべて現実に起こったこと
私自身もそれを目撃している。だから断言できる。一郎くんは頭を失い、英二くんはお腹に穴を開けられ、あなたは左腕を失ったわね。私もそれを記憶している

だから、あなたの経験は夢でも幻でもない。あれは実際に発生してしまったこと
ただ……この時点ではこういうしかないけど……
……神様の悪戯《いたずら》で、それは全部帳消しになった
具体的には、あの事件が発生した七月七日午後三時過ぎから、私達は過去に戻った。私達はその時刻から、それが発生する前、七月七日正午にまで戻った
要は、あなたたちのいうタイムトラベルと考えてもらっていい
そして、あの事件が発生する前に戻ったのだから、あの事件はまだない。まだ発生していないし、発生させないようにすることもできる
また、こんな話をするからには、私は過去と未来をある程度、知っている。あなたたちのいうタイムトラベラーと考えてもらっていい。だからこの七月七日に起こったことと、これから起こることをある程度、知っている
……あなたの当惑は理解する。こんな御伽噺《おとぎばなし》、信じろという方が間違っている
ただ
私の読みと、歴史の潮流のいきおいが上手く合致したなら、あなたはこれから青崎先生に指名される。そして次の質問をされる。私はここに、そのやりとりを、そう未来のやりとりを記載しておく。ここに書いたとおりのことを答えてゆけば、このやりとりは全て実現する。そうすれば、私が未来のことを知っているということが、きっと解ってもらえると思う……

まさにその瞬間。

謎すぎるメモに没頭していた、だから思いっきり真下を向いていたあたしの頭が殴られた。ぱこん。

ハッと見上げると、いつしか世界史の青崎が教壇を下り、あたしの机の左側にデンと立っている。そしていかにも青崎らしい、陰険かつネチネチした口調で喋り始める——

「オイ今銀。俺の授業中に何を血迷っている?」

「あっはい」

なんてこと。青崎の台詞。まさにメモどおり。ならあたしが打ち返す言葉は。ええと。

「すみません。つまり、歴史を変えた一瞬です」

「はあ?」

「つまり、ロシアの女帝です」

「ならその女帝は誰だ?」

「え、エリザヴェータ女帝です」

「お、おう、そのとおりだ。ならこのロシア＝オーストリア＝フランスの三国同盟のことを、別称で――」

「三枚のペチコート作戦です」

「しゅ、主導したのは誰だ」

「そのエリザヴェータ女帝と、マリア＝テレジア女帝と、ポンパドゥール侯爵夫人です」

「ま、まさにそれもそのとおりだ……どうした今銀、熱でもあるんじゃないのか……」

なら悪いが今銀、見渡すところ、他にそこまで熱が入っている奴もいない。

プリントのカッコ30とカッコ31を埋められるか？」

「はい。七年戦争が終わったのはカッコ30『１７６３年』、その講和がカッコ31の『パリ条約』。でもプロイセンとオーストリアの講和条約なら、『フベルトゥスブルク条約』が正解だと思います」

「そ、そうだな。英仏の講和条約と、普墺の講和条約は違うからな。プリントもそこは分けて作るべきだった……バカでくだらんのは、今回は俺だ。すまんな今銀。

しかしお前がそこまで勉強しているとは……いやこれも失礼!!

じゃ、じゃあ授業に戻るぞ。ギャラリーもとっととと起きろ!!」

青崎は、いつもの『バカがバカが、死なんと治らん死なんと治らん』『下らん仕事だ下らん仕事だ』といった愚痴《ぐち》をブツブツ零すことなく、ちょっとだけ嬉しそうな感じで教壇へと帰ってゆく。あたしは奇妙な緊張を解きながら、そして改めてさっきのメモを開きながら、こう思った。思わざるを得なかった。

（微妙な違いはあったけど、ほとんどこのメモに書いてあるとおりだった……!!

青崎が何を、どんな風に、どんな順番で訊いてくるかも。そしてあたしが答えるべき正解も）

試行７－３

……こうなると俄然《がぜん》、メモの信用性は高まったといわざるを得ない。あたしはいよいよ懸命に、メモの綺麗な文字を読み始めた。
青崎とのやりとりが、無事に終わることを祈るわ
そして説明を続ける
状況を整理すると、今、私達は過去をやり直している
ただ、この世界でそのことを自覚しているのは、

光夏と私しかいない
光夏と私だけが、あの真太くんの事件の直後、過去を変えるため、七月七日正午に帰ってきた。一緒に帰ることができたのは、私達ふたりだけ
光夏にタイムトラベルめいたことをした記憶がないのは、その操作をしたのが私だけだから。あなたはあの真太くんの事件で、死ぬ寸前だったから。でもまだ生きていたから、私はあなたを、まだ撃たれる前の過去に連れてくることができた
だから、他のあらゆる人々は——一郎くん、英二くん、詩花さんを含めて——このタイムトラベルめいたことを知らない。誰もがただ普通に、人生最初の七月七日を生きている
つまり
私がこの二〇二〇年で頼りにできる人は、光夏、あなただけになる
そして、詳しいことは会ってから話すけど、私達はもちろんあの真太くんの事件を繰り返してはならないし、それ以上に果たすべき使命がある
私は今、嘘偽りなく、それに命を懸けている
真太くんを救うために、どうしてもあなたに協力してほしい

——だから、ここでお願いをする
青崎とのやりとりが終わったなら、そのまま、口実を作って教室から出てほしい
教室から出たら、この学校で唯一屋上につながる階段を使って、屋上に出てほしい。そこには基本、誰もいない。どんな密談もできる。だからあなたのどんな疑問にも答えられる
真太くんを救うためには、唯一過去を知る私達が協力し合わなければならない
そのためには時間がいる。また、ほぼ初対面になってしまう、光夏と私が理解し合う時間もいる
どうか世界史の授業中に教室を出て、急いで私に合流して頂戴
あなたはきっと信じてくれる。私はそれを信じている
私にとっては、あなたは依然、大切な友達だから。たとえあなたが忘れてしまったとしても、そのことは変わらない。だから、私はあなたを信じて待っている
ハルカ
（……ハルカって名前も、その子と友達だったことも、まるで記憶にない。

ていうか全然知らない）

ただあたしは、メモを読み終えたその刹那《せつな》、すぐに挙手をしていた。

「すみません、青崎先生」

「……ん？　今銀どうした？」

「やっぱり少し熱があるみたいで。夏風邪だと思います。ちょっと保健室に」

「そうか。風邪を引くってことは、やっぱりバカじゃなくなった……ゴホンゴホン、いや失礼、解った、まあ大事にしろ」

「失礼します」

あたしは机の上もそのままに、例の手紙だけ回収して、そそくさと教室の引き違い戸を開ける。そして廊下に出る。手紙に指定してあったとおり、この学校で唯一屋上に通じる階段を上る――

（そういえば、真太の事件があったときもこれを使った。その記憶はちゃんとある）

いよいよあれは夢幻《ゆめまぼろし》じゃない。なら、いよいよあの手紙はホンモノだ。

そう思いながら、階段室の前に到《たど》り着いたあたしが、無闇に固いサムターン錠をどうにか回そうと力を込めていると――

「来てくれたのね、光夏」

「うわっ」

いきなり背後から声が掛かった。

試行7－4

もちろんあたしは顧《ふりかえ》る。顧った先には、この久我西高校の奴とは似ても似つかぬ、不思議な機械美と光沢が特徴的な、美しいセーラー服を纏《まと》ったおんなのこが……ジャケットっぽい鋭角的なデザインに、リベットのようなボタン、そしてブーツがとても印象的なセーラー服……

「実際にはかなりの時間を一緒に過ごしているけれど。改めて初めまして。私がそのハルカ――トキカワ・ハルカよ」

「驚かしちゃってゴメン」一緒のセーラー服を着た子がもうひとり出現する。「あたしはユリ。ハルカの友達だよ。心配いらない」

「い、いきなり背後に出現したけど……誰もいなかったはずだけど……」

「それもキチンと説明するわ。とにかく屋上に出てしまいましょう。その方が安全」

ちなみに、私のお願いを聴いてくれて感謝するわ。さもなくば、私はあの、あなたの教室を出るのにも苦労した」

「えっ、ていうとあたしの教室にいたの？　ていうか、ずっとあたしと一緒にいたの？」

「実はそのとおり——

ユリと私は、透明なまま、あなたが目覚める直前くらいのタイミングで侵入した。ただ侵入するときは、さすがに誰も扉を開けてはくれない。ちょっと音を立てざるを得なかった。だから帰り道では、それを繰り返したくなかった」

「て、ていうと透明になれるの？」

「教科書の上に手紙も置ける。透明に擬態《ぎたい》するデバイスがあるから——未来の技術よ」

「……ここまでされちゃあ、信じざるを得ないね」

「有難う光夏。じゃあさっそく、私達のファーストコンタクトをやり直しましょう」

「ちなみにそれ、実はもう二度目？」

「いいえ」ハルカは美しい嘆息《ためいき》を吐いた。「私にとっては八度目よ」

試行7-5

——時間は掛かった。

まず、あたしがハルカとユリのことを、だからCMRのことを理解するために。

そして、あたしがこれまで七度の七月七日で——だから六度のやり直しで起こったことを理解するために。それにはもちろん、あたし自身が体験した六度目のやり直しの回想も含まれた。

（それだけは、あたしがハルカに教える側になれることだった）

午後一時〇五分に真太からメールをもらったこと。それから廊下で一郎に会って、やっぱり全員に同じメールが来ていたことを知ったこと。そのとき真太を捜していた一郎が、結局五限の鐘がなるまで真太と出会えずに、あたしと一緒に自分の教室へとダッシュしたこと。あたしがメールの指示どおり午後三時〇五分を目安に屋上へ上がろうとしたこと。確かに青崎が屋上の見回りか何かをしていて、青崎をやり過ごす必要があったこと。青崎をやり過ごしたら、一郎と英二と詩花が合流してきたこと。だから皆《みんな》で階段を上がったこと。サムターン錠を回した一郎と英二が先に屋上へ出たこと。ふたりが駆け出す足音が聴こえたこと。そうしたらすごい轟音が聴こえたこと。二回聴こえたこと。だからあたしが次に、詩花が最後に、急いで屋上に出たこと。屋上を見渡すと、真太がこちらに背を向けてフェンス際《ぎわ》にいたこと。あの大きな銃を持っていたこと。真太はもう動いておらず、悠然とフェンスに凭《もた》れるような姿勢のままだったこと。他方で一郎と英二が……あんな姿になっていたこと。そして轟音がして、あたしも激痛とともに意識を失ってしまったこと……

（そしてその後は記憶がない。

けれどハルカの説明によれば、最後に詩花もまた撃たれたとか）

撃ったのは、なんとまあ、真太だという。そんなバカなことって。

おまけにその真太すら、そのあと自ら屋上を飛び降り、転落死した……

……生き残りのうち、唯一意識のあったハルカが急いで確認したところでは、またもや真太の遺体の姿勢・姿形・落下地点は、恐らくセンチ単位の誤差しかないほど、オリジナルの七月七日と一緒だったとのこと。さすがに緊迫した状況からして、真太の落ち方とか地面への衝突《ぶつ》かり方とかは確認できなかったハルカだけど、ハルカの『遺体観察』は信用できると言わざるを得ない。何故と言って。

（ハルカこそ、真太の遺体の観察にかけては、この世界一のベテランだから。

この世界でいちばん七月七日を、だからいちばん真太の死を経験させられているのは、ぶっちぎりでハルカだから……）

——いずれにしろ、この、彼女にとって八回目となるらしいファーストコンタクトで、あたしがハルカに教えることができたのは、あたしが実体験した『試行第六回目』とやらの記憶だけ。それ以外は、ほとんどハルカとユリが、あたしに途方もない情報量の途方もないSFを、語って聴かせることになった——といって、未来人であるユリもまた、これまでの試行の記憶がまるでないのはルールどおり。彼女もかなり当惑していたのはいうまでもない。

（だからハルカが、最後にまとめてくれた。

前回の、試行第六回目における〈世界線〉の変動率は、オリジナルの七月七日に対して〇・〇五九％……だけど、この意味をどう受け取ればいいんだろう？）

いずれにしろ、あたしがハルカの指示で四限を抜け出したのは、午後〇時一五分頃。

けど、もう昼休みのことも五限のこともすっかり忘れ、どうにか『あたしたちの七夕』の物語を理解できたときは——もう午後二時四五分過ぎだった。その約二時間半、あたしはずっとハルカそしてユリと会話していた。他には何もできていない。ただ会話をして情報と物語を整理するだけで、約二時間半……

「いけない」ハルカがいった。「午後三時には青崎がここへ来る」

「ならコンシーラーを起動しないとだね」ユリがいった。「光夏も隠しながら」

「そうね。だけどいずれにしろ光夏は、この午後四時までにはここを離れて校舎内に帰らなければならない。何故なら光夏に課外活動を欠席させるわけにはゆかないから。部活とやらで、現代人側四人に干渉してもらわなければならないから」

「けどハルカ、まだ光夏とは打ち合わせなきゃいけないことが腐るほどあるよ？

……だって、まだようやくファーストコンタクトが終わって、ようやく議論の前提になるこれまでの七月七日が整理できただけだもの。いよいよこれから、『真太くんの死をどうするか？』『どうやって歴史に介入するか？』を検討しないといけない。ていうか今でも遅すぎるけどね。だってもし前回の、試行第六回目の七月七日が繰り返されるなら、午後四時どころかこの午後三時〇五分には、真太くんによる謎の虐殺事件が始まっちゃうから」

「それは覚悟しておかなければならないけど」ハルカは少し目を瞑《つむ》った。「私の予測が確かならば、取り敢えず午後三時〇五分の悲劇は回避できるわ」

「どうして？」

「私達がCMRを解体していないからよ――

あの真太くんの謎の虐殺事件は、それを実行した試行第六回目で初めて発生したもの。それ以外の全ての七月七日ではあんなこと発生していない。なら、因果関係もトリガーも解明できないけど、私達が試行第六回目の解体をなぞらない限り、あの謎の虐殺事件は発生しない。こうなる」

「因果関係もトリガーも解らないから、そう断定するのは危険だよ。

あたしにはハルカと違って何の記憶もないけど、あたしまで殺されちゃったみたいだし、それ滅茶苦茶痛そうだし。あっ、もちろん光夏も左腕飛ばされちゃってたんだよね、それもかなり痛いだろうし。できればそんなの回避したいよね……」

「回避するのはカンタンよ。もし私の予測が外れていて、真太くんがいよいよ現代人側四人を呼び出し――今回光夏はここにいるけどね――とうとう屋上への階段を上がり始めたとしても、今から光夏が校舎内に帰り、階段の様子を確認して、真太くんがもしいたなら止めればよい。また、真太くんが青崎の隠した銃に接近するのを阻止すればよい」

「となると、やっぱりどのみち光夏は、この午後三時の機会にいったん校舎内に帰らなきゃだね。あたしたちも、歴史が変にかわらない内に、トイレとか終わらせておかなきゃかなあ。あたしはかなり行ってきたから、取り敢えず必要を感じないけど」

「逆にユリ」ハルカがどことなく不安気《ふあんげ》に訊く。「食料や水はまだ大丈夫？　バタバタしていて、今回のこの七月七日では、私達の補給なり兵站《へいたん》なりのこと、ただの一度も確認してはいなかったわ」

「うんハルカ、非常用のものがまだあるし、あとこれまでの歴史どおり、きっと詩花さんが気付いてくれる……それよりも、ハルカの体調の方がずっと大きな問題だよ。クロノトン中毒、かなり酷《ひど》い。この顔色にこの熱、この痙攣《けいれん》……よっぽど我慢しているんだね……

　あっゴメン、いずれにしろ光夏はいったん校舎内に帰らないと。だって午後三時が近い。青崎って教師が来る」

「そうねユリ、今屋上を離れるのが、光夏たちにとって最も安全で適切ね。

　とはいえ、そうなると私達に残された時間は極めて少ない。もう一度光夏にここへ帰ってきてもらうとして、私達がまた一緒に議論できるのは、部活とやらの開始時刻まででしかないのだから」

「そうすると、この試行第七回目では、やっぱり何の方針もなく、場当たり的に動くしかないってことになっちゃうけど……」

「い、いいえ」

　気が付くとあたしは大きく首を振っていた。

　そしてもう一度、自分に確認するようにいった。

「ううんハルカ、ユリ、それは違うよ」

試行7－6

「……光夏」いつも冷静っぽいハルカが、怪訝《けげん》な顔でキョトンとする。「何が違うの？」

「あたしに方針がある」

「それは、この試行第七回目で私達が何をすべきか──についての方針？」

「それもある。

　けれど、もしあたしの考えていることが確かなら……

　あたしたちが経験させられた──ううん、この世界そのものが経験させられた七度の七夕、六度のやり直しを、いよいよ今度で終わらせることができる。そんな方針がある」

「光夏」ハルカはハッとあたしを見た。「ひょっとしてあなたまさか」

「……たぶん、そのまさかだと思う。

　さっきまで、ハルカとユリが、すごく解りやすく物語を整理してくれた。本当に丁寧に。

　そしてあたしには、現代人側五人についての予備知識がある。同級生として。吹部《すいぶ》仲間として。それはハルカとユリにはない情報。あたしはそれも使うことができる
――だから、鈍いあたしにも見えてきた。

　例えば、落下地点のこと。例えば、スマホのこと。あるいは、メールのこと。はたまた、〈世界線〉のこと
――

　そして、トリクロノトンの残量のこと」

「いよいよ」ハルカはいった。「まさかね」

「じゃあハルカも」あたしはいう。「そのまさかを、感じていたんだね」

「……一緒に帰ってきた、光夏と話し合いたいと思ってはいた」

「全然解らないよ光夏、ハルカ」ユリが大きく首を傾げる。「何が、まさかなの？」

「ユリ、光夏には解ったのよ」ハルカが瞳を見開く。

「私達が何を失敗したか」

「えっそれってつまり、どうやったら真太くんが救えるか解ったってこと？

　だってそれってつまり、『何であたしたちが真太くんを救えなかったか？』が解ったってことだから――でもそうなの光夏？」

「すべての記憶を持つ、ハルカが聴かせてくれた物語。

　それに間違いがないのなら……そして悲しいことだけど、ハルカはまさかそんな間違いをするような子じゃないみたいだから……

　そうだよユリ。あたしには解った、気がする。

　でも、それは……どうやったら真太を救えるかが解ったっていうよりは……それよりも」

「これまでの失敗の原因が解ったということね？」

「だと思うよ、ハルカ」

「――だからそれって要は真太くんを救うことじゃん？」

「ユリ、それはちょっと違うの……微妙に違うの……

　あたしは、これまでの失敗が何故引き起こされたか
――それは解った気がする。

　だからたぶん、これまでの貴重な六回の試行を無駄に

しないで、それぞれの試行において失敗した原因を取り除くことが、できると思う。

……だけど、未来のことは、やっぱり分からない。

これまでの六回の失敗の原因、それを全部取り除いても、やっぱり真太は転落死してしまう……のかも知れない。それが歴史の潮流のいきおい、それが歴史の織物の在り方なのかも知れない。だからあたしたちがどう干渉しても、結局は一緒の結論に到《たど》り着いてしまうかも知れない」

「実は光夏、それこそがこの試行第七回目の直前、瀕死のあなたと一緒にまた七月七日正午に帰るそのとき、私が考えていたことなの――

私達があらゆる知恵を締《しぼ》って講じた手段が、ことごとく上手くゆかない。二度三度ならまだ解る。私達が二人三人ならまだ解る。けれど、結局は相互理解にいたった六人が、もう六度も繰り返してなお失敗するとなれば……それはもう運命、世界線の必然なのではないかと懐疑したくなる。

そして試行第四回では真太くんに加えて一〇〇人以上もの、試行第六回では真太くんに加えて五人もの犠牲者が出た。そしてこれまでの試行で死者が零《ゼロ》となったことはない。

なら……なら……

どう足掻いても犠牲者が出るのなら、私達にできるのは――ひょっとして犠牲者を〈1〉のままにすること、それだけでそれがベストなのではないかと絶望してしまう」

「ハルカの絶望は解る。ハルカこそ、全部の世界線でその絶望を味わってきた子だから。

でも。

やってみなきゃ分からない。

そして実はこれが最後のチャンス。この試行第七回目が最後のチャンスだよ。

……だってハルカ、トリクロノトンのアンプルは残り四本なんでしょ？

そりゃ、四人編成だってあと一回は過去に帰れるけど――そのときは絶対にハルカが要る。過去の七月七日の記憶を全て持っているハルカが要る。これはチーム編成を何人にしても一緒だよ。

ところがハルカの脳に蓄積された毒素クロノトンの量は……さっきハルカが教えてくれたことから計算すると……今回の、今の試行第七回目が始まった時点で、もう六六・三㎖。もし今回もまた十二時間を生きるとすれば、そのときはもう八〇・七㎖になってしまう。そしてクロノトンの致死量は一〇〇㎖。なら結論は明らかだよね。ハルカには、もうP‐CMRを使わせることはできない。今だって、ハルカ弱音吐かないけど限界のはず」

「だよね……」ユリがうなだれた。「……また次をやったら、確実に九五・一㎖貯まる。次の十二時間を生き終えたときそうなる。それじゃあほぼ確実に死んじゃう。あたし絶対ハルカにそんなことさせられない」

「だから、ハルカにはもうP‐CMRを使わせないし」あたしはいった。「この試行第七回目で終わりにする。ここで、すべて終わらせる。そうしなきゃいけない。

――これまで失敗した全ての原因を除去して、それでも真太が死ぬかどうか確かめる。

ほんとうに犠牲者〈1〉が歴史の必然なのか、確かめる。その意味で歴史に挑む。

そしてそのために、あたしたち、どうしてもやらなきゃいけないことがある」

「光夏それは何?」

「あたしたちの誰もが、隠してきたことを言葉にすることだよ、ハルカ。

――もう記憶にないこと、まだ起こっていないことだからこそ、それができる。

そしてもう記憶にないこと、まだ起こっていないことでも、やってしまったことには責任を負う必要がある。それはあたしたちにとってまだ未遂だからこそ言葉にできるし、また、それぞれの世界線でもう既遂だったからこそ言葉にしなきゃいけないんだよ」

「……光夏、私が想像するところだと、そしてあなたのその顔色からすると。

それはかなりの痛みをともなうようね?」

「真太は七回死んだ。世界線によってはユリも死んだ。あたしだって死んだ。

ハルカのいうとおり、無関係の人間が一〇〇人以上も死んでしまった世界線だってある。

もしそれがあたしたちの所為《せい》なら、あたしたちは、痛みを感じながら贖《つぐな》わないと……

……これから犯そうとするもう既遂の罪について。そう、それがどれだけ痛くても」

「なら具体的には?」

「今夜は七夕だよ?」あたしはいった。「星空の下で、誰もが出会い直すしかない」

試行7‐7

――最後に、あたしはハルカにある頼み事をし、ユリと一緒にそのままふたりで屋上にいてくれるよう告げると、午後三時過ぎ、青崎の姿を観察しながら校舎内に入った。しばらく階段を警戒したけど、試行第六回目のあの恐ろしい真太はやってこなかった。他の仲間も集まってはこなかった。そこはハルカの読みどおりだった。

もう学校テロもなければ、真太の虐殺事件もない。

あたしたちは会話だけに時間を取られたから、NPCに介入してもいない。

(なら、これまでの試行状況からして、世界線はほぼ、オリジナルの七月七日をなぞっているはずだ)

だからあたしはそのまま自分の教室に帰った。すぐにスマホを取り出し、仲間全員にメールを打つ——

みんなへ

今夜の七夕飾りだけど、どうしても午後八時から始めたいと思う

午後八時に部活が終わったらすぐ、五人で屋上に出よう

そこで、ほんとうに大事な話をするから

部活が終わったら声を掛ける。全員で一緒に動こう

詳しいことは、とても長くなるけど、屋上で全部話します

それまでは何も訊かないで。全部いつもどおりにして

……変なお願いで御免《ごめん》なさい

でも絶対にそうでなければいけないの

命が懸かっていると思ってくれてもいい

最初で最後の命懸けのお願い、どうか聴いてください

今銀光夏

そしてあたしは再び屋上に出た。

ハルカと最後の段取りをする。今度は大した時間はいらない。クロノトン中毒にあえぐハルカは大変だけど。あたしの解ったことも、そのすさまじい記憶力で憶えてもらった。これで、大丈夫なはず。

——最後の段取りの後、あたしは午後四時からの部活に出た。

いきなりの変なメールに、真太も一郎も、英二も詩花も途惑っていたけど……

誰のどんな質問にも答えない。

全体練習の終わる午後八時まで、誰のどんな会話にも応じず、ずっと考えてばかりいた。ずっと、ずっと、ずっと。

(……自分が死ぬことを計画に組み込める。もちろん自分が生き残るために。い、い、い、い、い、い、い、い、い、い)

それって、なんて不思議で壮絶な殺人なの。

きっとたぶん、人類史上初のタイプだわ）

車座にて

――そして、七月七日午後八時一〇分。

あたしたち吹奏楽部仲間五人と、未来人二人は、七夕にふさわしい星空の下にいた。

梅雨の真っ盛りにしては、奇跡みたいな星空だ。

屋上は、校舎五階の真上だから、そのぶん天に近い。

七人は、車座になって座っている。

今は露出させているCMR本体の側にハルカ、ユリ。

その真正面にあたし。

あたしから左右に弧を描いて、左手側から真太、一郎。右手側から詩花、英二。

だから車座は、一郎とハルカによって連結され、また、英二とユリによって連結されている。

七夕飾りの竹はもう固定されている。

あたしは、校舎屋上のフェンスに結わえつけた、あたしの背丈ほどの竹を見遣った。

色とりどりの短冊がたくさん。色とりどりの折り紙細工もたくさん。星飾り、折り鶴、提灯に吹き流し……

そして、今はそれだけじゃない。

あたしたちの輪の中には、天の川の色をした、きらびやかな光の帯が浮かんでいる。

星の輝き、月の輝きを思わせる、神々《こうごう》しい、どこか絹のような光の帯が。

七夕にふさわしい星空の下、星の糸を織り込んだようなあの〈世界線〉が輝いている。

それは、美しく座ったハルカの脚元にある懐中時計――P-CMRから投映されている。

その幻想的な光は、現代人も未来人も関係なく、奇跡のように浮かび上がらせている。

――不思議なセーラー服を着た、未来人ふたり。

透明の擬態《ぎたい》を解いた巨大なエレベータ。

〈世界線〉をうるわしく映し出す懐中時計。

そしてハルカが車座に差し出した、二十八本のガラスのアンプル。

それらはもちろん、トリクロノトン六㎕入りのアンプル。正確には、六㎕入りのが四本、〇㎕のが二十四本――二十四本は、既に消費されたからだ。ハルカはまだ消費されていない四本を取り分けると、それを車座の全員に回覧した。ハルカはまずユリに渡したから、四本の六㎕入りアンプルは、英二、詩花、あたし、真太、一郎と動いたことになる。だからあたし同様、誰もが確認しただろう――目薬の一滴よりかなり少ない何らかの液体が、その四本に未使用で入っていることを。ハルカはそれに満足したかのごとく、最後に確認をした一郎から四本のアンプルを回収すると、もう一度自分の左手でそれを握るように確かめ、最終的に四本をユリに委ねた。ユリがそれをそのまま制服のポケットに仕舞う。とても大事そうに——それはそうだ。生き残りの、未消費の四本は、あたしたちに残された最後のトリクロノトンだから。いよいよそれさえ使ってしまえば、歴史は嫌でも確定する。

——そうした『物証』を再び眺めながら、そして全員の顔をまた見遣りながら、部長である楠木真太はもう一度、膝元《ひざもと》のA4コピー用紙の束に瞳《め》を落とした。そして幾秒かした後、隣に座ったあたしの瞳《ひとみ》を真正面から見ながら、最終的にいった。

時刻は、午後八時四五分。

「これを、信じろというのか」

「そうだよ真太」あたしは自分の紙束を軽く掲げた。「信じてほしい」

「これが真実だというのなら」真太は全員をまた見渡した。「俺はもう七回、死んだことになるな」

「実際には、まだ一度も死んではいないよ。

この記録を読んでもらえれば、そのルールは解ると思う。

——けれどそれぞれの未来において、それぞれの世界線において死んでしまったことをすべてカウントするのなら、確かにそうだよ真太、真太はもう七回死んでいる。オリジナルの七月七日に一度。やり直しの七月七日で六度」

「皆《みんな》はどう思う」

「俺は信じるよ!!」一郎がビシッ、バシッと座りながら踊った。「何と言っても、その、目の前にすさまじい物証があるし!! いやそれを除いても、この記録に書いてある俺の言動、それは確かに俺がいいそうなことだしやりそうなことだ!!

もちろん記載してあるルールどおりに、俺には何の記憶もないけど!!」

「……物証については」英二が細い目を更に細めた。「壮大なトリック、壮大な捏造《ねつぞう》という可能性もありま す。ただそれにしては無闇に凝りすぎていますし、無闇に精緻《せいち》ですし、そして何よりもこのようなことをする動機原因がない——このようなことをして今銀さんが私達を騙《だま》そうとする動機原因がない。

そして確かに一郎のいうとおり、この記録に書いてある私の言動もまた、成程《なるほど》そのような状況に置かれれば私がいいそうなことやりそうなこと、そのものです。タイミング的に『それが書けたはずがない』『それは余りに小説的技巧だ』といいたくなる部分もありますが、それらも含めて、ええ、私の言動として矛盾も違和感も感じません。ゆえに、現段階で一〇〇%信じるわけではありませんが、逆に疑う理由もありませんし、何よりこの記録の先の物語があるというのなら……

私は聴いてみたいですね」

「水城はどうだ」

「……あたしには何の記憶もない。今あたしが生きているのが八度目の七月七日、七度目のやり直しだなんてどうしても思えない。この記録に書いてあること——あたしがそれらの七月七日でいったことやったことが、ほんとうにあたしのいったことやったことなのか判断できない。

けれど……けれど光夏がこんな膨大《ぼうだい》な記録まででっち上げて、よりによって七夕の夜に、部員全員の願い事を捧げる大事な七夕の夜に、あたしたちに悪質な悪戯《いたずら》をするとはまさか思えない。だから……この記録をぜんぶ信じるとはいえないけど、光夏のことは信じる。だからあたしは、光夏の次の言葉を聴きたいと思う」

「とすると、取り敢えずこの記録を前提とすることに皆、異議はないようだな。

そして俺も自分の結論をいおう。

俺はこの記録も今銀も信じる。

それは今銀の決意を信じるからだ。吹奏楽者は音で解り合う。俺は今日の部活で今銀の楽器の音を聴いた。それは何万言の説得に勝った——俺の根拠はそれで、それだけだ。

よって今銀。

お前が用意したこの記録を前提に、お前が『命懸けで話したい』というその言葉を聴かせてくれ。俺達の準備は、できた」

「ありがとうみんな……ありがとう」

ハルカの記録——『この物語』

あたしは自分の膝元の紙束をもう一度整え直した。

A4用紙にして二〇〇枚以上ある分厚い紙束。黒い大きなクリップでどうにか留めてある紙束。今この屋上に集《つど》った七人全員が持っている紙束——

これは、この試行第七回目で、ハルカが書いてくれたものだ。

あたしはそれをコピーして全員に配った。そして読んでもらった。

もちろんこれは、あたしたちが経験しては忘れていった、全ての七月七日に関する記録だ。それを全て記憶しているのは、あたしたち七人の内では今やハルカだけ。そしてそのハルカは、同級生のユリが驚異的と評するほどの記憶力を持っている。聴くところによれば、叶わぬ夢として、作家になりたがってもいるらしい。その記憶力と夢が、それこそ驚異的な質と量の記録に結実した。その記憶力と夢がどれだけ真剣で真摯《しんし》で執拗《しつよう》なものだったかは、ハルカの今の体調を考えれば嫌でも解る。そう、ハルカはクロノトン中毒で、恐るべき目眩《めまい》、頭痛、発熱、嘔吐《おうと》感、呼吸の苦しさ、不気味な痙攣《けいれん》等々に苦しんでいるのだから。そんな最中に全ての七月七日の記憶を誤りなく整理するなんて、もうバケモノだ。

――けれど、ハルカのすごいところはそれだけじゃなかった。というのも。

あたしたちは、あたしたち自身にも全然記憶がないけど、それぞれの試行の都度《つど》――それが失敗に終わった都度、それぞれの時系列とそれぞれの言動を顧《ふりかえ》りながら『反省検討会』をしている。時間の都合でそれがとても短いこともあったけど。しかもハルカは、そこで各プレイヤーが書き貯めたメモを検証できている。だからハルカは、それぞれの試行で誰がどんな言動をしたのか、あたしたちに物語れる程度には理解し把握できている。

だからハルカには記録が書ける。ハルカだけがそれを書ける。

ましてその記録は、試行第一回目についてはあたしの、試行第二回目については一郎の、試行第三回目については英二の、試行第四回目・試行第五回目についてはあたしの、そして試行第六回目についてはハルカ自身の視点から再整理されたものとなった――というのも、それがそれぞれの試行における主演女優であり主演男優だったからだ。

だから、そんなこと絶対にないと思うしできないけど、もしこの物語が一冊の本になるのなら、試行第一回目の章はあたしが主人公で、試行第二回目の章は一郎が主人公で……といったかたちになるだろう。重ねて、未来人のことも未来の技術のことも絶対に秘密にしなきゃいけないから、この物語が本になることなんて絶対にないけど……

それでも、敢えて言うなら、ハルカの書いてくれたこの記録は、それぞれの視点人物が何を考えてどう動いたかまで記載してくれたまさに『この本』だ。

「そして、もし皆《みんな》が信じてくれるのなら――」あたしは続けた。「――真太が死んでしまうとされてきた時刻まで、そう午後九時五五分〇一秒まで、あと一時間ちょっと。だからあたしは、急いで皆と議論したい。これまでの六度の試行でいったい何が起こったのか。それはどうして起こったのか。そして……そして……

　あたしたちには結局真太を救うことができるのか、を」

「ただ、この記録を前提とする限り――」真太が淡々《たんたん》といった。「――その態様がどうあれ、俺がこの七夕に死ななければならないことは、既に確定的だと思うが。俺はこういう言葉遣いが好きじゃないが、それこそ運命の力を感じる。七回死んだのなら尚更《なおさら》だ。とすれば、俺が為《な》すべきことは覚悟を決めることであって、あれこれ議論をすることじゃない」

「それは違うよ真太」あたしは断乎《だんこ》としていった。「それは違う。真太の死は確定的でもなければ、そこに運命の力なんてものはない」

叛逆児

「――また派手に断言するな？」

「だからあたしはハルカとユリに頼んで、この〈世界線〉を投映してもらったの。

　もうルールは解ってもらえているから仕組みは説明しないけど、これはこの世界の、あたしたちが今生きているこの世界の、あらゆる原因と結果を映し出している。今現在は、ハルカによって、この午後八時一〇分、つまりあたしたちがこの今夜屋上に出てからの〈世界線〉を、リアルタイムで映し出してもらっている。リアルタイムだから、動いている。天の川は滔々《とうとう》と流れ、そこでは幾千幾万、ううんもっとたくさんの星が瞬《またた》いている。今、ここに、あらゆるヒトの営みとその連鎖がある。それが無限にあるから、あたしたちには銀河に見える。その無限の銀河には、あらゆる可能性がある。幾千幾万の星が作る、幾億幾兆もの可能性がある。

　そのなかで、真太の死だけが確定的で、運命の力で決まっているなんて、あたしには到底思えない。

　真太の死も、あたしがこうして話していることも、あたしたち自身さえ、あまりに小さな星の瞬きにしか過ぎないけど、だからこそ自由で、だからこそ銀河のような無限の可能性に満ちていると思う。この天の川のような〈世界線〉は、確定的な、閉じた、冷え切った、だからもう何も動かない死んだ地図じゃない。まだ不確定で、開かれていて、輝いていて、だからまだ幾らでも動く生きた可能性なんだよ。

　あたしはそう信じる。

そしてたとえそれが間違っていても――だからやっぱり運命の力だの歴史の必然なんてものがあったとしても、あたしはそれに叛《さか》らう。たとえそれすらも運命や歴史に見透かされ、その掌《てのひら》の上で踊っているだけだとしても、あたしはそれに叛らい続ける。駄々っ子のように。我《わ》が儘《まま》いっぱいに。運命の力のせいになんてすることなく、あたしたちがどんな言葉を紡ぎ、どんな決断をし、どんなことを実行しどんな結果を生み出したか、徹底的に、あたしたち自身の責任として、知って知って知り尽くしたい。そうすることで、あたしたちの失敗をやり直したい。そう決意したい。自分で決意する自由、自分で決定する自由、それこそがヒトだよ。そしてあたしはヒトでありたい。だって、それこそが生きているってことだと思うし……

何より、あたしは真太を殺したくないから」

「……お前のその気持ちには感謝する。

ただ、気合いだけでは何もできんときもある。

だから。

お前が駄々っ子のように運命の力に叛らうというのなら、お前が何を考え、どんなプランを持っているのか教えてくれ。何分、俺は――お前以外の現代人全てがそうだと思うが――この記録と様々なルールを追い掛けるだけで精一杯なのでな」

全試行のあらまし

「うん解った真太。じゃあさっそく始める。

――まずは、やっぱりハルカがまとめてくれた、紙束のいちばん最後の表を見てほしい。

そこにこれまでの試行状況と、必要なデータが要約されているから」

あたし自身も、改めてもう一度、その表を見る（次表『全試行関係データ』参照）――

検討開始――試行第四回目・学校テロ

「――それじゃあ、これまでの試行状況を検討するね」

あたしは口火を切った。「まず、説明の段取りからも、内容のシンプルさからも、そして……その持つ意味の重要さからも、〈試行第四回目〉を検討するのがいちばんだと思う」

「今銀さん、それは」英二が冷静にいった。「青崎先生による、所謂《いわゆる》学校テロが発生した回ですね？」

「そう……これまでの七月七日の中で、いちばん酷《むご》くて、いちばんの悲劇だったあれ」

「何故それを検討するのが一番なんです？　例えば、

試行第六回目　一二時間分〈六μℓアンプル〉×四人分　　二四μℓ使用
試行第七回目　一二時間分〈六μℓアンプル〉×二人分　　一二μℓ使用

合計　　　　　　　　　六μℓアンプル×二四本使用
初期値　　　　　　　　六μℓアンプル×二八本（一六八μℓ）
現在値　　　　　　　　六μℓアンプル×　四本（二四μℓ）

【これまでの試行内容・試行結果】
〈試行第一回目〉
計画……①一郎が楽器店行きを口実に、真太を吉祥寺の街へ連れ出す
②Hアワー午後九時五五分に、真太が現場に存在しないようにする
③現場に上がるのは、英二・光夏・詩花の三人のみとする
④現場に楽器を用意せず、Hアワーに合奏ができないようにする
⑤ハルカ・ユリはCMRをスリープモードにし、CMR内にて待機
実際……A真太は一郎の口実を軽視・無視して一郎から離脱した
B真太は一郎を振り切り、Hアワーまでに現場へ上がってきた
C真太が楽器を搬んできたために、現場に楽器が存在してしまった
Dハルカ・ユリはCMRをスリープモードにしたが、CMRは暴走
E英二が珈琲《コーヒー》ポットを用意したため、現場離脱の口実がなくなった
F一郎が絶妙のタイミングで現場に登場し、真太の位置を変えた
G暴走したCMRは結局、Hアワーに爆発した
（H世界史の抜き打ちテスト発生）
結果……真太の転落死。死者1（初期値に同じ）

〈試行第二回目〉
計画……①一郎が工具・補強用具買い出しを口実に、真太を吉祥寺に連れ出す
②Hアワー午後九時五五分に、真太が現場に存在しないようにする
③現場に上がるのは、英二・光夏・詩花の三人のみとする
④楽器を美術室に隠し、Hアワーに合奏ができないようにする
⑤英二に珈琲ポットを用意させないようにする
⑥ハルカ・ユリはCMRをシャットダウンし、かつCMRから下りる
実際……A真太は謎のメールを受信し、その直後一郎から離脱した
B真太は一郎を振り切り、Hアワーまでに現場に上がってきた
C一郎が楽器を隠し忘れたため、現場に楽器が存在してしまった
Dハルカ・ユリはCMRをシャットダウンしたが、CMRは暴走
E暴走したCMRは結局、Hアワーに爆発した
（F世界史の抜き打ちテスト発生せず）
結果……真太、光夏の転落死。死者2（初期値＋1）
2

全試行関係データ

【これまででの試行状況】

試行第一回目	①ハルカ	②ユリ	③一郎	④光夏		
試行第二回目	①ハルカ	②ユリ	③一郎		④詩花	
試行第三回目	①ハルカ	②ユリ	③一郎			④英二
試行第四回目	①ハルカ			②光夏		
試行第五回目	①ハルカ	②ユリ		③光夏	④詩花	
試行第六回目	①ハルカ	②ユリ	③一郎		④詩花	
試行第七回目	①ハルカ			②光夏		

【これまでの試行回数】（試行第六回目終了時＝今回の七月七日正午時点）

各一二時間。ただし試行第四回目は四時間、試行第六回目は三時間一五分

ハルカ	六回	（過去体験五五・一五時間）	※試行第四回目・六回目に端数
ユリ	五回	（過去体験五一・一五時間）	※試行第六回目に端数
一郎	四回	（過去体験三九・一五時間）	※試行第六回目に端数
英二	一回	（過去体験一二・〇〇時間）	※端数なし
光夏	三回	（過去体験二八・〇〇時間）	※試行第四回目に端数
詩花	三回	（過去体験二七・一五時間）	※試行第六回目に端数

合計　二二回（過去体験二一二・六時間）

【クロノトンの蓄積量】（試行第六回目終了時＝今回の七月七日正午時点）

ハルカ	六六・三mℓ／一〇〇mℓ（致死量）
ユリ	六一・五mℓ／一〇〇mℓ
一郎	四七・一mℓ／一〇〇mℓ
英二	一四・四mℓ／一〇〇mℓ
光夏	三三・六mℓ／一〇〇mℓ
詩花	三二・七mℓ／一〇〇mℓ

合計　二五五・六mℓ

【トリクロノトンの使用量】　初期値・六μℓアンプル×二八本（一六八μℓ）

試行第一回目	一二時間分〈六μℓアンプル〉×四人分	二四μℓ使用
試行第二回目	一二時間分〈六μℓアンプル〉×四人分	二四μℓ使用
試行第三回目	一二時間分〈六μℓアンプル〉×四人分	二四μℓ使用
試行第四回目	一二時間分〈六μℓアンプル〉×二人分	一二μℓ使用
試行第五回目	一二時間分〈六μℓアンプル〉×四人分	二四μℓ使用

1

②Hアワーの午後九時五五分、真太が現場から転落するようにする
③真太の予想転落場所に、数多くの緩衝物《かんしょうぶつ》を置き、真太を受け止める
④確実に真太の死亡を防ぐため、青崎の協力を取り付ける
⑤青崎の協力を取り付けるため、学校テロのトリガーを引かない
⑥ハルカ・ユリの行動にも干渉せず、CMRは暴走・爆発させる
実際……A青崎の説得に成功、予想転落場所には充分な緩衝物がセットされる
B暴走したCMRはHアワーに爆発、真太は予想どおり現場から転落
C真太の転落場所が想定より何mもズレ、真太を受け止められず
（D世界史の抜き打ちテスト発生せず）
結果……真太の転落死。それを確認していた光夏の転落死
死者２（初期値＋１）

〈試行第六回目〉
計画……①CMRの解体と爆破
②ハルカ・ユリは午後三時までにCMRを解体
③それに一郎・詩花が合流してCMRの部品を搬出
④午後四時までに、CMRの部品をグラウンドの隅で爆破処理
実際……A真太が突然、午後三時から仲間五人でのミーティングを決定
B真太はその場所を屋上に設定。午後一時〇五分、全員にメール送信
C午後二時五五分過ぎ、ハルカが屋上を離れ校舎に入る
D午後三時一〇分、屋上に戻ったハルカが、現代人側五人を目撃
Eそのとき一郎・英二は射殺されていた
Fそのとき光夏は大怪我をしており、詩花は殺される寸前だった
G真太はフェンス際《ぎわ》で青崎の銃を持っていた
H真太はその銃で、詩花も射殺した
I真太は自らフェンスを撃ち、開口部を開け、そこから飛び降りた
Jそれを目撃していたハルカは、次に瀕死のユリと接触できた
Kユリの情報により、ハルカは真太が仲間を次々と撃ったのを知った
L結局、ユリも死亡した
（M世界史の抜き打ちテスト発生せず）
結果……真太の転落死。一郎、英二、詩花、ユリの銃撃による死
死者５（初期値＋４）

（了）

4

〈試行第三回目〉

計画……①英二が、現場に上がる時刻を午後八時一〇分に前倒しする
②Hアワー午後九時五五分に、真太が現場に存在しないようにする
③現場に上がるのは、オリジナルの七月七日どおり五人でよい
④楽器の演奏行動にも、工具・補強用具の現状にも干渉しない
⑤ハルカ・ユリの行動に干渉しない（CMRはなすがままにする）

実際……A午後八時五五分、七タイベントは無事終わり、真太は現場を去った
B午後九時三〇分過ぎ、一郎から英二にメール（今学校にいる云々《うんぬん》）
C午後九時四〇分過ぎ、光夏から英二にメール（工具箱を置きっ放し）
D英二は急遽《きゅうきょ》久我西高校に帰った（Hアワー直前、現場に出る）
E英二は、真太と一郎が現場フェンス際《ぎわ》で会話しているのを目撃
F英二が真太と一郎に駆けよったとき、ユリの叫び声（ハルカ危ない）
G暴走したCMRが結局、Hアワーに爆発
H現場の真太・一郎・英二、CMR内のユリ、爆発に巻き込まれる
（I世界史の抜き打ちテスト発生せず）
（J一郎は腹痛のため、六限から授業を早退。七タイベントでも不在）

結果……真太、一郎、英二の転落死。ユリの爆死。死者4（初期値＋3）

〈試行第四回目〉

計画……①現場での七タイベントそのものを中止する
②そのために現場への鍵〈屋上１〉を守衛に返却する
③午後三時の段階で、真太を音楽室に呼び出し、すべてを説明する
④すべてを説明することによって、真太に自衛策を講じさせる

実際……A午後三時の段階で、音楽室は保護者会場となっており使用不可
B音楽室の状況を知った真太が、新たな待ち合わせ場所に屋上を指定
C光夏は屋上に急行、階段の途中で一郎・英二と合流してしまった
D光夏が屋上のドアを開けたとき、青崎の学校テロが始まっていた
E最初に屋上入りしていた真太は、銃で殴られ昏倒《こんとう》、人質にされた
F次に屋上入りした一郎・英二は直ちに射殺された
G次に屋上入りした光夏も人質にされた
H青崎は結局自爆、真太はその爆発に巻き込まれる
（I世界史の抜き打ちテスト発生）

結果……真太の転落死。一郎・英二の銃撃による死
教師・生徒あわせて一〇〇人以上の焼死・爆死・転落死
（死者初期値＋100人以上）

〈試行第五回目〉

計画……①現場での七タイベントはそのまま挙行する（何の干渉もしない）

3

何処《どこ》がシンプルなんですか？」

「とりわけ、この〈試行第四回目〉では原因と結果が明らかだから。

だからもちろん、誰のどんなおかしな干渉もなかった……正確には、真太の死につながる誰のどんなおかしな干渉もなかったといえるから」

「まだ私には話が見えませんが……」

「ゴメン英二、できるだけ解りやすく説明する。あたしも理解したばっかりだから……

ええと、まず。

この学校テロが発生した原因は、それ以外のどの試行のどのイベントよりも因果関係がハッキリしている。もちろんあたし自身にも記憶はないけど、ハルカの記録、そしてやっぱり『ああ、あたしだったらそうするなあ……』っていう納得感から、自信を持ってそう断言できる。

すなわち。

この学校テロが発生した原因は、そのトリガーになってしまったイベントは、たったのふたつ。ひとつは、『あたしが寝惚《ねぼ》けた態度をとって、結果として青崎を激昂《げっこう》させてしまったこと』。そしてもうひとつは、青崎が屋上の安全性を確認できてしまったこと――要するに、『あたしが〈屋上1〉の鍵を返納してしまったこと』。同じ意味だけど言い換えれば、『〈屋上1〉と〈屋上2〉の鍵が揃《そろ》ってしまったこと』。

要はこの、『あたしの態度』＋『鍵の返納』が、最終的に、青崎にあんな大量虐殺をさせてしまうことになった。これはどうやら、〈試行第四回目〉の終盤であたし自身が確信していたことらしいし、今の、より客観的なあたしもそれに賛成する。また記録によれば、青崎自身がこれらを肯定している――いわば自白をしている」

「成程《なるほど》、確かに」真太は律儀《りちぎ》に記録を確認した。「本人も自白しているなら、そうだろう」

「そしてこの記録と、何度も繰り返して書かれているあたしのいい加減な性格と、あたし自身の自己診断からして、あたしはどっちのトリガーについても、まさか自覚して引いてはいないよ。だってあたし、屋上の鍵が持つ恐ろしい意味なんて全然意識していなかったし……まさにこの記録を読むまで気付いていなかった……そもそも論として、鍵のことをちゃんと管理してくれていたのは、記録によれば詩花だよ。そしてその流れにも違和感がない。詩花の性格からして納得できる――

ねえ詩花、詩花は実際に今も、〈屋上1〉の鍵を持っているはずだよね？」

「う、うん持っている。この記録どおりに。

これは今夜の七夕飾りのために、あたしが守衛さんから借り出したものだよ。そして光夏とは全然、その話をしていない……

どうやらこれまでの幾度かの七夕でも、それはそのとおり繰り返されたみたいだけど」

「だから、あたしには、その真の意味を意識して〈屋上1〉のトリガーを引くことができない。

また、〈あたしの態度〉のトリガーも引けない。というのもこれって、結局、『あたしがP－CMRを使って今日の正午に戻ったから』、だから寝惚《ねぼ》けたような感じになって、まったく無意識の内にやってしまったものだから。あたしが時間を遡《さかのぼ》るたびに、これは無意識の内に繰り返される。だから、意識してこんな態度はとれない」

「あれっ!!　でも今銀さん、それってちょっと変じゃないかい!?」一郎がビシッ、バシッと華麗に挙手した。「だって今銀さんは、意識して自分の態度を変えているじゃん、試行第五回目で!!　自覚的に、青崎を説得するために自分の態度を変えたって、そう記録からは読めるよ!!　おまけに、この試行第七回目でも態度を変えている。ハルカさんの手紙があったから――」

「はあ……だから一郎はいつまで経っても一郎なのよ……そこは嫌いじゃないけどね。

試行第五回目であたしが自分の態度を変えることができたのは、試行第四回目の記憶があったからでしょ？　その記憶に基づいて態度を変えられたんでしょ？　そして今回の試行第七回目であたしが自分の態度を変えたのは、まさにあんたがいったとおり、ハルカの介入があったからでしょ？

今あたしたちが議論しているのは、どこまでも試行第四回目の話だけで、それ以外じゃないわ。そして試行第四回目のあたしが、それ以降の未来・結果を知らないままで、そして誰の介入もないままで、意識して目覚めたときの態度を変えられたか――って話」

「あっそれなら無理だ!!

だって今銀さんはまだ、自分の態度が恐ろしい学校テロに直結するなんて全然知らなかったんだから!!」

「確かにそうですね――」英二がいった。「――正午に目覚めたときの態度が重要である。しかしその重要性を理解できたのは試行第四回目が終わったときである。なら、試行第四回目の冒頭で、意識してそれを変えられるはずもない――シンプルで論理的です」

「ありがとう英二。

そうすると、結局、あたしは学校テロのどっちのトリガーにも干渉していないってことになる。少なくとも、あたしの意思で、その真の意味と結果とを知って、干渉してはいないってことになる。

なら、学校テロを実行したのは、飽くまでも青崎先生の自由意思だよ。

そしてそのことは、P‐CMRの限界からも裏付けられる。

というのも、あたしたちが変えられるのは、今日、七月七日の正午からの歴史でしかないから。ところが、記録にある銃器・鋭器の多さといい、周到に腐るほど仕掛けられた爆弾やガソリンといい――それは今確かめようと思えば階段室を下りてすぐの所で発見できるけど――まさか七月七日の正午以降わずか三時間の内に準備されたものじゃないよ。青崎先生が長い時間を掛けて、じっくりと、綿密に準備してきたもの。だから結局、青崎先生が学校テロを計画したのも自由意思だし、それをとうとう実行してしまったのも――あたしが無意識の内にトリガーを引いたとはいえ――やっぱり自由意思だよ。まさかあたしが干渉したものじゃない。同様に、試行第四回目で一緒に過去に帰ってきたハルカが干渉したものでもない。ハルカは青崎先生のことなんて何も知らないし、ううんこの学校の仕組みだって何も知らないし、ましてトリガーのことなんて理解できるはずもないし、何より基本、自由に屋上からは出られない身の上だったんだから。そしてこの記録を前提にすれば、青崎のことを『警備員』程度にしか認識していなかったんだから」

「でも光夏」詩花がそっとサイドポニーに触れた。「その議論は納得できるとして、光夏はそこから何が言いたいの？　学校テロが青崎先生の自由意思によって行われた――ってことから、いったい何が言いたいの？」

運命と自由意思と

「第一に、試行第四回目では、誰も真太の死に結び付くような歴史の改変をしていないってこと。第二に、運命の力なんて信じられないってこと」

「えっ光夏、あたし光夏のいいたいこと、ゴメン、全然解らないよ」

「ううん詩花、それは当然だよ。ここ大事なところだし、あたしもちょっと説明が難しくて、舌を噛んでいるところがあるから――」

だから、言い換えると。

第一に、試行第四回目で真太が転落死しちゃったのは、まさに青崎先生の自由意思によるもので、あたしたちの誰もそれに関与していないってこと。あのとき真太が転落死したのは、転落死ってかたちだけを見れば何度も何度も繰り返されたかたちと一緒だけど、それは飽くまで青崎先生が、自由意思で、フェンスの傍《そば》で自爆したから起こっただけだよ。だからそれは、敢えて言うなら『自然の成り行き』『自然な状態のまま』だった。だからつまり、あたしたちの誰も、成り行きに任せるままで、だから真太を救おうとも殺そうともしていなかった。試行第四回目は、その意味でとても『自然状態』なんだよ。

また第二に、この試行第四回目こそ、運命の力なんて存在していないことを示す最大の証拠といえる――それはそうだよ。だってオリジナルの七月七日では、死ぬのは真太ひとりきりだけだったんだから。それがまさに青崎先生の自由意思で、いきなり一〇〇人以上に膨れ上がったんだから。そう、青崎先生独りの自由意思で、いきなり初期値＋一〇〇人以上だよ？　ヒトひとりの自由意思で、いきなりそれだけ歴史を変えられるんだよ。なら、歴史の潮流のいきおいとか、歴史の必然とか運命の力なんて、あたしにはそんなもの到底信じられない」

「けれどさ、今銀さん!!」一郎が潑剌《はつらつ》という。「歴史の潮流のいきおい、歴史の必然、運命の力――まあどんな言葉を使ってもいいけどさ、それは『真太を必ず殺す!!』っていう絶対のパワーなのかも知れないよ!!　そう考えても筋が通る。だって試行第四回目だってそれ以外だって、必ず真太は死んでいるんだからね!!　もし運命の力がそれだけを狙っているんだとしたら、むしろ俺は運命の力が絶対にあるって考えた方が自然だと思うな!!」

「オイ一郎、念の為《ため》訊いておくが。

それはつまり、俺は今夜もこれから絶対に死ぬ――ってことでいいか？」

「いっいや真太、俺は全然そういうつもりじゃ……!!

でも……あれっ？　俺が言ったのはつまりそういうこと、なのかな？」

「安心して真太、一郎。

真太が今夜死ぬことはないから。そんな運命の力なんてないから」

「ああよかった!!　俺ももちろん絶対に絶対にそう信じているけどさ!!

でも今銀さん、それはいったい何故なんだい⁉」

「……全然信じてないじゃない、調子狂うわね。ええと、そうだ記録によれば。

あたしは、〈試行第五回目〉で運命を変えることに成功している。青崎先生の説得に成功して、学校テロそのものの発生を打ち消すことができた。言い換えれば、一〇〇人以上の未来を変えることができた。もちろん、死ぬ未来から生きる未来に変えることができた。

ここで考えてみて？

執拗《くど》いけど一〇〇人以上だよ？

死んでしまうはずの一〇〇以上の人が、いわば生き返ったんだよ？

そして記録によれば、それからも死んではいない。

なら、その一〇〇人以上の未来が――二〇二〇年七月七日に死ななかったという原因が――いったいどれだけの結果を生むと思う？　例えば――それぞれの人が進学すること、新しい友達を作ること、就職すること、いろいろな上司部下を持つこと、いろいろな仕事をすること、事故に遭うこと、犯罪を犯してしまうこと、転職すること、新しい研究を完成させること、結婚すること、子供を持つこと……はたまたその旦那さんなり奥さんなり子供さんたちの未来までを考えると、生まれる結果は何億、何兆、何京、ううんもう無限だよ。だから今あたしたちの眼前にある〈世界線〉は、そうした無限の原因と結果を表示しきれなくて、ただの光の帯になっている。

これを言い換えれば。

あたしは、そして青崎先生は、たった独りの自由意思で、無限の原因と結果を変えられたんだよ。それが試行第四回目・試行第五回目だよ。裏から言うと、歴史の潮流のいきおいでも歴史の必然でも運命の力でも何でもいいけど――そしてそれがある程度の潮汐力《ちょうせきりょく》を持っているならそれでもいいけど――それは無限の原因と結果を、あたしや青崎先生ごときに変えることを許す、その程度の力しか持ってはいないんだよ。

だから、あたしは運命の力なんて信じない。

だから、あたしはヒトの自由意思で未来は変わると信じる。

だから、真太は今夜死なないし、あたしが……

あたしたちが殺させはしない。

あたしたちは抗《あらが》える。あたしたちは戦える。

そして、あたしたちは勝てる。

あたしはそれを、この学校テロの〈試行第四回目〉から確信した。

今夜皆《みんな》に集まってもらったのも、その確信があるからだよ」

「成程《なるほど》、今銀さんの議論をまとめると――」英二が指折り数えながらいった。「――この〈試行第四回目〉は重要である。何故ならシンプルだからである。何故なら因果関係が明白だからである。何故ならトリガーとイベントが明白だからである。

そしてそのトリガーとイベントは、青崎先生の自由意思のみによるものである。

ゆえに〈試行第四回目〉で真太が転落死したのは、ヒトの自由意思によるものである。

しかも、ここにいる七人の『時間旅行者』の自由意思によるものではない。

「うんそう、まさにそう」

「そして〈試行第五回目〉との比較からして、未来は変えられる。

また〈試行第五回目〉の結果からして、未来はヒトの自由意思で変えられる。

よって、変えられない『運命の力』などというものはない。

だから、今夜午後九時五五分に真太が転落死することは避けられる——

こういうことでよいでしょうか？」

「まさしくだよ英二、どんぴしゃり」

「……確かに、論理的には頷《うなず》けますが」しかし英二はちょっと首を傾げた。「ただ、それならそれで、また大きな疑問が生じてくると思いますよ？」

「それは英二、どんな疑問？」

「記録によれば、私達は既に七度、真太の転落死を経験している。

繰り返しの謎、そして故意・過失

既に、七度です。

しかも、ほとんど全く一緒の態様で。

……ここで、私は先刻、一郎が指摘していたことにも理由があると思うんです。

というのも、もしヒトのちからで歴史がそうそう変えられるのであれば、我々は六度も同じ試みを繰り返したはずがありませんから。理論的にいえば最初の一回で——〈試行第一回目〉で、容易《たやす》く真太の死を回避できたはずです。今銀さんの説が正しいのなら。ただ、もちろん人間には思わぬミスもありますから、そうですね——常識的にいえば次の一回で、そう〈試行第二回目〉では必ず成功したことでしょう。事実、今銀さん自身も、記録によればたったの一回で、一〇〇人以上の未来を変えることに成功していますから。

では何故、『真太の転落死』なるイベントだけが、こうも執拗《しつよう》に繰り返されるのか？

……これは、イベントとしては七度も、やり直しとしては六度も、繰り返されています。

　だからもし今銀さんが、一郎の『運命の力論』『絶対のパワー論』を否定するのなら、この執拗な、不可解な、偏執的《へんしつてき》ともいえる謎の繰り返しについて説明できなければならない。私はそういう印象と疑問を強く持つのですが……」

「……確かに、あたしが『歴史は自由意思で必ず変えられる』という立場に立つかぎり、英二のいう疑問には答えられないといけない。それはあたし自身強く思ったし、あたし自身必死で考えた。

　何故こうも上手くゆかないのかと。何故こうもあたしたちは失敗し続けるのかと。

　――言い換えれば。

　何があたしたちを六度もの失敗に追い込んだのかと」

「ああ光夏、〈試行第四回目〉では、誰の干渉もなかったはずよ――」聴き役に徹していたハルカが注釈した。「――だから正確に言えば、あなたたちの……いえ私達の失敗は『五度』だけどね。試行が六回あって、うち一回は誰の失敗もないのだから、失敗は五度よ。

　御免《ごめん》なさい。大勢に影響の無い、無粋《ぶすい》な注釈をしてしまったわね――どうぞ続けて」

「ううん、ありがとうハルカ。

　七月七日が何回あって、あたしたちが何回やり直したのかは数がズレるから、キチンと確認をしてくれて嬉しいよ。だからもう一度整理すると――オリジナルを含めて七月七日は、今この時点で八度目、直前の〈試行第六回目〉が終わった時点で七度目。他方で、あたしたちがやり直しをしたのは、〈試行第一回目〉から〈試行第六回目〉までの六度。こうなる」

「そして『俺達が失敗した』っていうのは、その六度から学校テロの一度を引いて――詰まるところ五度ってわけだねハルカさん⁉」

「ハルカとユリは聴き役に回りたいっていっているから」あたしは一郎を冷ややかに眺めた。「御期待に沿えずあたしが答えるけど、そのとおり――あたしたちは五度失敗をした。そうなる」

「そして英二がさっき訊いたのは」真太がいつもどおり無愛想にいった。「何故歴史はそんな風に繰り返すのかということ」

「そして光夏がさっき自問したのは」詩花が瞳を伏せながらいう。「何故あたしたちはそんな風に失敗を繰り返すのかってことだね？」

「そのとおりだよ詩花。

その言い方で解ってくれたと思うけど、あたしは『歴史が繰り返す』って考え方は採らない。飽くまでも、繰り返したのはあたしたち。自由意思を持ったあたしたちだよ。だからあたしは、何故こうも『あたしたちは失敗し続けるのか？』という問いを立てたんだ」

「しかしてその真相は⁉」

「待ってください、一郎」英二は一郎の座りながらの踊りを制した。「私は気になります。今銀さんの、その主語の使い方が。そして今銀さんが繰り返す『自由意思』という言葉が――というのも、それはどう聴いても、『自由意思を持った私達が失敗をし続けた』という意味になるからです。一郎が早速ポカンとしているので急いで言い換えると、それってつまり『私達が自由意思によって失敗をし続けた』と、こういう話にもなってきませんか？　またそれってつまり、今銀さんの説によれば、歴史の必然だの運命の力だのは全く関係なく、『私達が自由意思によって――故意か過失かは解らないが――失敗をし続けた』と、こういう結論になってきませんか？

……要は、私達はミスをした。自由意思で。

もちろん私達の誰もが真太を救いたかった訳ですから、故意のミスというのはあり得ないと思いますので、要は、『私達は自由意思に基づき、過失で、思わぬミスを重ねてきた』と、そういうことになるんでしょうか？」

「鋭いね、英二。

そうだよ。

あたしが『自由意思論』に立つのなら、こうまであたしたちが失敗を繰り返した原因は、あたしたちが『故意か過失かは解らないけど、ミスをし続けたんだ』と考えざるを得ない。英二の言い方を真似すれば、それが論理的で、論理的必然だよ」

「ただ光夏」詩花がビックリしたようにいう。「蔵土くんもいっていたけど、故意のミスなんてこの場合あり得ないよ。故意のミスだなんて、それはつまり『わざと楠木くんが死ぬようにミスをする』ってことだよね？　それはあたしたちが六度も七月七日をやり直した目的と真っ向から対立するよ。妨害だし、邪魔立てだし、要は人殺しそのものだし……歴史をわざわざやり直した仲間が、敢えて楠木くんを死ぬようにする理由もなければメリットもないよ。いってみれば、誰にも動機がない。だから、わざと楠木くんが死ぬように動くとか、そんなことあり得ないよ。故意のケースはないよ」

「それは詩花、あたしもそう思う。今もそう固く信じている――真太の死については。

だから。

いよいよ、〈試行第四回目〉（学校テロ）の次にシンプルで解りやすい、〈試行第一回目〉の検討をしてみたいと思うんだ」

試行第一回目・楽器屋への買い物計画

「それってつまり」一郎がいった。「真太が死んでから、いちばん最初のやり直しだね‼」

「そうなるわ、一郎。

そしてその〈試行第一回目〉で、今はもう何も憶えていないあたしたちが何を計画し、実際には何が起こり、そして結果がどうなったかは、さっきの一覧表にまとめてある」

「成程《なるほど》」真太が頷く。「これも極めてシンプルだな――因果関係が」

「何が目的で、何をどう変えたかったのかが明確だね‼

……ってあれ？　記録によれば、このプランを立てたのは俺だな。ウン、俺らしい‼」

「一郎、もう一度そのステキプランを説明してみて？」

「うん今銀さん、まあ、よく解らないけど俺が適任だろうな……俺のことは俺に任せろ‼

要は、〈試行第一回目〉の目的は、『真太を現場に行かせない』ことだ‼　被害者が現場にいなければ、事故は発生しようがないからね‼　だから俺は、いや俺だよな……つまり俺は、真太を現場から引き剝《は》がすことにした‼　具体的には、『吉祥寺の楽器屋に行くから、一緒に付いてきてくれ』って頼んだわけだ‼　もちろんそれはデタラメな言い訳だけど、要はHアワー午後九時五五分に、真太が吉祥寺の街にいれば、久我西高校の屋上にいられるはずもなく、だから屋上から転落死することもないってそういうステキプランだ‼」

「そして、〈試行第一回目〉だとあたしもプレイヤーだったらしいから――」あたしは続けた。「――一郎の説明を引き継ぐと、そのステキプランは物の見事に失敗した。マンガかよ、ってツッコミを入れたくなるほどキレイに失敗した。

というのも、第一に一郎の言い訳がデタラメ過ぎたから。それに真太は呆《あき》れ、一郎と別行動をとることにしちゃったから。具体的には、『七夕の竹を固定する工具・補強用具を買う』って別行動をとることにしたから。それで真太は、なんと午後九時三五分に、現場である屋上に帰ってきてしまった……

当然、憶えていないけどあたしは焦燥《あわ》てる。真太を現場から
どうにか屋上から撤収しようとする。真太を現場から

引き剝がすために。

　ところがこれも、嘘だろ、ってツッコミを入れたくなるような事情でことごとく失敗した。あたしは屋上に楽器を持ってこなかったのに、なんと当の真太がそれを搬《はこ》んできてしまった。合奏に続く流れを止められなくなった。いったん休憩にしてお茶にしようなんて力業まで試みたけど、なんと英二が珈琲《コーヒー》ポットまで用意してくれていた。いよいよ屋上から撤収する理由がなくなった。しかも、誰もが知っているあたしの性格からして、誰もが、あたしこそ屋上で合奏をやってみたいんだと信じている。まして、計画の首謀者だった一郎すら、真太の動きやルートに影響を与えるかたちで階段室から飛び出てきた……

　……あたふた狼狽《ろうばい》しているうちに、Hアワーの午後九時五五分。

　スリープモードにしてあったはずのCMRが突如暴走を始め、いきなり爆発し、そして真太はオリジナルの七月七日どおりフェンスを突き抜けて地上まで吹き飛ばされてしまった。もちろんオリジナルどおり死んでしまった。こうしてオリジナルの歴史はなぞられた――

　ここで一郎。

　一郎はどう思う、この流れ？　著しくマヌケなのはともかくとして、異様だとか矛盾があるとか奇妙だとか思う？」

「……いや全然だな!!　いかにも俺がやってしまいそうなことで、いかにも今銀さんがやらかしそうなことばかりだ!!」

「ユリ」あたしはユリに声を掛けた。「未来人ふたりは聴き役に回ってもらっているけど、敢えてここは第三者の、そう客観的なユリに聴きたい――この流れ、異様だとか矛盾があるとか奇妙だとか思う？」

「うーん……あたしはまさに第三者だし、あたし自身未来人のくせにこれまでの記憶が何もないから、ホントに中立な、客観的なことしか喋れないけど……この記録を読むかぎり、不自然さは感じないよ。あれがあったから、これがあった。あれをしなかったから、これがなくなった。一郎くんの口実、真太くんの態度、真太くんの本当の目的、光夏たちの楽器がたどった経緯、英二くんが珈琲を用意した理由、最後に一郎くんが飛び出てきた状況……

　どれも異様とは思えない。ていうか、どちらかといえばすごく自然だよ。

　さっき真太くんがいったとおり。因果関係が極めてシンプル。矛盾や無理はない」

「ま、今銀と一郎らしい、ケアレスミスというかポカが多すぎるがな……」

「ご、ゴメン真太」当の死者に怒られてしまっては、項《うな》垂《だ》れるしかない……「そ、そう、今まさに真太がいってくれたけど、〈試行第一回目〉で発生したのは、ケアレスミスとポカだよ。これすなわち、自由意思による失敗。

　プレイヤーであるあたしと一郎は、自由意思で歴史に介入したけど、そしてそれで真太を殺してしまったけど、まさかそこに故意はないよ。それはもちろん、ふたりとも真剣に、必死に真太を救おうとしていたから。でもそれが主観的に過ぎるっていうんなら、まず、あたしに故意がなかったことは確実だよ。だってこの記録、ハルカがまとめてくれたこの記録は、〈試行第一回目〉についていえば、あたしの視点を中心に描かれているから。視点人物のあたしは嘘を吐かない。そう考えなければ、この記録に基づくこの検討そのものがまるで意味を成さなくなる。しかも、この記録を議論の前提とすることには全員の合意をとってある。だからあえて決め打つ。視点人物のあたしは嘘を吐かない。だからあたしには故意はない。そして一郎が悲しそうな顔をしているから急いでいうと、一郎にも故意なんてなかったことが解る——だって記録によれば一郎は真太の内心を読めなかったし、だから真太が何時《いつ》自分から離脱するのか分からなかったし、だから離脱後の真太の行動は読めないし、だから真太が午後九時三五分に現場に戻るなんて解るはずないし、まして、まさに屋上に飛び出てくるとき真太が何処《どこ》にいるかなんて絶対に分からないもの——屋上への唯一の出入口は、監獄みたいな分厚い金属ドアなんだから、屋上の様子は出てみないと分からないもんね。この最後の論点だけでも、一郎に真太を殺す故意なんてなかったことが解る。

　だから、プレイヤーふたりに故意はない。あったのは純粋な過失だけ。

　また、NPCである英二・詩花に、真太を殺す故意が持てるはずない。生まれて初めての七月七日を、何も知らずに生きているんだから。それがP‐CMRのルールなんだから。だから『このタイミングで真太が死ぬ』『このかたちで真太が死ぬ』『自分はそれを後押しすればいい』だなんて考えることは絶対にできないから。

　そして、未来人であるハルカ・ユリは、状況を操作することがほとんどできない。試行第一回目だと、あたしと一郎にしか接触できなかったんだから——他の誰かと接触したところで警察に通報されるのがオチだよね——

統制できるとすればあたしと一郎の行動だけだけど、これはもう論じたとおり、あたしにも一郎にも故意なんてないし、ハルカとユリによって故意を持たされたなんてこともない。そもそも、もうオリジナルの七月七日に真太を殺してしまったハルカ又はユリに、『もう一度真太くんを殺して？』なんていわれたところで、意味不明どころか絶対に反発するし、ハルカ又はユリの方でそんな直截《ちょくせつ》でバカなそそのかしはしないよ、無駄だもの。

――これをまとめると。

〈試行第一回目〉において、真太を殺そうとする故意を持った者はいない。

あたしと一郎は、故意でなく過失によって、ケアレスミスとポカを犯した。

そのケアレスミスとポカから導かれる因果関係におかしな所はない。

よって、〈試行第一回目〉では、あたしと一郎が、過失によって、真太を殺してしまったことになる。そしてこれが、あたしたちの失敗の第一号となった」

ＣＭＲの爆発（スリープモード）

「ちょっといいかしら、光夏――」ハルカが美しく手を挙げた。「――あなたの結論は肯定するけど、ひとつ不可解なところがある」

「ていうと？」

「スリープモードになっていたＣＭＲが、突如暴走して爆発をしたこと。

これは、記録の中にも書いてあるけど、物理的には発生し得ない現象よ。

となると、あなたは嫌うかも知れないけど、これこそまさしく『歴史の必然』『運命の力』なのではないかと疑いたくもなる――〈試行第一回目〉の因果関係のうち、これだけがケアレスミスでもポカでもない。光夏の説では、この現象は説明できない」

「ハルカならきっとそう訊いてくると思ったよ――

でも、その説明はちょっと後に回させて。

というのも、六度のやり直しの中で、次にシンプルで解りやすいのは〈試行第五回目〉になるから。だから、これまでの議論の次に――試行第四回目（学校テロ）、試行第一回目（ケアレスミス）の次に、〈試行第五回目〉を検討したいと思うから」

試行第五回目・落下地点の変更計画

「――光夏には何か考えがあるようね。

なら、ええと……その〈試行第五回目〉というのは、ああ、光夏のこれまた力業、『真太くん受け止め作戦』ね？」

「……俺もこの記録を読んだとき」真太がぽつりといった。「これが一番今銀らしい、と嘆《なげ》いたもんだ」

「今銀さんが立案した計画は」英二が苦笑した。「記録によればふたつですが、どちらも力業ですからね……『真太受け止め作戦』と、『七夕イベント中止作戦』」

「ま、結局の所、俺はまだ生かしてもらっている。

だからこうして苦笑もできる……今銀とも苦笑しながら話し合える。不思議なもんだ」

「じゃ、じゃあその力業、真太受け止め作戦の〈試行第五回目〉だけど――

これって試行第一回目の次に、あるいは試行第一回目と同じくらいシンプルで解りやすい。何が解りやすいかって、もう因果関係が解りやすい。どういう原因から、どういう結果になったのかがとても解りやすい。というのも」

「ああ!! それはもちろん、この〈試行第五回目〉では、プレイヤーである光夏さんも詩花さんも、ほとんどっていうかまるっと全然、因果関係に介入していいいいないかrだね!!」

「そうなの一郎。


さっきの一覧表で概要を確認してもらえればすぐ解るけど、この〈試行第五回目〉は、結局ほぼ、オリジナルの七月七日を踏襲している。それをできるだけ忠実になぞっている。というのも、あたしの作戦は『真太受け止め作戦』だったから。すなわち、真太がオリジナルの七月七日同様、屋上から転落することを前提にした作戦だったから。

だから当然、真太が屋上から転落するまでの歴史の流れは――それはつまりオリジナルの七月七日の流れだけど――まったくいじる必要がない。実際、『真太受け止め作戦』を前提に、プレイヤーであるあたしと詩花は、Hアワー午後九時五五分まで、まったく歴史に介入していない。

もちろん地上に――そう真太の予想落下地点・予想転落場所に様々な緩衝物《かんしょうぶつ》を置くっていう介入はしているけど、それは真太の行動にも、それ以外の仲間の行動にも、あるいは未来人の行動にも変化を与える介入じゃないはず。そして事実、この〈試行第五回目〉においては、七夕飾りと合奏の全ての流れはオリジナルの七月七日どおりに繰り返された。あたしたち五人はナチュラルに屋上へ出て、ナチュラルに七夕飾りをしてナチュラルに合奏をした。未来人ふたりも、例えばＣＭＲをスリープモードにするとか、シャットダウンするとか、そういったことを一切しなかった。未来人ふたりの動きも、オリジナルの七月七日を踏襲してもらった。だからこそCMRは『予定どおり』『予測どおり』に爆発した。だからこそ真太はその爆風に吹き飛ばされて、『予定どおり』『予測どおり』に屋上から転落した――もちろん、『予定どおり』『予測どおり』の午後九時五五分〇一秒に。

　だけど」

「俺の落下地点・転落場所だけが違った」真太が淡々といった。「俺はお前が青崎と準備した、予想落下地点には墜ちなかった。だから……まあ死んだ」

「そのとおり。

　そのとき、〈試行第五回目〉のとき、真太は予想落下地点には墜ちなかった。墜ちなければいけない地点から、何mも離れたところに落下してしまった。これを言い換えると、まずアタリマエの言い換えだけど、『真太の転落場所だけが違った』っていうことだよ。そしてもっと意味のある言い換えをすると、『他のあらゆる初期条件が一緒だったのに、何故か真太の転落場所だけが違った』っていうことになる。ここで、『他のあらゆる初期条件が一緒だったのに』っていうのは、もちろん、この〈試行第五回目〉ではオリジナルの七月七日が完璧にトレースされていたからだよ。まるで理系の実験のように、オリジナルの七月七日は、試行第五回目の七月七日と初期条件が一緒だったんだよ。

　にもかかわらず、転落場所だけが違う――

　これはとても意味深《いみしん》だと思う」

「成程《なるほど》」英二がいった。「他のあらゆる諸条件が一緒なのに、転落場所という結果だけが異なることは、それこそ理系の実験を想定してみれば、あり得ない出来事。裏から言えば、他のあらゆる諸条件が一緒ならば、もちろんその因果関係にしたがって、真太の転落場所が変わるはずもない。確かに意味深です」

「とはいえ」ハルカがいった。「それこそ、ブラジルの一匹の蝶《ちょう》の羽ばたきがテキサスで竜巻を引き起こすという。風が吹けば桶屋《おけや》が儲かるという。だから私達は、光夏のいうように、『他のあらゆる初期条件が一緒だった』とは必ずしも断言できないと思う。というのも、いみじくも光夏自身がいっていたように、予想落下地点に緩衝物を置くとか、それについて青崎の協力を得るとかいったことは、オリジナルの七月七日には発生していないイベントだからよ。すなわち初期条件にはないイベントだからよ。そうしたイベントが、どのような機序《メカニズム》と因果関係によるのかは解明できないけど、それこそブラジルの一匹の蝶の羽ばたきのように、いろいろなかたちで連鎖をして、真太くんの転落方法なり転落ベクトルなりに影響を与えた可能性は否定できない」

「ううんハルカ。反論するけどそれは否定できると思う」

初期条件と落下地点——三度の七月七日にて

「光夏それは何故？」

「第一に、確率が極めて低いから。事前に、地上で誰がどんな動きをしていようと、屋上での真太の転落方法なり転落ベクトルなりに影響を与えることができるとは考え難《がた》いから。でもそれじゃあ根拠が弱すぎるというなら第二に、世界線の変動率の問題があるから」

「……世界線の変動率？」

「この記録にあるけど、ハルカには実際の記憶もあるはず。

すなわち、この〈試行第五回目〉がどれだけオリジナルの七月七日と違っていたかっていうと——それが世界線の変動率だけど——わずか〇・〇一八三％だよ。これすなわち、例えば、飽くまでイメージとしていえば、一万の原因があったとして、はたまた一万の結果があったとして、そのうち変動させられたのは、たったの一・八三個だけだってこと。またこれすなわち、オリジナルの七月七日におけるあらゆる原因と結果は、仮にそれらが一万個あったとすれば、この〈試行第五回目〉においても、それぞれ一・八三個しか変動していないってこと。

そのわずか〇・〇一八三％でしかないオリジナルとのズレが、『真太の落下地点が違う』なんて巨大な結果に結び付くなんて、数字からは到底考えられない」

「けれど今銀さん」英二が冷静にいった。「到底考えられませんが、あり得ないとは言えませんよ。たとえ〇・〇一八三％とはいえ、オリジナルの歴史は変わっているのですから。なら『真太の落下地点が違う』という結果が、偶然、たまたま、例えば一万個の内のひとつなり一・八三個なりにヒットしてしまった——ということも、論理的には否定できるものではない」

「それなら更に、試行第五回目において『初期条件は一緒だった』——すなわち試行第五回目において『真太の落下地点は、ブラジルの一匹の蝶の羽ばたきに影響されたものじゃない』『オリジナルの七月七日はトレースできていた』ってあたしの説を支える第三の根拠を出すよ。

その第三の根拠は、それこそさっき検討したばかりの、〈試行第一回目〉に求められる。というか、その〈試行第一回目〉における世界線の変動率に求められる。もっといえば、『オリジナルの七月七日と、試行第一回目の七月七日はどれだけ違っていたか？』という点に求められる」

「試行第一回目の、世界線の変動率……」詩花は急いで記録をめくった。「……ああ、ここに書いてあるね、それはええと、あっそれって……実は〇・〇一八五％」

「そうなんだよ、詩花」あたしは頷いた。「一度に見れば分かるんだけど、もう検討した〈試行第一回目〉と今検討している〈試行第五回目〉の世界線は、ほとんど変わらない。前者の、オリジナルの七月七日に対する変動率は〇・〇一八五％。後者の、オリジナルの七月七日に対する変動率は〇・〇一八三％――

〇・〇〇〇二％しか違わない。

〇・〇〇〇二％だなんて、これも飽くまでイメージとしていえば、一万個の原因でも結果でもいいけど、一万個の要素があったとして、そこにある違いはたったの〇・〇二個だけだったってことだよ。その世界における一〇〇万個の要素に対して、違いがあったのはたったの二個だけだってこと。なるほど、それこそがブラジルの一匹の蝶の羽ばたきによるのかも知れないけど、一〇〇万個の要素のうちの二個だなんて、ほとんど有意な違いを持たないと思う」

「成程《なるほど》そのとおりだ今銀さん!!」一郎がコクとキレのある挙手をする。「……で、それって要するに、いったい全体どういうこと!?」

「……よ、要するに、さっき検討した試行第一回目の世界線と、今検討している試行第五回目の世界線は、恐ろしく微細な違いを除けば同一ってこと。喩《たと》えて言えば、歴史の織物は、試行第一回目でも試行第五回目でも、その一〇〇万本の糸のうち、たったの二本しか、色なり太さなり素材なりを変えていないってことだよ」

「そういうことか!!　それならちょっと解った気がする!!」

俺の着ている夏制服でも今銀さんの着ている夏セーラー服でもいいけど、そこに一〇〇万本の糸が使われているとして、そのうちたった二本をしれっと入れ換えられても、たぶん、いやきっと絶対に分からないな!!

要は、試行第一回目の世界線と、試行第五回目の世界線は、見分けが付かないくらいにソックリ、瓜二つ、一緒だったってことだ!!」

「もちろん糸だの制服だのって話は喩《たと》えだし」あたしは続けた。「世界線の変動率は、結果として糸がどう違ったかを表しているんだから、その糸がどういう経緯で、どういう連鎖で、どういうルートをたどって変わっていったかは、全然分からないんだけどね。

ただ。

一郎の結論は正しい。

試行第一回目と試行第五回目は、トータルとして見たとき、一〇〇万の要素のうち二つしか変わらないほど、結果として、世界として、歴史の織物として一緒である。こうなる」

「でもさ、それから何が言えるんだっけ⁉

ていうか俺達今、何を議論しているんだったっけ⁉」

「い、一郎、それは皆《みんな》に対する親切のつもりか、それとも本気の問いか?」無愛想な真太が、一郎の天然すぎる問いに狼狽《うろた》えた。「もちろんそこから言えるのは、試行第五回目において俺が転落するための『初期条件』が、オリジナルの七月七日と一緒だった——って話だろ。そうだな今銀?」

「そう真太、まさしくそう」

「ただお前が今指摘したのは、試行第五回目と試行第一回目がほぼ一緒だって話のはずだ。オリジナルとの比較論じゃない」

「そのとおりだよ。

でもそこから、それらがオリジナルの七月七日とほぼ一緒だったって結論を導くのは全然難しくない。というのも、それぞれがどれだけオリジナルの七月七日と違っているかは、記録にもあるしもう議論も出ているから。すなわち試行第五回目は〇・〇一八三%しかオリジナルと違わないし、試行第一回目なら〇・〇一八五%しか違わない。

となると。

もうこういっていいと思う——世界線は、歴史の織物は、①オリジナルの七月七日でも、②試行第一回目の七月七日でも、③試行第五回目の七月七日でも、ほとんど一緒だった。

だから、あたしのこれまでの議論をまとめると——

オリジナルの七月七日。試行第一回目の七月七日。試行第五回目の七月七日。

これらにおいて、真太が屋上から転落した『初期条件は一緒』。

ところが。

にもかかわらず、①オリジナルの七月七日では真太は落下地点Aに転落して、②試行第一回目の七月七日でも真太は落下地点Aに転落したのに、③試行第五回目の七月七日だけは真太は落下地点Bに——落下地点Aから数

mも離れた場所に——転落した。こうなる。ここで、オリジナルの七月七日と試行第一回目の七月七日と試行第五回目の七月七日は、理系のやる実験みたいに初期条件が一緒なんだから、どう考えても③の結果はおかしい。初期条件が一緒なんだから、真太はやはり③のときでも落下地点Ａに——あたしたちが何度も確認し、あたしが緩衝物を用意していた予想落下地点に墜ちなければおかしい。

　ここで例えば、机の上からボールペンを落としたとする。これまた理系の実験的にいえば、落としたベクトル、落とした速度、落とした時刻、空気抵抗、落ちた先の物理的状況などなどが全く変わらないのなら——あるいは〇・〇〇〇二％なり〇・〇一八三％なり〇・〇一八五％なりしか変わらないのなら——そのボールペンは何度落としても、毎度毎度同じ所に行き着くはずだよ。あたかも、この記録にあるとおり、あたしたちが真太の死を何回も何回も経験させられ、真太の遺体を何回も何回も同じかたちで目撃させられたように。そして実際、オリジナルの七月七日でも、それ以降の六度のやり直しでも、なんと真太の遺体の状況は変わっていない——具体的には、屋上からの真太の落ち方、地面への衝突《ぶつ》かり方、遺体の姿勢や姿形、ううん落下地点に至るまで、センチ単位の誤差しかないほど全部一緒だった。記録にはそうある……

　唯一の例外である、〈試行第五回目〉以外は」

「……確かにそのとおりだ」真太はいった。「改めて確認すると、オリジナルの七月七日と、〈試行第一回目〉から〈試行第六回目〉。なるほどこの記録によれば、俺の落ち方なり地面への衝突《ぶつ》かり方なり姿勢なり姿形なり、そして今現在問題となっている落下地点なりは、全て一緒の態様とあるな——

　落下地点が何mも離れてしまった、〈試行第五回目〉以外は」

初期条件と落下地点——唯一の例外

「しかも真太、もっと興味深い事実がそこから浮上しますよ」

　英二はスマホを取り出し、電卓を叩くような仕草をしながらいった。

「ちょうど世界線の変動の話になったので、私も記録からそれらを追ってみましたが——これまで議論に出ていないのは、試行第二回目の〇・〇二二八％、試行第三回目の〇・〇五八％、試行第四回目の一・七五％そして試行第六回目の〇・〇五九％ですね。重ねて、これらは

『それぞれの試行が、オリジナルの七月七日とどれくらいズレたか』を数値で示すもの。そして成程《なるほど》、例えば試行第四回目の一・七五%という数値を見れば、この変動率なるものの計算は信頼してよいと分かります。というのも、既に検討の終わっている〈試行第四回目〉こそは、青崎先生の学校テロで一〇〇人以上が犠牲となり、よってその世界線なり歴史の織物なりが激変した世界ですからね。その変動率が最も大きいのは道理です。

ところが。

その、世界線が一・七五%も激変した〈試行第四回目〉においてすら、真太の落下地点は変わっていない。オリジナルの七月七日と変わってはいない。同様に、やや変動率が高いといえる試行第六回目（〇・〇五九%）と試行第三回目（〇・〇五八%）においてもまた然《しか》り。ましてそれより数値が低い試行第二回目（〇・〇二二八%）においても一緒。

これすなわち。

これまでの六度の試行では、世界線がどれだけ変動しようが――そう例えば一・七五%も激変しようが――真太の落下位置は変わらなかった、ということです。もちろん、今議論している問題の〈試行第五回目〉を、何故か唯一の例外として」

「そうなんだよ、英二」あたしは続けた。「あたしはさっき、『オリジナルの七月七日と初期条件が変わらないのに、試行第五回目だけ落下地点が変わるのはおかしい』って指摘したよね。それは今の英二の指摘によってさらに補強される。あたしたちが経験したという六度のやり直しでは、世界がどのようにどれだけ変動しても、真太の落下地点は変わっていない。一・七五%なんて桁違いな大変動があったときでも変わってはいない。なら、それは同一の初期条件によるデフォルトと考えられる」

「それって今銀さん!!」一郎がいった。「まさしく『運命の力』って奴じゃないかな⁉」

「終わった議論を蒸し返すわね。それはもう否定されているでしょ。試行第四回目の学校テロが、自由意思によってアッサリ消滅したことによって否定されている。

だからあたし、さっきのボールペンの喩《たと》えを出したの。

初期条件が一緒のとき、ボールペンが一緒の落下地点に落ちるのは運命の力でも何でもない、自然な成り行きのままの物理的現象だよ。そう、あたしたちがこの記録のとおりの試行を繰り返したのなら、それらにおいて真太の落下位置が――唯一の例外を除いて――全く変わらなかったのは、偶然にしろ何にしろ、その初期条件が一緒で、自然な成り行きのまま物理的現象が繰り返されたから、それだけだよ」

「偶然にしろ何にしろ、っていうのは⁉」

「①真太が無意識の内にオリジナルの七月七日をなぞったということもあれば——それはそうだよね、どのやり直しにしたところで、真太にとっては全く新たな、初めての七月七日なんだから、同じスタイルで同じ行動を繰り返さない方がむしろおかしいよ——②真太が通過したフェンスの状態なり真太が転落したベクトルなり、真太が墜ちた地面の状態なりが結果として変わらなかったということもあると思う。もちろん、理論的には、③『誰かが故意にオリジナルの七月七日をなぞらせた』『誰かが過失によってオリジナルの七月七日をなぞらせてしまった』——っていうことも考えられる。

　いずれにしろ、そこに運命の力なり歴史の必然なりは存在しない。

　ところが、〈試行第五回目〉の、極めて純粋にオリジナルの七月七日を再現したフィールドで、しかもそのフィールドだけで、あり得ない現象が起こっている——もちろん繰り返せば、『初期条件が一緒なのに、落下地点だけが違う』という現象だよ。

　しかもこれは、極めて怪しい。おかしい。不合理で不自然だよ。

　というのも。

　この異様な結果こそ、ダイレクトに、しかもピンポイントに、あたしたちの目的を妨害するものだったから。言い換えれば、この異様な結果さえなければ、あたしたちはあたしたちの目的を達成できた。真太を救い、この〈試行第五回目〉でやり直しを終えることができた。それを確定した歴史にして、もうP－CMRなんか使わないようにすることができた。もちろん『真太受け止め作戦』は力業だったから、きっと真太は大怪我をしたと思う。でも真太が死んでしまう確率は限りなく低かった。ていうか青崎先生とあたしはそれだけの入念な準備をした。だから真太が死ぬはずはなかった」

「だが俺は死んだ」

「そう。落下地点だけが異なったから」

「それが怪しく、おかしく、不自然で不合理だと？」

あれなくばこれなし——爆発の人為性

「そうだよ真太。だって、これこそまさに『あれなくばこれなし』。

　真太の落下地点が違わなければ、真太の死は発生しなかった。ところが、まるで歴史の織物から糸を一本だけ引き抜くように、そうダイレクトに、ピンポイントに、最小限の変化だけが発生している。真太の死という結果を発生させるための『あれ』が、最小限の手数で、しかも絶対確実なかたちで、『これ』として実現されている。

そしてあたしは運命の力なんて信じない。

……だからこれは、人為的な改変だと思う。人為的な、歴史への干渉だと思う」

「まだよく解らんが……

それはつまり、敢えて俺を殺すために、落下地点を変えさせたと？」

「あれなくばこれなし。落下地点が変わっていなければ真太は死ななかった。

だから、この〈試行第五回目〉の結果からはそう考えざるを得ない」

「あっなるほど!!」ユリが即座にいった。「だから光夏は、検討の順番として、〈試行第一回目〉（ケアレスミス）の次に、この〈試行第五回目〉（落下地点のずらし）を採り上げたんだね!!」

「まさしくそのとおりだよ、ユリ」あたしはいった。

「試行第一回目は純然たるポカ、ケアレスミス。ただ論点がひとつだけ残った。そう、『何故スリープモードになっていたCMRが突如暴走して爆発したのか？』っていう論点が残った。それはハルカが指摘したとおり、またこの記録でも繰り返されているとおり、物理的にはあり得ない現象。そして、ケアレスミスとポカによって失敗した試行第一回目において、この『CMRの爆発』だけがケアレスミスとポカでは説明がつかない。この現象は説明できない。この疑問はまだ解決されずに残っている……

だけど。

今、あたしたちは〈試行第五回目〉（落下地点のずらし）の検討を終えた。

それは人為的な、そう敢えて真太をまた殺すための、歴史への介入と考えられる。

するとその手段は、実は『CMRの爆発に細工をすること』でしかあり得ない。

ここで、未解決のさっきの疑問と議論がシンクロしてくるの」

「成程《なるほど》……」英二がスマホを仕舞いながらいった。

「……あらゆる初期条件が一緒なら、真太の落下地点を変えさせたのは、CMRの爆発でしかあり得ない」

「えっ英二、何でそんなことが断言できるのさ⁉」

「いや一郎、考えてもみてくださいよ。

試行第五回目は、初期条件が一緒——すなわちオリジナルの七月七日を踏襲《とうしゅう》しているんですよ？　もっといえば、私達現代人側は、オリジナルの七月七日どおりの行動をしているんです。それはつまり、『我々が七夕飾りのために午後九時三二分、ここ屋上に出てから、七夕の竹を固定して雑談をし、いよいよ楽器でも吹いてみるかとなった』その流れが全く一緒だってことですよ。

まだ解っていない不満顔をしているから急いで説明すると、まさに午後九時五五分〇一秒に到る流れを想定してください。とりわけ合奏の様子を。私達は扇形の演奏隊形になった。真太は指揮者として独り、扇形から出てフェンス際《ぎわ》に赴いた。そこで私達に向き直って、自分も楽器を吹きながら全体の指揮をとった。そのときもちろん、現代人側の残り四人は全員、扇形の演奏隊形のまま。もっといえば、それから全員が楽器を吹き始めたんです。さらにいえば、現代人側の残り四人は、指揮者の真太から敢えて距離を置いたばかりか、爆発のその瞬間まで自分の楽器を吹いていたんです。そんな状態のまま、午後九時五五分〇一秒、真太が転落するのにどんな干渉ができますか？　いえ何もできませんよ。

これすなわち、オリジナルの七月七日を踏襲したというのなら——初期条件が全く一緒だというのなら、私達現代人側には、『真太の落下位置を変える』などという細工は一切できないんです。ゆえに、もし真太の落下位置を変えることができた者／物があるというのなら、それは未来人か、未来人のＣＭＲでしかありません。具体的な方法としては、ＣＭＲの爆発しかありません。より正確に言うなら、それを人為的に変えるしかありません」

「なるほどなあ……確かに俺達の状況とか位置関係とかからして、立って楽器を吹きながら、しかも誰にも分からないようなかたちで、真太の落とし方を変えることなんて、まずできないだろうな……!!」

「だから一郎、〈試行第五回目〉で真太の落とし方が変わったとするなら、それはＣＭＲの爆発のスタイルを変えることでしか実現できませんよ。

また、そのように人為的にＣＭＲの爆発のスタイルを変えることができるとするなら、先刻からの疑問——『試行第一回目でスリープモードにしていたＣＭＲが、何故突如暴走して爆発したのか？』も簡単に説明できてしまいます。だって、人為的にＣＭＲの爆発のスタイルすら変えられるのなら、ＣＭＲの爆発それ自体を発生させることもまた、人為的に可能だとこういう話になりますからね」

「……でもそれって」詩花がハルカを睨《にら》んだ。「『人為的にCMRの爆発のスタイルを変える』『人為的にCMRの爆発それ自体を発生させる』って、それはつまり……

未来人がやったってことだよね？

だってあたしたちにはCMRなんて操作できないんだから。

あたしたちは、能力としてCMRを操作できない。これは当然。また記録によれば、CMRはハルカとユリさんの音声しか認識しない。おまけに今蔵士くんが指摘したとおり、七月七日のあの合奏の状況だと、物理的にもあたしたちが操作をするなんて不可能。

だからあらゆる意味で、その『人為的に』っていうのは、『未来人が人為的に』ってことになるよね？　まして、光夏が整理してくれた議論だと、それは〈試行第五回目〉だと、なんと楠木くんを殺すためだよ……だから。

試行第五回目でも試行第一回目でもいいけど、CMRの爆発に細工をしたり、CMRをいきなり暴走させたりしたのは未来人で、要するに楠木くん殺しの犯人だって、こういうことになるよね⁉」

「で、でも詩花さんそれは‼」

ガジェット・教師の爆弾

「ユリ、待って」焦燥《あわ》てて反論しようとしたユリを、ハルカが制した。「大丈夫よユリ。誰も私達を殺人者と断定することはできない。なるほど詩花さんの結論は——どうやら光夏の結論でもあるようだけど——説得的で合理的。でもまだ穴がある」

「ちなみにだけど」あたしはいった。「それはどんな穴？」

「この学校には——それが望みならこの現場の直近には、大量の爆弾が隠されているという穴。もちろん青崎なる教師が学校テロのため隠匿《いんとく》している爆弾よ。そしてそれは、隠匿されているとはいえ、青崎がすぐに実戦使用できるかたちで置かれているもの。だから爆弾そのものを入手することはさほどの難事《なんじ》ではない。現代人側の——まあ被害者である真太くんを除く——四人の誰にとってもね。

そして光夏、確かに私も光夏の議論が正しいことを認める。

〈試行第五回目〉で真太くんの落下地点が変えられたというのなら、これまでの検討からして、それは人為的に変えられたのよ。すなわちCMRの爆発によって変えられたのよ。ただ、CMRの爆発なるものは、CMRそのものによってしか発生しない訳ではない。既に述べたように、現代人側四人の誰もがCMRにあるいはCMR付近に爆弾を仕掛けておくことができる。それを午後九時五五分〇一秒に爆発させるには一定の技倆《ぎりょう》が必要になるでしょうけど、理論的にはできる。そして理論的には、現代人側がそれをしたということを否定できない。

——これを要するに、青崎の爆弾なるガジェットがある限り、犯人を未来人だと断定することなどできはしない。そうでしょう？」

「それは認めるよハルカ」あたしは頷いた。「じゃあ確認するけど、ハルカは、そしてユリも、試行第五回目において『真太の落下地点は人為的に変えられた』『それは爆発のスタイルによって人為的に変えられた』って部分は、認めてくれるんだね？」

「私は認める。ユリは？」

「う、うん、そういう話の流れなら、あたしたちが真太くん殺しの犯人だなんて断定しないっていってくれるなら、それは認めるよ、光夏の議論に無理はないし」

「じゃあ、ハルカもユリも、そしてもちろん現代人側の皆《みんな》も合意したところで——

　この試行第五回目をまとめると。

　これは、人為的に真太の落下地点を変えさせた殺人、いよいよ犯罪ってことになるよね。だって人為的なんだから。だから犯人がいるんだから。

　でも当然、まだ真太は現に生きている。

　だから、犯人が誰であるにしろ、それは未遂未満。

　だから、罰するべきとか責任を取らせるべきとか、そんな話にはならないししたくない。

　——まだ心の中にあるだけの犯意なんて処罰できやしないよ。まして、あたしたちはやり直した七夕の記憶をほとんど失っている。だから罪はまだ心の中にある段階ですらない。犯人にはまだ犯意すらない……たぶん。

　だからこそあたしたちは冷静に顧《ふりかえ》れるし、ただ真実だけを追い掛けることができる。殺してすらいない犯人の、だから歴史のどこにもない殺人の、だから責任なんてもちろん取らなくても感じなくてもいい罪を、もういない自分の罪として、おだやかに、でもしっかりと顧ることができる……

　そういう意味で、いよいよその『罪』が明確になっている歴史を、顧りたいと思うの。

　具体的には、今までの次に因果関係がシンプルな〈試行第二回目〉について検討したい」

試行第二回目・工具の買い物計画

「〈試行第二回目〉っていうと!!」一郎が座りながら飛び跳ねた。「俺が主演男優として活躍した回だね!! ハルカさんの記録でも、俺を視点人物としてまとめられている回!!」
「……あざやかに失敗してもいる回だがな。お前はまた俺を殺しやがった」
「だ、だから真太、真太はまだ生きているから。罪とか責任とか関係ないから!!」
「まあ取り敢えず、現時点での議論をまとめておきますと――」
　英二はメモをとっているのか、スマホをサクサクとタッチしながらいった。
「――既に検討が終わっているのは、六回のやり直しのうち三回分ですね。すなわち、
　試行第四回（学校テロ）
　　真太の死につき、誰の故意も過失もなし
　試行第一回（ケアレスミス）
　　真太の死につき、一郎と今銀さんのポカあり
　試行第五回（落下地点変化）
　　真太の死につき、何者かの故意あり
となっています。すると残るは試行第二回、試行第三回、試行第六回となりますが……はは あ、なるほど……私には今銀さんがこの三回を残した理由が、何となく解る気がします」
「さすがに英二は鋭いね。鈍いあたしにも予想できるほど鋭い。
　……そう、あたしはその三度のやり直しについての検討を、敢えて後回しにした。検討の順序を意図的に入れ換えた。というのも、あたし自身は気付くのにかなり時間が掛かっちゃったけど、それらのまだ議論していない三度のやり直し――試行第二回、試行第三回、試行第六回には、あからさまな公約数があるから」
「これすなわち⁉」
「それは一郎、まずは一郎が大活躍してくれた〈試行第二回〉の顧《ふりかえ》りによって説明していきたいと思うの」
「試行第二回っていうと、どうやらあたしもプレイヤーだったみたいだね」詩花が静かにいった。まあ一郎と比べれば皆《みんな》静かだけど。「未来人側はハルカとユリさんが、そして現代人側は火脚くんとあたしが、プレイヤーとして過去に戻った」
「その目的は」真太がいった。「やはり、俺を現場から引き剝《は》がすことだ。いってみれば、試行第一回目の失敗

を打ち消しにするため、その変奏曲をやることにした訳だ――すなわち何らかの口実によって、俺がHアワー午後九時五五分には現場にいられないようにする。その骨格は、試行第一回目と何ら変わらない」

「ただ、試行第一回目で俺はいろんなポカをやらかしたみたいだから――」一郎がいう。「――その『何らかの口実』をもっとマジメなものに変えた訳だな‼　って重ねて俺自身には何の記憶もないけど‼」

「そして、ハルカの作ってくれた概要と一覧表から解ると思うけど」あたしはいった。「その『口実を変える』こと自身はとても上手くいったらしい。すなわち、試行第一回目で『楽器屋に行く』っていう口実が真太にガン無視された反省教訓を踏まえて、今度は真太も断らないであろう『工具と補強用具を買いに行く』っていう口実が用意された。

それに真太は乗った。今度は本気で乗った。

だから実際――もちろんあたしは二重の意味で記憶がないけど（プレイヤーでもなかったし記憶のリセットもあるから）――工具と補強用具の買い物は無事終わっている。真太は試行第一回目のように一郎から離脱しようなんて思わなかった。そして買い物が無事終わった段階で、一郎は更なる脚止め策を実行しようとした――スマホを落としたとか、財布を落としたとか、だから一緒に今日の経路を捜してくれとか、だから一緒に交番に行ってくれとかいう、まあ『マヌケになる作戦』ね。素《す》で演れるような気もするけど……

ところが。

この作戦を実行しようとした直前、いきなりの突発事態が起こる」

「……俺がスマホで受信したという、謎のメールだな？　午後九時〇五分に俺が読んだという、謎のメールだ」

『謎のメール』

「真太、まさしくそう。

そして真太はその謎のメールを受信した直後、再び、というと変だけど、試行第一回目をなぞるように、一郎をまく決意をした。一郎を吉祥寺の街に捨て、自分は久我西高校にすぐ帰ってくる決意をした。だから真太は『駅ビル七階のトイレに行く』なる嘘まで吐いて、一郎から離脱することになった」

「記憶が無いのが実に悔やまれる。

というのも、それは俺らしからぬ行動だからだ。それがどのようなメールであれ、俺は嘘を吐いてまで吹部《すいぶ》仲間を打ち捨てることはしないと、そう思えるからだ。俺の思考パターン、俺の行動パターンとして、そのような欺《あざむ》きは趣味じゃないし主義じゃない。というかそんな欺きの必要は無い。それがどのようなメールであれ、別段一郎に隠すような秘密を俺は持っていないし持っていなかったろう。また、全く想定し難《がた》いが、それがどうしても秘密にしておかなければならないメールだったのなら、俺の趣味・主義として、その内容には触れないまま一郎に『用事ができた。すぐ学校に戻る』というだろう。今現在の俺ならそうするし、なら試行第二回目の俺でもそうするだろう」

「ちなみに真太」あたしは訊いた。「そのメールの内容って、もちろん憶えていないよね？」

「当たり前だ。それがＰ－ＣＭＲによる時間遡行《そこう》型記憶転写のルールだ。

　そして縷々《るる》延べたとおり、その内容も発信者も、俺にはまったく想定できん」

「ここで、引き続き試行第二回目の流れを追うと――この回は一郎視点だから時刻はハッキリ書けていないけど――真太が結局午後九時三二分からの七夕飾りに合流したのは明白だよね。これはいうまでもない。結局真太が屋上から転落死したっていう結果からいうまでもない。ちなみに、すっかり合流した後のこの真太を、息せき切って屋上に戻ってきた一郎が目撃したのは午後九時五四分。Ｈアワー直前。

　で、こんな時刻にまだあたしたちが屋上にいたのは、やっぱり合奏をするためだよ。

　もちろん試行第一回目の反省教訓から、その合奏自体を歴史から打ち消してしまおうとしたらしいけど、ここでまた一郎の大ポカがあった――すなわち、急いで『工具・補強用具の買い物』に出掛けたから、計画どおり事前に『楽器を美術室に隠しておく』『楽器を屋上に上げない』ことができなかったの。だから、オリジナルの七月七日どおり屋上に楽器が存在することとなった。まして、屋上の使用許可は午後一一時まで出ている。楽器もあれば余裕もある。なら、急いで屋上を撤収しなきゃいけない理由は何もない……ゆえに午後九時五四分、現代人側が屋上に残っていたのは自然だよ。事実、記録によれば、ＮＰＣだったあたしもその時刻もう楽器を抱えているし、真太も自分のトランペットを持っているし、他の仲間たちだって演奏隊形をとりつつあったんだから。

するとヽ、若干の疑問は残るけど、少なくとも『一郎のポカ』→『楽器が屋上に上がる』→『全員が屋上に残る』っていう因果関係は、明白だよ」

「そして、全員が屋上に残ったことによって」英二がいった。「被害者であり部長である真太も当然、屋上に残ることとなる」

「だからHアワー午後九時五五分、またもやCMRが暴走・爆発したとき」真太が嘆息《ためいき》混じりの苦笑をする。

「俺は爆風で吹き飛ばされ転落死したわけだ」

CMRの爆発（シャットダウン）

「さてそう考えると真太、不思議なことが、私からすれば三点ありますね」

「奇遇だな英二、俺もそうだ……そして今銀、司会進行役のお前もそうなんじゃないか？」

「そうだね真太。

　そして議論の段取りから、まず小さな疑問をひとつ、次に大きな疑問をふたつ挙げるよ。

　小さな疑問は、やっぱり『CMRの爆発』っていう論点。ここで、今議論している〈試行第二回目〉は、〈試行第一回目〉の反省教訓を踏まえている。だから、試行第一回目で『スリープモード』にされたCMRは、試行第二回目ではより確実な――暴走しないことが確実な――『シャットダウン』の措置をとられた。あたしたち現代人のイメージでいえば、電源がバッサリ落とされた。そんなものが自分勝手に動き始めるはずない。

　けれど実際、試行第二回目においてもまた暴走・爆発は繰り返された。キッチリ午後九時五五分〇一秒に繰り返された。

　この事実と、もう整理された議論とを合わせて考えると――」

「やはり、〈試行第二回目〉において俺を殺したCMRも、『人為的に』暴走・爆発させられたんだろうな……誰かが電源を入れ直さなければ、機械が動くはずもない。おっと、ここで未来人ふたりの名誉の為《ため》に付け加えると、そのCMRの爆発が、青崎が貯め込んでおいた爆弾によって誘発された可能性は残るがな。いずれにしろ『爆発』が『人為的』であったことには違いない――そうだろう今銀？」

「そうなるよ、真太。

　だから、真太が今いったとおり、〈試行第二回目〉におけるCMRの暴走・爆発にも、やっぱり犯人がいることになる。

　億を譲って、兆を譲って、試行第一回目の『スリープモード』なら機械が暴走することはあるのかも知れない。だから今この段階では、試行第一回目の爆発が人為的なものかどうか断言することはできない。それは犯人によるものなのかも知れないし、純然たる事故なのかも知れない。どっちの可能性も消せない。

けれど試行第二回目の爆発は違う。『シャットダウン』でいわば電源落ちしたCMRが暴走・爆発したっていうんなら、しかも試行第五回目では明らかに人為的な爆発が引き起こされているんだから、それはもう人為的な爆発としか言い様がない。

——要は、今のところ断言できるのは、試行第二回目と試行第五回目におけるCMRの爆発には、絶対に犯人がいるってことだよ。これが〈試行第二回目〉に関する小さな疑問とその解決。もっとも、『じゃあ誰が？』っていうのをこれから詰めないといけないけど、それはきっと、六度の試行全部を検討し終えないと見えてこないし断言できないと思う」

謎のメールなくば……

「な、なら光夏」詩花が訊いた。「大きな疑問って？大きな疑問ふたつって？」

「詩花、それは『謎のメール』と『プレイヤーの行動』だよ。

そして最大の疑問は、謎のメール——

これ、さっきの『爆発』の議論と似てくるけど、やっぱり『あれなくばこれなし』なんだよ。さっきの『爆発』の議論では、『落下地点が違わなければ、真太は死ななかった』ということが解った。これこそがピンポイントな因果関係で、真太の死に直結していると解った。そして今検討している〈試行第二回目〉でいえば、この謎のメールこそが真太の死に直結している。すなわち、この謎のメールを真太が読まなければ真太は死ななかった。一郎の『スマホ無くした作戦』『財布落とした作戦』『交番に届け出る作戦』によって、まさか午後九時五五分に転落死することはないはずだった。言い換えれば、『謎のメールがなければ、真太は死ななかった』。まさに、『あれなくばこれなし』——

なら俄然《がぜん》、その謎のメールとはいったい何なのかが気になってくる。

しかも、その謎のメールとは、①当の真太ですら内容の予測がつかないもので、②当の真太の性格からして一郎に秘密にする可能性が低いもので、③それにもかかわらず当の真太の判断で秘密にしたもので（しかもどうしても隠したいということが欺《あざむ》き行動から分かる——駅ビル七階のトイレ云々《うんぬん》）、④おまけに当の真太をピンポイントで久我西高校に帰ってこさせるような、そんな意味深で重大なメールなんだよ。そしてメールなんだから、もちろん人為的なものだよね。もっといえば、意図して仕掛けられたもの。

だからとても気になる。

もちろんまずその内容が気になる。

また当然、その発信者が誰か気になる――

ここで。

……実は今のあたしたちには、もうその、、、、、、、、発信者が分かっている。分かっていなければ面妖《おか》しい」

「えっ!!」詩花が唖然《あぜん》とする。「ど、どうしてそんなことが言えるの⁉　だ、だって当の楠木くんですら……もちろん記憶は一切ないけど……その内容も発信者も全然想定できないって断言しているのに……!!」

「しかも今銀さん」英二が怜悧《れいり》にいった。「議論の現状からして、今のは重大発言ですよ。というのも、当然自覚しておっしゃっているのでしょうが、当該《とうがい》メールの発信者こそ真太を久我西高校に戻した者、人為的に真太が救《たす》かるコースを変更した者――もっと直截《ちょくせつ》にいえば、『真太を殺害した犯人』なのですから」

「そうなるね、英二。もちろん解っている。だって、それが故意であれ過失であれ、そのメールを打った者こそが真太の未来を変え、真太をまた現場に出し、だから真太を転落死させたんだもの……

そして。

この場合、そのメールを打ったのが過失だとは到底考えられない」

「何故ですか？」

「だって、そのメールの発信者はあたしだもの」

メールの素性

……七人の、突然の沈黙。

その沈黙の帷幕《とばり》は、〈世界線〉を描き出す地上の天の川の周りで、分単位も続いた。

そしてその静寂《しじま》を破ったのは、やはりその権利がある、被害者の楠木真太だった。

「……試行第二回目の、午後九時〇五分に打たれた謎のメール。

その謎のメールの発信者は今銀、お前自身だというのか？」

「うん」

「俺は、今銀からのメールを読んで俄《にわか》に行動を変えたというのか？」

「うん」

「それはそれだけ重大なものだった」

「うん」

「それはそれほど秘密のものだった」

「うん」

「ならその内容は何だ？」

「記憶がないから、断言はできない」

「それなら推測でもかまわない。

　お前はいったい、試行第二回目の午後九時〇五分、俺に何を打ったんだ？」

「何も」

「……何だって？

　俺はお前が、そうお前自身が打ったというそのメールの中身を訊いたつもりだが？」

「だからあたしは答えた。何も打っていないと――

　真太は勘違いをしている。あたしはそのメールを打ってはいない」

「……何だって？」

「謎のメールの発信者は確かにあたしだけど、それはあたしが打ったメールじゃない。記憶はないけど断言できる。何故ならあたしがそんなメールを打つはずないから」

「ちょ、ちょっと待ってくれよ今銀さん!!」一郎がいよいよ魅《み》せ場のように躍り立つ。「さっき今銀さんは、そうついさっき今銀さんは、メールを打ったのは自分だってドヤ顔で断言していたじゃないか!!」

「ドヤ顔はしていないし、あたしそんな断言はしていない。

　あたしは『そのメールの発信者はあたしだもの』っていっただけ」

「……それってぶっちゃけ同じ事だろ!?」

「全然違うわ。

　発信者の表示はあたしだった。その意味で、真太はあたしのメールを読んで行動を変えた。それは事実。けれど誰もが解るとおり、発信者の表示と発信者そのものが一致するとはかぎらない。これがまさにそのケース。だからあたしはこうもいった。『あたしはそのメールを打ってはいない』」

「発信者の表示と、実際の発信者が異なる……」英二は自分のスマホを幾度か操作した。「……それはひょっとして今銀さん、こういうケースを言いたいのですか。『今銀さんの端末から、第三者が真太にメールを打った。だから発信者として表示されるのは今銀さんの名前で、でも実際にメールを作成して送信したのは全くの第三者だ』――と」

「まさしくだよ英二。

　ひょっとしたら、真太の側の端末の操作でそうしたことができるのかも知れないけど、この記録を信頼するなら、午後九時〇五分、真太の直近にいた一郎にはそんなことできなかった。さっきの前提から、視点人物の一郎は嘘を吐かないから。仮にそれを措《お》くとしても、真太の端末はずっと真太が持っていたもの。午後九時〇五分に初めて取り出したもの。それはスマホ嫌いの真太の性格からも裏付けられる。だから真太の端末側を操作するのは無理。

　なら、利用されたのはあたしの端末だよ。

　そしてそれは極めてカンタン。何の細工もいらない。あたしの端末を一時的に入手して、メーラーを起動すれば足りる。設定その他をいじる必要すらない」

「では今銀さん、引き続き訊きますが――

　どうしてそこまで『謎のメール』の素性《すじょう》を断言できるのですか？

　また、仮にその説明を受け容れるとして、当該《とうがい》第三者はどうやって今銀さんの端末を入手したのですか？　いいえ、どうやって今銀さんの端末の認証をくぐりぬけたのですか？」

気持ちのバトンを

「……ここから、皆《みんな》で大事な話をしなくちゃいけない。

だからまず、あたしと真太が口火を切る。そしてあたしから切る。それが大事だから。

ねえ皆《みんな》、この記録を読んでしまった今なら、いっそう明らかだと思うけれど……

　でもそれ以前から解っていたはず。あたしたちは吹奏楽者だから。それも記録のとおり。

……あたしは、おとこに興味がない。

　あたしが好きなのは、入学してからずっと、詩花だよ。

　あたしはずっと詩花を愛してきた。

おかしいのかもしれない。異常なのかも知れない。もちろん詩花には受け容れてもらえない、絶対に。けれどあたしは自分の言葉でいうよ。あたしはずっと詩花を愛してきた。今までも、今も。そしてこれまでに七度あった七月七日のいずれでも。それはそうだよ。あたしがあたしであるかぎり、過去に帰ろうと、ううん過去を何度やり直そうと、あたしのこの気持ちは変わらない。そして絶対に、吹奏楽者の皆《みんな》にはバレバレだった。それも、恥ずかしいけどこの記録のとおり……

　だから、真太。

真太にもこのバトンを受け継いでほしい。

あたしが今したように、真太の気持ちを言葉にしてほしい――今日は、七夕」

「ならばいおう。

俺は今銀のことが好きだ。それもまた、入学以来そうだった。

だからこそ、副部長にもなってもらった。俺は今銀に、信頼と、信頼以上のものを感じているからだ」

「ありがとう、真太……

そして、同じことを詩花にも、お願いする」

「え」

「こんなかたちで、ほんとうに強引だと思う。無思慮だと思う。我《わ》が儘《まま》で、乱暴だと思う。

けれどあたしたちは、これを最後の七夕としなければいけない。

これを二〇二〇年最後の七夕にしなければいけない。もう歴史はここで確定させる。もう二度と繰り返さない。だからもちろん真太を殺さない。

だから……だから……

あたしですら聴きたくない——絶対に聴きたくない——その詩花の気持ちを言葉にしてほしい。どうか、お願い詩花」

「……あたしは……あたしは」詩花の瞳から涙があふれた。あたしにはその意味が死ぬほど解った。「あたしはずっと楠木くんのことが好きだよ……好きだった……御《ご》免《めん》ね光夏、御免ね楠木くん……」

「謝罪することは何も無い」真太は沈痛に頷いた。「人が人を愛するのは、人として自然なことだ……今銀、もちろんお前の気持ちもな」

「もう一度ありがとう、真太」

「ただこれで……バレバレだったし記録から読み取れるとはいえ……俺達三人の関係性がハッキリしたな。要は、三人とも失恋者だ。今銀は水城を愛する。水城は俺を愛する。俺は今銀を愛する……あざやかなほど輪は閉じている、それぞれの想いを虚《むな》しくしながら」

「真太、詩花、あたし。

そう、三人の関係性がこれで解った。ううん、改めてハッキリした。言葉で確定した。

そして、三人が言葉にしたことで、謎のメールの議論に入れる」

虚偽から出た失恋

「……改めていえば、午後九時〇五分の謎のメールは、①当の真太ですら内容の予測がつかないもので、②当の真太の性格からして一郎に秘密にする可能性が低いもので、③それにもかかわらず当の真太の判断で秘密にしたもので、④おまけに当の真太をピンポイントで久我西高校に帰ってこさせるような、そんな意味深で重大なメールだったよね。

しかも、ここでまた記録を当たってほしい。というのも真太は、そのメールについてこう説明しているから──『大事というか、極めて私事《しじ》にわたるメールだ。いってみれば、七夕関係だな。吹部の問題とかじゃない、多分』と。

この真太の言い訳から理解できるのは、Ⅰそれがプライヴェートな内容で、Ⅱ大事な内容だってことは否定していなくて、Ⅲしかも何故かそれは『七夕』と関係があり、Ⅳおまけにそれは『多分、吹部の問題とかじゃない』ってことだよね。もうここまでくればそのメールが何かは解るけど、念の為《ため》駄目押しをすれば、それは恋愛に関することで、しかも吹部に関係があり得ることだよ。『吹部の問題とかじゃない、多分』って言い方だけで、このとき真太が吹部のことを頭に思い浮かべたのは確実だっていえるし、多分っていう言葉のニュアンスから、真太の頭の中ではそれは『吹部に関係があるかも知れないし、ひょっとしたら無いかも知れない』って内容だったんだもの。まして、真太はその後一郎を騙《だま》しているる。一郎を騙して、駅ビル七階のトイレ云々《うんぬん》と言い訳をして一郎から離脱している──そう、堅物で硬派な真太の性格からして、たいていのことではやりそうもない、そそくさとした、後ろめたい、真太としては異常な行動をとっている。

となれば、もうそのメールの内容を確実に推論するのは難しくないよ。おまけに真太は、また一郎と屋上で合流した際、『どうしても急いで確認しなきゃいけないことができた』ともいっているしね……」

「俺にとって私事で、大事で、七夕に関係があり、吹部の用事かも知れないしそうでないかも知れないと期待あるいは不安を持たせるもの。そして一緒に行動していた一郎に嘘を吐いてまで、俄《にわか》な単独行動をさせたもの。その単独行動によって、急遽《きゅうきょ》久我西学校に帰ることを決意させたもの──その久我西高校にはさて誰が残っているか──

そうだ、既に自明だな。

俺が受信したのは、お前からのメールだ。

しかも──記憶が無いので推論するしかないが──お前と俺との『私事にわたる』何かに関するメールだろう。恥を恐れずに言えば、俺のお前に対する恋愛感情を刺激する何かを記載したメールに違いない。

……そう想定すると、俺がとったという行動は実に納得できるものとなる。

またそう想定すると、俺は結局、試行第二回目で、お前と何らかの話を——俺のお前に対する恋愛感情についての何らかの話を——していなければおかしい」

「そこで真太、また記録に当たってみると、それがドンピシャリなんだよ。

というのも、試行第二回目、真太にふられた一郎が現場に帰ってくると——それが午後九時五三分ないし五四分だけど——真太とあたしは、他の仲間から離れて、そうふたりだけで、屋上のフェンス直近にいたんだもの。一郎の視点からは、あたしは『何故か真太と一緒の場所に』『既に演奏隊形をとりつつある皆とは離れて』『真太とふたりで立っている』状態だった」

「ああ、成程《なるほど》、確かにそう書いてある……

ましてお前はそのとき、俺を冷たく突き放した感じで、こうもいっているようだな——『真太は一郎と男同士で話すことあるんじゃないの？』『あたしの話はもう終わりだから』『あたしは全然気にしていないから』『真太も気にしないで』と」

「そして真太はいさぎよくこう答えたらしいわ——『そうか』『そうだったな』『無論だ』と。これも納得できる。実に真太っぽいから」

「なら、お前と俺が、何故か他の仲間から離れて、そう一郎の視点からは『密談』と思えるようなかたちで、『男同士でない』会話をしていたことは明らかだな。

おまけにその会話の推移からして——俺はアッサリふられたようだ」

「あたしがメールの内容を確実に推論できたのは、そこが大きいよ。

だってアッサリふられる——詩花が好きなあたしが真太をアッサリふる——現象が発生したってことは、当然その前提として、告白があったってことだから。そしてあたしは詩花が好きなんだから、真太に告白する側にはならない。なら、その告白をしたのは真太でしかない。でも、真太がいきなりそんなことを口走るはずがない。それは状況からして異様で異常で不合理だよ。じゃあ『何が』真太に告白なんてものを決意させたのか？

——ここまで考えると、もう真太を動かせるのは『あたしのメール』でしかないことが解る。真太の行動を突然変えられるのもあたし。真太に告白を決意させられるのもあたし。裏から言えば、当事者であり秘密が守れるあたし以外のメールでは、真太は動かせない」

「納得する」

「だからそのメールの内容は、表現や文章は全然分からないけど、『ふたりのことについて、会って話したい』

『真太の気持ちについて、会って話したい』『あたしの気持ちについて、会って話したい』――などなど、要は真太の恋愛感情を刺激するものだったはず」

「それも納得する」

「でも、あたしがそんなメールを自発的に打つはずない」

「それにも納得する。というのも、お前は水城こそが好きなんだからな。それは試行第二回目における現実、試行第二回目における結果から――まあ要は俺がアッサリふられた結果だが――まさに確実だ」

「でもメールは打たれた。それも確実。

となると、あたしでない第三者が、あたしの名を騙《かた》って――あたしの端末を使ってそんなメールを打った。それは真太を屋上に呼び戻すためだった。こうなる」

音楽室の誘惑（薄汚い嫉妬者）

「……ならそれは誰だ？　そして当該《とうがい》第三者はどうやって端末の認証をくぐりぬけた？」

「ここで、この第三者はこんな作戦を使ってまで『真太を屋上に呼び戻す』ことをしているんだから、当然、試行第二回目における真太の行動を知っている人だよ。未来を知っているからこそ、あるいは過去を変える計画を知っているからこそ、『屋上に呼び戻す』って発想になるんだから。未来における、あるいは計画における真太の動きを知らなければ、そんな発想自体が出てこない。

またこれは、あたしに関しても、あたしの端末に関してもいえる。未来においてあたしがどう動くか。計画において――NPCだけど――あたしがどう動くこととされているか。それを知っているからこそ、あたしの動きを読んで、またあたしの端末の動きを読んで、『真太に偽メールを打つ』って作戦を立てることができた――

そう、偽メールを打った第三者は、試行第二回目における未来と計画を知っていた人。

カンタンに言い換えれば、試行第二回目におけるプレイヤーだよ。

そして……そして……

偽メールが受信されたとき、プレイヤーのひとりである一郎は、まさに真太の傍《そば》にいた。その一郎が午後九時〇四分、すぐ近くにいる真太にメールを打てるはずない。これは記録からも補強される。というのも、試行第二回目における視点人物は一郎。だから一郎は嘘を吐かない。これはもう前提。そして一郎がそんなメールを打った描写はどこにもない。むしろそれに吃驚《びっくり》している。

と、すれば」

「あたし、なんだね……

ああ光夏、あたし……あたしなんてことを!!」

何の記憶もない、だからまだ何の罪の意識も感じなくていい詩花は、しかし泣きじゃくりながらいった。詩花は頭の回転がとても速い。明晰で繊細だ。この記録でも、幾度となく繰り返し描写されているとおりに……そして、とても物事によく気付く。他人のことにも、もちろん自分自身のことにも。だから、この今現在の七月七日——あたしたちが今議論をしている試行第七回目の七月七日においては、まだ何の記憶もなく、まだ何の罪も犯してはいないのに、自分がまだしていないのにもうしてしまったことについて、激しく当惑し、激しい後悔と罪責感を感じているはずだ。そして、自分がこれからしようと思っていたことについても、あたしの考えが正解なら、恐怖を感じつつあるはずだ。その詩花が大粒の涙とともに続ける。

「あたしは……あたしはずっと楠木くんのことが好き……でもあたしには解っていた。皆《みんな》と同じように解っていた。この気持ちが報われることなんてないって。あたしは失恋するって。だって楠木くんが好きなのは光夏なんだもの……だから楠木くんは光夏とあたしのうち、光夏を副部長にしたんだもの……だから……だから……

あ、あたしには記憶がない。プレイヤーだったけど、まるで記憶がない。

けれど……でも……

汚いあたしがやってしまいそうなこと、汚いあたしがやりそうなことなら……あたし自身が誰よりよく知っている。だからきっと、試行第二回目で、あたしは!!」

「詩花」あたしは詩花を抱きとめた。「そんなに言葉にしなくていい。自分の、まだやっていない罪について、自分に酷《ひど》い言葉を染《あ》びせることない」

「ううん光夏、言わせて……

これはあたしがもうやってしまったこと。

だからあたしは楠木くんを殺した。あたしが殺した。

試行第二回目においては、そうとしか考えられない。

まして、今のあたしには、それが真実だと痛いほど実感できる。だってあたしは……あたしはもう……

……だから、キチンとその自白をして、キチンと罪を贖《つぐな》わなきゃ。

そうじゃないとあたし……あたし……

……ただ失恋するだけじゃなく、楠木くんに軽蔑されてしまうから。

それはあたしにとって、楠木くんを失うことよりずっとずっと悲しいことだから……

だから、あたしが知っているあたしの性格と、そしてこの記録と。

それらから確実に推測できる、犯人による犯人の告発をするね、そう、あたしの大切なもののために――

きっとあたしは、光夏が憎かった。きっと、その……殺してしまいたいほど。

その光夏さえいなければ、楠木くんが自分のこと、好きになってくれると自惚《うぬぼ》れていた。

だってほら、この記録にもある。例えば、オリジナルの七月七日の夜のこと。あたしがナチュラルに『あたしが光夏を屋上から突き墜として殺してしまったら』なんて喩《たと》えを遣っちゃっているのが……そんなことをパッと思い付いてしかも恥じてすらいないのがその証拠だよ。

ううん、証拠ならもっとある。やっぱりその夜の、あたしの言動。あたしが『どうしても現代人四人で過去に戻る』『未来人はチームに入《い》れない』ってことに執拗《こだわ》ったのは……そして何かを固く決意した様子だったのは、確定的ではないにしても、光夏に何かをしようと謀《たくら》んだからに違いないよ。あたしの挙動は明らかに面妖《おか》しいし、その面妖《おか》しさの理由なら誰よりもあたし自身がよく解る。ううん、それだけじゃない。もっともっとあるの、あたしの悪辣《あくらつ》な挙動は。この記録、ホントによく書けている。注意して読めば、あたしが『工具と補強用具』の話のことで楠木くんと光夏のこと嫉妬したり、だからふたりの会話を盗み聴こうとしたりしている、いやらしい挙動が全部出ている……

そして試行第二回目。あたしはプレイヤー。だから試行第一回目の記憶を保持している。あたしは試行第一回目で、光夏や楠木くんがどう動いたか、それを記憶したまま試行第二回目のプレイヤーを務めた。試行第一回目の記憶があるから、未来において何が起こるかは憶えている。同じプレイヤーである火脚くんが、何を計画してどう動くのかも知っている。そこで、あたしは考えた……考えてしまった……

午後九時五五分〇一秒に爆発が起こるというのなら。

そこで人を殺すことができる。

そして光夏さえいなければ、楠木くんはきっと、あたしのことを見てくれる。

なら……なら……

爆発で死んじゃえって、そう思ったのは……ああ!!

御免なさい光夏!!　ああ!!」

「いいの詩花。その世界線はもう消えた。

詩花が未来で犯し終えた罪も、全部消えたの。無くなったの」

「駄目だよ光夏。だってあたしは光夏を殺すことに成功しているんだから。試行第二回目では、まさに殺人者であるあたしが望んだとおり、光夏は転落死しちゃっているんだから。それにあたし、この試行第七回目だって……その憎しみは全然……

……だから、続けます。

きっとあたしはこう考えた。

爆発は起こさないといけない。

そのためには、歴史を繰り返させないといけない。

なら、被害者とCMRが現場にいなきゃいけない。

なら、恐ろしく危険だけど、楠木くんには、現場に戻ってもらわなきゃいけない。

そして、本来のターゲットである光夏と楠木くんが、現場で接触しなきゃいけない。

すると、光夏と楠木くんが、あたしたちから離れて密談する機会を作らなきゃいけない。

――そのために採った手段は、光夏のいったとおりだと思う。ううんそのとおりだよ。

というのも、あたしには、仲間のうちあたしだけには、光夏のスマホを悪用できる機会も能力もあったから。何故と言って、あたしは知っていたから。歴史が繰り返すなら、試行第二回目でも、試行第一回目と同様に、あたしは光夏のスマホに触れるし、光夏のスマホをじっくり観察できるって。そう、記録にもある。試行第一回目。午後五時からの吹部の全体練習が始まる直前。あたしは光夏から、七夕飾りの竹の写真を見せてもらった。スマホで見せてもらった。あたしにはその記憶がある。何故ならトリクロノトンによって試行第一回目の記憶が保持されているから。そのときあたしは、光夏がスマホの指紋認証に相当手こずっているのを見た。そして結局、指紋認証を諦めてパスワード認証に切り換えたのも見た。

そう。

あたしが光夏のスマホの認証手段を手に入れたとするなら、それはこの時を措《お》いてない。

記録でも、あたしがそのパスワードを暗唱して憶えようとしている様子が描かれている。

ましてあたしは、試行第二回目でもそれが確実に繰り返されるよう、同じプレイヤーである火脚くんに念押しまでしている――火脚くんと事前準備をするとき、『よく考えてみれば、その時間帯、あたしが光夏のスマホを借りていれば、絶対に『光夏が蔵土くんにメールを打つ』ことは避けられるんじゃないかな？』なんて空々しい提案までしながら。

そうだよ。

あたしはきっとこの時点で、もう光夏を殺すことも、だから楠木くんの行動を変えてしまうことも、決意していたに違いないよ。

そして謎のメールが――今やあたしの打った偽メールと解っているけど――発信されたのは午後九時〇四分。部活は午後八時に終わっている。七夕飾りの竹を屋上に出すのは、オリジナルの七月七日同様、午後九時半からと決められた。そのあいだは言ってみれば自由時間。あたしには偽メールを打つ余裕がある。光夏の端末のパスワードも憶えた。まして、これはウチの吹部の常識だけど、部活が始まってから誰が何処《どこ》に自分の荷物を置くかは慣習としてハッキリ決まっている。それぞれの荷物の縄張りはしっかり決まっている。光夏のスマホはそこにある可能性が高い。仮にそこに無くても、記録にあるとおり、光夏の癖《くせ》とウチの学校の暗黙のルールからして、楽器ケースの中にある可能性が高い。だから、あたしにはきっと光夏のスマホを無断で借りることができた。気付かれずに借りることができた。だから気付かれずに偽メールを打つこともできた。もちろん気付かれずに元の場所に返すこともできた。

そう、誰よりもあたし自身が納得できる――

あたしならきっとそうしたし、あたしにはそれができたし、あたしにはそのチャンスもあったと。つまり、動機も能力も機会もあったと」

「……それで納得できた」真太が優しくいった。「いつもの無愛想さからは信じられない。「この試行第二回目、疑問は大きく三つあった。そのうちふたつは既に解決された。すなわち『CMRの爆発』と『謎のメール』だ。ただ俺も英二も、恐らく今銀も、最後の疑問をまだハッキリ口に出してはいなかった。それはきっと、三人が三人とも、水城、お前に気を遣ったからだろうが……

……それはつまり、『爆発予定時刻直前、俺はもう危険なフェンス際《ぎわ》にいたところ、何故プレイヤーである一郎は俺を必死に動かそうとしたのに――だから必死に爆発から遠ざけようとしたのに、いまひとりのプレイヤーである水城は、そんな危険な状態が発生することを許していたのか？』という疑問だ。

一郎など、恐らく失恋のショックで極めてイラついていた俺に背負い投げされてまで、俺に縋《すが》り付いて、どうにか俺をCMRの爆発から遠ざけようとしていたくらいだからな。ところが同じプレイヤーであり、同じく俺の危険な行動を制止しなければならないはずの水城は、午後九時五四分、実に爆発一分前の時点まで、今銀と俺の密談を許している。すなわち、今銀と俺がふたりで危険な場所に位置するのを許している。

　これは、未来と結果とを知っているプレイヤーとして著しく不自然だ」

「……楠木くん、もう解っちゃっていると思うけど、その理由はハッキリしているよ。

　あたしは光夏を殺したかった。だから爆発には確実に起きてもらいたかった。だから楠木くんにも……繰り返しいうと無茶苦茶危険な賭けになると思ったはずだけど……爆発ギリギリまでは歴史を繰り返してもらう必要があった。だからあたしは、自分の仕掛けどおりにいった、光夏と楠木くんの密談を放置した。爆発直前まで危険な場所にいるのを放っておいた。そして記録にもあるけど、いよいよもう爆発する、もうこれ以上は駄目ってときに、初めて楠木くんだけに声を掛けた――『あっ楠木くんゴメン、ちょっとこっちで手を貸して、急いで!! さっき固定した竹が、かなり傾いちゃって――もうじき倒れそう!!』って。そう、楠木くんだけに。

　ああ、ゴメン光夏……やっぱりあたし、非道《ひど》いおんなだよ。

　だって……

　いよいよ爆発する寸前、ってときまで、あたしは光夏に対する確乎《かっこ》たる殺意を持っていたんだから。そうだよ、この記録にあるとおり、あたしが楠木くんだけにしか声を掛けなかったっていうのは――つまり光夏には何の警告もしなかったっていうのは、あたしが、自分の当初の計画どおり、『歴史を繰り返させるとともに』『楠木くんの身代わりに光夏に死んでもらう』ってこと、一瞬たりとも、全然、諦めなかったってことなんだから。

　そう。

　歴史が繰り返すっていうのなら。

　ＣＭＲは爆発する。その結果、ヒトひとりが死ぬ。ならその結果はどうしても回避したい。楠木くんを救うために。

　でもその結果を起こしたくもある。光夏が死んでくれるというのなら……

　光夏さえ死んでくれれば、その光夏が好きだった楠木くんは、あたしを。

　……ううん。違う。

　これをいわなきゃ、あたしは自分が許せない。

　これを認めなきゃ、あたしは薄汚い殺人者のままで、楠木くんに軽蔑されたままだよ。

　そう。

　あたしはさっき『無茶苦茶危険な賭け』だといった。

楠木くんを危険な場所に放置しておくのをそう表現した。

それは確かに、歴史を繰り返させ、CMRの爆発を確実にしようって思ったから。そこで狙ったのは爆発の再現。狙ったのは死ぬべき光夏。だから、確定的に楠木くんを殺そうとした訳じゃない。そんなはずない。それはホントにホント。あたしの思考パターンからして絶対にホント。

でも……だけど……

やっぱり、あたしの思考パターンからして。

そこに……そこに、『いっそのこと楠木くんが死んじゃっても構わない』っていう気持ちが無かったかっていうと……正直に言って、あたしは自分自身を信用できない。あたしならそのとき、どうにか楠木くんだけを救《たす》けようとする一方、『楠木くんがあたしを見てくれないのなら、憎い光夏と一緒に、いっそのこと……』って思ったとしても全然不思議じゃない。あたしはそういう薄汚いおんなだよ。だから結果としては光夏を殺した薄汚い殺人者になったし、経過としては楠木くんすら殺そうとした薄汚い嫉妬者でもあるんだよ。記憶にあろうとなかろうと、他の誰より、あたし自身がそれをよく解る。だから……

御免《ごめん》なさい光夏、御免なさい楠木くん!!

あたしは……あたしは非道いことを!! ううっ、ぐすっ……ああっ、あうっ……」

いよいよあたしの膝《ひざ》に崩れ墜ち、号泣する詩花。その詩花にあたしは急いでいった。

「ううん、詩花の気持ち、あたしにはよく解るよ、ホントによく解る。

だってあたしだって、詩花があたしを好きになってくれるなら、真太とか一郎とか英二とか、どうなったっていいやって思っちゃうもん。まして、詩花はまだ何もしていないし、もう何もしていないことになったんだよ。だから、いろんな意味で、そんなに自分を責め苛《さいな》んで卑下するのはおかしいよ……

そうだよね、真太？」

「無論だ」真太は即座に断言した。「今この時点、あらゆる意味で、水城に罪は無い――ただ水城、ふたつだけ確認させてくれ」

「な、何？」

もっと薄汚い主犯（爆破者の問題）

「ひとつめ。お前が今銀を殺そうとしたことは――だからそのために偽メール作戦を実行したのは、お前自身の発案か？　いや、記憶の無いお前にこんなことを訊くのは不合理なんだが……どうだろう水城、お前の自己診断として、偽メール作戦等はお前自身の発案だろうか？　それとも、お前は誰かに使嗾《そそのか》され、その誰かの発案に基づいて偽メール作戦等を行ったんだろうか？」

「ど、どうしてそんな質問をするのか、あたしにはちょっと解らないけど……あ、あたし自身があたし自身の思考パターンを解析すると……

　これはあたし自身の発案、だと思うよ。思いたくはないけど、嘘は吐きたくない。

　というのも、あたしが光夏を『殺したいほど』憎んでいるっていうのはあたし自身にしか解らないことだし、光夏のスマホを借りるとか、光夏のパスワードを盗むとかいうのは、入学以来ずっと吹部で一緒だった、しかもずっと同じパートだった、ましてずっと隣同士で楽器を吹いてきた、あたしにしか思い付かない『手癖《てくせ》』のような気がする……それに、こんな恥ずかしくて卑劣なこと、他の誰かに命令されても、『恥ずかしくて卑劣な考えがバレちゃった、どうしよう』って思うのが精一杯のはず。どうにか楠木くんにバレないようにしようって思うのが精一杯のはず……そんなとき、他の誰かに言われるまま、『ちょうどいいからやっちゃうね、アイデアありがとう』みたいな感じで人殺しはしないと思うよ、たぶんだけど……」

「論理的ではありませんが、合理的です」英二がいった。「そして真太、もちろん今の質問は、『水城さんを繰《あやつ》った誰かはいなかったか？』『もっと薄汚い主犯はいなかったか？』という趣旨の質問ですよね。何故と言って……」

「……お前は本当に頭が切れるな、英二。

　まさにそのとおりだ。というのも、俺達には未解決の疑問が残されているからな。

　で、それと関連して、是非《ぜひ》水城に確認したいことのふたつめだが――

　お前が今銀と俺を危険な場所に差し向けたのは、CMRの爆発に巻き込むためだな？」

「う、うんそう。きっとそう」

「ということは水城、お前自身は、例えば青崎の爆弾を用いて、人為的な爆発を生じさせてはいないんだな？」

「たぶんそう……ううん、それもきっとそうだと思う。

　だってあたし、この記録を読むまで、そうついさっきまで青崎先生の学校テロのこととか、爆弾が階段のガラクタのあいだに隠してあることとか全然知らなかったし……それがハッキリしたのは、そう試行第四回目のことで、それまではきっとあたしも含めて誰も知らなかったはずだし。だから、試行第二回目の犯人があたしだったとしても——あたしだけど——CMRの爆発にも関係していないし、青崎先生の爆弾にも関係していないよ。きっとホントだよ」

「論理的です」英二がいった。「それが誰であれ、青崎先生の学校テロと武装のことを知ったのは、試行第四回目以降となる。なら試行第二回目で青崎先生の爆弾が使えるはずありません——

ただ真太、そうなると」

「そうだな」真太は強く頷いた。「この試行第二回目の検討のまとめだが、やはり疑問がひとつ残される……すなわち『シャットダウンされていたCMRは何故爆発したか?』、言い換えれば『試行第二回目・試行第五回目において(あるいはひょっとしたら試行第一回目において)CMRの爆発という結果を導いたのは誰か?』という疑問がな。それへの解答こそ、この『殺人事件』の主犯を焙《あぶ》り出すものだ。俺がさっき水城に確認したことは、水城の自己診断からして、その主犯に心当たりはないかということだ。残念ながら、心当たりは無いというか、水城をも繰《あやつ》っていた主犯はいないとのことだったが」

「あっでも楠木くん、繰っていた繰っていないといえば、ひとつ大事なことが——」

「——それについては私が代わって指摘しておくけど」

ハルカが突然、詩花の言葉を遮断するようにいった。

「真太くん、あなたはきっとこう考えている——その主犯というのは、未来人ふたりの内のいずれかではないかと。何故ならば、断言できないとはいえ、CMRの爆発に人為的な細工ができたのは未来人である可能性がとても高いからだ、と。もし試行第二回目において、詩花さんと未来人が組んだなら、詩花さんの殺人計画はより完璧なものになるからだ、と。何故なら詩花さんは現代人側を動かせるし、未来人はCMRを動かせるからだ、と」

「嘘を吐く理由もない。まさにそのとおりだ。そしてまさに、断言する気も無いがな」

動機なき能力者

「ならば私も率直に反論しておく。第一に、未来人にはあなたを殺す動機が無い。第二、未来人には歴史を繰り返す動機も無い。あなたを救《たす》ける義理は実は無いしね。第三、未来人にはCMRを損壊する動機も無い。第四、まして未来人には光夏を殺す動機も無い。そしてこれが決定的だけど第五、私達はあなたたち現代人五人と違って、スマホなるものを所持してはいない。この時代の人間と通信できるデバイスも有してはいない。最後の点の重要性をもう一度指摘しておく。私達は、あなたたちとリアルタイムで通信をすることができないし、あなたたちと自由に接触することすらできない身の上。その私達が、どのような動機原因が想定されるのか想像を絶するけれど、水城さんを繰《あやつ》るとか殺人計画を主導するとか、ましてやあなたを殺すとか、そんなこと理論的にも物理的にも無理よ」

「それも別段否定しない。

　ただやはり強い疑問は残る——俺ももう一度言えば、『CMRの爆発という結果を導いたのは誰か？』という疑問がな。

　そして、その疑問への解答いかんによっては——

　本当に薄汚い殺人者だったのは誰か、が解るかも知れん。それはハルカさん、ユリさん、君らも別段否定はしないだろう」

「それは絶対に私達ではない、という証言をした上で、そうね、別段否定する必要はない」

「するとだ。いよいよこれから本当に薄汚い殺人者が解明されるとすれば、今も断じて薄汚い殺人者ではない水城の、その——なんというか罪責感も、ぐっと減らすことができるだろう。ゆえにそれは、俺達全員にとって死活的な疑問だ。もちろんそれは、被害者であり死者である俺にとっても死活的な疑問だ」

「その組立ては論理的です」英二がいった。「少なくとも現代人側にとって、死活的であることも事実です」

『公約数』

「それじゃあ、これまでに解ったことをまとめながら、まだ解っていないことを整理すると——」あたしは詩花の髪を懸命に撫でながらいった。「——結局、現時点で、六度の試行のうち四度の試行についての検討を終えた。その四度の試行については、『何故あたしたちは失敗したか？』『何故真太は死んでしまったか？』の理由がほぼ解った。すなわち、

　試行第四回目（学校テロ）

　　あたしたちには故意も過失もない

　試行第一回目（ケアレスミス）

　　あたしと一郎の過失

　試行第五回目（落下地点のずらし）

　　人為的な爆発＝誰かの故意があった

　試行第二回目（あたし名義の偽メール）

詩花の故意。加えて人為的な爆発＝誰かの故意があった

となるよね。すると残るは試行第三回目と試行第六回目の二回。ところが、さっきチラッと喋ったけど、この残る二回には、今検討したばかりの試行第二回目との大きな公約数があるんだよ」

「あっ、それってもしかして、メール、のこと⁉」

「ひさしぶりに活躍してくれて嬉しいわ一郎、そのとおりよ。

試行第二回目。試行第三回目。試行第六回目。

これらの大きな公約数は、『謎のメール』――

まして、もう皆《みんな》気付いていると思うけど、実は試行第三回目と試行第六回目は極めて近い関係にある。というのも」

「変動率だな」真太がすぐに指摘した。「〈世界線〉の変動率。何とほとんど一緒だ。すなわち、オリジナルの七月七日に対し、試行第三回目の〈世界線〉の変動率は○・○五八％。ところが、試行第六回目のそれもなんと○・○五九％で、これはもう同一といえる。これすなわち、俺達がこのそれぞれの〈世界線〉において歴史に与えた影響は、ほとんど一緒だったということ。これは確実だ。ならば――こっちはただの期待となるが――俺達がこのそれぞれの〈世界線〉においてとった行動も、かなり似通ってくる可能性がある」

「ああ、だからか、だからですね――」英二が頷いた。

「――だから今銀さんは、いわば『とっておき』『メインディッシュ』『最後のタフな奴』として、試行第三回目と試行第六回目を残しておいたんですね？」

「あたし英二みたいに鋭くも論理的でもないから、そして議論の流れそのものを大事にしたかったから、そこまで周到には考えていなかったけど――確かに、試行第三回目と試行第六回目をできるだけ『とっておいた』のは事実だよ。だってどっちもすごく不可解だし、だからとても謎が多いし、だから最後の最後に議論しないと話が混乱するからね――」

試行第三回目・技術部の工具箱

「じゃあ、さっそくそのうち試行第三回目を検討すると、これはすなわち」

「私が視点人物だった回ですね」英二がいった。「より正確には、未来人ふたりと私そして一郎が過去に戻った回」

「そうだね。

そしてその試行第三回目の作戦は、というと」

「言ってみれば『時間ずらし作戦』でしょうか。

すなわち、我々現代人側が七夕飾りのために現場に出る時間をずらす。

これ以前は、特段の意味なく『午後九時半くらいから屋上に出る』ということが漫然と決められてきましたが、そしてそれを前提に『どうやってHアワーの午後九時五五分に真太を現場から引き剝がすか?』が考えられてきましたが、そうした作戦がことごとく失敗したので、『いっそのこと行事自体を早く終わらせてしまえ』『いっそのこと現場に出る時間を早めてしまえ』『それならばHアワー前に行事は終わり、したがって真太がHアワーに現場に存在することがなくなる』――とまあ、こんなコンセプトで立案された作戦です。

そう、時間ずらし作戦」

「英二らしい、シンプルで合理的な作戦だよね。

そしてその『時間ずらし作戦』は、実はほとんど成功した」

「そのようですね。引き続き、一郎にも私にも何の記憶もありませんが、実際に七夕飾り自体は『午後八時一〇分』から開始され、しかも合奏までちゃんと行われ、かつ、一連の行事は無事終了したらしい。すなわち、七夕の一連の行事中、もちろん被害者である真太は屋上にいましたが、CMRの爆発に巻き込まれることは無かった。そもそも一連の行事中、CMRの爆発は起こらなかった。だから真太が吹き飛ばされて転落死することもなかった。これまた実際、真太を含む我々は、無事行事を終え、午後八時五五分には現場から撤収しています。そしてそのまま下校した」

「だから、そのままゆけば、真太がこの試行第三回目で死ぬはずがなかった」

「飽くまでも可能性の問題でしょうが、確かにそうです。無事下校までしているのですから。そのままゆけば、真太が爆発に巻き込まれて転落死する確率は零《ゼロ》に近かったでしょう」

「ところがもちろん、試行はその次もその次も……以下省略で続いたんだから、この試行第三回目でも、やっぱり真太は転落死した」

「そうなりますね。我々の行動がそれを示していますし、記録にもあるとおりです」

「なら、どうして真太は転落死することになったんだろう? 英二の完璧に近い『時間ずらし作戦』は何故失敗したの?」

「やはり私の記憶にはありませんが、この記録を解析するなら……

主たる要因は、そうですね、三つあると思います。そして実は、それらこそ〈試行第三回目〉（偽メール）との公約数となるのですが……第一に、午後九時三〇分過ぎ、一郎から私に謎のメールが入ったこと。第二に、その直後の午後九時四〇分過ぎ、今銀さんから私に謎のメールが入ったこと――まあ、これらを『謎のメール』とまで表現するのは行き過ぎかも知れませんが、すなわち内容自体はそこまで謎ではないのですが、それでも当時の私にとって不可解だったことは確かでしょう。そして失敗要因の最後として第三、Hアワー午後九時五五分直前、被害者である真太とプレイヤーである一郎が、爆発現場のフェンス際《ぎわ》で、何やら街並みを鑑賞しながら駄弁《だべ》っていたこと……Hアワー直前にそんなことをしていた訳ですから、結局、ふたりともCMRの爆発に巻き込まれ死んでしまった。これ、原因と結果は明白ですが、『何故そんな状態にあったのか？』は著しく奇妙で疑問ですね。

以上をまとめれば、〈試行第三回目〉の失敗要因は、一郎からの謎のメール、今銀さんからの謎のメール、真太と一郎の謎の雑談。この三つになるでしょう」

「キレイにまとめてくれて助かるよ、英二。

あたしもその三点が気になった。

だから議論の整理のために訊くけど、まず、その一郎からの謎のメールってどんな内容だったたっけ？」

謎のメール（試行第三回目）

「記録によれば、要旨《ようし》はこんな感じですね――もう焼きうどんパンの腹痛は治った。今学校の屋上にいる。これから午後九時五五分に真太が死なないことを確かめて、それから未来人おふたりの今後について話し合おう、云々《うんぬん》」

「焼きうどんパンの腹痛っていうのは……」

「……一郎はこの試行第三回目のプレイヤーの癖《くせ》して、五限が終わった後の休み時間に、何と三日前の焼きうどんパンを平らげたらしいんですよ。それで当然お腹を壊して、その七月七日の午後はそれ以降、早退してしまったとか。だから結局、この試行第三回目における諸工作は、私だけで行うことになってしまった――先の議論でも出ましたが、未来人おふたりは、現代人に諸工作をすることができませんからね。

これは、マヌケさを別論とすれば、因果関係としてはとても見やすい」

「ところが、下痢とかで早退したはずの一郎は、なんと学校に、しかも現場に帰ってきた」

「そう、少なくとも午後九時三〇分過ぎの段階では、なんと屋上に出てしまっていた。

　この因果関係は若干、不可解です。だから『謎のメール』という表現をしたのですが」

「どうして不可解なの、英二？」

「プレイヤーの行動として奇妙だからです。一郎は試行第三回目のプレイヤー。ゆえにお腹を壊そうと壊すまいと、これまでの失敗を――真太をみすみす見殺しにしてしまったことを――ちゃんと記憶しています。だからこそプレイヤーなんです。

　その一郎が、恐らくは爆発するであろうＣＭＲがある屋上にノコノコ出てゆくのが奇妙。ここで、この〈試行第三回目〉においては、『時間ずらし作戦』以外万事なすがまま――という方針を採っていた以上、ＣＭＲはスリープモードだのシャットダウンだのの状態にはありません。飽くまでもナチュラルに、オリジナルの七月七日どおりの状態にしておくというのがプレイヤー同士の当初の決め事でした。なら、歴史が繰り返してＣＭＲが暴走・爆発する確率は他の試行よりむしろ高いというべきです。要は、屋上には既に爆発した実績を持つ時限爆弾があるんです。いくらハルカさんのことが気懸かりだとはいえ、またそんな現場に再登場するのはおバカのすることですよ。そして、未来人おふたりの今後を検討したいというのなら、おふたりには知己《ちき》も行く先もないのですから、別段その夜その時でなくとも全然構わない――あらゆる意味で、一郎の選択と行動は奇妙です」

「だからこそ、午後九時三〇分過ぎ、その謎のメールを受信したとき英二は焦燥《しょうそう》した」

「記録によればそのようですし、また、私なら確実に焦燥したはずです」

「それじゃあ失敗要因の第二、あたしからの謎のメールっていうのは？」

「それももちろん記憶にありませんが、そして今銀さん御自身も記憶にないと思いますが、要旨こんな感じです――七夕飾りに使った『技術部から借りた工具箱』を現場に放置したままにしてしまった。借り物だし、吹部《すいぶ》の信用問題だし、現場の使用許可は午後一一時まで出ているから、これから久我西高校へ回収に戻る、云々《うんぬん》」

「英二は電車通学だから、そのメールを電車内で受信した」

「そうなります。ちなみに今銀さんとほぼ同ルートですが、今銀さんの方が先に下車する。だから、私はそれを独りで読むことになった。だから、今銀さんはついさっきまで一緒だった私に、メールを送信することになったのでしょう」

「ここで確認だけど、真太と詩花も電車通学だよね？」

「それはそうですが、そしてもちろん純然たる確認だと思いますが、水城さんと真太は我々と逆方向に帰ります。ゆえに学校の最寄り駅で、それぞれの進行方向が真逆になる」

「だから〈英二＝あたし〉っていう帰宅コンビになったし……」

「……だから〈水城さん＝真太〉という帰宅コンビになる訳です」

「するとこの試行第三回目、無事行事を終えることができてから、①あたしは英二と一緒に下校していて、②英二より先に電車を下り、③そして『技術部から借りた工具箱』の問題に気付き、④英二にそのことをメールしつつ、⑤自分は学校に向かった。こうなる」

「そのとおりです」

「その流れそれ自体は奇妙だと思う？」

「いえ、それ自体は特段奇妙ではありません。失礼な言い方ですが、まあ、いかにも今銀さんのやりそうなことだとは思いますし。それに屋上の使用許可が午後一時まで出ていたのは試行第三回目でも変わりませんから、その夜の内に——いつもみたく真太に怒られない内に——どうにかしておきたいというその心情、動機、こころの動きは自然です。だから、今銀さんの行動は想像の範囲内に入るもので、それ自体を取り出せば、特段奇妙ではない」

「なら、何故あたしからのそのメールを『謎のメール』と表現したの？」

「そのメールの主体が変だからです。

　というのも、これも記録にありますが、『技術部から借りた工具箱』を管理していたのは水城さんのはずですから」

「あっ‼」記録を読んでいた詩花が、思わず、といった感じで声を上げた。「た、確かに」

「だから、まずマジメで几帳面で気の利く水城さんが、そんな今銀さんっぽいポカをするだろうか——というのが謎。次に、そんな水城さんが自分の責任を棚に上げ、後始末を今銀さんに押し付けるだろうか——というのが謎。

　もっとも、謎で奇妙ではありますが、必ずしも不合理ではありません。何故なら説明は簡単に付けられますから。すなわち、水城さんと今銀さんはとても仲が良い。そして今銀さんは、まあその、水城さんに特別な感情を抱いているらしい。これは今夜の告白を聴くまでもなく、少なくとも我々にはバレバレなことです。ならば、『らしからぬポカをした水城さん』が、『姉御肌《あねご》の今銀さん』とメールその他で相談をして、今銀さんが後始末をすることが決まり、よって今銀さんから私にその旨のメールが入った――こう推論すれば、必ずしも不合理とはいえない。ただしその場合でも、マジメで几帳面で気の利く水城さんが、『今銀さんを単独で学校に帰すだろうか？』『自分も大いに責任を感じて、今銀さんと一緒に学校に帰るのではないか？』『そもそも屋上への鍵を管理していて使い慣れているのは水城さんなのだから、水城さんも一緒にゆかないと色々不便なのではないか？』といった疑問が残ります。よって、この今銀さんの午後九時四〇分過ぎのメールは、不合理ではないが、やはり謎で奇妙なものとなる」

それぞれの挙動不審

「これで、一郎の謎のメールと、あたしの謎のメールがどうして『謎』なのかが整理できたね。じゃあ英二、試行第三回目最後の謎だけど、Hアワーの午後九時五五分直前、真太と一郎が駄弁っていたことの『謎』っていうのは？」

「これは著しく奇妙で疑問です。これまでのふたつの『謎』より遥かに『謎』です。

もちろん、プレイヤーである一郎が、だから爆発のことを知っている一郎が、何故ノホホンと当の真太と駄弁っていたのかという謎があります。Hアワーまであと一分未満ですよ？　記憶がある一郎としては、是が非でも真太を現場から引き剝《は》がさなきゃいけないはずじゃないですか。記憶がある一郎は、二度もそれに失敗した経験を憶えているはずじゃないですか。それが、当の真太を引き剝がすどころか、そうあまりに牧歌的に、ふたりで武蔵野の街並みを眺めるかのように、フェンスに躯《からだ》を預けたり寄り掛かったりしながら、ナチュラルに雑談をしている。時折、相手の方に首を向けたり、相手の方に腕を大きく動かしたりと、まさに教室で駄弁っている感じ、そのままに。

まずこの一郎の挙動はあからさまに不審です。言い換えれば、これは記憶のある一郎が示すはずのない挙動です。それが『謎』。

そしてこのシーンは、もうひとつの大きな『謎』を派生させます――

すなわち『真太は何故またもや現場に帰ってきたのか？』という謎。ここで、重ねて、試行第三回目では七夕の行事は無事終わっています。午後八時五五分、Hアワーの一時間前には、現代人側はすべて現場から撤収したんです。離脱したんです。だから我々は通学電車に乗ったんです。真太についていえば、水城さんと一緒の電車に乗って帰るのを私は目撃した。というか目撃したことになっている。そしてこの試行第三回目、視点人物は私ですから、このことは確実な事実。また確かに私『今銀さんが学校に帰る』なるメールは受信しましたが、まさか『真太が学校に帰る』『しかも現場に帰る』なる連絡は、メールだろうが何だろうが一切受けていません。だから私は愕然《がくぜん》とした――愕然としたんでしょう、真太と一郎の雑談シーンに。だって私からすれば、現場にいるのは一郎と今銀さんで、まさか被害者である真太ではなかったのですから……

　以上、試行第三回目における最後の疑問をまとめれば、『何故一郎は現場にいたのか？』『何故真太までが現場にいたのか？』『ふたりはいったい何を雑談していたのか？』ということになります、今銀さん」

「ちなみにだけど英二、英二はその雑談の内容、聴き取れた？」

「いいえ、聴き取れてはいないようです。確認できたのは、真太と一郎の生存だけ――すなわち、躯だの腕だのを動かしながら『まだ生きている』ということ、それだけです」

「まとまったね。要は、試行第三回目の失敗要因にして謎は、こうなる――

Ⅰ　何故プレイヤーである一郎は、わざわざ爆発現場に帰ってきたのか？

Ⅱ　何故爆発現場に放置された『技術部の工具箱』は、今銀光夏によって片付けられることとなったのか？

Ⅲ　何故真太は現場に戻ってきたのか？

Ⅳ　真太と一郎は現場でいったい何をしていたのか？

……どれも確かに不可解で奇妙だよね。言い換えれば、自然な成り行きとしては発生しないことだよ」

「更に言い換えるならば」真太が沈痛にいった。「そこには人為的な介入があったということだな、今銀？」

ピンポイントな介入――『被害者候補』の存在

「そうなる。

　これも、『あれなくばこれなし』。しかも、やっぱりピンポイントで『あれなくばこれなし』。この試行第三回目で転落死してしまったのは、結局当の真太に加え、現場にいて爆発に巻き込まれた一郎、英二そして初の未来人側の犠牲者としてユリだけど、だから死者は初期値の1から一気に4まで膨れ上がってしまったけど――一郎が現場に帰ってこなければ、一郎が転落死することはなかった。真太が現場に帰ってこなければ、真太が転落死することはなかった。同様に、英二が現場に帰ってこなければ、英二が転落死することはなかった。ユリは元々現場にいたから、ちょっと事情が違うとして……

　ここで更に大事なのは、大事になっちゃうのは、実はもうひとり『被害者候補』がいたことだよ。実はもうひとり、爆発に巻き込まれて転落死してもおかしくなかった人物がいる」

「それはハルカさんかい⁉」

「そうね一郎、確かにその可能性はあった。でもハルカは救《たす》かった。何故ならハルカの記憶によれば爆発寸前、『ハルカ危ないっ‼』って叫んだユリによって、CMRから遠くに突き飛ばされたから。だからハルカは爆発に巻き込まれずにすんだ。記録にはそうある」

「それはユリさんのお手柄だな‼　だけどそのユリさんは死んじゃったから――今は生きているけど――やっぱり気の毒ではあるなあ‼」

「……ともかくハルカは死ぬことを免《まぬか》れた。というかそもそも、オリジナルの七月七日ではハルカもユリも死んでいないよね。ましてこの試行第三回目では、英二の作戦によって、ほぼすべてをオリジナルどおりにしておくことが決まっていた。ならハルカを『被害者候補』とカウントすることはできないよ」

「そうすると今銀さん、試行第三回目でもうひとりいるっていう、『爆発に巻き込まれて転落死してもおかしくなかった人物』って誰⁉」

「あたしよ。

　さっき英二が説明してくれたとおり、あたしこそ、『技術部の工具箱』の後始末のために現場に帰るはずだった。実際、あたしは学校に帰り始めていた。だから、Hアワーの午後九時五五分、あたしもまた現場にいて、だから爆発に巻き込まれて転落死していても全然おかしくなかった――そのあたしは結局、Hアワーまでには現場に出られず、そのときは校舎棟のたもとにいたんだけどね（そこで犠牲者たちが転落してくるのを見た）。

　そして何故あたしが校舎棟のたもとにいたかといえば――何故あたしが現場に出るのが遅れたかといえば、これは全くの偶然、あたしが再登校するのに愚図愚図していたからだよ。あたしが当夜、もう下校していたのは英二の説明したとおりだけど、さらにあたしは既に自宅に入ってしまっていた。だから、再登校するのにちょっと手間取った。また制服を着るなどの手数が掛かったから。これも記録にある。

要は、あたしはHアワー午後九時五五分において、もう校舎棟のたもとにいた。そこから地上六階分を登りさえすれば、そこはもう現場だよ。現場に出るのに三分か、四分か。それはもうニアミスだよ。あたしがもうちょっと支度をするのが早ければ、あるいは、あたしがもうちょっと歩くのが速ければ、はたまた、あたしがタクシーを使っていたなら、あたしは確実に現場に出ていた。

だから。

さっきの『あれなくばこれなし』は、あたしについてもいえる。あたしが現場に出るのが微妙に遅くなければ、あたしは死んでいた」

「俺は現場に戻ったから、転落死した。

一郎は現場に戻ったから、転落死した。

英二は現場に戻ったから、転落死した。

ユリさんについては、オリジナルの七月七日とは違うから、イレギュラーな貰《もら》い事故。

……そして今銀は現場に戻りそうだったから、転落死するところだった。こうなるな？」

「そうだね真太」


「しかし試行第三回目では、七夕の行事自体は無事終了しているのだから、既述のとおり、そもそもこんな事態は発生し得ないはずだ」

「それもそう。あたしたちは午後八時五五分には下校していたから」

「するとやはり既述のとおり、そこに『ピンポイントな介入』をした者がいる。

被害者を現場に戻し、だから転落死させるというピンポイントな介入をした者が……」

『言われてみれば……』

「……そう、人為的な介入をした者が。それはどうしてもそうなる。

そして、もう一度この〈試行第三回目〉の登場人物を整理すると——

ハルカ、ユリ、一郎、英二がプレイヤー。

真太、詩花、あたしがNPC。

もちろんプレイヤーには記憶があり、NPCには記憶がない。そうすると」

「ま、まさか今銀さん!!」一郎が踊り上がりながら抗議した。「ハルカさんが犯人だっていうんじゃないだろうね!?」

「……あたしまだ何も言っていないけど、ちなみに何故？」
「だ、だってそうなるじゃん⁉

——試行第三回目では、人為的に、ピンポイントな介入をした者がいる。

歴史への介入ができるのは、記憶を保持しているプレイヤーだけである。

そしてユリさん、俺、英二は爆発に巻き込まれて転落した側。いわば被害者の側。

すると、もし犯人がいるっていうなら、それは……ハルカさんしか残らないよ‼」
「だけど一郎、一郎は大事なことを忘れている」
「何さ⁉」
「ハルカはスマホを持っていない。そもそも勝手気儘《きまま》に屋上を離れられない。すると一般論として、未来人が現代人の行動に干渉して、それを望むように繰《あやつ》ることはできない」
「それはそうだな‼　しかも試行第三回目で重要な役割を果たしたのは、やっぱり『謎のメール』だからな‼　おまけにそれは、何とこの俺と、あと今銀さんが発信したメールだ‼　未来人ふたりがそんなメールを打てるはずがない‼　そもそもスマホを持っていない‼

……あれっ？

でもそうすると、犯人いなくなっちゃうよ？」
「なら、あたしたちの考え方をちょっと変えなくちゃいけない。

ここで。

あたしたちは試行第三回目における『謎』をこう整理した——

Ⅰ　何故プレイヤーである一郎は、わざわざ爆発現場に帰ってきたのか？

Ⅱ　何故爆発現場に放置された『技術部の工具箱』は、今銀光夏によって片付けられることとなったのか？

Ⅲ　何故真太は現場に戻ってきたのか？

Ⅳ　真太と一郎は現場でいったい何をしていたのか？

——このうち、解りやすいのはⅡだと思う。これはさっき英二も指摘していた。要するに因果関係が解りやすい。というのも、これは、①技術部の工具箱が屋上に放置されたから、②あたしがそれを片付けに現場に帰ることとなった。とても解りやすい。ただ疑問が生じる。これも英二が指摘していたとおり。すなわち、『何故それがあたしだけだったのか？』『何故それがあたしだけだったのか？』という疑問が生じる。というのも、そう……技術部の工具箱を管理していたのは、詩花だったから。

この疑問を持って、記録を読むと。

興味深い記載に行き当たる。すなわち、あたしがハルカに『何故そのとき屋上に帰ってこようとしたのか？』を説明している部分ね。もちろんあたしは技術箱の工具箱について説明をしている。それを借りた吹部の副部長として責任があることも説明している。他方で、こんなこともいっている――『言われてみれば成程《なるほど》確かに忘れていたって思い出して』と。そう、『言われてみれば』成程確かに忘れていたって思い出して、急いで学校に取って返したと、ハルカにそんな説明をしている。

この、『言われてみれば』。

何時《いっ》、誰に、どうやって『言われてみれば』なんだろう？

――ここで、あたしは、もう英二が整理してくれたとおり、英二と一緒に電車を使って下校している。下校方向が逆の、詩花と真太とは離《わか》れて。そして四人が一緒だったとき、技術部の工具箱の話なんて出ていない。あたしと英二だけになったときも、そんな話は出ていない。あた視点人物の英二は嘘を吐かないから。なら、技術部の工具箱の話が出たのは、英二が他の三人とは離れた後――視点人物の英二がもう確認できなかったときでしかない。そのときあたしは、『言われてみれば』成程確かに忘れていた――って思い出したという。そしてあたしはそれを真太に隠しておきたかったという。なら、あたしにそれを思い出させたのは……それは……」

「……やっぱり、あたしなんだね」詩花の涙は続いている。「『どうやって下校するか』、『誰が技術部の工具箱を管理していたか』、そして『光夏のメールの文面』を考えれば、結論はそれしかない。光夏にその話をしたのは……うん、きっとそれを持ち掛けたのは、あたし。光夏に対する憎しみと殺意を持っている、あたしだよ」

「ゴメン……そうなるよね、詩花」

あやつりの殺人論

「……そ、そうすると、あたし、右のⅢの『謎』についても、説明ができちゃう。あたしだからこそ、犯人だからこそ説明できてしまう。

きっとあたしは。

試行第二回目に引き続き、試行第三回目でも、光夏を殺す決意をした。もちろん、CMRの爆発を使って光夏を殺す決意をした。そうなると、もう試行第二回目の検討のとき議論は出尽くしたけど、『楠木くんを現場に出して』『歴史を繰り返させてCMRを爆破し』『しかもその犠牲者を楠木くんでなく光夏にする』――ってパターンを踏襲《とうしゅう》したはず。

　なら。

　まず、光夏の行動を繰《あやつ》るのはカンタンだよ。メールでも電話でもいい。まさに、『言われてみれば』が事実なんだから、あたしはメールだろうが電話だろうが『言った』んだよ光夏に、技術部の工具箱のことを。それを屋上に放置してきてしまったってことを。でもきっとそれは故意《わざ》とだよ。あたしの性格からして、そしてあたしが屋上への鍵を管理していた事実からして、あたしは撤収前、絶対に最後にもう一度、屋上の様子を確認したはずだから。あたしがポカで技術部の工具箱を放置した可能性はとても低い。そしてそれは、実はあたし自身が光夏には付いていっていないことからも裏付けられる。もしあたしが自分のポカで技術部の工具箱を放置してしまったのなら、まず、あたしだけで屋上に帰ろうと思うはずだから。もし光夏が一緒に来るって――光夏は優しいからきっとそう言うだろうけど――主張したとしても、それなら光夏とあたしが一緒に学校に帰るはず。あたし自身が、自分のポカの責任を光夏に押し付けて、しかもその光夏だけを屋上に戻したって事実それ自体が、あたしの故意を――意図的に技術部の工具箱を放置したって故意を――証明しているし、ましてそれは、光夏を屋上で殺そうとした故意だよ、絶対に。

　おまけに、それだけじゃない。

　あたしの思考パターンからして、また殺人計画からして、『光夏と』『楠木くんが』現場に存在することが必要なんだから、あたしはきっと楠木くんにもメールしたはず。もちろんそのメールは、『技術部の工具箱を屋上に放置しちゃった』って趣旨のメールだけど、しかも楠木くんの部長としての責任感を刺激するようなメールだけど、でもそれにとどまらない。何故ならあたしは知っているから。楠木くんの光夏に対する感情を……

　なら、これもあたしの薄汚い思考パターンからして、『光夏が技術部の工具箱を片付けに屋上に帰った』『光夏が独りで帰るっていって譲らなかった』とかなんとか、要するに、楠木くんの責任感と一緒に楠木くんの恋愛感情を刺激するメールを打ったに違いないよ。もちろんそれは、下校ルートが違う英二くんの視点からは、解らない。そしてあたしの計画は成功した。何故なら実際、Ⅲのとおり楠木くんは屋上に出現しているから。だから英二くんはビックリしたし、しかもその理由が――あたしが楠木くんに工作メールを打ったという経緯が――全然解らなかった。

しかも、しかも……

あたし自身は現場に帰らなかったたってことは。光夏と楠木くんの行動を繰って、光夏が爆死とか転落死することを願って……しかも、自分だけは爆発から縁のない安全なところにいたってこと。そうだよ。あたしはふたりの行動を遠隔操作して、あやつりの殺人をしようとしたんだよ。その動機とか心情とかは、もう試行第二回目の検討でバレバレのとおり……あたし、もう自分が信じられない。自分がそんな醜くおぞましい人間だったなんて……ううん、そんな醜くおぞましい人間だなんて考えると、それこそ……それこそ爆死するか転落死したくなるよ……ううっ、ぐすっ」

「違う」ここで真太が断乎《だんこ》としていった。「そうじゃない」

「違わないの!!」詩花が号泣しながら絶叫する。「あたしは人間のクズで、最低なおんな」

「それも違うが、俺が言いたいのはそんなことじゃない。

今の流れは——今の水城の自白は明らかに面妖《おか》しい」

「えっ」詩花が唖然《あぜん》とする。「は、犯人が訊くのもおかしいけど……ど、何処《どこ》が?」

「まず、お前自身が現場に帰ってこなかったのは面妖《おか》しい。試行第二回目の計画を踏襲したというのなら、お前は絶対に現場に帰ってこなければならなかったはずだ。何故ならば、お前が爆発で殺したかったのは今銀で、俺じゃなかったんだからな。だから試行第二回目のお前は、爆発寸前、必死で俺を危険箇所から遠ざけようとした。無論、今銀だけを確実に殺すためだ——失敗したがな。

現場にいてさえ失敗するんだ。

まして、あやつりの殺人、遠隔操作の殺人で、お前が希望する結果を出すことなどできはしない。お前の動機や心情に嘘が無いなら——無いんだが——お前は現場において俺が死ぬのを絶対に防ぐため、必ず今銀と一緒に屋上に帰ってきたはずだ。そしてそれは難事《なんじ》ではない。いやむしろ自然で簡単だ。だのにお前は当夜そのまま下校して、そのまま自宅にいたという。そう記録にある。これはお前の動機と性格からして絶対にあり得ない矛盾だ。これが違うことのひとつ。

そして、実はこっちの方が大問題なんだが……

違うことのふたつめ。お前にはそもそも俺だろうと今銀だろうと誰だろうと、メールだろうと会話だろうと、俺達の行動を繰《あやつ》ることなんてできない。絶対にできない。いやその考え方自体が思い付かない。何故ならばこの〈試行第三回目〉ではお前はNPCだからだ。プレイヤーじゃない。プレイヤーは一郎と英二だ。だから試行第二回目の記憶を保持しているのは一郎と英二で、お前じゃない。NPCであるお前は、それが〈試行第三回目〉であることも解らなければ、そもそも『今夜午後九時五五分、CMRが爆発を起こす』なる未来を知ることもできない。それまでのやり直しの記憶も、オリジナルの七月七日の記憶も一切無いんだからな。なら、お前が犯人だった〈試行第二回目〉の犯行計画をトレースできるはずがない。

そして、だからこそ説明の付かない『謎』が残るんじゃないか？

すなわち、

Ⅰ　何故プレイヤーである一郎は、わざわざ爆発現場に帰ってきたのか？

Ⅳ　俺と一郎は現場でいったい何をしていたのか？

の『謎』だ。成程《なるほど》、先のⅡとⅢについてはお前の自白で解決できる。その自白は説得的でもある。ただ今指摘した記憶の問題があるかぎり、それは絶対に正解にはならない。『実に説得的で納得のゆく、しかし現実とは違う仮説』に過ぎない。まして、本人のメールからして、一郎が現場に舞い戻ってきたのは技術部の工具箱なるものとは一切関係がない。これも先のⅡとⅢからは説明が付かない。加えて、Ⅳはもう説明が付かない以上に理解不能だ。お前の自白とは全く関係が無いし（そもそもお前は現場にいなかった）、これは詰まる所『なぜ屋上で一郎と俺はマヌケた行動をとっていたのか？』という謎で、すなわち一郎と俺にしか関係しないし一郎と俺にしか解らないことだからだ。つまりこれも、先のⅡとⅢに関するお前の自白からは何も導けない、お前の自白とは無縁な謎だ。

――これらを要するに。

お前の自白は信じられないし、お前の自白では全容解明ができない。

だから、お前が人間のクズだとか最低なおんなだとか自認するのは、かなり早計だ」

「そういってくれるのはホントに嬉しいけど……」詩花は泣きながら途惑った。「……でもあたしにはあたしで確信があるんだよ。あたしなら『技術部の工具箱』っていうガジェットで、そういう卑劣な罠を仕掛けただろうって。そう、あたしには解る、自分のことだもの。自分ならこう考え、自分ならこう実行しただろうなって、すごく納得できる」

「だからそれは納得できる仮説だ。しかし記憶の問題がある以上、絶対に真実にはならん」

焼きうどんパンの物語

「そうすると真太!!」一郎がビシッ、バシッと華麗な挙手をする。「俺達としては、そうまさに俺達としては、俺達自身の謎の行動を解明しなきゃいけないってことだな!!　ええと、具体的には……

　そう、まさに『謎』のⅠ、腹痛《はらいた》で早退までした俺がなんでまた現場に帰ってきたのか、っていう謎の行動と、そして『謎』のⅣ、俺と真太は爆発直前になんでノホホンとフェンス際で雑談をしていたか、っていう謎の行動だ!!」

「一郎」あたしは訊いた。「Ⅰについてはあんたしか解らないけど、何か心当たりは?」

「うーん……もちろん記憶はないし……下痢までしているのに七夕飾りに帰ってくるほど俺は責任感のある人間じゃないしな!!　ただ、うーん……どうにもよく解らない所はあるなあ……」

「それってつまり?」

「この記録によれば、だよ。俺はこの〈試行第三回目〉の昼飯として、まさに焼きうどんパンを食っているんだよ!!　ちなみに焼きうどんパンと牛乳だ。ならそれは購買部で買ったものだよね。いくら俺だって、まさか牛乳を三日間も保管してはいないだろうから!!　ところが、だ。俺が下痢を起こした原因は、これ記録だと真太が証言しているんだけど、三日前の焼きうどんパンを、しかも五限が終わった後の休み時間に食ったかららしいんだ!!　でも五限が終わった後の休み時間っていったら、そりゃ当然午後二時からの一〇分間だろ!?

　昼飯に新品の焼きうどんパンを食ったのに、またもや次の休み時間に、同じ焼きうどんパンを、しかも三日前の焼きうどんパンを食うかなあ?　そしてもし、焼きうどんパンを二度食ったんじゃなく、昼休みに食った焼きうどんパンで下痢したっていうなら、ちょっと時系列がおかしいと思うよ!!　だって五限が始まるのは午後一時一〇分。当然、昼飯はそのずっと前。なら昼休みの間にも、もう俺は下痢を起こしていたはずだ——

　いずれにしろ、この焼きうどんパンの話、俺はちょっと奇妙だと思うな!!　ああ、記憶さえあれば!!」

「ちなみに一郎、今現在のこの世界線は、誰も何の干渉もしていないはずだから、オリジナルの七月七日をトレースしているはずだけど――

あんたそもそも、この七月七日って日に、三日前の焼きうどんパンなんて持っているの？　それどっかに隠しているの？」

「いいや全然‼　そんなもの影も形もないよ‼」

「ということは、あたしたちが歴史のやり直しをしているのはいつも七月七日の正午からなんだから、理屈としては『どの世界線においても、三日前の焼きうどんパンなんて存在していない』ってことでいいよね？」

「それは……そうだな……うんそうなる‼

歴史を何度どうやり直そうと、もし三日前の焼きうどんパンなるものが存在したのなら、何度目の世界線でも、それは正午の時点で存在しているはずだからね‼」

「……とすると一郎」英二が淡々といった。「Ⅰの謎の輪郭が、朧《おぼろ》気《け》に見えてきますよ」

「えっ英二、ていうと⁉」

「一郎は嘘を吐いたってことですよ。

三日前の焼きうどんパンなんて存在しないのだから――今自分が自白したとおり――それで食あたりを起こすはずが無い。なら食あたりで早退したなる話が嘘になる。とすれば、一郎はそんなくだらない嘘を吐いてまで『何か』をやりたかったことになる。しかもその『何か』というのは、学内ではできない行為だった。どうしても早退して、久我西高校から出なければならない『何か』だった。こうなります」

「うーん……英二の言葉を借りれば確かにそれって『論理的』だけどな‼　そして俺も、俺自身がいうのもアレだけど、どうもこの言い訳、『昼休みに焼きうどんパンを食ったから』、それをそのまま単純に連想して、口から出任せをいった感じがする‼　俺ならそうする‼

といって、俺自身にはその『何か』『行為』について、記憶も心当たりもないんだけどね……」

試行第三回目――宿題

「すると結局の所」部長である真太がまとめた。「この〈試行第三回目〉については、全容解明できたとは到底いえんな。確かに、試行第二回目との公約数、『謎のメール』については納得のできる仮説が立ったが、それは事実を裏切るものだ（Ⅱ・Ⅲ）。また、一郎と俺の『謎の行動』については仮説すら立たん（Ⅰ・Ⅳ）――

しかし今銀。

俺が記憶している所では、お前には何か考えがあるんだろう？

だからお前は、やはり『謎のメール』なる公約数を持つ、最後に手付かずで残された〈試行第六回目〉の検討を後回しにしたんだろう？」

「……そうだよ真太。

　そしてあたしの読みが正しければ、今の真太のまとめ、すなわち『謎のメールについては事実と反する仮説しか立たない』『謎の行動については何の仮説も立たない』って問題が、解決できると思う。少なくとも、何が共通の問題なのかは浮き彫りになるし、だから全容解明の糸口がもっと増えると思う」

「なら、もう時間も無い……腕時計によれば、ああ、因《いん》縁《ねん》の午後九時三二分だ。俺達がこの七夕、いよいよ屋上に上がってきたとされる時間だ。

　すなわち、俺が転落死するとされる時刻も遠くない。

　だからいよいよ、最後に残された〈試行第六回目〉の検討を始めてくれ」

「解ったよ真太。もっともあたしは……あたしたちは真太を殺させはしないけどね」

試行第六回目・仲間殺しテロ１

「じゃあ、最後に残された〈試行第六回目〉。

　ここでのプレイヤーはハルカとユリ、そして一郎と詩花だね。記録の視点人物というならハルカになる。だからハルカ、この〈試行第六回目〉の物語、もう一度まとめてくれないかな？」

「――この試行第六回目というのは、もちろん六度目のやり直しにして、七度目の七月七日よ。言うまでもないけれど、このやり直し開始時点で、真太くんはもう六度も死んでいることになる――そんな状況。そして時間遡《そ》行《こう》型記憶転写によって蓄積される毒素クロノトンの量を考えても、また、時間遡行型記憶転写に必要なトリクロノトンの残量を考えても、そろそろ限界が近い。だからプレイヤーの誰もが、この〈試行第六回目〉で勝負を決めようと思っていた。今回こそ真太くんを救い、今回こそこれで歴史を確定させると決意していた。それはもちろん、今光夏がいったとおり私の視点だけど。

　――そこで、極めて単純明快なプランが立案された。その概要は記録にまとめたとおり。

　要は全ての元凶、ＣＭＲを解体・爆破することよ。

　具体的には、もう午後三時までに、未来人ふたりがＣＭＲを解体してしまう。外壁その他の巨大な部分は無理だけど、枢要な部品は解体・撤去して、ＣＭＲをただの箱にしてしまう。絶対に稼動することがないようにする。しかも、それを確実かつ不可逆的なものにするため、午後四時までに、プレイヤー総員で解体後のＣＭＲ

を校庭の隅《すみ》まで搬送し、そこで全てを爆破処理してしまうこととされた。

　ちなみに午後三時までに解体、というリミットが設定されたことに深い意味は無いわ。その時間には青崎なる教師が屋上に出て来てしまうから、そのときCMRをトンテンカンテンしながら部品、破片、工具その他諸々《もろもろ》のお店を開いているのは不都合――それはコンシーラーでも隠すことができない――という理由からよ。

　午後四時までに爆破処理、というリミットまた然《しか》り。解体のリミットが午後三時なのだから、できるだけ早く爆破処理してしまおう、そのための搬送時間と爆破処理時間を考えるとそういうリミットになるだろう――という理由に過ぎない。

　ちなみに、CMRをトンテンカンテン解体する作業はコンシーラーでも誤魔化せないけど（お店を開きすぎ・音を出しすぎ）、解体後のCMRを『搬送する』だけならコンシーラーで誤魔化せる。そもそもヒトもヒトの携行物も透明に擬態《ぎたい》させられるし――あなたたちがオリジナルの七月七日で屋上のCMRを全く視認できなかったようにね――携帯型のコンシーラーだって幾つかあるから。

　このように、CMRを解体・爆破する。

　それによって、真太くんを殺す凶器を世界から消滅させる。

　そうすれば、たとえ被害者と現場が整っても、真太くんが転落死することはない。

　――極めて単純明快で、手段と目的の因果関係も明確で、ゆえに成功の確率が高いプラン。少なくとも私はそう感じた。だから、未来からの漂流者であるユリと私にとって命綱《いのちづな》である、CMRの消滅などというプランにも素直に同意した」

「けれど、計画は失敗した……改めてまとめてもらうと、それは何故？」

「試行第四回目に倣《なら》って言えば、真太くんによる仲間殺しのテロが発生したからよ。

　私の視点と記憶からすれば――私は全ての世界線の記憶を保持している――それは午後三時一〇分のこと。もっといえば、午後二時五五分過ぎ、私はトイレに出た。青崎なる教師が屋上の扉を開いたとき、透明に擬態して校舎の中に入った。体調その他から若干の時間が掛かった。結局私が屋上に帰ったのはその午後三時一〇分。

　だから私が証言できるのは、私が目撃できた、午後三時一〇分からの出来事になる」

「その出来事――具体的には真太による仲間殺しのテロ

っていうのは、どんな感じで発生したの？」
「それは光夏、〈試行第六回目〉の記憶を保持している
あなたでも説明できると思うけど、ただ光夏は私が目撃
できた時点でもう大怪我をしていたから……ちなみに左
腕を散弾銃で吹き飛ばされ、もう意識はほとんどなかっ
たはずよね？」
「うん、それはもちろん憶えている——真太に撃たれる
までのことは。
だから、あたしも後で必要な情報を補足できるよ。
でも今はまず、プレイヤーだったハルカの視点から見
た物語を聴かせて？」
「そうね、光夏は〈試行第六回目〉、NPCだったものね……
なら、時刻は午後三時一〇分。
まず私が目撃したのは、血の海だった。
具体的には、そう、オリジナルの七月七日、あなたた
ちが古楽器を演奏していたあたり。あなたたちが古楽器
の演奏隊形をとっていたあたり。
私の目撃地点——階段室のドアのたもとからは、そこ
そこ距離があるあたり。
そこが血の海だった。
そして演奏隊形どおりに、四人のヒトが倒れていた。
血の海の中で倒れていた。
演奏隊形どおりに倒れていたのは、一郎くん、英二く
ん、光夏、詩花さんだった。
一郎くんは——まるで〈試行第四回目〉の再現のよう
に、頭を吹き飛ばされていた。
英二くんも、やはり〈試行第四回目〉の再現のよう
に、お腹に風穴を開けられていた。
光夏と詩花さんは、試行第四回目では青崎に殺されな
かったけど……
この〈試行第六回目〉では、まず光夏が、左腕をまる
ごと失って倒れていた。
そして詩花さんは、両の脚を失ってコンクリの上で藻《も》
掻《が》いていた。
この時点で、一郎くんと英二くんは確実に絶命してい
た。
光夏と詩花さんは、絶望的な大怪我をしていたけれ
ど、まだ生きていた。
……その、まだ生きていた詩花さんは絶叫していた。
最後に残っている、無事な人間に。
そう、詩花さんが絶叫していたその相手は、最後に生
き残っていた真太くんだった。
真太くんは、フェンスの傍《そば》で、散弾銃をだらりと下げ

ながら立っていた。

それは、〈試行第四回目〉で学校テロに使われた、青崎の散弾銃だった。今も爆弾その他と同様、この屋上へと通じる階段の所に隠されているでしょうけど。

そして真太くんは、まだ叫び続ける詩花さんをいきなり撃った。

このとき、詩花さんの肩から上が無くなった。これで詩花さんも、確実に絶命した」

「ハルカ」あたしは訊いた。「詩花は何を絶叫していたの？」

「私の記憶が正しければ、この記録にも書いたとおり──『ど、どうして‼　どうしてこんなこと‼　こんな歴史、あたしは‼　もうやり直しなんて必要なかったのに、何故‼』と絶叫していた。もちろん苦悶《くもん》の内に。もちろん途切れ途切れに」

「詩花が殺された後はどうなったの？」

「もう幾度か響いたであろう、また私が目撃したときも響いた散弾銃の轟音で、校舎棟が喧騒《ざわ》めき始めた。だからもう、秒単位で誰かが押し掛けると思った。

するとそのタイミングで、私に背を向けていた──フェンスに凭《もた》れるため、躯を斜めにするかたちで私に背を向けていた──真太くんが、今度は私のいる階段室の方を撃った。散弾銃だから、無数の弾丸が飛んできた。私は咄嗟《とっさ》に階段室の中に隠れた。階段室の中から、開きっぱなしの扉越しに真太くんの挙動を見た。ここで、真太くんは、恐らく私を撃った後また最初の姿勢に戻ったから、私が見たのは真太くんの背中よ。表情は見えない。まして私は階段室に隠れているのだから、真太くんの細かい挙動は観察できない。

すると。

私が混乱しながら真太くんを凝視していると。

真太くんはまたいきなり、散弾銃でフェンスを撃った。撃った反動か何かで、その躯がゆらゆらと震えるのは分かった。そしてフェンスを撃ったのだから、フェンスとネットには開口部ができる。ちょうどそれまでの七月七日で、ＣＭＲの爆発が作ってしまったような開口部ができてしまう──

私は絶望的な予感を抱いた。

……それはそうよ。私は未来も、これまでの七月七日も知っているから。

すると真太くんは、私の絶望的な予感どおり、その開口部から飛び降りた。

私は真太くんの躯が地上に衝突し、ぐしゃりと潰れる音を聴いた」

「これで一郎、英二、詩花、そして真太も死んでしまった……」

「そう、四人が確実に絶命した。

ただ、光夏とユリは生き残っていた。

光夏の大怪我の状態についてはもう述べたとおり。

そしてユリは――」

「御免《ごめん》、ハルカ」ユリは申し訳なさそうに俯《うつむ》いた。「あたしには全然記憶がないんだ……」

「それはそうよ。だってその後、ユリも死んでしまったから。

だから今現在の〈試行第七回目〉でその記憶を保持しているのは、まだ生きていた光夏と私しかいないから」

「ハルカ」あたしは訊いた。「ユリはどんな状態だったの？」

「……私は真太くんの飛び降りを目撃してから、再度の時間遡行型記憶転写を覚悟した。こんな結末は絶対に認められないから。理由も事情も解らないけど、現代人側が四人も死んでしまった以上、どうしてももう一度やり直しをしなければならないと決意した。だからすぐにP－CMRを起動しなければならないと思った。ただあまりの意外さと残酷さに、それを数瞬躊躇《ちゅうちょ》した。実時間にして五秒から一〇秒くらいは、階段室のたもとから動けなかった。

するとそのとき、解体を終えたCMRのあたりから、とても蚊弱《かよわ》い声が聴こえた。

それはユリの声だった。

午後三時から、一郎くん・詩花さんと合流するために――そして私と違ってトイレには立たずに、ずっと屋上で待機していたユリの声だった。

そのユリは、コンシールされたCMRのたもとで、制服姿のまま倒れていた。

俯《うつぶ》せに倒れながら血を流していた。

ユリの制服を見ると、肩と左胸のあたりに二ヵ所、弾丸の貫通した跡があった。

ユリはその怪我から、どくどくと血を流していた。ユリの制服は血みどろだった。

もちろん私はユリに駆けよった。

ユリは自分の死を悟って、また直ちにP－CMRを起動しなければならないことを悟って、どうにか私に、屋上での仲間殺しテロの状況を伝えてくれた。その情報を、過去に戻るであろう私に残そうとしてくれた――

そのユリはいった。

詩花さんによれば、『真太くんが仲間全員を屋上に呼び出した』らしいと。またユリ自身がどうにか聴き取れたところによれば、『真太くんがメールで仲間全員を屋上に呼び寄せた』らしいと。

　そしてずっと屋上にいた——だから結果的には真太くんたちを待ち受けるかたちになった——ユリの目撃したところでは、青崎なる教師が未来どおり午後三時近くに屋上に出、また校内に帰っていったその直後、まず犯人である真太くんが屋上に出てきた。ユリは計画どおり『一郎くんと詩花さんを』待っていたんだけど、入って来たのは真太くん。ところが、ユリとしてはそのようなこと想像だにしていない。だからユリは何も考えず、『入って来たのは一郎くんか詩花さんだ』と思い込んで、そのままＣＭＲの傍《かたわ》らから立ち上がった。まさに立ち上がった瞬間、ユリは真太くんに撃たれた。いきなりズドン、というのがそのときのユリの表現よ、記録に書いておいたけれど。

　そしてユリは無力化された。ユリの意識も朦朧《もうろう》となった。だからユリの目撃談も朦朧となる——ユリは朧気《おぼろけ》に、これから真太くんに撃たれることとなる、現代人側四人が屋上に出てくるのを見た。またユリは朧気に、その四人が次々と撃たれてゆくのを見た。真太くんが、一郎くん・英二くん・光夏・詩花さんを撃つのを見た。彼等の叫びは意味をなさず、またユリ自身が瀕死だったから、ユリには事情も理由も全く理解できなかった……ユリが理解できたことといえば、先に述べた『真太くんが仲間を呼び出した』『メールで全員を呼び寄せた』旨の情報だけ。こうなる」

「そしてその物語を終えるや、ユリもまた死んでしまった……」

「そうなるわ光夏。私が確認できたのは彼女が気絶したことだけだけど、そして彼女が意識を完全に失っていたのは確かだけど——そうでなければユリと一緒にＰ－ＣＭＲを使っていたわ——どのみち心臓のあたりを撃たれてしまったのだから、その後ユリが絶命するのも時間の問題だったでしょうね。いずれにしろ、〈試行第六回目〉の世界線はもう消滅したのだから、議論の実益がないけど」

「以上が〈試行第六回目〉におけるハルカとユリの物語だね？」

「そう」

試行第六回目・仲間殺しテロ２

「じゃあ、未来人側の証言が出終わったし」あたしはいった。「あたし以外の現代人側は皆《みんな》殺されてしまったから、生き残ったあたしの目撃した物語をまとめるよ。といっても、これもハルカが記録に書いてくれてあるけどね——

確かに、あたし自身も『真太からメールをもらった』。そのメールは、『午後三時〇五分を目安に』屋上へ来いって旨のメールだった——もう本文はどこにも存在しないから確認できないけど。ここでちなみに、あたしは『一郎もそのメールをもらった』ことを知っている。一郎本人から『全員に同じメールが来ていた』ことを聴いている。だから、結果から考えても『真太のメールで現代人側全員が屋上に呼び出された』のは確実。そして呼び出されたひとりであるあたしは、なるほど青崎をやり過ごしてから屋上に出た。正確には、青崎をやり過ごした時点で、一郎・英二・詩花が合流してきたから、皆《みんな》で屋上に出ようとした。屋上へのあの金属ドアを開けたのは一郎と英二。だから屋上に真っ先に出たのも一郎と英二。あたしと詩花は出遅れた。あたしは一郎と英二が駆け出す足音を聴いた。その直後、いきなりの轟音を聴いた。ふたつ聴いた。だからまずあたしが、次に詩花が屋上に出た。あたしが屋上を見渡すと、そう、さっきハルカがいったような姿勢で——あたしに背を向けて——真太がフェンス際《ぎわ》にいた。真太は大きな銃を持っていた。でももう動いてはいなかった。真太はただ悠然《ゆうぜん》と、フェンスに凭《もた》れるようにして立っていた。そして当然、あたしは目撃する……一郎と英二が、それぞれ頭とお腹を酷《むご》く吹き飛ばされて倒れていたのを。まさにそれを目撃したとき、あたしは轟音を聴き激痛を感じた。そしてすぐに意識を失った。だから一郎と英二の次に撃たれたのは、あたしになる。

これがあたしの視点から見た、そう、仲間殺しテロの物語だよ」

「解《げ》せん」真太は自分の膝《ひざ》を睨《にら》みながらいった。「全く解せん」

「……敢えて訊くのもアレだけど、真太が解せないことって？」

「それは今銀、お前たちが物語ったその物語の全て、だ。俺は知っている。何度七月七日があろうと、俺にその記憶がなかろうと、俺は俺だ。俺がどうして仲間のお前らを銃で殺さねばならん。俺にはそんな動機など微塵《みじん》もない。

そしてそれがあまりにも主観的な言い訳だというのなら——

客観的にもこの物語の異様さは説明できる。

第一に、俺はいかなる試行においてもＮＰＣだ。俺が今日の午後九時五五分に死ぬことなどどの試行においても知らん。まして、俺が転落死するということも、俺がフェンスの開口部から飛び降りるあるいは吹き飛ばされるということも知らん。知るはずが無い。もっといえば、お前らの演奏隊形だの学校テロでの死に方なども一切知らん。なら、〈試行第六回目〉において、俺が、オリジナルの七月七日をトレースするかたちで死ねるはずがない。同様に、一郎や英二を〈試行第四回目〉と同様のかたちで殺すこともできなければ、お前たちを演奏隊形になるように仕向けることもできん。俺は今夜の七夕飾りの状況をまるで知らないんだからな。だのに、俺自身による『仲間殺しテロ』には、幾度かの試行を、あるいはその記憶を前提とした要素があまりにも多い。重ねて、俺にはそのような記憶が無いのだから、この要素の重複は不自然で異様だ。

　また第二に、俺には仲間殺しテロをする能力がない。ここで『能力がない』というのは、凶器であった青崎の散弾銃のことなど、これまた俺の記憶にあるはずもないという意味だ。だから俺がそれを捜し出すことなどできない――いや捜し出すことすら思い付かないというべきだ。それはそうだ。爆弾の論点でも出てきた話だ。青崎の爆弾でも散弾銃でも何でもいいが、それを悪用することができるのは〈試行第四回目〉でその存在が明らかになって以降だし、ましてその記憶を維持している者に限られる。俺はそのどちらの意味でも射殺犯ではあり得ない。射殺犯になりたくともなれはしない」

「すると真太」英二がいった。「恐らく今銀さんの期待どおり、いよいよ論点が煮詰まってきますよ」

「それはつまり？」

公約数『謎の行動』

「思い出してください、先の〈試行第三回目〉で未解決だった謎を。それは要は、

　Ⅰ　何故プレイヤーである一郎は、わざわざ爆発現場に帰ってきたのか？

　Ⅳ　真太と一郎は現場でいったい何をしていたのか？

という『謎』でしたね。そう、『謎の行動』です。そして今検討している〈試行第六回目〉においても全く同様の疑問が生じている――それはつまり、敢えて連番にすれば、

　Ⅴ　何故真太はいきなり仲間殺しテロを引き起こしたのか？

という疑問で、これまた『謎の行動』ですよ。

　そういう意味で、〈試行第三回目〉と〈試行第六回

目〉には大きな公約数がある。だからこれらを後回しにして、一挙に解決したかった——そうですよね今銀さん？」

「もう英二の鋭さには驚き飽きたけど、まさしくそうなんだ。

そして英二ならもう気付いていると思うけど、実は大きな公約数はもうひとつある」

「確かに。それは、これも敢えて連番にすれば、
Ⅵ　何故真太は全員を屋上に集合させるメールを打ったのか？

という公約数で、これまた『謎のメール』の問題です。そして、今銀さんが狙ってやったのかそうでないのかは解りませんが、実は今検討している〈試行第六回目〉の謎は、このたったのふたつ——Ⅴの謎の行動とⅥの謎のメールだけ。これらさえ解決できれば、〈試行第六回目〉の謎は全て解ける。またこれらを解決できたなら、未解決のⅠとⅣにもグッと肉迫できる。少なくとも私はそう期待します」

「おっと……しかもだ英二」真太がグッと頭を上げる。「その公約数である『謎の行動』、すなわちⅣとⅤ、言い換えれば『Ⅳ　俺と一郎は何故爆発の危機が迫っている現場でナチュラルに雑談をしていたのか？』と『Ⅴ　俺は何故爆発現場となる屋上で仲間たちを銃殺していったのか？』にも公約数があるぞ。

これすなわち、①ほぼ背を向けている、②フェンスに凭れている、③表情が確認できない、④意味不明な躯の動きはある——この四つだ。試行第三回目においては一郎と俺が、試行第六回目においては俺が、いずれもこれらの様相を呈している」

「……成程《なるほど》、確かに」英二が考えながら頷く。「記録にもあります。表現から間違いない」

「そしてさらに公約数を整理すれば」あたしはいった。「これアタリマエだけど、一郎も真太も、⑤そんな行動絶対にとるはずがない——ってのがあるよね」

「それは当たり前過ぎるぞ今銀」

「でもとても大事なアタリマエだよ真太。

Ⅳについていえば、一郎がそんな行動をとるはずない、絶対に。だって一郎は、あと一分未満で爆発が起きることを知っているから。少なくともそれを前提にした行動をとらざるを得ないから。その思考パターンと行動はまさに〈試行第二回目〉の検討で証明済みだよ、ほらあの背負い投げの話」

「それはそうだが——」

「そしてⅤについても、真太がそんな行動をとるはずな

い、絶対に。これはついさっき真太本人が主観的にも客観的にも説明してくれたこと。そしてその説明は納得できる。真太は仲間殺しテロの犯人にはならないし、なれない」

「ただ俺が仲間を次々と射殺していったのは……少なくとも〈試行第六回目〉においてそれをしたのは、事実で現実だ。これもまた絶対に揺らがない」

「なら矛盾があるね。絶対に揺らがないこと同士が、まるで正反対の内容なんだから」

「それもそうだが――」

「ならどっちかが間違っている。どっちかが『嘘』だよ」

「しかしどちらも事実で現実だ」

「じゃあ、ちょっと考え方を変えて――

ⅣとⅤの、『効果』を考えてみようよ」

「ⅣとⅤの、効果……」真太は微妙に悩んだ。「……それなら比較的明瞭だ。あまり解決の役に立つとは思えないがな」

「すなわち？」

「Ⅳによって、俺は歴史どおり転落死した。爆発真際、しかもフェンス際《ぎわ》で意味不明な無駄話を続けていたんだからな。そしてⅤによっても、俺は歴史どおり転落死した……まあこの仲間殺しテロ＋飛び降り自殺を『歴史どおり』と呼んでいいか悩むが……いずれにしろ俺が転落死した事実に変わりはない。ⅣとⅤの『謎の行動』の効果というなら、それだ」

「その効果によって――真太が、転落死したことによって、あたしたちは何をすることになった？　それによってあたしたちが強いられたことは？」

「それはもちろん歴史をやり直すことだ。過去に戻り、未来を変えることだ」

「それが狙いだったとしたら？」

「――何だと？」

強いられたダル・セーニョ

「あたしはずっと考えてきた。実際、この検討の中でも幾度となく問いを立てた――

あたしたちは何故こうも失敗を繰り返すのか、と。

あたしたちは何故、何度も何度も真太を救うことに失敗するのか、と。

――もしそれが、その失敗が、ううん何度も何度もの失敗が意図的なものだとしたら？　この中の誰かが故意《わざ》と、人為的に、あたしたちにやり直しを強いているとしたら？」

「……そんなことをする動機もメリットもない。そんなもの、この中の誰にもない。

現代人側四人は、俺を救うことを絶対の目的としていた。むろん、例えば水城がお前を殺そうとしたことはあったが……それとて目的と動機が明確だ。そしてその目的と動機は、まさか歴史をやり直すことでも、そのやり直しを繰り返すことでもない。むしろ真逆だ。

他方で、未来人側二人は、俺を救うことなどどうでもいい。言葉を選ばずにいえば、俺を救う義理など何処《どこ》にもない。だからそもそも、第一回目の試行すら必要のないボランティアだ。まして、そのボランティアを何度も何度も繰り返すことに何の意味もメリットもありはしない」

「……ねえハルカ」あたしは訊いた。「教えて」

「何」

「時間を一時間遡《さかのぼ》るのに必要なトリクロノトンの量は？」

「……〇・五μℓ」

「だよね。あたしたちは散々経験してきたもんね。

一二時間分・六μℓのアンプルを、何度も何度も使いながら……

ならハルカ、一時間を遡ったとき発生してしまうクロノトンの量は？」

「一・二mℓ」

「だよね。それもあたしたちは散々経験させられた。一二時間の遡行のたび、一四・四mℓのクロノトンを脳に貯めながら。

そしてハルカ。

もし時間を遡行する前にトリクロノトンを必要量投与されていなかったらどうなる？」

「即死する。

何度も言っているけれど、毒素クロノトンの効果には、即死型と遅効型がある。時間遡行の前に必要量のトリクロノトンを投与されていなければ、過去で意識を取り戻したとき直ちに即死型の効果が現れる。すなわちほぼ即死する。これは遅効型とは独立した作用。遅効型は、今また確認したとおり一時間で一・二mℓ発生し、徐々に蓄積される。もちろん過去体験一二時間で一四・四mℓ貯まる。その遅効型の致死量も既に説明してある――一〇〇mℓ貯まれば死ぬ」

「いずれにしろ、過去に戻るとき、事前にトリクロノトンを必要量投与されていなければ、過去に戻った時点でほぼ即死する。それがクロノトンの、そう『即効型』の効果」

「まさしく」

「じゃあ、未来に時間移動するときはどうなの？」

「それも説明した。記録にも書いてある。

　未来への時間移動でも、過去への移動と同様に、クロノトンを生んでしまうらしい。らしいというのはこれが伝聞だから。私達の時代の〈因果庁〉が、その仮説を量子レベルで実証するのに成功した。そう私は聴いた」

「過去への移動と同様に、だね？」

「おなじかたちでね」

「なら、時間移動に必要なトリクロノトンの量も一緒だね？」

「そうなる」

「再論すると、それは一時間につき〇・五μℓ」

「そうなる」

「なら、例えば二〇年の未来に移動するとしたら、必要なトリクロノトンはどれだけ？」

「例えば二〇年なら、単純計算で八万七、六〇〇μℓ——八七・六mℓとなる」

「ねえハルカ、もう教えて、あなたたちの秘密を。

　それは正確には何年分なの？　それには何年分が必要なの？」

二〇四八年のために

「……そうね光夏。そろそろ終わらせるべきね。すべてを。

　といって、あなたが今『二〇年』という数字を出したとき——ああバレたな、ああやっぱりあのときだな、と覚悟はできたけど」

「そうだね。

　記録を読むと解る。ハルカはずっと自分たちのいた時代を秘密にしてきた。けれど、最初の最初のファーストコンタクトのとき、そう試行第一回目を始める前のとき、つい失言しちゃったからね——『にせんよ……』と。しかもそれを口走ったのは、年代を特定する作業のとき。だからあたし、それは『二千四百年代』か『二千四十年代』かのどっちかだと思った。もちろん『二千四年』はもう過去だから」

「だから光夏は、二千四十年代で鎌《カマ》をかけた」

「だから取り敢えず『二〇年』で攻めてみた」

「ねえ今銀さん、それっていったい何の話なんだい!?」

「意外ね一郎。あたしは一郎がいちばん知りたい個人情報を聴き出してあげているのに。

　——ハルカ。あなたとユリがいた時代は、西暦何

「またもや単純計算で、一八三・九六㎖となる」

「じゃあ最終的に訊くよ。今あたしたち全員の脳に貯まっているクロノトンの量は？」

「……この討議の冒頭で確認したとおりよ。繰り返せば、この試行第七回目開始時点で、

ハルカ	六六・三㎖
ユリ	六一・五㎖
一郎	四七・一㎖
英二	一四・四㎖
光夏	三三・六㎖
詩花	三二・七㎖
合計	二五五・六㎖

となっている。私達全員をカウントするのならね」

「ただ、それじゃあ理屈に合わない」

「それは理解する」

「だから、ハルカの分を除けば？」

「単純計算で、一八九・三㎖」

「もう必要量を満たすね。必要量は、一八三・九六㎖なんだから――

　じゃあ今度はユリの分を除くとすれば？」

年？」

「二〇四八年」

「ハルカ!!」ユリが叫んだ。「それは駄目だって……あたしたちの歴史を教えちゃったら皆《みんな》がどう思うか……誰よりもハルカがそれを気に病んで!!」

「もういいの、ユリ」ハルカはユリを抱き締めた。「もういいの……全部私が悪かったの。だから、もういいの。御免なさい……ほんとうに」

「ハルカとユリは、二〇四八年から来た」あたしは続けた。ハルカがやっと諦めてくれたから。「今年は二〇二〇年だから、日単位の端数を無視するとすれば、二八年先から来たことになるね？」

「単純計算で、そうね」

「……なら、二八年先の未来に移動するとしたら、必要なトリクロノトンはどれだけ？」

「これも単純計算で、一二万二、六四〇㎕……一二二・六四㎖となる」

「そして教えてくれたよね、トリクロノトン一㎖は、クロノトン一・五㎖から作れると」

「そのとおり。記録にもある」

「なら、一二二・六四㎖のトリクロノトンを作るために必要なクロノトンの量は？」

「これも単純計算で、一九四・一㎖」

「こっちも必要量を満たすね」

「そうね」

「ねえ今銀さんってば!!　俺には全然話が見えないよ!!　ハルカさんが二〇四八年から来たことと、クロノトンとかトリクロノトンとかと、いったいどういう関係があるんだい!?」

「……そうか」真太はさすがに青ざめた。「そういうことだったのか!!」

「真太」英二が真太の瞳を見据えた。「それはいったいどういうことですか?」

「繰り返しのメリットはある」

「なんですって?」

トリクロノトン殺人事件

「……英二らしくもないな。記録にあるとおり、毒素クロノトンには時間超越性がある。

　要は、どれだけ時間を遡ろうと絶対量がリセットされない。だから脳内に蓄積され続け、致死量の一〇〇㎖に達すれば死ぬ。

　そう、蓄積され続けるんだ。

　それと知って同一の時間帯を生き続ける限り、クロノトンは蓄積され続ける。

　やり直しと知ってやり直しの時間を生き続ける限り、クロノトンはどんどん貯まる。

　実際、一二時間の遡行なら一四・四㎖しか貯まらないクロノトンが、この正午の時点で、一郎なら四七・一㎖も、今銀なら三三・六㎖も貯まってしまっている――関係者全員の総量なら、いま今銀が確認したとおり、二五五・六㎖にもなってしまっている」

「……それがどういうメリットになるんです?」

「またもや英二らしくもない」真太は微妙に驚いた。「ハルカさんとユリさんは二〇四八年から来た。今から二八年先だ。もしそこへ帰ろうというのなら……それはCMRを用いても不可能だから奇跡を望むに近いが、しかし奇跡を願ってその準備をしようというのなら……そうだ、どうしてもトリクロノトンが要る。一時間の時間移動につき〇・五㎖要るのだから、さっき今銀とハルカさんが確認していたとおり、一八三・九六㎖のトリクロノトンが要る。ただ、ハルカさんの説明が真実なら――嘘を吐く必要もなかろうが――トリクロノトンは自然界ではほぼ採取できない。二〇四八年においてそうだというのだから、この二〇二〇年においてはまず不可能だろう。

しかし、トリクロノトンを入手する方法はある……

　これも記録にある。死んだ人間からは、二〇四八年の技術を用いれば、クロノトンを抽出することができると。もし、この二〇二〇年において必要量のトリクロノトンを入手しようというのなら、この方法しかあるまい。トリクロノトンは、一・五倍のクロノトンさえあれば精製できるんだからな。もちろんこのとき、抽出される側の死んだ人間だの、死んだ人間候補だのは世界にたった七人しかいない。時間移動を繰り返した俺達七人だけだ」

「で、でも真太!!　俺達は断じて死んだ人間じゃないぜ!!　その方法は無理……」

「……でもないだろう。例えばこれからお前を殺せばいいだけのことだ」

「うげっ!!」

「……今銀。

　ようやく当事者の俺にも解った。当事者で、ある意味での主演男優で……もちろん死者である俺にも解った。ようやく解った。

　だから、こんな死者は前代未聞だろうが、死者としていおう。

　何故俺は七度も死ななければならなかったか？

——何度も何度も繰り返すためだ、七月七日を。

　そしてそれは、俺達の脳内にクロノトンを蓄積させるためだ——必要量のな」

「なら真太、今の真太には結局、自分を殺した最終の犯人も解ってしまう」

「ハルカさんかユリさんしかあるまい。そんな動機は、未来人にしかないからな」

「すると、ずっと未解決のまま放置されてきた疑問のひとつが解決される——」

「——もとよりだ。

　何故、CMRはスリープモードでもシャットダウン状態でも爆発したか？

　それは故意《わざ》と爆発させたからだ。少なくとも、〈試行第四回目〉（学校テロ）のドタバタでそれができなかったとき以外はそうだ。そう、事ここに至って俺達は、これまで未解明だった〈試行第一回目〉での爆発も、いよいよ『人為的なものだった』と判断する根拠を獲《え》た——

　とすれば、〈試行第二回目〉の謎も説明できる。すなわち、『何故、偽メール作戦で今銀を殺そうとした水城が何もしていないのに、CMRは爆発したか？』——未来人のいずれかあるいはいずれもが爆発させたからだ。

同様に、〈試行第三回目〉の謎も一部説明できる。すなわち、『何故、技術部の工具箱作戦で今銀を殺そうとした水城が何もしていないのに、CMRは爆発したか？』――解答は全く同様だ」

「そ、そうすると、ひょっとして!!」詩花が叫んだ。無理もない。「〈試行第三回目〉で、それまでの記憶もオリジナルの記憶も失っていたあたしが、『技術部の工具箱作戦』で楠木くんと光夏を屋上に誘《おび》き出したのも!! そして、自分自身は楠木くんを守る必要があるのに、何故か屋上へは行かなかったことも……」

「そうなんだよ詩花」あたしはいった。「そこには未来人の関与があったとしか考えられない。七月七日の記憶が一切ない詩花が、それを前提としたあたしの殺人計画を立てられたってことは……あっ詩花もうこれ無かったことだから、そんなに泣かないでも……あ、あるいは自分は屋上に出ないのに真太の安全を確信できていたってことは、そこに未来人の関与があったからだよ。

　ううん。

　関与どころか、むしろ使嗾《そその》かし、教唆《きょうさ》があったのかも知れない。だから詩花はただ恋愛感情を利用され繰《あやつ》られただけかも知れない。詩花はきっと、未来人から七月七日の記憶を教えられ――しかも肝心要《かんじんかなめ》のところはボカされて――そしてあたしを殺す決意をし、しかもその未来人は真太の安全を確約したんだよ。そうでなきゃ、これほど真太のこと大好きな詩花が、〈試行第三回目〉の爆発のとき、現場にいないはずないもん。真太の安全が、しかも爆発を自由に繰れる未来人によって確約されていなければ、絶対に詩花は安心できなかったはずだし、そもそも技術部の工具箱作戦で真太を誘き出さなかったはずだよ。

　だから、確かに詩花は〈試行第二回目〉〈試行第三回目〉であたしを殺そうとしたけど、その意味では犯人だったけど、やっぱりあやつられた犯人。詩花をあやつった最終の犯人は、未来人のいずれかあるいはいずれも。それはそうだよ。だって結局、〈試行第三回目〉で詩花は裏切られているもん。結局〈試行第三回目〉でも真太が死んだってことは、未来人は詩花にやってほしいことだけやらせておいて、最終的には約束を破ったってことだもん」

「……でも今銀さん、大事な論点を忘れていますよ」英二が冷静にいった。「未来人と現代人は、相互にコンタクトする術を持たないんです。とりわけ未来人は、スマホを持っていませんから。無論買いにも行けない。なら、未来人と水城さんの共謀など成立しません」

「詩花。

あたしここで詩花に、もうひとつ、大切なことを打ち明けてほしいの。

……詩花は今日も、だから〈試行第七回目〉の七月七日も、ユリにスマホを貸していいるよね？」

購買部のビニール袋

「ど、どうしてそれを……」

「記録に書いてある」

「そんなことは」

「ううん、これまでの七月七日でそれを繰り返したことが、ハッキリ記録に書いてある。そしてまさに今日この日この回も、少し書きぶりは違うけど、詩花とユリが物をやりとりする予定だったことが記録に書いてある。

ちなみに、少し書きぶりが違うのは、それが致命的な失言だったからだけどね」

「今銀、それはひょっとして」真太が唖然とした。「まさか——この差入れのことか？」

「そうだよ真太。

詩花は未来人に——ううん実質的にはユリに、購買部で買ってきた大きな水のペットボトルと、大きなお茶のペットボトルと、そしてたくさんのパンを、差し入れている。その量の多さは、詩花が購買部の『いちばん大きなサイズの』ビニール袋を持っていたことから裏書きできる。すなわち、その量の多さによって他に何を入れても誤魔化《ごまか》すことができる。しかも詩花はこのやり直しを繰り返す都度《つど》、ユリにだけこういっている——『まずユリさんが中身を確認して。それは絶対にそうして。で、納得がいったらこの子にも見せて、分けてあげてもいいよ。絶対だよ』と。

これは、一緒にそれを聴いた誰もが納得する台詞《セリフ》。というのも、『詩花がハルカを怨《うら》んでいて、どちらかといえばユリに好意を持っていた』のは周知の事実だから。だから誰も、この台詞を不自然とは思わない。少なくとも不審だとか、異様だとか思いはしない。

けれど。

詩花が何故突然こんな親切心を発揮したか、そして何故ハルカには中身を確認させたくなかったかを考えれば、この台詞とこの行為は、まるで違った意味を持ってくる。そしてこの行為とは、要は『詩花が誰にも疑われない自然なタイミングで、ユリだけに物を渡す』行為だということが理解できる」

「その物というのが」真太がいう。「水城自身のスマホだったというのか」

「そうなる。

というのも詩花は、あたしが午後四時からの部活で――より正確には午後五時からの全体練習直前のとき、そうあたしが詩花に七夕飾りの竹の写真を見せ、その写真をすぐに送信しようかと提案したとき――要は詩花があたしのパスワードを暗唱しようとしたそのとき、実はもう自分のスマホを持っていなかったから。そのことは過去のやり直しにおいて詩花本人がいっている――『あたしスマホ』『持ってきていない』『家に置いてきた』『明日は必ず』云々《うんぬん》と。過去のあたしはそれにビックリもしている――『えっめずらしい』と。

ところが例えば試行第三回目（技術部の工具箱作戦）、詩花はこっそりメールを発信している。もう議論に出た。真太に発信している。あたしを殺すために。またCMRをちゃんと爆発させるために。はたまた真太をも屋上に上げるために。その議論において解明されたのは、そのメールが、真太の部長としての責任感とあたしに対する恋愛感情を刺激する内容のものだったってこと。ならそれは詩花にしか打てないはず。けれど試行第三回目についても、この『持ってきていない』『家に置いてきた』発言は確認できる。

ここで、試行第三回目におけるプレイヤーは一郎と英二。音楽室での配席だと、英二は詩花の真裏に座っている。だから英二には詩花の挙動《きょどう》が観察できる。実際に観察している。記録にある。だからこそ詩花の『持ってきていない』『家に置いてきた』発言も聴き取れている。なら英二に観察されることは、詩花の前提だよ。

そしてもし実はスマホを持っていたのなら、そんな嘘を吐く必要がない――

――詩花がスマホを忘れたなんて、確かに几帳面な詩花にしてはおかしな事態。鈍いあたしでさえ、『えっめずらしい』と驚く事態。ならそんな不自然なやりとりを、英二に観察されることは不利だよ。だからそんな嘘を吐く必要がない。

にもかかわらず詩花はいわざるをえなかった。『持ってきていない』『家に置いてきた』と。なら詩花はそのとき、ほんとうにスマホを持っていなかったんだよ。だからあたしが画像を送信すると提案したとき狼狽《あわ》てた。もし画像を送信されたら、あのときの状況からして、それを目の前で確認しないのは変だから。それゆえに、ほんとうのことを――少なくとも今はスマホを所持していないってことを――喋らざるを得なかった。

なら。

詩花のスマホはどこにあったのか？

ほんとうに『家に置いてきた』のか？

違うよ。

だってそれは試行第三回目において、真太を誘き出すメールを打つために使われたんだもの。そしてそのメールの内容は、繰り返しになるけど真太の責任感と恋愛感情を刺激するものだったんだもの。それが詩花の端末から打たれたことは確実だよ。

しかもそのメールは、①あたしが自宅に帰る前、英二に対して『技術部の工具箱を屋上に置いてきた』云々《うんぬん》とメールした時刻、②そして一郎が英二に『今屋上にいる。これから未来人たちの今後を話し合おう』云々とメールした時刻――すなわち午後九時三〇分近くに打たれたメールのはず。でなければHアワー午後九時五五分〇一秒には間に合わない。真太を誘き出せない。

……この、『時刻の話』はとても大事になってくる。

というのも、これもう議論に出ているけど、〈詩花と真太〉は帰宅ルートが一緒だから。その真太はHアワーに転落死している。なら詩花が打ったとされる、真太を誘き出すメールは、午後九時三〇分近くから午後九時五五分〇一秒までの間に打たれたものだし、もちろん真太が、だから詩花が自宅に帰る前に打たれたものだよ。何故と言って、これも記録にあるけど、帰宅電車を下りるのは、真太と詩花のコンビだったら詩花の方が絶対に後になるんだから。おまけに『今晩だと、水城さんの帰宅は、間違いなく午後一〇時を過ぎる』状況だったんだから。

すると。

詩花のスマホは詩花の自宅に置き忘れられてはいない。自宅に帰る前に使用されているんだから（誘き出しメールの発信時刻）。ところが、詩花がそれを実際に所持していなかったのも事実。英二に観察されるリスクを負ってでもそう喋らざるを得なかったんだから（全体練習直前の発言）。

なら、詩花のスマホは何処《どこ》にあったのか？

――この時点で、共犯者・共謀者の存在が確信できる。

何故と言って、詩花は自分のスマホを持っていなかったのに、詩花にしか打てない内容のメールが打たれているから。そう、部活の人間関係のこととか恋愛感情のこととか、技術部の工具箱のこととか、ううんそもそも詩花らしい文体は詩花自身にしか打てないから。けれど詩花にはそれを物理的に打つことができない。だのにメールは実際に打たれている――その効果として真太が見事誘《おび》き出されているから。

そして真太、その誘き出しの効果は？」

「俺が転落死することだ。既に出ている結論からすれば、歴史をやり直すことでもある」

「その動機を持っているのは？」

「未来人のいずれかあるいはいずれもだ」

「なら結論――詩花のスマホを持っていたのは未来人。詩花からそれを借りたのも未来人。真太を誘き出すメールを詩花のフリをして打ったのも未来人。こうなる。

　ちなみにここで、ちょっと注意をしておくべき事実がある――ハルカは二〇二〇年に漂着したとき、正確には二〇二〇年七月七日午前零時〇一分から三一分までの間に、右手の指に怪我をしている。記録にある。こう記載されている。『右手の人差し指と中指に、鋭い痛み。鋭利なガラスか金属で、ざくっと切ってしまった感覚。そこそこ深く』。そしてこの怪我は、あたしたちが何度も何度も戻った七月七日の正午以前に負ったものだから、あたしたちが何度歴史を繰り返そうとこの怪我は消えない。だからこそハルカは、一郎が執拗《しつよう》に握手を求めるシーンで、痛む右手を擁《かば》って左手を差し出し直している。なら、七月七日の昼下がり時点でまだその怪我は癒《い》えていない。そしてその怪我とは、繰り返すけど右手の人差し指と中指の怪我だよ。しかもハルカは右利き。それも記録にある――となると、もしハルカがスマホを使おうというのなら、まるで不可能ではないにしろ、かなりの不自由と不便とを感じただろうね」

時を越えた手紙

「待ってください、今銀さん」鋭い英二が、やはり議論の穴に気付く。「その結論には、そう、水城さんこそが未来人にスマホを貸した云々《うんぬん》の結論には、重大な誤りがありますよ」

「英二それは何？」

「水城さんは、例えばその〈試行第三回目〉ではNPCだったってことです。

　すなわち、オリジナルの七月七日の記憶もなければ、過去におけるどのようなやり直しの記憶もないんです。飽くまでも人生最初の二〇二〇年七月七日を、自然に生きているだけなんです。これはもう議論に出ていることですが――

　だから、水城さんには真太の死の記憶も、未来人に関する記憶も一切無い。

　その水城さんが、何故、赤の他人であり極めて不審な赤の他人である未来人に『スマホを貸そう』なんて気持ちになれるんですか？　裏から言えば、未来人がどのような働き掛けをしたところで――未来人は基本屋上を離れられない身の上ですから、その働き掛けの機会は極めて少ないですが――水城さんは『自分のスマホを極めて不審な赤の他人に貸そう』などという決断をしないはずです。そして未来人としても、たとえそのような提案をしたとして、オリジナルの七月七日であれほど未来人を非難し激昂《げっこう》した水城さんが、ハイそうですかと自分の端末を貸してくれるなんて思わないでしょう」

「未来人が説得とかをするなら、それはそのとおりだよ英二。

でも、詩花本人が説得するとするなら？

詩花本人が、詩花に、未来人に関する説明と、自分がとるべき行動を説得したとするなら？」

「俄《にわか》に、おっしゃっている意味が解らなくなってきましたが？」

「そうかな？

でも英二は、詩花が詩花自身に宛てた手紙を目撃しているよね？」

「私が？」

「そう。具体的には、まさに英二がプレイヤーだった〈試行第三回目〉において」

「今銀、それはひょっとして――」真太が急いで記録に当たる。「――ここの部分か。英二が音楽準備室で、楽器を取り出している水城と遭遇した部分」

「まさしくだよ真太」

「……ここで英二は、成程《なるほど》確かに『手紙』を目撃している。具体的には、『便箋《びんせん》の文字は水城さんの筆跡そのまま』な手紙だ。用紙は、地味というか、むしろ素っ気ないコピー用紙のようなもの。だから英二はそれをチラと観察したとき、『手書きのラブレターの下書き』『敢えて言うなら自分自身への手紙』『一般的な意味ではメモ、覚書《おぼえがき》』だと表現している――それもそうだ、そのとき水城が楽器ケースから取り出したらしいその手紙は、便箋の文字の筆跡がすべて水城のものだったんだからな。そして記録にあるとおり、俺達は互いの筆跡を熟知している――吹奏楽者は滅多矢鱈《めったやたら》に楽譜への書き込みをするからだ」

「その記録の表現からも解るけど、英二は本当に鋭いから、何を観察しても、まさに物事の本質を突くよね――そう、それこそが『自分自身への手紙』、すなわち詩花本人が詩花に宛てた覚書だよ」

「……まさか今銀さんは」英二がいった。「その覚書によって、まるで記憶のなかったNPCである水城さんが、例えば真太の死のことも、未来人とその技術のことも、そして自分が何をすればよいかも……自分が何をすれば今銀さんを殺せるかも理解したと、そうおっしゃるんですか？」

「そうなる」

「それは私が察するに……記憶のあるときの水城さんが書いた、記憶のない自分のための覚書。記憶のない自分を『自分自身の言葉遣いと筆跡で』説得するための手紙ですね？」

「そうなる」

「なら、それは記憶のない自分に届かなければならないのだから――

　それを届けたのは未来人となる」

「そうなる。

　未来人とその技術のことを適切かつ正確に記さなければならないという意味でもそうなるし、秘めた思いと苦しみを知られたとして詩花が著しく羞恥し抵抗し錯乱しはしない相手だという意味でもそうなる。

　そしてそのときこそ、記憶のなかったNPCである詩花が、記憶のあるプレイヤーに変貌したとき。これで例えば〈試行第三回目〉における詩花の行動の説明が付く。具体的には、何故真太の死を知っていたか、何故CMRの爆発を知っていたか、そして何故……それらを前提としたあたし殺しを立案できたかが解る。

　そしてもちろん、元々仲が険悪でなかったユリに、スマホを貸そうとした理由も解る」

「けれど今銀さん、それってかなりおかしいんじゃないかな⁉」

「一郎、具体的には何がおかしいの？」

「まずはタイミングがおかしい‼

　だって英二の視点からすれば、水城さんがその手紙を読んだのは午後四時以降、部活が始まる頃だよね‼　だけど水城さんがユリさんに差入れを渡したのは、だから今銀さんの説によればユリさんにスマホを渡したのは、まだ部活が始まる前、まだ放課後になる前、授業があるときの休み時間一〇分間のはずだよ‼　手紙を読んだから→スマホを渡した、っていうんなら、手紙を読むのが午後四時以降ってのは、まさに原因と結果が逆立ちしているんじゃないかな‼」

「それはカンタンに説明が付くよ。

　詩花は確かに部活が始まってからその手紙を読んでいた。それを英二に目撃された。だけどそれって、別段『手紙を受け取ったのはそのときだ』『手紙を受け取ったのはその直前だ』って意味にはならないから。そして実際、未来人が屋上を離れたことはあった。トイレに出たことがあった。それは記録が正しいなら――正しいけどね——午後〇時二〇分頃、午後一時三〇分頃、そして午後三時頃だよ。このとき、今日この七月七日、今現在の七月七日にあたしがいきなり透明なハルカから手紙を受け取ったように、詩花に手紙を届けることは全然不可能じゃない。今日この日もまさに行われていること——

だから一郎、タイミングもおかしくなければ、原因と結果も逆立ちしてはいない。

トイレに出るといって↓手紙を渡して↓手紙が読まれて↓スマホが貸される。何も問題はない」

「いやあるってば!!」一郎はムキになった。未来人のことだからだ。「もっと致命的な、もっとド派手な、もっと今銀さんらしい大ポカがある!!」

「……えっすなわち?」

「ええと、今議論になっている『手紙』は、記憶のある水城さんから、記憶のない水城さんに渡った手紙なんだよね⁉」

「まさしく」

「それってつまり、『プレイヤーとしての水城さん』から、『NPCとしての水城さん』に渡った手紙ってことになるよね⁉」

「まさしく」

「でもP‐CMRのルールとして、記憶を持ったプレイヤーがいきなりNPCになったり、記憶のなかったNPCがいきなりプレイヤーになったりすることなんてないよね⁉」

「それもそう。それぞれの試行において、関係者の記憶がいきなり消滅したりいきなり甦《よみがえ》ったりすることはない。プレイヤーは、それぞれの試行の十二時間が終わるまではプレイヤーのまま。NPCは、それぞれの試行の十二時間が終わるまではNPCのまま」

「なら、今議論になっている『手紙』は時を越えたことになる!!

だって、プレイヤーとしての水城さんが書いて、NPCとしての水城さんに渡っているんだからね!! だけど、これ議論の大前提だけど、P‐CMRは過去に記憶を送るだけの装置のはず!! 物は絶対に送れない!! なら『手紙』なんてものも送れないし、それを未来の——次の試行の水城さんに送ることなんてできやしないよ!!」

「あたしも最初はそう思った。それに相当悩んだ。けれど……

一郎の言葉を借りるなら、ド派手な例外に気付いた」

「——それって何⁉」

「世界線よ」

時を越えた筆跡

「あたしたちには、世界線の変動率が出せる。すなわちオリジナルの七月七日と、それぞれの試行における七月七日がどれだけ変動したかの割合が計算できる。でもそれは何故？

　オリジナルの七月七日の元データがあるからよ。

　そしてそれは何処《どこ》にある？」

「――CMRの、クロノキネティック・コアなるものの中にある」真太がいった。「そこに七月七日の〈世界線〉が保存されている。記録にある。ハルカさんがいっている。クロノキネティック・コアには時間超越性があるから、七月七日の〈世界線〉を保存できると。そしてユリさんがいっている。それは性能限界から、『超アナログな図形の保存にしかならない』し、だから具体的には『点と線の描写にしかならないけれど』『裏から言えば、点と線の描写だけなら時間を越えて残せる』『平面図になっちゃうけど、だからほとんど意味がなくなるけど、紙さえ調達できれば必要部分も印刷できそう』『切り貼りして見やすく編集もできそう』『でも音声とか、動画とかは全然ダメ』と。

　要は、性能限界から、七月七日の〈世界線〉を本来のかたちで保存することはできないが、それを超アナログな、点と線の描写にすることはできると明言している。その平面図も印刷できると明言している。必要部分だけを切りとれるとも、切り貼りして編集できるとも明言している。そして何よりも事実として、俺達はその簡易版の〈世界線〉が保存されていることを前提に、それぞれの試行における変動率を計算できてしまっている」

「平面図……点と線……印刷……

　……あっそうか!!　そういうことか真太!!

　それってつまり、点と線ならどんな図形でも残せるってことだね、時間を越えて!!

　そして、点と線っていうのは、パソコンのフォントを考えても……

　ヒトの筆跡になれる!!　ドットの集まりだから!!　ドットなり罫線なりの『必要部分だけを切りとれて』『切り貼りして編集できる』んなら、ヒトの筆跡を再現することもできれば、筆跡データから新たな文章を作成することもできる――特定のヒトの筆跡で!!　しかもそれは印刷できる!!」

「そうだ。

　そして、だからだな。だから水城からの水城への手紙は、素っ気ないコピー用紙みたいなものに書かれていたんだろう。しかも何の偶然か、俺達現代人側の五人は、誰ひとりとして一緒のクラスにはいない。全員クラスが別だ。いきなり手紙を、例えば教室で発見した水城がどのように驚愕《きょうがく》しどのように異様な挙動を示しても、それを目撃する仲間は誰もいない。

――今銀、これこそが『時を越えた手紙』の正体だな？」

「そのとおりだよ真太。

だから、記憶のあるプレイヤーの詩花は、記憶のないNPCの詩花に手紙を送れる。

詩花が書いた手紙そのものも送れるし、それは自由に改竄《かいざん》され得る。ううん、筆跡が再現できるんだから、どんな内容でも新たに書き起こすことができる。そして詩花はその手紙がどんな内容だったとしても、どんなに荒唐無稽《こうとうむけい》なSFだったとしても、それを信じてしまうし理解してしまう――絶対に自分の筆跡だから。また、どうしても信じようとしないとそう予想できるなら、まさに、今日のあたしが体験したように、これから発生する未来のイベントをピンポイントで記載しておけばいい。要は、どうしたところで詩花はその手紙を信じる。信じざるを得ない（ちなみに〈試行第二回目〉ではこの小細工の必要がない。何故と言って、詩花は〈試行第二回目〉のプレイヤーだったから。すなわち記憶を維持していたし、だから必要なのはちょっとした謀議だけで、SF手紙なんていらないから）。

しかも。

これはもちろん未来人の技術だから、時を越えた手紙作戦を主導したのは、未来人だよ。

詩花のスマホを手に入れるために。

そして詩花のスマホを手に入れれば、現代の情報が理解できるばかりか、詩花のメールボックスその他からあたしたちの人間関係も解る。まして、詩花を装ってあたしたちの行動に干渉することもできる――」

「そういえば」一郎がいった。「この記録を読むと、俺は、水城さんのスマホに電話を架けたとき、『水城さんの声も変に乱れて、いつもとは違うように聴こえた』なんて感じたことがあるみたいだな!!　それはやっぱり、水城さん本人じゃなかったんだ!!」

「そうなるよね一郎――そして詩花、教えて」

「う、うん光夏……でも何を？」

「詩花は今現在の、この〈試行第七回目〉において、自分からどんな手紙を受け取ったの？」

「ご、御免《ごめん》なさい光夏……あたし、あたしそれをずっと言おうとしていたんだけど……」

「ううんいいの詩花。例えばハルカがそれを邪魔したこと、あたし目撃しているから」

「あ、あたしが今日、透明に擬態《ぎたい》した未来人から、授業中に受け取ったのは……」

「それは、この正午近くのこと――具体的には四限の授業中だね？」

「そ、そう、まさにそう。

　そして楠木くんや光夏のいうとおり、それはまさに、あたしが書いた手紙だった。あたしはそう思った。信じられなかったけどそう思った。だってそれは間違いなくあたしの筆跡だったし、間違いなくあたしの言葉遣いだったから……少なくともあたしの言葉遣いと大きく違うものはなかったから……」

「その手紙には何が書いてあったの？」

「あの、それは、さっきからの議論に出ているような……光夏を殺すとかどうとかいった内容じゃなかったよ!!　そんな物騒な話じゃなかった。光夏を殺す犯行計画とか、そのためにあたしがどんな仕掛けをしなきゃいけないかとか、そんな話は全然!!　文量だって、すごく短いもので……」

「過去の試行とは文面を変えているんだろうな」真太がいった。「というのも、例えば〈試行第三回目〉で英二が目撃した『手紙』は、かなりの長文だったのだから」

「そ、そうなの？　もちろんあたしにその記憶は全然ないけど、だから比較なんてできないけど、少なくとも今日のあたしからの手紙はかなり短文だった……

　要は、ユリさんにスマホを貸すようにって手紙だった。

　それは、購買部での差入れに紛《まぎ》れてやるようにって。いから、ハルカが手に入れるとどんな悪いことを謀《たくら》むか解らないから、ハルカには分からないように工夫しろって。あと現代人側に知られると、とんでもない因果関係の連鎖が起こって楠木くんが死んでしまうから、結局誰にも知られないように工夫しろって。それだけ」

「もちろん、未来人と未来に関する説得的な内容も含めて――だな？」

「う、うん楠木くん。タイムマシンのこととか、タイムトラベルのこととかが、極簡単《ごくかんたん》に」

「成程《なるほど》」真太は思わず閊《うな》った。「それで解った。さっき今銀がチラと喋った『致命的な失言』の意味が。

　それは記録でいうとまさにこの試行第七回目――ハルカさんの『食料や水はまだ大丈夫？』という問いに対する、『うんハルカ、非常用のものがまだあるし、あとこれまでの歴史どおり、きっと詩花さんが気付いてくれる』という答えだ。というのも、この試行第七回目のプレイヤーはハルカさんと今銀のみ。うち『水城による差入れ』の記憶があるのはハルカさんのみ。またこの答え以前『補給』の話は一切出ていない。なら、ユリさんにこんな台詞《セリフ》が喋れるはずもない……クロノキネティック・コアに保存したこれまでの手紙データ等を確認して、『差入れ』の知識を獲《え》ない限りはな。そう考えて記録を読み返してみると、他にも『水城には記憶がないのに、これから起こることをスラスラと返答している』箇所が幾つかあるし、逆に『記憶があるはずなのに、当然考えていなければならなかったことを忘れている』箇所も幾つかある。要は、プレイヤーとしてもNPCとしても面妖《おか》しい言葉を発している箇所が複数ある――

――だが今銀、これは、この『差入れ』の件はちょっと迂闊《うかつ》すぎないか？

先の四限目に水城に手紙を渡せたなら、迂遠《うえん》に『差入れ』なんかを要求せず、その場で端的《たんてき》に『スマホを貸せ』と命ずることもできたはずだ。そして状況から、水城がそれに叛《さか》らう確率は著しく小さい。何故ユリさんは『差入れ』という手段に執拗《こだわ》ったんだ？

それが結果として、迂闊で致命的な失言につながってしまっている……」

「その答えはカンタンだよ真太。

まさに真太が指摘したとおり、ユリにはこれまでの記憶が全然ないから――

だから、クロノキネティック・コアに保存した手紙データとかで、詩花と自分のプランを確認・再認識するしかない。そのプランというのは、詩花の『差入れ』に紛《まぎ》れてスマホを借り受けるというプラン。記憶のないユリとしては、脚本を変えたらどんな歴史のドミノが発生するか分からない上、そのプランならまず確実に成功すると分かったんだから、それを踏襲するしかなかったんだよ。

おまけに、あの失言さえなかったなら、迂闊でも致命的でもなんでもなかったしね」

「そう考えると、ハルカさんの質問は、かなり作為的な気もするが……ということは」

「そうだね真太。

そろそろ、議論を終えるときが来たみたいだね」

犯人――人形使い

「第一、クロノトンを蓄積させるために歴史を繰り返させるという動機から」あたしはいった。「最終の犯人は未来人である。第二、詩花を信用させる手紙を準備できたという手段から、最終の犯人は未来人である」

「でも今銀さん、その未来人ってのはもう!!　俺達にはそれがもう誰か解っ――」

「――待って一郎。

ここで全ての謎を一気に解いちゃおう。

あたしたちに残された謎は、〈試行第三回目〉〈技術部の工具箱〉と、〈試行第六回目〉〈仲間殺しテロ〉における謎だった。具体的に言えば、あたしたちに残された謎は、

Ⅰ　何故プレイヤーである一郎は、わざわざ爆発現場に帰ってきたのか？
Ⅳ　真太と一郎は現場でいったい何をしていたのか？
Ⅴ　何故真太はいきなり仲間殺しテロを引き起こしたのか？
Ⅵ　何故真太は全員を屋上に集合させるメールを打ったのか？

の四つだよ。要は『謎の行動』『謎のメール』。

じゃあ、まずは謎の行動について。すなわちⅠ、Ⅳ、Ⅴについて。

一郎は爆発直前の現場で真太と駄弁《だべ》っていた。プレイヤーであり爆発の記憶がある一郎がそんな謎の行動をとるはずない（試行第三回目）。また、真太がいきなり散弾銃で仲間全員を殺すなんて謎の行動をとるはずない（試行第六回目）。

ここで。

死者であり当事者である真太がもうまとめてくれていたけど、これらの『謎の行動』には公約数がある。すなわち、真太も一郎も、①ほぼ背を向けている、②フェンスに凭《もた》れている、③表情が確認できない、④意味不明な躯の動きはある――この四つが公約数だったよね。そして誰も、そうギャラリーの誰も真太と一郎の肉声そのものは聴いていない。これも記録にある。

さらに。

あたしたちは知っている。

未来人は、あたしたちをカンタンに眠らせることができるって。

未来人は、コンシーラーを使って透明に擬態《ぎたい》することができるって。

だから、もし。

『謎の行動』をとっていた真太と一郎が、もう眠らされていたとしたら？

『謎の行動』をとっていた真太と一郎が、もう意識を奪われていたとしたら？

——①②③④の説明がつく。誰も肉声を聴けなかったことの説明もつく。

ここで、この仮説を裏付ける証拠をひとつ出す。

すなわち問題の〈試行第六回目〉（仲間殺しテロ）での出来事。

この試行第六回目の昼休み、歴史が繰り返すというならイレギュラーな事態が起こった。真太の性格と信条からしても、とてもイレギュラーな事態が——

——それはつまり、『授業開始直前の午後一時〇九分になっても、真太は教室前の廊下に現れなかった』って事態。記録に明記されている。おまけにこれはとてもイレギュラー。というのも、繰り返される七月七日において、真太は必ず午後一時〇九分には自分の教室前にいたから。図書館から、授業に間に合うように帰ってきていたから。図書館に行ったのは、よく友達から頼まれる『自分のノートのコピー』をするため。そして図書館のコピー機は職員室のお下がりで型落ちだから、かなりの時間が掛かる。だから繰り返される七月七日において、真太は午後一時〇九分に教室に帰ってきた。そして真太の性格と信条から、これはとても自然。真太は堅物で硬派だから。一郎と違って、授業に遅れようが早退しようがどうでもいいってタイプじゃないから。

ところが。

この試行第六回目にかぎって、真太は教室には帰らなかった。

いつもそのとき真太を目撃し、いつもそのとき真太と接触していた一郎の証言がある。

もちろん一郎にはこれまでの七月七日の記憶なんてないけど、だからこそオリジナルの七月七日の動きを——無意識に・無自覚に——トレースするはず。つまり一郎のこの証言は信用できる。

すると、試行第六回目、真太は図書館から帰ってはこなかった……

なら何処《どこ》に行ってしまったの？

最終的には、仲間殺しテロのために屋上に出たよね。これは事実で自明。

ならそのあいだは何処《どこ》にいたの？

——図書準備室だよ。

実は無施錠の図書準備室は、無数の本で溢《あふ》れかえっていて死角が多い。というか図書準備室そのものが死角。だから、そこが無施錠だと知っている極少数の関係者にとって、絶好のイチャイチャスポットになっている。これも記録にある。

そして真太は昼休み、ノートのコピーのため図書館にいた。

　そこで出会うのは誰?」

「もう、自分が嫌になっちゃうよ……」詩花はもう涙も涸れている。「……それもあたし。あたしは今日この七月七日の昼休みも、図書館に本を返すため、図書館に行った。実はやっぱり図書館にいることが多い、楠木くんに会いたかったっていうのもあるけど……そしてやっぱり、図書館で楠木くんと出会った。そうだったよね楠木くん?」

「そのとおりだ」真太が頷く。「そして俺の行動と動機についてもまた、今銀が説明したとおり。すなわち俺達は、オリジナルの七月七日をトレースしていたことになる」

「……だけど、あたしは」記憶も故意もない犯人の詩花が続ける。「その〈試行第六回目〉では、オリジナルの七月七日と違うこと、やっちゃったんだね」

「それはもちろん、もう議論したとおり、未来人と一緒に練り上げた脚本に基づく行動なんだよ」あたしはいった。「未来人にとっては、歴史の繰り返しが必要だった。おまけに〈試行第六回目〉だと、現代人側の計画が無事成功すれば、CMRそのものすら爆破処理されてしまう。どちらの観点からしても、〈試行第六回目〉は失敗させなきゃいけない。

　だから詩花をあやつった。

　詩花自身の手紙によって、詩花が果たすべき役割を理解させ、それを実行させた。

　それはつまり」

「……やっぱり、あたし自身にはよく解る」詩花がいった。「あたしは図書館で楠木くんに会った。その楠木くんは午後一時〇九分になっても教室には帰らなかった。ましてその楠木くんは、楠木くんなら絶対にやりそうもない仲間殺しテロを実行している……

なら。

　あたしが楠木くんに工作したんだよ。

　そして昼休みの間にできることといったら、そう、図書委員のあたしにとっては自明だけど、無施錠の、死角の多い、ううんそれ自体が死角の図書準備室に楠木くんを招き入れた。どんな言い訳だったかは自分でも解らない。けど、必死に楠木くんを動かそうとしたのなら、それはやっぱり……楠木くんと光夏とあたしのことについての相談とか、そうした楠木くんの恋愛感情を刺激する言い訳だったと思う。

　しかも。

　それ以降、楠木くんには『謎の行動』をとってもらわなきゃいけないんだから……

あたしは楠木くんを即座に眠らせた。何故ならあたしは未来人と共謀していたはずだから。

なら、あたしにはそれができたはず。何故ならあたしは未来人と共謀していたはずだから。

注射器』も使える。そして……そして……

……あっ‼

なら光夏、この〈試行第六回目〉のとき、仲間殺しテロのとき、楠木くんが全員を屋上に呼び出した『謎のメール』っていうのは‼　まさに午後一時〇五分の『謎のメール』っていうのは‼」

「先に、右の謎のⅥが解決されちゃったね」あたしはいった。「そう、真太を強制入眠剤でいきなり眠らせて、そのスマホを自由に使えるようになった詩花が打ったメールだよ。試行第六回目の謎のメールは、詩花本人が打った。これは、そのメールそのものからも裏付けられる。というのも、①真太はメールを『楠木拝』で終えるのが常なのに、そのメールだけそうしていないし、②常にNPCだった真太は青崎が午後三時に屋上に出ることを知らなかったはずなのに、そのメールにはピンポイントでそれが書かれていたから――

そう、〈試行第六回目〉の謎のメールは、詩花が打った。ところが。

こうなると同時に、〈試行第三回目〉（技術部の工具箱）で真太に呼び出しメールを打ったのは誰なのかも解る――もちろんそれは詩花じゃない。というのもこのとき、詩花は自分のスマホをもう貸してしまっていたんだから。『授業と授業の間の休み時間に』差入れと一緒に渡してしまっていたんだから。なら、授業なんて終わっている『午後五時』からの全体練習のとき、詩花がスマホを持っていなかったのは確実。それはもう議論したとおり。なら、〈試行第三回目〉の夜、真太を屋上に誘き出したメールを打ったのは、スマホを貸した側の詩花でなく、スマホを借りた側――未来人となる」

「どのみち、あたしがスマホを貸したり、自分でも偽メールを打ったりしたことで、楠木くんや他の皆《みんな》を殺しちゃったことには変わりないよ……」

「ただ詩花、もちろんもう一度強調しておくけど、詩花はそうするよう繰《あやつ》られていたんだよ。そのことは絶対に忘れないで。いちばん悪いのは、詩花の恋愛感情を利用して、自分の目的だけを果たそうとした未来人なんだから……

……いずれにしろ、試行第六回目の昼、真太は眠らされた。

だから午後一時〇九分、教室には帰ってこなかった。そして午後三時頃には屋上にいた。青崎の散弾銃を持って屋上にいた。

眠らされていた真太に、図書準備室から屋上への移動はできない。

なら、誰かが真太を動かした。

「それも当然、あたしになるよね……だって未来人は基本、屋上を自由に離れられない身の上なんだから。楠木くんを学内で派手に動かすなんて、そんな時間はまさか取れないから。学内に不案内でもあるから」

「そうなるね、詩花。

そして真太は、今誰もが見ているとおり、背丈がちょっと小さい。あたしと同じくらいしかない。搬《はこ》ぼうと思えば搬べる。ただ、詩花が真太を搬ぶとして、それはどうしても授業中になる。廊下の人目は少ないけど、教師その他に目撃されてはマズい。授業中に抜け出して、男子生徒をおんぶしたり抱きかかえたり――スタイルは解らないけど、男子生徒と密接に接触しているのを目撃されるのもまたマズい。となれば」

「あたしはいよいよ〈コンシーラー〉を使った。

コンシーラーには携帯型のものも幾つかある。だから未来人は、そのひとつをあたしに貸すこともできる。ならあたしは透明になれる――眠っている楠木くんと一緒に。そのときの目撃リスクは、零《ゼロ》」

「そして、いよいよ仲間殺しテロが開始されたのは午後三時〇五分。

それまでに真太を屋上に搬び終える必要がある。

屋上にいるのは、もちろんハルカとユリ。

もしそのふたり両方が最終の犯人なら、堂々と搬び入れればいい。屋上への金属ドアは、内側からなら自由に開けられるから。詩花としては何の問題もない。

でも。

あたしたちはここで、〈試行第六回目〉のその時間帯、ハルカがトイレに出ていたことを思い出す必要がある。ハルカは午後三時頃、歴史のとおりに屋上へ出た青崎をやり過ごしながら、校舎内のトイレに向かった。それは何故？　『勧められるままに差入れのお茶を飲み過ぎた』からだし、まあそれが何故か未来人にとってはとても美味しかったからだし、実は『クロノトンの影響が出ていて、顔色が真っ青だった』からだし、だからぶっちゃけ吐いてくるためだし、『毒素というならたくさん水を飲んで、代謝をよくして、少しでも排出されることを期待した方がいい』からだし、もっといえば『ハルカがちょっと遅れても、ユリに対してなら詩花も素直』だからだよ。

そう。

ハルカの行動もまたあやつられた。

そして屋上にはユリだけが残る。

記録でいえば視点人物の、ハルカの目はなくなる。

もし未来人がふたりとも最終の犯人でないのなら、詩花が眠っている真太を屋上に出したのは、この機会を措《お》いてないよ」

「成程《なるほど》な」真太は呆《あき》れたような讃歎《さんたん》したような嘆息《ためいき》を吐いた。「そのとき屋上に出された俺は、まだ眠ったまま。ところが直後の午後三時〇五分、いきなりの大暴れをするわけだ。もちろん俺がそのようなことを自発的にするはずもない。なら俺は引き続き眠らされていた――しかし俺は現実に散弾銃を何度も撃ち、挙げ句の果ては自発的に飛び降り自殺までしている。それは無論、眠ったままの人間にはできない」

「なら、振り付け師か人形使いがいたんだよ。

だからこそ真太の『謎の行動』は、①ほぼ背を向けていて、②フェンスに凭《もた》れていて、③表情が確認できなくて、④でも意味不明な躯の動きがあったんだよ。だからこそ真太の肉声は誰にも聴けなかったんだよ」

「そしてそれが人形使いだというのなら、俺に密着していなければならんな。

〈試行第六回目〉における俺の行動を確認するに、リモートコントロールでは不可能だ。

しかし現場の誰もその人形使いを目撃していないということは――」

「――やっぱり〈コンシーラー〉だね。

未来人は、透明に擬態して、眠っている真太を動かした。だから真太の躯は『反動か何かで』『ゆらゆらと震えて』いたんだよ」

「そうすると今銀、それができた人物は明白だな」

「そうだね。

まず弱い根拠から挙げると、ハルカは〈試行第六回目〉の視点人物だから嘘は吐かない。

次に比較的強い根拠を挙げると、ハルカは、動かされていた真太を『そこそこの距離がある』『階段室の中から』目撃しているんだよ。なら真太に密着することはできないし、真太に望む行動を演じさせることもできない。

次にとても強い根拠を挙げると、あの仲間殺しテロで殺された人物のうち、ひとりだけ散弾銃では殺されなかった人物がいる。その人物だけは、どう考えても拳銃で撃たれていた。拳銃で二発撃たれていた。そう、二発だけ。ピンポイントで、肩と左胸だけを。他の被害者の状況から、それはどう考えても真太の――繰《あやつ》られていた真太の――散弾銃による銃撃じゃないよ。だって肩というなら一郎は頭ごと吹き飛ばされているんだし、胸というなら英二はお腹に風穴を開けられているんだから。だから、その人物は真太に撃たれたんじゃない。散弾銃に撃たれたんでもない。だけどあのとき真太は、武器というなら散弾銃一挺《ちょう》しか持ってはいなかった。ならその人物は、誰の、何によって撃たれたの？　そしてその人物を撃ったのは誰なの？　もちろん、撃たれた被害者の側である一郎・英二・詩花・あたしではあり得ない。あと関係者はハルカだけ。でもハルカが拳銃を持っているシーンなんてないし、ハルカにはその時間もなかった――トイレから帰ってきたらもう、その人物は撃たれていたんだからね。

　なら、残る関係者はひとりだけだよ」

「自分で自分を」真太がいった。「撃ったということか」

「そうなる。青崎先生は散弾銃以外に拳銃をも隠していたからそれができる。そのことは〈試行第四回目〉の学校テロを目撃し、それ以降の試行にプレイヤーとして参加した者であれば記憶している。そして未来人はふたりともそうだった」

「しかしそれでは死ぬかも知れんぞ。心臓のあたりを狙って撃っているんだからな。

　歴史を繰り返させるのが目的だというのなら、自分も生き残ってP－CMRを使わなければならんだろう。次の試行を失敗に導くためにも、そのために記憶を連続させるためにも」

「極論、自分自身は死んでもかまわないんだよ。

　確実にP－CMRを使ってもらえると、だから自分が死んだことも確実に帳消しになると解っていれば、自分自身が死ぬことなんて、痛いのを除けば何でもない。実際、真太だって七度死んで、八度目の七月七日をこうして生きている。

　ここで、『自分自身は死んでもいい』『確実にP－CMRを使ってもらえると解ればいい』って論点が出てきたから、ついでに〈試行第三回目〉で積み残した宿題を片付けちゃうと――試行第三回目で死んじゃったのは真太、一郎、英二、ユリだったよね。試行第三回目で、初めて未来人側に死者が出た。それはCMRの暴走・爆発によるものだったから、ユリのみならずハルカだって死んでもおかしくはなかった。でもハルカは救《たす》かった。何故？　『ハルカ危ないっ!!』って絶叫しながら、突き飛ばしてくれた子がいたからだよ。ハルカの証言によれば——『いきなりCMRが暴走を始めたとき、それに気付いてくれたユリが、いきなり私を突き飛ばして、CMRから遠くに転がしてくれたの』『『ハルカ危ないっ!!』っていってくれながら』『その声を聴いた直後、私は完全に意識を失った』『痛みとかは感じなかったけど、まるでいきなり昏睡状態に陥るように意識を失った』って感じで。

それはもちろん、P－CMRが使える未来人を、確実に生き残らせるためだよね」

「生き返ることが確実なら、そうやり直しが確実なら、自殺したって構わない——そういうことか」

「実際、P－CMRを使えばその自殺はキレイに消滅するんだからね、歴史から。

そして最後に、仲間殺しテロの話に戻って——

『誰が真太をあやつった人形使いなのか？』についての、非常に強い根拠を挙げる。

——そもそもその〈試行第六回目〉の午後三時頃、未来人がやっていたことはCMRの解体だよね。そしてその時刻、青崎先生が屋上に出てくることも解っていた。だから当然、屋上に残った未来人は、青崎の目を誤魔化《ごまか》せるよう〈コンシーラー〉で透明に擬態《ぎたい》していたはずだよ。そして、未来人がCMRの搬出のために待ち合わせていたのは一郎と詩花。理由はもちろん、このふたりがプレイヤーだったから。

ところがこのときの状況について、屋上に残っていた未来人はこういっている——『すっかり油断していたあたしは、それが詩花さんか一郎くんだと思って、打ち合わせどおりに合流してきたんだと思って、何も考えずに、CMRの傍《かたわ》らからどっこいせ、と立ち上がったら、もうその瞬間、いきなりズドン、この在り様』と。それ以降『ほどんど昏倒《こんとう》しちゃった』と。だから屋上の様子を『朧気《おぼろけ》に』見たと。

でもこれってすごく変だよね？」

「……それってどこが変なんだい!?」

「だ、だって一郎、『すっかり油断して』『何も考えずに』『立ち上がったらその瞬間』『いきなりズドン』って証言がホントなら、そのときはまだ透明に擬態したままのはずじゃん？　青崎先生が出ていった直後なんだから。なら、その姿がテロリストたる真太に見えるはずないよ。見えないものが撃てるはずない。まして、見えないものの心臓のあたりが狙えるはずもない。

このことは、ハルカによって発見されたとき、透明になる擬態なんてしていなかったこと——普段どおりのあの不思議なセーラー服姿だったことからも補強される。

「……ねえ詩花。

もう誰もが正直にならなきゃいけない時間だから、あたしもハッキリいうね……つらいことを」

「光夏……？」

「詩花が未来人と合意したのは、きっと……『真太にあたしを殺させる』ってシナリオだと思う」

「……あっ!!」

「詩花は、その……あたしに対する殺意を持っていた。それは……もう議論の前提だよ。

そうすると、この試行第六回目の仲間殺しテロでも、詩花がいちばん殺したかった対象は、他の誰でもない、このあたしだと思う。過去の試行を顧《ふりかえ》っても、そう思う。

だから、試行第六回目で詩花は、未来人とその約束をしたはず。

しかも、殺人者は真太と決められている。

つまり、このシナリオは、詩花としては『真太にあたしを殺させる』ものだった。

一郎と英二が殺されるかどうかは、詩花としてはどうでもよかった。

たとえそれが真実でも

何故と言って、『いきなりズドン』で瀕死になったのなら、そして『ほとんど昏倒し』『朧気に』なっていたのなら、まさか〈コンシーラー〉を解除することなんてできやしないからだよ」

「な、なるほど……!!」

「これで残された謎のV、『何故真太はいきなり仲間殺しテロを引き起こしたのか？』が解決される。繰り返せば、それは真太による仲間殺しテロなんかじゃなかった。未来人による――人形使いによる、あやつりの殺人だった。あやつりで真太を殺人犯にし、現代人側に重大な被害を引き起こし、だから『どうしてももう一度繰り返しをすることを余儀なくさせる』、そんな動機を持った殺人だった」

「そして……あたしがその共犯だったんだね……」詩花がいった。「真太くんを眠らせ、真太くんを現場に搬び、その身柄を未来人に委ねてしまった……

でも、犯人のあたしとしては……どうしても理解できないことがあるよ」

「それは水城」真太が思い遣りのある口調でいった。「お前が俺を殺すシナリオに同意するはずもない――ということだな？」

「そ、そうなんだよ楠木くん、そのとおりだよ……!!」

ううん、もっといえば、詩花はきっと……」

「解る。解っちゃう。あたしには解る。だってあたしだもの。あたしのやることだもの。

……あたしはきっと、『楠木くんにこそ、光夏を殺してほしかった』。

あたしの愛している楠木くんが、楠木くんの愛している光夏を殺す。

そんな邪悪なシナリオを実現したかった。その様子を、現実にこの目で見たかった。

だからあたしは未来人に協力した。ううん、積極的に共犯になった。

そしてきっと……光夏の死んだ世界線を、そのまま歴史として確定させたかった。

そのあと、世界がどうなるかは解らない。

何の意識もない楠木くんが、光夏を失った世界でどうなるのかも解らない。

ただきっと、未来人の技術を用いれば、楠木くんが殺人者として逮捕されたりすることはない。誰も目撃者はいないし、〈コンシーラー〉で現場から逃げられるし、そもそも使用された散弾銃は青崎先生のものだから。なら楠木くんの罪が問われることはない――ううん発覚することすらない。だからあたしは、安心して、大好きな楠木くんが憎い光夏を殺すのを目撃できる。その世界の真実を、現代人ではあたしだけが、あたしひとりだけが独占することができる。そしてあたしは、楠木くんが光夏を殺してくれた世界で……ああ……」

「……でも詩花、たとえそれが真実だとしても、もう確かめる方法はないんだよ」あたしはいった。「それに結局、詩花のシナリオはどんなかたちであれ裏切られたんだから。詩花が未来人に騙《だま》され、裏切られたことは、もちろんその詩花自身が殺されてしまった事実からして確実だよ。詩花はあたしが死ぬ世界線を確定させたかったんだから。なら、まさか自分が死ぬ訳にはゆかない。ところが真太を繰《あやつ》っていた未来人は、約束を破っていきなり詩花も殺した。それは詩花自身がこういっていることから解る――『ど、どうして‼　どうしてこんなこと‼　こんな歴史、あたしは‼』『もうやり直しなんて必要なかったのに、何故‼』って。ね？　これほど確実な裏切りの証拠はないよ。だってこの言葉だけでも、脚本は詩花の希望どおりには進まなかったことが解るし、だからきっと詩花はあたしだけを殺すつもりだったらしいってことが解るし、おまけに詩花はこれを最後に歴史を確定させるつもりだったってことも解るから。きっと、未来人がそう約束したんだろうね。もうやり直しはしないようにする、できないようにするって。

だけどそれは全くの嘘だった。未来人は、最初から現代人側を皆殺しにするつもりだったし、最初から次のやり直しを実行するつもりだったから。やり直しを続けることこそ、未来人の目的だったから。なら事件はド派手な方がいい。犠牲者も多い方がいい。その方が『どうしてもやり直さなきゃいけない』って理由が立つもんね。

だから詩花は、その意味では、やっぱりあやつられて利用された犠牲者なんだよ。実際に殺されてもいる。その痛みと、その恐怖と、あと自分への絶望と……それを考えれば、詩花はもう罪を贖《つぐな》っているし、その罪自体、今この世界線には存在しないんだよ」

「そのとおりだ。今銀のその言葉には、被害者の俺自身が同意する――」真太が頷いてくれた。「――そしてようやく、この長い長い議論も終わるときがきた」

犯人――人形使い２

「そう、俺にもいよいよ、俺が七度死んだ事件の全貌が理解できた。

というのも、残された疑問は〈試行第三回目〉の、
Ⅰ　何故プレイヤーである一郎は、わざわざ爆発現場に帰ってきたのか？

Ⅳ　俺と一郎は現場でいったい何をしていたのか？

だけだからな。すなわち爆発現場における、謎の雑談――最後に残された『謎の行動』だ。

だがしかしその真実も今や明白だ。何故ならこれは〈試行第六回目〉の変奏曲に過ぎんからだ。まあ、時系列としては面妖《おかし》な表現になるが……」

「あっなるほど!!」一郎がいよいよキレのある小躍《こおど》りをした。「これも『謎の行動』で、さっきの①②③④の特徴を備えていて、しかも、雑談なのに誰も俺達の声を聴いていない!!」

「――とすれば、やはり俺達が人形使いに繰《あやつ》られていたのは確実だ。

もう一度顧《ふりかえ》れば、この試行第三回目とは『技術部の工具箱』事件だ。技術部の工具箱が、水城によって意図的に現場に放置され、ゆえに今銀と俺が現場に誘《おび》き出されることとなった事件だ。その誘き出したメールが、実は『水城から水城の端末を借りた未来人の手になるものだ』――ということはもう証明されている。

ならば、人形使いとはその未来人だ。

未来人であるがゆえに、強制入眠剤も圧力注射器もコンシーラーも駆使できる。

事実、俺は爆発現場近くのフェンス際《ぎわ》で、一郎と雑談をしている姿勢をとらされたし、そんなことを許すはずもない一郎とて、やはりフェンス際でノホホンと駄弁《だべ》っている外観を作り出されている。俺達の首の動きとか腕の動きとかは、透明に擬態した未来人のあやつりということで説明が付く。その動機も明白だ。俺を殺し、まあ一郎も今銀も死ぬならそれはそれでよいとして、いずれにしろもっともっと歴史を繰り返させるためだ。

だから当該《とうがい》未来人は、シャットダウン状態にあったはずの——実はそれとて大嘘なんだが——CMRを未来どおりの午後九時五五分〇一秒において意図的に爆破し、その爆風で俺達を吹き飛ばした。

ここで、未来人であるユリさんもその爆発によって死んでしまっているが、これには何の問題もない。例の『ハルカ危ないっ‼』という警告と突き飛ばしとで、未来人がひとり生き残ることを確定させているからな。なら計画どおりまたP－CMRを使ったやり直しが実行される。必ず実行される。何故なら俺がまた死ぬし、まして一郎と今銀も死ぬ可能性があったから（実際に死んだのは俺以外だと一郎・英二・ユリさんの三人だが——今銀は遅刻した）、『じゃあもう一度だ』『じゃあ四度目だ』となる。現代人側の動機として、これは必ずそうなる。そして人形使いの目的も達成されることとなるからな」

クロノトンがそれぞれの脳に蓄積されることとなるからな」

「でもさ、真太‼」一郎がビシッ、バシッと挙手をする。「俺、ひとつ疑問があるんだけど‼」

「ああ忘れていないさ一郎。俺はハルカさんほどじゃないが、記憶力は悪くない——

確かに謎が残る。誰も声を掛けていないお前が、何故現場に出たのかという謎だ。

もっといえば、『三日前の焼きうどんパンで下痢をした』なる稚拙《ちせつ》な嘘で早退した、そのお前はいったい何をやっていたのか——だからどういう経緯と経路で現場に出て来たのかって、そんな謎だがな」

「あっそれもあるな、それは残っていた……‼」一郎はしばし絶句した。そしてどこか途惑ったような、動揺したような口調で続ける。「た、ただそれは、俺が今抱いている疑問とは違うよ‼　そ、それに、俺自身記憶ないし、だから想像だにできないし……しかもそれ確定する必要ないから‼　大事なのは俺が現場に舞い戻っていた事実、それだけだろ⁉」

「いやそうでもないと思うが。とりわけ愚直なお前がわざわざ吐いた稚拙な嘘は謎……」

「だ、だから俺の指摘したい疑問はそれじゃないって‼

お、俺が指摘したいのはだよ真太。

人形使いが未来人なら、そして未来人ふたりが共犯じゃないんなら――

現場に出てきた俺達を眠らせるとか、コンシーラーで俺達を動かすとか、雑談のポーズをとらせるとか、そんなことできないじゃん⁉ だってふたりが共犯じゃないんなら、必ずもうひとりの目があるから。ふたりは俺達が現場に出た時刻、CMRの中にいたはずだから。繰り返すけどふたりが共犯じゃないんなら、CMRを出た時点で、いや少なくとも俺達を眠らせた時点で、無実のもうひとりにバレバレだよ‼ だから、現実には、俺達を眠らせるとか繰《あやつ》るとか、人形使いとしての行動はできないんじゃないかな⁉」

「そうでもないよ、一郎」

「どうしてだい今銀さん⁉」

「だってもうヒントは――ううん正解は出ているもの。

一郎の問いは、再度確認すれば『人形使いはどうやってもうひとりの未来人を欺《あざむ》いたのか』だよね？」

「まさしく‼」

「ここで、〈試行第三回目〉においてCMRが爆発したときの記録に当たってみて――

まず、ユリの『ハルカ危ないっ‼』って声がしたのは確実だよ。だって、視点人物である英二がそれを聴いているから。そして、それがCMRの爆発直前のことだっていうのも確実。それも英二のいわば証言。

ところが。

そのときのハルカの証言を検討してみると――記録にはこうある。『今夜またいきなりCMRが暴走を始めたとき、それに気付いてくれたユリが、いきなり私を突き飛ばして、CMRから遠くに転がしてくれたの。『ハルカ危ないっ‼』っていってくれながら。その声を聴いた直後、私は完全に意識を失った。痛みとかは感じなかったけど、まるでいきなり昏睡状態に陥るように意識を失った』。

これもおかしい。

さっきは指摘しなかったけど、明らかに変だよ。

だってハルカは突き飛ばされて、転がされて、そして物語としてはその直後に爆発が起こるんだよね？ それが英二の証言――でも、突き飛ばされて、転がされて、しかも爆発に巻き込まれそうになったとき、『痛みとかは感じなかった』『いきなり昏睡状態に陥るように意識を失った』なんてことがある？

これは、オリジナルの七月七日におけるあたしの主観と比較してみればよく解るよ。まあ皆《みんな》も繰り返し経験しているとことだけど——ともかくあたしは、CMRの爆発のその刹那《せつな》、死なないほどに爆発から離れていたにもかかわらず、『大きな爆発音』を聴いたし、『劫火《ごうか》と黒煙をともなった爆発』を認識したし、自分が『衝撃波か何かで気絶した』ってことも意識できている。死なないほどに爆発から離れていたあたしがだよ？　なら、CMRから突き飛ばされたての、外に転がされたてのハルカが、爆発音ひとつ聴いていないっていうのは絶対に変。爆発が現実にあったのに、その炎なり煙なり衝撃波なりを全然認識できていないのも絶対に変。ましてそんな状況なのに『まるでいきなり昏睡状態に陥るように』意識を失うなんてあり得ない。

そして一郎。

この昏睡状態って言葉から連想できるものはない？　これ、人形使いの手癖《てくせ》なんだよ？」

「……あっ、強制入眠剤!!」

「そうなる。だからハルカは眠らされた。『ハルカ危ないっ!!』っていう言葉の直後に眠らされた。これは未来人の使う圧力注射器ならカンタン。

なら何故ハルカを眠らせたの？

もちろん、人形使いとしての仕事を目撃させないためよ」

「……でっでもさ今銀さん!!　『ハルカ危ないっ!!』っていう言葉から爆発までは、英二の証言を踏まえれば、実時間で一秒もないと思うよ!?　そのとき、ハルカさんを眠らせて、すぐに人形使いとしての仕事を始めるとか、そりゃ絶対無理だよ!!　そもそもタイミングがおかしい。雑談をしている風に繰《あやつ》られた俺と真太は、まさか爆発が起こった午後九時五五分〇一秒の直前に現場に出たわけじゃないし。俺自身のメールによれば、俺が現場に出たのは、明らかに午後九時三〇分以前だよ。だってその時刻あたりに、俺は『今学校にいる』って英二にメールしているんだから!!　それって爆発が起こる午後九時五五分より二〇分以上前ってことだよ!!　なら人形使いはもうその時点で仕事を始めていなきゃいけない。でもその時点でハルカさんは眠らされてはいないよ、だってハルカさんが眠らされたのは、『ハルカ危ないっ!!』のとき、すなわち爆発直前なんだから!!　その声が爆発直前だったっていうのには、それこそ英二の証言があるし!!」

「一郎、あたし思うんだけど。

あたしたちきっと、この七度のやり直しで、オリジナルと一緒の言葉を、何度も何度も繰り返してきた。そう、一緒の言葉を繰り返してきた。人間にはそれができる。何の支障もなくできる。もちろん時を越えなくてもできる。もちろん時を越えなくてもできる。もちろん時を越えなくてもできる。もちろん時を……」

「今銀さんとうとう頭の使い過ぎで壊れちゃったのかい⁉」

「故意《わざ》とやっているに決まっているでしょ‼
　要は、人間にとって同じ台詞を何度もいうなんてカンタン極まるってことがいいたいの。なら未来人にとってもそうでしょ？　ならこの世界に『ハルカ危ないっ‼』っていう台詞《セリフ》がたったのひとつだって考える必要なんてないでしょ？」

「……台詞がひとつではない……台詞がひとつではない」真太は、きっと無意識の内に自分の台詞を繰り返した。そして結論に達した。「そうか今銀、そういうことか——それは時間差のトリックだな？」

「真太それどういうこと⁉」

「お前のソレは天然なのか……？　それとも司会進行のアシストなのか……？

……いや気を取り直していえば、そう、台詞はひとつではない。

　すなわち、『ハルカ危ないっ‼』っていう台詞はひとつじゃなかった。

　具体的には、それはふたつあった。

　ひとつは、ハルカさんが眠らされる直前に聴いた『ハルカ危ないっ‼』。

　いまひとつは、英二が爆発の直前に聴いた『ハルカ危ないっ‼』。

……成程《なるほど》、理屈からも記録からも、このふたつがまるで別々のものだと——まるで別々の時刻に聴かれたものだと考えても、全く矛盾は無い。そして、それぞれがまるで別々の時刻に聴かれたものならば、『ハルカさんが眠らされる直前』というタイミングと、『CMRの爆発の直前』というタイミングが、まるで別々だと考えて全く矛盾は無い」

「なあ真太、もう少し解りやすく説明してくれないかな‼」

「……人形使いは、爆発の遥か以前、人形使いとして例えばお前を眠らせる必要が生じたときに、最初の『ハルカ危ないっ‼』を叫んだのさ。これでハルカさんは眠らされる。目撃者はいなくなる。まあ実際のところを考えれば、お前は何故か『CMRの中に』未来人ふたりといたらしいから——お前自身のメールがそう伝えていた——まずお前がアッサリ眠らされて、立て続けに『ハルカ危ないっ‼』でハルカさんが眠らされたと、こういう流れになるんだろうがな。

これで目撃者がいなくなるばかりか、お前も無力化できる。じき俺も現場に上がってくる。もちろん一発目の『ハルカ危ないっ!!』は爆発とは無関係。爆発より遥か以前のタイミングで発されたもの。実は何も危なくはなかった。そして二発目の、英二が聴いたという『ハルカ危ないっ!!』は、もうすっかり俺もお前も眠らされ、雑談の姿勢なり挙動《きょどう》なりを強いられたタイミングで発されたもの。いわば人形使いが完全に舞台を整え終えた後で発されたもの——いよいよ故意《わざ》と爆発を起こす直前、今度は『爆発とは関係があるが』『ハルカさんとは全く無関係に』発されたものだ。

要は、同じ『ハルカ危ないっ!!』という台詞を、違うタイミングで発することによって——タイミングをズラして発することによって、人形使いとしての仕事ができる時間を稼いだってことだ。

そしてそんな時間なんてなかったと偽装するために、二度に分けた台詞を敢えてハルカさんと英二に聴かせ、自分にはそんな時間はなかったと、何故ならその台詞は爆発直前のものだからと、そんな小賢しい言い訳を用意したわけだ。

——人形使いとしての仕事が、とりわけハルカさんにバレてしまえば、自分が俺殺しの犯人であることがバレてしまう。ならば当然『何故未来人が俺を殺す必要があるのか?』を問い詰められてしまう——あるいはそれを深く考察されてしまう。

すると、最も秘密にしておきたい動機もバレる。

もちろんその動機とは、『関係者の脳にどんどんクロノトンを蓄積させるため』『それをトリクロノトンに精製して未来への帰還に備えるため』で、それはもっといえば」

「最終的には、あたしたちを殺す為《ため》だよね」あたしがいった。「だってクロノトンは、死んだ人間からしか採取できないんだから」

七回殺された男——総括

「……長い長い、検討だったな」

真太は部長としていった。いつしか、あたしたちを幻想的に浮かび上がらせていたあの〈世界線〉の光は消えている。美しく座ったハルカの脚元。神々《こうごう》しい光の帯は既になく、銀の懐中時計だけが、どこか悲しく置かれている。あたしたちを照らすのは、月と星だけになった。視界をかなり奪うその厳粛《げんしゅく》な暗さに、真太の声がいっそう染みた。

「俺の腕時計によれば、現時刻、午後九時五〇分だ。いよいよHアワーも近い。

この、八度の七夕における、俺の七度殺し。

クロノトン殺人事件いやトリクロノトン殺人事件。

その全貌が解明された今、それぞれの事件の真実をまとめると、こうなるだろう——

オリジナルの七月七日
→純然たる事故。誰にも故意・過失なし

試行第一回目（楽器屋に買い物）
→主としてケアレスミス。今銀と一郎の過失。未来人による爆破

試行第二回目（工具・補強用具）
→水城と未来人の共謀。今銀名義の偽メール。未来人による爆破

試行第三回目（技術部の工具箱）
→水城と未来人の共謀。水城名義の偽メール。未来人によるあやつりと爆破

試行第四回目（青崎の学校テロ）
→純然たる事故。誰にも故意・過失なし

試行第五回目（落下地点の変更）
→未来人による爆破

試行第六回目（仲間殺しのテロ）
→水城と未来人の共謀。俺名義の偽メール。未来人によるあやつり

——無論、水城の名誉の為に付言すれば。

水城は未来人によって使嗾《そそのか》され、教唆《きょうさ》され、卑劣にも恋愛感情を利用され、しかも最終的には全て裏切られている。言葉を選ばずにいえば、道具にされただけだ。

その精神的な脆《もろ》さについては責めを負うべきだが、といってその責めを負わせる資格が俺には無い。何故ならば、水城をそこまで追い込んでしまったのはこの俺だからだ。そして今銀には悪いが、今銀にも敢えて言おう。

お前も俺も、皆《みんな》にバレバレの感情を、しかし決して言葉にすることなく生きてきた。俺達がわずかな勇気を発揮していれば、俺達は俺達の言葉によって、俺達の関係に決着を付けることができたはずだ。言葉にするわずかな勇気がなかったから、俺達は——俺も今銀も水城も——自分の中のどろどろに雁字搦《がんじがら》めになり、そこから一歩も踏み出せず、結果として水城も、また俺自身も今銀自身も追い詰めた。結果として、それぞれが死ぬことにもなってしまった。

その意味で、罪は俺達三人の誰にもある。

だから。

あまりにも偶然の、あまりにも常識を超越した機会を

得たとき、たまたまその内心の罪を具体化できてしまったのが水城一人だった――それだけのことだ。それ以上でもそれ以下でもない。それが俺であった未来も、それが今銀であった未来もたやすく想定できる。だから俺には、水城はもとより誰を責める資格も無い。いや、七度殺されて当然だったのかも知れん。それが俺と今銀と水城に関する、俺なりの見解だ。

あと、仲間には一郎と英二がいるが――

そして英二のほのかな心情についてもこの記録にあるが、それは七度の俺殺しのいずれにも影響してはいない。俺としては途惑いながらも嬉しいが、残念ながら俺の素直な気持ちとして、すまない、その気持ちには応えられん……いずれにしろそれは七度の俺殺しに一切関係が無い。だから、英二こそは、俺達のとばっちりを受け右往左往させられた、純然たる被害者かも知れんな」

「ねえ真太‼　俺は⁉　俺は⁉　俺も何も悪くないよ⁉」

「いやだから俺は誰も糾弾《きゅうだん》してはいないんだが……ただ一郎、どうやら殺人事件には無関係のようだが、お前には秘密がある。例の下痢事件と早退事件だ。そしてどうやら、そこでお前はよからぬ行為を行っている。いや正確に言えば、その行為の善悪は知らんが、それを俺達全員に黙っておかなければならないという意味で秘密の、だからよからぬ行為だ。この秘密が解明できないのは、割り算の余りのようで気分が悪いが――繰り返していうと事件の全貌は解明されている。ゆえに粗探《あらさが》しはせんが、一郎、お前はお前で言葉にしていない秘密がある。その意味で、お前を純然たる被害者とはいいたくない。お前は何かをやった。それが歴史に影響を及ぼさないことを祈る」

「いやだから、俺自身には何の記憶もないんだってば‼」

「それは誰もがそうだろう？」

最終の犯人

「――さて今銀、いよいよHアワーも近い。

そろそろ、最終の犯人に自白と改悛《かいしゅん》を求めるときが来たようだ。

というのも、さっき指摘したとおり、この八度目の七夕でも、犯罪はいまだ現在進行形らしいからな――

犯人の自白と改悛がなければ、必然的に、これからまた人殺しが発生する。発生せざるを得ない。

最終の犯人が、未来への微《かす》かすぎる希望を託す、トリクロノトン一二二・六四㎖の為《ため》に」

「そうだね真太。

必然的に、あたしたちは、死んだ人間にならなければいけないんだから――

――いくら未来人の圧力注射器が『針も用いず、痛みもなく、望む薬剤をたちまち注射することができる』ばかりか、『逆に例えば採血のように、望む体液を採取することも、やはり針も用いず痛みもなくできる』ものだといっても、だから物理的・技術的にクロノトンを採取することがカンタンだとしても、クロノトンは、まだ生きている人間からは絶対に採取できない。そしてもし犯人の動機が『関係者の脳にどんどんクロノトンを蓄積させる』というものだとしたら――事実そうなんだけど――その当然の帰結として、関係者は死ななければならない。そうしなければ動機そのものの意味がなくなる。絶対に引き出せない預金をどれだけたくさん積み立てたところで意味はない。もし預金を積み立てたのなら、それを引き出して活用するのが当然の前提だよ。

だから。

だからこの真太殺しの七夕は、真太を七度殺した殺人事件ではあるけれど。

これから、あたしたちは殺されなければならない。

それこそが。

そのこれからの大量殺人こそが、この殺人事件のほんとうの真実。

だから。

だからあたしたちは九度目の七夕にして最後の七夕において鏖殺《みなごろ》しにされる。

それがもうじき確定させられる最後の世界線で年表に残る歴史だよ。そうだよねユリ?」

そのとき。

ハルカの隣でずっと黙っていたユリが、そっと立ち上がった。

あたしはそれを予期していた。

これからユリが何をするのかも予期していた。

ただ……

次に声を発したのは、そのユリじゃなかった。

あたしはビックリしてその声を発した人物を見た。

その人物は、今やユリとともに立っている。車座から離れて。仲間から距離をとって。

そして突然その手元に現れる、あの因縁《いんねん》の散弾銃。

ハルカとあたしが唖然《あぜん》として見上げたその人物は――

「どうか皆さん、お静かに」

「え、英二!!」

「今銀さん、そんなに吃驚《びっくり》することは無いでしょう……

あなたの予言したとおり、これから九度目の、そして最後の七夕が始まるのですから」

第13章　REPEAT AFTER THE DEATH（確定する世界）

「ど、どうして英二が‼」

「そのおっしゃり方からすれば」

英二は……英二とユリは他の五人から慎重に距離を取りつつ、けれど他の五人の誰もが座ったまま動けないよう、散弾銃の銃口をぬめぬめと向けながら、あたしにいった。

「ユリさんがこうした行動に出ることは、今銀さんも——そしてこの試行第七回目のプレイヤーにして全ての試行のプレイヤーであるハルカさんも、充分予想済みだったのでしょうね。

それはそうでしょう。

貴女方《あなたがた》はいわば探偵役だから。ハルカさんの記録を前提に、貴女方には全ての謎が解けていたから。最終の犯人が誰かということも解っていたから——

そう思い直して先刻までの貴女方のやりとりを顧《ふりかえ》ると、ハルカさんの諸々《もろもろ》の台詞はおとぼけが過ぎるし、議論と検討を深めるためでしょうか、マヌケた相槌《あいづち》が多すぎます」

「……それをいうなら、こうなった今顧《ふりかえ》れば、英二の空惚《そらとぼ》け方も立派だったけどね？」

「ありがとうございます。いずれにしろ、貴女方には全てが解っていた――

だから、ユリさんが最後にどのような行動に訴えるかも予期していた。

それゆえ、今夜の車座において、ユリさんの両隣には抑止装置を配置した――

同じ未来人であるハルカさんと、いざドンパチとなったときユリさんを封圧できる私を、ユリさんの両隣とした、意図的に」

（まさしくだわ。

未来人のガジェットを使うというのなら、ハルカがそれを即座に封じる。抵抗したり逃走したりするのなら、あたしたちのうち一番の武闘派である英二がそれを封じる……）

……そう。

ユリには青崎先生の武器すら使うことができる。この試行第七回目、皆《みんな》で集まる前、ハルカとあたしとユリは、一緒に試行第六回目の検討をしたから。仮にそれが無かったとしても、この試行第七回目、ユリはハルカが記録を書いているときにその内容を読める。なら、真太が派手に使った（とされた）青崎先生の武器のことも分かる。ううん、仮に記録を読まなかったときでさえ、ユリには『時間を越えた手紙』を読み書きすることができる……それを編集して詩花に渡せるってことは、まず編集者である自分が、『時間を越えた情報』を手に入れられるってことだから。

――実際のところが、どうであったにしろ。

NPCであるはずのユリは、確実に、青崎先生の武器を調達することができる……それはハルカとあたしの前提だ。だから今夜の車座では、ユリの右手側にハルカを配置した。恐らくはコンシールしているであろう、散弾銃なり拳銃なりを直ちに奪えるように。そしてそれだけじゃない。クロノトン中毒に苦しむハルカが失敗しても大丈夫なように、合気道の達人である英二を、ユリの左手側に配置した。もちろん物理力としても戦力としても、ユリは英二の敵じゃない。あたしたちはユリの抵抗に……あるいは最後の犯罪に充分な保険を掛けた。ううん、充分な保険を掛けたと思っていた。最初からユリの最後の犯罪を防ごうとしなかったのは、もちろん、彼女が罪を認めて自白をしなかったとき、彼女の行動そのものを雄弁な自白にして、最終の犯人を議論の余地なく確定するためだ。そうしないと、車座の仲間全員が、彼女の有罪を確信することができない。確かにリスクはあったけど——そのリスクはコントロールできるはずだった。ううん、事実、リスクは九九・九九%コントロールできていた。

だのに……だのに……

「英二、お前——」

「おっと真太、立ち上がらないで……座ったままで。もちろん一郎もですよ。

私達には、少なくとも今夜、誰も殺す気がありませんから……

……といって。

どうせやり直しは利くんです。どうせやり直しますしね。だから真太、あなたがかつて私にしたというように、あなたのお腹に大きな風穴を開けても別段かまわない。来たるべき〈試行第八回目〉において、どうせあなたは生き返るのだから。そしてこのことは、他の誰についても言える。だからそれが御希望ならば、立ち上がってくださっても抵抗してくださっても、あるいは一目散に逃亡してくださっても結構。どうせやり直しは利く。どうせやり直す。このまま穏やかに最期の真実を語らうのも一興《いっきょう》。あるいは星空の下、鴨《かも》撃ち狐狩りを楽しんでみるのも一興。私としては、あまり嗜虐的《しぎゃくてき》なことはしたくないのですが、それは皆さんの判断にお委《ゆだ》ねしましょう——」

「か、鴨撃ち」一郎がさすがに絶句した。「そ、そんなこといわれて動けるかよ‼」

「——それはどうも。御協力感謝します。

さてユリさん、CMR本体の自爆シークエンスはどうなっていますか？」

「今開始させたよ、英二くん。

あたし自身が、そしてあたしだけが解除しない限り、Hアワー午後九時五五分〇一秒、CMRは自律的に爆発する。たとえハルカでもこれは止められない。今あたしがそうした」

「重畳《ちょうじょう》。

そして皆さん、これで誰もユリさんには手出しできなくなりました。

というのも、もうお解りでしょうが、歴史の流れが繰り返すというのなら——少なくともその虞《おそれ》があるというのなら、最早《もはや》ユリさんの自由意思を封圧することができなくなりましたから。

——現時刻、午後九時五二分三〇秒過ぎ。

ユリさん本人がCMR本体の自爆シークエンスを解除

しない限り、あと約二分三〇秒後、因縁《いんねん》のHアワーにおいてCMR本体は爆発します。その解除はユリさんにしかできない。ユリさんの自由意思による肉声にしかできない。むろん皆さんが私達に抵抗するというのなら、ユリさんがそんな肉声を発するはずもない。そのときCMR本体は爆発し、相当程度の蓋然性《がいぜんせい》で、真太を地上まで吹き飛ばすでしょうね……

いいえ、別段それが既定路線でなくともかまわない。歴史の真実でなくともかまわない。

ここで大事なのは、それが七度も繰り返された歴史だということで、それだけです。そのことを熟知する我々は誰も、真太が今一度《いまひとたび》死ぬことを否定できない。だからどうしても、その爆発を止めようと試みざるを得ない。爆発を止めるためには、ユリさんが必要……

だから皆さん、これでもう誰も、ユリさんには手出しできない。

他方で私に対しての手出しは、僭越《せんえつ》ながら、今更何をか言わんやです。例えば真太であっても私を止められはしない……よしんばこのような無風流《ぶふうりゅう》な武器がなくとも、ね」

（そのとおりだ。英二はあたしたち——ううん久我西高校随一《ずいいち》の武芸者。剣道二段の真太だって、いったん戦闘態勢に入ってしまった英二を止めることなんてできやしない……）

「でっでも英二!!」一郎が必死に踊りを自制しながら叫んだ。「そ、そしたらあと二分三〇秒後に……ううんもうもっと短いけど……英二だってユリさんだって死ぬかも知れないじゃないか!! CMR本体の爆発は確か、俺達吹部《すいぶ》仲間五人を薙《な》ぎ払うもののはず……!!」

「……ところがそうはならないよ、一郎」

「今銀さんそれは何でさ!?」

「ユリと英二の目的は、CMR本体を爆発させることじゃないから……

それは飽くまでも牽制《けんせい》。あたしたちを黙らせその動きを封じるための保険でしかない。そう、無風流な散弾銃と一緒」

「ふたたび意味が解らないよ!!」

「やはりそうか、英二」真太が既に闇に溶け始めた英二の瞳を見据えた。「P-CMRを使う気か」

「御明察です、真太」

「CMR本体が爆発する前の、残り二分強のあいだに」

「まさしく」

「ユリさんと一緒に」

「そのとおり」

そう答えた英二は、悠然《ゆうぜん》と片方の腕を翳《かざ》した。

その先の手は、銀の鎖を握っている——その鎖が吊っているものは、いうまでもない。

だから、月灯りに、あの不思議な銀の懐中時計だけがおそろしく輝く——

「だろうな」真太がいった。「お前たちが共犯になったというのなら、やるべきことはそれしか無い。

最終の犯人であるユリさんの目的は、詰まる所ひとつ。いざ未来に帰る機会を獲《え》たそのときのため、必要量のクロノトンを確保することだ。そしてそれは今現在、俺達の脳内に蓄積されている。ところが、クロノトンは死んだ人間からしか採取できはしない。なら俺達を殺す必要がある。といって事件の真実が解明された今、ハイそうですかと黙って殺される関係者などいない——

ならどうするか？

もう一度、俺達関係者の記憶を消せばよい。

そしてそれは何ら難しくない。何故と言って、それは俺達がもう何度も何度も繰り返してきたはずのことだから——すなわち、俺達関係者をNPCにして、もう一度九度目の七月七日を繰り返せばよいだけのこと。

ユリさんとお前がプレイヤーとしてP‐CMRを使用したその瞬間、他のNPCはそれまでの記憶を全て失う。ハルカさんが一所懸命綴《つづ》った記録のことも。それに記載された数多《あまた》の七月七日のことも。今夜の長い長い検討のことも。だから当然、犯人のことも動機のことも。自分達の脳内に、犯人が渇望するおたからが貯蔵されているそのことさえ——

——だからやがて、自分達は犯人によって、確実に殺されるであろうそのことさえ」

「それも御明察です、真太」

「ただ英二、俺には解らんことがある。

すなわち。

それはユリさんの動機であって、英二、お前とは何ら関係のないことのはずだ。

だのに何故お前はユリさんの共犯になった？

そして何故、俄《にわか》に俺達を殺す決意をした？」

「そ、それに」詩花がいった。「いったいどうやって、いつの暇《ま》に、蔵土くんとユリは共犯になったの？

蔵土くんだって、NPCとして、これまでの試行の記憶なんて全然なかったはず。だからクロノトンとかトリクロノトンとかP‐CMRとかの記憶なんて全然なかったはず。なら、いきなり未知の未来人であるユリと共《きょう》謀《ぼう》しようなんて話には……

ユリがこの試行第七回目、繰《あやつ》ることができたのは、きっとあたしだけのはず。具体的には……ユリは、『ハルカと一緒に、光夏に手紙を渡すため透明になって屋上を下りたそのタイミングで』こっそりハルカから離れ、あたしの教室に入ってきてあたしにも手紙を渡した――そう、もう検討したように、あたしのスマホを自分に貸すように伝える手紙を。そしてあたしは例の『差入れ』をした。それをハルカが警戒しないあるいは警戒しないフリをした理由は、今ならよく解る。けれどユリがあたし以外の現代人と接触するのはハルカとしても変に思うし、そもそもユリとハルカは光夏と会ってからずっと屋上を離れてはいないよ。何の記憶もなかった蔵土くんが屋上に出るはずもない。万が一出たとして、それをハルカが見逃すはずもない……

ならいったい、蔵土くんとユリはどうやって共謀したの？　いつ共犯になったの？」

「――あっ水城さん、それってスマホだ、それこそスマホ!!」一郎が叫んだ。「今夜の検討のとき、英二は自棄《やけ》に自分のスマホをいじっていた。電卓で数値を計算するような感じで。熱心に議論のメモを取るような感じで――そして俺達は今、『ユリさんが水城さんのスマホを持っていてそれを自由に使える』ってことを知っている。なら!!」

「現場共謀、か」真太がいった。「今夜この記録を読み、俺が七回死んだ事件の検討をしているその間に、英二とユリさんは充分な打ち合わせを終えた――スマホで。メールで。メッセージで」

「ユリさんは未来人だから、コンシーラーが使える!!光学的に遮蔽《しゃへい》ができるなら、画面の光だって漏れない!!まして英二と組むのが最初っからのプランなら、事前に下書きメールを打ち終えておくことだってできた!!」

「……しかし一郎。

その手段方法が解ったところで、やはり俺には、英二、、、の側の動機が解らん。

俺達を――そう、それなりに深い絆《きずな》で結ばれた俺達を鏖殺《みなごろ》しにする動機が解らん。少なくとも、それを実行しようとするユリさんに諸手《もろて》を挙げて協力するその動機が解らん」

「……私の記録には、こうある」ハルカがいった。「理系である英二くんの『お父さんも発電所や護衛艦を作っている重工業会社のエンジニアから役員になった』と――私、記憶力には若干の自信があるけれど、英二くんの動機となる事実といったらこれしか想起できないわ」

「まさか英二」真太は語気を強めた。「お前は、親御さんの会社と組んで、ＣＭＲやＰ－ＣＭＲの技術を……お前はまさか、この二〇二〇年において、時間遡行型記憶転写の技術を解明し独占しようと⁉」

「端的《たんてき》にはそのとおりです。もとよりそれ以上の技術革新をも念頭に置いていますが」

「た、タイムマシンの技術欲しさに――」一郎の声も怒気を胎《はら》んだ。「――俺達全員を生贄《いけにえ》にしようってことかよ⁉」

「で、でも……」詩花が恐る恐るいった。「……でもそう考えれば辻褄《つじつま》は合うよ。合ってしまう。

ユリは、女子高生だけどエンジニアの才がある。ハルカよりずっと。組むならユリだよ。ユリたちの時代の、ええと、そう二〇四八年における最先端の技術を教えてもらえる。解説してもらえる。

しかもそれって、ユリにとってもメリットがあるよ。蔵土くんのお父さんの会社が発電所や護衛艦まで作れるっていうんなら、タイムマシンを再現できる可能性はグッと高まるもの。そうすれば、ユリにとっての悲願すら叶うかも知れない。元々いた時代に帰ることすらできるかも知れない。もし仮にタイムマシンそのものが再現できなくても、ユリを二〇二〇年に飛ばしてしまった『事故』『現象』なら、研究開発途上で再現できるかも知れない。

蔵土くんは、居場所のないユリを保護して、ユリが帰れるように努める。

ユリは、自分を未来へ送らせることを前提に、未来の技術供与をする――

……未来からの漂流者と、リソースのある未開人。

そのお互いにとって、それはすごくメリットのあることだよ」

「けれど英二くん」ハルカがいった。「これも私の記憶が確かならば、いわゆるタイムマシンの危険性なり歴史改変の危険性なりを、誰より懸命に訴えていたのはあなた自身だったはずよ――とりわけ、オリジナルの七月七日においてね。無論あなたにその記憶が無いとしても、あなたの人格は変わらないのだから、あなたのその思考パターンもまた、そうおいそれと変わるものではないはず。

だのに何故いきなり、いわゆるタイムマシンの開発を進めるとか、だから歴史に積極介入するとか、そんな大胆な転向なり宗旨《しゅうし》換えなりを決意したの？」

「ハルカさん、あなたにそんな弾劾《だんがい》をされるのは非常に、極めて、甚大《じんだい》に心外ですね……

他のあらゆる関係者による糾弾《きゅうだん》はよろこんで受け容れますが、ハルカさん、あなたにだけはそんな台詞を吐かれたくはないし、あなたにだけはそんな資格が無いはずですよ」

「というと？」

「あなたは我々に教えるべきだった。

何故、ああまで懸命に、自分達が元いた時代を隠していたか？

何故、ああまで懸命に、自分達が元いた時代について語らないよう自制していたか？

——それは、あなたたちの時代が、いわば人類の黄昏《たそがれ》だから。

二〇四八年において、人類は、絶滅の危機に瀕《ひん》しているから」

「……まだそうと決まった訳ではない」

「地球を失い、火星への植民も失敗し、二十五光年の彼方から必ず襲い来たる衝撃波と星の破片群とにただ脅《おび》えながら、わずか七〇〇万人未満の生き残りが宇宙暮らしを強いられているのに——ですか？」

「あなたそれをユリから聴いたのね？」

「ええ、すべて。

すなわち。

——何の因果か、まさにこの二〇二〇年末、いきなり琴座《ことざ》α星——琴座のヴェガが大爆発を起こしたこといえ起こすこと。それは、ヴェガの規模からは絶対にあり得ないとされている超新星爆発か、あるいはそれに類する現象であったこと。その機序《きじょ》は、それ以降破局的な厄災《やくさい》に見舞われることとなった人類には、とうとう解明することができなかったこと——異星人なり異星文明なりの介在を指摘する有識者が現れるほど、未知で異様で突然の現象だったこと。

いずれにしろ大爆発を起こしたヴェガは、地球に膨大《ぼうだい》なニュートリノと、膨大なX線・γ線を降り注いだこと。だから地球のオゾン層は壊滅的打撃を受けたこと。地球の電子機器は容赦《ようしゃ》ない電磁パルスに、地球の生物は容赦ない紫外線に直接さらされることとなったこと。ゆえに人類は放射線被曝、皮膚癌《がん》その他の癌、果てはDNAそのものの破壊に苦しむこととなったこと——

いいえそれだけではない。

オゾン層の破壊による大量の落雷、大気の窒素《ちっそ》化合物化、激甚《げきじん》な酸性雨——それは地球の植物の七〇％以上を死滅させ、海洋を汚染し、生態系を破壊して超絶的な食糧不足をもたらす。この時点で、人類社会は最悪の内戦を迎える。それがなければ人口の半数を失うことで済んだはずのヴェガの厄災は、人類を厄災以前の一〇〇分の一にまで激減させた。

どうにか生き残った人類は、そこまで荒廃した地球に近くトドメを刺すであろうヴェガからの衝撃波、そして千年後ないし二千年後に来たるヴェガそのものの破片、あるいはヴェガ惑星系の諸惑星の破片から身を守るべく、火星植民を開始した。ところがこの火星植民は準備不足と疫病《えきびょう》とにより大失敗し、人類の規模は更に一〇分の一になった――

――ただしこれは、〈因果庁〉による歴史改変があった後の数字、そう、貴女方が幾度か喋っているとおり『史上唯一の』歴史改変が行われた後の数字です。その〈因果庁〉による介入がもしなかったのなら、人類は既に滅亡していたと考えられているそうですが。

いずれにしろ、貴女方の二〇四八年においては、残りわずか七〇〇〇万人未満となった人類が、火星の陰に隠れつつ、火星軌道の幾許《いくばく》かのコロニーに、蚊弱《かよわ》く蚊細《かぼそ》くへばりついている……やがて確実に宇宙の海をわたってくる、全面核戦争も吃驚《びっくり》の衝撃波とヴェガの星屑とに為《な》す術《すべ》もなく。

ゆえに貴女方の、火星軌道のトウキョウ・シティも、人口というならわずか三五万人。日本の総人口が、今現在の新宿区ひとつとほとんど一緒の水準にまで縮小してしまっている。食料も物資も常に逼迫《ひっぱく》し、文明水準なり技術水準なりはむしろ退化傾向にある。女子高生が闇市《やみいち》に出入りしなければならないほどにはね。

その二〇四八年におけるトウキョウ・シティの、いえ他国のコロニーを含めた人類社会全ての希望は何か？

それは、時間遡行型記憶転写装置のみならず、文字どおりのタイムマシンを開発し、できるかぎり過去を改変してヴェガの爆発への備えを万全にするとともに、愚かな内戦を止めさせ、人類七十五億人の総力を挙げて火星移住を、あるいはその先の宇宙進出を成功させること――そのためにあらゆる資源と権限が〈因果庁〉に与えられた。〈因果庁〉はヴェガの爆発クラスの厄災がまた発生しないかどうかを計算・監視しつつ、あらゆる叡智《えいち》とあらゆる技術を独占し、真実の意味でのタイムマシンを現実のものとするべく、必死の努力を続けている――

というのも、未来には何の希望も無いから。未来に希望を託すには、人類は蚊弱くなりすぎたから。〈因果庁〉による因果計算によって、歴史の潮流のいきおいが、余程のブレイクスルーがない限り人類滅亡につながっているともう理解できてしまっているから……ちなみにハルカさん、あなたのトウキョウ・シティに〈因果庁〉が置かれ、また、トウキョウ・シティがCMRを管理運用しているのは、時間工学と時間物理学の第一人者にして世界的権威であり、ゆえに自らCMRの開発に成功した時川博士が——ハルカさんあなたのお母様だそうですね——日本人だったから。

——いずれにしろハルカさん。あなたは、私達にとってこれほどまでに重要で死活的な情報をずっと隠し続けてきた。今年がまさにその、運命の二〇二〇年だというのにね。そんなあなたに、私の転向なり宗旨換えなりを難詰《なんきつ》する何の資格と権利があるというのです？　あまり猪口才《ちょこざい》な口を叩かないでください、失笑が止められませんから」

「けれど私が口を噤《つぐ》んだその理由は解るはずよ？」

「ええもちろん。

それはあなたが現代人を全く信用していないからです。こんな情報が漏洩《ろうえい》し蔓延《まんえん》したなら、未開人の社会はたちまち大混乱に陥《おちい》るとそう考えたから——

しかし。

御安心ください、私も私の身が可愛い。情報管理には万全を期します。私の父もそう考えるでしょう——ヴェガの爆発まで残り半年。準備期間が長いとは言いかねますが、そんな厄災が事前に理解できているのであれば、半年でできることは腐るほどありますよ。より詳細な情報だって、あなたより正直で協力的なユリさんがよろこんで提供してくれますしね。

おまけに。

考えてもみてくださいハルカさん。あなたはあなたのお母様が生涯を賭《と》して実現しようとしていたことを、既に実現してしまっているのですよ？」

「というと？」

「二〇四八年の人類は、そしてあなたのお母様は、どうにかして本当の意味でのタイムマシンを開発しようとしていた。それはそうです。時間遡行型記憶転写では——もう議論されたことですが——過去に戻ったところで、戻った人間は最大八三時間・三日半程度しか生きられないのですから。そんな二泊三日の旅行程度で、人類の内戦を止めるなり火星移住を押し進めるなりは絶対にできない。それこそがCMRのボトルネック——ところが、ユリさんとあなたは、どのような神様の気紛《きまぐ》れか、ヒトのちからでは実現不可能なはずの、本当の意味でのタイムトラベルを実現してしまった……

これは奇跡、まさに人類を救う奇跡です。神の恩《おん》寵《ちょう》といってもよい。

CMRのボトルネックを、神懸《かみが》かりで超越してしまいましたからね。

——具体的には、ユリさんもあなたも、八三時間以上を生き延びることができる。これも既に議論されたとおり。なら貴女方は現代人の救世主となるし、あなたのお母様の悲願を達成できる唯一無二の存在となる。

　とすれば。

　ユリさんが私に協力してくれることを決意したこと、まさか非難したり詰《なじ》ったりはできないでしょう？　いえむしろよろこぶべきですよ、それが人類の救済に直結するのだから」

「……ユリ」ハルカはいった。それは懺悔《ざんげ》だった。「あなたがどうしても未来に帰りたがっていることは私も理解していた。とりわけ試行第三回目で――あなたはその記憶を失っているけれど――あなたが一郎くんの誘いには応じなかったとき、だから私と一緒に学校を離れなかったとき、その気持ちはとても……ほんとうに……痛いほど理解できた。何故と言って、あなたがもう、私と一緒に過去へ飛んだその目的より、未来へ帰ることを大事にしていると解ったから。

　けれど、ユリ。

　私は幾つかの忠告をしておかなければならない、命懸けの旅をともにした親友として。

　――忠告の第一。仮に再び奇跡が起こってあなたが二○四八年に帰ることができたとしても、それは厳密には私達が知っている二○四八年ではない。だって私達が知っている二○四八年は――その世界線は既に消滅しているものね。

　忠告の第二。英二くんのお父さんの企業がどれほどのものかは知らないけれど、まさか一朝一夕《いっちょういっせき》にタイムマシンを開発できるはずもない。私の母はCMRにすら二○年余《よ》を掛けた。時間工学と時間物理学の第一人者である私の母がよ。それを考えれば、あなたが未来に帰れるのはまさか来年再来年ではない。五年後一○年後でもない。いえ二○年を掛けても怪しい。むろんそのあいだ、タイムマシン開発だけに現《うつつ》を抜かしてはいられない地獄が人類社会を襲うことも忘れてはならない。

　忠告の第三。実はこれがいちばん重要なのだけれど、あなたと英二くん、あるいはあなたと当該《とうがい》企業との蜜月《みつげつ》なり同盟なりは何時《いつ》まで続くのかしら？　あなたは必要量のトリクロノトンを手に入れるために英二くんと同盟を結んだけれど、そしてこれから過去に戻ってCMRなりP－CMRなりの技術供与をするのだけれど、例えばその貴重なトリクロノトンがあなたに与えられる保障なんて何も無いはずよ。そして必要充分な情報を――というかあなたの脳内にある情報を――全て自白させ終えればユリ、あなたの利用価値は零《ゼロ》になる。さてそのとき、今こうして大事な旧知の仲間でさえ殺そうとする英二くんが、あなたの命を尊重してくれるものかしら？」

「……そ、そんなのハルカに心配してもらうことじゃないよ!!

　あたしがどう生き残るかはあたしが心配すればいい。それに、今この場を切り抜けるのにも、そして二〇二〇年からの人生を生き抜いてゆくのにも、絶対に協力者は必要。それはもうあたしの前提であって、あたしが選択できるものじゃなくなっているんだよ」

「なら、どうしても英二くんと過去に戻ると？」

「そうだよ」

「そして、どうしても必要量のトリクロノトンを手に入れると？」

「そうだよ」

「……ということは」ハルカの声には決意があった。「私も殺すということね？」

「ごっ御免《ごめん》ハルカ、だけどそうなる!!　だって、だって!!

　ハルカの脳に蓄積されている六六・三㎖ものクロノトンが獲《え》られなきゃ、目指すトリクロノトン一八三・九六㎖になんて到底届かないもん……」

「けれどそれでも足りないはずよ？　だってもう、共犯の英二くんを殺すことができなくなったから。成程《なるほど》、英二くんの脳に蓄積されているクロノトンは関係者のうち最も少ないけれど――一四・四㎖ね――これを欠いても必要量には届かなくなる。私の暗算が正確なら、他の仲間全員を殺して獲られるクロノトンは一七九・七㎖。必要量に四・二六㎖だけ足りない」

「ハルカさん、クロノトン中毒にやられてフラフラ、もういつ何時《なんどき》卒倒しても面妖《おか》しくない可哀想なその御身《おんみ》で、私達の同盟関係を動揺させようとする必死の暗算、どうもありがとうございました」英二はしれっといった。「といって、それは純然たる無駄な足掻《あが》きで誤魔化《ごまか》しですけどね。というのも、今前提とされている数値はこの試行第七回目『開始時点』での数字に過ぎませんから。そして今現在、もうその試行開始から一〇時間が過ぎようとしている。ならその一〇時間のやり直しでクロノトンがどれだけ貯まるか？　飽きるほど議論しましたね、もちろん一二㎖です。

　これすなわち。

　例えばハルカさん、あなたの脳内に今蓄積されているクロノトンは、概算でもう七八・三㎖にまで増加しているのですよ。すなわち不足分はもうありません。ちなみにこれは――指摘するのが大変心苦しいのですが――今回のプレイヤーである今銀さんについても同様なのです。よって、どう足掻いても私達は、私達自身を殺さずして必要量のクロノトンを確保できることになる。無駄口どうも御愁傷様《ごしゅうしょうさま》でした」

「なら英二くん、ユリに続いて、あなたにも最期の確認をするけれど――」

「――あなたが今何を謀《たくら》んでいるのか知りませんが、それはどのみち無意味ですし、それほどの病人に無理をさせるのはこちらの気分が苦くなりますし、私達はこの後の予定が詰まっている身の上。あなたの健康のためにも、余興《よきょう》はどうぞ手短に願います」

「あなたもまた、どうしてもトリクロノトンを手に入れると？」

「そうなります」

「ということは、私はもとより、あなたの課外活動仲間全員を殺すと？」

「周知の既定路線ですし、やむを得ません」

「何故やむを得ないの？」

「そうしなければユリさんの協力が獲《え》られませんから。

言い換えれば、それ無しに私がこれから始まる地獄を生き抜くことはできませんから」

「ヴェガの爆発に伴う厄災を生き延びるため、課外活動仲間全員を殺すと？」

「そう。これはいわゆる緊急避難ですね。ゆえに違法性はない」

「あなたのお父さんの企業が厄災特需《とくじゅ》やタイムマシン利権で財を成す為《ため》でなく？」

「今更《いまさら》誤魔化しても意味がありません――どうせ誰もが忘れてしまうことですし。

そう、それが望みならそうですハルカさん。

――厄災の詳細を知りそれに備える。CMRの詳細を知りそれを再現する。いいえ、トリクロノトンという未知の物質を研究するだけでも莫大な財につながるでしょう。ヒトの脳はタイムマシン以上に人類にとって最後のフロンティア。ヒトの記憶をつかさどる、しかも時間を超越してつかさどる物質ともなれば、例えば認知症対策などを想定しても、現代脳科学においてどれだけのブレイクスルーをもたらしてくれるか計り知れませんしね。

成程《なるほど》、それが望みならそうです。そうした現世的利益も立派に私の動機ですハルカさん」

「それだけ？」

「……というと？」

「私にはそれこそ、そんな説明はあなたの足掻きであり誤魔化しに聴こえるのだけど」

「意味が解りませんね」

「この殺所《せっしょ》においてそこまでトボけるようなら私から暴露するわ。もっともそれって、私が書いた記録にも記載があれば、先程《さきほど》真太くんが微《かす》かに言及したことでもあるんだけど……

……英二くん。

あなたは課外活動仲間として以上に、あるいは親友として以上に、楠木真太くんのことを想っている。愛している。しかしそれが叶わぬ望みだということも解っている。何故ならば真太くんが好きなのは光夏だし、仮にそうでなくとも詩花さんが真太くんのことを愛しているし、どのみちおとこである自分が真太くんに性愛的に愛されることはないから。そのことは既に先刻真太くんが詫びながら断言したとおり――

だから、あなたはある意味、詩花さんと一緒の結論に到《たど》り着いた」

「……これすなわち？」

「手に入らないのなら、いっそ自分の手で殺してしまおうという結論。

それによって真太くんを独占し、永遠に自分だけのものとしてしまおうという結論――

――自分が生き残るため？　自分の家が財を成すため？　そんなものは全て偽装よ。

あなたは真太くんを確定的に失うことに耐えられなかった弱い人。

確定的な結論に耐えられなくて、真太くんのあらゆる可能性を独占しようとした卑怯な人。それ以上でもそれ以下でもない」

「それならそれでいい」英二はもうハルカから顔を背けていた。「今更他人の講釈《こうしゃく》など。そしてその講釈すら誰の記憶にも残らない。

――人生も歴史も、詰まるところ記憶です。なら。

記憶に残らないということは、人生にも歴史にも残らないということ……そう、今更他人の講釈など。あなたがそう望むなら、どうぞそう考えてください。仮に……仮にそれが真実だとして……それはあと一分も生きられないそんな……そんな虚《うつ》ろな真実ですから。

……ではユリさん。

そろそろP－CMRを使って、この無駄で無意味な世界線を消してしまいましょう。

もとより準備は終えていますね？」

「うん、今起動させるよ」

「無論、私達ふたりのみが使用できるように――」

「――二機ともあたしの音声入力でしか動かないようにしてある。そしていったん使用者が認識されれば、あたしが変更の命令を出さないかぎり、絶対に他の子には使えないよ」

「重畳《ちょうじょう》――ま、飽くまでも確認ですけどね。個人座標が特定されてしまえば、まさか他の人間には使えませんから」

ユリの手には、いつしか二機のP－CMRがあった。あの銀の懐中時計。ユリはそのうち一機を再び英二に手渡す。英二は散弾銃をこちらに向けたままその蓋《ふた》を開いた。あたしも自分の腕時計をチラと見た。

現時刻、午後九時五四分三〇秒過ぎ――

（いよいよ、CMRの爆発前に、ふたりで過去に戻るつもりだ）

ぷしゅう。

ぷしゅう。

やがて微かな破裂音がふたつ。

ユリも英二も自分の首筋に、あの圧力注射器を用いる。それはそうだ。P－CMRを使って過去に戻ろうというのなら、いわば解毒剤としてのトリクロノトンは不可欠。幸か不幸か、既に確認したとおり、あたしたちにはまだ六μℓ×四本のトリクロノトンがある。その四本のアンプルは……あたしの記憶が確かなら、今夜、検討の冒頭で全員の確認に供されて……やがて最終的には、そう、ユリの制服のポケットに行き着いたはず。あたしはあのとき、四本のアンプルが、最終的にはユリに回収されるのを目撃した。

（そして実は、四本も必要ない。二本だけでいい。ユリが一本、英二が一本。それでふたりは最大十二時間前にまで帰れる。ふたりがこれまでの経験を活かそうとするのなら、きっと約十時間を遡《さかのぼ》って、七月七日正午きっかりに帰るだろう……）

ユリは、役割を終えた圧力注射器を虚《うつ》ろに捨てた。自然と英二もそれに倣《なら》う。それらは屋上を悲しく転がって、かつて車座のいちばん近くにいたハルカのスカートの裾《すそ》まで行き着いた。ハルカはそれを拾おうともしなかった。拾ったのはハルカの隣の一郎だった。ただ一郎に何ができる訳でもない。それはそうだ。何の薬剤も入っていないアンプルを装填した注射器がふたつ。この期《ご》に及んで何の意味もない。もちろん、生き残りのトリクロノトンのアンプルがあれば話は全く別になるけど……けれど、それよりも。

（それよりも、どうにかしてこの先の恐ろしい事態を防ぐ方が……）

……あたしがハラハラしていると、やはりどこか虚ろに、ユリの声が夜空へ染みた。

「P－CMR甲、乙。起動シークエンス開始」

［了解しました。起動シークエンスを開始します］

「時間座標を協定世界時プラス九時間・二〇二〇年七月七日午後〇時〇〇分ジャストに固定」

［時間座標固定終了］

［環境評価計により、現在の所持者ふたりを認識］

［所持者認識終了］

「認識した所持者の、当該《とうがい》時間座標における個人座標を計算、固定」

［個人座標固定終了］

「駆動系、変換系、指向系、補正系を最終確認して、報告」

［システム、オールグリーン］

「それでは皆さん」英二が真太を見ながらいった。「また今日の正午にお会いしましょう」

「ハルカ!!」ユリは必死な目でハルカを見た。「もしまだ協力してくれる気があるんなら!!」

「無い」

「さ、採取したトリクロノトンを使って、違う誰かたちにやり直しをさせることも!!　そうやってまたクロノトンを蓄積させることも。どうせ英二くんだって、タイムマシン開発のいつかの時点で、また違う誰かで実験をすることになるんだし……だからこれからハルカをすぐ殺さずに済むかも……」

……あたしは未来に帰りたいだけ!!　その可能性を捨てたくないだけ!!

ハルカを殺すのなんて目的じゃないよ!!

だ、だからハルカ、もしまだハルカが私達に協力してくれる気があるんなら。あたしは、ハルカ自身がそういってくれたんだと、確かにハルカ自身がそう決意したんだと、記憶のないハルカを説得するよ。きっと説得してみせる。だから今、ハルカが私達に協力すると、ひとこと、それだけを約束してくれるなら……」

「そしてそのときは、私以外の全員と、違う誰かたちを殺すのね？　それもたくさん」

「仕方ないじゃない!!　どうしようもないんだよ!!

ヒトが神様に叛《さか》らって時を越えるには、それしか!!

そ、それにこんなこといいたくなかったけど、あたしがこんな目に遭《あ》ったのは!!」

「……そうね」ハルカは一筋の涙を零《こぼ》した。それは離別だった。「私がユリに頼んだんだものね。一生で一度でも、ほんとうの海が見たいって。ほんとうの、地球の海が見たいって。それを見ながら、それに入りながら、海の小説を書いてみたいって。だからユリは私の願いを叶えるため、大移住前の……二〇三六年の私達に記憶を転写する手助けをしてくれたんだものね。その、たった八三時間の、人生最後の修学旅行にすべてを賭けてくれたんだものね……

そう。

すべては私の我《わ》が儘《まま》に端《たん》を発している。

私はその罪咎《つみとが》を負わなければならない。

ユリ、優しいあなたをそんな魔女に変えてしまったのは私。

……だから最後に訊く。

ユリこそ私に協力して。

過去に帰るのを止めて、このまま私と一緒に、新しい人生を二〇二〇年から始めよう。

そして英二くん。

あなたの恐るべき犯罪は、まだ未遂よ。

あなたの仲間はあなたの本意を知ってしまったけれど……あなたの真実の動機、あなたの本当の心根をも知った。それは斟酌《しんしゃく》して余りある。あなたがそれを真正面から認めて皆《みんな》に詫びるのなら。今夜、誰もが仲間の罪を許したように、きっとあなたも許される。私はそう信じている。

だから、橋を渡るのを止めて。

七月七日はもう終わりにして。

そしてあなたの愛する大切な真太くんを救《たす》けて、新しい人生を七月八日から始めよう」

「ハルカさん……あなたというひとは!!　何処《どこ》までも!!

言葉にするというのが勇気で正義なら、勝手に言葉にされるのは強姦で邪悪ですよ。

あなたの今の説得ほど、私に橋を渡る決意をさせたものは今夜、ないでしょうね……

……ユリさん、もう解り合えることは何も無い。

我々の七月七日にして、最後の七月七日を始めましょう」

「で、でも英二くん……ああハルカ……」

「ユリさん⁉」

「……ぴ、P-CMR甲、乙。一〇秒後に記憶転写を実行‼　カウントダウンは不要‼」

「了解しました。一〇秒後に記憶転写を実行します」

（いよいよだわ。これで全てが終わる……終わってしまう……ああハルカ、もう時間が‼）

英二とユリが持つ銀の懐中時計が、いよいよ、あの天の川のような光を発し始める——

――しかし。

それと全く一緒の輝きが、そのとき、なんとハルカのスカートの裾《すそ》から零《こぼ》れ出た。

あたしは唖然《あぜん》としてハルカの脚元を見る。

全員の視線が集まる中、ハルカは座ったまま、三機目のP-CMRを取り出した。成程《なるほど》、あの銀の懐中時計は四機ある。この物語で何度も使用されてきた。三機目が出現しても不思議じゃない。そしてあたしは思い出した。ハルカの脚元には、今夜冒頭、天の川のような世界線を投映していたP-CMRが一機、あったことを。しかもその世界線はいつしか消されていたことも。だからあたしたちはいつしか、月と星とにしか照らされない、暗い夜に馴染《なじ》んでしまっていたことを。

そう。

ハルカが彼女のスカートの中や陰で何をしようと、分からない程度の闇に――

（ハルカが英二のいう『無駄口』『講釈』を並べ立てていたのは……まさかこのため!?）

英二とユリですらハッと瞳を奪われたその刹那《せつな》、ハルカは躊躇《ためら》いもなく命じた。

「P-CMR丙《へい》、サイレントモード解除。以降は音声入力を開始――

駆動系、変換系、指向系、補正系を最終確認して、報告」

［システム、オールグリーン］

「P-CMR甲及び乙と同期」

［同期終了］

「両機と同時に記憶転写を実行。カウントダウンは不要」

［了解しました。作動中の二機と同時に記憶転写を実行します］

「ま、まさかハルカ!!」ユリが絶叫した。「そのP-CMRで、ハ、ハルカももう一度過去に!!」

「そのとおり」

「あたしたちと同時に、また七月七日の正午まで!!」

「そのとおり」

「でっでもそんなことをしたらハルカ死んじゃうよ!! 即死だよ!! ハルカはトリクロノトンを注射していないし、していたところでクロノトンの残有量が……もう限界だよ!!」

「大事なあなたを私殺しにするくらいなら、私はよろこんで自殺する。

もういったとおりよ。私は自分の罪咎《つみとが》を負うと――

それに。

私はあなたと英二くんを殺す殺人者でもある。なら、あらゆる意味であなたたちだけを死なせはしない」

「は、ハルカが私を⁉　殺す⁉　それっていったい‼」

一瞬だけ怪訝《けげん》な顔をしていた英二が、けれど猛烈ないきおいでハルカに突進する。

　そのハルカは突進してくる英二に対して思いっきり腕を突き出した。

　無論、それだけでは英二は止まらなかったろう。

……けれど。

　ハルカが突き出した腕の先の拳《こぶし》から、四本のアンプルを屋上のコンクリートに零《こぼ》したとき、英二はすべてを悟ったように、そう糸が切れたように急停止し、ガックリと膝《ひざ》を折った。膝を折って、そして膝からコンクリートの床に崩れ墜ちた。すぐさま悶《もだ》えるように、はたまた苦笑で痙攣《けいれん》するように、ひくひくと生気のない言葉を発する英二。それは、瀕死の病人ともいえるハルカの言葉より圧倒的に蚊弱《かよわ》く、そして絶望に満ちていた。

「こ、今夜の、冒頭の時点で、もう読んでいたというのですか……私達が、過去に帰ると……」

「正確には、ユリだけが過去に帰ると思っていた。あなたは完全に想像の埒外《らちがい》だった」

　ハルカはコンクリートにバラバラと零れた、トリクロノトン六㎖入りのアンプル四本のうち、いちばん脚に近いもの一本をいさぎよく踏み割った。その脚に英二が縋《すが》る。そしていう。

「私は、ノーマーク、だったのですか。なら、こうして、私が死んでゆくのは……」

「保険が利いた。それだけのこと。しかも自業自得よ」

「は、ハルカ‼」あたしは堪《たま》りかねていった。「これじゃあ計画と全然違うよ‼　ハルカは確かに四本のアンプルを擦《す》り換《か》えた。ユリに返すとき空のアンプルに擦り換えた。だからユリはトリクロノトンを打てない。そのまま過去に帰れば即死する。イザとなったらハルカはそれを警告して、ユリに全てを諦めさせるはずじゃあ……

……しかも‼

　英二のことなんて何の打ち合わせもしていない‼　ハルカもあたしも、英二のことは疑ってもいなかった‼　でもその英二まで罠に掛けて……

　ううん‼

　ユリだって殺すつもりはないって、ハルカそういっていたじゃない‼　ならまして英二は……‼　でもこのままじゃあふたりとも即死だよ、過去に帰ったときに‼　さっきまで幾らでも止めようはあったはず……ふたりがP－CMRを起動させたときとか、そう幾らでも‼

それを……いわば見殺しに!!」

「見殺しではないわ光夏。確たる殺意を持って殺したのよ」

「ハルカ……」ユリはもはや人形のように虚ろだった。

「……やっぱり、短い修学旅行になっちゃうんだね。それ、覚悟していたはずなのに……ああ、あたしどこで間違えちゃったのかなあ。二〇四八年？　試行第三回目？　それともついさっき？

ううん、もういいや。だってもう、時間がないもん……時間、時間、時間……あっは、あははは……」

「……そしてもう一度いう。私はユリたちふたりだけを死なせはしない。私も罪を贖《つぐな》う」

「ハルカが死ぬのだって聴いてない!!」あたしは絶叫した。「どうしてこんな……どうしてこんなかたちに!?」

「……これで、記憶を有する者は誰もいなくなる。

時間は巻き戻り、巻き戻した者は全員死ぬから。

生き残るのはすべてNPC。

そして私は、過去に帰ったその刹那《せつな》、どれだけ命の猶《ゆう》予《よ》が短かろうと、その命に代えてCMR本体を自爆させる。それが私の最期の任務。これは私に何の記憶がなくとも達成できる。何故ならそのとき私もユリも瀕死だから。いきなり瀕死の状態になった私は、記憶も事情も無関係に、必ずあらゆる未来の痕跡を、誰も管理する者のいなくなった証拠を、すべて、跡形もなく始末しようとするはず。これは私の人格と思考パターンからして確実なこと。

なら、真太くんが死ぬことはない、はず。

なら、それで七月七日の悪夢は終わる。

誰も、何も記憶しないまま。

……それが初期状態で、それが自然よ。

私の我《わ》儘《まま》が、結局は英二くんを殺してしまったこと——だから七月七日の歴史はどのみち現代人の『死者1』で確定してしまうであろうこと、それだけが心残りだけど。ただそれでさえ、歴史の必然かも知れないわね。

いずれにしろ、改心しない英二くんを生かしておくことは絶対にできない。だから私はそれを何度も確認した。橋を渡らないでほしいと懇願《こんがん》した。けれど、無理だった……」

……あたしは絶句した。

理屈からすれば、ハルカの選択は恐ろしく合理的だから。

歴史の潮流に叛《さか》らわず、かつ、関係者からあらゆる記憶を消去する。

ある意味、完璧だ。

そして瀕死の状態で過去に戻ったハルカがCMRを自爆させれば、成程《なるほど》、計算上は真太が生き残る。他方で英二の死は既に確定しているから、七月七日の歴史は現代人の『死者1』で確定する。歴史がどうしても犠牲者を欲するというのなら、ハルカはその生贄《いけにえ》までをも用意した訳だ。

（けれど、こんなこと……あたしは絶対に納得できない!!）

……でもどうしようもない。

もう、ハルカ、ユリ、英二をつつむ天の川のような光は最高潮に達している。

嗚咽《おえつ》するユリの姿も、痙攣する英二の姿も、あふれる光で見えなくなる。

ううん、今夜ここに集《つど》った仲間全員の姿さえ、もはや確認できなくなる。

そして生き残りの全員が記憶を失うまで、きっとあと一秒もない。

なら、もうP-CMRのこともトリクロノトンのこともすっかり忘れてしまう。

歴史のやり直しができる――なんて御伽噺《おとぎばなし》、一顧《いっこ》だにしなくなってしまう。

だから、歴史は確定する。主観的にも、客観的にも。

そう、英二が七月七日正午のCMR内で突然死しようが、ハルカがCMRの自爆に成功しようがしまいが、そして真太が屋上から転落死しようがしまいが、歴史はとうとう確定する。そして二度とふたたびやり直しは利かない。

（ていうか、それがアタリマエ。どんな結果が生じようと、やり直しは利かない。

ハルカは二〇二〇年の世界を、そんなアタリマエの状態に戻した。自分の命を賭して）

……ふりだしにもどるまで、何人の、どれほどの想いがあったことか。

けれど。

懐中時計の光が、まるであたしの脳を麻痺《まひ》させるかのごとく、いよいよ強烈に光り――

一郎の大声と気配とを感じながら、あたしはまたもや気絶した。

英二、ユリ、ハルカの死を確信しながら。

そして。

絶対に忘れてはいけないのに絶対に忘れさせられてしまうハルカの正体を確信しながら、だ。

終章　——未来

トウキョウ・シティ、〈因果庁〉、因果庁長官室。

二〇四八年。

正確には、ふたりの女子高生が、二〇三六年の自分に時間遡行型記憶転写をする寸前。

だから、この世界線が消滅する寸前。

因果庁長官である私、時川光夏は、娘と最後の会話をしていた。

「長官」今やCMR強奪を成功させつつある、私の娘が機先を制する。「今晩は」

「御挨拶ね」私はいった。「夕食が冷めるわ。帰っていらっしゃい」

「たぶんこれが、今生《こんじょう》の別れだと思います」

……幾許《いくばく》かの議論の後、私は私の計画どおり、自分もまた、因果法違反を開始した。

端的《たんてき》には、イカサマだ。

私はまず、ハルカに、これから起こることを暴露してしまう——

「私は知っているの。貴女達《あなたたち》が今、CMRを用いたなら、〈因果尺《いんがじゃく》〉の計算を超越する結果が生じると」

「そんなことは」ハルカが反論する。「理論上も実際上も……」

「ないわね。けどある。何故なら私は知っているから」

そう、私は知っている。

ハルカたちの時間遡行型記憶転写は、派手に失敗することを。そしてCMR本体ごと、二〇三六年どころか、二〇二〇年の七夕に時間移動してしまうことを——

——それはそうだ。私は他の誰よりその事実を知っている。

何故と言って、私こそ、まだ旧姓の今銀光夏だったとき、その二〇二〇年でハルカたちと遭遇した当の本人だからだ。

あの夜。

私がまだ十八歳だった、あの夜。

吹奏楽部の、七夕飾りのために出た屋上で。

飾りつけの後の、ちょっとした合奏をしているときに。

ハルカたちの〈CMR〉が爆発し、大切な仲間だった楠木真太を殺してしまった。

いいや、真太だけではない。

そのときの大怪我が元で、数日後に、英二とユリも死んでしまった。

そして、この世界線では、それらは直ちに確定した。やり直しなど一度もできなかった。

というのも、私が遭遇したハルカたちは――もちろん当時はハルカが私の娘であるなどと知る由《よし》もなかったが――〈P-CMR〉などという、御都合主義的な機械を持っていなかったからだ。仮にそれを持っていたとして、〈トリクロノトンのアンプル〉などという御都合主義的な備蓄もまた、存在していなかった。そしてCMR本体は大破してしまった。なら当時のハルカたちに、歴史をやり直す術《すべ》などない。

だから、当時の私達は――火脚一郎も水城詩花も私も――ハルカに怒りをぶつけ、ハルカを詰《なじ》り、ハルカに真太と英二の死の責任を取るよう迫った。やがて感情の激発が収まった後は、どうにか未来人と現代人とが協力して、CMRを修理できないか試みた。それは必死に。

(だが、そこはどちらも高校生のやること。自ずから限界があった……)

……いや、仮にあのときCMRの秘密を大人に開示して協力を求めたとしても、どのみちCMRの修理はできなかったろう。というのも、夫である時川博士とともに……夫は二〇三八年、大移住の失敗で故人となった……CMRを開発したのは他ならぬ私だ。CMRの技術水準なら知り尽くしている。だから断言できる。あの二〇二〇年においては、どう足掻いてもCMRの修理はできなかった。そもそも、時間工学なり時間物理学なり、必要な学問的基盤が全く無かった。

(……といって、こういう言い方も、原因と結果が逆立ちしているのかも知れないわね)

何故ならば。

例えば、親友の詩花と比べても全然パッとしなかった適当な私が『物理学者』だなんて大それたものを志《こころざ》したのも、やがて新進気鋭《しんしんきえい》の物理学者である夫に魅《ひ》かれ意気投合したのも、その夫とともに時間工学や時間物理学の先駆者にして第一人者となったのも、全てあの事故が原因なのだから。私は真太と英二そしてユリを救うためにこそ、タイムマシンの開発に、私と彼らの命懸けで血道を上げてきたのだから……

(……最初は、誰も本気にしなかった。夫以外、誰もが私達の研究を嘲笑し侮蔑《ぶべつ》した)

しかし私は耐えられた。自分の道を確信することができた。

それはそうだろう。

私は実際にCMRを現認《げんにん》しているのだ。それをヒトが、ヒトのちからで実現させたことを知っているのだ。まして、現実に二十八年の歳月を越えてきたハルカがいる。そのハルカは夫と私に、彼女が持てる知識技能経験の全てを教えてくれた。またCMRの残骸も活用できた。おまけに、ヴェガ爆発以来、緩慢《かんまん》にしかし確実に進む人類社会の衰亡そのものも、時代を経るにつれ、私達の研究の追い風となってくれた……私達の研究こそは、藁《わら》にも縋《すが》りたい世界の『最後の宝くじ』となったから。

（いずれにしろ、私には確信があった、できると）

――現実に、そこにあるものを再現する。

可能であることが実証されていることを再現する。

それに確信が持てない方が面妖《おか》しいだろう――これもまた、イカサマだ。

（そのハルカは、二〇三〇年に死んでしまったけれど）

これも、そうならざるを得ない。何故ならハルカは二〇三〇年生まれだからだ。言い換えれば、二〇三〇年の誕生日からは、『一度経験した時間帯』を『それと知ってまた経験する』ことになる。これすなわち、毒素クロノトンが脳に蓄積され始めるということだ。そしてやはり、クロノトンのちからに容赦《ようしゃ》は無かった。理論値どおり、ハルカは誕生のそのときから八三時間で死んでしまった……

けれど。

私は既に別のイカサマを始めていた。

そもそも、先述のとおり、私にとっての時間工学なり時間物理学なりはイカサマでカンニングの類《たぐい》だが……私はいよいよ、ハードのみならずソフトを用意するイカサマを始めた――

――まず、ハード面。

真太と英二とユリ。三人を救うのに必要なのは、当然ながら〈CMR〉だ。誰かが過去に戻らなければ、世界線を改変することはできないから。もちろんそのCMRには、本来の機能を逸脱《いつだつ》して、タイムマシンになってもらわなければ困る。なら、CMRが物理的な時間移動に耐えられるよう、〈因果庁〉の最新技術の粋《すい》を凝《こ》らした改修を行っておかなければならない。これは、大前提だ。

しかし、そうしたところでCMRは、私の実経験によれば大破してしまう。なら、バックアップとしての〈携帯型・簡易CMR〉が必要となってくる。それがなければ、CMRの爆発による死者を『生き返らせる』ため、歴史をやり直すことができないからだ。そしてそれがバックアップだというのなら、もちろん複数機が望ましい。またCMRにしろ携帯型・簡易CMRにしろ、それらを使用するためには〈トリクロノトン〉が必要不可欠。なら二〇二〇年へ漂流することとなるCMR本体に、あらかじめ、トリクロノトンの備蓄をしておく必要がある（あと些細《ささい》なことを述べれば、二〇二〇年におけるある程度の生存のための食料、水等をも備蓄しておくのが望ましい）。

これが、ハード面でのイカサマだ。

――次に、ソフト面。

過去に戻る人物を用意する必要がある。

それは、どうしても過去に戻りたいという純粋な動機を持つ者。他の利己的な動機で過去を改変する虞《おそれ》のない者。私がその真摯《しんし》さと必死さを確認し測定し検証することができる者。しかも、〈因果庁〉の厳重な上にも厳重なセキュリティを破れる者――あるいは破っても不思議ではないと受け止められる者。そのような立場と能力と機会を有する者……

ハルカだ。

あとはその技術的なサポートをしてくれる、親友のユリ。

そのユリは二〇二〇年に死んでしまった。

ハルカとて二〇三〇年に死んでしまった。

だから私は〈因果尺〉で因果計算をした。

すると、ユリは二〇三〇年に――そう歴史どおりに――特段の作為なく生まれてくることが分かった。ユリは用意できる。というか時とともに用意される。

ところが、ハルカについては……

私の作為がなければ、そう、強調すると私自身による作為がなければ、絶対に二〇三〇年には生まれてこないことが分かった。ただ、それもそうだろう。同じ世界線に、同じ人物がふたり存在することはきっと許されない。それそのものがパラドックスだ。しかし。

（因果計算によれば、二〇三〇年の誕生月にハルカが死んだ後ならば、また再びハルカが生まれてきても、世界線に甚大《じんだい》な影響を及ぼさないことが分かった）

それも、ある意味自然かも知れない。

元々の歴史の潮流のいきおいは、ハルカを二〇三〇年に誕生させるものだったのだから。

（だから私は、ハルカが死ぬそのタイミングから逆算して、ハルカを受胎した。

誕生日は大きくズレることとなったけれど、こうしてハルカはまた生まれてきた……）

――そして、今。

長官室のディスプレイに映し出されている十八歳のハルカは、自分自身では知らないまま、またＣＭＲを強奪して過去に戻ろうとしている。それが自分の、自由意思に基づく、自発的な決断であると確信して。

だからこそ因果庁長官の私をこう非難した。因果を繰《あやつ》る、神様の全権代理人を気取っていると。可能性と、多様性と、自由を奪う存在だと――

（いやまったく、そのとおりだわ。というか、それ以外の何者でもない）

ただそれは、私が因果庁長官として、歴史の管理人をしているからではない。そんなことはこの期《ご》に及んでどうでもよい。このイカサマが成功すれば、私の職務、その重荷、その足枷《あしかせ》はすぐさま消えて無くなる。だから、私が娘の非難に値する真の理由は――

（娘を出生のときから道具にして、自分のできなかったことを……自分の積み残した宿題を、肩代わりさせようとしているからよ）

……冷静に考えれば、それは私の自己満足でしかない。

というのも、私が娘の成功なり失敗なりを認知することは未来永劫……いや金輪際《こんりんざい》の方が適切な言葉だろうか……あり得ないから。何故あり得ないかは論じるまでもない。娘が時間遡行型記憶転写を実行した瞬間、私も私のいるこの世界線も、直ちに消滅するからだ。

ゆえに、私は歴史を騙《だま》すあらゆるイカサマを御膳立《おぜんだ》てしたけれど、その勝負の結果を知ることはない。真太が、英二が、ユリが救《たす》かるかどうかなど確認する術《すべ》がない。

（だのに私は、生き残りの貴重な人類七〇〇〇万人の運命を、オールインしようとしている）

しかもそのリスクは、七〇〇〇万の運命がリセットされるだけに留まらない。

というのも。

これから旅立つハルカとユリが、もし過去の私達とのコミュニケーションにおいて誤りを犯せば、ヴェガの爆発という厄災《やくさい》の情報が、厄災以前に人類社会に蔓延《まんえん》しかねないからだ。いや、それも含めてバクチだと考えれば、勝負の趨勢如何《すうせいいかん》によっては、放射線被曝の被害を軽減したり、愚かな内戦の悲劇そして火星移住失敗の悲劇を回避することにもつながり得るが……それを高校生たちに期待するのは、既にバクチというよりやけくそだろう。

だから私は、ディスプレイ越しのハルカに愚痴《ぐち》をいった――

「……私は介入すべきなのか、そうでないのか。因果を繰《あやつ》るべきなのか、そうでないのか。神は私にサイコロを振らせるのか。あるいは、その出目《でめ》すら既に決まっているのか」

しかしまあ、どうしようもない愚痴で、だから私はどうしようもない母親だ。

最後の最後に、イカサマバクチの決断と責任を、大事な娘に負わせようとしている……

「そう。私は迷っているわ、ハルカ。

私だけが知るジレンマに、身動きがとれないほど」

歴史の管理人としての私の職務。CMRを開発してしまった私の重責。

それをド派手に裏切ろうとする私の後悔。果たせなかった宿題にこだわる私の妄執《もうしゅう》。

そして。

(かつて親友であり、今は娘であり、そしてまた親友になり始めるであろうハルカ……

そのハルカに、またもや贖罪《しょくざい》の旅をさせようとする私の傲慢《ごうまん》と悪)

――そのとき。

因果庁次長から、CMRの動力供給を遮断できたとの報告が入った。

因果庁の監察課員が、ハルカたちのいるCMR本体を包囲し終えたという報告も入った。

(ならもう時間がない。ハルカたちにとっても、私にとっても)

だから私は……卑怯にも繰り返した。

その効果を予測していなかったと言えば、嘘になる。

それはそうだ、相手は何と言っても私の娘だ。

「そう。私は迷っているわ、ハルカ。

……それも、あと数秒のことでしょうけど」

「さようなら、お母さん。今まで有難う。

いつか、どこかで」

「とにかく元気で……」私は嗚咽《おえつ》しそうになる。「……頑晴りなさい。サイコロを振れというのなら、イカサマは付き物よ」

――私は役目を終えた。

(ハルカ、七月七日をお願い‼

そしてできることなら、人類を救って。ううん、その取っ掛かりだけでもいいから)

その瞬間、私の意識は掻き消え――

一瞬にも満たない刹那《せつな》の内に、私は世界線の消滅を感じ、二十八年分の解放感を得た。

終章　――七月八日

……意識が、ゆっくりと戻ってくる。

私は今、横たわっている。

（気持ちが悪い。酷《ひど》い頭痛……酷い熱……いっそ、死んでしまいたいと思うほどの。

この感覚は、試行を重ねる度《たび》に強まってきた、クロノトンのあの気持ち悪さ）

……どうにか瞳を開ける。

周囲は真っ暗だ。

ただ、じんわりと瞳が闇に慣れてくると、微《かす》かな明かりを感じる。

私は顔だけ、明かりを感じる方に向けた。

――窓だ。

明かりは、遠くの街灯のようなものと、そして月灯りと星灯り。それだけ。

その窓は、どこか見覚えのある窓。

私は、まだとても明晰とはいえない意識の奥から、その記憶を引き出そうとする。

（これは……光夏たちの学校の……そう、久我西高校の窓。それは記憶にある。私はあの屋上から学内に入ったから。光夏の教室にも入ったから。

この窓は……夜を映す大きな窓は、光夏たちの学校の窓）

その刹那《せつな》、私は跳ね起きた。

ただ寝ていた姿勢から、上半身をがばっと起こす。

布団が掛けられていたことが解る。

私は布団をさっと跳ね上げて、自分の状態を確認した。

二〇四八年の、いつものセーラー服姿だ。そして特段、外傷はない。外傷による痛みも感じない。ただ、セーラー服に若干の汚れがある。

反射的に、左手首を見た。腕時計が見たかったから。

けれど、そこに腕時計は無かった。

それは、枕元にひっそりと置かれていた。

きちんとベルトが折り畳まれ、きちんと枕やベッドと縦の線を揃《そろ》えられている。

――枕とベッドに視線を落とすと、すべて真っ白で糊《のり》が利いている。まるで病院のよう。

大きな窓辺以外は、レールカーテンで遮断されているのも、やはり病院を思わせる。

ベッドの横のカートには、清潔な銀の洗面器とタオルが何枚か。洗面器は未使用じゃない。洗っては拭き、乾かした形跡が見てとれる。私はどうやら、嘔吐《おうと》に苦しんだようだ。

（いずれにしろ、私から腕時計を外した者がいる。それを丁寧に取り扱った者も。はたまた、私の嘔吐の処理をしてくれた者も……

きっと、何度も何度も繰り返して。しかも、私の制服を汚さないように。

そしてそれはどう考えても、私をここに寝かせた者だ。この病院のような所に。

というのも、私の記憶が確かなら、きっと私は……）

腕時計は、午前零時五五分を指している。日付は、七月八日水曜日。

（えっ）

私はその情報に吃驚《びっくり》しつつ、懸命に記憶を手繰《たぐ》った。

――あの試行第七回目。ユリと英二くんの裏切り。

だから私はふたりと一緒に、最後の記憶転写をした。

それは成功した。

私は七月七日正午、ＣＭＲ内で意識を回復した。

意識の回復は、それまでの七月七日の内で最も迅速だった。

何故と言って、ＣＭＲ内の私はたちまち強烈な目眩《めまい》、頭痛、発熱、嘔吐感、呼吸困難、全身の痙攣《けいれん》その他に襲われたから。意識を回復した途端《とたん》、意識を失いそうになったほどだ。クロノトンによる脳の壊死《えし》と多臓器不全、しかもその末期であれば当然だが。

おまけに、私はその〈試行第八回目〉のための記憶転写において、トリクロノトンを注射してはいなかった。ならたちまちクロノトンの、即死型の効果が発現することになる。実際、ＣＭＲ内で私の隣にいたユリは、一瞬だけ意識をぱちくりさせて私を見詰めた後、何が何だか解らないといった驚愕の表情とともに、いきなり死んでしまった……

（無理もない。ユリにも過去の記憶が一切ない。

七月七日の正午、どこまでもトンテンカンテンＣＭＲの修理をしていた自分に記憶を転写したのに、その記憶はどう足掻《あが》いても維持できない……そのときのユリが何を意識していたか。それは永遠に謎だ。だけど、あらゆる七月七日の記憶がなかったことだけは確か。

だから、まさに『訳も解らないうちに』死んでしまったはず）

……私はユリが絶命したのを見、そして自分も絶命しようとしているのを感じ。

昏倒《こんとう》寸前の躯《からだ》をどうにか起こし、それを引きずるようにしてCMRのコンソール前に立ち、自爆シークエンスを開始させた。そのときの電算機とのやりとりはハッキリ記憶している。自爆シークエンスは確実に開始された。光夏たちに告げた約束は、守れた。

ただ、その後は……

（恐ろしい劫火《ごうか》と黒煙と、そして大きな爆発音）

……それが私の最後の記憶だ。最後の記憶のはずだ。

けれど……でも……

（ハッキリとは分からない。

ハッキリとは分からないけれど、でも躯が憶えている。

私の、ほんとうの最後の記憶。

それは脳が憶えているというより、躯だけがどこか熱く憶えている、カッコいい腕の感触……私は、その、つまり、いわゆるお姫様抱っこをされて、それから……）

……もしその躯の記憶がほんとうなら、私がこんなかたちで、病院のようなベッドに寝かされていることにも説明が付く。その腕の主が、私をここに搬《はこ》んでくれたのだ。

そして。

推論がここまで進んだとき。

私は迂闊《うかつ》にも、私の考えている内容そのものが異様なことにようやく気付いた。

（おかしい!!　あり得ない……こんなことはあり得ない!!

何故私は〈試行第七回目〉のことを憶えているの？

ユリと英二くんの裏切りのことを。光夏たちに告げた約束のことを。最後の記憶転写そのもののことを）

こんなことはあり得ない。私がそれを記憶しているはずがない。

私は最後の記憶転写のとき、トリクロノトンを注射してはいないのだから——

……だが、憶えていることはどうしようも無い。経緯と状況に反するからといって、自分が意識的に忘れられることではない。そしてそれを意識すればするほど、次々と記憶が甦ってくる——これまでの全ての七月七日の記憶が。

（そう、今の私には、確実に、これまでの全ての七月七日の記憶がある）

……なら、私が前提としている経緯と状況の方が間違っている。そう考えざるを得ない。何故と言って、私の脳のハードディスクに特定の情報があるということは、そしてそれを自由に読み出せるということは、私自身が

いちばん確信でき、いちばん信頼できることだから。そ
れが私の思考の基盤で出発点となるから。自分に記憶が無いことの証明は難しいが、在ることの証明ならたやすい。しかもこんなに具体的で網羅的《もうらてき》で詳細な妄想なんて無いだろう。すると私が前提としている経緯と状況の方が間違っている。なら、どこがどう間違っているか？

（……実は、難しい問題ではない。

私のこの状態を作出する方法は──作出できる方法は、たったのひとつだから）

しかも、その方法が採られたと仮定すれば、現在の状態がさらに説明可能なものとなる。

何故と言って、その方法が採られなければ、私はクロノトンの即死型の効果によって、いくらなんでも『七月七日正午から数分のうちに』死んでいるはずだからだ。

ところが、意図的にきちんと、丁寧に整えられた腕時計が告げる時刻は、なんと七月八日の深夜一時近く。そしてその整えられ方からして、腕時計の時刻は正確だろう。ここで、もし即死型の効果が発現したというのなら、私がそれ以降十二時間以上も生きていられるはずがない──

（なら単純な言い換えで、即死型の効果は発現しなかった。こうなる。

そのようなことができる方法も、そう、たったのひとつしかない）

──だから私は、数ある七月七日のうち、〈試行第七回目〉の七月七日を思い浮かべた。

私がユリと英二くんを殺し、かつ、自殺しようとした七月七日だ。

とりわけその最終段階に思いを馳せる。

あのとき──

トリクロノトンのアンプルは残り四本。

私が偽計を用いて罠に嵌《は》めたから、ユリも英二くんもそれを使ってはいない。

だから、その生き残りの四本は、結局……

（私が屋上のコンクリートに零《こぼ》した。そしてまず一本を踏み砕いた。

けれど、そのあとは？）

そして、それとセットで用いられるべき圧力注射器は

どうなったか？

あの夜、あの最終段階で、圧力注射器はいったいどう動いたか……

──すると、そのとき。

遠慮がちなノックの音がした。

でも私の視界は、窓側以外、レールカーテンに塞《ふさ》がれ

ている。

だから、それがノックの音だとは分かったけれど、カーテンの外側の様子は分からない。

私はベッドの上で上半身を起こしたままただ黙った。

――やがて、カラカラとドアの開く音。引き違いのドアだ。レールの音で分かる。

（やっぱり、光夏の学校のドアね。光夏の教室のドアと、ほとんど一緒の音がする）

いずれにしろ、そのまま誰かが入って来た。すた、すた、すた。光夏の学校のスリッパの足音だけが響く。

その足音は、私を遮蔽するレールカーテンの近傍《きんぼう》で、躊躇《ためら》うように止まった。

――沈黙。

私は秘かに腕時計を採った。瞳に翳《かざ》して時を計る。三〇秒――六〇秒――一二〇秒――

どれだけの時間が過ぎたろう。

長い長い途惑《とまど》いの果てに、とうとう足音の主は、レールカーテンをノックした。それはもちろん布をそよがせるだけだ。だから彼は、ノックの音を口に出して言った。

「こ、こんこん。

起きてますか。まだ寝てますか。ね、寝ていたらゴメン、入ります」

「――起きているわ、どうぞ」

「うわっ起きてた。

か、格好とか、大丈夫？」

「幸か不幸か、服はきちんと着たままだから。

靴下くらい脱がせてくれていても、罰《ばち》は当たらないのにね」

思いきったように開くレールカーテン。その帷幕《とばり》から姿を現したのは――

「こっ、こんばんは!!」

「今晩は――あなたは？」

「お、俺は火脚一郎。火脚一郎っていうんだけど……」

「だけど？」

「……初対面、だよね？」

「変な挨拶ね」

「ごっゴメン」

「ひょっとして、火脚くん、あなたが私をこの病院へ？」

「病院……

ああ、ここは保健室だよ。俺の、久我西高校って学校の保健室。

君は今日の昼に発生した、謎の爆発に巻き込まれて倒れていて。

あっ具合はどう？　顔色が真っ青だし、どうやら高熱もあるみたいだけど……」

「正直、死にたくなるほど気持ちが悪い。けれど、耐えて耐えられないほどではない」

「うわ、よかった……!!

ほ、ホンモノの病院に連れて行った方がよかったんだけど、あの、その、君の着ている制服とか、どう考えてもウチの学校の奴じゃないし……不審だってことで、謎の爆発を調べている警察とかに捕まっちゃうかも知れないんで、取り敢えずここに隠れてもらったっていうか、急いで隠したっていうか……

昼のその爆発以降、学校は今日だけ休校になったから、生徒も教師も誰もいないしね」

「取り敢えず有難う。なるほど私は不審極まるわね」

「……俺はそうは思わないけど」

「なら火脚くん、少し教えて。

その、昼に発生した謎の爆発。謎というほどだから、原因は全然分かっていないの？」

「それが全然。

不思議なことに、爆発はあれども残骸は全然ないいんだ。

……大袈裟《おおげさ》にいえば、塵《ちり》ひとつない」

どうやら正常に終了したらしい。CMRの自爆シークエンスは、CMRの『自爆』は、クロノキネティック・コアの爆縮《ばくしゅく》――二〇二〇年で喩《たと》えるなら、超局所的かつクリーンな核爆発だ。要は塵しか残らない。いずれにしろ、その塵もたちまち吹き流れて掻き消える。

CMR、P-CMR、トリクロノトン……これらは跡形もなく吹き飛んだ。ユリの遺体も、もろともに。

(私の最期の任務は……どうも最期ではなくなりそうだけど……達成できた)

もう、誰がどう望んだところで、七月七日をやり直すことはできない。そもそも既に七月八日だ。なら、私がどうしても確認すべきことは――

「……いきなり変な質問をするけど御免《ごめん》なさい、火脚くん。

でも今日……いいえもう昨日ね、要は七月七日火曜に、あなたの友達が死んでしまったなどということは？

重ねて、いきなり変な質問で御免なさい。でも私は、どうしてもそれを確認しなければならない義務がある。不審な私がこの学校に存在していたのも、究極的にはそのためだと言っても過言ではない。だからどうか、質問の理由を訊かずに答えてほしい」

「……ひとり死んだよ。

　蔵土英二っていう部活仲間。今日の……じゃなかった昨日の正午、四限の授業中、いきなり苦しみ始めてぶっ倒れて、ほとんど即死してしまったんだ」

「心から謝……じゃなかった、それは……それはとても悲しいことだったわね。

　更に教えて。

　死んだ仲間は、その蔵土くんだけ？　ひょっとして他にも誰かいる？」

「いいいいよ」

「例えば、あなたの課外活動仲間とか」

「いない。英二だけだよ。七月七日火曜、この学校で死んだのはアイツだけだ」

（死者1で確定。ふりだしにもどる。親友まで殺して、この結果。

　その死者1ですら、私達さえ出現しなければ、死ぬほどの罪を謀《くわだ》てるはずもなかった）

　いずれにしろ、もう時は過ぎて帰らない。

　神の定めた理《ことわり》は、今完全に復旧した。

　私は未来人としての力をすべて失った。

（……この世界の何処《どこ》にも、私が座るべき椅子は無い。またその資格もありはしない）

　自分で決意した贖罪《しょくざい》も果たせないまま、無様《ぶざま》にも生き残っている。

　私に残された道は、ならば……

　このひとが連れて行ってくれたあの海で、私の当初の目的だった地球の海で、きちんと責任を取ろう。そうだ。このひとのお陰で、最期にもう一度、独りでもあそこに行くことができる。私独りでも……独りでも……

　私はクロノトンの毒性に喘《あえ》ぎながら俯《うつむ》いた。そして、訊かなくてもよいことを訊いた。

「もし。

　もし私がその蔵土くんを殺した犯人だったなら、火脚くんはどう思う？　私を許せる？」

「君が？　でも英二は病死だよ？　それは絶対に絶対に間違いのないことだし」

「とにかく、どう思う？」

「……ならどこまでも仮定の話だけど、そうだね……君には他に選択肢があったのかい？」

「無かった、と思う」

「やっぱり仮定の話だけど、なら、英二を殺さなかったらどうなっていたの？」

「私の愛する人も、その仲間達も鏖殺《みなごろ》しになっていた」

「も、もちろん仮定の話だけど、それは確実だったのかい？」

「確実だった」

「それなら引き続き仮定の話だけど——

君に責任はないよ。誰も君を責められない」

「違うわ。

私は他の誰かでなく、一郎くんが……火脚くんがどう思うかを訊いているの」

「俺は」一郎くんは即決した。「俺は許すよ」

「それは何故」

「こ、答えになっていないかも知れないけど……

も、もし俺が、まったく全然仮定の話だけど、例えばだけど、もし仮に、その、君の愛する人だったなら……逆に、君に対して、とても申し訳なく思うから。君にそこまでさせてしまったこと。君に守ってもらうかたちになったこと。君だけに罪の意識を感じさせることになったこと。

だ、だから、俺はそうじゃないし俺は全然そんな立場にないし俺は君のこと何も知らないけれど……けれどきっと、君が手を汚したこと、君に手を汚させたこと、その人ならすごく申し訳なく悲しく思うだろうし、俺にはその気持ちがよく解るから。

あっその、飽くまで想像で例えばで、俺当事者でも何でもないんだけど」

「火脚くんなら、人殺しの私を許すと？」

「許すっていうより、君の気持ちを……共有っていうか、分かち合いたいと思う」

「初対面の、赤の他人なのに？」

「うん」

「ほんとうに？」

「もちろんさ」

「有難う」私は深く顔を伏せた。「嬉しかった、ほんとうに」

「あっちょっと待って!! まだ動いちゃ駄目だよ!!

それに君、いったい何処《どこ》へ行くの!?」

「海」

私はどうにかベッドを下り、どうにか姿勢を正した。

一郎くんと、近い距離で正対する。

「海って……

そ、そもそも君……誰？」

「私は……」まだ朦朧《もうろう》とする頭で、必死に古典文学のゼミを思い出す。「……こんな奇妙な格好をしていることからも解るとおり、実は、地球人ではないの」

「え、ええっ」

「私は、ええと、そう七夕のかぐや姫」

「え、えええっ」

「七月七日が終わったならば、私は、私の故郷に帰らなければならない」

「ちなみにそれは何処《どこ》？」

「ええと、確か亀に乗って……とにかく海の底に……」

「何だか設定が無茶苦茶な気がするけど……」

「い、いずれにしても、私はここにはいられない。

そしてどのみち、ここにいたところで私は死ぬ。

地球人ではない私は、ここにいるだけで脳内に毒素を貯めてしまうの。そしてその毒素の致死量はたったの五〇㎖。ところが概算値でも、今私の脳内に貯まっているその毒素は、もう九二・七㎖に達している――私は今この瞬間にも死んでいなければ面妖《おか》しい。自分でも何故まだ自分が生きていられるのか解らない。

そしてもし死ななければならないのなら、私は――

私は愛する人が連れて行ってくれたその場所で死にたい」

「それが海なの？」

「そう。

だからまだ動ける内に……

だからお願い、止めないで」

「そんな体調じゃあ、独りで動くのは絶対に無理だよ」

「いいの。

面倒を見てくれて有難う。ここからは、もう一度初対面の赤の他人に戻りましょう」

「あれっ？

ええと、今脳内に貯まっている毒が、ぜんぶで九二・七㎖なんだよね？」

「そう」

「その致死量が、確か……」

「五〇㎖。だから私はもう死ぬ。せめて最期はけじめを、せめて、人間らしく」

「いや違う‼

ハルカさんそれっておかしいよ‼　絶対おかしい‼

ハルカさんは勘違いしている‼

だってクロノトンの致死量はその倍の一〇〇㎖だろ⁉

俺も計算したんだ必死に‼　九二・七㎖の方は間違いないよ‼　ハルカさんは合計九度の七月七日を生きて合計七七・二五時間の過去体験をしているからそれに一時間分一・二㎖を掛けて九二・七㎖‼　だけどそれってギリギリセーフじゃん‼　ほんとうにラッキーだよ‼　しかも偶然と事故とが行き当たりばったりな超ラッキー‼

だってハルカさんがフルに九度の七月七日を生きていたら単純計算で一一五・二㎖のクロノトンが貯まっていた

んだから!!　ところが九度の七月七日の内には偶然なり事故なりで三時間とかで終わった短い奴もあるから端数が出た!!　だから致死量の一〇〇㎖をどうにか割った!!　ハルカさんが今生きていることは全然不思議じゃないし、だからそんなに悲劇のヒロインをやらなくても全然大丈夫――あっ全然大丈夫でもないと思うけど見る限り明らかに快方に向かっているし!!　それにあの海に行きたいなら俺何度でも五〇回でも九二・七回でも一〇〇回でも連れて行くから!!　そもそもこの真夜中に交通機関動いてないし!!」

「……一郎くん」

「ん？」

「やっぱりあなた、ちゃんと記憶があるじゃない。あなたあの〈試行第七回目〉の最終段階で、自分と私にトリクロノトンを打ったわね？　いいえ、いいえ、いいえ。

屋上に残された、アンプルと圧力注射器を使って」

「あっそれは!!

しまった、思わず口が滑った……」

「そうでなければ私が即死しないはずもない。私が記憶を維持しているはずもない。

無論、あなたが数々の七夕を、いいえ私のことすら記憶しているはずもない」

――そうだ。

トリクロノトンを投与されていれば、理論的には自分の記憶を維持できる――自らＰ－ＣＭＲを使用しない以上、その記憶がいつの、どこの、誰の脳に飛んでゆくか分からないという超絶的なリスクがあるが。いやその記憶が行方不明になるという超超絶的リスクすらある。それはいつかユリが懸命に説明をしていたとおり。けれど、そのリスクには針の頭ほどの例外があった。仮説に過ぎず、実験すらできない、にもかかわらず最終段階において一郎くんにこそ適用できるそんな例外が。それもいつかユリが懸命に説明をしていたとおり。だから一郎くんはそれに賭けた。自分の記憶が、だから人生が行方不明になることすら恐れずに――そして、そのバクチに勝った。だから、〈試行第七回目〉でＰ－ＣＭＲを使っていない一郎くんでも、残されたアンプルのトリクロノトンを打ったことだけによって、〈試行第七回目〉の記憶を維持できた。そして〈試行第七回目〉では私が全ての七夕についての記録を提示したのだから、結局、実体験ではないにしろ物語としては、全ての七夕の顚末《てんまつ》も理解できたことになる――

（それにしても、あの殺所《せっしょ》で、しかも偶然手近に転がっ

ただけのアンプルと圧力注射器を使って、人生オールイ
ンのバクチに出る――
よくもまあ咄嗟《とっさ》にそんなことを思い付き、しかも実行
できたものね。意外に天才型かしら？）
……そして一郎くんがそんなことをした動機は、まさ
か訊くまでもない。
（私を愛してくれているから。
私を救いたいと願ってくれたから）
私は恐ろしい高熱に火照る頰《ほお》を更に熱くしながら、ど
うにか冷静に言葉を続けた――
「何故、記憶があることを黙っていようとしたの？　下
手なお芝居までして」
「だってそれは今銀さんが……うっ」
「あっ、やっ、ぱ、り光夏も、記憶を持ったまま帰って来た
のね？」
生き残りの六㎖入りアンプルは三本だった。すなわ
ち、あとひとりには投与できる。
また、実は光夏も、そして光夏だけが、一郎くんと一
緒のバクチの勝率を有していた――
「その光夏は何て言ったの？」
「うう……
今銀さんは、ハルカさんのこと、本当に心配している
んだ。
というのも、あのドタバタの中、俺が確実にトリクロ
ノトンをハルカさんに注射できたかは絶対に分からない
し、投与できていたとしても六㎖全部が間に合ったかど
うかも分からないし……すると、最悪の事態では」
「私は死ぬ」
「さ、最悪の事態ではね。
ならハルカさんをこれ以上、俺達の事情で苦しめたく
はない。さっきの会話からもよく解ったけど、ハルカさ
んはきっと英二のこと、すごく後悔しているだろうから
……親友の、ユリさんのこともあるし……だから、俺達
には記憶がないってフリをした方が、死にゆくハルカさ
んの心残りが、少しでも和らぐかなと。
それに、実のところ俺達には、クロノトンの効果もト
リクロノトンの効果も、厳密なところは全然分からな
い。さっきの投与のタイミングの話と絡《から》むけど、ひょっ
としたら、ハ、ハ、い、い、ハルカさんの方こそ記憶をすっかり失ってし
まっている可能性があると思った。そうでなくても、自
爆のとき脳とかにダメージを受けた可能性だって捨て切
れない。これまた記憶の障害につながる――
確かにＣＭＲを自爆させてくれたから、意識はどうに
かあるし思考もどうにかできるとは思えたけど、俺達が

真っ先に屋上でハルカさんを確保したとき、ハルカさんはもう気絶していた。だから何のコミュニケーションも取れなかった。だから警察とかが来る前に、急いで無人の保健室に隠したんだけど……

いざハルカさんが目覚めたとき、どこまでの記憶を持っているのかは予測も付かない。

そして、もし。

ユリさんのことも英二のことも忘れてくれているのであれば——

それを敢えて説明する必要なんてない。

あるいは、ひょっとしてもし。

自分が未来人であることすら忘れちゃっているほどであれば——

何を説明しても混乱を大きくするだけだよ。

だから……

ゴメン。何の記憶もないフリをして、ハルカさんの様子を確かめたんだ。

本当はさ。ハルカさんがもし目覚めていたら、どうにか感触だけ取ってすぐに撤退して、また今銀さんとふたりで、ハルカさんの今後のことについてしっかり打ち合わせをして、いろいろ段取りを検討することになっていたんだけど……

俺バカだから。ハルカさんがあの海で自殺したいなんて言うのを聴いて、思わず記憶があることいきなりバラしちゃった。ていうか、なんていうか、そう、語るに落ちちゃった。

ああ、今銀さんに滅茶苦茶怒られる……

「そうでもないと思うわ。だってあなたは、自他ともに認めるバカ正直なひとだもの。

だから光夏もきっと、あなた独りを送り込んだ時点で、この結果を予想していたはず」

そして光夏は、私が死ぬにしろ生きるにしろ、私がこの確定した世界で最初に言葉を交わすべきは、火脚一郎だと考えてくれたに違いない。何故と言って——

〈試行第七回目〉で光夏は、私が過去に戻った目的を知った。また私の記録から、一郎くんの私に対する想いはすぐに読み取れる。それらと、〈試行第三回目〉における『潮の香り』なる記載とを組み合わせれば——あれだけ懸命に物事を考えられる光夏のこと——一郎くんと私がこっそり海を見に行ったことなどすぐに見破れる。うん、それればかりか、きっと私の一郎くんに対する想いのことも……

「じゃあ一郎くん、確認をする。

記憶を持ったまま、この確定した世界を生きているのは三人。あなた、光夏、私ね？」

「う、うんそうだよ」

「ならば、私の生殺与奪《せいさつよだつ》はあなたと光夏に委ねられている——あなたに、でもいいけど」

「言い方はともかく、俺達はハルカさんのために何でもするよ!!」

「ならば、とにかく三人で話し合う機会を設けないといけない」

「あっそれならすぐにでも!! 俺スマホ持っているから!! 今銀さんも出前迅速ですぐに来る!! ハルカさんがどうにか無事に目覚めたって聴いたら、もう駆けてでも自転車でもすぐに来るよ!!」

「最速でどれくらい？」

「いやもうあのせっかちな今銀さんのことだから。まさか三〇分掛からないよ。ううん一五分未満かも。待っててよハルカさん、今電話架けるから。きっと今銀さん滅茶苦茶よろこぶ……俺は滅茶苦茶気合い入れられるだろうけど……」

「……ちょっと待って」

「え？」

「光夏はまだ呼ばないで……あとほんの少しだけ」

「いったい何で⁉」

「……この世には、母親が同席するにふさわしくないこともある」

「えっ母親？ いきなり何のこと？」

「ううん忘れて。それについて確たることは今、誰も知りようがないから……

で、一郎くん。

あなたさっき、私のこと、クロノトンのこと、必死に計算してくれたって言ったわね？」

「うん言った!!」

「なら。

私がたとえ今を生き延びても。

二〇三〇年の誕生日が来たら、そこから八三時間二〇分で死んでしまうことも解っている。そうでしょう？」

「……うん」

「なら。

そのとき私達は、そう天の川に隔《へだ》てられる。私達に残された時間は、あと一〇年。

すなわち私には消費期限がある。私は消費期限付きのおんな。これはよい？」

「そんな言い方は嫌だ」

「いいからとにかく聴いて。

そのとき二八歳のあなたは……二八歳の私を失う。これはよい？」

「あ、頭では理解しているよ。けど俺全力で勉強して、クロノトンの解毒剤を開発する。だからそんな結果にはしない、絶対に」

「それは信じる。けれど最悪の結果を一緒に覚悟してくれる。これもよい？」

「どうあろうと、君と一緒にその一〇年をしっかり歩む、絶対に」

「ヴェガの爆発で世界が地獄に変わるとしても？　私という足枷《あしかせ》に耐えられる？」

「くどい」

一郎くんの最後の口調は、この長い長い物語で彼が発した言葉のうち、いちばん怒った厳しいもので……

そしていちばん優しいものだった。

私は理解し、覚悟した。

「――なら今、私は大事なことをひとつ思い出した。自分でも吃驚《びっくり》」

「えっどんなこと？」

「クロノトンの解毒剤――」

「ええっ⁉」

「――に直結するかも知れない大事なことよ」

「これすなわち⁉」

私は火照った頰のまま彼に接吻《くちづ》けた。彼の躯が唇と一緒に硬直する。

けれど。

やがて私は、私の躯が記憶しているあの腕の感触を味わった。

それは、私が信じて一〇年を預ける、カッコいい腕の感触――

……ぷは。

少なくとも、私は不慣れだ。懸命に続けたけどとうとう息が切れる。

「ハルカ、俺……」

「……待って一郎。誤解しないで」私は急いで言葉を継いだ。「と、特定の男性の唾液は、クロノトンの毒性に対して、い、著しい抑制効果を持つということが」

「えっホントに⁉

だったら俺これから幾らでも……‼」

「う、嘘よ、というかそれくらい察して‼

こ、これは誓いっていうか約束っていうか絆《きずな》っていうか、その……七夕には橋が架かるって」

……駄目だ。このひとはバカ正直過ぎる。

（けれど、それがいい）

漂流者のあたしには、きっとそれがいい。ただバカ正直に、未来を目指して……

私の彦星《ひこぼし》。

私は今度は唇の代わりに、左手の人差し指を彼の唇に置いた。そしていった。

「……誰も知らない、七月八日からの未来。私の、ううん私達の一〇年。私達の約束。もうやり直しは利かないわよ？　後戻りも巻き戻しもできはしない」

「だからこそ悔いの無いようにする‼」

——もう一度、私の躯がぎゅっと抱き締められて。

私の初めての七夕は、こうして、やっと終わりを告げた。

（了）

カーテンコール

（言えない……もう廊下にいるだなんて、言えない……それにしても一郎、なんで保健室の扉、開けっ放しなのよ‼）

新しい親友のしあわせは、嬉しい。

でも、あの記録から想像できてしまうように、もしハルカがあたしの娘なら……

やっぱり一郎は嫌だ。母親として、厳しく止めたくなる。

（……でもあたしは実感した。幾つもの繰り返される七夕で、実感した。

人と人との想いが重なり合うことは、時が戻ることより、ずっとずっと奇跡なんだって）

——あたしたちが経験した、幾つもの七月七日。

それは、人と人との想いが重なり合わない悲劇だった。

幾度時を越えても、最後までそれは変わらなかった。

そしてとうとう、たくさんの殺人事件に発展し——


最後にその罪を、ハルカだけが全て背負って、あたしたちは七月八日を迎えられた。

そのハルカの想いが今、成就する。

ハルカは自分の彦星を見つけ、一郎は自分の織姫を見つけた。

ふたりの想いはきちんと言葉になり、ぴたりと重なり合った。

——その奇跡は、七月七日の悲劇の中で、やっぱり、よろこぶべきことだろう。

あたしは腕時計を見た。

現時刻、午前一時〇九分。

夜明けまで、そんなに時間はない。

やがて、あたしは会うだろう。

オリジナルの七月七日も、〈試行第一回目〉から〈試行第七回目〉の七月七日も、全て忘れてしまった仲間たちに。だから、それぞれの秘めた想いをまだ言葉にできていない仲間たちに。

（そして英二は、とうとう、永遠にその機会を失ってしまった……）

なら。

まずあたしから始めよう。

全ての七月七日で学んだことを無駄にしないために。

たとえ彼女の想いとあたしの想いが重ならなくても。

たとえ望まない結果が出て、二度とやり直しは利かないにしても。

（ううん。

やり直しが利かないからこそ、一歩踏み出す人の強さは神なんだ。

そう考えると、ハルカも一郎もとても強い……

うらやましい）

だから、あたしは保健室のたもとで、あたしの愛する人に掛けるべき言葉に思いを馳せ――

二〇二〇年七月八日。

あたしの長すぎる七夕は、そのとき本当に終わるだろう。

古野まほろ（ふるの・まほろ）
東京大学法学部卒業。リヨン第三大学法学部第三段階「Droit et Politique de la Sécurité」専攻修士課程修了。なお学位授与機構より学士（文学）。警察庁I種警察官として、交番、警察署、警察本部、海外、警察庁等で勤務の後、警察大学校主任教授にて退官。2007年、『天帝のはしたなき果実』で第35回メフィスト賞を受賞しデビュー。有栖川有栖・綾辻行人両氏に師事。その後、「天帝」シリーズ（講談社ノベルス、幻冬舎）をはじめ、『禁じられたジュリエット』（講談社）、『終末少女　AXIA girls』（光文社）など、著作多数。

この作品は、書き下ろしです。

時《とき》を壊《こわ》した彼女《かのじょ》
7月《がつ》7日《か》は7度《ど》ある

2019年10月15日　第1刷発行

◉著者　古野《ふるの》まほろ
◉発行者　渡瀬昌彦
◉発行所　株式会社講談社
〒112-8001　東京都文京区音羽2-12-21
電話　出版　03-5395-3506
販売　03-5395-5817
業務　03-5395-3615

◉本文データ制作　講談社デジタル製作
◉印刷所　豊国印刷株式会社
◉製本所　株式会社国宝社

ISBN 978-4-06-517088-5
N.D.C.913　550p　20cm